COLLECTION FOLIO

Pietro Citati

La lumière de la nuit

Les grands mythes dans l'histoire du monde

Traduit de l'italien
par Brigitte Pérol
et Tristan Macé

Gallimard

Titre original :

LA LUCE DELLA NOTTE

Les chapitres suivants : « La Bible vue de l'Islam », « Les mille et une nuits », *« Le langage des oiseaux », « Le miroir des couleurs et des parfums », sont reproduits dans la traduction de Tristan Macé publiée pour la première fois aux Éditions Fata Morgana dans le recueil intitulé* La voix de Schéhérazade.

Pietro Citati est né à Florence en 1930. Il vit aujourd'hui à Rome et dans la campagne toscane.

Il est l'auteur de livres consacrés à Tolstoï, à Katherine Mansfield, à Kafka (*Kafka*, Folio nº 2303), à Goethe et à Proust (*La colombe poignardée*, Folio nº 3131). Son roman *Histoire qui fut heureuse, puis douloureuse et funeste* (Folio nº 2519) a obtenu le prix Médicis étranger en 1991.

PREMIÈRE PARTIE

LES ROIS DE MYCÈNES

Les Scythes

Quand les voyageurs du XVIIe et du XVIIIe siècle traversaient, au printemps, l'immense steppe qui d'Ukraine menait jusqu'en Sibérie, ils apercevaient près de la route des tumulus, tantôt isolés tantôt par groupes, parfois petits ou hauts de plus de vingt mètres. Leur voyage s'interrompait pour quelques minutes ou quelques heures. Autour d'eux s'étendait un tapis de fleurs : tulipes sauvages, iris jaunes et violets, coquelicots, renoncules, jacinthes de couleur pourpre, noyés dans une herbe blanche et duveteuse comme une mer d'argent ; tandis qu'au fond, dans l'air transparent et bleuté, passaient les rapides silhouettes des cerfs, des loups gris et bleus, des aigles et des outardes. Les voyageurs ignoraient que sous ces tumulus gisaient les corps de ces princes scythes dont ils avaient lu avec passion, chez Hérodote, les coutumes et les entreprises.

Quelle ne fut la surprise des premiers explorateurs qui franchirent les portes des grands tumulus ! Là, au fond des chambres funéraires souvent bâties d'énormes blocs de pierre et tapissées de feutre, gisaient ces Scythes dont ils avaient tant rêvé à travers les livres. Il y avait là les princes, leurs épouses, leurs cuisiniers, leurs palefreniers, leurs serviteurs, leurs courriers ; dix ou douze chevaux, le mufle couvert d'un masque ; des vases d'or, des boucles d'oreilles et des bagues en or, des bracelets d'or et de perles, des ceintures décorées de plaques d'or, des amphores, des colliers de bronze, des carquois pleins de pointes de flèches, des miroirs de bronze, des épées, des tapis persans, des coupes grecques, des soies chinoises, des chars de combat, des fourrures ; et les jouets des enfants. Certains avaient disposé, au fond, des amas de terre noire, humide et grasse, apportée de loin : car chaque tombe était, symboliquement, un pâturage céleste, où le mort menait ses troupeaux, ainsi que ses chevaux et les êtres qu'il aimait. Quelle surprise, surtout, quand un explorateur découvrit une tombe emplie de glace ! Pendant quelques minutes, il contempla les princes et les chevaux, comme en vie, préservés par la glace ; tout semblait vivant, immobile, fixé à jamais : les tapis persans, les soieries chinoises, les cygnes de feutre étaient miraculeusement conservés ; puis la glace fondit, les choses se défirent et ce bref instant d'immortalité s'évanouit comme un songe.

Nous ne savons pas avec précision d'où est venu ce peuple endormi sous la glace. Il avait certainement vécu dans la grande steppe euro-asiatique, peut-être au bord de la Caspienne, ou dans les montagnes de l'Altaï. Les Scythes étaient de souche iranienne et parlaient une langue iranienne. Moins de mille ans avant Jésus-Christ, ils se déplacèrent vers l'occident ou vers le sud. Ils abandonnèrent pour toujours le pays des terribles hivers, où huit mois durant la mer est gelée, où le froid fige la salive dans la bouche et les larmes dans les yeux, où l'eau à peine versée sur le sol devient glace, où l'horizon se perd en une brume éternelle qui tournoie dans l'air comme une tempête de plumes. Hérodote parle d'une migration en masse, sur les traces des Cimmériens en fuite. Plus vraisemblablement, ils descendaient en groupe, s'infiltrant lentement à travers les montagnes du Caucase, puisque déjà au VIIIe ou au IXe siècle av. J.-C., les tombes de l'Asie Mineure et du nord-ouest de l'Iran révèlent les bêtes tapies, les têtes de cerfs, les dents de sangliers — marques de leur passage dans l'Histoire.

Au VIIe siècle survint la grande migration : les guerriers scythes montaient des chevaux au large poitrail et aux jarrets robustes, capables d'affronter toutes les épreuves, « chevaux plus légers que les panthères, plus féroces que les loups du soir », dit le prophète Abacuc. Pour eux, les chevaux étaient tout : arme de guerre, instrument de voyage et de vagabondage, aliment, symbole funéraire, monture céleste. Ils buvaient leur lait, dont ils tiraient le *kumys*. Ils les bardaient de décorations de feutre et d'écorce de bouleau gravée ; ils paraient leur front de plaques ciselées de figures d'animaux, pendaient à leur bride des scalps humains, ornaient leur pectoral de dessins de cerfs et d'oiseaux ; et sur leurs naseaux, ils posaient des masques d'oiseaux et de dragons qui devaient assurer à ces montures la rapidité des créatures de l'air. À la suite des guerriers venaient les villes ambulantes. Des centaines de chars tapissés de feutre avançaient traînés par deux ou trois couples de bœufs ; et ils emmenaient les femmes, avec les enfants, les armes et les trésors de la famille. Parfois, le voyage s'interrompait. Les troupes cimmériennes, ourartéennes, assyriennes ou mèdes tentaient d'arrêter l'invasion. Alors les cavaliers scythes saisissaient leurs arcs, ces arcs étranges à la double courbure ; et leurs mains rapides et expertes donnaient à la flèche une force terrible, qui épouvantait les guerriers du Sud.

Rien ne les arrêta. Ils descendirent jusqu'en Syrie, pillant le sanctuaire d'Astarté à Ascalone ; en Judée et en Égypte, où seul le pharaon Psammétique parvint à les contenir avec des présents. Les témoignages des contemporains révèlent une terreur pareille à celle qu'éveillèrent les Mongols, dix-huit siècles plus tard. « Voici que s'avancent les vagues du Nord, dit Jérémie. Elles dévalent en torrent qui déborde, inondant la terre et tout ce qu'elle porte, les villes et leurs habitants. Les hommes hurlent, tous les habitants de la terre poussent des clameurs, quand retentit le martèlement de sabots des destriers, le fracas des chars, le grondement des roues. » En même temps, avec cette souple habileté, ce sens de la diplomatie qui a souvent accompagné la violence des nomades, les Scythes prirent part aux alliances changeantes et aux conflits du Moyen-Orient. Ils agressèrent les Assyriens ; puis ils s'allièrent avec eux, obtenant peut-être la main d'une princesse assyrienne pour le prince des Scythes. Quand Ninive fut assiégée par les Mèdes, ils écrasèrent ceux-ci ; et « vingt-huit années durant », ils dominèrent la Médie, où tout, dit Hérodote, « fut détruit par leur arbitraire et leur incurie ». Puis ils furent, à leur tour, vaincus par les Mèdes alliés aux Babyloniens. Alors les guerriers aux bonnets pointus, les chevaux « plus légers que les panthères, plus féroces que les loups du soir » et les chars tapissés de feutre portant les femmes et l'or des razzias repassèrent le Caucase et regagnèrent le Nord, près de la Caspienne ou dans la Russie méridionale. Quelques princes scythes demeurèrent en Médie, au sud du lac d'Urmya.

Au cours de ces siècles passés dans le Moyen-Orient, au cœur de toutes les civilisations antiques, les Scythes apprirent quelque chose qu'ils n'oublièrent jamais plus. Quand ils arrivèrent dans le Sud, leur art ne connaissait que des matières pauvres ou modestes, comme l'os, la corne et le bois. Mais ils furent éblouis par un rêve de puissance, de richesse et de splendeur ; cette souveraineté impériale et théocratique fut une illumination foudroyante et ils commencèrent à vénérer l'or, dont ils firent le symbole du pouvoir et de l'art. Leurs tombes du Moyen-Orient révèlent une combinaison fort singulière d'art assyrien, ourartéen, babylonien, mède, proto-iranien et scythe. Nous ignorons quelle main a ciselé les métaux précieux : celle d'un artisan scythe, initié au travail de l'or et aux superbes images orientales, ou plus probablement, celle d'un artisan assyrien ou ourartéen, qui s'est plié aux goûts de ses nouveaux maîtres. Il nous suffit de contempler les bouquetins assyro-babyloniens autour de l'Arbre de Vie ; les têtes de gazelles aux yeux incrustés d'ivoire, aux cornes en forme de lyre ; les têtes de griffons et de lions ; la chasse au char ; les taureaux androcéphales et les génies protecteurs de l'Orient. Et voici, auprès d'eux, l'ardeur et le parfum de la Scythie : les lynx dressés ou étendus, les oiseaux de proie, les cerfs couchés, comme si l'Orient et la Sibérie, les palais et les chars, deux mondes complètement opposés, s'étaient confondus en une radieuse image.

Quand les Scythes atteignirent la Russie méridionale, l'or devint le symbole central de leur art et de leur religion. Tout tendait vers cet or, se concentrait sur l'or, procédait de ses rayons. Selon une légende recueillie par Hérodote, un dieu — peut-être la déesse Tabiti, divinité « source de chaleur » du feu et du foyer royal — laissa tomber du ciel trois objets d'or incandescents : une charrue avec son joug, une hache de guerre et une coupe, signes des trois fonctions sociales. Comme dans les contes, les trois fils du premier homme tentèrent de les ramasser : les deux premiers frères furent repoussés par la violence du feu ; ce n'est qu'à la venue du plus jeune que le feu se calma, et le garçon put emporter les objets chez lui. Ramassant la charrue, la hache et la coupe, il devint le premier roi-prêtre de la Scythie ; ses héritiers eurent la garde du trésor sacré ; et au cours des siècles, l'or — vénéré, prié, supplié comme un dieu — devint le lien des Scythes avec le ciel, le fondement de leur société et le matériau privilégié de leur art. Il descendait du ciel. Mais il résidait également très loin, dans l'extrême Septentrion, où les griffons ailés veillaient sur lui. Peut-être était-il si loin qu'aucun être humain, à part les chamans dans leurs transes, ne pouvait l'atteindre : dans l'au-delà mythique, sur la montagne où vit le Père du Ciel.

Aujourd'hui ces objets d'or, que les artisans scythes façonnèrent inlassablement, sont conservés à l'Ermitage à Saint-Pétersbourg, à côté des objets sibériens. Il y a trois siècles environ, Pierre le Grand commença la collection ; et, au fil du temps, plusieurs tumulus fouillés par les archéologues russes ajoutèrent leurs trésors à ceux du passé. Des expositions, en Europe et en Amérique, les ont heureusement fait connaître du public ; pourtant, aucune exposition n'approchera jamais, même faiblement, la vision de l'Hypogée de l'Ermitage, jalousement défendu par les gardiens-griffons qui font resplendir le génie animalier des Scythes et des Gréco-Scythes. À ceux qui ne sont pas allés à Saint-Pétersbourg, je conseillerai un livre magnifique de

Véronique Schiltz : *Les Scythes et les nomades des steppes.* Les reproductions sont merveilleuses : les ors, opportunément agrandis, ne dissimulent pas un seul de leurs entrelacs, de leurs incrustations et de leur scintillement ; et le texte est le plus intelligent que j'aie jamais lu sur l'art et la civilisation des nomades des steppes.

Dans cet Hypogée, vous ne trouverez ni palais, ni statues, ni tableaux, ni fresques : l'art nomade ignore les immenses demeures royales du Moyen-Orient et les temples grecs. Tout y est très petit : pas plus de quelques centimètres ; la petitesse est exaltée et glorifiée ; une imagination créatrice qui sous d'autres cieux produira Donatello ou Dürer cisèle ici sans fin le pectoral d'un cheval, le peigne d'une princesse, une épingle, une plaque de ceinture, un cabochon de fourreau, une coupe, la parure d'un vêtement, afin que chaque circonstance, chaque instant de la vie nomade soit orné et embelli. Aucun nom n'est resté. Nous ne savons pas qui étaient ces artistes. Nous ne savons même pas s'il existait une classe spécialisée d'artisans ou si, au contraire, la main des infaillibles archers s'employait également à sculpter, dans les moments d'oisiveté, des cerfs, des griffons et des lièvres en pleine course. Ces obscurs et immenses artisans oublièrent bien vite ce qu'ils avaient appris du Moyen-Orient : la déesse des animaux, les génies protecteurs. Ils sculptaient des cerfs, parce que les cerfs transportaient outre-tombe les âmes des défunts ; ils sculptaient leur totem et des lions, des lionnes, des griffons, pour s'approprier leurs pouvoirs surhumains.

Nous ne rencontrons jamais, ou presque, de figures humaines : l'homme n'ose pénétrer dans ce monde sévère, pas plus qu'il n'ose donner aux dieux son propre visage. Avec la tête et le corps des animaux réels et fantastiques, les artisans scythes composent un alphabet symbolique où le bestial, le barbare, le chimérique, le mystérieux — tout ce qui est inférieur et supérieur à l'homme — se mêlent en des formes toujours nouvelles. Voici, d'abord, l'animal au repos, les pattes arrière repliées. Tout à coup, il s'anime : ses membres se détendent et prennent de la vitesse, comme ceux des cerfs poursuivis sur la steppe ; et parfois il semble à la fois en mouvement et au repos, saisi en même temps dans deux poses opposées. Nous n'en sommes qu'au début. L'imagination des artisans nomades aime les groupes, les combinaisons, les compositions de masse foisonnantes et inextricables. Les animaux s'affrontent férocement. Un oiseau de proie fond sur une chèvre des montagnes ; un aigle plonge ses serres dans les flancs d'un cerf ; un tigre, un griffon et un loup assaillent une proie inconnue ; un tigre mord un chameau qui mord le tigre ; un tigre, un yack et un griffon se livrent bataille ; une panthère ailée terrasse un bouquetin ; un griffon saute à la gorge d'un cerf ; et l'on atteint au comble de la férocité — un cheval à bec de rapace et queue de lion subit l'assaut de trois agresseurs : un tigre qui le prend à la gorge, un loup qui lui mord le flanc, un griffon qui le saisit à la crinière, mais le tigre doit affronter le griffon tandis que le cheval déchire dans un dernier coup de bec le loup qui le dévore.

Parfois, nous ne parvenons pas à distinguer « ces mêlées monstrueuses, ces corps-à-corps inextricables, ces tourbillons d'échines ployées, de becs, de griffes, de crocs d'où surgit — proche ou lointain — un œil rond ». Où finit le tigre ? et où commence le griffon ? le cerf ? le loup ? C'est que le poisson porte en lui un lion, un cerf, un vautour ; ou que le lion est aussi taureau, poisson et scorpion, et les quatre animaux s'unissent pour tendre l'arc. L'art scythe tente de mêler toutes les formes animales en une terrifiante confusion des membres : une sorte de supra-animal chez lequel proie et prédateur, victime et bourreau, geste agressif et soumission au sort dessinent une figure unique. L'observateur a l'impression que l'artisan scythe est toujours du côté des prédateurs : chaque fois qu'un griffon s'abat sur un taureau, qu'un tigre mord un cheval ou qu'un lion dévore une chèvre. Tout semble célébrer la violence, qui absorbe à l'infini les formes du monde. Véronique Schiltz préfère y reconnaître une grandiose philosophie des métamorphoses, où la mort féconde et reproduit continuellement la vie.

La violence, la férocité et la cruauté qui agitent ce monde d'animaux réels et fantastiques engendrent une furieuse énergie du style. La morsure, le bond, l'agression, la mort sont une fulgurance ardente, embrasée, qui dévore toutes les matières, même la plus précieuse. L'or n'est plus que ligne.

Le volume flamboie, comme ces objets incandescents tombés du ciel. Il n'est pas d'art animalier, pas même l'art ionien ou proto-iranien, qui possède cette tension. Nul répit, nulle pause décorative : même les pierres fines, les turquoises, les coraux qui ornent les espaces vides, comme pour éloigner tout repos, participent de cette élégante fureur barbare, qui détruit le monde et le fait renaître.

En 520 av. J.-C., Darius de Perse entama la construction de Persépolis — cette ville symbolique, où l'on ne commerçait pas, où l'on ne gouvernait pas l'État, où l'on n'adressait pas de prières aux dieux, mais où l'on contemplait une allégorie de l'Empire perse. La construction de Persépolis commémorait deux événements : la victoire du soleil sur la lune, laquelle effaçait l'éclipse du soleil qui, l'année précédente, avait enveloppé la Perse de ténèbres, et la victoire du roi sur l'usurpateur qui, deux ans auparavant, avait assombri la royauté iranienne. Le 21 juin, jour du solstice d'été, Darius célébra son propre triomphe. À six heures dix, les rayons du soleil vinrent frapper son palais, pénétrant dans la salle centrale : pendant sept minutes, toutes les autres parties du bâtiment demeurèrent enveloppées des dernières ombres de la nuit. Darius était seul, au fond de son palais, auréolé de rayons ; il avait pris place sur son trône, tenant à la main son sceptre ainsi qu'une fleur de lotus, et les pieds posés sur un tabouret, tel qu'aujourd'hui encore nous le contemplons, sculpté dans le calcaire. Tous les seigneurs et les émissaires de l'empire, rassemblés dans l'ombre de la grande cour, contemplaient de loin son rayonnement et s'inclinaient devant lui en silence. L'espace de ces sept minutes, sept minutes hors du temps, tandis que les rayons du soleil éclairaient le visage du roi, débutait l'année nouvelle et avec elle, le Temps.

Les Scythes avaient abandonné depuis un siècle le Moyen-Orient, et aucun de leurs envoyés n'assistait à cette cérémonie qui fonda le nouvel Empire iranien. Mais je ne crois pas que ces orgueilleux nomades l'auraient comprise. Si chaque 21 juin Darius, hors du temps, donnait naissance au Temps, ils habitaient, eux, dans le temps, où se répète chaque jour le jeu incessant de la vie et de la mort. Si Darius croyait en Ahouramazdah, « le grand dieu qui a créé les eaux, qui a créé cette terre, créé les hommes, et créé Darius », leur univers religieux était multiple, et aucune figure n'en émergeait aussi superbement. Aucun roi scythe ne dirait jamais de lui-même : « Moi, Darius, grand roi, roi des rois, roi des contrées de l'univers, de toutes les langues, et de cette terre vaste et lointaine. » Et quoique le royaume des nomades s'étendît sur bien des régions de la Russie méridionale, il ne pouvait rivaliser avec celui de Darius, quand le monarque fit graver dans le palais de Suse : « Ce qui fut creusé dans le sol puis empli de graviers et de fragments de briques cuites est l'œuvre du peuple de Babylone. Le bois de cèdre fut apporté de la montagne nommée Liban. Le bois de teck fut apporté de Gandhāra et de Kirman. L'or fut amené de Sardes et de Bactriane. Le lapis-lazuli et la cornaline, de Chorasmie. L'argent et le cuivre, d'Égypte. L'ivoire, d'Éthiopie, d'Inde et d'Arachosie... » La Perse était l'univers ; la Scythie, un fragment odorant et doré.

Quelques années plus tard, Darius porta la guerre chez les Scythes. Hérodote en fournit une explication épique : le roi désirait se venger d'eux car, un siècle auparavant, ils avaient « envahi la Médie ». Tout donne à penser que Darius voulait reprendre le projet de Cyrus : réunir en un seul empire les populations iraniennes, celles du Moyen-Orient comme celles qui habitaient encore la Sibérie et la Russie, et soumettre les nomades à la discipline de la demeure, de l'agriculture, du temps mesuré, de l'espace maîtrisé et divisé. Quand l'armée perse atteignit le Bosphore, Darius s'embarqua sur un navire ; il fit voile vers les îles Cyanées ; de là, assis sur une éminence, il admira la mer Noire. Puis il fit route vers le pont de bateaux que son armée avait construit sur le Bosphore et il dressa, sur le rivage, deux stèles de marbre blanc, « où il fit graver les noms de tous les peuples dont il était le guide ». Telle était sa tâche première. Non pas combattre, ni même donner des ordres ou commander, mais regarder toutes choses de haut, de son œil radieux de voyant qui illuminait l'univers. Il suffisait qu'il regardât, tandis que les troupes défilaient à ses pieds, et aussitôt, toutes choses devenaient siennes, et le monde était un simple reflet de Darius, roi de « toutes les contrées, vastes et lointaines ».

Hérodote a consacré à cette expédition le livre IV de ses *Histoires* : celui que je lis et relis avec le plus de passion et de plaisir, mais qui ne répond pas à la principale de nos interrogations. Perses et Scythes se rencontrèrent le long du Danube et en Ukraine, et se parlèrent, avec ou sans interprètes, puisque leurs langues étaient voisines. Que se dirent-ils ? Quelle impression se firent-ils, les uns aux autres ? Quel effet le grand roi, la cour, et ses cérémonies solennelles, produisirent-ils sur les cavaliers scythes qui, un siècle auparavant, avaient connu des cours non moins splendides ? Et que comprirent les Perses à leurs frères séparés ? Bien des choses les rapprochaient : le culte du feu et du foyer, le culte de Mithra, les extases chamaniques, la vénération de la boisson sacrée au cours des rites, les sacrifices de chevaux, le serment sur le foyer des rois, l'absence de statues des dieux et l'amour des figures animales, gravées sur les coupes et sur les objets. Mais les Perses avaient conscience d'appartenir à un espace totalement différent de celui des Scythes : alors que leur espace était maîtrisé, mesuré, les nomades vivaient, eux, en un lieu sans dimensions, sans villes ni demeures, sans points de référence, étranger, inaccessible, terriblement angoissant.

Quand Darius eut traversé le Danube, la guerre commença. Le roi, ses dignitaires, l'armée perse n'avaient jamais rien vu de tel. Les cavaliers scythes éloignèrent les chars sur lesquels vivaient leurs épouses et leurs enfants, puis leur bétail, en direction du nord. Ils brûlèrent les pâturages, détruisirent les récoltes, remplirent les puits de terre. Puis ils se retirèrent comme des fantômes, évitant la bataille : ils fondaient brusquement sur les Perses quand ceux-ci se procuraient de quoi se nourrir ou se reposaient auprès de feux allumés dans la nuit ; puis ils se retiraient à nouveau, attirant les Perses toujours plus loin dans l'immensité de la Scythie, tandis que la mauvaise saison approchait. Lorsqu'ils acceptaient enfin de livrer bataille, c'était une sorte de jeu. Une fois, ils se déployèrent en face des Perses : un lièvre bondit au milieu d'eux — l'un de ces lièvres qu'ils représentaient si volontiers sur leurs objets d'or — et tous, à mesure qu'ils le voyaient, se mirent à le poursuivre en criant et hurlant, abandonnant dans la plaine Darius, ses généraux, l'armée perse, comme s'il n'y avait plus ni bataille ni guerre. Ce n'était d'ailleurs pas une guerre, mais une chasse, une chasse où Darius n'était pas le chasseur, mais la proie : le lièvre craintif, venu ingénument se jeter dans les filets tendus par les rusés nomades.

Darius, tel un roi de tragédie, fit une tentative pour tenir son rôle de grand acteur de l'Histoire. Il envoya un messager au roi des Scythes : « Pourquoi fuis-tu continuellement, alors que tu pourrais faire l'une de ces deux choses ? Si tu t'estimes capable d'affronter mes troupes, arrête-toi, cesse de virevolter et combats. Si, en revanche, tu reconnais être inférieur, dans ce cas aussi, cesse de courir et, apportant à ton seigneur la terre et l'eau, viens parlementer. » Le roi, d'abord, outragea Darius. Puis il lui envoya un héraut avec des présents : un oiseau, un rat, une grenouille et cinq flèches. Darius se méprit, il crut que ces présents signifiaient obéissance et soumission. Mais l'un de ses conseillers, Gobryas, le seul à avoir compris la forme de pensée des nomades, lui fournit l'interprétation adéquate. Les Scythes voulaient dire : « Si vous, Perses, ne devenez oiseaux qui volent dans le ciel, ou rats qui courent sous la terre, ou grenouilles au cœur des marécages, ces flèches vous frapperont, et jamais vous ne reverrez votre patrie. » Alors Darius comprit lui aussi : il devint « scythe », comme Gobryas. Dès la tombée de la nuit, il fit allumer les feux et, abandonnant dans le campement les ânes et les hommes à bout de forces, il prit la fuite. La grande expédition était terminée. Darius le voyant n'avait *rien* pu voir. Les archers de Scythie avaient vaincu les stratèges du « roi des rois ». Les oracles, les enchantements et le faisceau des verges des chamans avaient scruté l'avenir mieux que les mages achéménides. La patrie des nomades était restée lointaine et insaisissable, comme les griffons qui veillent sur l'or, parmi les montagnes et les neiges du Septentrion.

La grande armée perse ne revint jamais plus dans ces régions où elle s'était égarée. Depuis bientôt deux siècles, un autre peuple était parvenu sur les rives de la mer Noire : un peuple qui vivait dans de petites îles, habitait de petites cités, adorait les symboles qui s'expriment dans de petites choses ; et qui se gausserait toujours de l'immensité de l'Empire perse. Nul roi ne le menait. Nulle armée ne l'accompagnait. Déjà peut-être au VIIIe siècle, et au VIIe assurément, des marchands de Milet et des autres îles grecques avaient atteint les côtes de l'Ukraine ; ils y fondèrent des colonies et, de là, ils remontèrent jusqu'au cœur de la Russie, le long du Dniepr, du Donetz, du Don et de la Volga, à des centaines de kilomètres de la côte, abandonnant des céramiques en chemin. La mer Noire, qui avait été la plus inhospitalière des mers, devint l'*Hospitalière.* Les marchands grecs achetaient du vin, du bois, du poisson salé, des métaux, du miel, des fourrures, du cinabre, des esclaves, et ils vendaient des bijoux, des céramiques, de l'or et de l'argent ouvragés. Ainsi naquirent sur la côte les premières cités grecques — avec leur acropole, leur agora, leur stoa, leur gymnase, leurs théâtres, leurs sanctuaires, leurs temples d'Apollon Delphinios et d'Apollon guérisseur, leurs statues de Dionysos, d'Artémis et de Cybèle, et cent boutiques d'artisans. Les tombes étaient ornées de peintures de combats des Pygmées contre les grues ; l'une d'elles représentait même la boutique d'un peintre ; une lampe de terre cuite déclarait : « J'appartiens à... et je brille pour les dieux et les hommes » : comme si la Grèce pouvait revivre, identique, en tous lieux, partout où se posait le pied d'un marchand ou d'un artisan.

Cette fois Hérodote, qui a vécu dans l'une de ces cités, Olbia, et y a connu des voyageurs et des hommes cultivés, nous informe sur les relations entre les deux peuples. De nombreux Scythes s'éprirent de la culture grecque, au point de répudier leur religion propre, leurs coutumes, leurs habitudes, leur art, pour adopter ceux de leurs industrieux et remuants voisins, ou de fondre les deux civilisations. Des guerriers se firent ensevelir près d'une cité grecque ; la tombe était scythe, mais près du corps, à côté de la provision de flèches avec lesquelles le défunt chasserait les cerfs et les lièvres dans l'autre monde, il y avait une amphore de vin de Chio et une coupe attique à vernis noir. Un roi des Scythes, fils d'une femme grecque, se fit construire à Olbia une demeure vaste et splendide, avec des sphinx et des griffons de marbre blanc. Il abandonnait son armée à l'extérieur des murs, pour passer un mois parmi ses vrais compatriotes. Il quittait son costume scythe à pantalon et courtes bottes de peau ; il revêtait la tunique ; il déambulait à travers le marché, sans gardes du corps ni cortège ; il vivait comme un Grec, lisait des ouvrages grecs, faisait des sacrifices aux dieux grecs et participait aux orgies de Dionysos.

Le roi fut tué par les nomades. Mais la « contagion » grecque devait s'être répandue, puisque au IVe siècle nous assistons à un événement inexplicable, qui touche des zones profondes de l'imagination scythe. Brusquement, les artisans scythes cessèrent de fabriquer leurs merveilleux objets : plus de cerfs fuyant, de lièvres, de panthères enroulées sur elles-mêmes, de combats d'animaux.

Cette totale disparition de l'art d'un peuple me paraît terrible. Les artisans grecs travaillaient alors dans leurs ateliers des cités côtières ; peut-être, parfois, venaient-ils de plus loin, du continent et des îles, attirés par l'opulence des nomades. La figure humaine, que l'art scythe avait jusqu'alors évitée, apparut triomphalement entre les mains des artisans grecs ; les dieux, qui pour les Scythes étaient une charrue, une hache ou une coupe, prirent un visage humain, comme si toutes les anciennes résistances et inhibitions étaient tombées.

Les artisans grecs offraient les images les plus célèbres de leur patrie, sous les dimensions réduites chères aux Scythes. Ainsi, par exemple, la tête de la statue gigantesque d'Athéna, en or et ivoire, que Phidias avait sculptée pour le Parthénon — la statue la plus célèbre de l'Antiquité — apparaît dans le médaillon d'or d'un pendentif, large de 17 centimètres ; cependant que, sur un peigne de femme, cavaliers et fantassins s'affrontent comme au fronton d'un temple. Souvent les Grecs sculptaient des images plus familières à l'imagination des nomades : Amazones, Griffons, Arimaspes, Pégases, Chiron exerçant Achille au maniement de l'arc — l'initiation d'un archer. Mais ils ciselaient également les scènes capitales de la tradition scythe : la déesse-mère à la queue de serpent, le fils du roi qui tend l'arc. De ce rapport, si rare dans l'Histoire, nous ne savons ce qui nous fascine le plus : l'adhésion complète des Scythes ou le génie grec, le génie de l'Occident, ouvert à tous les contenus, à toutes les demandes, portant les chimères d'un autre peuple à la lumière de la forme. Certains objets, comme le pectoral de Tolstaia Moguila, le vase de Kul'Oba ou le peigne de Solokha, sont d'absolus chefs-d'œuvre : l'énergie, la violence scythe est domptée, apaisée, attendrie, et se plaît à des détails et des préciosités réalistes qu'elle fuyait autrefois.

Ainsi, pendant quelques siècles, au bord de la mer Noire, se développa une civilisation scytho-grecque, riche et florissante. Dans ces régions de steppes et de forêts, pleines d'oiseaux et d'abeilles, les princes nomades protégeaient les cités marchandes des Grecs et les populations agricoles, peut-être déjà protoslaves. En Crimée, les Scythes construisirent une ville, Néapolis, riche d'élégants édifices publics et de fresques ; et ils frappaient des monnaies, sur lesquelles le visage du roi ressemble à celui d'Alexandre le Grand. La civilisation les avait conquis. La fureur qui les avait conduits jusqu'en Syrie et en Égypte, détruisant les villes et les temples, n'était même plus un souvenir. Leurs chevaux n'étaient plus les « panthères » et les « loups du soir » qu'évoquait Abacuc. Si nous devons en croire Hippocrate et Lucien, désormais les Scythes aimaient le vin, le chant, la vie joyeuse, la paresse, l'amitié, l'éloquence, la sagesse. Ils ne cultivaient pas l'écriture. Mais ils continuaient à croire dans le serment.

Puis cette radieuse floraison s'éteignit, quoique lentement, avec encore quelques étincelles de son antique splendeur. Lorsqu'il vint à Olbia en 95 apr. J.-C., Dion Chrysostome trouva les murailles effondrées, les temples et les statues en ruine, et les habitants parlant un mauvais grec. Les Scythes, que Thucydide avait considérés comme le peuple le plus puissant d'Europe et d'Asie, furent vaincus par les Macédoniens, les Sarmates, les Thraces, les Galates, les rois du Pont, les Romains, les Alains, les Goths, les Huns. Certains d'entre eux furent assimilés ; d'autres se réfugièrent dans les régions montagneuses de Crimée ; et d'autres survécurent dans le Caucase, où les Ossètes conservaient une partie de leurs mythes. Mais les animaux fantastiques, une fois réveillés, ne quittèrent plus la terre. Les Scythes les avaient redécouverts ; et avec leurs vastes ailes, leurs yeux ronds et leurs pattes repliées, ils continuaient désormais à se répandre, en une course vertigineuse, parmi les Vikings, les Saxons, les Celtes, les Bretons, les Mérovingiens, les Chinois, les Russes et les sculpteurs et les enlumineurs du Moyen Âge roman.

Les rois de Mycènes

Le voyageur qui, voici quelques années, visitait Mycènes — après avoir admiré les labyrinthes et les vases aux décors arborescents et marins de Cnossos — avait l'impression de passer d'un bond dans une autre civilisation. L'horizon s'obscurcissait : l'antique et capricieuse gaieté orientale, la fête des dauphins, des poulpes, des palmiers et des poissons volants, cette richesse paisiblement rassemblée sur les eaux et les rivages de la mer semblait engloutie dans les brumes du sombre et barbare Moyen Âge de la Grèce. Tout semblait confirmer cette impression. Le paysage sinistre de l'Argolide, les pierres noires et brûlantes, le gouffre béant qui s'ouvre au pied de la citadelle, le torrent asséché, les arbustes misérables et l'herbe souffreteuse ; le souvenir des quatorze squelettes que Schliemann découvrit dans l'acropole, le visage couvert d'un splendide masque d'or, la tête coiffée d'un diadème, leur épée et leur poignard inutilement posés à côté de leurs mains rongées par le feu ; la massive porte des Lions, les immenses tombes à coupole, le réduit où veillait le gardien, l'escalier qui descendait dans les ténèbres vers la source de Persée...

Lorsqu'il franchissait la porte des Lions, le voyageur découvrait à nouveau, avec les yeux de l'imagination, le tapis de pourpre sur lequel Agamemnon s'avança, à son retour de Troie, et entendait le cri de la sentinelle, allongée comme un chien pour guetter les flambeaux allumés dans la nuit. Une sorte de rêve ou de cauchemar, dont il ne parvenait pas à se défaire, l'entraînait dans ses volutes. Appelés par toutes sortes de ressemblances et d'affinités, les vers d'Eschyle se pressaient dans sa mémoire ; et il comprenait pourquoi l'imagination des hommes avait situé en ces lieux, comme en leur berceau naturel, les grands mythes et les héros de la tragédie. Ce n'est qu'au long de ces murailles cyclopéennes, dans ces étroits corridors, ces escaliers souterrains ou ces tombes vastes comme des temples, que pouvaient se tapir la troupe impudente des Érinyes, avides de sang humain, et tous les monstres que la terre porte et nourrit. Où, sinon dans la citadelle qui dominait les plaines de l'Argolide, tel un château féodal frappé de malédiction, l'homme eût-il pu connaître les péchés qu'engendre son esprit tortueux ? La démesure, l'audace sans limite, le dérèglement des sens et de l'imagination, l'impudence du cœur, le serpent de la trahison, la férocité envers son propre sang. Et où, sinon en ces lieux, la main de Clytemnestre eût-elle pu envelopper Agamemnon dans son manteau brodé et le frapper deux fois, trois fois, à coups de poignard, répandant son « sang noir » que « nul enchanteur ne rendrait plus aux veines dont il avait jailli ».

J'ignore si le voyageur qui monte aujourd'hui les rampes de la citadelle de Mycènes caresse toujours les mêmes fantaisies qui ont inspiré quelques pages magnifiques à Emilio Cecchi. L'imagination des hommes est assez puissante pour faire fi des preuves fournies par les documents et teindre de la couleur qu'elle préfère — le rouge sang de la tragédie ou l'azur délicat de l'idylle marine — les lieux qu'elle a choisis comme symboles. Mais, au cours des quarante dernières années, les efforts conjugués des archéologues et des philologues ont modifié le visage de la civilisation mycénienne. Lors de fouilles à Pylos, le royaume de Nestor,

Blegen a découvert seize tablettes d'argile, gravées de la main des scribes : le grand incendie qui a détruit en peu de temps toute la civilisation mycénienne avait conservé, ironiquement, ce que celle-ci offrait de plus périssable — les notes de service, les feuilles de paie, les inventaires, les comptes rendus administratifs. Quelques années plus tard, Ventris déchiffra ces signes, qui se mirent à parler de temples et de troupeaux, de dieux et de sacrifices, du roi et des artisans, de commerces et de tombes.

C'est ainsi qu'aujourd'hui le voyageur doit effacer des murailles, des salles et du paysage lui-même les couleurs atroces qu'Eschyle y répandit à pleines mains et repolir ces ors embrunis par le « sang noir » d'Agamemnon. S'il veut emporter avec lui un livre ancien, qu'il ouvre l'*Odyssée*, quand Télémaque, après avoir parcouru une terre humide, couverte de trèfle, de blé, d'orge et de luzerne, parvient dans le royaume de Sparte, étincelant d'or, de bronze et d'ivoire, où l'Orient a laissé le souvenir de ses mers, de ses monstres, de ses mystères, de ses herbes magiques et de ses métamorphoses merveilleusement colorées.

Qui étaient donc les rois de Mycènes, de Sparte et de Pylos ? Agamemnon, Ménélas et Nestor ? Selon les spécialistes, la supposée forteresse féodale d'Agamemnon formait le cœur d'une monarchie théocratico-bureaucratique, comme celles de l'Orient voisin. Ce roi, que nous sommes habitués à imaginer comme quelque hirsute seigneur de la guerre ou comme un artisan qui fabriquait de ses mains lits, radeaux et engins de guerre, partageait avec un dieu le titre de *wanax* et était étroitement lié à une déesse appelée la « Maîtresse ». Dans le palais, toute la vie du royaume était entre les mains d'une bureaucratie complexe. Des intendants royaux, des gouverneurs de province, des inspecteurs percevaient les tributs, distribuaient matières premières et rations alimentaires, recensaient les troupeaux. Tandis que les lavandières, les tisseuses, les fileuses et les boulangères faisaient du palais une ruche bourdonnante, les scribes préparaient les fragiles et indestructibles tablettes d'argile, petites comme des feuilles de carnet, ou aussi larges que les pages d'un grand livre, et qui portent encore la trace de leurs doigts ; et ils compilaient des documents de toutes sortes, comme la foule de scribes qui peuplait l'Égypte des pharaons.

Le *wanax* était tout d'abord un propriétaire terrien ; et des milliers de chèvres et de brebis, quelques porcs, quelques vaches paissaient pour lui sur les collines de Grèce et de Crète. Mais le pays n'était pas riche. D'où tirait-il sa puissance ? Tout donne à penser que, comme Louis XIV et les souverains des âges mercantiles, les souverains mycéniens possédaient des « manufactures royales » : fabriques d'onguents et de parfums, comme celle, située à l'extérieur des murs de Mycènes, dont Agamemnon tirait une partie de sa richesse. Le commerce extérieur était lui aussi une prérogative royale, et les marchands et les marins, aussi habiles et sans scrupules que les futurs marchands grecs, traversaient la Méditerranée pour le compte des intendants royaux. Les onguents, les vases, les étoffes colorées, les épées et les poignards fabriqués dans le Péloponnèse étaient débarqués dans les ports de Chypre, d'Égypte, d'Asie Mineure, et dans les ports d'Italie, où d'autres marchands les transporteraient toujours plus au nord, jusqu'en Cornouailles. Revenant dans leur patrie, les navires mycéniens chargeaient les marchandises les plus demandées par leurs souverains : l'or de Nubie, les scarabées, l'ébène, les résines, les œufs d'autruche, les pierres rares achetées en Égypte, l'ambre magique, travaillé en Angleterre, l'étain de Cornouailles, de Bohême et de Toscane, l'argent de Sardaigne et l'ivoire indien, que de lentes et infatigables caravanes avaient apporté jusqu'à Ougarit, Alalakh et Byblos.

Mais le souverain ne résumait pas dans sa personne, comme en Égypte, toute la force et le nom de l'État. Le *lawagetas*, ou capitaine des armées, occupait le second rang dans le royaume, comme chez les Hittites le « grand écuyer » qui se tenait aux côtés du roi-soleil ; et les *telestai* étaient probablement liés au roi par un rapport de type féodal. Enfin le *demos*, la collectivité du peuple, possédait quantité de terres, dont elle disposait à son gré. C'est au *demos* qu'appartenait cette foule active d'artisans libres qui se pressait dans les rues des bourgs. Si nous nous replongeons dans les registres des scribes, voilà que resurgissent les charpentiers, les chaudronniers, les cordonniers, les potiers et les tailleurs de pierre ; les forgerons nous redisent leurs noms, Plouteus, Kukleus, Noeus, Onaseus, Khariseus ; voici les merveilleux fabricants de meubles, qui ornaient tables et chaises de têtes de lion, de poulpes et de griffons d'ivoire, de palmes et d'oiseaux d'or, de cyanite et de cristal de roche ; et les orfèvres, les faiseurs d'arcs et de casques, les teinturiers aux mains tachées de pourpre ; cependant que l'herboriste continue d'aligner sur ses rayons les racines, les graines, les algues, l'encens et les simples qui soigneront les vivants et les morts.

Vers 1600 av. J.-C., selon Palmer, ou trois siècles plus tôt, comme le soutiennent d'autres spécialistes, les populations mycéniennes descendirent vers les collines et les plaines de Grèce. Mais une chose est certaine : vers 1500, quand des mains pieuses ensevelirent les quatorze squelettes couverts d'or, la Grèce continentale obéissait aux rois de Mycènes. Ceux-ci avaient apporté avec eux le cheval, inconnu jusqu'alors dans le monde égéen, et faisaient reproduire la marque de leur puissance sur les sceaux, les fresques, les épées et les pierres tombales. Un siècle plus tard, leurs splendides chars légers, à deux roues, avec leur caisson de bois peint en rouge minium et leurs roues recouvertes de bronze, débarquèrent en Crète : ils fondirent sur les guerriers minoens ; un roi grec prit place sur le petit trône d'albâtre de Minos ; et les deux civilisations mêlèrent leurs apports — le cheval et le poulpe, l'épée et le dauphin — au point qu'aujourd'hui il paraît impossible de les distinguer.

Sous bien des aspects, la religion mycénienne était semblable à la religion grecque : Zeus, Héra, Hermès, peut-être Athéna et les deux reines (qui deviendront Déméter et Perséphone) figurent dans les tablettes, cependant qu'une foule de divinités animales et de démons apparaît dans les représentations peintes ou sculptées. Mais Zeus et les futurs olympiens vivaient sous le signe d'une divinité plus puissante. Le seigneur du Péloponnèse était alors l'antique Poséidon, dieu des profondes eaux souterraines, des sources vives, des marais qui couvraient encore la Grèce, des tremblements de terre soudains et catastrophiques, plutôt que des eaux marines : le père des monstres que, dans l'*Odyssée*, les dieux de l'Olympe s'efforcent de vaincre par la ruse.

Vers le milieu du XIIIe siècle, la puissance des royaumes mycéniens atteignit son apogée. Des murailles cyclopéennes s'édifièrent autour des citadelles, les châteaux furent agrandis, les salles richement ornées de fresques, les tombes à coupole s'apprêtèrent à recevoir les ossements des Atrides ; cependant que les guerriers attaquaient l'Égypte et imposaient leur emblème religieux, le dieu-cheval (l'une des incarnations de Poséidon), aux maîtres de Troie. Quelques dizaines d'années plus tard, comme si par cette entreprise les rois de Mycènes avaient accompli un acte ignominieux, sur lequel s'abattrait la réprobation des siècles, survint l'écrasant désastre. Quelle en fut la cause ? Seraient-ce, comme le pense Rhys Carpenter, les alizés d'Égypte qui, remontant vers le nord, privèrent de pluie diverses provinces grecques dès lors livrées à la sécheresse, brûlées, désertes, abandonnées, avec seulement quelques arbres rongés jusqu'aux racines ? Rien ne nous permet d'adopter cette hypothèse fantaisiste.

Un envahisseur inconnu attaqua Pylos. Les Mycéniens, comme le rappellent les tablettes d'argile, préparèrent leur défense. Les femmes abandonnèrent les villages, et l'or d'un sanctuaire fut transporté dans le palais du roi. Des groupes de « gardiens » furent envoyés en patrouille le long des côtes du golfe de Messénie et du golfe d'Arcadie ; des divisions de rameurs, d'artisans du bronze et de maçons renforcèrent les unités militaires et la flotte, concentrée autour du cap Rion. Mais toutes ces mesures furent vaines : les hordes mystérieuses, armées de fer, débarquèrent à Pylos, mirent en déroute les guerriers bardés de bronze et incendièrent le royaume de Nestor, interrompant à jamais cette existence si confiante : ils massacrèrent les scribes qui compilaient un registre cadastral, et les servantes qui venaient de préparer les amphores pleines de vin et les cruches d'eau pour le bain de la reine. Peu de temps après, les flammes sauvages des incendies gagnèrent Mycènes, Tirynthe, Orchomène et Cnossos ; Athènes se prépara pour la défense suprême ; et la mémoire du monde d'Agamemnon et de Nestor fut confiée, trente siècles durant, à la parole trompeuse et véridique des grands poètes.

Apollon, Hermès, la poésie

Avant la naissance d'Apollon, Délos était une petite île rocheuse, qui errait sur les mers comme une herbe abandonnée dans le courant. Poulpes et phoques s'y multipliaient. Quand Léto arriva, quatre colonnes d'or surgies soudain des racines de la terre arrimèrent l'îlot aux cavités de la mer Égée. Tournant sept fois autour de Delphes, les cygnes — « les plus harmonieux des oiseaux » — chantèrent sept fois pour la parturiente ; enfin, après neuf jours et neuf nuits de douleurs, Léto entoura de ses bras un palmier, pressant la prairie de ses genoux. Au-dessous d'elle, la terre sourit. Dans la splendeur du jour, Apollon bondit à la lumière, tandis que Rhéa, Dioné, Thémis et Amphitrite poussaient un cri. À ce moment, la petite île des phoques et des poulpes se couvrit d'or — cette lumière solidifiée que Pindare aimait. La terre se fit or, le petit lac rond contempla ses mouvants flots d'or, le palmier se couvrit de frondaisons et de dattes d'or, les eaux transparentes du fleuve Inopos resplendirent d'or. Le jeune dieu se leva. Il se mouvait souplement, à grands pas, « sur la terre aux vastes routes », jouant de la lyre, tel un astre en plein jour : des éclairs jaillissaient de ses sandales et de sa tunique, son corps lançait des étincelles, et son éclat fulgurant rayonnait jusqu'au ciel. La Grèce avait trouvé son dieu de la lumière, qui dissoudrait d'un geste les monstres souterrains et les ténèbres de la « Nuit féconde ».

Étrange lumière : lumière qui dans son éclat excessif, outrepassant douloureusement toutes les limites sonores et lumineuses, contient en elle toute la profondeur des ténèbres. Dans les premiers vers de l'*Iliade*, le poème qui lui est consacré, Apollon descend de l'Olympe « comme la nuit », lançant ses flèches acérées sur les Grecs et sur les animaux ; et ce qui nous surprend, ce n'est pas que la lumière tue — la lumière n'est pas toujours bienfaisante — mais qu'elle ressemble à sa rivale. Nous savons qu'Apollon partageait un oracle avec les déesses de la Nuit ; et l'eau très pure des Muses avait elle-même une origine infernale : elle suscitait donc terreur et vénération. Apollon purifiait — mais il avait été purifié, parce que lui aussi avait souillé ses mains d'un assassinat. Il guérissait, mais apportait la mort. Quant aux biens de la folie prophétique, accordés à quelques rares élus — qui ne frémit en voyant Cassandre, telle que la peint Eschyle : la prophétesse tragique et jamais écoutée, possédée et détruite par son dieu trop lumineux ?

Apollon, Apollon,
dieu des chemins, toi qui me perds !
Pour la seconde fois tu m'as perdue sans effort...
... Hélas, hélas, ah, malheur !
De nouveau le terrible labeur prophétique
me fait tournoyer sur moi-même, et me convulse
de son approche...

Le jeune frère d'Apollon, Hermès, n'avait pas été engendré à l'air libre, mais au sein de la terre, dans une grotte solitaire, ombragée et enfumée, qui s'ouvrait parmi les montagnes boisées d'Arcadie. Il était né pendant la nuit, et son temps était la nuit. Quand les ombres s'allongeaient sur la terre, que les rues étaient vides et désertes, que le sommeil s'emparait des dieux et des hommes et que les chiens eux-mêmes n'élevaient plus la voix, Hermès passait silencieux et invisible, comme le brouillard et la brise d'automne. Il emmenait avec lui l'immense peuple des rêves ; il ouvrait et fermait les paupières des hommes, et accompagnait les âmes des morts, qui voletaient autour de lui avec de petits cris. Il était tissé d'une nuit douce et sereine qui ignorait les profondes ténèbres d'Apollon. Mais Hermès lui aussi possédait sa lumière. L'hymne homérique qui lui est consacré assure que c'est lui qui inventa le feu, en frottant un rameau de laurier contre un rameau de grenadier. La véritable lumière d'Hermès était celle de ses yeux : la flamme de ses regards était si vive et si mobile, l'éclair de sa prunelle si semblable à une étincelle lumineuse, qu'il lui fallait baisser les yeux pour ne pas révéler ses pensées. De lui émanait cette lumière brillante et insinuante, subtile et ombreuse, compliquée, fugitive et ironique, qui se cache au cœur des tendres nuits hermétiques — et qui n'a rien de commun avec l'éclat violent, aveuglant d'Apollon.

Avec leur inépuisable amour des antithèses et des contradictions, les Grecs opposèrent Apollon et Hermès. Apollon était le grand dieu, la figure noble et tragique, qui apparaissait au fronton des temples, au début des poèmes épiques et dans le théâtre d'Eschyle. Avec son arc-cithare, il se tenait loin des hommes : au sommet d'une montagne ou dans la distance infranchissable de l'esprit prophétique. Peut-être n'aimait-il pas les hommes ? À moins qu'il ne les aimât trop ; et ses relations avec eux furent souvent malheureuses. Il savait qu'ils étaient petits, « pareils à des feuilles » ; à peine — disait Pindare — « le songe d'une ombre » ; et c'est pourquoi il leur imposait des limites (« Connais-toi toi-même », « Bannis l'excès ») et châtiait leur *hybris.* Lorsqu'il descendait parmi les hommes, il suscitait effroi et stupeur, terreur et vénération.

L'astuce d'Hermès fut de se faire passer pour petit : lui qui plus tard régnerait sur un pays immense et mystérieux se présenta aux dieux et aux hommes comme un démon, un esprit de l'air. Si Apollon était tragique, Hermès, lui, était comique ; si Apollon aimait la noblesse du geste, il avait, lui, une passion irrépressible pour tout ce qui était louche, obscène, trivial, ambigu ; et il nous enseigna que les gestes les plus humbles de la vie peuvent avoir la même grâce insinuante que les activités supérieures. Il n'éprouvait aucun embarras au contact des hommes : il descendait jusqu'à eux, les accompagnait dans la nuit, les prenait par la main, les secourait, les consolait, les apaisait, avec une douceur suave que nul n'aurait attendue d'un esprit aussi railleur. Quand le salut était proche, il disparaissait, car — peut-être est-ce le mot le plus juste qu'ait jamais dit un dieu grec — « il serait blâmable qu'un dieu immortel aimât aussi ouvertement les mortels », et laissait derrière lui un halo de charme et de tendresse.

Est-il un dieu grec qui soit simple ? Chacun d'eux était un cosmos : une richesse contradictoire de pensées, d'images, de visions, de sentiments, de rites, qui formaient une unité compliquée. Et pourtant les Grecs, les philosophes surtout, sentaient que le cosmos d'Apollon était « simple », clair, pur : simple comme semble l'être la lumière. Il n'avait qu'une forme ; et il apparaissait de face, comme sur le temple d'Olympie. Il était véridique : il ignorait le mensonge ; il révélait l'« immuable volonté de Zeus » — quoique la vérité des dieux puisse paraître fort obscure aux mortels car, disait Héraclite, le dieu « ne dit ni ne cache, mais suggère » et sa parole se brise en mille reflets. Il instituait les lois : celles des temples, des sacrifices, du culte, de l'intelligence et de la poésie ; tout ce qui, dans l'esprit, a forme et harmonie appartenait à son royaume.

Hermès avait avec Apollon le même rapport que les couleurs avec la lumière. Son esprit revêtait toutes les formes, empruntait toutes les voies et se tournait, toujours sinueux et enveloppant, de tous les côtés. Nul n'était plus versatile et multiple que lui. Il avait un esprit « coloré », « bariolé » (*poikilométis*) : expression saisissante, que l'on ne peut traduire avec exactitude. La pensée d'Hermès était colorée comme un tableau, un tapis ou la queue d'un paon, mais aussi subtilement agencée, comme un poème ou un discours élégant, et également complexe et énigmatique, comme les nœuds, les labyrinthes, les constellations célestes et les ouvrages des abeilles. Nous pouvons donc comprendre qu'Hermès aimait peu la vérité, même celle, allusive et voilée, d'Héraclite. Il aimait les ruses et les mensonges ; les voleurs, les marchands, les brigands de grands chemins, les mystificateurs. Il ne cultivait guère la loi et l'ordre d'Apollon, mais le hasard, l'imprévu, le caprice du sort : tout ce qui passe, bouge, reste sur le seuil, apparaît et disparaît, insaisissable et invisible comme le brouillard et la brise d'automne. Nous le rencontrons en tous lieux, qui nous sourit, moqueur, et nous appelle. Et en quittant ce monde immense, nous nous demandons comment il peut être sous le signe d'un dieu unique. Pourtant, si vaste que soit son domaine, Hermès ne perd jamais la rapidité de ses regards et de son pas, sa légèreté aérienne d'oiseau des mers.

Si bien des choses séparaient Apollon et Hermès, une au moins les unissait. Selon les *Hymnes homériques,* ils avaient tous deux inventé la lyre, et donc la poésie. Ou plus exactement, Apollon n'avait pas inventé la poésie : il l'avait reçue en don, à sa naissance, comme quelque chose qui n'appartenait qu'à lui. « Ce sont mes privilèges, que la lyre et l'arc recourbé » ; c'est donc de lui que descendaient les aèdes qui se confient à l'inspiration sacrée de la mémoire. Hermès, en revanche, *inventa* littéralement la lyre à sept cordes. À peine né, il trouva une tortue près de l'entrée de sa grotte ; il la retourna, la tua, arracha cruellement sa chair, transperça sa carapace et y fixa des tiges de roseau et deux bras, tendit sept cordes de boyaux de brebis, puis commença à chanter les amours de Zeus et de sa mère. La poésie fut, pour lui, une ingénieuse invention technique, dans laquelle, comme plus tard tous les poètes, il exploita habilement les présents du hasard et de l'imprévu.

Si nous voulons comprendre la poésie d'Apollon, il nous faut écouter la voix du héros suprême de son monde : la voix d'Achille. Quand Phénix, Ajax et Ulysse quittèrent la tente d'Agamemnon, ils longèrent « la grève où bruit la mer », pour atteindre la tente des Myrmidons. Ils y trouvèrent Achille, qui chantait sur sa lyre « la gloire des héros ». Homère nous dit qu'Achille « trouvait de l'agrément (*éterpen*) à la lyre sonore ». Le plaisir de la poésie homérique n'était-il donc que cela ? Un simple « agrément » comme celui qu'un poète rococo puisait dans ses suaves petites strophes musicales ? Mais *térpein* est un terme très fort : Ulysse (l'un des auditeurs d'Achille) nous l'explique, lorsqu'il décrit à Alkinoos la joie qui emplit les convives entendant les chanteurs, quand les salles regorgent de pain et de viandes, et que l'échanson puise le vin dans le cratère et le verse dans les coupes. « Ce me semble, dans l'âme, une fort belle chose. » La joie que suscitait la poésie homérique naissait de la plénitude de l'être : c'était un plaisir physique, comme celui de la nourriture, de l'amour, du bain, de la danse ; un plaisir qui imprégnait âme et corps tout entiers. Plus qu'en aucune autre tradition occidentale, la poésie était joie ; et la joie était contenue dans le nom de deux Muses, Terpsichore et Euterpe, et dans celui de Terpandre qui inventa la lyre à sept cordes.

Les Grecs étaient beaucoup moins ingénus que nous et savaient combien la « joie » était tragique dans le monde lumineux d'Apollon. Car la lyre, qui apporte la joie, est le même instrument que l'arc, d'où vient la mort. Comme Apollon tirait de loin les flèches de son arc, les Muses « dardaient de loin » celles de leur lyre. Le poète était un archer ; sa chanson, une flèche qui ne manquait jamais son but, et la corde de l'arc vibrait comme celles de la lyre. Cette métaphore contient en elle toutes les informations essentielles quant à la poésie apollinienne. Le poète possédait la distance contemplative du dieu qui, d'un geste, avait interrompu, sur le fronton d'Olympie, la lutte des Centaures et des Lapithes ; et aussi la précision, l'exactitude, l'art de toucher juste et de connaître l'ordre véritable des choses que possèdent les grands mathématiciens. Mais il portait en lui un don plus terrible : la mort. Dans chaque vers d'Homère, de Pindare et d'Eschyle, derrière la lumière et la joie, il nous faut deviner le sifflement terrible des flèches avec lesquelles, au seuil de l'*Iliade*, Apollon répand la mort parmi les Grecs.

Quand Hermès prit la lyre, pour chanter l'origine et l'histoire des dieux, Apollon l'écoutait, fasciné. Un désir s'empara de son cœur, et il dit à son frère :

Merveilleuse est la voix que j'entends
et j'affirme qu'aucun homme jamais ne l'a connue,
ni aucun des dieux qui habitent les demeures de l'Olympe,
sinon toi, gredin, fils de Zeus et de Maia.
Quel art est-ce là ? Et ce chant qui calme les passions irrésistibles ?

Dans la poésie d'Apollon, Hermès n'avait insinué qu'un mot : *thélgein,* « enchanter », qui transforma toute la tradition poétique. Seigneur de la magie et des philtres, Hermès était le maître de tous les charmes. « Charmes » aussi, pour nous, est un mot usé ; il a perdu le pouvoir qu'il renfermait dans les poèmes et les hymnes homériques. Quand Hermès chantait sur sa lyre, il exerçait sur son public un pouvoir de suggestion infini : la séduction de la magie, le désir érotique, le pouvoir de guérir et d'apaiser les âmes et les corps, la force d'oublier, le calme, la sérénité, le plaisir insinuant des sons mélodieux, le profond sortilège du sommeil et, mêlé à toutes ces « passions irrésistibles », l'art subtil, insaisissable, de la tromperie.

Si la « joie » de la poésie d'Apollon dissimulait le dard de la mort, le charme de la poésie d'Hermès recelait un péril plus terrible encore. Comment ne pas céder aux forces de la magie et de l'éros, de l'oubli, du sommeil et de la tromperie quand le fleuve mélodieux des sons les mêlait irrésistiblement ? Qui n'eût pas perdu l'esprit devant la nouvelle Muse, *Thelxinoé* ? Les Grecs représentèrent tout cela dans la figure des Sirènes, lesquelles, selon une tradition qu'Homère ne reprend pas, étaient filles des Muses. Assises sur les prairies de leur île, elles chantaient, « d'une voix de miel », les histoires de la guerre de Troie et « tout ce qui survient sur la terre féconde » — tel un groupe d'aèdes. Le charme de leur voix et de leurs histoires était si démoniaque que quiconque les entendait s'approchait de l'île et s'y perdait, oublieux de sa propre existence, subjugué, ensorcelé, enivré par ces voix de miel, jusqu'à la fin de ses jours. Quand la mort le prenait, son corps demeurait, pourrissant, sur le « pré fleuri ».

Enchanteresse comme Hermès et les Sirènes, Circé apprit à Ulysse, et à tous les auditeurs de la poésie hermétique, comment se protéger du danger. Elle lui ordonna de se faire attacher les mains et les pieds au mât du navire, laissant ses yeux et ses oreilles exposés aux séductions des Sirènes. Il n'est pas, dans l'histoire de la littérature, de geste plus mal compris : car bien peu ont saisi en profondeur le monde d'Ulysse. On a accusé le héros de jouir abusivement des plaisirs de la poésie — au moyen d'une vile ruse, en évitant, grâce à ses liens, les dangers de la tragédie. Mais Ulysse n'était pas une figure romantique. C'était un Grec, qui obéissait aux dieux, surtout quand ceux-ci le contraignaient, par la force, à accomplir son destin. Il vécut au cœur même de l'enchantement : il vit, entendit, connut toute la séduction d'Hermès, au point de vouloir s'anéantir, de chercher lui aussi (lui qui n'oubliait jamais) à tout oublier. Ce fut le risque suprême qu'il courut dans l'*Odyssée*. Il se vit un moment plongé dans le royaume de la magie, de l'éros, de la musique et de l'oubli, où il pouvait se perdre à jamais. Mais les dieux et Circé vinrent à son aide : les cordes le maintinrent attaché au mât et à lui-même. Il conserva la liberté de voir et d'entendre, la distance apollinienne de l'esprit qui contemple, le souvenir et le désir du retour. Il rentra chez lui, transformant l'enchantement démoniaque d'Hermès et des Sirènes en pure « joie » de la poésie.

L'hymne homérique nous rapporte qu'Hermès ne conserva que peu de temps la lyre à sept cordes. Il l'abandonna entre les mains d'Apollon, en échange de cinquante vaches, d'une baguette d'or et des prophéties, tantôt véridiques et tantôt trompeuses, des Vierges-Abeilles. Il nous semble avoir perdu beaucoup au change. Mais à quoi bon opposer notre modeste science au savoir nocturne d'Hermès — lequel avait des visées plus larges que celles de la poésie, puisque quelques siècles plus tard, il devint le protecteur de toute la connaissance ésotérique ? Il ne reste que le regret de ne plus entendre sa voix mystérieuse et ingénieuse.

En réalité, Hermès n'avait pas été oublié. Car depuis ce jour-là, prise, enveloppée, enclose dans la poésie d'Apollon, c'est aussi la voix d'Hermès que nous entendons. La lyre et les hymnes de Pindare

— le plus grand poète apollinien — étaient « colorés » et « bariolés » comme l'esprit d'Hermès, et le même « charme » s'en exhalait. La première ode pythique dit ceci :

Lyre d'or, bien commun
d'Apollon et des Muses
aux boucles d'hyacinthe...
... Sur la pointe de la foudre,
tu éteins le feu éternel ; sur le sceptre
de Zeus, l'aigle s'endort :
l'une sur l'autre, il laisse retomber
ses ailes rapides

Le roi des oiseaux :
tu as versé une sombre nuée
sur sa tête recourbée, fermant
tendrement ses paupières, et dans le sommeil
son flanc doucement se soulève
tout entier livré à tes vibrations...

Il n'est pas de vers, dans la tradition occidentale, qui révèlent plus profondément la toute-puissante richesse de la poésie : les forces de la magie, de l'amour, du sommeil, de la possession et de la mort, conjuguées dans chaque strophe.

Amoureux des antithèses, que la force pénétrante et limpide de leur esprit savait porter à leurs limites extrêmes, les Grecs savaient que toute antithèse, une fois épuisée sa puissance de choc, doit se résoudre dans une plus vaste harmonie. Dans le cas d'Apollon et d'Hermès, cette résolution avait déjà eu lieu, dans l'*Iliade* et dans l'*Odyssée.* L'*Iliade* s'ouvre sur la nuit et la mort, apportées par Apollon, dieu de la lumière ; et elle se referme sur le voyage d'Hermès, qui escorte Priam jusqu'à la tente d'Achille, invitant les dieux et les hommes, les Grecs et les Troyens, à se rencontrer. Selon une tradition, Ulysse descend d'Hermès, et dans l'*Odyssée,* il a l'esprit « multiforme », « multiple » et « coloré » du dieu. Mais son triomphe survient au cours d'une fête printanière d'Apollon, et grâce à l'arc (pareil à la lyre), attribut d'Apollon. Ces correspondances ne peuvent être le fruit du hasard. On ne sait qui les a créées. Peut-être le « premier Homère » ouvrit-il son poème et le conclut-il sur la geste des deux dieux qui avaient inventé la poésie ; et, après quelque temps, le « second Homère » lui répondit par un chiasme sublime, rappelant les deux dieux de la « joie » et de la « magie » poétique. À moins que tout cela ne se soit produit plus tard, lorsqu'un rédacteur mit en forme ce matériel immense ? La réponse n'a guère d'importance, et il est peu probable que quelqu'un la fournisse jamais. Seul importe le fait que, aux origines mêmes de la Grèce, l'*Iliade,* l'*Odyssée,* l'*Hymne à Apollon* et l'*Hymne à Hermès* nous rappellent que la poésie a été inventée par deux dieux antithétiques et réconciliés. C'est ainsi qu'à Mégalopolis, selon Pausanias, l'on bâtit un sanctuaire dédié tout la fois aux Muses, à Apollon et à Hermès.

À travers le temps, les hommes ont tenté de représenter la poésie sous diverses formes. Certains ont opposé la poésie ingénue et la poésie sentimentale ; d'autres, les formes classiques et romantiques ; ou bien l'on a distingué, dans toute la culture occidentale, un élément apollinien et un élément dionysiaque. Mais je crois que l'antithèse antique, issue de l'imagination mythique et si concrète des Grecs, et reprise par Goethe dans le *Second Faust*, est la plus exacte. Si nous scrutons presque trente siècles d'art européen, nous rencontrerons à chaque époque le poète apollinien et le poète hermétique : deux formes de l'esprit, qui ont engendré la littérature d'Occident et vivent encore parmi nous, cachées sous mille déguisements.

Voici le poète cher à Apollon : nourri de lumière absolue et de ténèbres absolues, de joie et de mort, il aime la tragédie, la forme pure, la noblesse du style, la distance intellectuelle, la vérité nue ou voilée et l'harmonie. Et voici le poète d'Hermès : ce petit démon nocturne, à l'esprit multiple, coloré et scintillant, qui préfère la comédie, le mensonge, les rêves, le hasard, Éros, la tendresse et la légèreté, et qui peut succomber, ou nous faire succomber, à un charme mélodieux plus terrible que n'importe quelle mort. La littérature est faite presque uniquement de cela. Il n'y a qu'Apollon et Hermès, Hermès et Apollon : leur tension, leur face-à-face et, parfois, leur profonde harmonie.

Quel dieu, quel héros, quel animal divin, quel homme se cache sous le nom encore mystérieux d'Ulysse ? À peine s'approche-t-on de lui, pour le suivre d'un chant à l'autre de l'*Odyssée*, comme le suit aussi son destin aventureux, qu'Ulysse vacille, pivote sur lui-même et révèle un visage baigné dans une lumière toujours changeante. Tantôt il apparaît devant nous comme un noble héros, resplendissant de grâce et de beauté, enveloppé dans un moelleux manteau de pourpre ; et tantôt, au contraire, comme un vieux mendiant aux yeux chassieux, à la peau flétrie, affublé de haillons noircis par la fumée et d'une besace repoussante. Tantôt l'on dirait un lion, traversant le vent et la pluie avec des yeux de braise, et tantôt une pieuvre, avec sa tête visqueuse et ses tentacules insidieux, agrippés au rocher ; parfois c'est un grand aigle à la parole humaine, et parfois un vautour, circonspect et rapace... Nous ne savons quel visage choisir, quel animal préférer ; et à la fin il nous semble entrevoir, dans les lumières et les brumes de la Méditerranée, une sorte de griffon marin, qui a la tête du lion et les tentacules de la pieuvre, les ailes de l'aigle et le bec du vautour.

Si l'on veut approcher cette figure extraordinaire, il ne faut pas oublier que, comme le soulignait Carlo Diano, philologue de génie, Ulysse ressemblait aux deux divinités qui le protégeaient :

Hermès, dont il descendait, et Athéna, qui le suivit avec l'amour exclusif d'une complice. Sa nature était multiple et versatile, comme la leur : il savait revêtir toutes les formes, il s'engageait dans toutes les voies et tendait, toujours sinueux et ondoyant, vers toutes les directions à la fois. Son esprit, « coloré » et « bariolé » comme celui d'Hermès, ressemblait lui aussi à un tableau ou un tapis ; mais il était également artificieux comme un discours ; énigmatique et compliqué comme les labyrinthes et les constellations célestes, et secret comme l'esprit des voleurs, des marchands et des amants clandestins de la nuit.

Ulysse lui aussi prit les armes, combattit et tua avec l'arc et l'épée ; et une fois même — en insultant Polyphème aveuglé — il pécha par vanité épique. Ce fut son seul véritable péché, pour lequel il fut puni jusqu'à la fin de ses jours. Mais l'épée n'était pas sa passion profonde. Alors que les autres guerriers ne rêvaient que de répéter les exploits d'Achille, il découvrit, lui, qu'aucun héros épique n'avait encore posé le pied sur un territoire immense et qui s'ouvrait, inexploré, devant son désir. C'est ainsi que les yeux perçants d'Ulysse regardèrent autour d'eux, avides de voir et d'apprendre. Ses mains habiles et encyclopédiques palpaient les choses, les soupesaient, en étudiaient la fibre intime ; elles imaginaient des astuces techniques, des inventions ; elles accomplissaient les tâches du maçon et du marin, celles du charpentier et de l'artiste, comme si toute la science des artisans de Grèce s'était rassemblée dans ces mains prodigieuses. En même temps, sa finesse de voleur et son cœur de pieuvre versicolore préparaient sans cesse expédients, larcins, mensonges ou mystifications ; et sa parole insinuante, éloquente, persuadait les esprits.

Était-il donc un honnête artisan ou un escroc ? Un homme précis ou un menteur ? Pour comprendre le monde d'Ulysse, il faut oublier que de nos jours l'artisan et le voleur, l'homme franc et le menteur appartiennent à des aspects opposés de la réalité. Du temps où Ulysse vivait sous la double protection d'Hermès, personne n'avait pu distinguer dans ses inventions la technique du frauduleux, car ses mains précises et habiles et son esprit sagace produisaient quelque chose qui visait à tromper, et la tromperie, à son tour, entrait peut-être dans le cadre d'une précision plus grande. Les entreprises auxquelles Ulysse et Pénélope confièrent leur gloire sont justement des chefs-d'œuvre tout à la fois d'artisanat et de tromperie : le cheval de bois qui provoqua la chute de Troie et la vaste toile arachnéenne où s'emprisonnèrent, quatre ans durant, les espérances des Prétendants.

Mais la ruse du cheval était chose trop simple pour un esprit aussi tortueux que les labyrinthes. Par-delà les frontières de la réalité, au-delà et au-dessous des confins de la terre, s'étend l'immense cité de la nuit, de la magie et de la mort, dont les hommes ne connaissent que peu de signes. Ulysse en était un citoyen d'élection, en tant que descendant d'Hermès, l'enchanteur nocturne qui tient la baguette du sommeil, le sorcier qui possède les secrets des herbes, le guide des âmes de l'Hadès. Mais il ne pouvait pénétrer dans ce monde avec de simples artifices humains. Il fallait que quelque divinité lui en montrât le chemin, la voie d'accès, les rites ; et il fit halte dans l'île de Circé, cette trompeuse pareille à lui et plus puissante que lui. Le rapport qui l'unit à la déesse-ensorceleuse, l'affinité qu'il dut découvrir entre leurs deux esprits furent si profonds qu'il faillit — et ce fut la seule fois dans sa vie — perdre la mémoire et le désir du retour. Quand ses compagnons, au bout d'un an, le persuadèrent de reprendre sa route, il se fia uniquement à l'aide de la magicienne qui l'avait accueilli dans son lit et lui permit de traverser, indemne, les périls des morts et des monstres marins et les enchantements démoniaques de la poésie.

Neuf ans plus tard, de retour à Ithaque, Ulysse montra qu'il était passé maître dans un autre genre d'artifices : ceux du théâtre. Déguisé en mendiant, il mangeait aux côtés des porchers ; il tendait la main devant la porte de son palais, quémandait un quignon de pain ou un morceau de viande, étalant les exigences de son ventre insatiable — tel un acteur qui, toute sa vie, n'aurait fait qu'observer les habitudes des mendiants et les imiter devant son auditoire de seigneurs. Il parlait et jurait comme un fanfaron excité par le vin ; il racontait sans cesse de nouvelles versions de son histoire, d'abord effrontément mensongères, et puis, avec le temps, de plus en plus proches de la vérité, rejoignant lentement les paroles sans tache d'Apollon. Mais alors même qu'il feignait, qui peut exclure qu'il révélait la part la plus basse, la moins noble de sa nature ? Le roi d'Ithaque était certes un aigle majestueux de la parole humaine mais aussi un vagabond et un imposteur : le premier des valets de comédie qui, après lui, traverseront d'un pas agile, jamais domptés, jamais désespérés, la scène compliquée et burlesque du monde.

Le destin le fit errer, dix ans durant, loin de chez lui ; il lui révéla les violences des Cyclopes, la tristesse désolée de l'Hadès, les tempêtes et les naufrages ; un long emprisonnement, baigné de larmes, au cœur de la Méditerranée ; et il le poussa jusqu'au point où les directions se perdent, où l'orient se confond avec l'occident. Comme pour tous les hommes, c'était là sans doute « son » destin : le seul qu'il pût connaître, car les vagabondages, les retards et les labyrinthes dans lesquels il faillit se perdre incarnaient l'impulsion à la fuite qu'il portait en lui. Mais, par ailleurs, quelqu'un lui avait imposé ce destin. Alors qu'il errait de rivage en rivage, son seul désir était de retourner dans l'île où il avait laissé sa maison, ses richesses, son lit patriarcal, et son épouse qui lui ressemblait comme une sœur. Nulle flatterie ne put le fléchir : il triompha, l'une après l'autre, des forces qui pouvaient l'inciter à l'oubli et préserva, intacte, sa mémoire, traversant sans céder au sommeil les flots et les mystères de la Méditerranée.

En même temps, « il souffrait de cruelles douleurs ». Il connut toutes les inquiétudes, les angoisses, les tourments de l'esprit et du corps, les terreurs les plus nobles et les plus viles ; il but le calice de son existence jusqu'à la dernière, la plus atroce humiliation, mendiant dans sa propre demeure. Ce flot de souffrances, qui se répandit en lui comme en un vase toujours prêt à le recevoir, constitua la réalité essentielle de sa vie. À travers dix années de guerre, puis dix autres années de vagabondage, il apprit l'art de supporter, d'un cœur patient et tenace, toutes les souffrances du monde ; et aussi le plus grand et le plus difficile de tous les arts : celui de respecter pieusement, quoi qu'il arrive, la volonté des dieux.

À mesure que les années passaient, il se raidissait, comme pour se protéger des assauts du destin. Son cœur devint de pierre et ses yeux apprirent à rester impassibles derrière ses paupières, durs comme la corne ou le fer, en face des spectacles qui le touchaient le plus profondément. Mais ces yeux endurcis ne doivent pas nous tromper. Il suffisait parfois d'un fait minime, et tous les tourments, les chagrins qu'il avait ensevelis dans son âme se réveillaient à l'improviste. Alors cet homme tenace et dur était submergé par une peine infinie, qui l'obligeait à cacher sa tête sous son manteau, à baigner ses vêtements de larmes. Aucun héros épique, pas même Achille peut-être, n'a jamais pleuré de façon aussi déchirante, profonde et terrible, que ce grand affabulateur.

À la différence d'Achille, qui chantait sur sa lyre « les gloires des héros », Ulysse n'avait pas de talent poétique. Quoiqu'il vénérât les Muses et leurs chantres, les déesses n'appréciaient guère son esprit trompeur et insinuant. Il ne possédait pas non plus, comme nous l'explique Télémaque dans un traité d'esthétique empreint de juvénile arrogance, le détachement contemplatif de celui qui sait entendre la voix de la poésie. Quand les aèdes célébraient ses exploits, il n'en éprouvait pas de joie ; il n'était ni consolé ni apaisé par l'experte harmonie des sons. Ces chants réveillaient seulement ses souffrances ; ils les rendaient plus violentes, plus insupportables ; et Ulysse sanglotait désespérément, telle une reine traînée en esclavage, ou une pauvre femme, tout juste bonne pour sa quenouille et son métier à tisser.

Le royaume sur lequel Ulysse régnait en souverain tout-puissant était celui du récit, aussi compliqué et infini que le tracé de ses voyages sur la carte de la Méditerranée. Dans l'*Odyssée,* où tous feignent, mentent et racontent, nul ne possède ses incomparables talents de narrateur. Nul ne connaît, comme lui, l'art de s'approprier et d'adapter les expériences les plus diverses ; personne n'a une mémoire aussi constante ni un esprit aussi ambigu que le sien, inextricable comme les nœuds de Circé, coloré comme ses tapisseries, aussi changeant que Protée, aussi mensonger que celui des charlatans de foire. C'est ainsi qu'Ulysse devint le symbole même de l'art de raconter. Tous les grands auteurs de romans allèrent à son école et s'efforcèrent de posséder cet extraordinaire faisceau de dons.

Lorsque Ulysse racontait, dans les salles des palais ou les cabanes des pasteurs, il émanait de ses paroles un charme pareil à celui que les Sirènes avaient distillé dans leurs chants épiques. Tous les auditeurs demeuraient fascinés ; tous auraient voulu passer la nuit, et même toutes les nuits, éveillés, à écouter ses aventures prodigieuses comme si Hermès, de sa baguette magique, avait ravi le sommeil de leurs paupières. Mais Hermès possédait également une autre faculté : celle de ramener le sommeil sur les yeux las et fatigués. Il ne voulut jamais la révéler à Ulysse. Quelque temps après la rédaction de l'*Odyssée*, il en fit don à Apollon : c'est-à-dire, à la grande poésie épique et lyrique, laquelle apprit à apaiser les âmes si profondément qu'aux sons de la lyre dorée l'aigle de Zeus lui-même, vaincu par les brumes du sommeil, inclinait sa tête recourbée et fermait doucement ses paupières.

Ni Homère ni aucun autre auteur antique ne nous disent si Ulysse a souffert de voir son dieu tutélaire lui refuser cette faculté si précieuse. Mais tout donne à penser qu'il a accepté de bon cœur la décision d'Hermès. Comment lui, si curieux, si mobile et inquiet, toujours secouru par une mémoire implacable, aurait-il pu calmer les esprits violents et faire descendre sur nous le mol enchantement du sommeil, le suave sortilège de l'oubli ? Chez les Phéaciens et à Ithaque, en Grèce, en Europe et partout où un être humain commençait à raconter, son rôle était autre. Lorsque tout semblait connu et pacifié, il venait suggérer qu'au loin là-bas, derrière la ligne d'horizon, il était d'autres monstres, d'autres magies, d'autres royaumes des morts ; qu'on y pouvait connaître d'autres ruses, d'autres engins, d'autres mensonges et de nouvelles souffrances ; ainsi il réveillait et excitait les esprits paisibles. N'est-ce pas cela, peut-être, écrire des romans ? Introduire l'inquiétude entre les lecteurs et les choses, ouvrir les yeux, éveiller la curiosité, provoquer la fascination et répandre sur la terre, qui si volontiers courbe la tête sous la caresse du sommeil, le don terrible de l'insomnie ?

Amour philosophe

Le Banquet de Platon est construit comme un récit de Conrad. Nous sommes à Athènes, vers 400 av. J.-C. Apollodore de Phalère, jeune homme amoureux de Socrate, parle avec un groupe de « riches et d'hommes d'affaires » dont nous ne connaissons nullement les visages : nous écoutons simplement une voix ; et elle conte à ces visages silencieux le récit que lui a fait un autre amoureux de Socrate, Aristodème. Le récit d'Aristodème renvoie aux conversations que, seize ans plus tôt, un groupe d'amis et de connaissances avait tenues à propos de l'amour. Phèdre, Pausanias, Éryximaque, Aristophane, Agathon avaient alors pris la parole ; mais le dernier et le plus important de ces discours, celui de Socrate, contenait en lui, telle la noix du conte qui emprisonne dans sa coquille la robe magique et les dizaines de mètres de soie de sa traîne, le discours que Diotime, la mystérieuse « étrangère de Mantinée » avait elle aussi prononcé nous ne savons quand, à propos de l'amour. Que signifient ces délicieux jeux narratifs, ces récits qui renferment sans cesse de nouveaux récits, cet incertain éloignement de la mémoire dans le temps ? Dans les dialogues de Platon, aucune parole n'est laissée au hasard. Tout nous donne à penser que ces jeux font allusion, avec une légèreté souveraine, à cette souveraine ambiguïté qui, dans *Le Banquet*, est le propre d'Éros.

Évoqué par les paroles croisées d'Apollodore et d'Aristodème, Socrate apparaît sur la scène : bien lavé et bien parfumé, contrairement à son habitude ; et ses yeux saillants « de taureau » fixent les choses, comme s'ils voulaient les pénétrer, et regardent de côté, sans qu'il tourne la tête, avec l'ubiquité des pieuvres et des dieux. Nous le reconnaissons dès que nous le voyons : il est « l'un de nous », comme dirait plus tard Conrad. Et c'est le plus génial, le plus délicieux des dilettantes qui aient jamais paru sur la scène de la littérature : il n'a ni connaissances ni profession précises ; tout ce qui est scolaire l'ennuie ; tout ce qui est pesant, calculé, littéraire, conventionnel, suscite l'élégance de ses sarcasmes ; et à la fixité silencieuse de la parole écrite il préfère la multiplicité changeante du langage oral. Il ne semble pas avoir de maison : il se promène, flâne, vagabonde, interroge, bavarde, en ville ou hors les murs, dans les maisons ou le long de l'Ilissos — inlassablement curieux et avide des choses les plus futiles qui surviennent dans les demeures des hommes et des pensées sublimes ou insignifiantes qui traversent leur esprit. Bien qu'il connaisse les mots des grands poètes, il est, lui, un personnage de comédie : il parle de bêtes de somme, de forgerons, de cordonniers et de tanneurs ; il se plaît, comme le plus insolent des ventriloques, à parodier les styles ; et dès qu'il apparaît, il nous faut en lisant baisser notre voix d'un ton, car la vie quotidienne — ce mystère — va surgir sur la page écrite.

Mais voici que survient un événement extraordinaire. Socrate, soudain, ralentit le pas puis s'arrête en pleine rue, laissant Aristodème le précéder : des pensées, dont Platon ne nous dit rien, l'ont assailli ; et nous devons imaginer que des « sources étrangères », voix divines ou démoniaques, sons et inspirations que nous ne serons jamais capables de percevoir, ont pénétré dans son oreille, comme versées d'une amphore. À ce moment, Socrate est devenu un être inspiré qui communique avec d'autres mondes. Lui, qui nous avait semblé si proche de la surface comique de la vie, ne connaît plus maintenant que ces dons divins que le « délire » nous inspire : ce délire que la divination apollinienne suscite chez la Sibylle et la prophétesse de Delphes, le délire des initiations et des purifications dionysiaques, le délire que les Muses éveillent dans l'âme délicate, immaculée, des vrais poètes, le délire furibond d'Éros. En quelques instants, pivotant sur lui-même, Socrate nous révèle un visage totalement différent. Nous n'en finissons pas d'admirer ce dilettante, ce vagabond, ce curieux, qui arpente avec tant de naturel les voies de l'éternel. Nous n'en finissons pas d'être étonnés devant ce personnage de comédie qui délivre, puis dissimule à nouveau ses dons surnaturels sous la discrétion la plus aimable et la plus souriante. Un équilibre aussi parfait entre les qualités opposées de l'âme humaine ne s'est jamais plus rencontré dans l'Histoire ; et c'est pourquoi Socrate continue de nous apparaître comme un phénomène unique. Tout est clair en lui : clair comme le platane, l'herbe, les eaux transparentes de l'Ilissos, dont nous le verrons s'approcher ; nous sommes dans le monde le plus limpide que nous ayons jamais connu ; et pourtant, quoi de plus énigmatique que lui, de plus inaccessible et insaisissable que sa personne ?

Peu après, le banquet commence. Les invités s'étendent les uns auprès des autres sur les lits ; ils dînent, procèdent aux libations rituelles, chantent les hymnes de Dionysos, accomplissent les autres rites consacrés. Personne n'a plus envie de boire ; personne ne souhaite répéter l'orgie de la veille ;

l'on congédie la flûtiste ; et, à l'invitation de Phèdre, chacun des invités prononce un discours à la louange de l'Amour. Il n'est pas de sujet mieux adapté à une réunion dionysiaque ; car, comme nous l'apprendrons bientôt de Socrate, l'Amour a été conçu par un dieu ivre de nectar. Les premiers discours ne nous enthousiasment guère. Phèdre, Pausanias, Éryximaque font l'éloge de l'Amour, le plus ancien, le plus noble et le plus vertueux de tous les dieux ; et nous comprenons aussitôt que Platon ne nous a pas invités ici, dissimulés derrière les portes invisibles de la scène, pour écouter ces excellents discours moraux. Le ton change dès qu'Aristophane prend la parole : jusque-là, il s'agitait comiquement, secoué de hoquets puis éternuant pour faire passer ces hoquets. Son discours est merveilleux, comme les grandes inventions mythico-farcesques de ses comédies, que Platon imite avec un bonheur délicieux, en homme capable de se faire l'écho de tous les styles, de prendre tous les visages possibles, de revêtir toutes les formes qui traversent l'univers vivant.

Fils du soleil, de la terre ou de la lune, les hommes primitifs, raconte Aristophane, étaient sphériques. Le dos et les flancs arrondis, ils possédaient deux visages réunis en une tête unique, quatre mains, quatre jambes, quatre oreilles et deux organes génitaux. Lorsqu'ils couraient, ils se déplaçaient rapidement en rond, tournoyant comme des acrobates ou des araignées géantes en s'aidant à la fois des mains et des pieds. Ils auraient dû être heureux, puisqu'ils partageaient la perfection du cercle. Et pourtant ces impies, bouffis d'un orgueil démesuré, se lancèrent à l'assaut du ciel. Alors Zeus les punit. Il les coupa en deux, comme on coupe un œuf. Apollon retourna leur visage, rassembla et étira leur peau sur leur ventre, comme s'il fermait un sac ; il ne laissa qu'une ouverture, le nombril ; puis il effaça les plis de peau et façonna leur poitrine à l'aide d'un instrument semblable à celui qu'emploie le cordonnier pour lisser le cuir des chaussures qu'il met en forme. Les hommes ainsi dédoublés et mutilés éprouvèrent le regret déchirant de leur unité originelle : ils soupiraient après leur moitié perdue, désiraient quelque chose qu'ils « ne savaient nommer », quelque chose qu'ils entrevoyaient et devinaient obscurément, et ils auraient voulu s'identifier l'un à l'autre, se fondre en un corps unique. C'est ainsi qu'aujourd'hui, des milliers d'années après le châtiment de Zeus, si nous souhaitons connaître le bonheur, il nous faut retrouver l'aimé qui nous revient, cette partie que l'on a violemment arrachée à chacun d'entre nous ; et seul Éros peut réunir les parties séparées. L'amour n'est donc pas le sentiment de la plénitude, comme le croyaient les autres convives. Il n'existait pas quand les hommes étaient circulaires : il ne peut naître que de la défaite, dans le déchirement, l'abandon, la chute.

Le discours d'Aristophane annonce le thème central du *Banquet* : l'alliance qui s'est établie, en cette nuit unique au monde, entre l'esprit dionysiaque, à la fois burlesque et tragique, de la comédie et l'esprit érotique de la philosophie, ligués contre ce que nous appellerions aujourd'hui la littérature. Qu'importe qu'Aristophane ait attaqué Socrate ? Durant les quelques heures de cette nuit inoubliable, Aristophane et Socrate ont appartenu un instant au même royaume : la comédie et la philosophie s'élancent toutes deux par-delà l'intelligence rationnelle, pour saisir la vérité suprême comme un mythe qui révèle, éclaire, illumine ce que la raison seule ne serait jamais capable d'exprimer. Aussi bien Aristophane que Socrate voient l'essence de l'amour dans le manque et la chute. Mais c'est peu dire que parler d'alliance. Attendons quelques heures. Quand la nuit touche à son faîte, on entend dans la cour un grand tapage, des appels et des cris de noceurs ainsi que la voix d'une flûtiste. Puis surgit dans la salle du banquet le plus élégant et le plus possédé des esprits dionysiaques : Alcibiade, complètement ivre, ceint d'une couronne de violettes et de lierre, la tête chargée de rubans, telle une bacchante. Dès qu'il aperçoit Socrate, il s'étend sur le lit près de lui, le ceint de guirlandes, rappelle leurs amours passées et prononce son éloge.

Dionysos lui-même, par la bouche d'Alcibiade, exalte Socrate et nous montre en cet homme modeste, sobre, ironique, au regard « de taureau », la plus haute incarnation possible de l'esprit dionysiaque. Quiconque le voit croit admirer en lui un Silène, empli d'images divines : comme les mélodies du satyre Marsyas, ses paroles nous enchantent, nous possèdent, nous font battre le cœur, font couler les larmes de nos yeux, bouleversent notre âme ; et si la morsure de la vipère provoque le délire bacchique, la morsure serpentine de son discours philosophique provoque dans les âmes jeunes et riches la frénésie bacchique... Nous nous attendons donc à ce que Socrate lui-même, couvert de violettes et de lierre, prenne la tête de la procession dionysiaque et à ce que *Le Banquet* se mue en orgie sacrée. Mais rien de tel ne se produit : Socrate ne cède pas à la force terrible du dieu, il boit sans s'enivrer. Il est le séducteur qui ne se laisse pas séduire, l'inspirateur qui échappe à la possession. Comme toujours, il partage tous les délires religieux qui s'emparent de l'âme des hommes : la folie de Dionysos, la folie d'Apollon, la folie d'Éros ; il en tire toute son élévation et sa force de vérité ; et pourtant il trouve dans cette condition une sorte de calme inaccessible, de tranquillité souveraine, qui lui permet de passer en délirant au-delà du délire lui-même.

Quand Socrate apparaît sur la scène, il fait entendre sous sa voix enjouée le discours plus grave de Diotime, l'« étrangère de Mantinée », la prêtresse d'Apollon. Éros n'est pas le dieu ancien et tout-puissant des autres orateurs : son visage présente les mêmes traits que chacun de nous, puisque chacun de nous, qui marchons sur cette terre, attachés à la terre et aspirant au ciel, est Amour. Éros a une double généalogie. Fils de la Pauvreté, qui mendie et tend la main devant les portes, il n'a rien d'un dieu beau, bon, riche et heureux ; c'est un démon pauvre et sale, à la peau rude, qui marche pieds nus, n'a pas de toit et dort à la belle étoile, devant le seuil des maisons et sur les sentiers. Il manque de tout ; la vie pour lui n'est qu'une longue liste de manques : qualités qu'il n'a pas, choses qu'il ne possède pas et ne voit pas surgir, aussitôt présentes, devant ses yeux avides. Ce qui fait de nous des êtres à mi-chemin entre le ciel et la terre, ce n'est pas, comme le croient les admirateurs de l'homme, cet ensemble de vertus intellectuelles et morales dont nous sommes si fiers. Le signe de notre noblesse, c'est le manque : la faim qui nous torture, la bonté dont nous sommes dépourvus, la vérité que nous ne connaissons pas, la beauté à laquelle nous aspirons, le silence qui nous dissimule, les ténèbres qui nous enveloppent.

Par son père, Amour est fils de Poros (l'Expédient), lui-même issu de la déesse Métis. Ces noms mythologiques parlent peu au lecteur moderne, aussi rappellerons-nous simplement que, par son père, Éros ressemble à Ulysse. Il a le même esprit divers et versatile. Il possède comme lui les qualités du timonier, qui ruse avec le vent pour mener le navire à bon port, en suivant un chemin tracé par les caprices de la mer ; celles du chasseur, qui se déplace sans bruit et se cache sans être vu ; celles de la pieuvre, qui se confond avec la pierre, imitant la couleur des choses dont elle s'approche ; celles du sophiste, qui invente mille astuces et présente à ses auditeurs les mêmes choses, tantôt semblables et tantôt différentes ; et, surtout, les talents de l'artisan, qui tire des miracles de l'industrieuse habileté de ses mains. Mais il est une différence. Alors qu'Ulysse et ses disciples s'efforçaient de faire face, en se multipliant, à l'inquiétante multiplicité du devenir, Éros (c'est-à-dire Socrate) est versatile, changeant, curieux, ingénieux, ondoyant, pour entrer dans le chemin qui mène au royaume de l'Être. Socrate n'est-il pas le prince des dilettantes, le seigneur des parodistes, le nouveau Protée ? Se pliant aux désirs de son personnage, Platon emploie toute la richesse d'invention, d'imagination, de savoir technique qu'offre le monde de Métis, pour atteindre ce point où nous pourrons enfin contempler la lumière de la Beauté et de la Pensée.

C'est ainsi que le fils de Pauvreté et de Poros — le démon aux pieds nus et à l'esprit ingénieux, le démon chasseur et sophiste — entame sa fervente recherche philosophique, à laquelle nous tous, ses frères, ses fils, allons participer. Étant Éros, il engendre et procrée inlassablement ; et il a l'âme spirituellement féconde, comme les philosophes, les vrais poètes, les artisans inventifs, les législateurs de la cité. La créativité spirituelle — celle que beaucoup ont coutume d'opposer à la fureur, à l'immédiateté et à la mélancolie de la vie — n'est que la forme la plus exquise de la vitalité érotique, qui seule peut nous assurer l'immortalité sur terre. S'ils veulent créer, les hommes créatifs doivent tomber amoureux. Quand est venu pour eux l'âge d'engendrer, ils cherchent, avec toute l'avidité, l'ardeur et l'astuce d'Éros, de beaux jeunes gens, dotés d'heureuses dispositions naturelles. Alors, ils éprouvent une ferveur et un élan infinis ; ils deviennent gais et joyeux ; et ces sentiments agissent comme dans le cas de l'enfantement physique, car les parois de leur esprit se distendent, se dilatent, s'écartent, s'ouvrent, engendrant finalement ces discours philosophiques, ces poèmes, ces inventions qu'ils dissimulaient dans les labyrinthes obscurs et tortueux de leur esprit. À ce moment, s'établit entre l'amant et l'aimé un échange extrêmement étroit : tous deux nourrissent, élèvent, éduquent et accompagnent dans leur croissance les enfants immortels de leur amour spirituel ; de près comme de loin, ils pensent à eux ; c'est ainsi que s'établit entre eux une communauté beaucoup plus profonde que celle qui nous lie aux fruits de notre chair.

Si nous voulons connaître le sommet de la construction amoureuse de Platon, il nous faut abandonner les éclats de voix, les cris, les sons de flûte du *Banquet* et nous transporter dans la campagne athénienne, un jour d'été. Nous sommes dans le *Phèdre*, où rien ne nous rappelle les délicieux jeux narratifs du *Banquet* ; tout est raconté directement, puisque l'Amour, abandonnant ses formes insaisissables et ambiguës, révèle son essence immobile. Alors que, dans le ciel, le soleil est presque au zénith, Socrate et Phèdre quittent la route poussiéreuse et marchent, pieds nus, dans les maigres eaux de l'Ilissos. Soudain, Phèdre aperçoit un lieu propice à la halte : l'herbe d'un talus en pente douce invite au repos ; un platane immense couvre de son ombre un vaste espace ; un arbuste fleuri emplit l'air de son parfum ; et quelle pureté, quelle transparence les filets d'eau offrent aux yeux ! Le chœur des cigales de midi fait écho à la claire mélodie des eaux ; les cigales conversent au-dessus des têtes de Socrate et de Phèdre ; et elles voudraient bien les endormir, le front appuyé près de la source. Mais comme ni Socrate ni Phèdre ne cèdent au sommeil, les cigales useront d'une grâce qui n'appartient qu'à elles, en communiquant leurs discours aux Muses : chaque mot que nous entendrons en ce jour d'été, comme peut-être aussi notre présence muette entre les platanes et les eaux, trouvera donc un écho dans les espaces célestes.

Sous l'ombre du platane, dans le parfum estival des arbustes, Socrate raconte à Phèdre un mythe qui deviendra immensément célèbre à travers les siècles. Le cortège des dieux et des âmes encore désincarnées s'avance vers la Plaine de la Vérité, qui s'étend au-delà de notre monde, au-dessus de la voûte céleste. Zeus s'avance le premier, éperonnant ses coursiers ailés, et derrière lui s'élance l'armée des dieux et la troupe des démons, dont chacun occupe un corps astral. Menant leurs dociles montures, ces dieux-astres acceptent leur destin et parcourent éternellement les parfaites orbites circulaires que chacun d'eux s'est vu assigner. Dans le sillage du cortège des astres, nos âmes désincarnées voudraient elles aussi atteindre les régions supracélestes. Leur cocher est ailé, comme les deux chevaux qu'il mène ; cette même légèreté qui emporte les dieux vers les hauteurs les meut de sa force implacable. Mais comme les montures des dieux sont différentes de celles des âmes humaines ! Si les chevaux des astres sont dociles, en revanche quand l'un des nôtres obéit aux rênes, l'autre se rebiffe et ploie vers la terre la main du cocher inexpérimenté. Et tandis que les dieux-astres parcourent inflexiblement leurs orbites circulaires, les âmes humaines connaissent les tortures déchirantes de l'envie, et leurs montures cherchent tour à tour à se dépasser. Les chars s'affrontent, se heurtent, sombrent dans le tumulte et la mêlée ; bien des âmes en demeurent estropiées et claudiquent péniblement ; d'autres ont les ailes froissées, brisées, déchirées ; et elles descendent sur terre, où elles gisent étourdies dans ce sépulcre qui est notre corps, prisonnières des vains songes de l'opinion.

Finalement, gravissant les longues et rudes montées du ciel, le cortège parvient devant la Plaine de la Vérité : les âmes sont fort peu nombreuses et elles doivent se contenter d'un rapide coup d'œil de biais. Là se tiennent les Idées, immobiles sur leur piédestal sacré : la Justice et la Tempérance, la Beauté et la Pensée ; toujours égales à elles-mêmes, simples, pures, elles n'ont ni mains, ni visage, ni corps, ni couleur, ni forme ; elles ignorent la procréation et la mort, la croissance, le dépérissement et le changement. Tandis que les âmes continuent à tournoyer en cercle, obéissant à la loi du mouvement, elles se haussent au-dessus de la voûte du ciel et « se penchent » vers l'extérieur. Quoique toujours soumises à la révolution de l'espace et du temps, pour un très bref instant, imperceptible (et que nul ne pourra mesurer), elles sortent de l'espace et du temps, pour plonger des yeux dans le Lieu d'où procède tout lieu. Leurs chevaux paissent l'herbe immatérielle, qui pousse dans le pré de la Plaine : le seul aliment qui apporte la légèreté aux ailes des âmes humaines.

Dans ce vert léger et aérien, les âmes humaines, lorsqu'elles se penchent à l'extérieur du cercle, éprouvent devant les Idées ces mêmes sentiments que, bien des siècles plus tard, les initiés connaîtront au terme de leur initiation mystique : sueurs, terreurs, effroi, frémissement d'horreur sacrée, délire, vénération. Et tandis que le cercle céleste s'apprête à les entraîner au loin, elles sont inondées d'une lumière pure et resplendissante, tout comme l'initié apercevant « au milieu de la nuit, un soleil rayonnant d'une clarté fulgurante ». C'est alors que se produit le plus sublime paradoxe de la philosophie occidentale : la Justice et la Tempérance, la Beauté et la Pensée n'ont ni forme ni couleur, ni corps ni mains : elles sont donc invisibles, et nous ne devrions les concevoir que par notre esprit, comme nous faisons chaque jour des concepts de notre raison ; et pourtant, les rares âmes humaines parvenues dans la Plaine de la Vérité peuvent les voir. Les Idées ne sont pas des concepts, mais des archétypes : elles possèdent une existence si pleine, si riche et si matérielle qu'elles franchissent d'un bond les limites de l'abstraction, pénètrent d'un bond dans l'espace et dans le temps, et que nous les voyons resplendir devant nos yeux, comme un écrivain voit de ses yeux les créations de son art. La pensée véritable n'est autre que cela : une vision matérielle de l'invisible.

Les cigales continuent à couvrir de leur chant de plus en plus intense la claire et légère mélodie des eaux, et Socrate nous ramène sur terre, où il réside si volontiers ; il raconte un autre mythe à Phèdre et à nous tous qui l'écoutons, informés comme les Muses par le chant des cigales. Il cède à son irrépressible amour de la futilité : il emplit son mythe de délicieux détails quotidiens et, parfois, il s'abandonne à des développements d'une merveilleuse virtuosité. Mais Platon n'est jamais aussi sérieux que lorsqu'il joue, et voici que maintenant il nous offre la description de l'amour que *Le Banquet* avait à peine esquissée. Il ne s'agit pas d'une psychologie intellectuelle de l'amour, comme chez Stendhal ou même chez Proust. L'âme est pour lui un espace physique, qui engendre et s'alimente, une force physique, à laquelle poussent des dents et des ailes — comme chez Shakespeare et tous les grands créateurs, qui savent que les formes essentielles de la réalité doivent être visibles, palpables, matérielles. Platon représente à la fois une symbolique et une physiologie de la vie amoureuse, abordant l'âme par les deux extrêmes, le haut et le bas.

Il n'est pas de plus haute forme de connaissance. Ce n'est qu'en transformant les forces, les instincts, les impulsions de notre moi en personnages, fantômes et ombres d'une comédie symbolico-physique, que nous pouvons atteindre l'entière vérité sur nous-mêmes.

Parfois, lorsque nous parcourons le monde, prisonniers de notre corps comme l'huître de sa coquille, il nous arrive d'apercevoir un visage d'une grande beauté. Cette apparition resplendit ; et nous revoyons dans notre souvenir la Beauté supracéleste, pareille à celle que nous avions un jour contemplée, resplendissante sur son piédestal sacré. À la vue de ce visage si beau, nous restons étourdis, bouleversés : un frémissement d'horreur sacrée nous parcourt, comme l'initié pendant les mystères ; quelque chose de nos frayeurs d'alors s'insinue dans notre esprit. Nous regardons la belle image terrestre avec une profonde vénération ; et si nous ne craignions pas d'être pris pour des fous, nous lui offririons des sacrifices. À ce moment, il se produit en nous un phénomène étrange. Tandis que notre âme est baignée d'une sueur sacrée, du visage et du corps du jeune homme se répand vers elle une onde incorporelle, qui la remplit jusqu'au bord ; et sous la force fécondante et nourricière de cette double humidité, une chaleur insolite vient dissoudre la croûte rigidc qui recouvrait notre âme et l'empêchait de germer. Nos ailes retrouvent leur élan ; les tuyaux de leurs plumes s'enflent et pointent et commencent leur poussée depuis la racine ; l'âme tout entière frémit, déborde, bouillonne, prise d'une soudaine démangeaison, d'un fourmillement, d'une palpitation irritée, comme un enfant dont les dents vont percer. Si l'aimé est au loin, les orifices dont les plumes allaient sortir se dessèchent, interceptant le germe qui s'apprêtait à naître ; celui-ci, enfermé en nous, se débat et palpite avec force, de sorte que l'âme harcelée de tous côtés s'agite et se démène furieusement ; la nuit, elle ne peut dormir, ni connaître le calme dans la journée. Si, en revanche, elle voit l'aimé, si le flot de la vision et du désir coule à nouveau vers elle, les orifices des plumes se rouvrent, les plumes croissent à nouveau, leur élan connaît une force nouvelle ; et l'âme éprouve le plaisir le plus délicieux.

Les deux chevaux ailés de l'âme se mettent en route. Le premier a le pelage blanc, l'encolure haute, le port droit et élégant, l'oreille prompte à accueillir toute parole de son cocher ; le second, au contraire, est massif, il a le poil sombre, le col épais et court, la face aplatie, les yeux grisâtres et injectés de sang, les oreilles couvertes d'une toison si drue qu'il ne peut entendre les ordres. Quand l'amant voit l'aimé, le premier des deux chevaux, plein de respect et de discrétion, obéit aux rênes qui le retiennent ; alors que le cheval au pelage ténébreux et aux yeux injectés de sang, emporté par la violence de l'attrait érotique, s'élance furieusement en avant, bondissant vers l'aimé ; et il hennit, vocifère, la queue largement déployée, il mord son frein et se déchaîne sans vergogne. Alors le cocher retient l'animal, tire sur le mors et, ensanglantant la bouche rebelle et les mâchoires du cheval révolté, il l'oblige à marcher l'échine basse et fait naître en lui cette même honte, cette même vénération craintive, qui envahissent son cœur en face de l'aimé. N'allons pas imaginer qu'ici l'« austère Platon » a obéi à ses propres tendances ascétiques tardives. Comme l'ont compris les grands peintres platoniciens de la Renaissance, il utilise et transforme, mieux qu'aucun autre philosophe, la passion et l'énergie d'Éros. Le délire érotique continue de brûler dans le corps et le cœur de l'amant : il emplit son cœur de terreur et de tendresse ; le désir non assouvi est maintenu à son diapason. Quand l'âme en est pleine et déborde, la passion d'Éros se transforme en délire philosophique grâce auquel nous contemplons, sur terre, les formes suprahumaines de l'Être : délire non moins terrible que celui qui se déchaîne dans le cœur et sur les lèvres de la prophétesse de Delphes, des vrais poètes et des initiés de Dionysos.

Ainsi, que de chemin nous avons parcouru, tandis que la salle close du banquet d'Athènes, où résonnait la voix des convives avinés, devenait la scène sonore et ensoleillée du monde ! Nous voilà bien loin désormais de notre point de départ : de la pauvreté nous sommes passés à la plénitude, de l'opinion au vrai savoir, d'une intelligence faite de ruses, de labyrinthes et d'astuces à l'intelligence contemplative ; et du mouvement à la stase, du crépuscule à la pleine lumière, d'un savoir artisanal à la philosophie, de la curiosité au délire. Comme la chaleur du jour va diminuant, Socrate peut reprendre sa route, vers un lieu où désormais nous ne pouvons plus le suivre. Mais si quelqu'un nous demandait ce qu'il est resté du premier visage de l'amour, obscur et pareil à une pieuvre, fait de pauvreté et d'astuce, que faudrait-il répondre ? À peine conquis, l'Être est perdu ; la lumière qui nous a illuminés ne dure qu'un instant ; et Socrate doit parcourir son chemin en se confiant à la force obscure de notre manque, à son astuce de chasseur, au rayonnement de sa curiosité amoureuse.

Saturne et la mélancolie

Un ancien dieu détrôné, une lointaine planète règnent encore sur le destin de beaucoup d'entre nous, projetant sur nos vies une lumière paradoxale et ténébreuse. Saturne avait été l'architecte du monde : il avait inventé le temps et l'agriculture ; il avait régné sur la terre au cours de l'âge d'or — cet âge sans lois, sans juges, sans craintes, sans écrits gravés sur le bronze, quand il n'y avait ni navires ni commerce, ni fossés autour des cités, ni trompes ou trompettes de guerre, ni épées ni soldats, et qu'un printemps éternel caressait de ses vents tièdes les fleurs nées sans semence. Mais cette éternelle divinité de l'utopie avait été aussi un dieu « odieux, superbe, impie, cruel » : un dévoreur de ses fils et des dieux. Jupiter l'avait détrôné, l'exilant peut-être aux confins glacés de la terre et des mers, ou bien dans le Tartare ou sous le Tartare, où il vivait enchaîné, comme un esclave. Lorsqu'ils attribuèrent aux astres leurs noms divins, les Anciens réservèrent à sa planète le même destin paradoxal. Saturne était la planète la plus haute et conservait donc l'excellence et la souveraineté dans le système solaire. Mais elle était aussi noire et sinistre, hostile à la Terre et aux êtres humains. Froid, blanc et venteux, lointain, lent et énigmatique, l'astre envoyait sur terre une lumière faible et pâle, provoquait le gel et la neige, les éclairs et le tonnerre.

Les astres des Anciens ne traversaient pas le ciel sans se soucier de notre sort, comme ceux qu'aujourd'hui nous contemplons au firmament. Toute une chaîne d'influences, d'analogies, d'échos, de ressemblances descendait des étoiles vers nos membres, vers les arbres, les pierres ; elle déterminait nos passions ; et des cœurs et des membres humains, des pierres et des arbres, elle remontait jusqu'aux étoiles, édifiant une science unique des relations, qui était également une cosmologie. L'astrologue antique, observateur raffiné des rapports cosmiques, discernait l'influence de la froide et lointaine planète-dieu sur la rate, où se rassemblaient les humeurs de la « bile noire » : la ténébreuse mélancolie. Ainsi naissait la race des fils de Saturne.

Nous connaissons tout d'eux. Les astrologues antiques prennent un malin plaisir à nous décrire, encore et encore, leur aspect : ces infortunés ont le teint et le cheveu sombres, les yeux petits et enfoncés, la voix fluette, le regard fixé vers le sol, le corps maigre, étroit et malingre. À première vue, ils sont bien de ce monde. La « bile noire » est liée à la terre : Saturne est une planète terrestre et lente ; et les mélancoliques, eux aussi, ont un caractère tenace, solide, stable, qui les rend propres aux travaux de la terre. Sont-ils donc paysans ou maçons ? Contribuent-ils, eux aussi, à bâtir le vaste édifice de la réalité, qui nous enferme comme en une prison ? Il vaudrait mieux ne pas anticiper sur les conclusions des anciens astrologues-psychologues. À leur côté terrestre et pierreux, les « saturniens » doivent cette opiniâtreté désespérée, cette obstination têtue, qui les pousse à poursuivre toute leur vie un but qui, la plupart du temps, n'appartient pas à ce monde.

Si Saturne vit sous le signe de l'antithèse, une antithèse tout aussi angoissante contraint le mélancolique à se nourrir de polarité et de contrastes, à courir d'un extrême à l'autre de la réalité, à se déchirer dans les contradictions, à souffrir dans les paradoxes, à étinceler de noires *agudezas*. Les autres hommes mènent ou rêvent de mener des existences harmonieuses, dans l'unité ou, du moins, dans la cohérence. La vie du mélancolique est faite de contrastes : abattement et exaltation, dépression et excitation, désolation ou extase — et entre ces extrêmes passe une affinité secrète.

Quand la bile noire est froide, l'esprit du mélancolique devient « émoussé et obtus ». L'indolence et la pâleur de Saturne s'abattent sur lui. Il perd soudainement la faculté de voir. Comme si quelqu'un avait actionné quelque interrupteur gigantesque, la lumière déserte le monde visible. Tout ce qu'il contemple est fixe, livide, spectral : vide comme l'enveloppe d'un coquillage ou une maison brûlée de l'intérieur. Le monde est opaque, immobile, funèbre, terriblement silencieux : comme si personne n'avait jamais risqué un mouvement, jamais éclaté de rire, n'avait jamais connu le moindre instant de joie ou de tension. La vie s'est immobilisée. Le ciel pèse comme la pierre d'un sépulcre. Tout devient irréel : des ombres et des *silhouettes* * hasardent des gestes factices, sur un fond qui sent le décor de carton et de plâtre d'un horrible avant-spectacle de banlieue, sous un éclairage lunaire. Alors, le mélancolique perd tout désir de vivre. Il est apathique, indifférent à tout, abattu : la dernière étincelle s'est éteinte dans son âme obnubilée. Rien de ce qui attire les autres ne lui plaît ; tout ce qu'ils aiment l'emplit d'ennui ; et le printemps lui pèse comme l'automne, l'hiver et l'été semblent pareils à ses yeux. S'il lit un livre, il ne parvient pas à fixer ses regards sur la page : les lettres ne forment plus de mots, les mots n'évoquent plus d'images, les images ne défilent plus devant ses yeux. Il lit sans participer, sans comprendre, sans éprouver de joie, sans que s'allume

* Les mots en italiques suivis d'un astérisque sont en français dans le texte. *(N.d.T.)*

en lui cette lumière intérieure qui lui assure qu'il a compris.

Les cieux ouverts, les allées bordées d'arbres, la joie des mers et des fleuves ne l'attirent plus. Il reste enfermé chez lui, assis dans son fauteuil, sans rien faire, sans penser à rien d'autre qu'à son interminable maladie, environné d'une ombre qui s'étend continuellement, au milieu des fantômes du jour, des cauchemars de la nuit, de sommeils toujours plus tourmentés. Il connaît à chaque instant la morsure de l'ennui. Nul geste ne parvient à l'en débarrasser. Quand l'ennui se déchire, son cœur s'emplit de soupçons, de craintes, de terreurs innommables, insensées ; son moi se transforme, se multiplie, devient un obscur ennemi qui l'attaque de tous les côtés à la fois ; cet assaut ne connaît pas de répit ; et le malheureux fond en larmes, tant l'ennemi semble inexorable et proche de la victoire. Chaque matin, devant son miroir, il est tenté de se trancher la gorge ; s'il résiste à l'idée du suicide, c'est seulement parce qu'il est certain qu'après sa mort, il pénétrera dans un univers plus désolé encore. Il traverse le monde accompagné de cette ombre noire qu'il perçoit dans la saveur même de ce qu'il mange. Il ne parvient pas à s'aimer, il a l'impression que les autres le soupçonnent, le détestent ou préparent contre lui pièges et embûches. Parfois, un élan d'euphorique frivolité le pousse vers eux : il voudrait les serrer contre son cœur mort ; plus souvent, il n'éprouve pour eux qu'une hostilité glacée, une amère rancœur, et rit, dans leur dos, d'un rire amer.

Les anciens psychologues ont admirablement représenté, dans leur langage mythique et astrologique, les déserts désolés de ce que les psychiatres modernes appellent « dépression ». Quand le mélancolique traverse sa phase froide ou dépressive, personne ne l'aime. Personne ne peut aimer celui qui se replie sur lui-même, recroquevillé, froid, apathique, incapable de voir de ses yeux la réalité et les autres hommes. C'est ainsi que les écrits savants et les almanachs populaires voyaient dans le mélancolique un abrégé de tous les vices : sournois, avare, timide, envieux, dissimulé, trompeur, rancunier, rapace ; et ils lui attribuaient toutes sortes d'afflictions et de malheurs. Une étymologie fantaisiste fait dériver *melancholia* de *malus* : Adam devient mélancolique après avoir mangé la pomme dans le Paradis terrestre ; le sombre visage de Judas est le visage d'un atrabilaire. « L'heure de Saturne est l'heure du mal, dit un almanach. C'est en cette heure que Dieu fut trahi et livré à la mort. »

L'autre pôle de la mélancolie a l'ardeur et les couleurs du feu. Lorsque la bile noire s'échauffe, le saturnien devient « vif et brillant ». Sa santé semble revenue. S'agit-il seulement d'une euphorie identique et opposée à la phase d'abattement, comme l'assurent aujourd'hui les textes cliniques ? Sans doute, mais quelles voies bienheureuses lui ouvre cette euphorie ! Quand le mélancolique s'éveille guéri, il voit un rayon de soleil filtrer à travers les persiennes ; il se lève, plein de joie, se penche à la fenêtre, écoutant au loin le bruit des trams et des klaxons ; et voici que le monde entier, comme le disait Baudelaire, « s'offre avec un relief puissant, une netteté de contours, une richesse de couleurs admirables ». Il n'y a plus trace de monotonie, de rigidité et de froideur. Tout est gai, joyeux, vivant, parcouru d'un mouvement, d'un frémissement ; la lumière baigne et dissout les choses ; les formes se fondent en une infinie liquidité ; et pourtant les choses demeurent robustement réelles et consistantes ; et un grand flot d'amour pousse les créatures les unes vers les autres. Le mélancolique n'a jamais été aussi radieux. Tout le divertit, l'intéresse et l'attire. Ses sens sont plus attentifs, plus minutieux ; ses sentiments découvrent partout des analogies secrètes ; ses pensées, continuellement actives et en mouvement, sont accompagnées d'une secousse nerveuse qui les fait pénétrer au cœur de la réalité.

Souvent, cette euphorie revêt des aspects dionysiaques. Les passions, jusque-là étouffées sous les glaces, s'embrasent soudain ; l'amour et la haine enflamment son cœur ; le désir érotique baigne son âme ; l'orgueil se fait tyrannique ; la loquacité, la colère, l'ivresse, une audace inconsidérée, des accès d'exaltation et de surexcitation engendrent un enthousiasme qui ressemble à la fureur que Platon attribuait aux vrais poètes. Le mélancolique réagit avec une rapidité effrayante, une sorte d'extase lyrique, à toutes les impressions ou sensations ; de son imagination jaillissent des fantaisies séduisantes et colorées, des rêves, des hallucinations ; sa mémoire est frappée par la violence des souvenirs involontaires ; quand sa personnalité se concentre sur elle-même, son esprit est assailli par des visions, par la grâce de Dieu, par des délires prophétiques qui comblent et exaltent son âme, et une pensée qui cherche à saisir le centre et le sommet de l'Être. En de tels moments, s'il est artiste, il projette son moi hors de lui-même, muant ses énergies narcissiques enfiévrées en un superbe univers objectif. Mais le saturnien ne se réjouit guère de ces dons. Il sait fort bien qu'il peut les payer très cher et que son *furor* platonico-dionysiaque peut dégénérer dans l'obsession, la lycanthropie, ou la sinistre folie des héros — Hercule, Ajax, Bellérophon — maudits par quelque puissance divine.

Cette alternance semble n'avoir jamais de fin. Si quelques rares individus, bienheureux ou infortunés, échappent au cycle pour toujours, le mélancolique ne connaît que ce rythme périodique d'abattement et d'exaltation, de torpeur et d'euphorie, de désolation et d'extase. D'un côté, il a la sensation que tous ses sentiments sont factices : ni l'ennui ni le bonheur, ni la lumière ni les ténèbres qu'il sent en lui ne sont réels ; seule est vraie cette changeante ondulation, cette alternance incessante de hauts et de bas, qui revêt des aspects psychologiques provisoires et fortuits. Ainsi, parfois, il se convainc qu'il est malgré lui un acteur, qui endosse le costume de la douleur ou de la joie, au gré des suggestions de son obscur agent intérieur. D'autre part, qui sait si cette oscillation ne reproduit pas l'alternance de l'univers, lequel ne connaît pas la régularité de la ligne droite, mais seulement l'ondulation cyclique ? Le mélancolique est rarement immodeste : il a conscience en effet d'être habité par des forces qui le subjuguent et se servent de lui comme prétexte pour atteindre on ne sait quel but. Mais, parfois, il lui semble comprendre davantage. Alors que les autres suivent la ligne de leur existence policée et vivent à l'abri d'un cercle, goûtant chaque expérience dans l'équilibre et la mesure, il connaît, lui, la démesure, le déséquilibre, l'excès : douleur interminable, bonheur surhumain, désespoir glacé, ténèbres totales, totale clarté. La vérité a besoin de cette démesure.

Un homme comme celui-là, si polaire et paradoxal, ardent et glacé, aride et furibond, si rapide et si lent, ne supporte pas la vie des autres hommes, dominée par le rythme toujours égal des horloges. Il ne peut séjourner dans le temps. Parmi les anciens astrologues-psychologues, la conviction se répandit rapidement que l'existence terrestre, la monotonie des travaux et des jours, la communion avec ses semblables, l'énoncé des mots de la tribu n'étaient pas faits pour lui. Cet être était appelé à un autre destin. Aristote affirme dans l'un de ses *Problèmes* que tous les hommes d'exception sont mélancoliques, identifiant ainsi le *furor* platonicien avec la bile noire. Marsile Ficin répète que Dieu ne révèle qu'aux fils de Saturne les mystères de la terre et du ciel, consacrant ces hommes à la contemplation religieuse, à la philosophie, à la magie, à la poésie, aux arts figuratifs et aux mathématiques. Les plus grands esprits de la Grèce avaient connu la Mélancolie. En souvenir d'eux, Ficin et Laurent le Magnifique, Pic de La Mirandole et Dürer, Raphaël, Léonard et Michel-Ange déploient l'étendard ténébreux, somptueux et solennel de Saturne.

La théorie du génie qu'élabore la Renaissance, fondant en un seul ensemble le mythe, l'interprétation astrologique et la psychophysiologie, est la plus subtile analyse de l'art que l'homme ait jamais tentée. Celui qui écrit des vers, ou crée tableaux et statues, est poussé par une impulsion irrépressible à faire renaître l'âge d'or sur cette terre : à le faire renaître dans son œuvre, qui est la réalisation même de cet âge d'or. Mais il est aussi pareil à un dieu déchu, prisonnier des ténèbres ou exilé aux confins de la terre, et qui garde dans sa mémoire le souvenir de l'utopie et de sa perte irréparable ; ou à un astre qui fuit, toujours plus pâle et plus énigmatique, le regard pénétrant des humains. Celui qui veut connaître la lumière de la forme doit traverser l'ombre : faire halte au bord d'un gouffre ou marcher entre deux précipices, entre deux folies également terrifiantes. Toutes les passions extrêmes le menacent : l'obstination fanatique, l'angoisse et la torture de l'antithèse, le froid de ceux qui vivent parmi les glaces polaires et ne parviennent à éprouver aucun sentiment terrestre, la fureur de la « folie » divine, l'enthousiasme délirant des bacchantes, les aspirations impures de la « bile noire », l'apathie de la dépression, l'aridité et la torpeur de l'ennui, la terreur, l'imagination sans limites, l'orgueil insensé, la démence...

L'aventure de l'artiste saturnien de la Renaissance est tragique ; ses lieux de prédilection sont, peut-être, les plus désolés de tous ceux que, quelques siècles plus tard, hanteront à leur tour Chateaubriand et Poe, Kierkegaard et Baudelaire. Mais selon Marsile Ficin, il est une possibilité de salut. Les dangers de la Mélancolie peuvent être tempérés par un régime raisonnable, une juste division du temps, des voyages et les sons de la harpe et du luth. Le vrai remède est intérieur. L'être doit accepter sans réserve son destin astrologique : s'abandonner à la « divine contemplation », se consacrer avec une passion exclusive au papier, aux couleurs et au marbre, vivre « seul et méditatif », comme si aucun autre lien ne le rattachait plus au monde vers lequel ses pas persistent à le mener. S'il sait recueillir ce que les astres lui ont alloué et habiter en profondeur toute la richesse de son destin, il recevra en récompense la rédemption de la forme.

Tous ces thèmes confluent dans la *Melencolia I* de Dürer. C'est un crépuscule tardif, ou les premières heures de la nuit, le moment préféré de la Mélancolie. La chauve-souris tournoie, la lune éclaire le ciel, la comète annonce des inondations, la mer scintille d'une étrange phosphorescence : l'on dirait que jamais plus la pleine lumière du soleil ne resplendira sur le monde, chassant cauchemars et fantasmagories. De tous côtés sont éparpillés les sublimes instruments de la géométrie : la sphère, le compas, l'équerre, le polyèdre, le niveau et la scie, la balance et la clepsydre, et le creuset de l'alchimiste. Mais où regarde le génie ailé, né sous le signe de Saturne ? Il a la joue appuyée sur sa main, dans l'attitude de la douleur ou de la lassitude intellectuelle, le visage dans l'ombre, sombre, comme les victimes de la bile noire ; ses yeux se perdent avec une intensité poignante dans le royaume désert de l'invisible, où la Mélancolie a bâti son empire. Il ne fait rien : son esprit est assailli de visions vagues et indéterminées connues de lui seul. La scie gît à ses pieds, inutilisée ; la meule est appuyée, inutile, contre le mur ; le livre repose sur ses genoux, ses agrafes refermées ; le polyèdre reste ignoré ; la sphère a roulé à terre et le compas s'abîme, parce que personne ne s'en sert ; la bourse a glissé négligemment sur le sol ; les clés pendent en désordre à leur anneau ; et le misérable chien endormi est fils du froid et de la désolation. Viendra-t-il jamais, le jour qui dissipera cette torpeur sinistre et glacée ? Viendra-t-il jamais, le moment où, détachant ses yeux de l'invisible, la main de l'artiste, nourrie du riche ennui qui le dominait, commencera à tracer des lignes, celle du poète à écrire des vers rigoureux comme des figures géométriques ? Et la lumière apparaîtra-t-elle jamais sur le monde inondé par les comètes ?

Le rêve de Néron

Aucun des grands empereurs romains n'eut un horoscope plus splendide que celui qui accompagna la naissance de Lucius Domitius Néron. Comme le rapporte Suétone, il naquit alors que l'aurore avait à peine dissipé les ténèbres, « de sorte qu'il fut frappé par les rayons du soleil presque avant » la surface encore froide, pâle et ombreuse de la terre. Tout cela, selon les astrologues de la cour, ne devait rien au hasard. Si le soleil l'avait béni de façon si visible, c'était que les demeures célestes étaient le vrai palais de Néron, son char, l'attelage flamboyant d'Apollon et sa tâche, de parcourir de sa lumière vagabonde la terre qui le contemplerait, joyeuse et sans crainte. Du haut du ciel, le soleil descendait amoureusement sur le visage de son jeune émule : il le baignait d'une lumière qui attirait tous les regards et faisait briller ses cheveux blonds et ondulés, son cou gracieux, sa légère barbe aux reflets roux... Qui pouvait douter, ajoutaient à l'envi poètes et philosophes, que le nouveau prince solaire comblerait toutes les espérances jusqu'alors déçues des humains ? Avec Néron, c'est un nouveau Siècle d'Or qui s'ouvrirait. La concorde, la paix et la clémence uniraient d'un lien éternel toutes les choses et tous les cœurs ; les troupeaux ne craindraient plus les lions ; et la terre se couvrirait spontanément de treilles, de miel et d'épis de blé.

Bien des signes nous portent à croire, ou du moins à imaginer, que le jeune prince aux yeux bleus et à la barbe cuivrée avait éprouvé, au début, une sorte de réticence à accepter cette lumineuse image de lui-même. Son sang ne provenait pas seulement d'Auguste, qui avait vénéré l'Apollon romain. Il comptait parmi ses ancêtres le grand rival d'Octave, Marc Antoine, qui avait consacré son existence à la religion du sauvage et doux Dionysos. Pour imiter Dionysos, Antoine avait passé ses journées à dormir et vagabonder, et ses nuits dans les orgies, les spectacles, les divertissements : il avait vécu au milieu des mimes, des bouffons, des joueurs de luth, des danseurs, d'acteurs bruyants et grossiers, d'hommes, de femmes et d'enfants déguisés en bacchantes et en satyres ; il s'était encanaillé en compagnie de Cléopâtre — comme pouvaient s'encanailler les imitateurs d'un dieu —, jouant aux dés avec elle, buvant et s'enivrant avec elle, et traversant sous un déguisement, aux côtés de sa reine travestie en servante, les quartiers populaires et mal famés d'Alexandrie. C'est ce que fit également Néron. La nuit, il sortait avec ses amis lettrés, ses affranchis, et toute une foule d'acteurs, de palefreniers et d'aigrefins, dans la ville endormie. Déguisé en esclave, il écumait les tavernes et les lupanars de Rome, s'abandonnant ironiquement à toutes les orgies, à toutes les rixes, les insolences et les dissipations, comme si le masque de la comédie — le masque trivial et sacré de la comédie — était son visage le plus authentique. S'il s'en était tenu là, Rome n'aurait connu qu'un empereur bouffon, un roi digne du *Satiricon*, un blond Falstaff des bas-fonds.

Cette réticence à affronter son horoscope ne dura guère. À peine âgé de vingt ans, Néron fixa son regard sur l'image éblouissante de lui-même qui lui avait été offerte ; et il s'efforça de la réaliser, avec cet élan, cette emphase, cette fantaisie grandiose et baroque qu'il enseigna aux futurs empereurs romains. Si les premiers rayons du jour avaient effleuré son corps enfantin, la pleine lumière du jour devait illuminer sa vie, son empire et l'époque qui prendrait de lui son nom. Il nous faut essayer de contempler avec les yeux de l'esprit ces grandes fêtes au cours desquelles Néron mit en scène son image devant l'humanité. Autour de lui se tenait Rome en liesse : la ville immense où se consommait tout ce qui croît sur terre, la ville tortueuse parcourue par un torrent rapide de personnes, la ville parée de guirlandes, de flambeaux et parfumée d'encens, où citoyens et soldats acclamaient le « Nouvel Apollon », le « Nouveau Soleil », le « Sauveur et Bienfaiteur du monde », qui apparaissait vêtu de pourpre et drapé d'une chlamyde constellée d'étoiles d'or. En l'un de ces jours de triomphe, un théâtre entier fut recouvert d'or : les scènes, les murs, les costumes des acteurs brillaient et resplendissaient d'or — car l'or est le métal solaire par excellence. Avec une hardiesse qui dut paraître à certains sacrilège, l'on osa écarter le soleil céleste de la cérémonie. De grands rideaux de pourpre recouvrirent le théâtre ; et au centre était brodée l'effigie de Néron, le Nouveau Soleil, qui guidait le char d'Apollon et illuminait l'univers, entouré par les étoiles du ciel.

Cette apothéose culmina dans le palais — la Domus Aurea — que Néron fit construire sur les ruines de Rome incendiée. Qui pouvait l'appeler « maison » ? C'était un monde, qui englobait dans ses vastes limites tout ce que le monde créé offre à ses habitants. Il y avait des bois sauvages et touffus, des clairières où paissaient des troupeaux ; des animaux féroces, comme ceux qui peuplèrent le palais royal de Moctezuma ; des champs, des vignes, un lac entouré d'édifices qui imitaient un port de mer ; des places, des portiques, des nymphées, des thermes, des voies sacrées, des colonnades, des pavillons... Celui qui osait pénétrer à l'intérieur des murs découvrait, dans le vestibule, le génie du lieu : la statue de bronze — haute de quarante mètres — de Néron en Colosse de Rhodes. Tout resplendissait d'or, de pierres précieuses, de perles, d'argent et d'ivoire. Des pierres transparentes permettaient à la lumière du soleil de traverser les murs, comme si elle ne rencontrait que l'impalpable résistance d'une étoffe ou d'un voile d'eau. Encore plus avant, le visiteur parvenait dans la salle du trône, qui tournait continuellement sur elle-même, le jour et la nuit, comme dans le ciel tournent en cercle le soleil, la lune, les étoiles et les signes du zodiaque. Là siégeait, en hauteur,

Néron entouré de ses dignitaires, tel un souverain perse ou babylonien. De son palais pareil au monde, de sa salle tournante qui imitait la rotation de l'univers, il régnait sur le temps, les événements, les circonstances, les vies et les morts, les rêves et les paroles des hommes, et tout ce qui se produit ou semble se produire sur la sphère que la lune éclaire. L'horoscope des astrologues de cour s'était donc accompli. Le jeune émule d'Apollon était devenu — entre les murs de son palais — le souverain dieu du destin, le législateur solaire de l'univers.

Au cours de sa brève existence, Néron fut accompagné de l'attention spasmodique, émerveillée et terrifiée de Rome. Nul n'avait jamais vu un souverain comme lui. Tous les autres, sauf Caligula, avaient possédé ou tenté de posséder cette vertu faite d'audace et de ruse, de violence et de tolérance, de dureté et de douceur, de patience et d'endurance qui, au fil des siècles, avait construit l'Empire romain. Tous avaient aimé la réalité du pouvoir — cette *vis imperii* qu'une seule image de l'empereur, perdue dans la plus lointaine contrée montagneuse, suffisait à représenter symboliquement aux yeux des Barbares. Quant à Néron, lui aussi gouvernait : il promulguait des lois, prononçait des jugements, déclamait des discours au sénat, désignait des consuls, condamnait à mort, triomphait de lointains rebelles, projetait de nouvelles formes de taxation, comme n'importe quel souverain. Mais rien de tout cela ne satisfaisait son âme. Le pouvoir dont il rêvait, le règne solaire qu'il était venu offrir à la terre, reposait sur des fondements plus vastes et plus illusoires.

Les véritables actes de son gouvernement étaient autres. Dans les longues heures que la nuit offre et dérobe aux tromperies de la fiction, il s'exerçait à chanter et à jouer de la lyre. Sa voix était « grêle et sourde », car Apollon lui avait refusé la qualité qu'il désirait par-dessus toutes ; et il tenta de l'éduquer grâce à tous les efforts et tous les artifices possibles — portant une feuille de plomb sur la poitrine, s'abstenant des mets et des fruits nocifs, forçant sa nature — jusqu'à exceller dans les nuances de la gamme, la mélopée, la roulade, l'accompagnement précis de la lyre, l'art de régler les mouvements du corps selon les règles de la mesure. Il écrivait des vers : sur la chute de Troie, le destin de Niobé ou les cheveux doux et brillants de Poppée — supprimant, ajoutant, corrigeant, comme tous ceux qui ont reçu du sort le douloureux don d'écrire. Il revêtait le masque et chaussait les hauts cothurnes de la tragédie ; et il devenait Œdipe, Thyeste, Hercule, Alcméon, Oreste, Canacé, tantôt esclave déserteur, tantôt vieux roi aveugle, tantôt féroce assassin d'enfants, tantôt fils matricide poursuivi par les Furies, ou bien fou enchaîné, ou femme enfantant. Enfin, il conduisait les chars, au cirque — et même un char immense, traîné par dix chevaux —, comme les auriges auxquels il s'était mêlé dans sa jeunesse.

Ces chants, ces accompagnements à la lyre, ces vers, ces gestes tragiques que Néron représentait comme une incarnation vivante d'Apollon devaient révéler au peuple qu'une nouvelle époque de l'Histoire allait commencer. Le vieil Empire romain était mort à jamais. Désormais, la réalité massive du pouvoir politique cédait devant l'illusion légère du spectacle : le pouvoir secret, qui intrigue dans l'ombre des cours et des assemblées, était vaincu par le pouvoir qui resplendit et apparaît devant les yeux de tous. Gouverner l'empire ne signifiait plus prononcer des discours éloquents au sénat, mener les troupes, administrer — tâches fastidieuses, à laisser aux affranchis et aux esclaves — mais s'exhiber au théâtre, comme premier et seul acteur de l'univers. Peu importe si les sénateurs romains le méprisaient et l'accusaient d'être un histrion et un fou qui prostituait la tradition de Rome. Dans sa salle tournante qui imitait la rotation de l'univers, Néron avait compris que son vrai royaume était celui de la fiction. C'est pourquoi il voulut changer, l'un après l'autre, tous les symboles du pouvoir souverain. Il descendit du trône pour monter sur ses hauts cothurnes et revêtit le masque de l'acteur — le masque qui dévoile et dissimule la réalité des choses. Il échangea la couronne politique contre les couronnes d'olivier sauvage, de pin et de laurier que l'on offrait aux vainqueurs des jeux ; il monta sur le char où Auguste avait célébré ses triomphes guerriers, pour célébrer ses triomphes sportifs ; et il voulut que ses soldats eussent pour armes les lyres, les plectres et les masques de la tragédie et de la comédie.

Entouré d'une cour d'architectes, d'hommes de lettres, de peintres et de scénographes, Néron commença à transformer la vie de Rome en un spectacle ininterrompu, qui utilisait la lumière radieuse du jour, les ombres du soir et les flambeaux allumés pour violer l'obscurité et l'intimité de la nuit. Il organisa des cérémonies pour recevoir des souverains orientaux : des combats de gladiateurs et des spectacles de théâtre, des fêtes religieuses, des réceptions, des courses de chevaux ; il obligea les nobles romains à fréquenter les écoles de chant, à réciter des tragédies ou à danser des pantomimes ; et il se soucia même de régler les louanges et les acclamations de la *claque** selon un rituel que l'ironie de l'Histoire fit renaître dans l'Église chrétienne. Tout ce qu'il imaginait devait frapper l'imagination, stupéfier la fantaisie, charmer l'esprit grâce au double enchantement de la grandeur et de l'illusion baroques. C'est ainsi qu'il organisa, dans un théâtre, une chasse aux fauves, taureaux, ours, lions, comme si le cœur de Rome était devenu le cœur de l'Afrique. Puis, sur un signe de lui, la scène se transforma soudain. Des torrents d'eau salée envahirent le théâtre, des oiseaux exotiques et des monstres marins contemplèrent la bataille navale durant laquelle, des siècles plus tôt, les Athéniens avaient affronté les Perses. D'autres vertigineux changements de décor se succédèrent cette nuit-là. Les gladiateurs se rencontrèrent, se poursuivirent et se mirent à mort dans l'arène de nouveau à sec. Et quand l'eau revint couvrir silencieusement les pierres, l'on vit s'avancer des navires ornés d'or et d'ivoire, puis une multitude d'hommes et de femmes vint festoyer autour de Néron, des tavernes s'illuminèrent sur les rives.

En dépit de ses espoirs, Néron ne parvint pas à faire renaître en lui la figure d'Apollon avec le même naturel qu'Alexandre le Grand ressuscitant les figures des dieux et des héros antiques. Entre lui et son mythe, il demeura toujours un vide, une distance, une déchirure qu'il ne sut pas combler. Il ne trouva pas la mesure que sa vocation réclamait : ses gestes furent tantôt grandiloquents et tantôt grotesques, tantôt tragiques et tantôt moqueurs, tantôt honteux et tantôt si délicats qu'ils triomphèrent de la haine posthume de ses ennemis. S'il pensait être l'incarnation du dieu, aucune angoisse n'aurait dû l'effleurer, de même qu'aucune angoisse n'émeut le soleil impassible devant l'univers qui l'adore. Et pourtant, au moment de monter sur scène, il était anxieux, inquiet, ému, comme n'importe lequel des concurrents — le plus jeune et le plus inexpert. Il redoutait les juges, lui qui comme le destin devait juger toutes choses ; il jouait de mesquins, de misérables tours à ses rivaux, lui qui ne pouvait avoir de rivaux sur la terre. En outre, même sur scène, il était incapable d'effacer son identité, comme l'acteur qui oublie son nom et son prénom, sa vie, ses peines et ses pensées pour devenir — l'espace de quelques heures — Agamemnon ou Œdipe. Nous savons que le masque de Néron portait, gravés, ses propres traits et qu'il jouait presque uniquement des rôles de matricide, comme s'il voulait expier sur scène le plus grand crime de son existence. Aussi ne fut-il pas l'ombre d'un dieu ; il ne fut pas un mythe ; il ne fut pas même un acteur ; il resta Lucius Domitius Néron, un homme aux jambes grêles et au ventre gonflé, devenu empereur par hasard.

De cet homme, nous connaissons tous les crimes. Son frère adoptif, Britannicus, fut empoisonné au cours d'un repas et ses membres pâlirent, se glacèrent et se raidirent sous les yeux des convives. Sa mère, qui prétendait régner à sa place, invisible derrière un épais rideau, fut tuée d'un coup d'épée dans le ventre ; et le fils continua pendant des nuits et des nuits à rencontrer dans ses rêves ce fantôme vindicatif ; il s'éveilla terrorisé, craignit de ne plus voir la lumière du jour, cependant que le jour il lui semblait entendre les lamentations venues de sa tombe. Sa femme fut exilée, on lui ouvrit les veines, on l'étouffa ; sa tête coupée fut apportée à Rome, comme un sinistre hommage à sa rivale. Et, après cela, combien d'autres, amis et ennemis, innocents ou infâmes, conjurés ou à peine suspects, quittèrent violemment la vie au cours de ce règne... C'était un « monstre », l'« abomination du genre humain », disaient ses ennemis, oubliant le sang qui avait taché les mains du « pieux » Auguste. Quant à nous, qui avons connu des monstres pires que Néron, nous nous demandons si tout ce qui lui est arrivé n'est pas une fantastique allégorie. S'il avait su vivre dans le royaume de la pure fiction, s'il était apparu à son peuple comme Apollon couronné, peut-être aurait-il pû défaire la terrible union du pouvoir illimité et du crime illimité que le monde antique a laissée en héritage au monde moderne. Il demeura à mi-chemin, sur la frontière ambiguë de la réalité et de l'illusion. Et, par une sorte de vengeance, alors qu'il tentait de transformer toujours davantage l'empire en spectacle de théâtre, le pouvoir lui montra qu'il ne pouvait être aboli : il le contraignit à ensanglanter son trône et, si nous devons en croire un vers d'*Octavie*, il le poussa à proclamer la terreur comme le seul art de gouvernement, selon les propres termes de Robespierre et de Saint-Just.

Dans les dernières années de son règne, son ambition poursuivit des buts de plus en plus lointains et inaccessibles. Il ne se contenta pas de régner symboliquement, depuis son palais, sur les destinées de l'univers ; il ne lui suffit plus de figurer Apollon citharède ou aurige dans les théâtres de Corinthe ou de Rome. Initié par un « mage » persan, il tenta de connaître l'avenir, de converser avec les ombres infernales et de posséder la formule secrète pour commander aux dieux. Peut-être espérait-il devenir comme Érichthô, la sorcière de Thessalie dont parle Lucain, qui faisait descendre les étoiles et la lune de la voûte céleste, enflait les mers, arrêtait les fleuves, prolongeait la nuit, modifiait les événements fixés par le destin et contraignait les dieux du ciel et ceux de l'abîme à obéir à ses désirs infernaux. Aussi la parabole de Néron se renversa-t-elle. Le jeune prince, que la douce lumière du soleil avait effleuré, tentait d'imiter la plus ténébreuse et la plus malfaisante des divinités qui obsédèrent l'imagination des hommes de son temps. Était-ce encore de la lumière qui émanait de lui ? Était-ce encore de l'or qui ornait sa demeure ? Les citoyens qui osaient s'approcher des vestibules du grand palais qui menaçait d'engloutir la ville devaient se le représenter comme un soleil ténébreux, enveloppé d'une sombre nuée, ou comme un soleil qui brûle, dessèche, réduit en cendres tout ce qu'effleure son souffle pestilentiel.

Sa fin fut pathétique et misérable. Quand les tribus gauloises et les légions d'Espagne se soulevèrent alors que le sénat complotait et que ses fidèles commençaient à l'abandonner, d'emblée, il ne fit rien pour défendre le trône : il ne donna pas d'ordres, comme s'il voulait dompter la révolte par le silence. Il suivait avec passion les luttes des athlètes ; il choisit lui-même de concourir dans l'arène ; il continuait à consacrer la même attention à la lyre et parlait à voix basse pour ménager sa gorge enflammée. Il n'avait pas perdu son goût du sarcasme. Une nuit, il invita les sénateurs au palais, comme s'il avait à leur faire une communication politique d'extrême urgence, et leur montra des instruments de musique d'un nouveau modèle, qu'il pensait emmener à la suite de ses troupes. Il fit quelques tentatives de résistance, incertaines. Mais son rêve grotesque et fabuleux était de faire plier la force des armes, qui s'était soulevée contre lui, devant la force immatérielle de la fiction. « J'irai dans les provinces, déclara-t-il une nuit à ses derniers amis, je me présenterai sans armes devant les soldats rebelles et je me contenterai de pleurer. Alors, ils se repentiront ; sans aucun doute, ils se repentiront ; et moi, plein de joie au milieu d'une foule pleine de joie, je chanterai devant eux mon hymne de victoire. »

Personne ne voulut écouter ses pleurs — pleurs de théâtre ou de repentir, qui peut le dire ? —, personne ne lui permit d'entonner l'hymne de triomphe qu'il avait déjà préparé. Une nuit de juin 68, ses gardes l'abandonnèrent, dérobant les couvertures, les tapis de sa chambre et sa boîte de poisons. Avec quelques affranchis, il quitta pour toujours la Domus Aurea, la salle qui tournait inutilement sans lui, le Colosse de Rhodes qui lui ressemblait, ces arcs, ces colonnes, ces pierres transparentes qui bientôt seraient ruinés et dispersés.

Il allait pieds nus, recouvert d'un manteau décoloré, un mouchoir sur le visage ; il se cacha dans un fourré, près d'un fossé d'eau stagnante, rampant parmi les ronces qui déchiraient ses vêtements. Il resta quelque temps sans dire un mot, étendu à terre comme le dernier des fugitifs, sursautant à chaque lointain bruit de voix, terrifié si un chien aboyait, si un oiseau chantait ou si une branche, un buisson bougeaient dans le vent. Comme l'ajoute, cruellement, un historien grec, pour la première et la dernière fois il ôta son masque et cessa de jouer, réduit qu'il était à la réalité nue de sa vie. Son dieu l'avait abandonné sans un signe, sans un son ni une musique. Puis le calme de la nuit fut rompu par le soudain vacarme de sabots rapides. Néron comprit que les cavaliers chargés de le capturer vivant allaient arriver ; il rappela au monde, pour la dernière fois, son rêve d'artiste, répéta un vers d'Homère et se tua.

Plutarque et le mythe

Le don le plus haut auquel un homme puisse aspirer dans la vie est, d'après Plutarque, la connaissance du divin. Tous les autres dons humains lui sont inférieurs : aussi bien la pureté et l'austérité de l'existence que l'habitude d'observer les rites dans les temples d'Égypte et de Grèce, où la même divinité est vénérée sous des formes toujours différentes. Il n'est rien d'autre, à l'apogée de la vie, que cette connaissance des dieux. Mais comment connaître les dieux ? Comment comprendre l'existence de Zeus et de Dionysos, d'Amon-Râ et d'Osiris ? Toute connaissance du divin se heurte à un paradoxe : car le divin est justement ce qui se dérobe aux regards, le caché, l'occulté, l'énigme incompréhensible et irréductible, le sanctuaire dont les oiseaux eux-mêmes ne peuvent s'approcher. Les sphinx devant les temples égyptiens nous rappellent que toute théologie est « tissée de savoir énigmatique », cependant qu'Isis nous annonce, depuis le temple de Saïs : « Je suis tout ce qui a été, qui est et qui sera, et aucun mortel n'a jamais soulevé mon voile. » Alors, ce que nous devrions connaître nous demeurera-t-il à jamais caché ? En un remarquable passage de son *Isis et Osiris*, Plutarque nous assure que nous pouvons connaître la vérité à propos de l'Être. Il ne s'agit pas d'une vérité philosophique, ni d'un récit mythique, mais d'une révélation extatique, comme celle que reçoivent les âmes de Platon dans les régions supracélestes : un éclair éblouissant et fulgurant illumine notre âme une fois seulement dans notre vie ; mais, dans cet éclair intemporel de béatitude, nous pouvons contempler, *toucher* du regard le divin, comme nous le faisons dans notre monde quand nous prenons quelque chose dans notre main.

Les vérités parallèles et opposées de la philosophie et du mythe se situent bien au-dessous de cette révélation extatique. Quant à la philosophie, elle n'est qu'un « songe indistinct » dans lequel l'homme, sur cette terre, prisonnier de son corps et de ses passions, parvient à effleurer le divin ; et les adeptes égyptiens de ce rêve se coupent les cheveux, portent des vêtements de lin blancs comme la lumière et refusent le vin et les excès de nourriture pour unir au désir et à la recherche du vrai la légèreté, la pureté et l'agilité des membres.

Le mythe est beaucoup plus complexe : ses adeptes devaient revêtir les vêtements bariolés et nuancés d'Isis pour symboliser ce qu'il contient en lui de multiple, d'ondoyant et de contradictoire. Plutarque semble assuré d'une seule chose : nous ne pouvons transposer le mythe dans une réalité historique humaine, ou dans un simple fait naturel, ou encore dans un fait astral, comme si sa substance s'épuisait totalement dans ces équivalences. Sous ses airs de débonnaire prêtre delphique, Plutarque est plus subtil que Lévi-Strauss ou Santillana. Ce qui caractérise tout mythe, c'est l'infinie richesse des rapprochements qu'il permet. Nous pouvons le transcrire, comme le fait Plutarque dans *Isis et Osiris,* en termes démoniaques, mathématiques, alphabétiques, naturels, philosophiques, religieux ; et lorsque nous l'interprétons, nous découvrons que chaque signe peut avoir des valeurs opposées, signifier à la fois le soleil et l'eau, la matière et la connaissance. Penser mythiquement signifie atteindre le lieu où le « principe de non-contradiction » ne joue plus. Nous savons bien quelles objections cela a provoqué : renoncer au « principe de non-contradiction » signifierait renoncer à toute unité, à toute cohérence de pensée, sombrer dans le désordre et la confusion. Plutarque sait, au contraire, que rien n'est plus unitaire et plus cohérent que le mythe : celui qui pense mythiquement saisit un phénomène unique dans la réalité ; et il concentre autour de ce phénomène, que nous pouvons appeler Hermès ou Dionysos ou bien Isis ou Osiris, une profusion de motifs.

Tout mythe comporte une progression et un sommet. Dans ses zones inférieures, il nous renvoie à la réalité naturelle ; dans ses zones supérieures, il nous met en relation avec la transcendance. Le mythe ne saisit pas directement l'essence du divin, que nous ne pouvons *toucher* que grâce au bond prodigieux de l'extase : il ne nous permet pas de nous approcher et de regarder de nos yeux le principe inaltérable des choses ; il n'est qu'un reflet du divin, comme l'arc-en-ciel est un phénomène de réflexion du soleil. Et pourtant, dans ce reflet coloré, nous avons constamment connaissance du divin : c'est ce qu'écrivit Goethe au début du *Second Faust.*

Le mythe nous parle volontiers de mort et de souffrance. De même que les couleurs de l'arc-en-ciel ne se révèlent que si on les observe sur un fond nuageux, de même la lumière du mythe préfère les sombres et funèbres sacrifices égyptiens, célébrés dans des temples qui s'abîment dans les ténèbres ; elle préfère l'histoire d'Isis et d'Osiris, qui nous raconte la mort d'un dieu, les pérégrinations et les souffrances d'une déesse, et que Plutarque considérait probablement comme le *logos* par excellence. Aussi le mythe engage-t-il toutes nos facultés. Né de la lumière intemporelle du Premier Principe, il nous conduit vers l'ombre, la nuit, l'errance, la douleur, la séparation, le déchirement, la mort — notre déchirement et notre mort, rachetés à jamais par leur équivalent divin.

Osiris, le « maître de toutes choses », le dieu civilisateur de l'Égypte, fut poussé par son frère ennemi Seth-Typhon à prendre place dans une arche décorée de somptueux ornements. À peine se fut-il allongé que Seth et les autres conjurés refermèrent le couvercle, le scellèrent à l'extérieur avec des clous et y versèrent du plomb fondu. Puis ils transportèrent l'arche jusqu'au Nil et l'abandonnèrent au courant qui devait l'emporter jusqu'à la mer, domaine du mal et de l'infécondité. Quand Isis fut informée de la disparition de son frère, auquel elle s'était unie dans l'obscurité du sein maternel, elle revêtit un noir vêtement de deuil ; et comme Déméter, elle erra sans fin, sans savoir où chercher, interrogeant tous ceux qu'elle rencontrait, et même les enfants. Cependant, l'arche d'Osiris avait été transportée de la mer à Byblos, sur la côte phénicienne. Les eaux l'avaient poussée dans un pré de bruyère — laquelle crût rapidement, grâce à la vertu fécondante d'Osiris, et devint un splendide buisson fleuri qui dissimulait en son sein le sarcophage. Stupéfait devant cette plante merveilleuse, le roi de Phénicie fit tailler le plant de bruyère et, sans remarquer le sarcophage dissimulé, il en fit une colonne qui soutenait le toit de sa maison.

Vêtue de noir comme la Reine de la Nuit, Isis arriva à Byblos et s'assit près d'une fontaine. Elle restait là, en pleurs, sans parler à personne ; elle ne conversait volontiers qu'avec les servantes de la reine, dont elle tressait les cheveux, tandis que de son corps s'exhalait un parfum d'ambroisie. Quand la reine vit les servantes, elle fut prise du désir de cette étrangère, de son art de faire les tresses, de son délicat parfum d'ambroisie, et la choisit comme nourrice. Quelque temps plus tard, Isis obtint, comme présent, la colonne du toit, tailla les branches de bruyère, dévoila le sarcophage, l'ouvrit et, gémissant et criant, abandonna son visage contre celui d'Osiris, qu'elle se mit à embrasser. Le fils de la reine la vit ; il assista au spectacle défendu — la déesse qui pleure le dieu défunt — : Isis se retourna, pleine de colère, avec un regard terrible, et le tua — tant le divin est effrayant. Revenue en Égypte, elle déposa le sarcophage près des marais du Nil. Mais Seth-Typhon le découvrit, déchira le corps en quatorze morceaux et le dispersa. L'errance de la déesse recommença, encore plus dramatique et angoissée. Isis traversa les marécages du Nil sur un radeau de papyrus ; et partout où elle trouvait un morceau du cadavre d'Osiris, elle édifiait une tombe-sanctuaire. C'est ainsi que le cercle se referma : seules la mise à mort, puis la lacération et la dispersion du corps divin par les forces du mal permirent à tout l'univers de participer aux rites sacrés.

Ce vaste récit, qui unit les couleurs grecques et égyptiennes, la réalité sacrée et rituelle, la force du symbole, l'histoire d'aventure et de passion et le conte, est interprété par Plutarque selon des points de vue toujours nouveaux. Tantôt Osiris est le livre, l'« écriture sacrée », que l'ignorance de Seth-Typhon efface et met en pièces et qu'Isis recompose pour le transmettre aux initiés ; tantôt, nous pouvons transcrire les noms d'Osiris et d'Isis en termes géométriques et alphabétiques. Puis Plutarque aborde l'interprétation naturelle. Osiris est le Nil, le principe de l'élément humide « origine de la vie et substance féconde » ; Isis est la terre fécondée, et Seth-Typhon, la stérilité impure de la mer. Mais chaque signe du triangle divin change de valeur, avec une rapidité qui laisse souvent perplexes les esprits du XXe siècle, qui ont perdu la rapidité et la ductilité des esprits gréco-égyptiens. Osiris devient la lumière lunaire (car la lune humidifie et favorise la reproduction), puis la clarté solaire. Figure complémentaire d'Osiris, Isis devient à son tour la lune humide et changeante. Seth-Typhon devient d'abord la force ardente du soleil, qui brûle, dessèche et rend stériles les fleurs et les germes, et se rattache donc aux ténèbres et à l'excès des vents, également ennemis de la végétation. Le récit, dans cette première phase, n'est qu'un apologue naturel : l'emprisonnement d'Osiris dans le sarcophage est le symbole de la décrue des eaux du Nil et de leur disparition progressive.

Nous ne sommes qu'au premier stade de l'interprétation mythique : Plutarque se méfie de ceux qui transcrivent exclusivement le mythe en termes naturels, « en vents, cours d'eau, semences, labours, accidents de la terre et passages des saisons ». Au niveau le plus élevé, où le mythe est le reflet coloré du divin, Osiris est le principe des choses, le pur, l'immaculé, l'intelligible, le bien, tout ce qui est fixe et ordonné. Isis est le principe féminin de la nature, qui accueille en son sein les semences vitales et revêt tour à tour toutes les formes, lumière et obscurité, jour et nuit, feu et eau, vie et mort, principe et fin ; tandis que Seth-Typhon est la passion, le désordre, la rébellion, la violence, la démesure. Il n'est pas difficile de repérer les couleurs, mi-platoniciennes mi-zoroastriennes, de ce solennel édifice intellectuel.

Aussitôt après avoir bâti cet édifice, d'un geste spontané et changeant d'interprète-artisan de mythes, Plutarque en construit un autre. Dans ce nouvel édifice, Osiris reste identique, au-dessus des choses et des âges. Isis devient, en revanche, notre désir de connaissance, qui s'élance constamment, d'un mouvement rapide, vers l'Unique : nous assistons ainsi à une extraordinaire coïncidence, qui identifie le mouvant principe féminin de la matière, la lune humide et changeante, avec notre passion intellectuelle, toujours soumise aux métamorphoses, toujours lunaire, toujours féminine, et que rien jamais ne fixe et n'arrête. Il n'est de lecteur qui ne comprenne combien est hardie cette union entre l'intelligence et la matière, la connaissance et le mouvement. Quant à Seth-Typhon, lui aussi change de nature. Nous avions connu sa force violente et destructrice ; nous apprenons maintenant que, dans son cœur, la violence est stagnation, immobilité, rigidité, sclérose : « un obstacle pour la nature, quelque chose qui l'entrave et la retient et l'empêche de se mouvoir et d'avancer ». Cette fusion entre violence et sclérose me semble capter l'essence même du mal.

Plutarque procède toujours de la même façon. La matière devient connaissance, la destruction stagnation. Plutarque nous enseigne que penser par images et par mythes (comme il aime le faire, comme nous devons tous le faire) est un défi constant au « principe de non-contradiction », une fusion constante des oppositions et des antithèses dans une unité supérieure. Son petit livre a pour but de dépasser la contradiction suprême, qui a toujours opposé toutes les philosophies humaines. D'un côté, Plutarque est dualiste : l'antithèse Osiris-Isis et Seth-Typhon est l'opposition de la lumière et des ténèbres, du bien et du mal, de l'ordre et du désordre, du mouvement et de la rigidité ; et Seth doit être expulsé de la vie. Mais, d'autre part, Plutarque sait bien que Seth-Typhon est une figure trop riche de valeurs et de résonances symboliques pour être effacée du monde. L'on ne peut éliminer la sécheresse de l'atmosphère, le feu des éléments, la mer de l'univers ; l'on ne peut abolir le mal, comme une simple force négative. Aussi Plutarque devient-il un fervent de l'harmonie des contraires : un élève d'Héraclite, qui disait : « L'harmonie des contraires est l'harmonie de l'univers, comme celle de l'arc et de la lyre. » Selon un mythe que Plutarque invente ou fait pieusement sien, Hermès-Thot utilisa les nerfs du corps sans vie de Seth-Typhon pour en faire les cordes d'un instrument de musique : notre musique, celle qui nous console, nous apaise et qui imite les accents des sphères astrales, tire donc ses origines du mal et du désordre, purifiés et élevés au sein de l'harmonie universelle.

Nous voici parvenus au point le plus vertigineux de ce grand livre. Les deux philosophies ennemies se concilient. Mais comment un accord est-il possible entre Zoroastre et Héraclite ? Comment est-il possible que la métaphysique dualiste et l'harmonie des contraires aient un point commun ? La réponse de Plutarque ne peut être rationnelle. Comme il l'a toujours su, seul celui qui pense mythiquement peut atteindre le lieu — blanc comme la robe des prêtres-philosophes ou coloré comme celle d'Isis — où l'opposition entre les deux principes suprêmes du monde s'abolit au sein d'une parole ineffable.

La lumière de la nuit (I)

Quand on lui demanda quel écrivain du passé il aurait préféré connaître, Goethe n'eut pas d'hésitation. Il répondit : « Virgile. » Pour ma part, je n'oserais pas rencontrer ce délicieux paysan lombard, qui comme moi finit ses jours dans le Sud. Son savoir m'intimide ; son art me terrifie. Mais moi non plus, je n'hésiterais pas. De tous les écrivains grecs ou latins, italiens, allemands, russes, anglais, ou même persans ou chinois, c'est Apulée que je préférerais rencontrer — ce riche gentilhomme africain, ce brillant conférencier de Madaure, ce « prêtre de tous les dieux » : le plus grand prosateur latin de tous les temps.

Que ne donnerais-je pour converser avec Apulée, chez lui, à Tripoli ou à Carthage ! Certes, la conversation tournerait rapidement au monologue. Je ne pourrais lui apporter que ma connaissance incertaine de la littérature occidentale, quelques informations sur le Moyen Âge, qui le prit pour un mage, et le souvenir de la peinture vénitienne ou hollandaise, qu'il aurait passionnément aimée. J'ignore quel était son visage. L'autoportrait qu'il a laissé de lui dans son *De Magia* est assurément caricatural, et Walter Pater n'est guère plus convaincant quand il le décrit. C'était un homme heureux ; trop heureux peut-être ; ou du moins, qui faisait étalage, fébrilement, de son bonheur ; un être merveilleusement léger, rapide et doté d'ubiquité, comme Ulysse ; vaniteux, frivole, spirituel, fantasque, brillant, altier, trompeur, amoureux de lui-même et de sa réputation ; naturel dans tout ce qu'il faisait ou disait. Il savait parler de tout. Il m'aurait parlé de tous les dieux qu'il connaissait (le plus attrayant des sujets) : des démons, des initiations, des hiérogamies ; il aurait fait allusion, en termes voilés, au dieu suprême, le dieu *exsuperantissimus* ; et puis, comme s'il s'agissait de la même chose (mais peut-être est-ce effectivement la même chose), il aurait parlé de roses, d'astres, des cheveux des femmes, de plantes, de pierres, de fruits de mer, d'histoires d'amour, de sorcières et de ces commérages infinis qui rendent la vie de province si pleine de charme. Je crois qu'il aurait tout voulu savoir des miroirs de notre temps, ces objets merveilleux qui, d'après lui, présentent la réalité telle qu'elle est — ton visage, mon visage, avec leur volume et leur couleur — et en même temps des choses qui fluctuent et qui passent, polies, illusoires et changeantes comme nos paroles.

Comme aucun nécromancien ne délivrera jamais le corps d'Apulée de son obscure tombe africaine, il ne me reste qu'à ouvrir *Les Métamorphoses* (*L'Âne d'or*). Comme le dit Apulée dans les premières lignes, sa science est une *scientia desultoria*, une « science acrobatique » comme celle dont faisaient preuve les écuyers de cirque, sautant d'un cheval à l'autre. Et si la littérature universelle, d'Aristophane à Beckett, compte quantité d'acrobates, peut-être n'y en eut-il jamais d'aussi intelligent, systématique et ironique. *Les Métamorphoses* tout entières sont un monument à la plus gaie et la plus ardue des sciences : acrobaties dans le passage du grec au latin, dans le saut d'un sujet à l'autre, dans les incessantes parodies et autoparodies (qui finissent même par se parodier elles-mêmes, grandiose hommage à l'inquiétant dieu Rire), dans la multiplicité des traditions entrecroisées, dans le réseau (toujours implicite) des relations et des allusions, dans les narrations imbriquées comme des boîtes chinoises, l'art de l'omission et du suspense, la diversité du jeu linguistique, l'alternance des tons, pompeux, léger, délicat, énorme, invisible...

Comme tous les acrobates, Apulée pratique la métamorphose. Son traité *De mundo* est une traduction ; *Les Métamorphoses* sont un plagiat — et même la combinaison de très nombreux plagiats de divers écrivains ou sources : de sorte qu'écrire n'est pas à proprement parler, pour lui, une création, mais l'utilisation d'une phrase, d'une image, d'un motif qu'un autre avait employés, et la lente transformation de ces matériaux. Apulée était un plagiaire ; un artiste de la marqueterie : destin presque toujours de second ordre. Mais *Les Métamorphoses* sont probablement le roman le plus original que l'on ait jamais écrit, et sans lequel on ne pourrait imaginer ni le *Décaméron*, ni la peinture italienne de la Renaissance, ni la mystique occidentale de tous les siècles, ni le *Don Quichotte*, le roman picaresque espagnol, Sterne, *La flûte enchantée*, Nerval, *Pinocchio*, ni même peut-être les *Lehrjahre* de Goethe.

Avec le conte d'Amour et Psyché, Apulée crée une forme d'art qui s'impose définitivement à l'imagination occidentale : l'art des mystères. Cet art est lié par le secret : il doit taire les choses divines en même temps qu'il en parle, et donc les révéler en les dissimulant. Aussi Apulée construit-il *Les Métamorphoses* sur une immense omission : la présence d'Isis dans les dix premiers livres, non moins intense que sa triomphale apparition au livre XI ; puis il joue, use de touches frivoles et légères, de plaisanteries et d'arguties, d'allusions énigmatiques, de notes basses et obscènes ; et aussi de la forme la plus dénuée de valeur religieuse qui ait jamais existé, la mythologie hellénistique, avec ses Vénus, ses Grâces, ses amours, son goût du petit et du parodique. Apparemment, nous ne pourrions être plus éloignés du sacré ; et pourtant, sous cette surface, le « conte » est le plus grand texte mystique, le plus audacieux, de la littérature européenne. Il y a comme un saut vertigineux, de ces touches légères aux secrets graves et terribles qui nous sont communiqués concernant les relations de Dieu et de l'âme humaine ; et une radicale absence d'identité entre le contenu et la forme, qui marquera la littérature mystique jusqu'à saint Jean de la Croix.

Lucius, le personnage et l'auteur des *Métamorphoses*, est, comme son nom l'indique, une créature lumineuse, et donc protégée des dieux. Il est jeune, beau, séduisant, riche et de bonne famille ; affable, ingénu, sentimental et un peu pédant, comme le sont souvent les jeunes gens riches qui ont fait de bonnes études. Il n'a pas de qualités positives : il ne semble pas enclin à ceci ou cela ; doté d'un caractère passif, il est l'un de ces vagues et charmants « miroirs » juvéniles, comme Tamino et Wilhelm Meister, qui reflètent le monde dans leurs yeux d'azur et deviennent les héros d'un roman. Il vit d'imagination ; il possède une curiosité infinie, pareille à celle d'Ulysse. Il aime le possible plus que le réel et le vraisemblable ; pour lui, rien n'est impossible ; il pense que « les choses ne sont pas ce qu'elles paraissent ». Il adore les merveilles, les métamorphoses, les magies, les sorcelleries, comme don Quichotte les romans de chevalerie ; et lorsqu'il parcourt la Thessalie, les cailloux sur lesquels il trébuche sont pour lui des hommes changés en pierres, les oiseaux des créatures humaines couvertes de plumes, les statues et les peintures vont se mettre en mouvement — comme il advient à don Quichotte dans les paysages de Castille.

Lucius est une figure comique, comme son héritier espagnol ; et Apulée, avec une grâce souveraine, se prend au jeu de la candeur, de l'imagination et de la curiosité juvénile de son personnage. Les romans de chevalerie mènent don Quichotte à une mort désenchantée. En revanche Lucius, le « lumineux », se sauve. Sa curiosité, qui le perd en une occasion, lui permet de ne pas être accablé par les expériences ; elle conserve son œil et son esprit, et, à la fin, elle lui permet d'écrire un roman aussi vaste que l'univers, ce que don Quichotte ne pourrait jamais faire. Sa foi dans les métamorphoses, foi qu'Apulée partage, le conduit aux pieds d'Isis — la reine de tous les prodiges et de toutes les métamorphoses. Tout était véritablement « rare et merveilleux » comme il l'avait rêvé en arrivant en Thessalie. D'ailleurs, il n'était pas d'autre voie pour écrire un livre : car, comme Apulée le savait, la littérature ne peut raconter que magie et métamorphoses.

Photis, la petite servante dont s'éprend Lucius, porte elle aussi un nom qui resplendit de lumière. Elle se tient sur le seuil du royaume de la métamorphose, avec son discret érotisme léger, lascif. Lorsqu'elle apparaît dans le livre, avec son vêtement de lin, son étroite ceinture rouge vif, ses petits seins, scs mains potelées, sa peau laiteuse et duveteuse, sa taille souple et ses cheveux dénoués et flottants, tandis qu'elle prépare une sauce, cambre les reins, se voile le pubis, l'embrasse avec des yeux humides, frémissants et mi-clos ou le comble des dons de la *Venere pendula*, une exquise saveur de cuisine et de sexe baigne le livre d'Apulée. Quelle prose exquise, pleine de tendresses, de miel, de diminutifs, d'inventions verbales et des « murmures de Vénus » ! Qu'importe que Photis ne soit qu'une servante de Thessalie. Avec elle, Lucius connaît l'expérience d'Aphrodite : la fulgurante lumière amoureuse et une moiteur érotique dont tout est pénétré. L'on devine encore à l'arrière-plan le sperme d'Uranus, répandu sur la mer, et dont naquit Vénus (IV, 28). Autour de Lucius et de Photis, tout est baigné d'une humide clarté : les lumineuses chevelures des femmes, miroirs changeants où se reflètent plus vivement les rayons du soleil ; la mer et son *ros*, l'écume ; les roses, fleurs de Vénus, éblouissantes et humides de rosée ; et les ailes *roscidae* d'Amour. À la fin, la sévérité du prêtre d'Isis condamnera ces « voluptés serviles ». Mais, derrière son voile, Apulée nous rappelle en souriant que Photis préfigure Isis, souveraine de l'Éros.

Le vrai péché de Lucius, c'est d'ignorer ce qu'Apulée savait déjà dans sa jeunesse, quand il écrivait ses traités philosophiques. Il n'existe, dans le monde, qu'une seule divinité : Isis ; et cette divinité se multiplie sous toutes les formes et tous les noms — Vénus, Junon, Déméter, Artémis, Proserpine, Minerve, Hécate, Cybèle. Quelque divinité que nous adorions ou croyions adorer, nous n'adorons qu'elle. Dans tous les événements de notre vie, favorables ou sinistres, célestes ou infernaux, tragiques ou comiques, fortuits ou providentiels, nous rencontrons la reine au manteau de ténèbres *splendescens atro nitore*, qui deviendra, seize siècles plus tard, la Reine de la Nuit de *La flûte enchantée*. Comme le dit l'inscription sur sa statue de Saïs : « Je suis tout ce qui a été, qui est et qui sera, et aucun mortel n'a jamais soulevé mon péplum. »

Comme tous ses adorateurs le savaient, Isis était aussi la souveraine de toutes les formes de magie ou de nécromancie. C'est ainsi que, lorsqu'il arrive en Thessalie, Lucius rencontre Isis sous sa forme *noire*, celle, exclusivement, de la nécromancie et de la sorcellerie. Méroé et Pamphile, les deux magiciennes des trois premiers livres, sont deux Isis ténébreuses et dégradées[1]. Mais, derrière Isis apparaît Érichthô,

1. Isis, Méroé et Pamphile ont les mêmes pouvoirs, indiqués par les mêmes formules : *Elementorum omnium domina* (Isis XI,5) ; *serviunt elementa* (Isis XI,25) ; *serviunt elementa* (Pamphile III,15) ; *Regina manium* (Isis XI,5) ; *observant inferi* (Isis XI,25) ; *obaudiunt manes* (Pamphile III,15) ; *manes sublimare* (Méroé I,8) ; *Respondent sidera* (Isis XI,25) ; *stellarum noxios meatus cohibes* (Isis XI,25) ; *caeli luminosa culmina... nutibus meis dispenso* (Isis XI,5) ; *turbantur sidera* (Pamphile III,15) ; *sidera extinguere* (Méroé I,9) ; *Summa numinum* (Isis XI,5) ; *Te superi colunt* (Isis XI,25) ; *coguntur numina* (Pamphile III,15) ; *deos infirmare* (Méroé I,8). Les mêmes formules concernent Amour : *quo numina terricantur/fluminaque horrescunt* (cf. Méroé I,3 *amnes agiles reverti* ; I,8 *fontes durare*) et *Stygiae tenebrae*. En outre : Méroé est le nom d'une ville liée au culte d'Isis ; le nom de sa compagne, Panthia, rappelle Panthéa, épithète d'Isis ; et Zatchlas, prêtre égyptien, qui prononce une prière isiaque en invoquant *caelestia sidera, infera numina, naturalia elementa, nocturna silentia,... arcana Memphitica*, est un nécromant, comme Érichthô (II,28-30). Cf. J. Wyn Griffiths, *Isis in the Metamorphoses of Apuleius*, in *Aspects of Apuleius' Golden Ass*, Groningen, 1978, p. 143-145, et son commentaire sur le livre XI, *passim*.

l'atroce divinité du mal, supérieure aux dieux, aux astres et au destin, que Lucain, un siècle plus tôt, avait magnifiquement représentée dans sa *Pharsalia*. Méroé et Pamphile attirent le ciel vers le bas, soulèvent la terre, pétrifient les sources, liquéfient les montagnes, commandent aux dieux et aux mânes, éteignent le soleil et les étoiles, illuminent le Tartare, font revivre les morts ; elles possèdent omniscience et omnivoyance ; elles revêtent toutes les formes possibles. Rien n'est plus sinistre et macabre que les scènes de sorcellerie des premiers livres — le cœur arraché de Socrate, le regard de la belette-sorcière, le profond sommeil de Téliphron. Mais peut-on ne pas entendre le rire irrévérencieux d'Apulée ? Le monde des sorcières, bien qu'il possède une puissance inquiétante, est un déchet littéraire, abandonné aux fêtes grotesques du dieu Rire. Méroé est devenue une hôtesse ; Pamphile, la femme d'un avare, qui ignore ses pouvoirs surnaturels ; et souvent, leurs prodiges sont ridicules ou échouent lamentablement.

Chacun connaît la suite. Lucius aurait voulu se transformer en oiseau ; mais à la suite d'une fatale erreur d'onguents, sa tendre peau durcit comme du cuir, ses doigts se font sabots, son épine dorsale se prolonge d'une longue queue, sa bouche s'étire, ses lèvres pendent, ses oreilles deviennent celles, démesurément velues, d'un âne. La faute de Lucius, c'est la *curiositas* : il a poursuivi une forme inférieure d'Isis et, pénétrant avec impatience dans les espaces secrets de la magie, il n'a pas attendu que la déesse lui apporte en présent la métamorphose. Le voici devenu âne : pareil à Seth, le féroce ennemi d'Isis. Mais, comme toujours chez Apulée, qui s'amuse des fondements intellectuels de son roman, cet âne est vu avec une immense sympathie : gauche, ridicule, parasite, servile, peureux, raillé et rossé par tous, toujours à deux doigts d'être castré et tué — une sorte de grandiose portrait de lui-même en Sancho Pança.

Jusque-là, Lucius avait été un délicieux narrateur-témoin : aucun roman peut-être n'a adopté aussi complètement que *Les Métamorphoses* le point de vue du personnage — tout ce qui se produit, instant après instant, est vu avec le regard du moment. Transformé en âne, Lucius devient un témoin encore plus extraordinaire. Comme il est un animal, les hommes, loin de supposer qu'il puisse comprendre, ne cachent pas devant lui leurs pensées et leurs sentiments ; et tous les aspects de la vie, sa bassesse et ses secrets se révèlent sans ombres ni réserves. Apulée accomplit ce jeu narratif de la façon la plus exquise et la plus systématique : il transforme l'ingénu imitateur d'Ulysse en un écrivain plus expert qu'Ulysse, le narrateur à la première personne en romancier omniscient à la troisième personne[1].

1. Quoiqu'il soit un narrateur-témoin au champ visuel extrêmement large, Lucius ne peut être présent dans *tous* les lieux du roman. Il est des événements qu'il ne voit ni n'entend. Alors Apulée a recours à une seconde trouvaille narrative : les songes, envoyés à tel ou tel personnage (par ex. VIII, 9 ; IX, 31) puis racontés à celui qui raconte devant Lucius. Ainsi, grâce à un expédient onirique (les songes appartiennent au monde d'Isis, la cohérence religioso-narrative est parfaite), le narrateur-témoin possède l'omniscience d'un romancier à la troisième personne.

Il quitte ici son lointain observatoire et monte sur la scène, juste devant nous. Si nous voulons écrire un grand roman qui communique les secrets les plus élevés ou les plus infimes, il n'est qu'une voie, semble-t-il dire. Il nous faut renoncer à notre tendre épiderme humain, abandonner nos yeux myopes, qui ne parviennent pas à saisir les mystères. Nous devons entrer dans le corps d'un animal, ouvrir toutes grandes nos immenses oreilles, afin de capter toutes les paroles, les pensées à mi-voix, que prononcent les hommes sur la scène du monde.

Lucius commence ses voyages, au cours desquels il rencontre à nouveau la grande déesse. Ayant vaincu et soumis le destin, Isis est à la fois la Providence qui voit tout et la Fortune mauvaise, aveugle et cruelle : *Pronoia* et *Tyché*. Et dans cette seconde incarnation, Lucius la voit à nouveau sans la reconnaître[1]. Comme est immense, dans *Les Métamorphoses,* la variété, la richesse et la diversité des hasards ! Au début du roman, nous découvrons Lucius en voyage, ouvert à toutes les aventures. Nous entrons dans l'une de ces auberges à travers lesquelles la littérature européenne a contemplé pendant dix-huit siècles la variété colorée du monde. Nous connaissons la cruauté, la violence,

1. Siegfried Morenz, *La religion égyptienne,* Paris, 1962, p. 318. Dans le roman, les deux figures de la *fortuna* et de la *providentia* (où de la *fortuna caeca* et de la *fortuna videns*) semblent opposées. Mais un simple fait suffit à nous convaincre de l'identité secrète des deux figures : dans le conte d'Amour et Psyché, Vénus est *fortuna* ; et, comme l'a démontré Reinhold Merkelbach, Vénus est une des formes d'Isis.

l'injustice, les horreurs, les turpitudes, les obscénités grotesques, le poids écrasant de la Fortune. Bien qu'il croie aux dieux, Apulée ne nous laisse pas une seule fois supposer que règne sur la terre l'*harmonia mundi*. Il nous fait imaginer que, même sous les horreurs et les hasards, nous pouvons entrevoir une trace de divin — puisque « Je suis tout ce qui a été, qui est et qui sera ». Mais le hasard reste arbitraire et dénué de lois. Comme nous sommes dans le royaume — dégradé certes — d'Isis, il revêt une forme, devenant une représentation stylisée, une sorte de genre littéraire. Nous en connaissons au moins trois : les histoires d'érotisme et de ruse, que Boccace imita ; les aventures héroï-comiques des bandits, qui engendrèrent la littérature picaresque ; et les tragédies romanesques de *furor* amoureux, qu'Apulée tirait d'Euripide, d'Apollonius de Rhodes et de Virgile.

Le conte d'Amour et Psyché est le cœur ténébreux et resplendissant des *Métamorphoses* ; et nous parvenons à ce cœur à travers les habituels labyrinthes, les parodies et les jeux de miroir chers à Apulée. Nous n'entendons pas ce « conte pour vieilles femmes » (et pour enfants) dans un palais de roi ou un sanctuaire égyptien, mais dans une caverne de brigands. La personne qui le raconte, en grec, est une « stupide petite vieille avinée » ; il a pour auditeur un âne, qui se désole de ne pas avoir de tablettes et de stylet pour le transcrire ; il est mis en forme, dans un latin fleuri, par le même âne devenu prêtre d'Osiris ; cependant qu'Apulée, dissimulé derrière son dos, s'amuse de la vieille, de Lucius, de lui-même, de son livre, des dieux, des Muses, de Rome et des lois de Rome.

Le dieu auquel le conte est dédié est un dieu terrible, fils d'Isis, et aussi puissant et ambigu que sa mère. Ni l'oracle d'Apollon ni les sœurs de Psyché n'ont tort : Amour est un dragon « cruel, féroce et vipérin », qui domine toutes les choses de son feu, torture les dieux, les hommes et les abîmes infernaux. On pourrait lui adresser la prière d'un très beau papyrus magique grec : « Ô toi le premier-né, créateur de l'univers, aux ailes d'or. Toi l'obscur, qui voiles tous les desseins raisonnables et inspires de ténébreuses passions. Toi le secret, qui vis caché dans chaque âme. Toi qui éveilles le feu invisible en touchant toutes les choses animées, qu'inlassable tu tourmentes de ta volupté et de tes douloureuses délices, depuis que le monde est monde. Toi qui par ta présence éveilles la douleur, tantôt raisonnable et tantôt insensée. Toi pour qui les hommes négligent effrontément leurs devoirs et près de qui, ô l'obscur, ils cherchent refuge. Toi le dernier-né, le hors-la-loi, l'impitoyable, l'inexorable, l'invisible, géniteur sans corps de toutes passions... Toi seigneur de l'oubli, père du silence, pour lequel et vers lequel toute lumière rayonne[1]... »

Le dieu cherche Psyché, l'âme humaine : il s'éprend d'elle et tend ses lacs, mais, comme dit

1. *Papyri Graecae Magicae*, éd. K. Preisendanz, Stuttgart, 1973², vol. I, p. 129.

Simone Weil, « ces lacs, c'est lui-même ». Un léger souffle de vent emporte Psyché sur une prairie herbeuse ; puis il l'accompagne dans un palais royal, où des parois et des colonnes d'or émane une épiphanie de lumière, qui resplendit même sans soleil au-dehors. Comme son palais, Amour rayonne de lumière. Il n'est que lumière : *teneo te, meum lumen,* lui dit Psyché. Ses cheveux jettent « une clarté fulgurante » ; ses ailes humides de rosée « resplendissent d'une blancheur éblouissante » ; son corps lisse rayonne de lumière ; et sa lumière tour à tour avive et fait pâlir la clarté de la lampe. Mais les amours de Dieu et de l'âme humaine doivent s'accomplir dans le secret de la solitude, dans les ténèbres absolues recommandées par tous les mystiques. Psyché ne voit pas Amour : elle l'écoute, le touche, le caresse ; en ce moment de félicité angoissée, elle connaît uniquement sa splendeur dans la nuit. Rien n'est plus doux et plus terrible que cet amour entre les extrêmes du monde, qui s'accomplit dans la tendre prison de deux corps humains : la sensualité exaltée dépasse le niveau des sens et devient insatiable, comme n'importe quel amour entre un dieu et un homme.

Psyché ne se contente pas d'écouter : elle veut *voir* ; elle pèche par curiosité ; et elle ne pourrait pas ne pas pécher, car l'âme humaine désire contempler la beauté divine, elle s'efforce de s'élever de la lumière de la nuit à la pleine lumière. Le soir venu, Psyché élève sa lampe, et « découvre la plus douce et suave de toutes les bêtes féroces ». À ce moment-là, elle se blesse le doigt avec une flèche, si bien que « perlent à fleur de peau, comme une rosée, des gouttelettes de sang clair » ; en même temps, une goutte d'huile bouillante brûle l'épaule droite d'Amour. L'amour divin, comme l'amour humain, est un feu : il brûle, torture et fait longuement souffrir aussi bien Dieu que l'homme, heureusement et malheureusement épris l'un de l'autre.

Après son péché, Psyché doit expier ; et les vagabondages, les épreuves, les tortures qu'elle subit sont la version pathétique, et dans le langage du conte, des épreuves d'Isis à la recherche d'Osiris, tout comme les vagabondages de Lucius en avaient été la version grotesque. Toutes ces péripéties font allusion au rituel de mort et de résurrection que chaque initié connaissait, dans les mystères d'Éleusis et dans ceux d'Isis. Mais Psyché — la simple et candide âme humaine perdue dans les méandres et les terreurs du monde divin, au milieu de figures qui se multiplient et sont toujours la même figure — ne pourrait se sauver seule. Elle répète son péché, ouvre une cassette secrète, au risque d'être emportée par le sommeil éternel. Le dieu la sauve et implore Jupiter. Sur ordre de Jupiter, Mercure emporte Psyché au ciel, en un burlesque équivalent mythologique de l'absolue et aveuglante lumière divine qu'Apulée n'ose pas représenter.

Tandis que la vieille avinée raconte l'histoire d'Amour et de Psyché, nous ne savons pas ce que comprend Lucius, bien que le conte parle surtout de lui. Peut-être ne comprend-il rien : à moins qu'Apulée, usant d'une technique que Kafka renouvellera, n'omette de rapporter les sensations de son personnage. Dans cette période, qui va d'un été au printemps suivant, Lucius ne semble pas avoir grandi du tout : il est toujours une grande oreille qui écoute avec curiosité les paroles du monde. Il n'a pas péché, ou ne sait pas qu'il a péché. S'il l'a fait — mais sa *curiositas* est moins grave que celle de Psyché —, ses péchés sont de ceux qu'une autre religion (fort proche de celle d'Isis) qualifiera de véniels. À la fin du livre X, lorsqu'il doit s'accoupler avec une meurtrière sur la scène d'un théâtre, Lucius comprend confusément qu'il a atteint le fond de l'abîme. Il ne supporte pas ce qui va arriver ; et, dans ce moment d'angoisse, il fuit, parvient au bord de la mer et s'endort épuisé sur le sable moelleux, « plongé dans le calme vespéral ». Comme nous le dirions aujourd'hui dans notre langage chrétien, Lucius n'a aucun mérite, mais il a une nature lumineuse ; et la reine du ciel l'appelle, le choisit, suscitant dans son être endormi, comme le font les dieux, « une commotion soudaine ».

Le merveilleux paysage de pleine lune printanière, qui ouvre le livre XI, est le paysage le plus imprégné de *numen* de la littérature européenne. Cette nuit-là, Isis imprime partout sa marque. Le disque rond de la lune émerge des flots de la mer et scintille d'une blancheur éblouissante ; la mer est calme, le ciel sans nuages ; dans les mystères silencieux de la solitude nocturne, parmi les rayons limpides et féminins de Séléné, descend du ciel la rosée lunaire, qui pénètre les choses vivantes, les échauffe, les dissout, les amollit, les détend, faisant croître les corps qui peuplent, nombreux, la terre et les mers[1]. Si jusque-là nous avons rencontré Isis masquée et dégradée, voici qu'elle se révèle brusquement à Lucius dans la nature, dans cette conjonction magique de l'humidité marine, de la rosée régénérante et des rayons lunaires, qui constitue l'une de ses épiphanies favorites. De même que Psyché avait connu le *lumen* d'Amour dans les ténèbres, Lucius connaît Isis dans sa lumière nocturne. Il ne la connaîtra pas autrement : d'abord parce que Isis est surtout lumière nocturne, ensuite parce que les hommes ne peuvent, disait Goethe, faire l'expérience de la lumière absolue.

En cet instant de craintive contemplation, Lucius entrevoit la présence d'une déesse, bien qu'il ne connaisse pas son nom : il se purifie dans la mer ; et, le visage baigné de larmes, il adresse une prière à la *Regina coeli.* Puis il s'endort à nouveau. À peine a-t-il fermé les yeux qu'Isis lui apparaît en songe, avec ses épais cheveux ondulés, sa tête couronnée de fleurs, sa robe de lin changeant, son manteau d'un noir profond *splendescens atro nitore,* semé çà et là de brillantes étoiles. Lucius ne la

1. Sur la rosée lunaire, cf. W. H. Roscher, *Selene und Verwandtes,* Leipzig, 1890 ; Hugo Rahner, *Symbole der Kirche,* Salzbourg, 1964, p. 91-173, et mon livre sur *Goethe,* Paris, 1992, p. 330-340.

verra jamais : Isis ne lui apparaîtra qu'en songe, ou sous forme de statue, alors qu'à Psyché il a été accordé de connaître l'Amour, y compris du regard.

Avec la même éloquence que Lucius, Isis révèle son nom à Lucius. Nous savons qu'elle est « la plus grande de toutes les puissances divines » : la génitrice de toutes choses, la souveraine de la nature, le début de l'Histoire. Que de fois elle était apparue dans le livre, sans que Lucius la reconnaisse ! Ses cheveux épais et flottants, ses roses, son éclat, son parfum érotique et l'humidité marine qui l'environne avaient appartenu à Photis, la petite servante amoureuse. Si nous l'avions rencontrée dans le costume de sorcières de Méroé et Pamphile, voilà qu'elle nous apparaît comme la souveraine de toutes les magies et de toutes les métamorphoses. Si elle semblait être la « Fortune aveugle », elle est désormais la Providence qui voit tout. Toutes les formes sous lesquelles Isis s'était présentée à nous réapparaissent maintenant, mais transformées et sublimées ; et personne ne pourrait plus se souvenir, devant son image lumineuse, qu'Isis avait été Photis, Méroé, Pamphile et la Fortune. Isis révèle maintenant qu'elle est la mère suprêmement douce et miséricordieuse, la mère qui aide, sauve et protège les malheureux de sa tendresse toute humide de rayons lunaires : cette Madone païenne, cette *Regina coeli*, cette *Stella maris* que Gérard de Nerval rechercha toute sa vie.

Tandis que sur la scène se déroulent des processions vêtues de blanc qui anticipent sur les cérémonies byzantines, Lucius nous apparaît comme régénéré, tel un chrétien après le baptême. Laissant derrière lui les tribulations, les tempêtes, les périls, il est entré dans le havre de la Sérénité. Rien, en apparence, ne rappelle l'âne balourd qu'il avait été. Il s'est « converti ». Mais la fougue de ses paroles, son désir d'être aimé, sa ferveur de néophyte, son adoration contemplative nous révèlent la douceur passive et enthousiaste de son cœur juvénile, qui avait cherché à percer tous les mystères. Avec quel « brûlant amour », quels sanglots d'émotion, il contemple la statue d'Isis, se prosterne devant elle, la prie, conserve en lui son image ! Ni dans la religion égyptienne ni dans la religion grecque — nous assure A. J. Festugière — il n'est trace de cette *inexplicabilis voluptas* (XI, 24) que Lucius éprouve devant la statue. Il aime et se sent aimé par la *Regina coeli.* Il éprouve une « foi » pareille à la foi chrétienne. Il consacre sa vie à Isis : il entre dans sa *militia* ; il lui promet une obéissance totale ; et, sous le joug de cette discipline, il connaît pour la première fois le « fruit de sa liberté ».

L'initiation de Lucius répète celles de toutes les religions à mystères. Comme Psyché, il fait l'expérience symbolique de la descente au royaume des morts et de la résurrection ; comme son ultime héritier, le Tamino de *La flûte enchantée*, il traverse les éléments ; il voit les dieux d'en haut et ceux des enfers et les adore de près. Selon toutes probabilités, il connaît l'union extatique avec le dieu qu'Apulée avait représenté dans le conte d'Amour et Psyché. Son expérience suprême est lumineuse, comme dans toutes les mystiques. Platon, Aristote et Plutarque avaient parlé de la lumière étincelante et fulgurante qui éblouit notre âme au moins une fois dans notre vie quand, dans un éclair de béatitude, nous pouvons *toucher* du regard les choses divines. Lucius connaît maintenant cette fulgurance. Mais il s'agit là encore d'une vision de la lumière dans les ténèbres, car il voit « le soleil resplendir d'une lumière blanche au milieu de la nuit ». Après ces expériences, Lucius atteint le but suprême auquel aspirait un fidèle grec. Il est identifié au dieu et apparaît devant la foule, revêtu des ornements sacrés, de la robe de lin, du manteau brodé d'animaux, que portait Osiris dans son apparition solaire.

Les derniers chapitres des *Métamorphoses* sont, en apparence, décevants. Parvenu à Rome, Lucius reçoit deux nouvelles initiations. Cette fois, dans la nuit à nouveau, Osiris lui apparaît, « le plus puissant des grands dieux, dieu suprême parmi les plus grands, seigneur des divinités suprêmes, et qui règne sur tous les seigneurs ». Si Isis est le Tout, Osiris, ce *deus otiosus* qui ne crée ni n'administre le monde, se tient au-dessus du Tout : comme le *deus summus atque exsuperantissimus* dont Apulée parlait dans ses écrits philosophiques. Mais, alors que sa rencontre avec Isis avait été une expérience ardente, fervente et tendre, Osiris demeure un nom : la rencontre avec le dieu suprême ne peut être exprimée ni racontée, elle échappe à tout langage humain.

Quand il est nommé grand prêtre d'Osiris, Lucius se rase les cheveux et, la tête chauve, sans ombrelle ni couvre-chef, il parcourt les rues de Rome. Or une autre figure était chauve, comme le prêtre d'Osiris : le mime, le clown, le *calvus mimicus*[1]. Au livre XI, devant la gravité et les rites d'Isis, nous avions complètement perdu de vue l'acrobate et ses jeux, qu'Apulée avait annoncé au début des *Métamorphoses*, comme si la science des mystères annihilait toute science acrobatique. Nous comprenons maintenant que ce n'est pas vrai. Devant le dieu suprême, qui nous contraint au silence en étouffant nos élans d'amour, ne survit que le bouffon à la tête chauve. Il n'y a que le sacré, l'obscurité divine — et le mime, bien qu'aucune plume, pas même celle d'Apulée, ne puisse nous communiquer les *clowneries** mystiques.

Tout, désormais, s'identifie. Si nous avions cru que le jeune Grec, l'adorateur d'Isis et d'Osiris, portait le nom radieux de Lucius, Apulée fait maintenant tomber le voile qui avait si longtemps recouvert son visage. Dans l'un des derniers chapitres, il appose sa signature : Lucius est *quelqu'un de Madaura*, c'est-à-dire lui-même, Apulée, le « prêtre de tous les dieux ». De sorte que le livre se transforme lui aussi, comme tous les dieux de l'univers. Toutes les choses qui étaient arrivées à un autre sont arrivées aussi à Apulée. Bien qu'il ait

1. John J. Winkler, *Auctor and Actor : A Narratological Reading of Apuleius' Golden Ass*, Berkeley - Los Angeles - Londres, 1985, p. 226.

toujours habité dans sa belle maison africaine, et que nul ne lui ressemble moins que Lucius, c'est lui qui avait été le jeune homme avide de magie, l'âne, Psyché, l'acrobate, le mystique. Derrière son témoignage à la première personne, il y avait toujours eu le narrateur qui savait tout, celui qui tissait rapports et allusions et qui en ce moment, par un petit jeu syntaxique, écrit devant nous les derniers mots du livre : *gaudens obibam,* « je mourais plein de joie ». Après avoir conclu son hymne aux dieux, sur le mode ironico-amoureux, avoir représenté tout ce qui *est* et existe et avoir connu la lumière dans la nuit, la métamorphose et l'union avec le divin, il ne lui restait plus rien à désirer. Il pouvait effectivement « mourir plein de joie ».

DEUXIÈME PARTIE

DE SAINT PAUL AU *PARADIS*

Un païen lit saint Paul

Je n'ai jamais rêvé de vivre à Athènes, au siècle de Périclès, ou à Rome, dans les derniers temps de la république, aux côtés de Lucrèce ou de Catulle, de Virgile ou de Properce, à l'une de ces époques tragiques et splendides où l'homme fixe résolument ses regards sur lui-même ou vers le ciel. J'aimerais habiter un âge plus discret et moins génial. Je donnerais tout ce que je sais, tout ce que je pense et désire, pour être un modeste homme de lettres, admirateur de Platon et qui aurait vécu à Rome (ou à Alexandrie d'Égypte) entre la fin du Ier siècle apr. J.-C. et la fin du IIe siècle.

En ces temps-là, beaucoup sentaient que les dieux, aussi bien les anciennes divinités grecques et romaines que les nouvelles (mais fort anciennes en réalité) venues d'Orient, étaient en train de mourir. Leur figure souffrait comme d'une lésion, ténue et douloureuse. Certains, saisis d'un scepticisme de plus en plus profond, se répétaient que le temps était venu de renoncer à scruter « les espaces célestes, les destins et les secrets de l'univers » : comme le disait une phrase faussement attribuée à Socrate, « ce qui est au-delà de nous est sans rapport avec nous ». Mais pour d'autres, comme mon obscur lettré platonicien, ce deuil imminent dû à la mort des dieux était une incitation à ne s'occuper que d'eux. Il étudiait les dieux de l'Égypte et de la Perse, et même les lointaines divinités de l'Inde, dont il savait si peu de chose ; il aurait voulu, par l'esprit, s'aventurer plus loin encore, là où d'obscures populations fabriquaient de la soie ; et il cherchait des affinités, des analogies, peut-être une lointaine origine commune. Il espérait être sur la trace du dieu unique, lumineux, invisible et indicible. Toute son âme était emplie de dévotion. Il parcourait la Grèce et l'Égypte, Delphes et Athènes, Thèbes et Denderah. Il visitait les antiques palais calcinés, les tombes des héros, les forêts formées par les colonnes des temples, à demi abattues mais encore majestueuses. Il contemplait les anciennes statues de bois et les pierres sacrées — et un frisson lui faisait comprendre que, *là*, le divin était encore vivant.

Cependant les synagogues, les faubourgs, les maisons populaires et parfois les maisons patriciennes des grandes villes occidentales et orientales connaissaient une population nouvelle : les chrétiens, qui vivaient leur vie propre, obéissaient à leurs propres lois, tel un fleuve ardent se déversant dans l'océan de l'Empire romain. Curieux comme il l'était de traditions étranges, notre lettré platonicien devait s'interroger sur ce nouveau peuple. Peut-être parla-t-il avec certains de ses membres. Il tenta de lire leurs textes, qui à première vue lui semblèrent inaccessibles. Ce grec sémitique était dépourvu de suavité. La Genèse racontait des histoires qu'il connaissait, pour une part, sous d'autres formes. L'Évangile selon saint Matthieu, à l'exception du récit de la mort du Christ, lui parut une sorte d'écrit sapiential égyptien. Mais lut-il jamais les Épîtres de saint Paul ? Notre documentation historique ne nous permet pas d'affirmer que des païens, jusqu'à la fin du IIIe siècle, aient connu Paul, bien qu'il nous semble impossible que ces textes mémorables n'aient attiré l'attention de personne. Je m'octroierai une certaine liberté. J'imaginerai que notre platonicien, l'esprit empli de dieux, de zodiaques, d'Isis et d'Hermès, avait étudié la première Épître aux Corinthiens et l'Épître aux Romains ; et je tenterai de raconter à mes lecteurs, qui sans le savoir sont peut-être aussi platoniciens que pauliniens, ce que notre homme a pu, et n'a pas pu comprendre.

À peine eut-il ouvert l'Épître aux Corinthiens que sa première impression dut être scandalisée. Il était habitué à une pensée cultivée, qui suivait toutes ses gradations intérieures et s'acheminait doucement vers son but. Or il trouvait ici, dans un grec compliqué, entortillé et laborieux, un mélange de tension intellectuelle, de fureur prophétique, de sarcasme féroce, de mystique qui renonçait à elle-même : un style admirablement synthétique, plein de raccourcis et de symboles, qui s'imprimait à jamais dans la mémoire du lecteur malgré les réticences de ce dernier ; une pensée continuellement portée jusqu'à l'extrême, jusqu'à l'ultime paradoxe, pour être ensuite retournée en son contraire. Puis la surprise, le scandale devinrent plus grands encore. Il s'aperçut que Paul, malgré ses péchés contre la grammaire et la logique, était un logicien et un juriste terriblement conséquent. Son Dieu n'oubliait pas sa colère, pour pardonner aux hommes. Il les condamnait au nom de sa loi et de sa vengeance ; simplement, au lieu de nous, il condamnait son propre fils, devenu notre victime de substitution. Pouvait-on pousser plus loin une effrayante logique juridique ? Et pouvait-on, en même temps, la faire verser si totalement dans l'absurdité ? Notre lettré platonicien, à l'esprit peuplé de dieux lointains et impassibles, admirait stupéfait une justice extrême comme il n'en avait jamais vu — unie à un amour également ardent et inexplicable, un amour qui conduisait Dieu à sacrifier son propre fils.

Pour lui, il y avait dans cette idée quelque chose de bouleversant. Il avait une très haute image de Dieu : celle d'un Être parfaitement pur et invisible, sans forme ni couleur, totalement différent de l'homme et toujours égal à lui-même. Il lisait maintenant chez Paul ces lignes terribles : « Mais ce qu'il y a de fou dans le monde, voilà ce que Dieu a choisi pour confondre les sages ; ce qu'il y a de vil et de méprisable, ce qui n'est pas, Dieu l'a choisi pour réduire à rien ce qui est. » Il apprenait que Dieu se manifeste dans l'histoire des hommes comme scandale, folie, sottise ; il accepte et désire sa propre abjection, son infamie et sa mort ; et il semble méditer une sorte de tragique et grotesque action nihiliste, dirigée contre les choses qui sont et contre son Être, « réduisant à néant ce qui est ». De toutes ses idées religieuses nobles et épurées, de toutes ses images lumineuses et extatiques, de tout l'effort que son esprit avait fourni pour saisir l'Être, il ne restait qu'un simple fait, un fait atroce : une croix, un gibet...

Les images de Paul restaient pour lui obscures, comme elles le seraient quinze siècles plus tard pour les sages confucéens qui débattaient avec le père Matteo Ricci et ses élèves jésuites. Il ne pouvait accepter que Dieu se modifie et se transforme, lui qui ignorait toute mutation, ni qu'il ait pu prendre une enveloppe charnelle, lui qui ne crée pas même la matière. Il ne pouvait tolérer l'existence obscure que les Évangiles et Paul attribuaient au fils de Dieu : la pauvreté de ses parents, son enfance modeste, son vagabondage, ses humbles compagnons, cette odeur de poussière et de bois de charpente, la faim, la soif, la fatigue, les souffrances, la prison — alors que si, par un inconcevable hasard, il s'était montré, il n'aurait dû connaître que des triomphes. Un dieu ne devait pas mourir de mort violente et ignominieuse : il ne pouvait descendre sur terre — lui le lointain, l'absent, l'impassible — pour nous sauver de nos péchés ou se sacrifier pour nous. Toute la douleur, l'impuissance, la fragilité, la faiblesse de Dieu — ce qui exalte tout cœur chrétien, car il nous paraît le signe suprême de sa force — lui semblait complètement incompréhensible.

Une autre chose le frappait. Cet étrange Dieu, qui s'était fait homme, aimait l'homme de chair, « formé dans l'abjection de l'utérus, venu au monde par des voies honteuses, nourri de caresses trompeuses », comme devait le dire un autre chrétien, quelques dizaines d'années plus tard. Cette religion avait un aspect physique et terrestre qui lui répugnait. Les chrétiens étaient les « membres » du Christ ; le divin imprégnait leur corps et leur âme ; leur rapport avec Dieu était intensément charnel. Il ne pouvait supporter cette ardente proximité ; et puis, qu'était-ce donc que cette espérance dans une résurrection triomphale, même de corps lumineux et glorieux ? Il était si doux d'espérer être abandonné de son corps et de devenir, une fois mort, ces abeilles et ces rossignols qui nourrissent le genre humain de la douceur du miel et de la beauté du chant.

Il était une chose plus singulière encore. Ces étranges matérialistes savaient haïr le corps avec une violence qu'il ne parvenait pas à comprendre. Il sentait, en lisant Paul, que celui-ci acceptait le monde entier, les conditions, les races, les lieux, les figures et les inclinations du monde avec une capacité d'adaptation difficile à imaginer, même pour un citoyen romain. Il lui semblait, parfois, que Paul était esclave de la terre dans laquelle il vivait, du corps qu'il étreignait, des sentiments qu'il partageait. Puis, brusquement, il découvrait que cette étreinte était trompeuse. La réalité tout entière était mise entre parenthèses, les sentiments enveloppés d'ombre et annihilés. « Ceux qui pleurent, qu'il en soit comme s'ils ne pleuraient pas ; ceux qui se réjouissent, comme s'ils ne se réjouissaient pas ; ceux qui achètent, comme s'ils ne possédaient rien ; ... ceux qui se servent de ce monde, comme s'ils n'en jouissaient pas, car la forme de ce monde passe. » Il ne comprenait pas comment on pouvait être, de tout son cœur, *ici* et *là* : dans la terre lourde des corps et dans un ailleurs infiniment léger.

Pendant qu'il lisait Paul, notre lettré platonicien était plein d'angoisse et de tristesse. Il voyait son univers — son bel univers, qu'il avait tant aimé — voler en éclats. Jusqu'alors, il avait cru qu'une douce harmonie, un noble accord, un réseau continu de correspondances et d'analogies régissaient le monde. Là-haut, par-delà l'orbite des cieux, se tenait le Dieu qu'il ne rencontrerait jamais, cependant qu'une chaîne de constellations, d'astres, de planètes, de dieux, de démons, d'humbles serviteurs divins se multipliait en toutes choses, reflétant sans cesse quelque chose de cette fulgurance. Tout était divin : il y avait un démon dans le pain, le vin, les arbres, l'air que nous respirons, l'eau des torrents, la sève divine parcourait toutes les veines de l'univers ; et lui pouvait, lorsqu'il le voulait, remonter vers la source. Il n'ignorait pas que le mal existait également : mais il ne voyait pas, ou ne distinguait que rarement, ses forces rassemblées en une figure. Il n'avait jamais connu le Mal absolu : l'« abomination de la désolation », comme disait Daniel. C'était comme si le mal s'était éparpillé en toutes choses et qu'il pouvait donc être absorbé et neutralisé, grâce à une diplomatie que ses maîtres lui avaient enseignée.

Il ne voyait chez Paul qu'antithèses, désaccord, déchirement. La force sacrée de l'univers s'était concentrée en un point : un lieu à la splendeur éblouissante, qui dissimulait en elle, soupçonnait-il, des ténèbres également aveuglantes. Il lui semblait que Paul rendait encore plus effrayant ce sacré qu'il avait hérité des écritures hébraïques : Dieu ne tolérait pas de limites, de conditions, de liens, pas même ceux qu'il s'était autrefois fixés. Tout était ôté à l'homme ; tout était donné à Dieu ; et en cela, la logique affûtée de Paul opérait selon une justice suprême, devant laquelle lui-même ne pouvait que s'incliner. Mais que se passait-il dans l'univers ? Il aurait pu prononcer ces mêmes paroles que, quinze siècles plus tard, un sage chinois adressa à un père jésuite : « Est-il raisonnable, sous prétexte de vénérer le Seigneur du ciel, de déclarer que le ciel et la terre sont dépourvus d'intelligence, que le soleil, la lune et les planètes sont des choses laides, que les dieux des montagnes et des fleurs, les dieux du sol et de la moisson sont des diables ? » Il était terrifié par la désacralisation paulinienne de l'univers : la condamnation des démons, qui assuraient le fonctionnement de la grande analogie. Les régions de la nature ne permettaient plus d'atteindre les hautes sphères. Ces démons qu'il priait et invoquait remplissaient maintenant l'air d'embûches et de tentations. Parfois, il se demandait si Paul n'avait pas raison. Peut-être l'harmonie des choses n'était-elle qu'un de ses rêves d'adolescent et le sens du monde, c'était l'antithèse et la blessure.

Sa curiosité lui avait fait connaître d'autres religions qui accordent une place au mal. Les démons iraniens étaient paralysés au cœur de la création, pesant sur la vie comme un cauchemar, aux aguets dans toutes les nuits, tous les recoins, les corridors, les carrefours de l'existence. Et pourtant, rien de ce qu'il avait pu connaître du mal ne lui fit autant d'impression que cette phrase de Paul : « Il est en mon pouvoir de vouloir, mais pas d'accomplir le bien. De sorte que je ne fais pas le bien que je veux, mais je fais le mal que je ne veux pas. Mais si je fais ce que je ne veux pas, ce n'est pas moi qui agis, mais la force du péché qui habite en moi. » Il n'y avait rien de plus terrible : le Péché, le Mal absolu n'était plus *à l'extérieur*, dans la création, comme le pensaient les Perses ; sa force impérieuse et radicalement étrangère s'était insinuée en nous et habitait dans notre âme, là, sous les pâles images que sont notre volonté et notre conscience. S'il avait pensé que nous péchons avec notre intelligence et notre volonté, voilà que quelqu'un (à qui il devait reconnaître une extraordinaire subtilité psychologique) lui enseignait que la raison est impuissante devant notre réalité ténébreuse. Il apprenait, avec désolation, qu'il n'est pas de salut. Nous sommes tous coupables : ni la révélation naturelle des Grecs ni la Loi des Hébreux ne nous permettent de connaître Dieu et de faire le bien. Ainsi, tous les maîtres de la sagesse dans lesquels il avait cru, Pythagore et Platon, n'étaient que des impies orgueilleux. Paul lui enseignait que l'unique figure acceptable était le Pécheur : l'homme sans mérites, qui sait ne pouvoir se sauver par ses propres œuvres, se tourne avec une espérance désespérée, et croit et attend la surabondance paradoxale de la grâce.

Notre lettré platonicien vivait avec confiance dans le présent : il le goûtait dans sa qualité de présent ; et, si par l'esprit il s'élançait vers l'Un, il sentait que les dimensions temporelles s'abolissaient dans la sérénité de l'éternel. Il percevait chez Paul une oscillation continuelle. La rédemption, dont celui-ci parlait tant, était à la fois réalisée et encore à réaliser. L'homme était sauvé ; la création était sauvée ; et pourtant l'homme, la création, les animaux étaient la proie de gémissements, d'une oppression incompréhensibles, dans l'attente de leur libération : « Nous le savons en effet, toute la création jusqu'à ce jour gémit dans les douleurs de l'enfantement. Et pas elle seule : nous-mêmes qui possédons les prémices de l'Esprit, nous gémissons nous aussi intérieurement dans l'attente de la rédemption de notre corps. Car notre salut n'est encore qu'objet d'espérance... Si nous espérons ce que nous ne voyons pas, nous l'attendons avec patience. »

Avec quelle attente, tantôt patiente et tantôt frénétique, Paul se projetait vers ces temps ultimes ! Quelle imminence apocalyptique le saisissait ! Lui, qui se déclarait déjà sauvé, n'attendait que le vent du futur, les trompettes du jugement, la gloire lumineuse et incorruptible de la Résurrection. Le présent devenait futur ; et l'avenir — toujours attendu, jamais réalisé — s'insinuait dans le présent. C'est ainsi que notre platonicien distinguait, chez saint Paul et chez les chrétiens, un sentiment du temps qui lui était inconnu : une impression de possession, un élan vers un avenir déjà certain, un triomphe retentissant, rayonnant, à l'idée de ce qui devait infailliblement se réaliser. Mais il sentait aussi en eux une tension nerveuse, une incomplétude, une insatisfaction, une pathétique fragilité, parce que le présent n'était jamais plein et qu'il manquait toujours quelque chose. Ils ne possédaient pas la « ronde éternité » sur laquelle sa vie à lui reposait. Parfois il lui arrivait d'éprouver de l'aversion pour ces hommes sans sérénité : tellement plus forts que lui, tellement plus faibles aussi.

J'ignore si notre lettré platonicien comprenait que, dans l'Épître aux Corinthiens, Paul affrontait les principes mêmes de la civilisation grecque. Il ne pouvait accepter sa critique de la connaissance. Pourquoi une telle critique ? La culture et la connaissance étaient, pour notre homme, le moyen suprême de parvenir jusqu'à Dieu. Paul, en revanche, se moquait de toute sagesse humaine – — même celle, purifiée, qui se fondait sur la Loi et sur les Évangiles — et de toute tentative pour entrevoir dans ce monde, avec le secours de la réflexion ou du *raptus* extatique, les mystères de Dieu. « Dieu, nous ne pouvons le connaître. » Sur cette terre, nous ne pouvons qu'entrevoir, de façon imparfaite, *dans le miroir*, confusément ; c'est seulement dans la vie future, quand nous monterons au ciel avec nos corps glorieux, que nous pourrons fixer nos regards sur les secrets divins.

Il ne comprenait pas l'exaltation paulinienne de l'amour. L'amour n'était pas pour lui, qui avait étudié *Le Banquet*, une plénitude, mais un manque : la faim qui nous torture, la bonté que nous ne possédons pas, la vérité que nous ne connaissons pas, la beauté à laquelle nous aspirons, le silence qui nous enveloppe, les ténèbres qui nous environnent. Ce mot, *eram*, exprimait le désir, la tendresse, l'affection : un désir obscur, qui exprimait des passions tumultueuses, tourmentant inlassablement les choses animées « avec volupté et de douloureuses délices » ; un désir inexorable du corps et du cœur, qui finissait par se changer en désir philosophique, grâce auquel nous contemplons les formes de l'Être, et en délire religieux qui nous élève vers la beauté des dieux. Là, il connaîtrait la révélation extatique, toucherait du regard les idées divines. Il se réjouissait de ce que ses langueurs sensuelles, et même ses tendresses impures, pussent se muer en dévouement à ce qui habite au plus haut des cieux.

Or, dans la première Épître aux Corinthiens, Paul renversait cet idéal grec. La révélation extatique de Dieu n'avait pas d'importance : ou du moins elle n'était pas possible, *ici.* Nulle route ne menait de l'amour sensuel jusqu'à Dieu. Comme il était étrange, l'amour selon saint Paul ! Il était supérieur à l'espérance et à la foi même : « Quand bien même, disait Paul, je parlerais la langue des hommes et des anges, si je n'ai pas l'amour, je ne suis plus qu'airain qui sonne ou cymbale qui retentit. Quand j'aurais le don de la prophétie et que je connaîtrais tous les mystères et toute la science, quand j'aurais la plénitude de la foi, une foi à transporter des montagnes, si je n'ai pas l'amour, je ne suis rien. Et quand je distribuerais tous mes biens aux pauvres, quand je livrerais mon corps aux flammes, si je n'ai pas l'amour, tout cela ne me servirait à rien. » L'amour (Paul ne disait pas *éros,* mais un mot étrange, *agapê*) n'était pas une vertu : aumône ou générosité, ou bienveillance, ou affection maternelle, ou pardon ; une vertu susceptible de devenir principe d'une éthique ou d'une action. Il n'y avait chez Paul aucune éthique sur laquelle il fût possible de construire une civilisation et une société, avec des obligations, des œuvres, des récompenses.

En ce temps tronqué et intermédiaire dans lequel vivent les hommes, l'amour était, pour Paul, l'unique qualité parfaite, pleine et absolue, comme sera parfaite, à la fin des temps, la vision directe de la lumière de Dieu. Dans l'amour, tout était déjà *ici* : Dieu était déjà en nous ; il nous comblait en ce même moment, comme la surabondance d'une eau suave. Mais si l'amour était le présent absolu, il était aussi le futur absolu. Indéfinissable et indescriptible comme un immense flot musical, il s'étendait au-delà du temps, jusque dans l'âge où le Christ réaliserait son royaume, et l'anticipait dans notre temps. Il était l'unique infini que possédât l'homme. Notre lettré platonicien, attaché qu'il était à la précision de la connaissance, ne saisissait pas la qualité de cet amour. Il ne comprenait pas que c'était là la sève qui nourrirait pendant des siècles la civilisation occidentale — si illimitée, si désireuse de s'élancer vers le divin et vers l'avenir.

Il lisait volontiers les Évangiles, avec leurs soudaines échappées de nature : une montagne, un lac, une route. Mais, dans les Épîtres de Paul, il ne trouvait jamais les merveilleuses constellations — l'épi lumineux de la Vierge, la flamme tremblante du Lion, les plumes brillantes de l'Oiseau — ni les fleuves qui descendent vers la mer, la grâce silencieuse des arbres, des fleurs et des animaux. C'était si doux, avait dit un poète, « un tendre petit dieu, qui élève deux arbres » ! Il s'apercevait d'un fait paradoxal : cette religion, qui humiliait l'homme et l'abaissait, était peut-être la suprême expression de l'orgueil humain. L'homme, créé « à l'image et semblance de Dieu » (des termes qui l'indignaient), était pour les chrétiens le sommet de la création. Même les pensées et les actes de Dieu existaient par amour de l'homme : pour que l'homme, que notre païen tenait en si piètre estime, pût être sauvé.

Un jour, dans un moment d'agacement ironique, il écrivit : « La race des juifs et des chrétiens peut se comparer à une grappe de chauves-souris, à des fourmis sortant de leur repaire, à des grenouilles tenant conseil au bord du marécage ou encore à des vers assemblés dans un recoin boueux, qui se disputent pour savoir qui d'entre eux est le plus coupable et affirment : "Il y a Dieu, et juste au-dessous de lui, il y a nous, nés de lui et en tout semblables à Dieu, et toutes choses nous sont soumises : la terre et l'eau et l'air et les étoiles, et tout est fait pour nous et conçu pour nous servir." » D'ailleurs, les hommes venaient-ils vraiment *juste après* Dieu ? Il ne comprenait pas comment Paul ou les chrétiens pouvaient ainsi se méprendre quant à la vénération des idoles : les pierres ou les animaux étaient pour lui des signes d'un dieu ineffable, qui se tient au-dessus de l'homme et ne peut être représenté sous forme humaine. Il avait toujours pensé que les oiseaux, avec leurs ailes qui les emportent dans les airs, leurs plumes multicolores et leur connaissance des signes prophétiques, étaient plus sages que nous, et plus chers à Dieu. En tout cas, il se refusait à croire que l'univers avait été fait pour quelque chose ou quelqu'un. C'était un ensemble, un parfait accord de lois, de proportions et de rapports, qui existait au nom du Tout, auquel seuls Dieu et les dieux prêtaient l'oreille.

Ces pensées, ou d'autres du même ordre, durent traverser l'esprit de notre obscur lettré platonicien, à Rome ou à Alexandrie, en une fin de soirée de 92, de 121 ou de 153 apr. J.-C. Il ne savait pas que tout ce qui l'entourait — étoiles, démons, arbres, livres, cités tranquilles et tumultueuses d'Orient et d'Occident — n'aurait qu'une existence limitée. Il ne savait pas que Paul l'emporterait et que l'amour (*agapê*) triompherait de la connaissance lumineuse. Aujourd'hui, dix-huit ou dix-neuf siècles plus tard, le contraste est-il bien différent ? Il y a en nous un platonicien qui commente Paul et un chrétien paulinien qui commente Platon. Malgré tout le temps écoulé, et tant de migrations et de fusions, et bien que la fureur de Paul se soit adoucie, que son style ait trouvé sa forme, le christianisme est encore le *scandale* : la folie de la croix, la blessure de Dieu, la déchirure de l'univers. Le conflit n'est pas apaisé et peut-être ne pourra-t-il jamais l'être. Il nous appartient simplement de le conserver pur dans notre esprit : de parcourir jusqu'au bout les deux chemins, sans attendre de solution.

Le livre blanc et écarlate

Vers la fin du Ier siècle, un chrétien, qui avait été relégué dans la petite île rocheuse de Patmos, fut entraîné « en esprit » dans le royaume de Dieu. Comme Isaïe, Jean franchit les portes des cieux, qui s'ouvrirent devant lui dans un mortel fracas de gonds. Ce ne fut pas un rêve, comme pour Daniel, ni un éclair soudain dans une tempête de vent, mais une vision fulgurante qui s'imprima devant ses yeux, emplit son cœur jusqu'au bord et fut retranscrite dans les pages d'un petit livre doux comme le miel, amer comme l'absinthe. Là-haut dans le ciel, sur un trône éclatant de blancheur, se tenait Dieu : l'Alpha et l'Oméga, le Principe et la Fin, celui qui comprend en lui toute l'étendue de l'espace et du temps, tous les noms qui peuvent s'écrire avec les lettres de l'alphabet. Jean écouta sa voix et la répéta dans le livre. Il ne put décrire ce qu'il avait vu, car sur le trône se tenait quelque chose qui n'avait ni image, ni figure, ni lignes, ni volumes, ni couleurs : quelque chose que la mémoire retient en elle, mais qu'aucune plume jamais ne pourrait représenter.

S'il ne peignit pas Dieu, Jean peignit sa Gloire : le *Kabod*, la force, le prestige, la magnificence, la splendeur dont il rayonnait. Autour de ce centre vide, indescriptible et innommable, il disposa un trésor de pierres précieuses : à l'exemple d'Ézéchiel et de Daniel, il cisela une orfèvrerie embrasée, fiévreuse, étincelante, comme si son imagination submergée par l'infini s'attachait à ce qui, telles les pierres précieuses, est plus que toute autre chose limité et défini. L'arc-en-ciel formait un baldaquin autour du trône : le rouge, l'orange, le vert, le bleu, l'indigo, le violet ne dessinaient pas librement leurs teintes changeantes sur les nuages, comme lorsque Dieu établit son alliance avec les hommes, mais se concentraient sur la pierre d'un cristal de roche ; car les couleurs sont la première manifestation visible de ce qui n'a pas de couleur. Jean remarqua que de toutes les pierres précieuses, la Gloire préférait le jaspe, le joyau pareil au cristal, qui laisse passer la lumière, qui rayonne de lumière et n'est qu'énergie lumineuse ininterrompue. Puis en venait une autre : la rouge sardoine. Et Jean observa la même antithèse entre la transparence du cristal et l'ardent éclat du rouge : l'océan céleste, qui s'étendait au pied du trône, était formé tout à la fois de verre cristallin et de feu.

La signification du rouleau doux et amer que nous avons à peine commencé à décacheter tient tout entière dans ce contraste de pierres et de couleurs : contraste entre le jaspe et la sardoine, le blanc (la première couleur qui naît de la pure transparence lumineuse) et le rouge. L'Apocalypse est un livre blanc comme la grâce de Dieu et la pureté, la chevelure et la robe de Yahvé dans le livre de Daniel, les vêtements de Jésus le jour de la Transfiguration, ceux du grand prêtre hébreu, de Salomon, des anges sur le sépulcre du Christ ; et c'est un livre rouge comme le mal, la fureur de Dieu, les habits tachés de sang de Yahvé dans le livre d'Isaïe, les vêtements des prêtres de Dionysos, des empereurs romains et des condamnés à mort. Les deux aspects de la nature divine viennent à nous l'un en face de l'autre, apparemment séparés et sans lien, comme si, dans l'Histoire, nous ne pouvions la connaître que comme une éternelle antithèse, un blanc à jamais opposé à un rouge.

Je crois qu'il n'existe pas dans toute la littérature, comme Dante l'a bien compris dans l'un des derniers chants du *Purgatoire*, de livre plus blanc que l'Apocalypse, un blanc incandescent à force d'être imprégné, submergé de lumière : blanc des cheveux du Christ, des corps et des vêtements transfigurés, des liturgies cosmiques, des profondeurs ultimes des cieux, de la purification et de la victoire ; blanc dont aucune peinture humaine, pas même la plus lumineuse mosaïque paléochrétienne ou la plus radieuse icône, ne parvient à nous transmettre le souvenir. Derrière la porte du ciel s'étend un espace, à la fois temple et palais royal ; et la splendeur des liturgies sacerdotales et royales retentit, triomphalement multipliée dans cet espace, avant de se répéter à nouveau dans les sanctuaires de la terre. Nous découvrons des autels, des arches d'alliance, des coupes, des candélabres. L'encens monte des encensoirs, des mains agitent des palmes, ouvrent des livres sacrés, empoignent cachets et trompettes. Devant nous, vénérations, prières, processions. Nous assistons à l'investiture et à l'intronisation d'un nouveau roi ;

cependant que le terrible silence, qui interrompt l'ouverture du livre, ou bien le feu et la fumée, nous révèlent que la Gloire de Dieu habite l'église céleste.

Tous les anges du judaïsme tardif sont parvenus en ces lieux. Anges à figure de lion, d'homme, d'aigle et de taureau, couverts d'yeux et pourvus de six ailes, dressés aux quatre coins de la terre, pour retenir la force des vents, tenant des encensoirs d'or ou les trompettes de la vengeance ; anges des églises, de l'eau, du feu ; anges énormes, ceints de l'arc-en-ciel, qui posent le pied droit sur la mer et le pied gauche sur le sol ; anges combattant le Dragon ou renversant les coupes pleines de la fureur de Dieu ou annonçant aux oiseaux rapaces le massacre des impies ; des milliers et des milliers d'anges qui habitent les espaces inférieurs, près de la blanche foule des élus désignés. Le ciel est devenu la « Maison des Chants ». Tantôt nous entendons une seule voix, venue du trône, tantôt les sons de la lyre ou des coups de tonnerre, ou encore des clameurs comme le fracas des grandes eaux. D'immenses chœurs, des tempêtes, des ouragans de voix emplissent le temple céleste, cependant que toutes les créatures — eaux d'en haut, soleil et lune, pluie et rosée, vent, feu, glace et neige, oiseaux et poissons, sources, mers et fleuves, plantes qui germent du sol — bénissent « Celui qui est assis sur le trône ».

En face du rouleau des cieux, éclatant de blancheur, s'ouvre lentement le livre rouge du mal. Voici le Dragon couleur de feu descendant du ciel, avec ses sept têtes ornées de diadèmes et ses dix cornes ; voici la Bête écarlate surgissant de la mer, avec son corps de panthère, ses pattes d'ours, sa gueule de lion, sept têtes et dix cornes ; voici la Bête de la terre avec deux cornes d'agneau et la voix du Dragon ; cependant qu'une prostituée vêtue de pourpre et d'écarlate, la « grande Babylone », couverte d'or, de pierres précieuses et de perles, est assise sur la Bête de la mer, et tient à la main un calice empli d'abominations. Comme dans la tradition iranienne, Jean entremêle les formes animales pour exprimer les forces du mal ; mais jamais aucun monstre de Persépolis n'a figuré avec une telle intensité la perfidie, les pièges, la lente et violente corruption que le mal répand. Notre imagination ne peut oublier la grande prostituée, la femme-ville, Rome-Babylone : la perversion érotique, l'infidélité religieuse, la démesure politique, l'abondance des commerces, toutes les élégances du luxe et de l'art, toutes les beautés et tous les enchantements de l'existence mêlés en une figure qui infecte tout l'univers. La fascination de la « grande Babylone », à laquelle Jean luimême n'échappe pas, est déjà la fascination de la ville baudelairienne, la ville infernale avec ses anges d'or, de pourpre et d'hyacinthe, où toutes les forces humaines se concentrent, se multiplient, se nourrissent de vertige et d'infini.

Avec ses trois animaux monstrueux, qui occupent le ciel, la mer et la terre, Jean accomplit une tentative grandiose : celle de « sonder les profondeurs de Satan », créant la théologie infernale des temps chrétiens. Doté d'une intuition presque physique de l'horreur lovée au cœur de l'Histoire, il comprend que, par un paradoxe effrayant, après l'incarnation du Christ et la naissance de l'Église, le mal a accru son pouvoir et sa force dans le monde. En même temps que se manifestait la Trinité céleste, le mal a compris que sa ruse la plus perfide devait être de singer exactement Dieu, le Christ et l'Esprit. C'est ainsi que, dans l'Apocalypse, les trois personnes de la Trinité démoniaque (et leur femme-ville) imitent avec une exactitude méticuleuse la nature des trois personnes de la Trinité céleste, les rapports que celles-ci entretiennent entre elles, leurs signes, leurs blessures, leurs adorations et intronisations respectives. Le mal est devenu le reflet spéculaire du bien ; et il peut prétendre être ce qu'il n'avait jamais été — non plus une antique puissance de l'abîme, ou un ange rebelle, ou une simple créature composite, mais l'équivalent absolu du bien. Cette imitation est grotesque, comme dans un tableau de Jérôme Bosch : images qui parlent, grenouilles qui sortent des bouches, noms divins estropiés. Nous ne parvenons pas à comprendre si la Trinité démoniaque s'amuse à parodier sinistrement, en un comble de perversion, son adversaire céleste ; ou si la parodie est involontaire, car toute imitation du bien par le mal ne peut qu'en déformer grotesquement l'image.

Cependant que du ciel continuent de rayonner les images incandescentes de la blancheur, l'Apocalypse devient le livre de la vengeance de Dieu. Toute la violence des prophètes bibliques se concentre et se condense, et rien ne semble apaiser le geste toujours réalisé, toujours imminent, qui vient d'en haut. Le Christ, que nous avions contemplé les cheveux tout blancs de lumière et candide comme l'Agneau, est maintenant le Yahvé d'Isaïe, le justicier aux vêtements rougis de sang humain. Il verse le calice plein du vin de la fureur de Dieu, ce vin qui enivre et rend fou comme le vin de Babylone. Puis il vendange les raisins mûrs de la vigne terrestre, les jette dans le grand fût de la colère de Dieu et les foule de ses pieds. Ces grappes sont chair humaine ; et du fût jaillit un sang qui éclabousse ses vêtements blancs, ruisselle dans la plaine, monte jusqu'au mors des chevaux, changeant la terre en un lac écarlate.

Sans répit se déchaînent dans l'espace les désastres apocalyptiques, évoqués par une imagination éprise de catastrophes. Voilà les cavaliers couleur de feu, noirs ou verdâtres, répandant la guerre, la disette et la famine ; puis les sauterelles aux visages d'hommes, aux cheveux de femmes, aux queues de scorpions, aux cuirasses de fer, battant des ailes avec un fracas de chars lancés à l'assaut ; puis la cité-prostituée dévastée par le tremblement de terre, avec ses chairs dévorées et ses demeures incendiées où se réfugient les oiseaux impurs et les esprits démoniaques. Le soleil devient noir comme un sac de crins ou embrasé de feu. La lune ensanglantée s'obscurcit, les étoiles s'abattent sur la terre comme les fruits encore verts d'un figuier secoué par le vent, et le ciel se recroqueville comme un rouleau de papyrus. Des montagnes en flammes sombrent dans la mer qu'elles ensanglantent ; l'étoile « Absinthe » empoisonne les fleuves, les îles s'enfuient et les montagnes s'évanouissent. Alors le Christ extermine les rois, abandonnant leurs corps aux oiseaux de proie, et il précipite les deux Bêtes, Satan et la Mort, dans l'étang de soufre et de feu. La dernière heure a sonné. Le ciel et la terre, usés comme des manteaux, fuient terrorisés devant le trône éblouissant de Dieu, et le Jugement survient dans le Vide, le Néant, qui s'est installé au-dessus de la création.

Le secret de la Jérusalem céleste, l'immense cité cubique qui descend du ciel nouveau sur la terre nouvelle à la fin de l'Apocalypse, se dissimule une fois de plus sous la composition de ses pierreries. La Gloire de Dieu n'est plus semblable à la sardoine, la rouge pierre de la fureur qui était apparue à Jean dans sa première vision. Elle est désormais uniquement pareille au jaspe, la pierre cristalline qui reçoit la lumière et la fait rayonner : c'est de jaspe que sont bâtis les murs de la cité, au jaspe que ressemble la splendeur impalpable et fabuleusement nette qui l'environne. Ici, dans la nouvelle création, aux premiers temps d'un monde complètement neuf, de la plus parfaite utopie qu'un esprit humain ait jamais imaginée, la Gloire de Dieu révèle enfin son essence, que les pierres précieuses avaient laissée voilée. Elle n'est autre que lumière.

Comme un fleuve incessant et tranquille, la Gloire baigne de lumière la cité cubique : les murs de jaspe, les fondations ornées de douze gemmes de chaque couleur, la place d'or transparente, les douze portes de perle, toujours ouvertes pour les pas fervents des pèlerins, le trône de Dieu, d'où jaillit un fleuve d'eau scintillante comme le cristal, l'« arbre de vie » dont autrefois la flamme frémissante des chérubins avait éloigné Adam et Ève, et les visages transfigurés des hommes. Les yeux du voyant cherchent en vain le soleil et la lune, qui avaient illuminé la première création, ou les lampes qu'allume chaque soir notre terreur. Les antiques sources de lumière ont disparu, car la nouvelle Jérusalem n'est pas le royaume du symbole, mais celui de la réalité absolue. Il n'y a plus de nuit. Toutes les ténèbres, l'ombre, la moindre trace de cette obscurité qui avait toujours inquiété le cœur des hommes, ont disparu ; et, en même temps que la nuit, tout péché, tout geste de punition.

Comme Jean l'avait annoncé au début de l'Apocalypse, nous sommes dans l'Éden. À côté de l'arbre de vie, dans l'ancien Paradis terrestre, se dressait l'arbre de la connaissance du bien et du mal, d'où vint la division du monde en deux sphères opposées — le bien et le mal, le sacré et le profane, le pur et l'impur, le permis et l'interdit, la vie et la mort, le divin et le démoniaque, le livre blanc de la grâce et du rite et le livre rouge du péché et de la vengeance. Dans le Nouvel Éden, seul est resté l'arbre de vie. Au lieu d'être divisée en opposés, l'essence de Dieu est désormais entière et indivise ; ses deux visages se sont réunifiés par-delà le bien et le mal, comme les couleurs antithétiques se sont réunifiées dans l'unité de la lumière.

Les temples de la terre et du ciel n'existent plus non plus, comme si tout rite était lié à la puissance adverse du mal, comme si tout blanc contenait implicitement en lui le rouge du péché et de la vengeance. Entre Dieu et l'homme s'est abolie la distance qui tenait éloignés le ciel et la terre, le sacré et le profane, toute médiation et toute séparation. L'homme habite désormais en Dieu et en Jésus-Christ, qui sont devenus son temple, comme l'Époux biblique habitait en l'Épouse. Dieu essuie les larmes des yeux affligés ; il efface les souffrances, les cris, les anathèmes du monde antérieur ; et il offre à tout assoiffé « l'eau qui deviendra en lui une source d'eau jaillissante vers la vie éternelle ». Dans la cité baignée par la Gloire divine, qui émet et reflète la lumière comme l'homme respire, les hommes contemplent le visage de Dieu, qui nous avait été dissimulé derrière les nuages, la fumée ou le feu du buisson ardent, ou les pierres précieuses ; et ils prononcent le nom jusque-là secret du Christ.

Si ni soleil ni lune ne mesurent les jours, s'il n'y a plus de nuit, si l'homme habite en Dieu, si la lumière domine sans pause ni obstacle, nous pouvons croire que le temps a fini d'exister. Il nous semble que le vieux tyran a cessé à jamais de battre sa cadence sinistre et régulière. Et pourtant, il n'en est pas ainsi. Il existe toujours des mois : des fruits viennent à maturation ; et des nations, des rois, qui n'appartenaient pas à la cité cubique, entreront par les portes toujours ouvertes de la Jérusalem céleste. Des événements se produisent donc : l'avenir demeure ouvert ; le mouvement de l'Histoire n'est pas terminé ; il n'est pas de dernière page, d'arrêt définitif, de but atteint à jamais. Que nous faut-il donc imaginer ? Peut-être sommes-nous parvenus en ce point secret où le temps et l'éternité coïncident. Le temps, autrefois si oppressant, s'est soumis au rythme extatique de l'infini. Cependant que l'éternité, au lieu de se cristalliser en un point immobile, se meut sans fin, comme le ruisseau né du trône, la « source d'eau qui jaillit vers la vie éternelle ».

À la lecture des visions de Jean, nous n'avons jamais l'impression de découvrir ce qui survient dans les espaces célestes, comme dans les visions extatiques des littératures islamiques — seuils des cieux qui s'ouvrent, berceaux de roses, voiles de roses, jaillissement sans fin de roses couleur carmin, figures qui se répètent et se dissolvent dans les soixante-dix mille plaines astrales, le cœur projeté dans l'univers, la foule évanescente des archétypes. Ce que nous avons lu ne nous semble pas appartenir à l'espace visible. Jean n'est ni un « voyant » ni un « visionnaire ». Son monde est plein de livres : les rouleaux du ciel, où Dieu a figuré les constellations, le livre aux sept sceaux où Dieu a écrit l'avenir, le livre de la vie, le livre des œuvres, le petit livre doux amer de la prophétie ; et le Christ est le cœur d'un livre qui reste à décacheter. Lorsque le Christ ouvre le premier des sept sceaux, le contenu du rouleau est projeté, visualisé, devant Jean ; puis le dernier des sceaux devient le son des sept trompettes, la dernière trompette, le vin et le sang des sept coupes, puis le son, le vin-sang se changent à leur tour en visions. Dans un coin du temple divin, Jean écrit ; et il transcrit le grand volume céleste en un petit volume terrestre.

Comment rendre ces visions de papier ? Sans le vouloir, Jean nous l'explique dans un verset célèbre, qu'il a lui aussi dérobé à un autre texte, il mange, avale des livres dont le papier pénètre dans ses entrailles : l'Exode, Isaïe, Ézéchiel, Daniel, Zacharie, Joël, et d'autres écrits hébraïques ou judéo-chrétiens, qui aujourd'hui échappent en partie à notre connaissance. Tel l'un de ces grands orfèvres othoniens, qui sertissaient dans leurs chaires d'or des ivoires égyptiens, des coupes, des pièces d'échiquier, des calcédoines romaines, il combine, entremêle, confond et cisèle les images héritées. Ses figures ne sont jamais entières : ce sont des marqueteries de détails ravis à des sources diverses, rapprochés et assemblés, de prodigieux ouvrages d'orfèvrerie, pas des récits. Il en naît une impression de densité, de grouillement, de presse — comme si l'espace manquait autour de chaque métaphore.

À mesure que nous lisons, nous sentons dans les versets de l'Apocalypse une tension, un élan, une passion, qui ont quelque chose de cannibalesque : fureur de posséder et d'engloutir des livres, de les projeter dans un autre espace de papier ; la pièce d'orfèvrerie est travaillée au feu. Avec une sorte d'ivresse hallucinée, Jean transforme ce qu'il avait englouti, et les images arrachées à Isaïe et à Ézéchiel, plus concrètes, violentes et consistantes que chez leurs modèles, semblent agresser nos yeux. Ainsi ce texte, qui ne naît pas d'une expérience visionnaire, est devenu le plus grand texte visionnaire d'Occident. La littérature a appris de l'Apocalypse que voir est, en premier lieu, une *vision de livres*. Les mosaïques et les sculptures des cathédrales, le Bienheureux de Ferdinand Ier, les tapisseries d'Angers, l'*Apocalypsis cum figuris* de Dürer, les illustrations de Hans Lufft ont compris quel délire figuratif frénétique se dissimulait sous ces signes rapides ; et ils en ont extrait à la lumière, comme d'un rouleau qui s'ouvre peu à peu, les images du Christ avec l'épée et la lampe, de l'ange aux jambes de feu, des Bêtes aux têtes, aux cornes et aux diadèmes monstrueusement entremêlés.

Lorsqu'il écrit, Jean projette dans l'avenir ses espoirs passés ou présents, les rêves, les angoisses, les espérances qui nourrissent sa vie d'exilé. Mais le mouvement temporel est double, car la félicité parfaite qui se cache au fond de l'avenir, la Jérusalem céleste, est déjà réalisée ici, maintenant, dans la vie du peuple de Dieu autour du Christ. À chaque ligne, l'avenir se fait plus proche. Tous les pressentiments que les sceaux, les trompettes et les coupes dessinent sur le flanc des cieux nous menacent et s'apprêtent à devenir présents. « Le temps est proche », l'heure de l'épreuve s'abattra bientôt sur le monde entier, Christ est sur le point de frapper à la porte de chacun de nous : une imminence dramatique, comme jamais on ne l'avait perçue dans une œuvre humaine, pèse sur chaque signe. Nous sentons sur le papier la présence de l'événement qui va surgir sous nos yeux ; les images gravées, incrustées, énigmatiques nous semblent des fragments d'avenir, des étoiles d'avenir, des aérolithes d'avenir qu'une main a arrachés à l'inconnu du temps. L'Apocalypse, dans sa prodigieuse construction télescopique, reproduit ce double mouvement. Elle ne procède jamais en ligne droite, d'un point à un autre, suivant la conséquence logique et narrative des faits : elle avance par cercles successifs, par ondes concentriques qui varient et renouvellent les thèmes et les images, et croissent désespérément en intensité à mesure que la fin approche ; et pourtant, au début des cercles, il est toujours quelque signe qui anticipe sur les événements, quelque voix d'ange qui les donne pour réalisés, accroissant notre tension et notre attente.

La révélation de Jean est « mise par écrit » et annoncée aux chrétiens de toutes les Églises, aux juifs de Jérusalem et de la Diaspora, aux gentils de tous les coins de la terre. Comme les prophètes bibliques, il voulait voir les termes de sa prophétie observés et mis en pratique. Aussi fut-il ouvert, clair, violent, aussi terrible qu'Isaïe, pour proclamer au monde l'essence de son message : l'avènement du Christ, l'imminence d'événements épouvantables. Mais, dans un geste opposé, il dissimula sa révélation derrière un voile d'allusions et d'énigmes. Il tut une partie des vérités célestes (les paroles des « sept tonnerres ») ; il se complut à des noms hébraïques mystérieux et fascinants, des nombres incompréhensibles ; il bouleversa la construction logique du texte ; il fit en sorte que chaque image recelât différentes significations, que chaque idée s'incarnât dans de multiples images. Je suis convaincu que personne n'a jamais complètement compris l'Apocalypse, pas même les communautés chrétiennes d'Asie qui en étaient proches et auraient dû en saisir les allusions.

En réalité, lorsqu'il écrivit l'Apocalypse, Jean n'a pas voulu être compris. Comme les sages et les poètes, il comptait sur le mystère, sur l'énigme, sur l'équivoque, sur la polyvalence des significations. Il savait que les interprètes auraient beau creuser son texte, cclui-ci conserverait quelque chose de ténébreux : beaucoup, infiniment d'insondable ; et le rouleau à peine ouvert serait donc interprété dans tous les sens, appliqué à toutes les époques, à toutes les situations, incompris, trahi et réalisé sans fin. Son obscurité garantissait son avenir, cet avenir auquel il tenait par-dessus tout, c'est seulement quand nos yeux s'ouvriraient sans ombre aucune, dans l'impalpable lumière de la Jérusalem céleste, que nous pourrions en comprendre chaque lettre. Jean savait que les livres clairs et ouverts meurent à peine nés. Seuls les livres écrits dans la calligraphie chiffrée des cieux, les livres dont personne ne peut rompre tous les sceaux, continuent d'enflammer nos pensées pour les siècles des siècles.

L'abîme et le silence

« Au commencement, dit la Genèse, Élohim créa le ciel et la terre. Et la terre était déserte et vide, les ténèbres s'étendaient sur la surface de l'abîme, et l'esprit de Dieu planait sur la surface des eaux. » La Genèse selon Valentin — le grand hérétique alexandrin qui a vécu au IIe siècle apr. J.-C. — remonte bien plus avant, quand Dieu reposait seul avec lui-même dans « les hauteurs invisibles et incompréhensibles ». Le Dieu de Valentin porte un nom étrange : Abîme. Ce nom n'évoque pas une cavité escarpée et indéfinie, ou la vaste étendue des océans primordiaux. Il signifie que ce Dieu était supérieur à toutes les qualités humaines : sans vue, sans sensibilité, sans passions, sans désirs, sans imagination, sans intelligence, sans pensée ; il ignorait le nombre, la forme, l'ordre, la taille, l'égalité et l'inégalité ; il ne vivait pas et n'était pas sans vie, ne bougeait pas et n'était pas immobile, n'agissait pas et ne créait pas ; et il résidait en dehors du temps et de l'espace. Abîme ignorait également les qualités que d'ordinaire on attribue à Dieu : science, royauté, sagesse, vérité ; il n'était pas le Tout parce que le Tout entre dans la catégorie de la grandeur ; il n'était pas l'Un ou le Bien, le Père ou le Seigneur — noms vains qui révèlent simplement l'impuissance de l'intelligence et des langues humaines. Qui était donc Abîme ? Qui était ce dieu indicible, incompréhensible, insaisissable, inexplorable ? Qui était ce dieu inconnu, dont on ne pouvait rien affirmer, rien nier ? Si nous pouvions nous fier à nos propres mots, nous dirions qu'Abîme était l'immense Néant, le Non-Être sans bornes, l'inconcevable Vide, qui contenait en lui la possibilité de tous les êtres et tous les noms au monde.

Aussitôt après nous avoir dit qu'Abîme « se tenait dans une grande tranquillité et une grande solitude, dans les temps infinis », Valentin ajoute qu'auprès de lui reposait une entité féminine : Silence. Dans le silence des espaces, Abîme avait donc créé Quelqu'un ou Quelque chose ? Comment est-il possible d'attribuer un sexe à Abîme, s'il ignore la nature des hommes ? Valentin luttait, jusqu'au bord du paradoxe, contre les limites de nos langues. Abîme n'avait rien créé : Silence, c'était lui — conçu d'abord dans les termes de l'espace, comme négation de tout espace (Abîme), puis dans les termes de la langue, comme négation de toute langue (Silence). Alors que le dieu hébreu et le dieu chrétien étaient des dieux masculins, Valentin, avec le couple Abîme-Silence, affirme que le principe divin était aussi féminin que masculin ; ou, plus exactement, que l'élément masculin et l'élément féminin se fondaient et s'annulaient dans la parfaite unité de l'androgyne. Dans les fragments d'autres hérétiques gnostiques comme Basilide, nous éprouvons en revanche un frisson en saisissant un acte de création au cœur du Non-Être. *Celui qui n'est pas* engendre une autre entité qui n'est pas : le néant engendre le néant, le vide se reflète dans le vide ; et peu de pages nous semblent aussi extraordinaires que cette tentative métaphysique si hardie d'explorer ce qui se tient au-delà du seuil de l'existence.

À la fin, la pureté absolue du Non-Être est violée. Abîme dépose un germe au sein de Silence, comme un homme dépose sa semence dans une matrice : Silence conçoit et engendre Intellect, semblable et égal à celui dont il émane. Intellect était donc le « double » d'Abîme ; mais alors qu'Abîme demeurait enfermé dans l'obscurité, l'inintelligibilité et le silence, Intellect habitait dans la claire lumière de l'être, de la connaissance et de la parole. Puis le processus d'engendrement continua : naquirent ensuite Logos et Vie, Homme et Église, Fils Unique et Bienheureux, Paraclet et Foi, Paternel et Espérance, Maternel et Amour, Volupté et Savoir, et ainsi de suite jusqu'au nombre de trente Éons. Abîme demeurait invisible aux Éons, Intellect mis à part, qui lui « jouissait de sa vue et se réjouissait à contempler sa grandeur ». Il aurait voulu mener ses frères et sœurs à la connaissance d'Abîme, les approchant de son essence sans commencement. Mais peut-être les Éons n'auraient-ils pu supporter la vision de cette obscurité vide, de ces profondeurs insondables. Avant d'avoir pu satisfaire son désir, Intellect fut retenu par sa mère ; et les Éons ne contemplèrent Abîme que dans le reflet lumineux qu'offrait de lui son premier-né.

L'un des Éons ne se contenta pas de cette contemplation indirecte. Connaissance, la dernière des émanations d'Abîme, s'élança ardemment vers son Père, mue par le rêve de scruter l'« étendue de sa profondeur et de son insondabilité ». C'était un péché, le plus grand des péchés : un péché né de l'orgueil intellectuel, du désir de dépasser les limites que toute entité possède dans l'univers. En ce moment elle engendra une substance amorphe et inconsciente, un avorton, une nature telle qu'elle pouvait la mettre au monde à elle seule, sans le concours de son correspondant masculin : la matière. En la voyant, Connaissance s'affligea de l'imperfection de ce qu'elle avait produit, puis fut prise de la peur de rencontrer le même sort ; enfin elle fut envahie par la stupéfaction et le doute. Toujours tendue en avant, attirée par la douceur du Père, elle se serait perdue dans la vanité douloureuse de l'infini, sans l'intervention de la force à laquelle Abîme avait confié la tâche d'ordonner le monde des Éons et de le séparer de notre univers : la Croix, la Limite. La Croix purifia Connaissance, la raffermit et lui rendit sa place parmi les Éons ; et Connaissance, effaçant son péché de sa mémoire, retourna dans ses limites propres. Pour faire obstacle à d'autres péchés, Abîme engendra au moyen d'Intellect le Christ et l'Esprit-Saint. En ses termes définitifs, le Christ annonça que ni l'espace ni la pensée ne pouvaient comprendre Abîme : celui-ci est indicible, incompréhensible, inconcevable, éternellement dissimulé sous l'obscurité de son propre silence.

Cependant la substance amorphe et inconsciente, l'avorton engendré par la passion de Connaissance, avait été chassée du monde des Éons, et bouillonnait dans les régions de l'ombre. Le Christ révéla la bonté qui l'animait : il se pencha sur la fille de Connaissance et lui donna forme et conscience. Puis il l'abandonna. Alors, celle-ci s'élança à la recherche de la lumière du Christ ; mais elle ne put l'atteindre, car elle en fut empêchée par la limite de la Croix. Ne sachant comment la franchir, elle tomba en proie à toutes sortes de passions : chagrin, parce qu'elle n'avait pas compris, frayeur, à l'idée de perdre, avec la lumière, la vie elle-même, malaise et ignorance... « Parfois elle pleurait et s'affligeait de se voir abandonnée seule dans les ténèbres et dans le vide ; et parfois, songeant à la lumière qui l'avait quittée, elle retrouvait son rire ; puis à nouveau elle s'affligeait, et d'autres fois était reprise par le malaise et la stupeur... » C'est ainsi que se forma la matière dont cet univers est issu : des larmes de la fille de Connaissance naquit la substance humide, de son rire, la substance lumineuse, de sa douleur et de sa consternation, les éléments corporels. Surgirent à la lumière le Démiurge, le dieu inférieur et médiocre, le dieu de l'Ancien Testament, que beaucoup confondent avec Abîme ; puis les astres, le ciel, la terre, les anges, les démons, les hommes, et tout ce que nous voyons dans l'air, dans l'eau, le feu, le sol, ou que nous devinons dans les lointains invisibles.

Ce superbe mythe cosmogonique que j'ai tenté de raconter en termes modernes, sans halo ni écho ni ornement, n'est que l'un des très beaux mythes que nous pouvons recueillir parmi les textes, les fragments, les vestiges de la littérature gnostique. Citons, tout aussi extraordinaires, le récit de la chute d'Ennoia (la Première Pensée divine) capturée par les archanges qu'elle avait créés, enfermée en un corps humain, contrainte à transmigrer d'une enveloppe dans une autre, jusqu'à finir comme prostituée dans un bordel de Tyr ; ou le récit de la création d'Adam, que les anges tentent vainement de modeler « à l'image et semblance » de Dieu ; ou l'autre, déchirante histoire d'Éden, abandonnée par Élohim et qui se pare vainement pour le ramener... J'imagine que bien des lecteurs d'aujourd'hui éprouvent une sorte de méfiance devant cette abondance, cette effervescence de l'imagination intellectuelle, que le christianisme orthodoxe réprima dans ses constructions plus sévères. En ce qui me concerne, je ne peux que rappeler les paroles de l'Évangile selon Philippe, un texte inspiré de Valentin : « La vérité n'est pas venue au monde nue, mais sous forme de symboles et d'images. » L'imagination théologique est l'une des formes les plus hautes et les plus pures que puisse revêtir la pensée ; et si cette dernière, aujourd'hui, faiblit et décline, c'est aussi parce qu'elle a cessé de se nourrir aux sources de la théologie et ne construit plus, ne figure plus, ne joue plus avec ses formes. D'ailleurs, les mythes gnostiques peuvent se comprendre de différentes façons. Celui qui est sourd à leurs résonances théologiques peut lire l'histoire d'Abîme et de Silence, d'Intellect et de Connaissance comme la représentation des processus de notre esprit : comment la pensée naît dans les régions vastes et indéterminées du Non-Être, comment les ténèbres deviennent lumière, le silence, parole, comment la pensée abstraite se détermine dans les pensées ; comment elle pèche contre elle-même lorsqu'elle cherche à contempler son origine obscure ; et comment, enfin, de cette erreur naît l'image informe de toutes choses.

Dans un épisode fameux de l'Évangile selon saint Matthieu, Jésus demande à ses disciples : « "Qui d'après vous est le Fils de l'Homme ?" Simon Pierre lui dit : "Tu es le Christ, le Fils du Dieu vivant." Jésus lui répondit : "Tu es heureux, Simon, parce que ni la chair ni le sang ne te l'ont révélé, mais mon Père qui est dans les cieux." » Dans un texte gnostique, l'Évangile selon Thomas, nous trouvons une variante de cet épisode : « Jésus dit à ses disciples : "Comparez-moi, dites-moi à qui je ressemble." Simon Pierre lui dit : "Tu ressembles à un bon ange." Matthieu lui dit : "Tu ressembles à un sage philosophe." Thomas lui dit : "Maître, ma bouche n'acceptera absolument pas que je te dise à qui tu ressembles." » Thomas, le disciple élu selon la gnose, refusa donc de révéler ce qu'il savait dans les profondeurs de son esprit : car Christ est ineffable comme l'Abîme. « Alors Jésus prit Thomas, s'écarta et lui dit trois mots. » Selon Henri-Charles Puech, ces mots pourraient être : « Le Père, le Fils et le Saint-Esprit » ; ou bien : « La Voie, la Vérité, la Vie » ; ou encore : « Kalakau, Saulasau, Zeesar », trois mystérieux noms gnostiques. Mais, comme il le remarque, le plus significatif, c'est justement que les trois mots ne sont pas prononcés. Le nom du Christ, que dans l'Évangile selon saint Matthieu, Pierre révélait sans crainte, demeure secret. La vérité reste cachée. « Or, quand Thomas fut retourné auprès de ses compagnons, ceux-ci lui demandèrent : "Que t'a dit Jésus ?" Thomas leur répondit : "Si je vous dis un seul mot de ce qu'il m'a dit, vous prendrez des pierres et les lancerez sur moi, et un feu sortira des pierres et vous brûlera." » Tout discours à propos de Dieu, s'il vient à être prononcé dans le monde, est scandaleux : il mène à l'assassinat et à la flamme vengeresse ; et le nom secret doit demeurer un dépôt confidentiel entre le maître et son disciple élu.

Est-ce donc là la première et la dernière parole de la gnose ? le silence ? l'impossibilité d'exprimer ? Dans l'un de ces renversements typiques de la gnose, l'Évangile selon Thomas insiste : « Il n'est rien de caché qui ne sera manifesté. » « Il n'est rien d'enfoui qui ne sera révélé. » Dans la petite communauté gnostique, qui annonce la communauté unanime de la fin du monde, tous les noms sont connus, tous les secrets prononcés, tous les hommes savent d'où ils viennent et où ils vont. Personne ne pourrait ignorer le nom et la présence du Christ — parce que « soulève la pierre et tu le trouveras là ; fends le bois, et il sera là à nouveau ».

Le Christ est un feu dévorant : le Feu qui se cache derrière les sept voiles du Trône, le Feu de la charité, le Feu qui brûlera au jour du Jugement dernier. « J'ai jeté le feu dans l'univers, dit-il, et voici que je veille sur lui, afin qu'il ne brûle pas. » Ainsi, dans les visions qui parfois le libèrent du poids du monde, le gnostique entrevoit une lumière. « Un jour de pleine lune, comme le soleil avait quitté son orbite, une grande puissance lumineuse le suivit, extrêmement brillante, et il était impossible de mesurer la lumière qui la suivait. Elle venait de la lumière des lumières... Cette puissance lumineuse descendit sur Jésus et l'enveloppa entièrement, alors qu'il était assis à l'écart de ses disciples, et il resplendit, et il leur était impossible de mesurer la lumière qui brillait au-dessus de lui, parce que leurs yeux étaient obscurcis à cause de l'excès de clarté, mais ils virent seulement que la lumière émettait une multitude de rayons, tous de différentes espèces et de différentes formes... » Devant ce feu ardent s'élève la prière du gnostique : « Jésus, mystère caché qui m'as été révélé, tu as manifesté en moi tous tes mystères plus qu'à tous mes compagnons ; tu m'as dit les mots dont je brûle mais que je ne peux exprimer... Gloire à toi, vivant du vivant ! Gloire à toi, qui à tant d'êtres as dispensé la vie ! Gloire à toi, appui et soutien de ceux qui viennent en ton refuge ! Gloire à toi, qui veilles de toute éternité et réveilles les hommes ! Je te remercie de cette voix comprise par le silence, qui ne s'entend pas ouvertement, n'est pas émise par des organes corporels, n'entre pas dans des oreilles de chair, n'est pas entendue par un être voué à la corruption, ne s'épand pas sur terre, n'est pas écrite dans les livres... »

Ce Christ ardent n'a rien à voir avec le Christ des Évangiles et de saint Paul. Lorsqu'il traverse les cieux pour descendre sur terre, le Christ gnostique revêt l'apparence d'un ange, pour dissimuler son passage aux anges mauvais qui dominent les cieux ; et sur terre seulement, il prend l'apparence d'un homme. Son corps n'est donc pas formé comme le nôtre de chair, d'os, de nerfs, de sang : c'est un corps *subtil*, spirituel — ou un fantôme, un spectre illusoire et changeant. Dans les Actes de Jean, les apôtres cherchent vainement l'empreinte de ses pieds sur le sol ; et s'ils posent la main sur son corps, ils plongent la main dans une substance immatérielle. Le Christ se transforme selon les heures et les personnes : c'est tantôt un enfant, tantôt un géant dont la tête touche le ciel, tantôt un homme très beau, au regard serein, tantôt un petit homme chauve et laid. Sous cette trompeuse enveloppe aérienne, il ne peut souffrir et mourir sur la croix : Basilide en vint à affirmer que c'était Simon de Cyrène qui était monté sur la croix tandis que le Christ, qui avait pris son apparence, « était tout près, déguisé, et se gaussait de ses tourmenteurs ». Le drame de l'incarnation et le scandale de la croix, cœur de la révélation chrétienne, deviennent ainsi pour les gnostiques un jeu théâtral, un artifice d'illusionniste, par lequel le Christ se moque de ses adversaires. Mais les gnostiques furent vaincus. Le Christ illusionniste (ou le Christ-ange) fut vaincu par le Dieu-homme : la matière, le corps, la douleur furent rachetés et élevés au ciel et, comme l'écrit Henry Corbin, « le destin de la pensée et de la culture occidentales fut décidé pour dix-sept siècles ».

Dans notre monde, né de l'avorton informe, inconscient et inquiet de Connaissance, le gnostique vit dans l'angoisse. Tout ce qui l'effleure est dégradé : le Démiurge, les astres, les anges, le temps, le corps humain, les animaux. Le Démiurge est un être maudit, ou imparfait, aveugle, faible, ignorant. Le firmament, les étoiles, les planètes, qui aux yeux d'un stoïque formaient un ordre merveilleusement harmonieux, lui apparaissent comme un mécanisme monotone et tyrannique ; les sphères planétaires sont des postes de douane, où des gardiens démoniaques s'efforcent de retenir les âmes désireuses d'échapper au devenir ; et là-haut, il voit le Destin tisser la trame terrible de la vie. Le « monde » lui semble une forteresse hermétiquement close, entourée de murs et de fossés infranchissables. Le temps pourrait l'amuser avec son inconstance, ses changements perpétuels, sa fluidité, l'apparition, la disparition et la réapparition des événements, mais tous les instants détachés, dispersés, finissent par former une chaîne aussi rigide et contraignante que le fer. Quant au corps — ce vêtement, ce cadavre, cette tombe, cette entrave, cette prison, ce dragon —, il enserre l'âme et l'étouffe, la comprime et l'humilie ; et toutes ses manifestations n'éveillent que répugnance chez le gnostique. Aussi le gnostique vit-il sur terre comme un étranger ou un voyageur, désertant les activités auxquelles les autres consacrent tout leur temps pour s'enfermer dans un perpétuel sabbat spirituel.

Et pourtant cette doctrine, qui déplore si désespérément la misère de l'homme, élève l'hymne de gloire le plus triomphal qui fut jamais composé à la louange de notre substance. Le gnostique regarde avec les yeux de l'âme l'autre univers, le lieu de la « Vraie Vie », du « Repos » et de la « Plénitude » ; et il découvre que là-haut vit son moi véritable, son double céleste, son image née avant lui, qui ne meurt pas et ne se manifeste pas. « Tu n'es pas d'ici, répète-t-il, tes racines ne sont pas de ce monde. » Ici aussi, dans la prison du destin, du temps et du corps, le gnostique sait qu'il cache, à la pointe la plus fine de son âme, une étincelle de lumière divine : une étincelle que lui seul possède, et pas les autres hommes ; une étincelle que ne possède pas même le Démiurge, qui a façonné la prison dans laquelle nous vivons.

Avec dans son âme cette étincelle divine, le gnostique ne craint pas de mal, de mésaventures ou de dangers. Héritier d'une race privilégiée ou « fils de Roi », il est sauvé par nature et par grâce. Aucun des actes qu'il accomplit dans son existence, comme un étranger ou un voyageur distrait, aucune des expériences dans lesquelles il est impliqué fortuitement ou fatalement ne lui font perdre sa condition de fils de Roi. « L'élément spirituel, écrit Valentin, ne peut accueillir de corruption, quelles que soient les œuvres dans lesquelles il se trouve impliqué. Comme l'or, en effet, placé dans la boue, ne perd pas sa beauté, mais conserve sa nature propre, car la boue ne peut en rien altérer l'or, de même les êtres spirituels, quelles que soient les actions matérielles dans lesquelles ils sont impliqués, n'en subissent aucun dommage et ne perdent pas leur fondement. » S'il est semblable au Christ par nature, le gnostique le deviendra plus encore quand la connaissance aura purifié sa nature de ses scories. À la fin de l'enseignement initiatique, le disciple s'identifie au Maître — ce qui pour un chrétien est impie et inconcevable. « Tu as vu l'Esprit et tu es devenu Esprit, dit l'Évangile selon Philippe. Tu as vu le

Christ et tu es devenu le Christ. Tu as vu le Père et tu deviendras le Père. » Ainsi, par un autre renversement, cette religion, qui avait souligné les limites des entités divines, ôte toute limite aux désirs et aux espérances des créatures humaines.

L'ultime appel des Évangiles gnostiques invite à l'union : « C'est pour ce motif qu'est venu le Christ : pour annuler la séparation qui existait depuis les origines, pour donner la vie à ceux qui étaient morts dans la séparation et les unir à nouveau. » Chaque gnostique doit donc vaincre en lui-même les forces corrosives de la destruction : faire correspondre dans son moi l'intérieur et l'extérieur, la profondeur et la surface, l'inférieur et le supérieur, la sensibilité et l'intelligence, le mouvement et le repos, et identifier l'étincelle lumineuse de son âme avec son bienheureux double céleste. Mais cette réunion intérieure ne suffit pas, car à la cohérence dans la perfection de chaque personne singulière doit correspondre l'annulation de toute limite individuelle. Chaque homme deviendra « un » avec son semblable ; et les deux sexes uniront leurs membres séparés et divisés en une figure unique, pareille à celle qui apparut pour la première fois dans le Paradis terrestre : « Lorsque Ève était en Adam, la mort n'existait pas. Mais après qu'elle s'en fut séparée, la mort survint. Si elle entre à nouveau en lui, et s'il la reprend en lui, la mort n'existera plus », dit l'Évangile selon Philippe. La grande mythologie gnostique se conclut ainsi, par cette négation du temps et des corps, par ce rêve inaltéré de l'androgyne et cet espoir de vaincre la mort qui, furtivement, comme une ennemie, s'est insinuée dans l'univers protégé du premier Androgyne, Abîme qui se reflète en Silence, Silence qui se reflète en Abîme.

Le chant de la perle

Un tout jeune prince vivait dans un lointain royaume d'Orient. Le « roi des rois » était son père, la reine sa mère, son frère aîné était Premier ministre ; et une foule de princes et de dignitaires se pressait dans les salles des vastes palais, emplis de richesse et de joie. Pendant quelque temps, le jeune prince séjourna dans la « maison du père ». Nous connaissons fort peu cette première période de son existence. Nous savons seulement que son père et sa mère lui avaient tissé un habit coloré et resplendissant, orné d'or et de béryls, de calcédoines et de sardoines, aux pièces attachées par des fermoirs de diamants, et sur lequel était peinte l'image du « roi des rois ». Cet habit n'était pas un simple vêtement. C'était son double céleste, son moi permanent et essentiel, qui se tenait au-delà des phénomènes et des apparences : à la fois différent de lui et identique, comme sont différentes et identiques une figure et son image reflétée dans le miroir. Mais le prince était encore trop jeune et ingénu pour connaître la signification véritable de l'habit qui enveloppait ses membres.

Un jour, cette vie inconsciente et bienheureuse s'interrompit. Le père et la mère ôtèrent à leur fils son vêtement éblouissant, et ils conclurent un pacte avec lui, qu'ils inscrivirent dans son cœur, afin qu'il ne pût l'oublier — comme au cœur de chacun de nous est gravé le signe de notre destin. Le jeune homme devait descendre en Égypte et libérer une perle, la seule digne de ce nom, qui se trouvait au milieu de la mer, gardée par un serpent écumant de venin et de rage.

N'importe quel lecteur du *Chant de la perle* comprend que sous la lettre du récit se cachent des vérités secrètes. Chacune de ces vérités nous est immédiatement limpide. Le royaume d'Orient n'est autre que le royaume des cieux, l'Égypte, le monde de la matière, et le serpent est le souverain de ce monde. Qui est le jeune prince ? Et la perle ? Comme dans tous les grands symboles, les vérités parallèles et contradictoires s'entrecroisent et se superposent fraternellement. Le prince qui accomplit le voyage dans la matière est le Rédempteur, et la perle, l'âme humaine, cette goutte de soleil ou de rosée céleste enclose dans la prison du corps. Mais le prince est aussi l'image de tous les hommes, qui descendent sur terre pour conquérir le royaume de Dieu, unique perle digne de ce nom.

Escorté de deux compagnons, le prince franchit les frontières de son domaine et les murailles de Babylone, habitées de démons mauvais. À son arrivée en Égypte, ses compagnons l'abandonnent.

Alors il reste seul, doublement étranger : loin des siens, perdus dans les profondeurs du monde céleste, et étranger aux Égyptiens, qui jamais ne pourraient l'aimer et le comprendre. Il les craint et, pour échapper aux regards indifférents et hostiles, il revêt leur habit impur, leur corps d'eau et de terre, comme le Christ avait revêtu un corps humain. Nous ignorons la durée de cette existence cachée : quelques mois peut-être ou le temps d'une vie entière. Jusqu'à ce jour où, dans un moment d'inattention et de distraction, le prince révèle son secret aux Égyptiens, qui découvrent qu'il est un « Oriental », un homme de lumière, et lui donnent à manger de leur nourriture. Le prince tombe alors dans un profond sommeil ; non point le sommeil réparateur, qui délasse les membres et les esprits fourbus, mais cette torpeur effrayante qui nous fait perdre notre identité, oublier notre moi et commettre en rêve des actions dans lesquelles nous ne nous reconnaissons pas. Il oublie son origine royale, ses vêtements de lumière et la perle qu'il avait mission de libérer. Alors que le Christ avait conservé sa nature divine tout en descendant à travers les sphères célestes, le Rédempteur inconnu échoue, lui, dans son entreprise : comme chacun de nous, qui ne peut conquérir le royaume de Dieu avec ses seules forces.

Nul ne sait combien de temps il aurait vécu ainsi, anéanti par l'opium de l'oubli, si le regard amoureux du ciel ne l'avait pas secouru. Le « roi des rois », la reine, son frère, les princes et les dignitaires de la cour d'Orient lui écrivent une lettre, l'invitant à se souvenir de son origine. Nous pourrions imaginer qu'un envoyé descende en Égypte la lui apporter ou qu'une vision la lui révèle en songe. Mais non : la lettre écrite sur de la soie de Séleucie ou de Chine se change en créature vivante, comme tous les concepts abstraits, les symboles, les pensées et les sentiments de ce mythe, qui s'incarnent dans un corps animé. La lettre traverse le ciel sous la forme d'un aigle ; et l'aigle, à peine parvenu sur la terre d'Égypte, devient une voix, une parole, un cri aigu, qui résonne dans les effrayantes profondeurs du sommeil. Cette voix est identique au pacte que le « roi des rois » avait inscrit dans le cœur du prince au moment de sa descente : c'est son destin, qui lui est rappelé depuis les cieux.

Le prince se réveille. Il prend la lettre, qui n'est plus à nouveau qu'un morceau de soie, la serre sur son cœur, l'embrasse, la lit ; et soudain, sa mémoire recrée dans son esprit les images oubliées de sa patrie et de la perle. Le Sauveur vaincu est sauvé ; l'âme perdue est libérée de l'enchantement qui la tenait enchaînée. Le prince n'a aucun mérite dans ce réveil, mais il surmonte en lui toute faiblesse, toute hésitation, toute distraction coupable, raffermit sa volonté et se met en route pour libérer la perle. Il rejoint le serpent qui séjourne sur le rivage de la mer, le charme et l'endort en prononçant les noms magiques du Père, de la Mère et du Fils. Il ouvre la coquille, libère la perle de la double servitude du souverain de ce monde et de sa rigide enveloppe ; et il l'expose à la lumière de l'Orient. L'âme prisonnière peut enfin retourner dans sa vraie patrie, auprès du Rédempteur qui l'a sauvée.

Nul empêchement, nulle force terrestre ne tentent de faire obstacle à leur retour. Le prince quitte son corps de terre sur les sables d'Égypte, et commence le voyage — ce voyage qui se produit soit après notre mort, soit dans les instants extatiques de la vision — vers la maison de son père. Sa route est longue et difficile ; et cette fois, le prince sera accompagné de son destin accompli, qui vient à sa rencontre sous la forme de la lettre envoyée du ciel. Vivante comme la plus vive des personnes, noble comme la plus angélique des créatures élues, la lettre est encore devant lui : sa surface de soie très fine rayonne de lumière comme la lampe qui éclaire les chemins de la nuit, sa voix miraculeuse ranime sa fougue, l'intensité de son amour l'attire vers les hauteurs. Le Rédempteur parcourt une fois de plus les pistes caravanières ; il traverse les fleuves, les déserts, les plaines densément cultivées et les murailles terrifiantes de Babylone.

Lorsqu'il atteint les frontières de son royaume, il y trouve, venu l'attendre, l'habit lumineux et coloré de son enfance. Quand il vivait enseveli dans la prison de l'oubli, il en avait perdu tout souvenir. Il découvre maintenant que l'habit, dont jeune homme il n'avait pas compris la signification, est devenu son miroir vivant : ils sont deux personnes distinctes et séparées, et pourtant ils sont la même personne, la même image, la même forme, où se reflète la lointaine image de Dieu. Il l'écoute parler et comprend que l'habit est animé des mouvements de la connaissance la plus parfaite. Celui-ci cependant se déploie royalement vers lui, se précipite vers lui afin qu'il le revête, court vers lui afin qu'il l'accueille à jamais. L'amour à peine né pousse le prince à aller vers lui, à tendre ses mains et son corps ; et le jeune homme s'enveloppe tout entier du vêtement, se parant de la beauté de ses couleurs. Ainsi, après avoir accompli son destin, le prince s'identifie avec son double céleste, le comprend et en est compris, l'aime et en est aimé. La scission du moi est effacée : le moi apparent se réunit au moi transcendant, la personne à son miroir ; et aussi bien le Rédempteur que tout homme « deviennent ce qu'ils sont ».

De retour dans les palais d'Orient, le prince adore son père, cependant que princes et dignitaires l'acclament. Est-il donc revenu devant le « roi des rois » qu'il avait abandonné enfant ? C'est ce que nous croyons. Et pourtant, au moment où il arrive chez lui, *Le chant de la perle* nous informe que son père devra le conduire devant le trône du véritable « roi des rois ». Parvenu à ce trône, il lui faudrait certainement s'avancer vers un autre trône, derrière lequel apparaîtrait l'ombre d'un autre encore. Le mouvement vers Dieu n'a pas de fin, car Celui-ci se déplace, s'éloigne de nous, fuit vers un espace toujours plus élevé et plus éloigné, caché sans cesse derrière de nouvelles draperies, tandis que certains s'imaginent l'avoir atteint.

Le chant de la perle a été composé au Iᵉʳ ou au IIᵉ siècle apr. J.-C. Nous ne savons pas qui l'a écrit, ni où il a été écrit, bien que sa version la plus ancienne soit syriaque. Les chercheurs modernes ont repéré des parallèles avec les apocalypses juives tardives, les Évangiles et les Épîtres de saint Paul, avec la tradition judéo-chrétienne et celle de l'Église de Syrie, avec la gnose païenne et chrétienne, avec la culture zoroastrienne, mandéenne et manichéenne, et même avec les anciens romans grecs, inspirés par le culte du soleil. Aucun de ces parallèles n'exclut les autres. Tous se combinent et se renforcent mutuellement, car ce chant merveilleux est une perle, qui réunit toutes les influences et tous les échos du monde, toutes les gouttes de la rosée céleste, les absorbe, les enclôt parfaitement dans sa sphère et les fait devenir invisibles, comme le rayon de lune qui se perd toujours plus intimement dans les profondeurs compactes de la mer.

Les Confessions *de saint Augustin*

Les *Confessions* de saint Augustin obéissent à deux rythmes temporels opposés. D'un côté, l'histoire lente et continue des sensations, des sentiments et des idées qui se sont déposés dans le cœur d'Augustin, sur une période de trente ans : celui-ci se tourne de tous côtés, cherche anxieusement un salut ou une rédemption, aime, hait ce qu'il a aimé, repousse ce qu'il a privilégié ; dans cette recherche inquiète, il croit être seul ; il ne voit aucune lumière certaine ; et il ignore que Dieu le regarde du haut des cieux, le suit ou le guide, et que chacun des pas qu'il fait confusément sur son chemin obscur laisse une trace sur la voie lumineuse et providentielle que le Seigneur a tracée pour lui. Mais d'autre part, lorsqu'il écrit les *Confessions*, Augustin ne peut accepter d'être prisonnier du temps linéaire et continu auquel obéissent les histoires humaines. Comme le lui avait appris saint Paul sur son chemin de Damas, comme l'apprendront de lui tous les futurs convertis chrétiens, la grâce de Dieu n'est pas fille du temps. La grâce entre en nous par une irruption soudaine, une brusque illumination, une fracture inattendue, qui casse en deux nos existences. Avant elle, ce sont les ténèbres ; après elle, la lumière ; et nulle dialectique ne pourra entièrement réassembler les deux parties séparées de notre existence. C'est ainsi seulement que la fulgurante éternité divine peut pénétrer dans le temps humain. En outre, saint Paul avait enseigné à Augustin (et à Manzoni) que la conversion n'est pas seulement une étincelle intérieure. Tel un grand metteur en scène de théâtre, la grâce de Dieu a besoin d'une scène extérieure : une route, des hommes en voyage, des enfants dans une maison ou une église toute proche, des lumières ou des voix venues du ciel.

Après des années d'incertitude, Augustin approchait de la conversion : tout semblait prêt pour l'accueillir dans l'Église ; l'esprit commandait à l'esprit de vouloir ; et pourtant l'esprit n'obéissait pas. « Ainsi j'étais malade et me torturais, m'accusant moi-même avec plus d'âpreté que jamais, me retournant et me débattant dans mes chaînes jusqu'à ce qu'elles finissent par se rompre... Car je me disais en moi-même, intérieurement : "C'est le moment. Tout de suite, oui, tout de suite." Et sur ces mots, j'allais me décider à le faire. Oui, je le faisais presque ; et puis non, je ne le faisais pas. » Et cependant, tandis qu'il hésitait et atermoyait, le Seigneur le suivait dans ses refuges avec une miséricorde sévère, le flagellant du double fouet de la peur et de la honte. Un jour, Augustin se réfugia dans le petit jardin de la maison où il habitait à Milan, abandonnant la présence amicale d'Alypius ; et dans son cœur une grande tempête s'éleva, grosse d'une pluie de larmes. Il s'assit sous un figuier : le figuier symbolique qui représente l'ombre mortelle des péchés du genre humain en proie à la concupiscence, mais que le Christ a gratuitement justifié. Il lâcha les rênes de ses larmes, et celles-ci jaillirent comme des fleuves de ses yeux, tandis qu'il criait lamentablement : « Et toi, Seigneur, jusques à quand ? jusques à quand enfin, Seigneur, seras-tu irrité ? Ne conserve pas le souvenir de nos iniquités passées... Combien de temps ? Combien de temps ? Demain, toujours demain. Pourquoi pas tout de suite ? Pourquoi ne pas en finir, sur l'heure, avec ma honte ? »

Tandis qu'il pleurait dans l'amertume de son cœur brisé, il entendit une voix, venue d'une maison voisine (ou d'une église voisine). C'était une voix dont il ne parvint jamais, malgré tous ses efforts pour s'en souvenir, à reconnaître le timbre : peut-être la voix d'un jeune garçon ou d'une jeune fille, ou celle d'une créature angélique, comme les siècles augustiniens se plurent à l'interpréter. La voix inconnue chantait et répétait à maintes reprises, comme en un jeu enfantin : « Prends, lis ! Prends, lis ! » — mais ce refrain n'éveillait dans sa mémoire aucun écho de jeu connu. Sainte Thérèse fut la première, je crois, à comprendre cet admirable passage. En ces moments d'attente et d'angoisse, le cœur broyé et les larmes coulant à flots de ses yeux, Augustin connut l'une des grandes expériences visionnaires de sa vie. Il entendit dans son esprit une voix enfantine ou angélique et il la projeta hors de lui, dans le jardin qui l'entourait, où Alypius s'était éloigné de lui. Tandis qu'il délirait doucement, il héritait, comme souvent dans les visions, des formes de l'antique tradition chrétienne : les *juvenes* ou *pueri* ou *adulescentes* qui, dans les *Passions*, révèlent en souriant des messages de félicité spirituelle aux « confesseurs de la foi » ; et l'habitude de tirer un présage des pages de la Bible au moyen d'un prêtre ou d'un *puer innocens*. Augustin étouffa ses larmes, prit les Épîtres de saint Paul qui étaient posées près de lui et, comme le lui avait dit la voix, lut le premier passage qui lui tomba sous les yeux : « Non, pas dans les festins, dans les excès de vin, ni dans les voluptés impudiques, ni dans les querelles et les jalousies, mais revêtez-vous de Notre Seigneur Jésus-Christ, et ne secondez pas la chair dans ses convoitises. » Il ne voulut pas continuer. Il n'eut pas plutôt lu ces mots qu'une certitude illumina son cœur, et toutes les ténèbres du doute se dissipèrent.

Tout s'est-il vraiment passé ainsi, comme le racontent les *Confessions* ? Y eut-il vraiment cette irruption soudaine, cette lumineuse césure dans sa vie ? Au siècle dernier et au début de celui-ci, beaucoup de spécialistes en ont douté, comparant le récit dramatique et convulsif des *Confessions* à la lumière tranquille qui baigne les *Dialogues*, écrits juste après la conversion, à Cassiciacum, en Briance. Personne, certes, ne pourrait nier les profondes différences de ton. Quand en septembre 386 il se retira à Cassiciacum, Augustin traversa sa période d'*otium* chrétien, avec sa mère, son fils et certains disciples, comme tant de Latins de la période classique, libres des soucis d'une profession publique, avaient passé l'été ou l'automne à la campagne, se consacrant à la lecture et à la méditation. Au milieu de la nuit, il s'éveillait et, dans le *dormitorium*, il réfléchissait en silence à tout ce que l'inspiration ou le hasard lui suggéraient — Dieu, l'ordre, la beauté du monde, l'existence du mal ; puis quelque ami s'éveillait, et ils causaient ensemble, tandis que l'aube approchait. Ils mangeaient peu ; tous poursuivaient la discussion dans les bains agréablement tièdes du village ou dans les prairies proches de la maison, dès que les brumes matinales s'étaient dissipées. Peut-être ne s'était-il jamais senti aussi tendrement heureux, serein, détendu qu'à ce moment, l'âme et le corps encore convalescents des blessures de la conversion. « Désormais, écrivait-il, c'est Toi seul que j'aime, Toi seul que je suis, Toi seul que je cherche, Toi seul que je me sens prêt à servir. » Il était plein de ferveur et d'élans vers le Seigneur ; il aimait la philosophie néoplatonicienne et ses « denses parfums », comme il ne l'aimerait jamais plus ; le monde lui paraissait un délicieux brouillard lumineux ; et il était certain — comme il ne le serait jamais plus — de l'avenir radieux que le ciel lui préparait.

Peut-être n'avait-il pas encore découvert son vrai Dieu, le Dieu des *Confessions* : sans le savoir, il adorait encore celui des philosophes — le Dieu du Bien et du Beau, source et principe de la lumière intelligible et de tout ce qui resplendit de cette lumière : « la seule substance vraiment éternelle, dans laquelle il n'est aucun désaccord, aucune confusion, aucun changement, aucun manque, aucune mort, mais souveraine concorde, souveraine évidence, souveraine constance, souveraine plénitude, vie souveraine ». S'il contemplait l'univers, il en constatait l'harmonie et l'admirable agencement : ses yeux admiraient les formes belles et variées, les couleurs fraîches et vives, la lumière qui inonde toutes choses et nous caresse même quand nous ne lui prêtons pas attention. Il n'y avait pas de dissonance, car le pire s'harmonisait avec le meilleur, la misère avec le bonheur, le péché avec le salut. Tout ce qui possède le privilège de l'Être est chose bonne ; le possible qui tend vers l'Être est également bon ; et, en un admirable élan d'optimisme, il imaginait que tous nos idéaux, nos rêves, les vérités que nous édifions dans un esprit que Dieu éclaire, existent nécessairement en quelque lieu de ce monde ou d'un autre, bien que nous ne parvenions pas à les voir. Il bénissait toutes choses, même celles où les philosophes avaient situé l'essence du négatif. Car les corps possèdent beauté et harmonie ; ce qui meurt, se défait ou se transforme, sujet aux amères vicissitudes du temps, ne trouble pas l'équilibre de l'univers, comme un discours bien composé dans lequel les syllabes et les sons se succèdent continûment. Le mal lui-même — dont l'idée bouleverse tout admirateur de l'*harmonia mundi* — jetait une ombre plus légère dans l'esprit d'Augustin. Celui-ci était désormais certain qu'il ne s'agissait pas d'une substance, comme il l'avait cru naguère, avant de lire Plotin et saint Ambroise. Il naissait du libre arbitre de chaque homme : *nequitia,* la « méchanceté », dérivait de *ne quidquam,* « rien » ; le mal était donc une pure absence, une privation, un manque — comme les ténèbres ne sont qu'une absence de lumière, et le silence, une absence de sons.

Nous pouvons comprendre que, dans cette tendre ferveur de la convalescence, Augustin n'ait pas saisi dans leur lumière véritable sa vie inquiète et angoissée et sa dramatique conversion. Tout cela était passé ; et il s'élançait sans que plus rien ne lui pesât vers le miracle futur que la grâce de Dieu et le baptême devaient faire naître en lui. Cet état ne dura guère. Au cours des dix années qui suivirent sa conversion, Augustin perdit l'harmonie légère qui le distinguait, et de nouveau les ombres l'environnèrent. Il se convainquit que l'homme, s'il est seul, ne parvient pas à faire le bien : ainsi, lui, n'avait pas su seul se convertir et se libérer de son passé. Comme dans sa jeunesse manichéenne, il se remit à examiner fébrilement la nature du mal. « Quelles tortures pour mon cœur dans les douleurs de l'enfantement, quels gémissements, mon Dieu ! Et tandis qu'en silence je cherchais intensément, de puissantes voix s'élevaient vers Ta miséricorde : spasmes muets de mon cœur. » Il avait soutenu que le mal était un manque d'être. Il avait maintenant à l'esprit une phrase de saint Paul : « Il est en mon pouvoir de vouloir, mais pas d'accomplir le bien. De sorte que je ne fais pas le bien que je veux, mais je fais le mal que je ne veux pas. Mais si je fais ce que je ne veux pas, ce n'est pas moi qui agis, mais la force du péché qui habite en moi. » Quoiqu'il n'eût pas changé ses formulations théologiques, il ressentait le mal comme une présence obscure et menaçante qui habite au-dedans de nous, sous notre volonté et notre conscience, et se répand en nous. Qui pouvait donc nier qu'il possédât une substance ténébreuse et violente ? Or, s'il examinait son cœur, il découvrait qu'il avait péché avant même de posséder la conscience : à peine né, « pâle, le regard plein d'amertume », il avait envié son frère, qui tétait comme lui le lait du sein de la même mère ; puis il avait continué à pécher, mentant, aimant le jeu et les spectacles frivoles. Si Catilina avait commis le mal par amour du pouvoir et de la gloire, il l'avait accompli, lui — lorsqu'il volait des poires sur un arbre — pour le pur plaisir de le commettre : pour le plaisir de l'infraction et du délit. Il avait donc commis la chose la plus terrible : le Mal absolu.

Bien des choses l'éloignaient désormais du temps de sa conversion. Alors, il s'était arrêté pour adorer Dieu dans l'ordre et la beauté du monde ; maintenant, en revanche, il voulait également parler, si possible, de ce qu'Il Est, de son insaisissable essence, de la grâce qui l'avait, lui, soutenu et sauvé du temps de sa jeunesse et continuait de le sauver. Ainsi, dans le livre qu'il commença dans l'une des dernières années du IVe siècle, tout tissé de paroles et d'images de l'Écriture, et soutenu par un ingénieux assemblage de fragments des Psaumes, il voulut écrire sa *Confessio peccati et laudis*, révélant la grâce divine qui l'avait habité quand il était encore plongé dans le mal, et exaltant Dieu qui crée le monde.

Je crois que jamais livre humain — pas même les textes des soufis de Perse — n'a été aussi proche de Dieu. « Je pensais ces choses, et Tu étais près de moi ; je soupirais, et Tu m'entendais ; je flottais, et Tu me gouvernais ; je m'en allais sur la grande route du monde, et Tu ne m'abandonnais pas. »

Augustin est envahi, possédé, dominé, habité par cette présence souveraine. Comme il déborde d'amour, de confiance, d'un sentiment de sécurité et d'absolu repos, ce *Tu* qu'il lui adresse ! Et quelle douceur incroyable dans les appellations par lesquelles il l'invoque : *dulcedo mea, lumen cordis mei* ! Ce livre, qui semble pourtant écrit pour chacun de nous, n'est composé pour aucun homme, mais seulement pour Dieu, qui devait être son unique lecteur et auditeur. Dans son omniscience, il sait déjà tout ce qu'Augustin a senti, souffert et pensé : il a vu tout ce qui se passait en lui et autour de lui ; et Augustin doit simplement répéter, pour se les révéler, les mots que Dieu connaît depuis toujours. Il n'y a qu'un désir qu'il ne put réaliser : écrire la confession du péché et de la louange avec les yeux et la main mêmes de Dieu ; composer sa propre biographie de ces mêmes lettres que lui, au jour du Jugement, inscrira sur la scène du ciel.

Au début, tel l'enfant prodigue, Augustin vivait dans les lointains : dans l'« abîme démesuré » et la « passion ténébreuse » de la séparation. Puis commença sa recherche de Dieu : toujours plus anxieuse et inquiète, mêlant les pensées qui peuvent naître dans une intelligence taciturne, les passions qui peuvent agiter une âme ardente, les remords qui peuvent la troubler, la joie amère des plaisirs du monde et le vide angoissant de ses illusions. Il ne trouvait pas d'apaisement. Il allait, soupirait, pleurait, se tourmentait, sans conseil ni repos. Tantôt il était pris d'une secrète exultation mêlée de frayeur, tantôt d'une secrète amertume mêlée d'espérance. Il portait son âme déchirée, sanglante, qui ne tolérait pas d'être portée par lui. Il ne savait où la poser. « Ni dans les bois amènes, ni dans les jeux et les chansons, ni dans les lieux suavement parfumés, les festins recherchés, les voluptés de la chambre et du lit, ni même dans les livres et les poèmes, il ne trouvait de repos. » Et il s'en allait, à travers les ténèbres et les chemins glissants, et cherchait le Seigneur hors de lui et ne trouvait nulle part le « Dieu de son cœur », jusqu'au moment où, lorsqu'il scruta les profondeurs de son moi, dans lesquelles tout se rassemblait et se reflétait, l'Un le sauva de la dispersion, pour le concentrer en lui.

Mais qui est donc ce Dieu — lecteur et secret auteur des *Confessions* ? Quel est ce centre, toujours pressenti et qu'on ne peut saisir, toujours poursuivi et finalement atteint ? Au temps des *Dialogues* de Cassiciacum, Dieu était une lumière génératrice de lumière, perçue dans son indistinction ; maintenant qu'Augustin s'est tellement rapproché de ses secrets, il est devenu un perpétuel producteur d'antithèses, le sens secret de toutes les antithèses qui se résolvent et s'annulent en lui. Il est toujours en action et toujours en repos, fondant ainsi les qualités opposées du mouvement et de la stase, qui se font identiques dans l'éternité. Il est *celui qui Est*, celui qui ne change pas, un éternel aujourd'hui, et pourtant il engendre la vie mouvante des hommes dans le temps ; il est le plus stable, le plus égal à lui-même de tous les êtres, et devrait donc être aussitôt compris par l'esprit, alors qu'il n'est rien de plus obscur que lui ; il est en tous les points, en tous les lieux de la terre, et en aucun d'eux ; et si nous observons son visage tourné vers nous, nous voyons dans les mêmes traits se mêler la vengeance et la miséricorde, l'aspect d'un maître qui punit comme le plus sévère des maîtres d'école humains et la face infiniment douce de celui qui essuie les larmes des affligés. Mais ces antithèses, et toutes les autres qu'Augustin déploie avec une maestria de sophiste, dépendent d'une antithèse essentielle. Dieu est, à la fois, l'absolue transcendance et l'absolue immanence. Il ne peut être contenu dans notre cœur, ni même dans toutes les choses, parce que celles-ci ne peuvent le contenir, et pourtant il vit dans le cœur de chacun de nous. Il est *altissimus et proximus, secretissimus et praesentissimus.* Il se tient très loin dans les hauteurs, au-dessus de toutes choses, caché dans son propre abîme vertigineux, lui le plus mystérieux et insaisissable des êtres ; et nul n'est plus près ni plus proche que lui, « intime de notre intime », si fraternel, si manifeste et familier.

Bien que la distance de Dieu trouve dans les *Confessions* une expression admirable, Augustin préfère nous dévoiler l'autre pôle de l'antithèse : sa présence. S'il refuse l'amour humain, ce n'est pas parce qu'il veut anéantir tout désir, mais parce que toute la force érotique de l'homme doit se dissoudre et se sublimer dans l'étreinte de Dieu. Dans un passage particulièrement hardi du livre II, il nous explique que Dieu est l'équivalent et le substitut de tout ce que nous pouvons demander à la vie, et que tous nos plaisirs, psychologiques et physiques, même les plaisirs mauvais, doivent être transformés et réalisés dans l'amour de lui. Si dans l'orgueil nous cherchons l'élévation, Dieu est plus élevé que toutes choses. Si l'ambition recherche les honneurs et la gloire, seul Dieu est digne d'honneurs et de gloire. Si les puissants s'efforcent d'inspirer la terreur, Dieu seul est à redouter. Si les voluptueux cherchent à se faire aimer, rien n'est plus caressant que son amour. Si la paresse aspire au repos, l'unique repos certain est en son sein. Si le luxe poursuit l'abondance et la satiété, Dieu seul est la plénitude et l'inépuisable trésor d'une douceur incorruptible. Si l'avarice veut beaucoup posséder, Dieu possède tout. Si la colère s'attache à la vengeance, qui se venge plus justement que Dieu ? Nous pouvons tout aimer dans le Seigneur : la beauté d'un corps, l'éclat d'une lumière, les mélodies les plus douces, le parfum des fleurs, les membres qui reçoivent l'étreinte de la chair. Les choses transitoires vont où elles sont toujours allées, pour n'être plus, et déchirent l'âme de désirs et de souffrances pestilentiels, car l'âme veut être, et aime à reposer dans les choses qu'elle aime. Qui peut les suivre avec le sens de la chair ? Ou les saisir, lorsqu'elles sont à portée de main ? Ces choses transitoires, nous ne pouvons les connaître et les aimer qu'en Dieu, devenues stables et solides comme lui-même.

L'on est frappé par le langage anthropomorphique dans lequel Augustin représente Dieu. Jamais il n'a été corps comme dans les *Confessions* : la relation avec lui est relation de visage à visage, de bouche à bouche, d'oreille à oreille, terriblement charnelle, comme chez sainte Thérèse. Quelles phrases ardentes ! « Que j'embrasse ta main de tout mon cœur. » « Quoi de plus proche à mes oreilles, pour un cœur qui te confesse et vit pour ta foi. » « Applique l'oreille de mon cœur à ta bouche, afin que tu me le dises. » « Nous tendions la bouche de notre cœur vers les eaux qui ruissellent du haut de ta source, de la fontaine de vie qui est auprès de toi, afin d'être baignés selon notre force. » Dieu est une nourriture dont Augustin a faim et soif, avec la même avidité qu'un affamé se jetant sur une nourriture terrestre. Cette figuration corporelle de Dieu dérive du langage des Psaumes, modulé et infléchi par des variations toujours nouvelles. Augustin sait bien que Dieu n'a ni visage ni mains : il est l'Esprit pur. Mais la présence de cet Esprit au-dessus de lui est si forte qu'il le sent proche comme son propre souffle, comme la veine de son cou, comme sa propre image reflétée dans le miroir. Il lui semble que le grand corps de Dieu l'enveloppe de tous côtés et qu'il n'est, lui, qu'une ombre enfantine fixée par ces yeux, portée par ces mains, écoutée par ces oreilles.

Dans sa quête philosophique, qui l'avait conduit de livre en livre et d'école en école, Augustin avait cherché la vérité — mais surtout un but qu'il plaçait beaucoup plus haut : le bonheur. Il était convaincu que « nul n'est sage s'il n'est heureux ». Mais où réside cet inaccessible bonheur ? Du temps de sa conversion, il avait compris qu'il ne pouvait être heureux que s'il connaissait Dieu, que s'il était investi par Quelque chose d'élevé, de stable, de fondé, de sûr, par la figure du Père, qui l'enveloppait et le possédait entre ses bras. Maintenant qu'il vivait auprès de Dieu depuis des années, ce mot « bonheur » devait lui sembler trop ingénu et trop humain. Certes, il était « heureux » auprès de Dieu, mais il vivait toujours dans une condition instable, partagé entre les deux abîmes du péché et de la grâce, sans ce calme tranquille et continu qu'il avait imaginé. Il aurait voulu davantage : l'extase, la fusion au moins momentanée, comme dans la vision d'Ostie.

En ce temps-là, Augustin et Monique étaient accoudés à une fenêtre qui donnait sur un jardin et ils causaient avec une douceur surnaturelle. Oublieux du passé, tendus vers l'avenir, ils parlaient de la vie éternelle, des bienheureux dans le ciel, que l'œil n'a jamais vus ni l'oreille entendus. Alors, s'élevant vers Dieu d'un cœur plus ardent, ils traversèrent degré après degré, par une rapide ascension en eux-mêmes, tous les êtres corporels, puis le ciel ; ils s'élevèrent au-dedans d'eux-mêmes, fixant leur pensée, leur dialogue, leur admiration sur les œuvres divines. Ils parvinrent enfin là où Dieu fait paître son peuple dans le pâturage de la vérité. Là se tient l'éternelle Sagesse divine. Et tandis qu'ils parlaient et aspiraient à elle, voici qu'ils l'effleurèrent à peine, avec un élan et une violente secousse du cœur. Ils soupirèrent et laissèrent là, captives, les parties les plus subtiles, les « prémices » de leur esprit ; puis la vision et l'extase se brisèrent, et Monique et Augustin revinrent sur terre.

Cet écrivain, qui toute sa vie fut dominé par une tension intellectuelle presque excessive, cet esprit robuste et infiniment subtil, ce nostalgique pèlerin des cieux, ce voyageur à la recherche d'un pays toujours lointain, cet homme qui à chaque instant de sa vie adresse des questions à lui-même, aux choses et à Dieu, sans fixer de limite à ses interrogations anxieuses, découvrit que la chose la plus étrange et la plus extraordinaire du cosmos était l'homme. « Les hommes regardent, pleins de stupeur, les cimes des montagnes, les fortes vagues de la mer, les courants puissants des fleuves, la circonférence des océans et les orbites des étoiles ; et indifférents à eux-mêmes, ils ne s'étonnent pas d'eux-mêmes. » Dans les *Confessions*, peu de pages attirent autant le lecteur moderne que celles qui concernent les grands espaces et les vastes palais de notre mémoire : les grottes, les labyrinthes, les cachettes, « les cavernes innombrables, emplies d'innombrables espèces de choses innombrables, qui sont là soit en image, soit dans leur présence réelle, ou encore selon je ne sais quelles notions ou notations ». L'on s'émerveille de la capacité d'Augustin à penser l'indéterminé et à pénétrer dans ce que notre esprit dissimule de plus labile, de plus vague et de plus abyssal ; et aussi à transformer l'indéterminé en un espace visible, un théâtre intérieur où s'agitent, combattent et fluctuent les pensées et les passions de notre cœur — également dotées d'une présence physique.

Pétrarque aimait les *Confessions*, ce livre « ruisselant de larmes ». Et il en appréciait l'admirable rhétorique — le jeu des répétitions, des refrains, des concaténations, des parallélismes, des oppositions, l'inquiétante sorcellerie verbale, la douce et dramatique inquiétude des interrogations, la mollesse parfois presque exténuée — destinée à susciter, chez celui qui écrivait et chez nous qui le lisons, la plus grande contagion passionnelle. Augustin parlait de l'*aestus* de ses sentiments : chaleur, ardeur, tourment, flux, tempête. Si nous y regardons de près, cet *aestus* révèle de singuliers ingrédients. Dans sa jeunesse, Augustin non seulement aimait, mais aimait aimer. « Je n'aimais pas encore et j'aimais aimer ; et avec une indigence profonde, je me haïssais d'être moins indigent. Je cherchais quoi aimer, aimant aimer ; et je haïssais la sécurité et les chemins sans embûches. » Il allait volontiers au théâtre ; de même qu'il se prenait volontiers, même sans aimer, dans le jeu des jalousies et des craintes, ainsi, au théâtre, il souhaitait voir représenter les souffrances amoureuses que personne n'éprouvait, les larmes fictives, les passions fausses ; et ces artifices lui faisaient verser de vraies larmes, qui éveillaient en lui une volupté profonde.

Tout cela n'abandonna jamais Augustin. Il lui resta toujours, même dans la rédaction des *Confessions*, ce désir d'un amour encore indéterminé, ce culte d'une passion fictive et provoquée, cette excitation du sentiment, cette volupté des larmes ; et tous les *aestus* véritables et imaginaires enveloppent ses propos d'une assonance, d'un halo, d'un écho, d'une puissance de suggestion qui n'en finit pas de résonner et de se propager en nous, suscitant l'image et le rêve d'une passion pour Quelque chose qui ne pourra jamais se tarir. Qu'en importe la source ? Qu'importe le moyen de se le procurer ? C'était le même « *ardent sanglot qui roule d'âge en âge** » ; et Augustin l'éloignait de tout destinataire humain, l'élevait et l'offrait à Dieu, et le faisait « *mourir au bord de* son *éternité** ».

Les lettres d'Abélard et Héloïse

Vers 1132, Abélard avait plus de cinquante ans. Il commença à écrire une longue lettre à un ami, et au monde, une lettre intitulée *Histoire de mes malheurs*. Avec passion, vanité, désespoir, il raconta sa vie. Il raconta sa renommée de jeune professeur de philosophie et de théologie, quand les érudits venaient de toute l'Europe écouter ses leçons, comme s'il eût été la lumière du savoir universel. Il raconta son amour pour Héloïse, jeune fille d'une grande culture, de vingt ans plus jeune que lui ; et comment un désir érotique d'une rare violence, presque brutal, et les plaisirs de la vanité se muèrent en une ardente passion érotique. « Notre désir ne négligea aucun aspect de l'amour, et chaque fois que l'amour pouvait inventer quelque chose d'insolite, aussitôt nous en fîmes l'essai ; et moins nous étions experts en ces plaisirs, et plus ardemment nous nous y adonnions, et jamais ne nous lassions. » Puis ce fut le mariage avec Héloïse, et la castration, à l'instigation d'un proche de la jeune fille : castration qui l'emplissait encore de honte, comme s'il était devenu un être immonde. Puis son entrée dans les ordres, et celle d'Héloïse, les persécutions religieuses, les accusations d'hérésie ; la fuite dans la solitude d'une vie d'ermite ; le renouvellement de son enseignement philosophique ; la retraite dans l'abbaye de Saint-Gildas, où des moines barbares cherchaient à le tuer.

Tandis qu'il reparcourait mentalement ces événements, Abélard leur cherchait et leur trouvait un sens. Rien n'était arrivé par hasard. Même sous les événements les plus cruels, qui l'avaient blessé et meurtri dans sa chair, il découvrait le dessein et la prévoyance de Dieu, qui avait voulu frapper son orgueil et sa luxure, pour le ramener à lui. Ce dessein, il l'acceptait jusqu'au bout, courbant la tête : « Que ta volonté soit faite, comme l'a dit le Christ sur la croix. » « Quoi qu'il lui arrive, le juste ne s'en affligera pas », comme disaient les Proverbes. Et pourtant, malgré cette acceptation, la voix d'Abélard ne nous convainc pas. À la différence des *Confessions* de saint Augustin, nous ne trouvons dans l'*Histoire de mes malheurs* aucun écho de vie intérieure, pas même une trace de ce repentir qui, modelant la prose, en fait une plainte pleine de douceur. Abélard repenti continue de concevoir sa vie comme une bataille : la conscience de sa grandeur, la vanité ne l'abandonnent presque jamais ; il sent de toutes parts des jalousies et des complots contre lui ; et s'il pense à lui-même, avec une sorte de mythomanie obstinée, il se voit comme la nouvelle incarnation d'Athanase persécuté, de Jérôme pourchassé, du Christ calomnié, jugé et crucifié.

C'est seulement dans quelques pages que sa voix nous paraît authentique. Enfermé dans l'horrible abbaye de Saint-Gildas, où les moines empoisonnent le vin de messe, privé de tout secours, il sent l'angoisse, le désespoir s'emparer de lui ; il se révolte contre Dieu ; il se voit errant et fugitif comme Caïn, maudit comme Caïn ; et il est assailli du soupçon que, peut-être, il est coupable d'un péché innommable contre Dieu.

Cette longue lettre aboutit par hasard, ou plus probablement selon l'intention d'Abélard, entre les mains d'Héloïse, alors abbesse du couvent du Paraclet. Héloïse répondit à Abélard : « À son seigneur, ou plutôt son père ; à son époux, ou plutôt son frère ; sa servante, ou plutôt sa fille ; son épouse, ou plutôt sa sœur — à Abélard, Héloïse. » Cette réponse marque le début de la correspondance des deux amants. Héloïse était remarquablement cultivée — et pas seulement pour son époque. Elle connaissait parfaitement le latin, étudiait le grec et l'hébreu ; et elle avait puisé son style — et les rythmes de sa prose pleine d'antithèses, de parallèles, d'hyperbates et de jeux de mots — auprès d'un maître italien peu connu dans la France de son adolescence. Elle aimait l'art de la citation : elle l'aimait presque autant que son amour ; et elle émaillait ses phrases d'emprunts à Ovide et Lucain, à saint Jérôme, à Cicéron, Sénèque, Horace, Perse, ou saint Augustin.

Aujourd'hui, lorsque nous écrivons des lettres, nous nous livrons à une activité secrète : nous pouvons mentir, dissimuler, occulter la vérité, prendre la fuite — mais chaque fois, c'est une âme qui s'adresse à une autre âme, et la présence d'un public ne vient jamais (ou presque jamais) faire écran entre notre interlocuteur et nous. Les lettres d'Héloïse se situent à l'opposé. Même si elle ne songeait pas à publier ces lettres (cela n'est toutefois pas exclu), elle trônait dans les hauteurs, sur une scène élevée ; elle jouait et déclamait devant un auditoire immense, composé de ses contemporains et des hommes du passé, Ovide, Lucain et Jérôme, qu'elle insinuait dans ses mots, s'enveloppant du manteau splendide et chamarré de sa prose. Ce qui nous émerveille, c'est que jamais, jamais, elle ne paraît maniérée. Avec quel élan, quelle impudeur elle représente sa passion ! Quelle douceur, quelle suavité imprègnent, dans sa voix, la rhétorique classique et médiévale ! Toujours elle est douloureuse, désolée, péremptoire, foudroyante — et avec un naturel sublime. Une intelligence étonnamment lucide, qui s'inscrit déjà dans la grande tradition psychologique française, lui fait violer toutes les résistances des conventions et du moi, et dire la vérité jusqu'au bout, toute la vérité, sans aucun égard pour sa pudeur et celle d'Abélard, ou celle de l'Église et du public qui l'écoute.

Héloïse se sent négligée et abandonnée par Abélard, son époux, son frère, son père, son seigneur. Elle voudrait qu'il la console, par des paroles ou par des lettres ; elle l'accuse de ne l'avoir jamais aimée. « Tu restais avec moi plus par concupiscence que par amitié, plus par embrasement du désir [elle aurait pu ajouter : par vanité] que par amour. » Alors qu'Abélard, vieux, émasculé, persécuté, s'était (en partie du moins) éloigné de leur passé commun, ce passé est pour Héloïse après presque quinze ans, et d'une façon qui ne pourrait être plus éclatante et déchirante, un absolu présent. Tout a changé : Abélard moine, elle nonne, tous deux sont éloignés l'un de l'autre ; et pourtant ce passé est inaltéré et inaltérable, figé à jamais dans sa mémoire qui ne peut oublier. Avec quelle superbe frivolité elle regarde en arrière et se souvient du temps de sa jeunesse, quand Abélard était un philosophe illustre, objet de tous les regards, et que les femmes désiraient ; lui, négligeant ses études, composait pour elle des chansons et des mélodies d'amour ; elle était partout connue et enviée ; leur passion se déroulait en public, dans une atmosphère de richesse, de joie et de cours d'amour. Il n'en reste désormais plus rien. Ces plaisirs, que la conscience et l'Église considèrent comme *honteux*, sont les seuls plaisirs qu'elle aime, et qu'elle revit sans cesse en esprit.

« Ces plaisirs d'amants que nous avons éprouvés ensemble m'ont été si doux qu'ils ne peuvent ni me déplaire ni s'évanouir de ma mémoire, ne fût-ce qu'un peu. De quelque côté que je me tourne, ils se montrent toujours à mes yeux, et m'embrasent de désir. Même quand je dors, ces visions ne m'épargnent guère. Jusqu'au milieu des solennités des rites, quand la prière doit être la plus pure, les images impudiques de ces voluptés emprisonnent si profondément ma malheureuse âme que je songe plus aux plaisirs qu'à la prière. Et ainsi, alors que je devrais gémir de ce que j'ai fait, je gémis bien plutôt de ce que j'ai perdu. Et non seulement ce que nous faisions alors, mais aussi les lieux et les moments où nous le faisions, et toi-même enfin, êtes si présents à mon esprit que j'agis comme si j'étais auprès de toi, et même en dormant, je ne parviens à trouver la paix. »

Héloïse juge de sa situation avec une parfaite lucidité. Bien qu'elle soit entrée au couvent et dirige avec une méticuleuse attention les jours des sœurs du Paraclet, elle n'a jamais rien fait pour Dieu : elle a tout fait pour son amant et époux. Et si Abélard voit dans ses malheurs un dessein de la Providence, elle ne voit dans sa vie aucune intention divine. Elle proteste contre son sort et celui d'Abélard ; elle proteste contre Dieu : « Parfois je l'accuse d'une trop grande cruauté. » Elle n'accepte pas ; elle ne s'incline pas ; elle ne dit pas : « Que ta volonté soit faite » ; elle a, comme l'écrit

Gilson, des exclamations dignes de la Phèdre de Racine : « Ô Dieu, s'il est permis de le dire, en toutes choses si cruel envers moi ! » Et elle ne cède jamais à la tentation de flatter sa conscience. Voyant la perfection de ses œuvres, les autres la prennent pour une religieuse vertueuse et dévouée à Dieu. Elle sait très bien qu'elle n'est nullement vertueuse, car son esprit est obsédé par le fantôme d'Abélard, alors que Dieu est absent de sa vie intérieure.

Pour Héloïse, dans le monde entier, parmi toutes les personnes, les objets, les causes et les possibilités, seul existe Abélard. Abélard est son maître, son père, son frère, son amant, son époux : toutes ses relations affectives se concentrent sur lui. Il n'est rien d'autre au monde, ni dans le passé, ni dans le présent. Et si Jérôme, Augustin et, dans ces mêmes années, Bernard avaient dit qu'il n'est qu'une façon d'aimer Dieu : d'un amour *immodéré*, elle, qui est nourrie de ces textes et les a faits siens, avec une grandiose impiété et une folie dont elle a parfaitement conscience, voue cet amour immodéré à une créature terrestre : Abélard. « Dieu sait bien qu'à chaque instant de ma vie j'ai toujours plus de crainte de t'offenser toi que lui, et davantage le désir de te plaire qu'à lui. » Si Abélard est son seigneur, elle ne peut être que sa sujette soumise, sa servante, qui choisit à chaque fois la voie de l'obéissance, de la dégradation et de l'humiliation — et qui le suivrait, s'il le souhaitait, jusqu'en Enfer. Elle veut être entièrement possédée par lui : s'anéantir en lui sans remède, et elle sait que c'est dans ce geste que réside sa grandeur. En Héloïse, Abélard avait aimé la beauté, la culture, les plaisirs de la vanité. En Abélard, Héloïse n'aime que *lui*, et non pas le mariage, ni la richesse, ni même peut-être la philosophie et la culture. Son amour est absolu. Elle écrit, avec une merveilleuse rhétorique : « Je prends Dieu à témoin que si Auguste lui-même, empereur de l'univers, m'avait fait l'honneur de m'offrir le mariage et m'avait assuré l'éternelle possession de toutes choses, il m'eût été plus cher et glorieux d'être appelée ta catin plutôt que son impératrice. »

Abélard répondit. Il était vieux, fatigué, épuisé ; il n'avait plus que de pâles souvenirs de son amour pour Héloïse — peut-être seulement des souvenirs sombres et démoniaques, faits de violence et de coups, sans rien de cette lumière qui baigne les souvenirs d'Héloïse. Il voulait mourir. Comment aurait-il pu répondre à cette passion si ardente, qui effaçait Dieu, le monde et tout autre être, par amour de lui et surtout d'elle-même ? Alors qu'Héloïse l'aimait encore, lui ne l'aimait plus ; ou il l'aimait en Christ, en tant que religieuse « membre d'une nombreuse et sainte congrégation ». Il la repoussait vers Dieu, dans les bras de Dieu ; et il ne voulait d'elle que des prières. Il eût souhaité qu'elle ne se souvînt plus ; qu'elle effaçât tous les souvenirs qui étaient pour elle le cœur même de la vie ; et qu'elle eût honte des « basses turpitudes » qui lui avaient été accordées — mots terribles pour Héloïse. Il l'accusait de ne pas accepter le dessein providentiel de Dieu, tel qu'il s'était manifesté dans la trame de leurs existences : alors que Dieu semblait les avoir cruellement frappés, il les avait sauvés ; il n'avait pas manifesté sa justice, mais sa *grâce* ; et ils devaient cheminer ensemble « dans la voie de la félicité » : « Considère comme a été profond le dessein de la compassion divine envers nous, et comme il a miséricordieusement transformé sa sentence en correction. » Par un reste de son ancien délire de grandeur, Abélard se croyait au cœur de ce plan de salut, tandis qu'Héloïse n'en était qu'un instrument, une pièce minuscule, un pion. Dieu les avait attirés avec la même force dont il avait usé pour frapper saint Paul et le convertir, et maintenant tous deux — séparés mais unis — formaient un exemple pour tous et particulièrement pour les hommes de culture.

Avec tous les moyens qui lui restaient, avec cette logique admirable qui avait fait sa fierté, avec une sorte de passion à l'envers et un grandiose pathos chrétien, Abélard s'efforça de dompter cette femme indomptable. Lui-même n'existait plus. Il n'y avait plus que le Christ. Héloïse devait souffrir avec le Christ, avec le dieu-homme qui avait été arrêté, emmené, flagellé, couvert d'insultes, les yeux bandés, puis frappé, meurtri et couronné d'épines, et enfin crucifié pour elle. Héloïse devait faire plus encore : elle ne devait aimer que le Christ — le seul qui l'eût jamais aimée. « Mon amour, qui nous entraînait tous deux au péché, plus qu'amour était concupiscence », disait Abélard, se calomniant et le sachant. « Je satisfaisais en toi mes misérables voluptés, et c'était là tout mon amour... Tes pleurs doivent aller à qui t'a rachetée, et non à qui t'a corrompue, au rédempteur et non au séducteur, au Seigneur qui est mort pour toi, non au serviteur encore vivant. » Il n'était plus, comme autrefois, le seigneur d'Héloïse : désormais, vaincu, affaibli, dépendant des prières d'Héloïse, il n'était plus que son *serviteur* — vérité qu'Héloïse, qui avait construit sa grandeur sur sa propre position de servante, ne pouvait accepter. Abélard ne voyait que le ciel d'ouvert devant lui ; et il espérait que, là, Dieu le réunirait à celle à laquelle il avait renoncé. « Tu nous as unis, ô Seigneur, et tu nous as séparés quand il t'a plu et comme il t'a plu. Or maintenant, Seigneur, mène miséricordieusement à son terme ce que tu as miséricordieusement commencé. Toi qui nous as autrefois séparés dans le monde, réunis-nous à toi éternellement dans le ciel, toi notre espérance, notre héritage, notre attente, notre consolation, Seigneur qui es béni pour les siècles des siècles. »

Nous ne savons pas quel écho a suscité, dans le cœur meurtri d'Héloïse, la dramatique éloquence d'Abélard. Certes, elle y retrouva la force ardente de sa voix, qui lui semblait naguère perdue. En tête de sa réponse, elle inscrivit une dédicace spirituelle, précieuse et subtile : *Suo specialiter, sua singulariter,* « À celui qui est à elle selon l'espèce, celle qui est à lui singulièrement », comme pour signifier que si Abélard ne voulait lui appartenir que comme homme et serviteur du Christ, elle, en revanche, était totalement *sienne* en tant que personne. C'était son ultime révolte contre Abélard. Puis, une fois encore, elle courba la tête. Elle ne répondit pas à la substance de sa lettre. Mais elle accepta ce Dieu qu'Abélard avait voulu lui imposer. Elle ne parla jamais plus ni de ses souvenirs ni de son amour passé et présent pour lui. Elle changea de sujet. Elle demanda à Abélard d'établir une règle monastique pour les femmes, comme celles qu'elle dirigeait, avec une douceur pleine de fermeté, à l'abbaye du Paraclet. Selon cette nouvelle règle, inspirée de la théologie de Paul et de la philosophie d'Abélard, c'étaient le cœur, l'intention qui devaient dominer, et la liberté évangélique, le tendre joug du Christ — et non pas les œuvres indifférentes que la Loi hébraïque et la règle monastique avaient imposées. « Les vrais chrétiens sont si attachés à l'homme intérieur qu'ils s'efforcent de l'orner de vertu et de le défaire de ses vices, et n'ont pas de souci des apparences, ou bien peu. » « La continence n'est pas une vertu de la chair, mais de l'esprit. »

Avec une sorte de soulagement et une promptitude nouvelle, Abélard répondit à Héloïse deux longues lettres exaltant la vertu et la grandeur des femmes. Une femme avait mis au monde, pour nous, le Seigneur, des femmes avaient oint et sanctifié le corps du Christ ; et tandis que Pierre et les autres disciples reniaient Jésus, les femmes avaient gardé courage jusqu'à la fin, sans abandonner le corps du Seigneur. « Elles furent en quelque sorte élues apôtres au-dessus des apôtres, car c'est elles qui, envoyées par Dieu ou par les anges, annoncèrent aux disciples la joie suprême de la Résurrection. » Et, en général, jusqu'à l'époque moderne, les femmes avaient toujours manifesté un rapport étroit avec la réalité et la vérité, alors que les hommes ne présidaient qu'au monde des signes et des mots. « Peut-être n'est-il rien au monde que Dieu ait voulu pourvoir de sa grâce de façon aussi complète que le sexe féminin et cela, en raison même de sa fragilité... Les derniers seront les premiers... » Dans ces deux dernières lettres, la conscience de sa propre grandeur, le sens viril de la domination qui pesaient sur les premiers textes d'Abélard semblent avoir disparu. Il n'est plus que douceur, action de grâces envers les femmes, l'éloge de saint Bernard ; comme si l'immense sensualité à laquelle il avait dû renoncer se résorbait en un rêve de pureté et de discrétion féminine. Héloïse, la vaincue, avait triomphé dans son esprit.

Quant à Héloïse, elle garde le silence, dans la retraite de son abbaye. Depuis des siècles, les interprètes cherchent à expliquer ce silence. Que pensait la femme si cultivée, la lectrice d'Ovide, de Lucain et de Jérôme, la subtile sertisseuse de citations, celle qui avait passionnément aimé l'amour ? Certains estiment qu'Héloïse avait reporté sur Dieu cet *amour immodéré* qu'elle avait d'abord voué à Abélard ; et qu'*éros* s'était donc suavement mué en *caritas*. D'autres, au contraire, assurent qu'Héloïse n'avait pas changé ; qu'elle mena quarante ans de vie religieuse irréprochable, discrète et exquise, sans jamais connaître la consolation de la grâce : murée dans une sorte d'héroïque athéisme. Qu'elle ait pu poser à Abélard la question : « Quelqu'un peut-il pécher en accomplissant ce qui est permis et même ordonné par Dieu ? » donne à penser qu'en investigatrice scrupuleuse, c'est à elle-même qu'elle pensait et à sa condition de religieuse sans foi. En réalité, le silence d'Héloïse n'est que silence. Les lettres se taisent ; et nous ne pouvons les violer.

L'histoire se conclut presque dix ans plus tard, quand Pierre le Vénérable, abbé de Cluny où Abélard termina sa vie, écrivit une longue lettre à Héloïse, qu'il avait toujours admirée. Pierre termina ainsi sa lettre : « Sœur vénérable et très chère dans le Seigneur, celui auquel tu as été d'abord unie dans la chair, puis liée d'un nœud d'autant plus fort qu'il était plus parfait, le nœud de la charité divine ; celui avec l'autorité et sous l'autorité duquel tu as servi le Seigneur, le Christ aujourd'hui le tient sur son sein, à ta place et comme un autre toi-même ; il veille sur lui pour toi, afin qu'à la venue du Seigneur descendant du ciel entre l'appel de l'archange et la sonnerie des trompettes, de par sa grâce il te soit rendu. » Admirable charité divinatoire des siècles chrétiens, écrit Gilson. Pierre le Vénérable reconnaissait qu'Abélard n'avait pas été seulement le seigneur, le père, l'amant, l'époux, le frère, mais aussi le fils, comme jamais Héloïse n'avait osé se le dire. Désormais, le

Christ remplissait auprès d'Abélard le même rôle maternel et féminin qu'Héloïse. Mais la fonction du Christ n'était qu'une fonction intermédiaire : il veillait sur Abélard, « *à ta place et comme un autre toi-même* », parce qu'Abélard appartenait non à Dieu, mais à Héloïse — chose qu'il n'avait jamais voulu admettre, Abélard était à Héloïse : l'*unique* appartenait à l'*unique*. Et c'est ainsi qu'à la fin des temps, quand Dieu descendra du ciel, entre l'appel de l'archange et la sonnerie des trompettes, Abélard sera rendu à Héloïse comme, à la fin du *Faust*, Marie entre les nuages des pénitents dit à Marguerite que Faust va lui être rendu.

L'amour violent

Il y a dans les Évangiles et les Épîtres de saint Paul une immense omission qui, au IIIe siècle déjà, attira l'attention d'Origène : on n'y rencontre pas le substantif *éros* et le verbe *erân*. Or, dans la civilisation hellénistique, *éros* et *erân* exprimaient le désir, l'affection, la tendresse : un désir obscur, qui inspirait des passions ténébreuses ; puis *éros* prenait de l'élévation ; il se transformait en ce délire philosophique grâce auquel nous contemplons les formes de l'Être, ou en ce délire religieux extatique qui nous élève vers les dieux. Avec son implacable clarté intellectuelle, saint Paul extirpa ces mots du vocabulaire chrétien. Dans le Nouveau Testament et dans ses Épîtres, il n'est plus trace d'Éros. Paul ne tolérait ni l'Éros terrestre ni l'Éros céleste ; et encore moins leur fusion dans la culture platonicienne et néoplatonicienne. Jamais rien au monde ne pourra changer notre molle tendresse sensuelle, nos affections impures et mélodieuses, en cet amour que nous éprouvons pour Dieu.

L'amour chrétien porte un autre nom : *agapê, caritas.* Il est supérieur à toutes les autres vertus humaines, dont il constitue le cœur et la musique. Il n'est rien au-dessus d'*agapê* : ni la prophétie de la tradition juive ; ni la langue ineffable des anges, que les Corinthiens croyaient entonner dans l'extase ; pas même l'espérance ; ni la connaissance — qui, en ce monde, est si misérable, car nous ne connaissons Dieu que confusément, comme à travers un miroir, par des « énigmes ». L'amour est même supérieur à la foi. Dans l'Évangile selon saint Matthieu, le Christ avait dit : « Si vous avez la foi comme un grain de sénevé, vous direz à cette montagne : déplace-toi d'ici à là, et elle se déplacera. Rien ne vous sera impossible. » Et saint Paul — lui, justement, qui avait construit sa théologie sur la foi — répond, par un extraordinaire renversement : « Quand bien même vous auriez assez de foi pour soulever les montagnes, si vous n'avez pas l'amour, vous ne serez rien. » Toutes ces vertus — la prophétie, le don des langues, l'espérance, la connaissance et la foi — avaient, selon Paul, un défaut commun. C'étaient des vertus de ce monde, où nous vivons « en gémissant », dans l'attente anxieuse de la rédemption, sans voir Dieu en dehors de notre sombre miroir. Nos prophéties sont imparfaites ; imparfait aussi, notre don des langues ; imparfaites, nos connaissances fragmentaires ; et notre espérance et notre foi, qui ne voient jamais Dieu, objet de leur désir. À la fin des temps, quand d'un geste imperceptible de la main, Dieu ouvrira les portes de son royaume, tous ces dons s'évanouiront, comme la neige sous la lumière du soleil.

Dans notre monde intermédiaire, *agapê* est la seule vertu parfaite, pleine et absolue, comme sera parfaite, à la fin des temps, notre vision de la lumière de Dieu. Nous n'avons pas à attendre et à ajourner cette attente. Dans l'amour, tout est déjà là : Dieu est déjà en nous. Aujourd'hui, nous ne savons rien d'autre de lui : nous ne portons pas en nous d'étincelle lumineuse de son être, nous ne le connaissons pas, ne le contemplons pas dans l'extase, ne le réalisons pas dans nos actions ; nous ne le rencontrons que dans l'amour, qui nous comble en ce moment même et coule de nous comme une eau suave et surabondante. Mais si l'amour est le présent absolu, il est aussi le futur absolu. À la fin des temps, quand s'ouvriront toutes grandes les portes du Royaume, les prophéties, l'espérance et la foi s'accompliront et seront donc abolies. Il n'y aura plus aucune vertu humaine. Dans le vide de la fin, seul restera l'amour, qui à ce moment se fondra dans la vision pleine et radieuse de la face de Dieu.

Nous pourrions raconter vingt siècles de civilisation chrétienne comme l'histoire de la longue bataille entre *agapê* (*caritas*) et *éros*, et entre *éros* et *agapê* : entre le pur amour divin, qui ignore la passion et préfigure l'avenir, et la tendresse terrestre, qui s'élance vers les dieux et s'identifie à eux dans l'extase. Cela a été fait. Mais ces principes opposés étaient faits pour s'attirer. Après les avoir réfutés, les chrétiens lurent passionnément Platon et les néoplatoniciens. Ils en vinrent à attribuer à *éros* une localisation plus divine qu'à *agapê* et ils finirent par fondre *éros* en *caritas* et par perdre *caritas* dans *éros*. Ils lisaient le Cantique des Cantiques, et bien qu'interprétée de façon allégorique, cette somptueuse *imagerie** orientale — les parfums, les huiles, la myrrhe, les vignes, les onguents, les vins, les mamelles, les baisers, les langueurs amoureuses — emplit d'échos sensuels le style des commentateurs. Certains vers surtout s'imprimèrent dans la mémoire collective :

> Fort comme la mort, tel est l'amour,
> dure comme l'enfer, la passion :
> ses torches sont torches de feu et de flamme.

La passion, cette passion que *caritas* avait voulu détruire, était de nouveau en pleine lumière : tenace, dure et terrible comme dans la Bible et chez les classiques.

Aucun ouvrage médiéval, peut-être, ne fond aussi complètement *éros* et *caritas* que *Les quatre degrés de l'amour violent** de Richard de Saint-Victor : un texte écrit vers la moitié du XIIe siècle, dans l'ab-

* Traduit en français sous le titre : *Les quatre degrés de violente charité. (N.d.T.)*

baye de Saint-Victor, à Paris. Qu'amour terrestre et amour divin procèdent de la même source, c'était une conviction répandue parmi les maîtres spirituels de l'époque. Mais Richard alla beaucoup plus loin. Il décrivit les deux amours et retrouva en eux la même structure, les mêmes manifestations, les mêmes degrés : l'amour qui blesse, qui lie, rend languissants, fait défaillir. Il avait lu saint Paul et son hymne à la *caritas*, dans la Première Épître aux Corinthiens. Saint Paul soulignait la sobriété, la mesure, la douceur, le calme de cette force qui « supporte tout » et nous conduit vers l'avenir. Richard en soulignait, au contraire, la violence, la véhémence : par-delà les sentiments d'humanité, d'amitié, de parenté et de fraternité, « il y a cet amour ardent et impétueux, qui pénètre dans le cœur, enflamme les sentiments et transperce l'âme elle-même jusqu'à la moelle ».

Ces pages lucides et ardentes n'en finissent pas de nous émerveiller. Nous sommes disposés à attribuer à ce moine écossais la connaissance de l'amour divin et une pénétration en profondeur d'un terrain situé au-delà de toute psychologie, mais nous découvrons ensuite qu'il sait tout, également, de notre cœur, qu'aucun sentiment humain ne lui échappe, qu'aucune passion humaine ne lui dissimule son aiguillon, comme à un Baudelaire projeté à reculons dans le XIIe siècle. Peu importe qu'il ait fait l'expérience du désir terrestre, ou qu'il l'ait découvert en lui-même par intuition, comme le font les génies. Ce qui compte, c'est sa vision tragique de l'amour : sa vénération pour la

« suprême grandeur de la passion » et sa conscience de la catastrophe que celle-ci représente pour nous. La première partie de ce petit livre rendrait jaloux n'importe quel analyste du cœur humain. Quand Richard explique que la passion naît de la douleur ; quand il décrit l'obsession et la prison qu'elle constitue pour notre âme ; quand il évoque sa concentration, sa passivité, son insatiable avidité, sa haine secrète ; quand il montre comment elle devient une maladie, une folie et une mort — que de souvenirs résonnent dans notre mémoire ! Toute la littérature amoureuse d'Occident se cache dans ces quelques pages — et surtout le dernier romancier qui en recueillit et en élabora la tradition : Marcel Proust.

« L'art des arts est l'art de l'amour », écrit Guillaume de Saint-Thierry ; et cette phrase pourrait servir d'épigraphe aux magnifiques traités sur l'amour divin qui fleurissent en France au XIIe siècle, aussi riches et abondants que les églises qui « couvrent [la terre] d'un blanc manteau ». Saint Bernard, Hughes de Saint-Victor, Guillaume de Saint-Thierry, Richard, Yves, Aelred de Rievaulx écrivent chacun un *De diligendo Deo* ou un *De gradibus charitatis* ou un *Speculum charitatis*, un *De contemplatione*, un *De natura et dignitati amoris* ou encore un *De substantia dilectionis*, avec une richesse de vocabulaire amoureux qu'il n'est pas possible de traduire dans nos langues. À la base de ces livres, on trouve la phrase de saint Jean : « Dieu est amour ; celui qui demeure dans l'amour demeure en Dieu, et Dieu demeure en lui. » L'amour est vision ; il est intelligence ; il est connaissance ; il est vérité ; il est infini ; et dans la bouche d'un inconnu, frère Yves, il est même supérieur à Dieu : « Ainsi, en vérité, en aimant Dieu d'amour l'âme ne se rassasie point, car Dieu est amour, et l'aimer c'est aimer l'amour. » Aimer l'amour : le cercle se referme et l'amour n'a plus de fin... « Vois donc comme est insurpassable la charité qui surpasse tout, et si insatiable qu'elle dévore tout... Nul ne pourra, dans l'avenir, se rassasier de la douceur de l'amour divin, ni dans le présent en être empli. Et à cette impossibilité, sois réconforté de ne trouver aucun réconfort. » Tout n'est que résonances dans ces traités : chaque fil s'entrelace à d'autres fils ; chaque voix trouve un écho dans une autre voix ; chaque passage biblique est constamment glosé ; chaque extase suscite une autre extase ; au point qu'il nous semble que tous les fils, toutes les voix forment la trame immense des *Sermons sur le Cantique des Cantiques* que saint Bernard écrivit presque au début de cette littérature.

Les phases de l'ascension vers Dieu sont celles que nous connaissons à travers la littérature mystique. L'âme est une mendiante « élevée à la campagne et accoutumée à des mets grossiers », qui pénètre dans le salon du Roi. Parfois elle est ignominieusement chassée et violemment expulsée ; mais courant sans cesse à la porte, importune, insistante, angoissée, soupirant et espérant, elle regarde au-dedans, en haut, dans l'espoir qu'on lui jette quelque chose, qu'on lui ouvre. Et finalement, à force d'insistances importunes, elle franchit tous les obstacles, et passe, et se faufile jusqu'à la table intérieure de la Sagesse, et s'y assied. Elle reste là, assise, pleine de désirs, et regarde son Seigneur qui la voit alors qu'elle-même ne le voit pas ; et elle s'offre tout entière à lui — tout ce qu'elle est, tout ce qu'elle peut, tout ce qu'elle sait, et le fait même qu'elle languisse et défaille. « Mais où je puis te trouver, je ne trouve point. Où es-tu, Seigneur, où es-tu ? Et, Seigneur, où n'es-tu point ? Je sais que tu es auprès de moi. Mais puisque tu es auprès de moi, pourquoi ne suis-je point moi aussi près de toi ? Qu'est-ce donc qui fait obstacle ? Qui m'en empêche ? Qui s'interpose ? »

L'âme est lasse de vivre dans la région de la dissemblance : lasse de promesses, de secrets obscurs, de paraboles, de miroirs, d'énigmes et de reflets. Elle voudrait la révélation face à face, les yeux dans les yeux. Elle vit de désir, alors que Dieu s'approche et se dérobe. « Ô présente absence et absente présence de celui qui tout à la fois se perd et se conserve. » Aussi l'âme s'élance-t-elle vers le Dieu caché, tandis qu'une douceur secrète effleure à peine son cœur. Agitée de soupirs, réveillée par ses propres sanglots, elle ne peut dissimuler sa mélancolie, ni calmer son feu douloureux. Elle ne sait plus prendre de décisions, ni se fier à la raison ; elle ignore la mesure et l'ordre, et s'afflige à se demander quand pourra revenir la douceur de celui qui, quoique prompt, paraît toujours trop lent. À la fin, elle éprouve une félicité inespérée. « Quel est ce bonheur qui grandit de façon si violente et si douce, au point que je me sens arrachée à moi-même et attirée vers quelque chose que je ne comprends pas encore ? Soudainement je me sens renouvelée, transfigurée, et j'éprouve un bien-être que je ne puis exprimer par des mots... Mon esprit exulte, mon intelligence devient limpide, mon cœur s'illumine, et il me semble que je me trouve en un autre lieu, j'ignore lequel... »

Ainsi l'âme atteint-elle enfin les sommets. Dieu se révèle. Et comme une petite goutte d'eau, versée dans beaucoup de vin, semble s'y perdre tout à fait, prenant le goût et la couleur du vin ; comme le fer, plongé dans le feu, devient incandescent et se confond avec le feu ; comme l'air inondé par les rayons du soleil se change en lumière — ainsi l'âme se dissout et se liquéfie dans la substance même de Dieu. Mais comme il est rapide, le frôlement de la grâce ! L'invasion lumineuse de Dieu survient au passage, en de rares moments et « à peine l'espace d'un instant, dit saint Bernard, Dieu apparaît et disparaît ». À peine le Verbe, répondant à l'appel des veilles et des implorations, aux instances des longues peines et aux pluies de larmes, se présente-t-il, qu'aussitôt il échappe à l'étreinte de l'âme qui croit le posséder. Et si celle-ci répand de nouveaux pleurs, il se laisse saisir mais non retenir, et s'échappe encore des mains qui tentent de se refermer sur lui. Et si l'âme s'abandonne une fois de plus aux supplications et aux larmes, il revient, mais pour disparaître à nouveau. De plus, les deux substances ne se confondent point : la substance humaine ne se fait pas substance divine ; la goutte d'eau n'est pas vraiment vin, le fer n'est pas feu, ni l'air lumière. Peut-être tout n'est-il qu'un jeu léger de Dieu avec les âmes humaines, tendres et désolées.

Auprès des textes de saint Bernard et de Guillaume de Saint-Thierry, *Les quatre degrés de l'amour violent* de Richard occupent une place fort singulière. Nous connaissons les premières phases de l'élévation. L'âme s'oublie elle-même ; elle abandonne les passions charnelles ; elle n'a plus ni volonté, ni désirs ni peines ; son esprit se dépouille de lui-même, et se met totalement à la disposition de Dieu. Mais, alors, survient le « ravissement » dont avait parlé saint Paul : impétueux, profond, surabondant comme Bernard et Guillaume n'avaient jamais osé l'espérer. L'âme est absorbée en Dieu : elle se transforme, change de substance. Richard ne parle pas, ne veut pas parler de durée : l'extase ne se mesure pas en termes de temps. La métamorphose en Dieu est absolue ; et cette fois, la comparaison ne s'accompagne d'aucune réserve. « Quand le fer est jeté dans le feu, on le voit d'abord sombre et froid. Mais quand il demeure dans l'embrasement du feu, peu à peu il s'échauffe, peu à peu il perd sa sombre couleur, et à mesure qu'il devient chaud, il acquiert l'apparence du feu, au point de se liquéfier tout entier, de perdre toute substance propre pour revêtir entièrement une autre qualité. Ainsi donc l'âme absorbée dans le brasier de l'amour divin et l'incendie de l'amour intime, se liquéfie et enfin perd complètement sa condition originelle. » « Tout est feu et liquéfaction », comme disent les Psaumes et les textes du Tao. En ce moment hors du temps, l'âme connaît les mystères de la sagesse divine : « ces paroles mystérieuses qu'il n'est pas permis à l'homme de proférer ».

Nous croyons être parvenus au degré ultime de l'amour : nous croyons que l'ascension s'arrête ici, où le fer à jamais devient feu, où la goutte d'eau se dissout à jamais dans le vin, où le vent est lumière. Comment aller plus loin ? Et pourtant, au degré ultime de l'amour, selon Richard, tout se renverse. L'âme, qui était morte à elle-même en Dieu, renaît. Mais en même temps elle tombe, et sombre, et devient nouvellement humaine ; elle se vide, s'humilie, adopte la condition de l'esclave et du persécuté. Si auparavant elle s'était identifiée à Dieu, voici qu'elle s'identifie au Christ et à sa compassion. Et si dans la contemplation extatique elle avait cessé d'agir, la revoilà active ; elle n'est plus que compassion, désir fraternel, charité diligente, avec une frénésie, une insatiabilité qui rappellent le caractère insatiable et furieux de l'amour érotique. C'est je crois la page la plus belle que Richard de Saint-Victor ait jamais écrite. L'âme n'est pas mesurée et vertueuse comme certains pourraient le croire ; elle n'accomplit pas de « bonnes œuvres » ; mais elle est possédée par une sorte d'ivresse et de folie qui lui fait violer toutes les règles, oublier toute mesure. La Bible racontait qu'Abraham, Moïse et Aaron s'étaient opposés à Yahvé par amour d'Israël ; et voici qu'au quatrième « degré » de Richard, l'âme s'oppose de nouveau à Dieu, par amour de Dieu et des hommes, « rendant la toute-puissance elle-même en quelque sorte impuissante ». À ce moment-là, l'homme s'élève comme jamais au-delà de l'humain. L'*éros* céleste et terrestre parvient au comble de son *excessus* ; et c'est alors que le couronne la *caritas* de Paul — plus sonore que le bronze, plus retentissante que n'importe quelle cymbale.

J'aimerais que ces textes ne demeurent pas l'apanage exclusif des spécialistes. J'aimerais que tous les lisent, avec une passion bien plus intense que celle que nous inspirent un roman ou un essai d'aujourd'hui. Ce peu — si peu — que nous conservons encore de la tradition chrétienne ne peut reprendre vie que si nous le ranimons au feu inépuisable des Pères : un feu capable de changer tout fer glacé en flamme, toute eau en vin, tout vent en une gloire de lumière. Comme notre style s'en instruirait ! La merveilleuse concentration, la densité, la compacité, le jeu des variations et des reprises qui nous séduisent tant chez Hughes, Bernard, Richard et Guillaume peuvent insuffler la légèreté, l'incandescence aussi à nos écrits.

Les cathares

Au cours des deux premières décennies du XIIIe siècle, le midi de la France fut bouleversé par une terrible guerre de religion. Une croisade catholique, menée par Simon de Montfort et appuyée par le roi de France et des feudataires du Nord, envahit le Languedoc pour en extirper par la violence l'hérésie cathare. Elle assiégea les villes, détruisit et incendia châteaux et églises, désola les campagnes. Le comte Raymond VI et son fils Raymond VII de Toulouse, ainsi que de nombreux seigneurs méridionaux, résistèrent des dizaines d'années. Nous en avons de nombreux témoignages. Le plus extraordinaire est la deuxième partie de la *Chanson de la Croisade albigeoise*, l'un des chefs-d'œuvre de la littérature européenne du XIIIe siècle. Nous ne savons pas qui l'a écrite : ce brillant et fougueux poète provençal, proche de la cour des comtes de Toulouse, demeure pour nous une voix anonyme, qui partage avec une ferveur passionnée les sentiments de l'aristocratie et de la bourgeoisie méridionales.

Avec quel enthousiasme le poète rend l'ardeur de la guerre ! « À poursuivre la guerre, ils mettaient tant de cœur que toute la nuit ils demeurèrent prêts, chevaux sellés. Et au point du jour, quand le temps s'éclaircit, tous s'armèrent des deux côtés : l'éclat des hauberts et des heaumes, avec leurs ornements d'or fin, celui des écus et des lances, faisait resplendir le champ de bataille. » Avec quel plaisir il évoque les armes, les épées et les aciers anciens, les fortes massues et les javelots bien trempés, les écus et les lances, les flèches, les carreaux, les traits empennés et les piques ; et les massacres mêmes, le sang répandu, les poitrines ouvertes, les crânes fendus par le milieu, possèdent pour lui une sorte de charme coloré. Le désastre de la guerre, qui depuis l'*Iliade* assombrit l'imagination occidentale, est pour lui lettre morte. La bataille est allégresse, vivante animation, scintillement, effervescence. Toutes les armes que les chevaliers tiennent à la main jettent de la lumière ; et leurs reflets, les teintes des écus, les fourreaux des épées, l'or des oriflammes, les enseignes de soie qui scintillent et s'agitent, le vermeil, le vert et le blanc se mêlent à la lumière du soleil et des eaux en une fantastique miniature. Tout résonne : les cris, le tumulte, les clameurs, les trompettes, les cors, les tambours, le tir des frondes, les vibrations de l'air emplissent la terre d'échos, le ciel de frémissements, comme une musique tempétueuse et assourdissante.

Dans ce poème, on ne parle jamais d'hérésie. Les Toulousains, parmi lesquels se cachaient de nombreux cathares, sont présentés comme de fidèles catholiques qui vénéraient Dieu, « lequel nous préserve de l'erreur, et fit le ciel et la terre puis les fit fleurir et fructifier ». Ce qui compte pour le poète, c'est une autre bataille : bataille *pro aris et focis* pour les châteaux, les maisons, les églises et les campagnes de Provence, que les croisés du Nord brûlaient et rasaient au sol. Il a pour sa patrie une dévotion frivole et infinie ; et il présente, en un cortège allégorique, toutes les vertus chevaleresques et courtoises qui constituaient son essence. Tout d'abord, *Paratge*, c'est-à-dire la noblesse d'âme, l'égalité et le respect pour les pairs, la loyauté, l'équité, l'honneur ; puis Droiture, Mérite, Valeur, Prix, Raison. Ces vertus produisent la vertu suprême, laquelle est Joie : cette Joie qui est pour lui le cœur de la vie provençale ; cette Joie que les Toulousains exaltent, lorsqu'ils se rassemblent autour de Raymond VI et de Raymond VII, aux cris de « Toulouse ! » et de « Joie ! », « Désormais Dieu sera avec nous ! », et quand ils s'agenouillent devant Raymond, couvrent de baisers ses vêtements, ses pieds, ses jambes, ses bras, ses mains, comme s'il était le nouveau Jésus-Christ et l'étoile du matin qui a retrouvé son éclat.

Dans le camp adverse il n'y a ni l'Église, ni la Croisade, ni l'Inquisition, ni la France — mais un seul personnage, Simon de Montfort, que le poète représente avec une imagination grandiose et une sombre fascination. Simon est l'opposé de *Paratge* et de Joie : il est Orgueil et Arrogance, Démesure et Fourberie, bien que parfois il revête les traits dévots du héros chrétien. Grand, sombre, sinistre, triste, sans jamais une trace de lumière ou de gaieté sur son visage, « il chevauche pour restaurer les injustices, détruire les droits et faire triompher le mal, la nuit, le jour, plein de courroux ». Quand Simon est tué, les Toulousains exultent : « Comme Dieu est miséricordieux, *Paratge* désormais resplendit et sera triomphant à jamais. » Et les cors, les trompettes, les cloches, les carillons, les tambours et les timbales emplissent d'échos joyeux les maisons, les cités et le monde.

Et pourtant l'hérésie, ou plus exactement la religion cathare, dont le grand poète provençal ne parle jamais, avait à cette époque envahi l'Europe. Elle venait d'Orient : de Bulgarie, de Macédoine, de Bosnie et de Constantinople. Et au XIIe siècle elle apparut à Cologne, à Liège, en Lombardie, dans le Piémont et à Naples ; et surtout dans le Languedoc et à Toulouse, alors la troisième ville d'Europe. En un premier temps, la nouvelle religion ne se dissimula point : les *parfaits** cathares défendirent ouvertement leur doctrine contre les prélats catholiques ; un *pop* vint de Constantinople ; et en 1167, un concile se réunit. Dix ans plus tard, un souverain catholique écrivait : « Ceux qui ont charge du sacerdoce sont contaminés par la puanteur de l'hérésie, les lieux antiques et déjà vénérables de l'église sont laissés à l'abandon ou réduits en ruine, le baptême est nié, l'eucharistie abominée, la pénitence tenue pour rien ; la création de l'homme et la résurrection de la chair sont refusées ; tous les sacrements ecclésiastiques sont supprimés... » La religion cathare fit de très nombreux adeptes parmi les grands et petits nobles du Midi, les marchands, les artisans, les hommes de loi, les banquiers ; et, plus tard, parmi les ouvriers et les paysans. Quoique fort exclusifs, les parfaits cathares avaient l'art de s'adapter, et de s'insinuer dans tous les replis de la civilisation méridionale : ils entraient dans les églises, les monastères, les cuisines ; quant aux nobles, ils fréquentaient aussi bien la messe catholique que le sermon cathare. Une sorte de halo de sainteté enveloppait la nouvelle religion. Quelques dizaines d'années plus tard, les villageois de Montaillou croyaient encore que seuls les parfaits cathares, et non pas les prêtres catholiques, avaient le pouvoir d'absoudre les péchés, de sauver les âmes et de les conduire au paradis.

Comme le manichéisme, auquel il ressemble par bien des aspects, le catharisme est une religion gnostique. La gnose a le don extraordinaire de resurgir à des siècles de distance, presque intacte ou à peine transformée, par une sorte de création ou de germination spontanée de l'esprit, et bien qu'aucun rapport direct ne lie entre elles la gnose catholique, la gnose cathare et la gnose hébraïque. Mais il y a entre les textes gnostiques et manichéens et les textes cathares une différence fondamentale. L'Évangile gnostique de Philippe dit : « La vérité n'est pas venue au monde nue, mais elle est venue en images et symboles. » C'est ainsi que les livres de Valentin, de Basilide et de Manès sont possédés d'une imagination théologique grandiose et furibonde, qui invente et fond les mythes, les cosmologies et les cosmogonies, les mystères, les chutes et les ascensions spirituelles. Les textes cathares sont beaucoup plus modestes : dépouillés, simples et doux, presque géométriques, bien qu'ils témoignent également des tragiques déchirements de l'univers. Il semble que le plus cher désir des écrivains soit de s'effacer et d'effacer leur propre parole. Ils ne veulent pas écrire des livres, mais des mosaïques de citations bibliques et évangéliques, habilement imbriquées et interprétées, et d'où la vérité jaillirait avec l'évidence de la lumière divine.

Comme l'*élu* manichéen, le parfait cathare ne recherche pas l'harmonie ou le rapport entre les deux pôles de l'univers, mais la tragique exaspération de la dualité. Nul n'est plus éloigné de lui qu'Héraclite, ou le taoïste qui décrit l'harmonie des contraires, ou le catholique qui, consciemment ou sans le savoir, pratique une sorte de délicate tolérance à l'égard du mal, ou cherche patiemment à transformer le mal en bien. Comme les manichéens, les cathares (certains cathares) sont absolus : d'un côté, avant le début des temps, il y a le Bien et son Dieu, de l'autre, avant le début des temps, le Mal et son Principe ; d'un côté la Lumière, de l'autre les ténèbres ; pas de mélange, de confusion, de contamination. Par cette théorie des Deux Principes, ils entendent purifier le visage invisible de Dieu de tout le mal dans la création et dans l'Histoire, qui l'assombrit en quelque sorte. Leur Dieu est parfaitement pur et immaculé, ce que n'est pas celui de l'Ancien Testament. Mais c'est pour cela justement qu'il a perdu la toute-puissance de Yahvé : la force créatrice et active qui caractérise le Dieu des cathédrales romanes et gothiques. Il subit, supporte, tolère, pardonne ; il est patient ; et parfois faible et impuissant, parce que toute résistance active au mal supposerait une violence à laquelle il a renoncé. Il ne peut vaincre le mal qu'en se sacrifiant ou en sacrifiant des êtres bons. Comment ne pas discerner parfois, dans les écrits cathares, une sorte d'irrépressible déchirement devant la faiblesse du bien, et devant la force terrible du mal, qui s'insinue partout, séduit les bons et, par moments, obscurcit même le pur visage de Dieu ? Si Dieu était si fragile, les parfaits cathares ne pouvaient que s'immoler et monter sans crainte sur les bûchers, pour le sauver ou contribuer à le sauver.

Quant au Principe du Mal, il est le créateur du monde dans lequel nous vivons : les corps, les éléments, le ciel, les astres, la matière ; il est aussi le souverain dont nous avons lu les entreprises dans la Genèse et dans presque tout l'Ancien Testament. Un renversement spectaculaire se produit. Tout ce qui, pour un catholique, était le fait de Dieu est, pour un cathare, le fait de Satan. Comme Yahvé, Satan s'élève au-dessus des nuages : il crée, parle, dicte des livres, les transmet, dit : « Vous voyez que je suis votre Dieu et qu'il n'est pas de Dieu au-dessus de moi » ; il guide Moïse, façonne la Loi et la Croix ; au nom de Dieu, il commet l'adultère, ment, vole, tue, maudit ce qui est saint, se parjure. Mais cette force immense qui s'est superbement déployée dans les cieux, dans l'univers et dans l'Histoire a un secret. Le Mal *n'est pas* : il est Néant, Non-Être, Négation, comme l'avait déjà compris Origène ; ce qui ne signifie pas qu'il n'existe pas — parce que le néant porte en tous lieux son souffle glacé et son pouvoir de séduction. Aussi ne restait-il aux parfaits cathares qu'à contempler l'invasion du Néant : l'enregistrer dans toutes ses phases, frissonner et en tenir leur esprit éloigné, indemne de toute contagion.

De toutes leurs forces, les cathares rêvaient de se libérer définitivement du Mal. Comme dans la religion manichéenne, les âmes pécheresses migraient de corps en corps : sept, huit, neuf, seize fois, ou même un nombre infini de fois ; jusqu'au moment où elles pénétraient dans le corps d'un homme ou d'une femme qui avait l'entendement du Bien. Alors, comme dit saint Paul, viendra la fin, quand le Christ « aura remis son royaume à son Dieu et Père, quand il aura anéanti tout règne, puissance, vertu et domination... et qu'en dernier lieu sera détruite l'ennemie de tous, la mort ». Alors le Christ installera son trône au-dessus des nuages : il trônera en majesté, au milieu des douze apôtres. Toutes les âmes — et pour certains, même les âmes asservies au Mal — seront libérées : les anges les rassembleront de toutes les extrémités de la terre et les accueilleront parmi eux, parées de vêtements blancs incorruptibles ; tous ne feront plus qu'un et s'aimeront mutuellement. La matière retournera à la matière. Le monde inférieur deviendra enfer ; la mer s'enflera, le ciel sombrera, le feu embrasera la mer et la mer éteindra le feu. Sera-ce véritablement la fin du Mal, la libération suprême, la délivrance ultime de la pesanteur et du temps ? Selon certains cathares, le salut ne sera que temporaire. Le Mal se régénérera à l'infini. Le Néant évoquera un autre Néant. Le Bien devra subir de nouveaux assauts, parce que « le péché, les peines, les solitudes, l'erreur, le feu, le supplice, les chaînes et le diable n'ont ni début ni fin ». Conséquence terrible, qu'aucune religion ou presque n'ose accepter et qui fait honneur au désespoir et à la lucidité intellectuelle des cathares.

Les cathares avaient une magnifique prière : « Ô père saint, Dieu légitime des esprits justes, qui n'as jamais trompé ni menti ni commis d'erreur, ni hésité par peur de la mort à descendre dans le monde du Dieu étranger — car nous ne sommes pas du monde, et le monde n'est pas nôtre — permets-nous de connaître ce que tu connais et d'aimer ce que tu aimes. » Comme les gnostiques, ils éprouvaient de façon très aiguë le sentiment de vivre sur une terre étrangère, gouvernée par les lois d'un Dieu étranger. Ici, dans la matière, enfermés dans la « tunique » ou la « prison » d'un corps périssable, ils se sentaient en exil, endormis dans le sommeil et dans l'oubli, sans souvenir du lieu dont ils étaient — ils ne savaient quand — un jour descendus. Tout était limite, séparation, prison. Chaque geste, chaque pensée leur rappelait qu'ils étaient, eux aussi, des étrangers. Comment se libérer de la matière ? Comment retrouver la patrie dont ils éprouvaient la nostalgie ? L'un d'eux rêva d'éduquer ici, dans le monde, un enfant absolument pur. Dès sa naissance, il suivrait les principes de leur religion, ne touchant jamais de viande, se nourrissant de lait d'amandes et de poisson, libérant son esprit de la pensée de la réalité, répétant les versets du *Pater,* méditant sur le prologue de l'Évangile selon saint Jean. Nous ne savons pas si cet enfant fut jamais éduqué. La matière serrait de trop près même les plus immaculés d'entre eux.

Le christianisme avait édifié sa foi autour d'un triple scandale : celui de l'incarnation, de la passion et de la mort du Christ sur la croix. C'est de cette façon que le christianisme avait racheté le poids du monde : la chair, la matière, l'ennui de la vie quotidienne, les douleurs infinies qui s'étaient concentrées dans la douleur surhumaine et inhumaine du Christ. Mais les cathares ne voulaient pas la rédemption de la matière. Leur Christ n'avait rien de la figure souffrante que représentaient, à la même époque, les bas-reliefs des cathédrales catholiques. C'était un ange. Il avait pleuré et défailli d'angoisse, avant de descendre parmi nous ; mais il ne s'était pas incarné, il avait seulement traversé le corps de Marie, comme un homme peut passer au travers d'une ombre ; il n'avait jamais mangé et bu sur la terre, n'était pas monté sur la croix, n'était pas mort et n'avait pas été enseveli, pas plus qu'il n'était monté aux cieux. Au cours de sa mission, il avait simplement rappelé aux hommes la provenance céleste de leur âme. Ainsi, tous les symboles chrétiens étaient rejetés : l'incarnation, la passion, la croix, l'eucharistie, le culte rédempteur de la douleur ; et ce refus suscita une immense indignation dans les cœurs chrétiens.

Si la matière était le Mal, il ne restait qu'à s'en abstenir de la façon la plus radicale, comme les manichéens. Il fallait s'extraire, s'écarter, se détacher du monde confus et mêlé des corps ; ne pas avoir de contacts, repousser, « jeûner au monde », comme le recommandait une admirable formule grecque. Une série de prescriptions dominait la vie des parfaits (mais non des *croyants**) cathares. Il était défendu de s'accoupler avec une femme : car l'acte sexuel, qui propageait la matière, portait à son comble l'abominable contamination de la matière. Il était défendu de tuer les hommes et les animaux ; il était défendu de se nourrir de viandes : la viande était une *fereza*, une chose impure propre aux bêtes féroces, et dans les membres des veaux et des chevreaux du Languedoc pouvaient se cacher des esprits humains qui aspiraient à la libération. Il était défendu de se nourrir de lait, de fromages, d'œufs. Il était défendu de mentir, de jurer, de se parjurer. Vers la fin de la période cathare, chez certains — plus conséquents ou plus désespérés — se répandit peut-être une pratique encore plus radicale : s'abstenir totalement d'engendrer, réduire sa sensibilité et sa conscience, s'abstenir de nourriture, jeûner jusqu'à la mort.

Les manichéens avaient cultivé la splendeur des rites. Ils aimaient le blanc : le sel, les pierres précieuses, les surfaces blanches, les vêtements blancs. Ils aimaient les fleurs et les parfums, et surtout la musique. Le monde divin était, pour eux, un immense espace lumineux et sonore, parcouru de mélodies et de chants, baigné dans une musique ininterrompue, qui à son tour était lumière ; et la liturgie terrestre, qui montait du monde vers le ciel en libérant et purifiant les âmes, imitait la musique divine. Rien de tout cela dans la religion cathare, sobre et dépouillée. Ils avaient certes à l'esprit la Jérusalem céleste de l'Apocalypse, où les temples et les rites n'existent plus ; et où a disparu toute distance, établie par le rite, entre Dieu et le fidèle. Ils condamnaient toutes les églises, toutes les images, les musiques, les objets qui tentaient d'emprisonner une étincelle du sacré. Ils n'avaient qu'une prière : le *Pater noster*, que les parfaits répétaient sans cesse, jour et nuit. Et un rite : le *consolamentum*, le baptême spirituel annoncé par les Actes des Apôtres, le « baptême de feu et d'esprit saint ». Quand les mains de l'évêque ou du parfait se posaient sur la tête du croyant, l'esprit paraclet descendait sur lui : l'âme prisonnière dans la chair s'unissait de nouveau à l'esprit resté au ciel ; la grâce descendait ; et le salut, qui s'accomplirait pleinement à la fin des temps, était déjà là, proche, souriant, confidentiel.

Les persécutions commencèrent rapidement. En 1209, le premier martyr cathare monta sur le bûcher. À Béziers, durant la croisade menée par Simon de Montfort, tous ceux qui s'étaient réfugiés dans une église furent massacrés : rien ne put les sauver, ni autel ni crucifix ; les croisés tuèrent les parfaits, les femmes et les enfants ; « pas un, je crois, dit le poète de la *Chanson*, ne parvint à s'enfuir ». À Minerve et à Lavaur, les cathares furent brûlés, cachés dans la boue, pendus, jetés dans les puits, ensevelis sous les pierres. Ils avaient mentalement anticipé les persécutions : ils savaient que les serviteurs de Dieu devaient supporter scandales, passions, douleurs, tribulations, martyre et mort ; ils ne devaient pas se défendre ; et ils étaient prêts à pardonner à leurs persécuteurs. « Bienheureux ceux qui supportent des tribulations pour la justice, répétaient-ils, car le royaume des cieux leur appartient. » Et ils se repliaient sur eux-mêmes, dans les communautés petites ou grandes disséminées à travers la France méridionale car, comme les chrétiens, ils savaient que partout où sont les vrais croyants, même en tout petit nombre, même deux ou trois fugitifs, il y a le Père, le Fils et le Saint-Esprit. « Et voici, écrivait Matthieu, que je suis avec vous chaque jour jusqu'à la fin du monde. »

Après quelques années de répit et de paix, ce fut, en 1229, l'occultation définitive. Aucun parfait ne prêcha plus sur les places, ou n'ordonna de fidèles dans les maisons, ou ne raconta de légendes dans les cuisines. Ils dissimulèrent leurs habits noirs ou bleu foncé ; ils coupèrent leurs barbes et leurs longs cheveux ; et seuls peut-être un mince fil de lin sur leur peau et l'Évangile de Jean pendu à leur ceinture rappelèrent leur ordination. Ils fuirent. Ils se réfugièrent dans les bois, dans les grottes, en haute montagne, dans les châteaux des Pyrénées ; et surtout en Italie, à Pavie, Gênes, Crémone, Plaisance, Asti, Albe, où même les nobles se mirent à exercer des métiers modestes : tisserands, aubergistes, usuriers. Certains parvinrent en Dalmatie et en Catalogne. Il en revint quelques-uns, cinquante ans plus tard, qui tentèrent de ranimer une foi presque éteinte. Beaucoup moururent de misère et de privations.

En 1204, un groupe de parfaits avait demandé à Raymond de Péreille de reconstruire un château dans la montagne de Montségur, énorme bloc de calcaire dans les Pyrénées. De ce *castrum*, il ne nous est pas resté une seule pierre : tout a été détruit et brûlé ou se dissimule sous les constructions récentes et la végétation ; mais le lieu comprenait un château, des maisons et des cabanes, un moulin, un four et des écuries, perchés au milieu des rochers. Il n'y avait aucun temple ou lieu sacré, car les cathares ignoraient, comme la Jérusalem céleste, les espaces et les objets sacrés. Une génération plus tard, quand fut venu le temps des tribulations définitives, un évêque cathare demanda à nouveau à Raymond de Péreille de recevoir les fidèles cathares au château, « afin que l'église eût son domicile et son chef ». C'est ainsi qu'à Montségur, douze ans durant, se rassemblèrent entre trois et cinq cents personnes : nobles, écuyers, arbalétriers, parfaits, croyants, serviteurs.

Les parfaits venaient à Montségur puis en repartaient : ils prenaient les ordres, apportaient nouvelles et exhortations, faisaient leur rapport, se reposaient, nourrissaient leur foi ébranlée. Des villages voisins arrivaient des marchands, des vivres et des dons, et des messagers d'Italie ; et aussi des pèlerins qui visitaient, adoraient, partageaient les repas, rompaient le pain béni, écoutaient les prêches et les confessions publiques, recevaient le baiser de paix. Parfois un fidèle, las d'un monde désolé, se retirait pour toujours parmi les rochers de Montségur. Des mains scrupuleuses lui imposaient le baptême spirituel ; il commençait à réciter le *Pater noster*, invoquant ce *panem supersubstantialem* dont il avait une si vive nostalgie et un si grand besoin ; et il restait reclus dans la petite communauté qui préfigurait l'immense communauté céleste de la fin des temps. Peut-être ici ignorerait-il le mal, le néant, la contamination.

Ce ne fut qu'une courte trêve. En mai 1242, un groupe de soldats de Montségur, guidés par le commandant de la garnison, descendit dans la plaine et massacra des inquisiteurs catholiques et leur suite, jouant aux dés la Bible et les livres de l'Inquisition. Les mains des élus avaient donc elles aussi empoigné les instruments du mal, bien qu'un précepte leur recommandât de ne pas se défendre contre le mal. L'année suivante, toutes les villes et tous les châteaux du comte de Toulouse, excepté Montségur, jurèrent fidélité à l'Église catholique. Les moines commencèrent à prêcher la croisade contre la « synagogue de Satan ». En mai 1243, des milliers de soldats se réunirent au pied de la forteresse, qui semblait imprenable. Là-haut, on ne désespérait pas : des vivres arrivaient, ainsi que des messagers, des lettres des cathares de Crémone, un *machinator* pour construire des machines de guerre ; et parmi les parfaits comme parmi les plus humbles soldats, on vivait dans l'attente d'un secours — il suffisait de résister quelques mois, et le comte de Toulouse arriverait avec ses troupes et peut-être, d'Italie, le fantastique Frédéric II.

Vers la Noël de 1243, les assiégeants gravirent de nuit la montagne, occupèrent une tour proche du château et de là, ils commencèrent à bombarder avec des catapultes et des arbalètes les dernières défenses de Montségur, détruisant la forteresse, tuant les parfaits, les soldats et les réfugiés. La défense dura encore deux mois. À la fin, le 2 mars 1244 — il n'y avait plus de vivres, les morts et les blessés s'accumulaient, les armes ne suffisaient plus contre les énormes machines de guerre — le commandant cathare négocia la reddition : les soldats sortiraient librement tandis que les parfaits, s'ils n'abjuraient pas, seraient brûlés. Il y eut encore une ultime trêve de quinze jours : vingt croyants reçurent le baptême spirituel, qui les consacrait parfaits et les abandonnait aux flammes ; et la dernière partie du trésor — non pas des livres mystérieux, des inédits de Platon, ou le Graal comme on s'est longtemps plu à l'imaginer, mais de l'or et de l'argent — fut dissimulée dans quelque grotte. À l'aube du 16 mars 1244, les chefs de la croisade prirent possession de Montségur. Le même jour, plus de deux cents parfaits furent jetés — ou se jetèrent — dans les flammes du bûcher. Nous connaissons les noms de soixante-trois d'entre eux. Personne n'abjura : certains, peut-être, croyaient que, grâce à la bienveillance divine, les flammes ne feraient pas souffrir les élus de Dieu. Tout se tut pour quelques décennies.

C'est ainsi qu'une civilisation disparut. « Rien n'est plus cruel à l'égard du passé, commenta Simone Weil, que le lieu commun selon lequel la force est impuissante à détruire les valeurs spirituelles : en vertu de cette opinion, on nie que les civilisations anéanties par la violence des armes aient jamais existé. » Outre la force et le néant, les cathares eurent un autre rival : ce Christ incarné dans un corps de terre, monté sur la croix, souffrant, éternellement proche dans l'eucharistie, qui occupa les imaginations occidentales au XIIIe siècle : ce Christ qu'ils n'avaient jamais voulu reconnaître. Tout fut effacé. Il ne demeura pas même une église brûlée, un vêtement, une image peinte, un objet de culte ; pas même ces petites colombes en pierre tendre qui volaient les ailes déployées vers les ruines de Montségur, ni les croix grecques dans les grottes, ni le sceau de Salomon. Il reste un exemplaire du Nouveau Testament, traduit en provençal. Il reste quelques rares textes théologiques ; et les centaines de voix questionnées et étouffées dans les livres de l'Inquisition. Mais de nos jours encore, dans un village de la haute Ardèche, une vieille femme récitait le début de la prière cathare : *Paire Saint, Dieu dreyturier des bons esprits,* « Père Saint, Dieu légitime des esprits bons », sans savoir qu'elle avait été le signe et la force d'une grande religion disparue.

Le Paradis

Alors que le jour approchait où elle quitterait la terre, la mère d'Augustin se trouva seule avec son fils, dans une maison d'Ostie. Appuyés à une fenêtre, ils conversaient seuls, « assez doucement ». « Oublieux des choses passées, tournés vers celles du futur », ils se demandaient l'un à l'autre à quoi ressemblerait la vie éternelle dans le royaume des cieux et « ils ouvraient avidement la bouche de leur cœur au flot suprême de la source de Dieu » pour en être inondés.

Un instant, Augustin et Monique pensèrent aux plaisirs des sens charnels, qui nous semblent parfois si lumineux et ne sont rien. Puis s'élevant encore et encore, dans un élan ardent, ils prirent leur essor vers Dieu. Ils parcoururent pas à pas toutes les réalités du monde extérieur, qu'il a créées et montèrent dans le soleil, sur la lune et les étoiles qui en reflètent la splendeur. Et ils s'élevaient, s'élevaient intérieurement, méditant, célébrant et exaltant son œuvre ; puis arrivant jusqu'à notre esprit, ils en traversèrent les abîmes et les cimes, plus profonds et mystérieux que tout autre relief extérieur. Enfin, dans un bond ultime, ils dépassèrent l'esprit humain pour atteindre « la région de l'abondance inépuisable où il habite ». Et ils continuaient à parler, tout en aspirant à lui ; quand l'espace d'un instant ils effleurèrent le royaume des cieux, ils l'effleurèrent avec un battement de cœur ; peut-être virent-ils Dieu, peut-être entendirent-ils sa voix. Ils soupirèrent et abandonnèrent là-haut, captives, les « prémices de leur esprit » ; et ils redescendirent de nouveau dans la région des corps où l'on entend seulement « le vain tapage de notre bouche ».

Revenus sur terre, dans la maison d'Ostie, ils disaient : « Si un homme faisait taire le tumulte de la chair, si se taisaient les images de la terre et de l'air, si les cieux se taisaient et que l'âme enfin se taisait à elle-même et se dépassait en ne pensant plus à elle, que se taisaient les rêves et les révélations de l'imagination, si toute langue et tout signe et tout ce qui naît pour ne pas disparaître se taisait en un homme ; si, donc, toutes ces choses se taisaient parce qu'elles ont tendu l'oreille vers Celui qui les a créées, et que lui seul parlait, non à travers elles, mais par lui-même, pour que nous entendions sa parole non à travers une langue de chair, ou une voix d'ange, ou un grondement des nuées ou une énigme de similitude, mais que lui seul, lui que nous aimons dans les choses, nous l'entendions sans elles, comme à l'instant dans un élan, d'une pensée fulgurante, nous avons effleuré l'éternelle sagesse qui demeure par-delà toutes choses ; si cet instant se prolongeait, et que disparaissaient les autres visions incomparablement inférieures puis que celle-ci nous transportait et, tandis que nous la contemplons, nous plongeait dans les joies intérieures, et si la vie éternelle ressemblait à cet instant d'intuition qui nous a fait soupirer, ne serait-ce pas cela, l'existence dans le royaume des cieux ? »

Certains ont trouvé timide cette vision désirée, effleurée et aussitôt abandonnée dans laquelle culminent les *Confessions* d'Augustin. De tant de désirs, d'espérances, de transports, de tant de paroles prononcées puis répétées, il ne reste que cela : un frôlement ; peut-être un éclair de lumière, peut-être une voix à peine entendue ? Mais Augustin ne pouvait écrire autre chose. Il avait lu saint Paul. Il savait que le délire érotico-philosophique des néoplatoniciens grecs se transformait en vision, dans laquelle ils connaissaient la révélation extatique, touchaient du regard les idées divines, les formes pures de l'Être. Au contraire des Grecs, les chrétiens ne pouvaient voir la lumière de Dieu, sauf en des moments exceptionnels et extrêmement brefs ; ils ne la verraient, absolue et inaltérée, que dans la vie éternelle et à la fin des temps. Ici, en ce temps tronqué et intermédiaire où nous vivons, dans cette « région de la pauvreté », le seul don parfait est l'amour.

Neuf siècles ont passé. Dante parvient dans l'Empyrée, écoute la prière de saint Bernard à la Vierge, obtient son intercession et, immobile, fixe maintenant ses regards sur Dieu. Il n'y a plus rien de ces rapides frôlements, de ces soupirs qu'Augustin et Monique connurent dans le jardin d'Ostie. De toute la force de ses yeux, où la tension de l'intelligence s'abîme dans la contemplation, Dante regarde ; et il voit *tout.* Il découvre les secrets de Dieu et ses visages cachés — du moins ce qu'en peut voir un homme « divinisé ». Peu importe qu'ensuite, revenu sur terre, devant son pupitre et son écritoire, avec la plume et l'encre, il ne sache représenter qu'une ombre infime de ce qu'il a contemplé. Personne, peut-être, n'avait jamais tant vu. Pour beaucoup de mystiques, Dieu était comme le soleil qui aveugle et fait baisser les yeux. Telle que nous la saisissons au dernier sommet du Paradis, la lumière de Dieu renforce au contraire le regard, prolonge la vision, et le voyageur n'a pas à baisser les yeux, vaincu, soupirant comme Augustin.

Je crois, par l'acuité que je sentis alors
Du vivant rayon, que si mes yeux
S'en étaient détournés, je me serais perdu...

... Ainsi mon âme, tout en suspens
Regardait fixement, immobile, attentive
Et s'enflammait sans cesse à regarder encore*.

Un renversement complet s'est opéré, depuis l'époque d'Augustin. Le monde de l'amour est devenu le monde de la vision absolue.

Montant au Paradis par un jour de printemps de 1300, Dante aurait pu découvrir le royaume des cieux tel qu'il était *à ce moment*. Il y montait avant le Jugement universel ; et les âmes des bienheureux n'étaient pas encore accompagnées des corps glo-

*Toutes les citations du *Paradis* sont extraites de l'édition Flammarion, 1990, traduction Jacqueline Risset. *(N.d.T.)*

rieux qu'elles revêtiront à la fin des temps. C'eût été un Paradis tronqué, diminué de moitié ; car dans le monde de Dante, où la valeur essentielle est l'incarnation, l'âme ne trouve sa perfection que quand elle est unie au corps. Mais il se produit quelque chose d'inconcevable, que Dante a pu imaginer en un de ces moments de folie qui alimentaient son génie. Par un effet de sa grâce, en ce jour de printemps de 1300, Dieu fait contempler à Dante la rose des bienheureux : non pas telle qu'elle était à ce moment — telle qu'elle sera après le Jugement universel, quand les bienheureux revêtiront enfin leurs corps glorieux. Ainsi, non seulement Dante voit *tout*, mais il voit ce tout comme il sera à la fin des temps. Quel regard pourrait être plus complet ? Tout, et tout ici, maintenant, enfin accompli. Tous les rêves, tous les espoirs que les hommes chrétiens projetaient dans l'avenir, les images qu'ils espéraient ardemment connaître, étaient déjà réalisés dans cette vision absolue, avant que Dante eût écrit le dernier mot du *Paradis*. Le futur était annulé, brûlé ; il devait simplement se réaliser sur terre ; mais auparavant, le dernier mot de l'Histoire universelle avait déjà été dit. Il n'y a plus d'Histoire. Nous sommes déjà entrés dans le royaume de l'éternel.

Que Dante ait pu concevoir cette vision ultime est extraordinaire ; mais le plus extraordinaire est qu'il ait écrit le *Paradis* — quoique chaque fois que nous le lisons, et recommençons à le lire et à réfléchir sur lui, il nous semble impossible que quelqu'un l'ait écrit. Dante possédait un don bien plus important que son immense imagination, sa pénétrante intelligence, la structure merveilleusement ordonnée de son esprit. Il était le maître des métamorphoses : un Ovide multiplié ; et il le savait parfaitement.

> ... moi qui de nature
> Me puis transformer de toutes les façons !

Aussi naturellement que lorsque nous nous regardons dans un miroir, il devenait toutes choses — sensations, impressions ou rêves : ce qui était humain, et aussi l'animal et le végétal. Il avait été serpent, arbre, dieu, feu, vent, luciole, moustique, neige, foudre, clair de lune. Mais maintenant — et au début du *Paradis* nous sentons une sorte d'angoisse derrière les déclarations solennelles — il est exposé au plus difficile des défis. Il lui faut « outrepasser l'humain », franchir toutes les limites, oser ce que personne n'avait osé écrire, raconter l'aventure d'un homme « divinisé », modifier sensations et impressions, transformer la nature de sa poésie.

D'emblée, dès les premiers vers du *Paradis*, dans l'invocation à Apollon, Dante explique pourquoi ce défi est extrême :

> Entre dans ma poitrine et souffle, toi
> Comme quand tu as tiré Marsyas
> Hors de la gaine de ses membres.

Dieu, l'inspirateur de la poésie sacrée, est comparé à Apollon, lorsqu'il écorcha vivant Marsyas qui avait osé le défier et arracha son corps à vif de sa peau — la « gaine », le fourreau de ses membres. La poésie sacrée que Dante s'apprête à écrire porte donc avec elle l'ombre d'un crime mythique : elle est en elle-même un crime, elle nous détruit, nous anéantit, nous tue, même si c'est pour nous extraire de nous-mêmes et nous faire connaître la révélation. Dante en donne l'avertissement : son livre sacré sera terrifiant, beaucoup plus que l'*Enfer*, et quiconque osera le lire devra compter sur un courage intellectuel qui ne pourra faiblir ou se relâcher, même une seconde. Toute cette lumière ne doit pas nous tromper. Ni tout cet amour nous enchanter. Si le livre de Dante est terrifiant, si l'Apollon chrétien va dépouiller sans fin sous nos yeux le corps vivant de Marsyas, c'est pour une raison évidente. Dieu est terrifiant. Comme le savent les vrais croyants, Dieu n'est rien de mesuré, de paisible, de raisonnable ou d'apaisé : c'est un « excès infini », une fatale surabondance au regard de tous les hommes et de toutes les choses créées.

Comment Dante pouvait-il répondre au défi d'Apollon, affronter l'« excès infini » du divin ? Il aurait pu abolir la langue, en la précipitant dans un délire d'impuissance, en faisant le vide dans son imagination et son expression. Il choisit la direction opposée. Pour répondre à cet excès, il devint lui-même un « excès infini » à l'égard de toute poésie, même la sienne. Il savait que ce qu'il écrivait n'était pas à lui : il n'était plus Dante Alighieri, qui avait vécu à Florence, qui avait pris parti et philosophé et avait composé l'*Enfer* et le *Purgatoire*. Celui qui parlait maintenant en lui, c'était l'Apollon chrétien, le fleuve de la poésie sacrée, qui s'engouffrait en lui et ne connaissait plus de rives.

Aucun autre texte, peut-être, de la poésie universelle ne nous révèle, autant que le *Paradis*, une immense force de dilatation : une euphorie, une joie, une sorte d'ivresse impressionnante et extraordinairement lucide, qui dépasse toute sensation, comme celle des anges-abeilles dans l'Empyrée, « enivrés d'odeurs ». Dante usa de tous les langages, élaborant dans l'espace de la parole, comme le disait Mandelstam, « un orgue d'une puissance infinie, jouissant de tous les registres imaginables, gonflant pleinement ses poumons, chantant de tous ses tuyaux ». Il usa du latin, de la terminologie philosophique, de la langue chiffrée des énigmes. Il construisit de monstrueuses périphrases géographiques, conduisant la rhétorique là où elle n'était jamais parvenue. Il accumula dans les mêmes vers un impressionnant matériel métaphorique, venu de toute la rose des vents des images. Il éloigna les uns des autres les deux termes de la comparaison, de façon que les choses comparées parussent étrangères, et d'un coup de sa main nerveuse, il les fit coïncider, comme si elles étaient une. Qu'importait que sa langue ne fût pas destinée à durer, comme ne sont jamais destinées à durer les paroles humaines ? Usant et entrelaçant les langages qui meurent et se fanent, il outrepassa tous les langages existants, et sa langue, et la langue.

Mais Dante connaissait mieux que tout autre le danger de la démesure. Il savait que, dans les rapports avec Dieu, l'excès appartient à Dieu, non à l'homme ; et que face à la surabondance de la richesse céleste, l'homme se révèle pour ce qu'il est — misère, échec, impuissance, désastre. Ce qui rend le *Paradis* si dramatique, c'est la série d'échecs qui le traverse. Tout d'abord, les facultés humaines de Dante ne supportent pas ce qu'il voit : le rire et la lumière de Béatrice, la lumière et le chant des bienheureux, la splendeur du Christ. Ensuite, même s'il voyait et entendait tout, et que son esprit était une fidèle ardoise où la vision se dessinerait avec précision, Dante échouerait également. Tandis qu'il sort de lui-même et plonge dans l'abîme de Dieu, il perd la mémoire de ce qu'il a vu et compris. Il y a quelque chose de plus terrible. Quand la mémoire est conservée, elle brûle et détruit l'esprit qui la contient. Et que d'impuissances encore, par la suite ! L'imagination trop vive ou trop faible, l'intelligence qui ne comprend pas, la plume trop humaine, qui ne sait pas recueillir cette goutte de bonheur, minuscule et si douce, conservée au fond du cœur.

Imaginons comment un écrivain moderne aurait représenté ces expériences qui vont et viennent, cette mémoire intermittente, ces erreurs de l'écriture, cette tentative dramatique, constamment vaine et victorieuse, de se souvenir. Le livre se serait dissous dans un frémissement de lueurs obscures et lumineuses. Alors que, chez Dante, l'expérience mystique est au faîte de sa puissance. Les absences, les renoncements, les trous dans la grande toile sont les sommets douloureux de la béatitude ; jamais comme alors, défaillant, égaré, sur le point d'être détruit, Dante ne connaît ce qu'il ne devrait pas avoir la force de connaître. Le divin se voile et se révèle dans sa disparition, son absence momentanée, qui n'exclut pas les retours. Tout ce que perçoit Dante — et c'est beaucoup de choses, des éclairs lumineux, des torrents d'eau, de suaves mélodies — il ne le perçoit que parce qu'il est soutenu par la force de l'impuissance. Si chez de nombreux mystiques la défaillance mystique se résout par l'engloutissement bienheureux dans le néant et dans la nuit, ici le désastre se renverse en un glorieux triomphe.

Nous parvenons ainsi au dernier chant, avec la contemplation définitive de Dieu. Nous savons que Dante *voit* : tout ce qu'un homme divinisé peut voir. Sa vision est la vision absolue que depuis des siècles le monde attendait. Rien n'échappe à cet œil plein de désir, qui scrute la lumière et ses mystères. Mais beaucoup de lecteurs se disent déçus : « Est-ce tout ? » disent-ils. Seulement ce « volume lié avec amour » ? Ces « trois cercles / de trois couleurs et de grandeur unique » ? La *Comédie* culminerait dans ces vérités, que nous connaissions déjà par les livres de théologie ?

Il existe sans doute des visions apparemment plus hardies. Certaines mystiques médiévales et surtout quelques grands poètes persans ont laissé derrière eux les vérités apprises dans les livres, et ont vu dans un éclair le ciel plein de lumière et de ténèbres — et au loin, toujours plus loin, au-delà de tout ciel possible, un tourbillon, des berceaux de roses, des voiles de roses, un univers de roses rouges et blanches, une rose couleur carmin, et soixante-dix mille plaines, des ruisseaux couleur de sang et la Cité de l'Être, et tous les mystères de l'Être, et un grand bec d'Aigle, et un Miroir... Nous ne savons pas ce que Dante-personnage a pu voir ; et nous pourrions rêver sans fin (et inutilement) sur les mystères qu'il a pu saisir dans l'« excès infini » du divin. Mais il ne se souvient pas, ou très peu :

> Tel est celui qui voit en rêvant
> Et le rêve fini, la passion imprimée
> Reste, et il n'a plus souvenir d'autre chose,
>
> Tel je suis à présent, car presque toute cesse
> Ma vision et dans mon cœur
> Coule encore la douceur qui naquit d'elle.

Il ne lui est resté dans la mémoire qu'une goutte de cette mer, une étincelle de ce feu. Ces gouttes et ces étincelles sont trois vérités théologiques : l'unité du monde en Dieu, l'unité et la trinité de Dieu, l'incarnation du Christ, que la foudre divine lui révèle en même temps qu'elle l'annule ; et il les exprime avec son extraordinaire précision mathématique. C'est tout. Il n'y a rien d'autre. Mais il n'importe nullement que ces vérités théologiques soient apprises dans les livres. Pèse sur elles, avec une impressionnante résonance, l'infinie richesse de ce qui est tu.

Nous oublions presque tous que, sauf en cette miraculeuse journée de printemps du XIVe siècle, les cieux sont vides. Il y a des planètes — mais ni anges ni bienheureux. Les bienheureux et les anges qui viennent à la rencontre de Dante, qui parlent avec lui, chantent pour lui, dansent pour lui, lancent en son nom des invocations, habitent dans l'Empyrée, dans la Rose mystique qui entoure le fleuve ou le lac lumineux ; et ils ne descendent dans les différents cieux que pour instruire Dante ou lui faire plaisir. Excepté l'Empyrée, le Paradis n'est donc, comme le rappelle Franco Ferrucci, qu'une mise en scène illusionniste, un grandiose spectacle théâtral préparé pour Dante. Dieu a plusieurs visages. Nous savons qu'il est terrible ; mais nous découvrons également maintenant sa sublime frivolité, qu'il met au service des spectateurs que nous sommes. Naturellement, il sait tout faire. Écrivain, calligraphe, metteur en scène, chef d'orchestre, miniaturiste, orfèvre, chef des chœurs, scénographe, il accomplit tout avec le plus prodigieux, le plus excessif des talents.

Les spectacles de la Croix nous enchantent : une croix d'un blanc éclatant imprimée dans la sphère rouge flamme de Mars, et elle aussi constellée de lumière. Mais notre joie est à son comble dans le ciel de Jupiter, où Dieu dessine un livre mobile, une figure éblouissante de lumière, et dirige le plus grandiose des orchestres. Ce sont d'abord les âmes écrivant dans le ciel les lettres D, I et L ; puis une phrase entière : DILIGITE IUSTITIAM, QUI IUDICATIS TERRAM ; puis elles se rassemblent autour du M, forment un lys héraldique, dessinent la tête et le cou de l'aigle, complètent sa silhouette en pierres précieuses ; et les milliers de voix de l'aigle parlent d'une seule voix, et chantent, et font silence, puis enfin un murmure d'eau monte du cou de l'aigle, et les voix lumineuses sortent du bec « en forme de paroles ». Tout est mobile, changeant, scintillant, tout à la fois sonore, visuel et impétueux, comme si la lumière, l'eau et le son naissaient du même fond. Qui pourrait nier que tout se déroule vers l'extérieur ? Et que Dieu se révèle comme le plus grandiose, le plus fastueux des hommes de théâtre ? Mais l'Apocalypse elle aussi se déroule en direction de l'extérieur : elle n'est que voix et figure. La poésie chiffrée et la poésie mystique ont besoin de spectacle et de décoration, de pierres précieuses et de rayons, qui jaillissent de leurs profondeurs et les dissimulent.

Ce spectacle paradisiaque — et aussi celui de la terre, que l'on entrevoit parfois, en bas avec ses mers et ses golfes — est merveilleusement ordonné. Cet ordre se déploie depuis le haut, à travers des gradations et des résonances successives ; Dieu et les cieux donnent forme à la terre ; tout ce qui est haut devient bas et infime ; et ce qui est infime tend vers le haut. Bien qu'elle conserve sa singularité propre, chaque chose correspond à une autre chose, chaque figure à une autre figure. Aucun univers n'est plus compact que celui de Dante : il n'est pas un anneau qui manque ou se défasse dans la grande chaîne de l'être. Aussi le spectacle du Paradis, où les correspondances se remarquent davantage, est-il un perpétuel jeu de miroirs qui se reflètent l'un dans l'autre, à tour de rôle, en une réfraction multipliée. Dante voit l'éclat du soleil reflété dans le miroir de Béatrice ; les bienheureux voient les pensées de Dante reflétées dans le miroir de Dieu ; les danses et les chants d'une troupe de bienheureux se reflètent dans les danses d'une autre troupe ou dans le chant des anges. Le Père se reflète dans le Fils, Dieu se réfléchit dans toutes les formes de la création, tout en restant un ; et ces reflets semblent ne jamais s'arrêter. Tout est donc miroir ? Tout est reflet ? Il y a, en réalité, une interruption profonde. Si Dieu est le premier et le créateur de tous les miroirs, la vue des anges et des hommes ne peut pénétrer complètement en lui, jusqu'à contempler les ultimes lumières et les ombres ultimes. Le plus lumineux des miroirs est, au moins pour nous, le plus opaque.

Si tout est miroir, même notre petite Terre peut s'insinuer entre ces tercets qui flamboient de lumière immatérielle. Il y a la petite Florence de Cacciaguida, contente de ses murs : un amphithéâtre d'université, où maître et bachelier disputent ; la cour impériale ; le pèlerin qui va à

Rome, le tailleur, le géomètre ; et quantité de lieux et de personnes. Qui s'attendrait à trouver au Paradis le « fol amour » de la terre, les passions érotiques ardentes et mortelles qui ont condamné Francesca ? Le Purgatoire devrait placer un voile entre les passions et le Paradis, et les purifier, les anéantir dans la mélancolie de l'exil. Alors que Cunizza, Raab et Folchetto, qui ont été prostituées et adultères et ont péché d'amour plus que Didon et Hercule, ne se repentent pas, et sont ici. Leur « fol amour » s'est brûlé, mais a conservé son ardeur, transformant sa force érotique en passion sacrée.

Aucun poète n'avait jamais inventé un système métaphorique de la lumière aussi complexe et démesuré. Tout est lumière : lumière dans la lumière, étincelle dans la flamme, clarté dans la splendeur ; lumière qui dissimule les bienheureux comme un nid ou un cocon, et cependant les révèle ; et qui se réfléchit, se reflète, trouve sans cesse de nouveaux échos, des variations, des modulations, des réverbérations. Peu à peu, elle envahit toutes les formes de l'être : elle devient joie, rire, amour, ardeur, danse, chant ; elle se transforme en joyau et en fleur, comme si un seul mot pouvait engloutir en lui et imprégner de lui tout le *Paradis.* Il n'y a rien d'autre que la lumière — forme suprême du reflet et du miroir. Elle grandit de chant en chant, de ciel en ciel ; elle dépasse la splendeur du soleil ; elle transforme les visages des bienheureux, et grandit, grandit encore, pour nous mener enfin à la fulguration de Dieu qui comble et anéantit — tandis qu'avec un art étonnamment subtil, Dante fait varier cette sublime monotonie. En une précise définition théologique, Dante nous révèle que la lumière descend, à travers mille réfractions et gradations, de l'esprit de Dieu : « lumière intellectuelle, pleine d'amour », *lumen gloriae.* Elle n'a pas de limites : elle est métaphysique et physique ; elle ne craint pas les corps, n'est pas altérée par les corps, mais au contraire n'atteint sa plénitude que lorsqu'elle émane des corps glorieux.

Que d'eaux ruissellent et grondent, et jaillissent près de ces splendeurs ! Elles viennent pour commencer du ciel de Piccarda :

Tels qu'en des verres transparents et limpides
Ou dans des eaux claires et calmes
Non assez profondes pour dérober le fond...
...et en chantant elle disparut
Comme un corps lourd dans une eau sombre.

Cette eau, qui nous introduit au Paradis, descend de Dieu : car Dieu est une mer dans laquelle le regard ne pénètre pas, une « profonde fontaine » dont aucune créature n'a jamais vu la « première onde » ; et le voyage de Dante sur le navire de la poésie, la « nef qui en chantant fraye son chemin », traverse cette mer céleste inconnue. À mesure qu'on avance dans le *Paradis*, la lumière et l'eau se font identiques. Survient une « pluie ou un fleuve lumineux » ; Béatrice est à la fois fontaine qui inonde et soleil qui réchauffe ; l'espérance est illumination et distillation. L'identité des deux images s'explique par leur origine. La « divine bonté », dans son embrasement, « étincelle » puis « distille » et « pleut » ; la grâce est splendeur et pluie ; et enfin les deux éléments se conjuguent à jamais dans l'Empyrée, où Dante voit l'émanation divine comme

> ...une lumière en forme de fleuve
> Fulgurant de splendeur, entre deux rives
> Peintes d'un merveilleux printemps.

Nous élevant plus haut que le sommet des cieux, nous avons touché le point où l'eau et la lumière, les deux éléments opposés du monde, se dissolvent et se fondent à jamais dans la profondeur de Dieu.

Comme l'a noté Jacqueline Risset, le spectacle des cieux est animé d'une rapidité vertigineuse. Tout est lent, épais, opaque ici sur terre ; mais dès que Dante quitte le Paradis terrestre, il bondit vers les hauteurs comme la foudre descend des nuées, ou plutôt comme une flèche qui atteint sa cible avant même d'être partie. Les esprits aussi descendent de l'Empyrée plus vite que les vents les plus rapides ; et cette rapidité est un signe de béatitude, comme la lumière, le rire et la danse. Dante souligne le caractère paradoxal de ce rythme qui excède les possibilités du mouvement humain. Tout est instantané, ou presque instantané, comme dans les processus mentaux. Cette vitesse est si vertigineuse, elle dépasse à tel point les limites de la pensée humaine, qu'il suffirait de presque rien — le doigt, le souffle de Dieu — pour lui faire franchir le point qui sépare le temps de l'éternité. Le temps court après l'éternité, il est constamment sur le point de la rattraper.

Vers la fin du voyage, nous nous attendons donc à ce que cette poursuite s'achève, à ce que le mouvement s'interrompe sous nos yeux, à ce que le temps bondisse brusquement dans l'éternité et se perde derrière elle. Nous nous attendons à voir Dieu : immobile, Un, hors de l'espace et du temps. Mais comme il nous faut attendre ! La première fois qu'il apparaît, Dieu est un point presque invisible, resplendissant, entouré de neuf cercles de feu tournoyants, plus rapides et plus purs à mesure qu'ils s'approchent de lui. Il rassemble ici, autour de lui, toute la frénésie du mouvement qui s'était dispersée dans les neuf cercles célestes. Il n'est pas le Dieu immobile, que nous avions tant attendu, mais celui de l'espace et du temps, qui dans le dernier des cieux, le Premier Mobile, s'offre aux regards de Dante.

Enfin nous franchissons le dernier seuil. Le Dieu-point, entouré de cercles de feu tournoyants, disparaît. Dante pénètre dans l'Empyrée : le lieu où se reflète le pur esprit de Dieu, le lac lumineux où se perd toute trace de l'espace et du temps. Certes, la rose-amphithéâtre des bienheureux est stable : immobile et sûre, elle préfigure le moment ultime de la création, quand les bienheureux revêtiront leurs corps glorieux. Rien ne devrait être plus immobile que la lumière de Dieu, la grâce qui n'aveugle pas mais invite à regarder toujours plus profondément ; et que l'esprit de Dante qui, « fixe et attentif », scrute ces abîmes mystérieux. Ici, enfin, tout devrait être calme et tranquille : plus d'agitation ni de mouvement ; l'on s'attend à entendre la respiration surnaturelle de l'Unité égale à elle-même, l'immobile Mer divine qu'aucun souffle de vent ne pourra jamais rider. Et pourtant, cette fois non plus, il n'en est pas ainsi. La première vision qui s'offre à Dante de la rose des bienheureux est une représentation, un « masque » : au-dessus de la rose, il aperçoit le mouvant fleuve de lumière et les étincelles-abeilles des anges qui continuellement sortent du fleuve, se posent sur les fleurs et, « presque enivrées de parfums », quittent les fleurs et plongent dans l'eau lumineuse, et ainsi de suite, à l'infini. Quand, ensuite, Dante élève aux nues son regard, dans le cœur de Dieu, l'image n'est pas stable et égale à elle-même, mais se transforme, grandit et se déplace dans l'esprit du voyageur.

La première explication est évidente. Ce n'est pas la rose des bienheureux et des anges qui ondoie, exhale son parfum et sort d'elle-même, ce n'est pas le Dieu unique en trois personnes qui se transforme devant nous, mais seulement l'esprit humain de Dante, qui jusqu'à la fin voit le mouvement dans ce qui est immobile, le temps dans ce qui est éternel. Même parvenu au faîte du royaume des cieux, le voyageur terrestre ne fait que confirmer son impuissance. Mais une autre explication est également possible. Dante n'est pas un visionnaire de l'Un immobile, comme d'autres poètes ou philosophes qui ont contemplé l'Être, forçant la langue à représenter ce qui est au-delà de la courbure des cieux, au-delà de l'espace et du temps. La mystique de Dante est une grandiose mystique du mouvement divin, plutôt qu'une mystique de l'Un, de la stase et de la tranquillité. Sa passion — passion qu'il n'a pas oubliée un seul instant tout au long de la *Comédie* — s'élève, comme le disent ses derniers mots, vers « l'amour qui *meut* le soleil et les autres étoiles » : vers ce Dieu qui meut à vive allure les anges, et les cieux et les choses et les créatures et les passions humaines ; et qui meut également son livre, qu'à ce moment nous croyons avoir refermé alors qu'il continue à s'agiter en nous et autour de nous avec une rapidité qui dépasse celle du temps.

TROISIÈME PARTIE

LES JEUX DU TAO

Les jeux du Tao

Il n'est pas de livre que j'aimerais autant recommander aux lecteurs de tous les pays que *Tchouang-tseu*, le chef-d'œuvre de la littérature taoïste. Livre unique et merveilleux, à lire et à relire, à feuilleter encore et encore, et à garder des mois entiers près de son lit ou sur sa table de travail : une image nous suffit pour inventer des mondes, une phrase ou un petit apologue, pour réfléchir des années durant, une page pour changer totalement notre vie, un chapitre pour émigrer dans le lieu sans pesanteur du Tao. Très souvent, nous ne comprenons pas. Le raisonnement est trop ardu, l'analogie trop lointaine ; nous butons toute une journée sur une phrase ; le commentateur comprend beaucoup moins que nous ; et soudain, brusquement un éclair jaillit, et à travers mille voiles, mille ouvertures, nous pénétrons joyeux dans le cœur du texte, où l'on entend encore la douce respiration du Tao.

Je crois qu'aucun livre ne réunit et n'unifie comme celui-là les qualités opposées. Il est fixe, concentré, immobile : tout entier consacré à la révélation et à l'adoration de l'Un ineffable ; et tandis que nous pénétrons dans ses pages, il change comme les nuages, la pluie, l'arc-en-ciel — amoureux du malléable, de la multiplicité, des contradictions. Ce n'est qu'en le lisant que nous parvenons à comprendre comment les deux regards que nous portons sur la réalité peuvent se fondre en un seul : nous percevons l'Un dans le changeant, le changeant dans l'Un. Nous connaissons la réalité de la terre : une réalité colorée de rois, de sages, de bandits, de paysans, d'idiots, d'animaux, de montagnes, de fleuves et d'arbres, qu'un pinceau délicat transpose sur les feuilles de papier. Dès que cette réalité surgit, voici qu'aussitôt quelqu'un fait apparaître derrière elle la mystérieuse présence du Vide, qui ôte tout poids aux choses et les traverse d'air, comme des éponges imbibées d'une substance supraterrestre. Ainsi, par sa substance même, le *Tchouang-tseu* nous conseille de ne pas rester *ici-bas*, sur la terre, et de ne pas aller *au-delà* : mais de nous arrêter sur la crête, la ligne de faîte, d'où tout nous apparaît comme double et souverainement irréel.

À part dans les dialogues de Platon, nous n'avons jamais connu pareille tension ni pareille élégance intellectuelle : un esprit d'une parfaite pureté conduit la pensée à l'extrême de sa rigueur, au point au-delà duquel elle ne peut se risquer, là où nous sentons le frisson de l'infranchissable.

Mais c'est là justement que la pensée est tournée en dérision : Tchouang-tseu glisse des remarques, des allusions, il ironise, il commence à jouer ; une grande démonstration philosophique devient un apologue, ou un petit récit, ou une comédie qui pourrait plaire à un enfant. Ainsi la pensée n'a plus rien d'abstrait ; et elle nous sourit aimablement, incarnée dans ces délicieux oripeaux concrets. Parfois, Tchouang-tseu est extrêmement clair, mais, si nous réfléchissons à ce qu'il dit, il nous semble plus énigmatique que jamais. Parfois, il passe derrière l'apparence des mots ; il outrepasse même le silence ; il entend l'au-delà de la parole et du silence ; il nomme les choses qui ne peuvent être dites, et qui cependant se voient admirablement dites, grâce à son art de la révélation et de la dissimulation. Il possède la sagesse la plus subtile, le sens de l'artifice le plus délicat ; mais sagesse et artifice se fondent dans le naturel le plus enchanteur, le plus souple et le plus moelleux.

Qu'est-ce que le Tao ? S'il « a en lui sa racine et a toujours existé, bien avant la création du ciel et de la terre », et même avant la naissance de l'Un, s'il réside là où il n'y a ni hauteur ni profondeur ni durée — nous ne pouvons avoir de doute : le Tao est transcendant. Nous pourrions l'appeler Dieu, à condition d'ôter à ce mot toutes ses connotations chrétiennes. Le Tao est un dieu impersonnel : froid, lointain, absent — comme la plus glacée des étoiles du ciel. Il possède la qualité fondamentale que la pensée occidentale attribue à l'Être ; mais il est si vide, pur, infini, dénué de toute limitation et de toute détermination, que nous pourrions aussi l'appeler Néant. « Il demeure toujours sans action, et il n'est rien qu'il ne fasse » : il est immobile, et le mouvement tranquille, liquide, harmonieux de l'univers procède de son absence et de son calme. Mais, aussitôt après avoir dit que le Tao est transcendant, Tchouang-tseu conclut : il est immanent. Si nous voulons le voir, il nous faut regarder de nos yeux intérieurs cette fourmi, ce brin d'herbe, cette tuile, ce tas de fumier ; le Tao est ici, devant nous, doté d'ubiquité et d'omniprésence, loi silencieuse qui régit toutes choses, rythme fluide de l'univers.

Dans notre monde, nous ne percevons que des antithèses : antithèses qui forment sa substance — comme le *yin* et le *yang*, l'obscurité et la lumière, le froid et le chaud, la femme et l'homme, la passivité et l'activité, le pair et l'impair, la ligne brisée et la ligne droite. Ou bien les antithèses engendrées par les idées humaines. Certains se demandent : le monde a-t-il été créé de quelque chose ou de rien ? Le Tao existe-t-il ou n'existe-t-il pas ? Placé devant les idées, le sage taoïste est saisi d'une hostilité profonde. Il déteste l'unilatéralité, la rigidité, la partialité, le caractère fragmentaire de toutes les constructions intellectuelles si chères aux êtres humains, et réfute les deux termes de chaque alternative — on ne peut dire ni qu'il y ait eu un créateur, ni qu'il n'y en ait pas eu ; on ne peut dire que le Tao existe, ni qu'il n'existe pas (ou, si l'on préfère, on peut ironiquement affirmer les deux choses à la fois). Le sage n'a pas pour tâche de produire ces paquets brillants et maniables que sont les idées. Au-dessus de chacune d'elles, au-dessus de tout précepte, de toute intention et morale, il ouvre un point de vue pareil à celui du romancier, un point de vue distant, absent et vide, unique et primordial — le Tao, qui illumine toutes les contradictions du monde.

Ainsi, nous revenons au point dont nous étions partis. À la fin de notre parcours, que pouvons-nous dire du Tao ? Nous ne pouvons plus rien dire ; et nous devons effacer de notre esprit jusqu'aux mots par lesquels nous avions tout juste tenté de le circonscrire. Comme le disait Lao-tseu, le Tao est ce qu'on regarde sans le voir, ce qu'on écoute sans l'entendre, ce qu'on touche sans le saisir : il se lève et ne brille pas, se couche et ne s'assombrit pas ; qui va à sa rencontre ne voit pas sa face ; qui le suit n'en voit pas le fond. Quand quelqu'un demande à Tchouang-tseu ce qu'est le Tao, il ne répond pas. « Celui qui sait ne parle pas ; celui qui parle ne sait pas. » Toute tentative pour saisir et embrasser avec des mots l'unité du Tao est une trahison, car elle signifie que l'on tombe sous le joug de la distinction. Seul un taoïste d'intelligence inférieure ose répondre : « Pour connaître le Tao, il ne faut ni penser, ni réfléchir ; pour rester dans le Tao, il ne faut adopter aucune position, ni s'appliquer à rien ; pour posséder le Tao, on ne doit partir de nulle part, ni suivre aucune route. » Mais à quoi bon ces propos ? Tout discours humain autour du Tao est une chute fatale par rapport à l'expérience — au-delà des paroles et du silence — que nous avons de lui.

S'il ne peut discourir sur le Tao, le sage peut en imiter la forme dans la forme de sa vie. Il éloigne de lui toute rigidité : « émousse ce qui est affûté ». Son esprit devient malléable et mou comme la méduse, souple et flexible comme le jonc. Des quatre éléments, il prend l'eau pour modèle : l'eau qui, si elle rencontre un obstacle, interrompt son mouvement et le reprend si l'obstacle cède ; qui est ronde ou carrée selon le récipient dans lequel on la place et, du fait justement de cette extrême passivité et plasticité, est le plus fort de tous les éléments. Comme l'eau, la nature du sage ne peut se diviser en parties : elle cède à toutes choses et pénètre en toutes choses ; elle est sans forme, neutre, sans saveur ; elle ne se trouble que lorsqu'on l'agite, et ses agitations ne durent guère, car elles ne naissent pas d'elle, mais du vent.

Lorsqu'il a atteint cette condition, le sage connaît la béatitude du Vide — avec lequel le Tao coïncide. Et bien que tous exaltent la perfection du plein, il sait que le secret du monde repose sur le vide : les rayons sont indispensables pour faire une roue, mais la perfection de celle-ci dépend du moyeu vide. Il faut de l'argile pour modeler des poteries, mais la beauté d'un vase dépend de la forme vide qu'il circonscrit ; les briques sont indispensables pour construire les portes et les fenêtres d'une maison, mais ce qui compte, c'est la forme vide des portes et des fenêtres. C'est pourquoi le sage fait le vide en lui, annihilant son moi. Il annihile ses désirs, ses impulsions, ses amours, ses haines ; la tristesse et le plaisir, la joie et la colère. Il efface ses expériences, pour s'enfermer dans sa propre nature innée. Il ne regarde pas, n'écoute pas, n'entend pas, ne connaît pas, ne sait pas. « Veille sur ton intérieur, ferme-toi à l'extérieur. » Alors il devient serein, comme le Tao ; calme comme la baie, silencieux comme le désert, paisible comme la mélodie, ténu comme l'écho. Sans forme, sans résistances, sans désirs, sans volonté, sans passions, il traverse le monde comme une barque sans amarres qui vogue à la dérive sur les flots ; et il reflète dans son pur miroir intellectuel les opposés de l'univers, toutes les créatures qui existent, toutes les choses qui surviennent et apparaissent — « même les poils de la barbe et des sourcils ». Comme le recommandent Lao-tseu et Tchouang-tseu, il n'agit pas : la passivité est la seule action parfaite ; l'action qui naît du cœur immobile de la vie communique à toutes les formes son mouvement doux et ininterrompu.

Le sage n'est-il que cela ? Un ascète qui veille sur son intérieur et se ferme à son extérieur ? La morale taoïste est double, et à peine a-t-elle affirmé une chose qu'elle la complète avec son opposée. Tchouang-tseu n'aime pas ce qui possède un caractère unilatéral, rigide et inflexible, et arbore de souverains principes de comportement. « S'il plaît au créateur de transformer mon bras gauche en coq, je chanterai pour annoncer l'aube ; s'il transforme mon bras droit en arbalète, je tuerai les cailles ; s'il transforme mon postérieur en roue et mon âme en cheval, j'irai en carrosse. » Ainsi le sage s'abandonne aux transformations naturelles : celles du Tao. Comme le monde est un changement perpétuel, un jeu de croissance et de décroissance, de remplissage et d'écoulement, de fin et de recommencement, comme les circonstances et les occasions de la vie changent continuellement, il plie et change, comme les herbes qui s'incurvent sous le vent et les vagues qui se dispersent sur la plage. Il devient toutes choses, prend toutes les couleurs, est tantôt ombre et tantôt lumière, tantôt nuage et tantôt pierre, tantôt fleuve et tantôt montagne.

Son mouvement ne s'interrompt jamais, comme une mer qui se déplace continuellement d'une rive à l'autre, qui s'éloigne d'elle-même, parvient à son contraire, s'identifie avec lui puis retourne à sa rive. Son existence consiste à vivre en un pôle, anticipant mentalement le pôle opposé. S'il veut arriver à la clarté, il chemine à travers les ténèbres ; s'il veut avancer, il regarde vers l'arrière ; s'il vise le lisse, il chemine sur le rugueux ; s'il veut atteindre le sommet, il fait route dans les basses plaines ; s'il veut apercevoir le blanc, il passe à travers le souillé ; s'il veut posséder la force, il connaît la faiblesse et l'impuissance. Mais, à travers ses mutations, le taoïste apprend un secret : son moi vide et flexible est une substance poreuse, et la réalité aussi est pour lui également vide et poreuse. De sorte que moi et réalité se rencontrent sans jamais se toucher, ni adhérer l'un à l'autre ni s'interpénétrer. Aussi le taoïste peut-il dire de lui-même : « Il se transforme tranquillement, mais tout aussi tranquillement ne se transforme pas. » Son acceptation totale de l'univers coïncide avec un total refus ; son extraversion absolue, avec une absolue concentration. Il éprouve de la joie devant les métamorphoses du monde, et demeure indifférent. Il ondule et serpente entre les choses comme un poisson, et plane très haut au-dessus des choses comme le faucon.

Le but auquel aspire Tchouang-tseu est encore plus élevé. « Dépouillez-vous de votre cœur, exhorte-t-il, abandonnez votre vue et votre ouïe, oubliez les êtres et leurs relations et tout s'absorbera de nouveau dans l'indistinction primordiale. Déliez votre cœur, laissez aller votre esprit, annihilez votre âme, et les divers êtres du monde retrouveront leur racine commune. » Il nous apprend à respirer non seulement avec les poumons, mais avec tout le corps en partant des pieds, afin de concentrer et d'unifier les forces vitales ; et à danser en jouant, comme les oiseaux. En respirant et en dansant, il apprend la lévitation au-dessus de la matière. Il ne sent plus son corps peser, ni ses pieds reposer sur quelque chose ; il s'en va, au gré du vent, à l'est, à l'ouest, comme une feuille ou une brindille desséchée, ignorant si c'est le vent qui l'entraîne ou lui qui entraîne le vent ; jusqu'au moment où, sans que rien ne le fatigue ou ne l'entrave, il s'ébat, chevauchant la lumière, dans l'immensité du vide. C'est ainsi que, volant comme l'esprit même de la légèreté, il remonte à l'origine, avant que ne soit survenue la distinction entre le *yin* et le *yang* ; ou bien il assiste au moment où les deux principes opposés s'unissent, formant l'harmonie universelle. En ce moment d'extase, il ne voit, ne sent, ne connaît rien d'extérieur. Son esprit se confond avec le Tao, qu'il avait tant de fois inutilement cherché à exprimer avec des mots.

Si nous avions demandé à Tchouang-tseu ce qu'il haïssait le plus, il aurait répondu sans hésiter : « La ligne droite » — que les mains des hommes commençaient déjà, alors, à tracer sur les choses pour les soumettre à la géométrie de l'intelligence. « Celui qui se sert de la forme, du cordeau, du compas et de l'équerre pour rectifier offense la nature ; celui qui emploie la corde, la ficelle, la colle et la laque pour consolider les choses va contre leurs qualités ; celui qui plie les hommes au moyen du rite et les amollit avec la musique, celui qui les protège par la bonté et les tient unis grâce à la justice, celui-là corrompt leur nature originelle », dit-il. L'incarnation la plus perverse de la ligne droite, c'est la morale. Avant que quelqu'un ne l'invente, les hommes empruntaient le bon chemin sans connaître le sens du devoir ; ils s'aimaient mutuellement sans professer l'idéal de l'amour humanitaire ; ils étaient sincères sans savoir ce qu'était la loyauté ; ils tenaient parole sans connaître la valeur de la confiance. Avec l'imposition de la morale, ils ont commencé à perdre leur intuition profonde du Tao, et cette spontanéité, cette aisance avec laquelle ils se mouvaient dans les eaux nourricières du monde. Mais la « ligne droite » a bien d'autres incarnations : l'idée que, dans la vie, seule importe l'utilité ; l'idée que rien n'est plus parfait que l'homme mûr et les choses achevées ; l'idée que la bonne action doit être voulue par la raison, accompagnée par la conscience et mise en œuvre par la volonté.

Contre la ligne droite, Tchouang-tseu fait un éloge passionné de la richesse, de la mobilité, de la multiplicité, de la spontanéité, de la souplesse, du caractère infini, de la vive tension des contraires qui distinguent la nature — ce reflet de la lumière du Tao. Il n'y a pas moins ingénu que lui lorsqu'il écrit : « L'état de nature est ce qu'il est ; la courbe naturelle ne provient d'aucun guide-ligne ; la droite naturelle, d'aucun cordeau ; le cercle naturel, d'aucun compas ; le carré naturel, d'aucune équerre. » Pourquoi donc idolâtrer l'homme mûr ? Lorsque l'homme naît, il est flexible et faible ; lorsqu'il est fort et rigide, il meurt. Quand les arbres naissent, ils sont flexibles et tendres ; lorsqu'ils sont secs et durs, ils meurent. Ce qui a de la valeur, dans la vie, c'est l'inachevé, ce qui éclôt à peine et n'est pas encore formé, mais dissimule en soi la richesse future de sa croissance : les tendres membres du nourrisson, dont les potentialités et les possibilités sont infinies.

À longueur de journée, le petit enfant regarde sans bouger les yeux, car le monde extérieur n'existe pas pour lui : il marche sans savoir où il va et demeure paisible sans savoir ce qu'il fait ; comme lui, le sage taoïste vit enveloppé dans le naturel et l'obscurité de l'inconscient. Il ne pense à rien lorsqu'il est chez lui, ne réfléchit pas lorsqu'il marche ; il ne cherche jamais à se perfectionner et à progresser. « Accomplir sans savoir pourquoi, voilà le Tao. » L'action bonne ignore les projets et les calculs : elle naît de l'inconscience, comme le fruit de la fleur. « Le saint qui aime les hommes ignore son amour ; ce sont les autres qui lui donnent ce nom. Et il semble qu'il s'aperçoive de son amour comme s'il ne s'en apercevait nullement, et qu'il le sache comme s'il n'en savait rien. » Rien n'est plus difficile et rare que l'ingénuité et l'innocence taoïstes : nées d'une connaissance complète, amère et ironique de la vie, de ses contrastes et du jeu d'antithèses qui la traverse ; pareilles à cette candeur suprême, à cette grâce enfantine, à cette douceur désincarnée que seuls les grands vieillards possèdent.

Quand Tchouang-tseu contemple les choses, il transforme complètement leur substance. « Vous avez un grand arbre et vous vous préoccupez de son inutilité. Pourquoi ne pas le planter dans le pays du néant et de l'infini ? Tous pourraient se promener à leur gré sous son ombre, et s'y étendre à leur aise », écrit-il. Il ne se contente pas de défendre les choses inutiles, frivoles et gratuites, et de répéter que le sage ne sert à rien ni à personne — pure essence, geste gratuit. Lorsqu'il contemple la vie, Tchouang-tseu insinue l'irréel dans le réel, l'inexistant dans l'existant, le vide dans le plein, l'infini dans le fini, l'informe dans le formé, et construit une substance intermédiaire où « ce qui est » et « ce qui n'est pas » s'équilibrent harmonieusement. Aussi finit-il par voir dans l'existence un rêve, qui conflue dans un autre rêve, lequel est à son tour compris dans un rêve dont nous ne nous éveillerons jamais. Mais qui rêve, et qui est rêvé ? « Un jour, Tchouang-tseu — écrit-il en parlant de lui avec la plus aimable ironie — rêva qu'il était un papillon qui voletait, satisfait de son sort et ignorant qu'il était Tchouang-tseu. Il ne sut plus alors s'il était Tseu qui rêvait d'être un papillon, ou un papillon qui rêvait d'être Tseu. »

La politique absolue

Je ne voudrais pas que *Le livre du prince Shang** soit considéré comme une singularité culturelle, un texte archaïque chinois arrivé Dieu sait comment sur notre table de lecture. Peu importe que ses auteurs aient vécu entre le IVe et le IIIe siècle av. J.-C., quand la Chine n'était pas encore un empire. Aucun autre texte de théorie politique que l'on a

* Édition française : *Shang Yang. Le livre du prince Shang*, Flammarion, 1981. *(N.d.T.)*

pu écrire, de Machiavel à Lénine, n'exprime aussi atrocement le rêve d'une politique absolue, qui anéantit toute autre pensée, tout autre sentiment ou désir humain, bâtissant le terrifiant édifice de la Loi et de la Force. Ses auteurs possédaient toutes les qualités nécessaires pour réaliser ce rêve : un esprit redoutablement logique, un mépris abstrait pour les êtres humains, une cruauté inexorable, la haine de tout compromis, une volonté qui ne recule devant aucun obstacle, une solitude désespérée, l'incapacité de penser et d'aimer le monde comme un jeu mouvant de contradictions. Aussi ne sommes-nous pas étonnés de l'étrange impression « XVIIIe siècle » qui émane parfois de ce livre. Comme certains théoriciens de la raison d'État, le prince Shang (pour reprendre ce nom mythique) veut transformer la politique en pure démonstration géométrique, simple comme le plus simple des théorèmes.

Le paradoxe est que ce livre, si proche de la logique et rapide Europe, est né en Chine — un pays qui ne connaissait ni politique ni loi, mais un art compliqué et extrêmement ductile de la sagesse. L'important, là-bas, n'était pas la norme publique mais les principes naturels et moraux, dont l'art de gouverner devait offrir un reflet ; non pas la prescription d'État, mais cet ensemble de gestes et de rites qui constituait l'étiquette ; non point la vertu du citoyen, mais celle du fils et du frère ; non point les jugements légaux, mais leur valeur symbolique ; et qu'importait le geste futile du réformateur devant la forme de la tradition ? « À moins que l'avantage n'en soit centuplé, on ne doit pas réformer la loi ; à moins que le bénéfice n'en soit décuplé, on ne doit pas altérer un instrument. » La sagesse chinoise pensait que le geste politique devait se perdre dans le réseau infini des connexions qui forment la vie familiale, la religion, la culture, les mœurs quotidiennes de chaque pays. Il n'était pire mal que la pure vertu politique : ce rêve de tous les révolutionnaires et de tous les terroristes. Le véritable homme de gouvernement savait que son art n'était pas un art de la force, mais un art de la faiblesse ; non pas un art de l'unité, mais une manière de concilier et de guider légèrement, d'une main sans nerfs, la multiplicité colorée de l'univers.

Comme beaucoup de théoriciens de la politique, le prince Shang pensait vivre dans une époque de décadence, pleine d'astuce et de dissolution. L'on ne pouvait que retourner en arrière, dans un âge d'or qui n'avait jamais existé — quand « les premiers rois attachèrent des balances aux poids-étalons et fixèrent la longueur du pied et du pouce », en un temps d'unité et de précision. Mais il n'y a qu'une seule voie pour revenir en arrière : détruire les traditions. Le prince Shang détestait ce qui était compliqué, multiple, contradictoire. Il voulait construire une société unique, compacte, concentrée sur elle-même, « l'esprit tourné vers une seule chose » : simple comme il imaginait peut-être l'esprit des paysans ; et cette société devait se fixer dans le temps, abolir l'Histoire, restaurant ainsi l'immobilité des origines. La tâche d'imposer la simplicité revenait à la Loi, « droite comme une flèche », « sans déviation ni partialité ». Elle devait simplifier, détruire, reconstruire, afin de transformer la diversité du peuple chinois en un État peuplé seulement de paysans et de guerriers. Il n'y avait pas de place pour d'autres. Le but véritable était la guerre et la conquête : « tenir l'empire soumis entre ses bras et enfermer dans un sac les quatre mers ».

Le prince Shang, avec son esprit obsédé par la Loi, tentait de supprimer la vie intime de la Chine. Tout d'abord, la famille devait être détruite : une ordonnance interdit aux pères et aux fils, aux frères majeurs et mineurs de vivre ensemble dans la même maison. Toutes les vertus, tous les talents traditionnels étaient voués au mépris : la piété filiale, la beauté, l'amour, le devoir fraternel, la bienveillance, les rites, l'intelligence, la sincérité, l'intégrité, la foi, la rectitude — remplacés par des devoirs envers l'État. « L'amour des parents, commentait un texte parallèle, ne suffit pas à enseigner la morale à un fils : il faut les punitions sévères des fonctionnaires. Les gens sont naturellement gâtés par l'amour, mais deviennent obéissants devant la sévérité. » Le véritable ennemi, c'étaient les livres : parce que la famille n'est qu'un livre vivant, où tous les mots, les pages, les espaces blancs deviennent chair. Pas de littérature, ni de musique, ni de poésie, ni de livres d'histoire, car les mots sont le véritable et vulnérable ennemi de la politique absolue. « Si l'étude se répand dans le peuple, celui-ci abandonnera l'agriculture et s'adonnera aux débats, aux propos creux et aux discussions fondées sur de fausses prémisses. » Le prince Shang pensait que le peuple était stupide et devait rester stupide et pauvre, afin que sa stupidité garantît le pouvoir. Personne ne pouvait changer de résidence ni exercer le commerce ou les arts et les métiers, afin que le mouvement ne vînt pas altérer la stabilité de fer de la loi.

Le but du prince Shang était élevé, très élevé même : la Vertu (la Vertu de l'État). Mais, comme la Révolution française le comprit plus confusément, seules la force, la violence, la punition pouvaient la susciter. « La punition engendre la force, la force engendre la puissance, la puissance engendre la soumission, la soumission engendre la vertu. » La vertu tire donc « son origine des punitions ». « Je veux revenir à la vertu au moyen des peines capitales, et faire de la rectitude un corollaire de la violence. » En accord avec ces principes, le prince Shang édifia un système parfait pour faire régner la vertu et le bonheur sur terre. Les paysans devaient se contrôler et s'épier mutuellement ; celui qui ne dénonçait pas un coupable était coupé en deux, celui qui le dénonçait obtenait la même récompense que les guerriers victorieux. Les petites transgressions étaient punies comme les grandes, « parce que les grandes transgressions ont leur origine dans les petites ». Celui qui faisait un pas d'une longueur supérieure à six pieds ou jetait des cendres sur la voie publique était bastonné jusqu'au sang, celui qui osait critiquer était marqué au fer rouge et on lui tranchait le nez. Des impôts extrêmement lourds rendaient la vie si insupportable que les paysans trouvaient une sorte de félicité et de repos dans la dureté du service militaire. Le principe ultime du système de Shang était très riche de significations symboliques. Un fonctionnaire à l'esprit clément ne pourrait jamais découvrir les manquements des sujets. Il ne restait donc qu'à confier la défense de l'État à la perspicacité impitoyable de fonctionnaires scélérats : seul le scélérat connaît vraiment le mal qui se dissimule dans le cœur des autres. Ainsi, le grandiose édifice de la Loi, de la Vertu et de l'État parfait était confié au gouvernement des scélérats : un principe que le prince Shang découvrit le premier, dans son lointain Moyen Age chinois, mais que par la suite des millions de révolutionnaires ont appliqué avec un zèle scrupuleux.

L'édifice du prince Shang s'achevait dans l'utopie. Après un long et fastidieux exercice, cet entrelacs de lois et d'interdictions, de violence et de terreur, de punitions et de récompenses devait former une sorte de machine capable de fonctionner seule : un Léviathan monstrueux et automatique, que rien ne pouvait arrêter. Le peuple appliquait la loi sans être commandé, renonçant à ses désirs individuels. Aussi les lois « étaient-elles abolies grâce à la loi » : l'État s'abolissait de lui-même ; les choses se gouvernaient seules ; cependant que le « souverain reposait sur un bon lit et écoutait le son des instruments à cordes et des bambous, et malgré cela, l'empire jouissait de l'ordre ». Comme le fait remarquer Duyvendak, ces idées ont un fond taoïste — même si la rigide construction de fer et de sang du prince Shang est fort éloignée de la fluidité et de la liquidité féminine de l'univers taoïste.

Le véritable élève du prince Shang fut le premier empereur de Chine, Qin Shihuangdi, qui monta sur le trône en 221 av. J.C. Son chiffre était le 6 ; sa couleur le noir ; son point cardinal le nord ; sous lui, six pieds firent un pas, six chevaux tirèrent les carrosses. Il ordonna que la politique se décidât « selon la Loi et la Justice, et non la Bonté et la Reconnaissance ». Il ordonna de brûler les livres et fit tuer trois cent soixante lettrés, un pour chaque jour de l'année. Il voulait devenir un *Homme véritable*, « capable d'entrer dans l'eau sans se mouiller, d'entrer dans le feu sans se brûler, de monter sur les nuages et les vapeurs, éternel comme le Ciel et la Terre ».

Il ne devint pas éternel, ne parvint pas à pénétrer dans l'eau sans se mouiller, ni dans le feu sans se brûler. Il dut se contenter des Six, du Nord et du Noir, et d'être enterré dans les profondeurs de la terre par sept cent mille prisonniers castrés. Les dieux n'aimaient pas ceux qui voulaient instaurer « le règne de la dureté et de la violence ». Lorsqu'il monta sur le mont boisé de Xiang, ils déchaînèrent contre lui une tempête de vent et de pluie. Alors, pour se venger des dieux, l'empereur fit raser la forêt et peindre toute la montagne en rouge, comme on faisait pour les criminels.

La Chine et le christianisme

Lorsque le père jésuite Matteo Ricci arriva en Chine, vers la fin du XVIe siècle, les Chinois virent en lui une sorte d'incarnation idéale de l'antique sage confucéen. Il unissait le raffinement spirituel à la simplicité des manières ; dans ses gestes, ses propos, son comportement, il trouvait un heureux équilibre entre l'excès de raideur et l'excès d'affabilité, montrant qu'il possédait ce souverain naturel, adoré de Confucius, dans lequel la spontanéité, la discrétion, le contrôle et la grâce composaient la musique de la vie. Les mandarins l'accueillirent avec un enthousiasme modéré dans leurs académies, réunions solennelles et quasi sacrées où des chœurs de jeunes gens chantaient des hymnes moraux. Entre eux et le mystérieux envoyé d'Occident, il y avait des points de concordance. « Se vaincre soi-même », « ne faites pas aux autres ce que vous ne voudriez pas qu'on vous fît », étaient des préceptes qui se trouvaient également dans les *Dialogues* de Confucius, et l'éthique du père Ricci, où l'Évangile avait été traduit dans la langue de Sénèque et d'Épictète, semblait familière aux esprits néoconfucéens.

Comme le relève Jacques Gernet, sous cet accord superficiel s'étendait un très profond fossé. S'il réfléchissait quelque peu à son rêve d'évangélisation, le père Ricci devait comprendre que jamais personne n'avait tenté une entreprise aussi désespérée. Un chrétien qui tente de convertir un musulman fait appel à la même culture philosophique et religieuse ; un missionnaire en Inde s'adresse aux fondements d'une identité linguistique originelle et à une réflexion philosophique qui s'est attachée aux mêmes thèmes ; mais lui, que pouvait-il faire, seul dans l'océan de la Chine ? De tous côtés, il découvrait une structure mentale radicalement différente, une manière différente de concevoir les idées fondamentales de l'existence. S'il voulait faire comprendre la différence entre abstrait et concret, entre Être et phénomène, la langue chinoise ne lui offrait pas d'équivalents linguistiques adéquats. Ainsi, moitié par conviction, moitié par obligation, il imagina un mythe historiographique. Une partie de la tradition chinoise ancienne avait disparu dans l'incendie des livres ordonné par le premier empereur des Qin en 213 av. J.-C. ; et ces textes exprimaient l'idée d'un Dieu créateur et tout-puissant, l'immortalité de l'âme, l'existence d'un Enfer, d'un Purgatoire et d'un Paradis que les Chinois avaient ensuite oubliés. Là, aux origines, les futurs chrétiens et les futurs mandarins pratiquaient la même foi.

Quand il proposait son Dieu à ses amis confucéens, le père Ricci était frappé par leur mélange de vénération et de scepticisme. Ils étaient disposés à introduire les images du dieu et des saints chrétiens dans leurs maisons, aux côtés des images confucéennes, bouddhistes et taoïstes qu'ils plaçaient les unes auprès des autres, conversant au sein d'une académie ininterrompue ; ils se prosternaient très bas devant elles ; et pourtant ce geste de vénération dissimulait une profonde absence de foi en tous les dieux. Peut-être y a-t-il des dieux, peut-être pas, pensaient-ils ; alors, pour parer à toute éventualité, autant s'incliner devant les idoles de la foule. La foi chrétienne ne tolérait pas de compromis : elle avait un dogme, des vérités révélées, un enchaînement inexorable de principes, construit avec la précision des églises et des palais que les jésuites avaient laissés en Occident. Or dès que ces mêmes jésuites parlaient avec un Chinois ou un converti, cette logique compacte semblait s'écrouler : le Chinois se mettait aussitôt à modifier ou interpréter une image, à esquiver quelque fondement, à émousser une conséquence, transformant le solide édifice de pierre en mouvante cathédrale d'eau. Lorsque le père Schall tenta de convertir l'empereur Shunzu, celui-ci répondit : « Vous avez raison. Mais, au fond, comment voulez-vous qu'on réussisse à pratiquer toutes vos maximes ? Ôtez-en deux ou trois des plus difficiles, et ensuite, peut-être, nous pourrons nous accorder sur le reste. » Tous faisaient comme l'empereur Shunzu. Le père Ricci proposait des dogmes et des formules : il n'y avait qu'une seule vérité, une seule voie y menait, un seul raisonnement permettait de la saisir ; et les Chinois, bouddhistes, confucéens ou taoïstes, lui répondaient avec une imperceptible pointe d'ironie qu'« une vérité à laquelle on n'accède pas par mille voies différentes et dix mille raisonnements analogiques ne peut être la vérité ».

Avec leur robuste confiance dans l'*harmonia mundi*, les pères jésuites appréciaient plus que quiconque la beauté du monde : le mystérieux enchaînement qui du soleil, des étoiles et des planètes, descend jusqu'au corps de l'homme, à la multitude des animaux, à la fraîcheur des herbes, aux symboles pétrifiés dans les montagnes. Pour les Chinois, tout cela ne suffisait pas : ils sentaient que cet univers, que les pères jésuites scrutaient et examinaient si amoureusement avec leurs longues vues, leurs cartes de géographie et tous leurs autres instruments, n'était que l'ombre de l'autre univers, imperceptible, qu'ils connaîtraient après la mort. Les Chinois vivaient dans l'*ici* et le *maintenant* : le divin était la nature elle-même ; toute leur imagination religieuse était filtrée par leurs sens impavides et curieux à l'extrême. « Est-il possible, dit un jour le grand empereur Kangxi aux pères jésuites, que vous vous occupiez toujours d'un monde où vous n'êtes pas encore et que vous ne teniez pour rien celui dans lequel vous vivez en ce moment ? Croyez-moi, chaque chose en son temps : usez mieux de ce que le ciel met entre vos mains, et renvoyez après la vie tous les soucis qui ne concernent que les morts. Quant à moi, conclut-il en plaisantant, je ne me soucie nullement de toutes ces choses de l'autre monde et je ne veux point trancher des questions des esprits invisibles. »

À mesure que les missionnaires connurent mieux la culture chinoise, et que les confucéens pénétrèrent dans les secrets de la religion chrétienne, l'abîme entre les deux civilisations, qui semblait au début s'amenuiser sous le signe du Ciel, se révéla infranchissable. Alors que les chrétiens croyaient en un Dieu transcendant, les Chinois ne faisaient aucune différence substantielle entre le Souverain d'En Haut, le Ciel, la Terre et les « dix mille êtres » ; les uns soulignaient la séparation, les autres exaltaient l'unité du monde. Alors que le Dieu chrétien est personnel, conscient et unique, créateur et tout-puissant, le Dieu chinois est un pouvoir anonyme d'ordre et d'animation de l'univers : une forme d'énergie (*qi*) dérivée des deux énergies primordiales (*yin* et *yang*). Alors que le Dieu chrétien se révèle au-dessus des montagnes et des nuages et s'incarne en se manifestant aux hommes, le Ciel chinois, comme le dit Confucius, « ne parle pas » et agit seulement de façon indirecte. Avec une logique intellectuelle affûtée, les bouddhistes allèrent jusqu'au bout de la critique de la foi des missionnaires. Dieu, disaient-ils, est sans principe, sans personnalité, sans qualités, sans passions, sans fin : le Dieu chrétien, au contraire, possède une personnalité, des vertus définies (toute-puissance, omniscience, miséricorde), des passions ; il ne peut donc être l'Absolu.

Tout l'effort des jésuites pour imposer les valeurs de la tradition platonico-chrétienne se brisait contre des convictions millénaires. Les missionnaires opposaient le monde des vérités éternelles à celui des phénomènes et des apparences ; et l'esprit agile et préhensile des Chinois les fondait les uns dans les autres. Les missionnaires distinguaient âme et corps, rationnel et sensible, sentiment et raison ; et les Chinois confondaient toutes les antithèses occidentales dans l'unité indiscernable de la nature où les contraires, éternellement en mouvement, se succèdent, se combinent et se complètent. Mencius disait : « Qui sait user de son corps parvient au vrai principe : il s'unit à la nature du Ciel pour ne faire qu'un avec lui. Le sensible et l'intellectuel ne sont pas deux choses différentes, l'esprit et le corps ne sont séparés par aucune barrière. » La polémique se fit plus âpre : le père Longobardo accusa les confucéens de matérialisme. Alors les Chinois répondirent que les vrais matérialistes étaient les chrétiens, parce qu'ils prétendaient dépouiller l'univers de ses forces invisibles divines et en faire une réalité brute privée de l'intelligence spontanée de tous les êtres. « Est-il raisonnable, disait Huang Wendao, sous le prétexte de vénérer le Seigneur du Ciel, de déclarer que le Ciel et la Terre sont dépourvus d'intelligence, que le soleil, la lune et les planètes sont des choses laides, que les dieux des montagnes et des fleurs, les dieux du sol et de la moisson sont des diables et qu'il n'est pas nécessaire de sacrifier aux ancêtres ? »

Le vrai scandale, pour les mandarins confucéens, était l'incarnation et la mort du Christ en croix. Le père Matteo Ricci avait évité d'en parler, transformant la théologie de la Croix en philosophie stoïco-chrétienne et éludant le destin historique de Jésus. Il avait compris que l'incarnation était une idée centrale en Occident, où elle servait de médiation entre l'éternel transcendant et le transitoire terrestre ; cette opposition était inconnue des Chinois, pour lesquels il n'y avait donc aucun besoin de cette médiation. Quand les missionnaires prêchèrent le scandale de la croix, les Chinois s'insurgèrent. Un Dieu qui souffre, un Dieu qui meurt, n'était-ce pas une folie inconcevable, digne des « barbares » de l'Occident ? Et pourquoi ce Dieu-homme, ce fils d'une femme, ce personnage aux yeux profonds et à la longue barbe qui avait troublé le peuple de ses étranges discours, s'était-il dressé contre les souverains légitimes ? Si vraiment les hommes devaient être sauvés, pourquoi le Seigneur du Ciel n'avait-il pas envoyé un saint chargé de répandre le Tao céleste ? J'ignore comment les missionnaires tentèrent de faire comprendre le paradoxe sur lequel est fondée la vie de tout homme d'Occident : un paradoxe qu'on ne peut expliquer, mais qui appartient aux indestructibles vérités physiques. Comme les gnostiques, les bouddhistes supposèrent que le véritable Christ était resté au ciel et que le drame qui s'était déroulé sur terre n'avait été qu'une représentation théâtrale, un jeu illusoire de spectres, un fantastique travestissement de la divinité.

Venus en Chine entourés du prestige de leurs longues-vues, de leurs astrolabes et de la géométrie euclidienne, les missionnaires jésuites croyaient en l'astronomie ptolémaïque. Là-haut, au ciel, régnait un Dieu-géomètre, qui avait autrefois créé, et gouvernait désormais, un monde éternellement fixe, divisé en parties, limité dans l'espace et dans le temps, avec ses sept mille ans d'âge et ses sept sphères cristallines. Les Chinois imaginaient en revanche le ciel comme un espace infini où flottaient les corps célestes et dans lequel, au cours d'une évolution à très long terme, les univers se formaient et se défaisaient par condensation et dissipation d'une énergie omniprésente. C'est l'un des points où le contraste fut le plus flagrant. Les savants lettrés confucéens et les bonzes cultivés durent regarder avec une pointe d'ironie leurs confrères d'Occident, qui croyaient à un univers si simple et si ordonné, si semblable à l'invention d'un horloger honnête et diligent.

La ville de l'empereur

Les missionnaires jésuites qui pénétrèrent en Chine eurent l'impression de mettre le pied dans un pays plus léger que le nôtre. Là-bas en Europe, dominait la pierre, qui triomphait dans les montagnes, dans les immenses palais des rois et des seigneurs, dans les masures qui s'accrochaient aux palais, dans les églises que les architectes et les peintres jésuites élevaient à la gloire du Seigneur de la terre et des cieux. La Chine, cette « Venise continuée », était le royaume de l'eau, le plus ambigu des éléments. Les fleuves remontaient à travers le pays vers la limite de la Grande Muraille, une multitude de canaux reliait les fleuves, parcourant les douces campagnes verdoyantes où poussait le riz, traversant la ville pour arriver jusqu'au cœur du Palais impérial, où ils s'élargissaient en étangs et en petites mers.

Les navires et les demeures sur l'eau étaient construits en bois odorants, les fenêtres voilées d'impalpables étoffes de soie ou fermées par des grilles ajourées, à bordure d'or, où brillaient des yeux de nacre ; et mille variétés d'arabesques, d'arbres, d'oiseaux décoraient les murs. Toutes les couleurs — le rouge, le jaune, le vert, le bleu les plus vifs qu'ait pu concevoir l'imagination humaine — étaient mêlées à une gomme glutineuse qui formait un vernis semblable à une peau lisse et vitrifiée. Quand la lumière du soleil frappait cette peau colorée et odorante, celle-ci la réfléchissait comme un miroir, les bois semblaient luisants et immatériels, et le pays de l'eau devenait, comme l'autre Venise, le pays des reflets et des échos. À mesure qu'ils s'avançaient dans le corps liquide de la Chine, les jésuites se laissaient fasciner de plus en plus par cette légèreté enchanteresse des choses. Certains racontaient que, dans une province, il y avait un oiseau né de la corolle d'une fleur et des pierres pareilles à des hirondelles. Dans les palais impériaux, un artisan consacrait son existence à donner forme aux vapeurs ; il mêlait aux parfums qu'il brûlait dans les cassolettes de la poudre de nénuphar, et la fumée s'élevait « en une figure agréable » — une colonne, ou une sphère, ou les lettres d'une étrange calligraphie. Peut-être les Chinois voulaient-ils laisser derrière eux le solide et le liquide, pénétrer dans le diaphane, l'impalpable, dans l'air, et donner une forme tantôt géométrique et tantôt bizarre à ce qui semble échapper à toute figuration.

Comme elle séduisait l'imagination des missionnaires jésuites, cette habitude implacable de donner forme à toutes les choses ! Matteo Ricci, Daniello Bartoli et les élégants prêtres français qui, un siècle plus tard, envoyèrent en Occident leurs *Lettres édifiantes et curieuses*, admiraient chaque jour les miracles de l'« étiquette » chinoise et les racontaient aux prêtres et aux dames d'Europe. Dans ce pays sans bornes, tout était gouverné par l'ordre et la symétrie : chaque geste de l'existence était une représentation théâtrale, une petite cérémonie, un rite, un léger ballet géométrique. Quand deux personnes se rencontraient, elles joignaient leurs mains et leurs manches, s'inclinaient jusqu'à terre et s'agenouillaient, la tête sur le sol, en se tournant vers le nord. Quand un visiteur arrivait, le maître de maison disposait soigneusement les sièges dans le lieu le plus élevé et les époussetait de ses manches ; avant de placer ses hôtes à table, il sortait dans la cour, s'inclinait vers le midi et offrait une tasse de vin au Ciel. L'étiquette triomphait à l'occasion de la mort. Le cadavre qu'on conservait trois ans dans la maison, dans sa boîte bien polie et bien scellée, au milieu des parfums que lui offrait son fils ; les tambours et les flûtes le jour des funérailles ; les figures d'éléphants, de tigres, d'hommes illustres, les chars de triomphe, les châteaux, les drapeaux, les pyramides mystérieuses, les tables chargées d'encensoirs et de victuailles, les prêtres psalmodiant, les enfants en larmes, les parents et amis « arborant une mélancolie étudiée avec art » — la communauté humaine déchirée se réconfortait avec les gestes de l'apparence et s'enveloppait de rites, comme si seul le rite pouvait nous protéger dans ce passage au-delà de la mort.

Parmi les lecteurs des *Lettres édifiantes et curieuses*, certains, comme Rousseau, détestaient les Chinois : « ce peuple lettré, lâche, hypocrite et charlatan, poli, complimenteur, adroit, fourbe et fripon, qui met tous les devoirs en étiquette, toute la morale en simagrées et ne connaît d'autre humanité que les salutations et les révérences ». Mais les missionnaires jésuites étaient trop cultivés, civils et bien élevés pour ne pas apprécier la victoire quotidienne de la symétrie et du rite. Ils voyaient dans les gestes élégants du cérémonial l'incarnation terrestre de cet admirable ordre cosmique, de ce jeu parfait de correspondances, que Dieu avait créé entre les constellations, les planètes et la terre : ils voyaient dans la courtoisie l'art de modérer la violence égoïste et impétueuse des passions. Quiconque cultivait la forme honorait le bien : sans forme, il ne pouvait exister ni beauté spirituelle ni action vertueuse. Certes, ils avaient appris de leurs maîtres européens à aller de l'intérieur vers l'extérieur, du cœur vers les gestes. Mais pouvait-on exclure que l'art de vivre chinois fût le plus approprié ? Peut-être était-il nécessaire de proposer à l'esprit la beauté et la précision de certains gestes parfaits — un corps incliné jusqu'à terre, une main qui essuie un siège, un visage empreint de douleur. Devant un miroir objectif d'une pareille netteté, l'esprit apprendrait peu à peu une géométrie mentale tout à la fois exacte et harmonieuse.

Tandis que le climat intellectuel de l'Europe se modifiait, les jésuites découvrirent dans les replis du rituel chinois le jeu d'un esprit qui aimait la variété, la diversité, le beau désordre, le caprice le plus aimable. Il n'était pas de plaisir plus grand que de pénétrer dans le Palais impérial, où l'esprit théâtral et ingénieux d'un grand architecte avait créé une nature bien plus subtile que la nature réelle. Ici le peintre de cour de l'empereur Qianlong, le père Attiret, ne découvrait nulle part la monotonie de l'odieuse ligne droite, qui devait l'avoir accablé d'ennui à Versailles, mais une « antisymétrie » savamment calculée. Tout serpentait, s'inclinait, se courbait, offrait tantôt un visage, tantôt le visage opposé. Il y avait des allées en zigzag, ornées de petits pavillons et de petites grottes ; des canaux tantôt larges, tantôt étroits, qui couraient tout droit, puis faisaient un coude ; des sentiers, avec l'eau d'un côté et des galeries de l'autre ; ici un bosquet d'arbres fruitiers, là un autre d'arbres des montagnes ; des ponts de pierre sinueux, tout en allers et retours ; une île sauvage et accidentée, où s'élevait un palais de cent pièces ; et l'eau s'alliait partout à la pierre de la façon la plus étrange. Quant aux habitations, il semblait qu'on eût tout « disposé au hasard, sans qu'une partie eût été conçue pour l'autre ». Les portes et les fenêtres offraient tous les aspects et toutes les formes — rondes, ovales, carrées, en forme d'éventail, de fleur, de vase, d'oiseau, de poisson — ; et les galeries qui reliaient deux lieux faisaient cent virevoltes, s'interrompant tantôt devant un petit bois, tantôt derrière un rocher, tantôt autour d'un petit étang. Mais le père Attiret n'eut jamais l'impression de se mouvoir dans le royaume du hasard. L'esprit de l'architecte, inconnu et lointain comme celui de l'empereur, se plaisait à jouer avec lui-même : il s'exerçait à violer ses propres lois ; il s'aventurait dans l'inconnu ; puis il revenait enrichi, amusé et rassuré, parmi les conventions du monde humain. Peut-être — pensait le père Attiret — derrière les gestes toujours égaux de l'étiquette, des sentiments également capricieux et variés se dissimulaient-ils, insondables comme ceux d'aucune autre créature humaine ?

Pour finir, le voyage des missionnaires jésuites au pays de la symétrie et du caprice se concluait dans le Palais de l'empereur — le centre caché dont dépendait le monde visible. L'empereur portait un habit jaune, semé de dragons à cinq griffes ; et sa figure était si sacrée que les mandarins s'agenouillaient devant son habit et sa ceinture, ou devant son trône vide. Tel celui de Dieu, son regard ample et tolérant, profond et méticuleux, embrassait chaque point de son immense empire : il veillait comme un père sur le bien-être de son peuple, allégeant les tributs et envoyant du riz là où la sécheresse ou l'inondation avait frappé ; et il s'enfermait comme un prêtre antique dans son palais, jeûnant et priant, implorant du Ciel le miracle de la pluie. Autour de lui, une aristocratie élective de mandarins, dans laquelle les missionnaires virent une image des philosophes-législateurs de Platon, répandait ou inspirait sa parole. Ainsi, l'État chinois devenait cet État vertueux dont les hommes avaient vainement rêvé depuis des millénaires et dont ils se remirent désespérément à rêver à la veille de la Révolution. L'empereur montrait comment cultiver la terre, l'impératrice comment filer, et les habitants pratiquaient toutes les vertus : honorer ses parents, rester fidèle à son époux, défendre la chasteté, travailler les champs, être frugal, vivre en paix avec ses prochains et lointains. Tous les problèmes de la vie politique et civile semblaient résolus. Avec un émerveillement toujours renouvelé, les missionnaires observaient qu'en Chine la plume s'était imposée à l'épée : celui qui possédait la parole écrite l'emportait sur la brutalité de la force ; les mandarins commandaient les guerriers et les frappaient devant tout le monde « comme les maîtres chez nous frappent les bambins des écoles ».

Lorsqu'ils parvinrent dans le cœur du Palais, les jésuites découvrirent que l'empereur jouait, comme si le pouvoir, pour être vraiment souverain, devait s'exprimer dans une futilité pleine de grâce. Il n'était jamais affairé ou trop tendu, comme les hommes politiques européens possédés par la soif de pouvoir. Il ne semblait jamais « agir ». Là, dans ses appartements, il s'occupait de musique, d'astronomie ou de mathématiques, ou de peinture, de jeux d'eau, ou encore des splendides automates que les missionnaires fabriquaient pour lui. Près de l'île artificielle où il vivait, il y avait une ville en miniature : avec quatre portes aux quatre points cardinaux, avec des tours, des murailles, des créneaux, des places, des rues, des temples, des boutiques, des marchés, des tribunaux, des palais, un port. Plusieurs fois par an, les eunuques de la cour représentaient le tapage, le tumulte et les friponneries d'une grande ville. Ces jours-là, chaque eunuque revêtait le costume de la profession qui lui avait été assignée : l'un était marchand, l'autre artisan, celui-ci soldat, celui-là officier. Les vaisseaux entraient dans le port, les magasins ouvraient. Il y avait un quartier de la soie, un autre de la laine ; une rue pour les porcelaines, une autre pour les laques ; dans telle boutique on trouvait des meubles, dans telle autre des vêtements et des parures pour les femmes, dans une autre encore des livres pour les curieux et les savants. Il y avait des tavernes pour le thé et pour le vin ; des hôtels pour toutes sortes de gens. À l'arrivée de l'empereur et de l'impératrice, entourés du cortège des princes, la ville en miniature, restée silencieuse pendant des mois, s'animait subitement. Les vendeurs présentaient dans la rue des fruits et des rafraîchissements. Les marchands vous tiraient par la manche pour vous prier d'acheter leurs marchandises. Tout était permis. On criait, on se chamaillait, on se frappait, on se volait habilement ; et les faux archers arrivaient, conduisant les faux plaignants et les faux voleurs chez le faux juge où, au milieu des rires de l'empereur, on feignait de les bastonner.

Le sens de ce délicieux apologue était clair pour le père Attiret, qui le racontait à ses amis européens. Retiré sur sa petite île artificielle, l'empereur n'avait jamais vu son empire : chaque fois qu'il traversait les villes, on fermait les maisons et les boutiques, on éloignait les passants des rues ; s'il traversait les campagnes, deux files de cavaliers de chaque côté lui en cachaient la vue ; et il était presque invisible pour ses sujets. Aussi ne pouvait-il connaître que la réalité infime, feinte, simulée, jouée que les eunuques mettaient en scène pour lui dans la ville en miniature. Il ne voyait que cette ombre délicate et burlesque. Était-ce une condamnation ou un privilège ? Comme tous les puissants, était-il condamné à être exclu de la réalité qu'il était pourtant contraint de dominer ? Ou bien jouissait-il du privilège de ne contempler que ce spectacle plus subtil et purifié, qui est son reflet théâtral ? Comme tout père jésuite, aussi épris de l'existence quotidienne que de l'illusion, le père Attiret lui-même n'aurait pu répondre à cette question.

En 1693, l'empereur Kangxi donna aux missionnaires un terrain dans la cité du Palais, où ils construisirent une église à la scénographie audacieuse, avec colonnes, arcades, balustrades, raccourcis de nuages peints sur les plafonds, comme ceux qui, dans des milliers d'églises jésuites, célébraient la gloire de Dieu et de son ordre. Les lettres que les pères, par la suite, envoyèrent en France étaient des lettres d'érudits, de voyageurs, d'hommes du monde, d'*amateurs**, plutôt que de graves missionnaires. Leurs yeux ouverts, vifs et curieux contemplaient la diversité de l'univers : aucun préjugé terrestre n'entravait leur curiosité intellectuelle ; et leur style, clair, incisif, enjoué, enlevé, spirituel, rappelait celui de Voltaire. Mais, à l'empereur et aux mandarins, ils montraient un autre visage. Ils avaient compris que l'immense pays d'air et d'eau qui les avait accueillis était disposé à assimiler les choses les plus étrangères, à condition qu'elles fussent revêtues de formes chinoises. Aussi se transformèrent-ils avec une aisance de caméléons, avec cette extraordinaire mobilité dont leur ordre avait toujours fait preuve. Nés à Dole, à Issoudun ou à Avignon, dans la province française la plus tenace, ils prirent des noms chinois ; ils revêtirent les atours des mandarins, la veste de soie bleue, l'habit noir ou violet, le chapeau conique, l'ombrelle bleue, l'éventail ; ils se nourrirent de mets chinois, peignirent comme les Chinois, se firent des funérailles chinoises, adaptèrent les rites chrétiens aux rites chinois. Avec une sorte d'ardente ferveur, ils tâchèrent d'éliminer en eux les traces de l'Occident : cette « activité turbulente, qui veut tout faire et tout emporter d'assaut » ; et peu à peu, ils acquirent la prudence, le calme, la gravité, la modération, la lenteur majestueuse et passive qu'ils admiraient chez leurs élèves.

Le père Matteo Ricci avait déjà compris que la voie la plus sûre, pour pénétrer en Chine, était celle de la culture. Aussi les missionnaires exhibèrent-ils à la cour les beaux volumes reliés, les astrolabes, les horloges, les prismes de verre, les cartes géographiques et les mappemondes qu'ils avaient apportés d'Europe. Et quand les mandarins virent finalement toute l'étendue de la Terre, avec l'Amérique et l'Afrique, ces pays qu'ils n'avaient pas même conçus dans leur imagination, ils s'étonnèrent que leur immense pays occupât « une place si petite ». Les jésuites étudièrent la géographie de la Mandchourie et de la Mongolie ; ils mesurèrent la Grande Muraille ; ils préparèrent la carte de la Chine tout entière. Informés de toutes les découvertes astronomiques après Kepler et Galilée, ils pointèrent leurs longues-vues vers le ciel ; ils fabriquèrent des instruments de plus en plus perfectionnés pour l'observatoire de Pékin ; ils calculèrent les éclipses de soleil et furent chargés de la réforme du calendrier chinois. L'un d'eux guérit avec de la quinine la fièvre tierce de l'empereur

Kangxi. Un autre peignit, avec une rapidité et une dextérité que le père Pozzo aurait pu lui envier, le portrait de l'empereur Qianlong plus grand que nature, un seigneur tartare à cheval, décochant une flèche contre un tigre, de grandes scènes de cérémonie ; ou encore, il plia son pinceau aux usages chinois, peignant sur la soie — sans ombres, avec des teintes unies et des lignes très fines — des arbres, des fruits, des poissons, des animaux. Quelqu'un, enfin, fabriqua des jeux d'eau, un lion et un tigre qui marchaient seuls et deux automates à figure humaine qui portaient un vase de fleurs.

L'épisode le plus singulier advint lorsque Kangxi, au faîte du pouvoir et souverainement détaché de tout pouvoir, voulut cultiver la science européenne. C'était l'été, et il habitait dans sa résidence en dehors de Pékin. Tous les matins à quatre heures, le père Thomas, le père Gerbillon et le père Bouvet traversaient en litière la ville encore endormie et la campagne sillonnée de canaux, emportant avec eux des livres d'arithmétique, de géométrie et les *Éléments* d'Euclide. L'empereur les attendait dans son Palais d'été. Ils passaient ensemble deux heures chaque matin et deux heures chaque après-midi, assis l'un près de l'autre sur l'estrade impériale, comme si aucune distance ne séparait le Fils du Ciel et les obscurs messagers d'Europe, tandis que les mots chinois dévoilaient les mystères des théorèmes, des diamètres, des circonférences, des cubes, des sphères et des parallèles qui peuplent l'espace géométrique de l'esprit. Le soir, les trois jésuites rentraient à Pékin, passant une partie de la nuit à préparer leurs leçons du lendemain, et leur élève répétait ce qu'il avait appris avec le zèle d'un écolier appliqué et l'expliquait à ses enfants. Telle était la voie du Christ. Les jésuites avaient compris qu'ils ne pouvaient pénétrer dans ce pays jaloux, tellement épris de symétrie, qu'en faisant appel à la vertu de la précision. Ils devaient mesurer les espaces du ciel, ceux de la terre, ceux de l'esprit ; dessiner les figures parcourues par les astres, les lignes des montagnes, des fleuves et des côtes, les sphères et les cylindres ; et calculer le temps du ciel et celui des hommes. S'ils se montraient exacts comme est suprêmement exact le Dieu qui a créé les astres, les planètes et les comètes, peut-être parviendraient-ils à convertir au Christ ces petits hommes cérémonieux.

Malgré leur vive curiosité pour la vie spirituelle de la Chine, le père Ricci et les missionnaires français ne comprirent pas la richesse de sa religion. Avec une obstination et une ténacité d'hommes des Lumières, ils ne virent dans beaucoup de ses traditions qu'« extravagances » et « superstition ». Les bonzes bouddhistes leur apparurent comme « un ramassis de gens fort vils » : des ascètes médiévaux sauvages et féroces, qui dissimulaient sous une grave apparence toutes sortes de vices et enfermaient dans les souterrains de leurs couvents des jeunes filles enlevées, comme les frères dominicains qu'inventerait, quelques décennies plus tard, l'imagination de Sade ; et ils virent en eux, avec leur robe qui tombait jusqu'aux pieds et leurs longues manches, la contrefaçon démoniaque des religieux chrétiens. Du taoïsme, ils ne connurent presque rien ; et ils méprisèrent la remarquable alchimie chinoise.

La religion chinoise était, pour eux, celle de l'empereur et des mandarins confucéens, qui priaient le Ciel. Ce Ciel leur paraissait tout proche du Dieu qu'ils avaient exalté dans leurs églises et dans leurs livres : le Dieu créateur, qui ne se sépare pas du monde, ne s'enferme pas dans un Néant inaccessible aux regards humains, mais se reflète dans les multiples merveilles de la création. L'empereur Yungzhen avait dit, en des termes admirables : « Il y a entre le Ciel et l'homme un rapport, une correspondance sûre, infaillible pour les récompenses et pour les châtiments. Quand nos campagnes sont ravagées ou par les inondations, ou par la sécheresse, ou par les insectes, quelle est la cause de ces calamités ? Elles viennent peut-être de l'empereur même, qui s'éloigne de la droiture nécessaire pour bien gouverner et qui force le Ciel à employer ces châtiments pour le faire rentrer dans son devoir. Aussitôt qu'on m'avertit que quelque province souffre, je rentre aussitôt dans moi-même : j'examine avec soin ma conduite ; je pense à rectifier les dérèglements qui se seraient introduits dans mon palais. Le matin, le soir, tout le jour, je me tiens dans le respect et dans la crainte. » Cette conviction que la terre est le miroir du Ciel, que tout ce qui survient parmi nous obéit à un ordre providentiel, que tous les éléments historiques manifestent la volonté de Dieu, que les bons sont récompensés et les méchants punis sur terre, que les hommes, s'ils étaient vertueux, seraient également heureux devait tout à la fois émouvoir et troubler les missionnaires jésuites. Rien n'était plus proche de leur foi dans l'harmonie du monde. Mais peut-être étaient-ils trop vieux (ou trop jeunes) pour croire que notre vie est un voile si transparent, et qu'il ne s'y manifeste jamais rien de fortuit, d'absurde, ou de démoniaque.

Grâce à la faveur de l'empereur, les jésuites, inspirés par une foi claire et simplifiée, entreprirent l'évangélisation de la Chine. Nous aimerions mieux connaître les difficultés qu'ils rencontrèrent : comment ils parvinrent, par exemple, à faire accepter le paradoxe de la foi chrétienne — la chute de l'homme, l'incarnation et la rédemption du Christ. Leur rêve était immense. Alors que l'Europe s'éloignait du Christ, ils lui préparaient une nouvelle patrie, là, sur cette terre où il n'avait pas prêché, et qui leur semblait *naturaliter christiana.* S'ils unissaient les vérités religieuses de l'Évangile aux maximes morales de Confucius, s'ils enseignaient la foi à l'empereur vertueux et à la pacifique aristocratie de mandarins philosophes, s'ils joignaient la symétrie chinoise à leur propre passion religieuse, s'ils conjuguaient l'espace, le temps, les rites, les gestes, les couleurs, les sons, les vêtements de l'Occident et de l'Orient, la terre deviendrait, comme le pensait Yungzhen, le miroir transparent du Ciel. Les premiers résultats nourrirent leurs espérances : trois cent mille Chinois se convertirent et, dans les provinces, les églises se multiplièrent. Lorsque le père Parennin pénétra dans la chapelle qu'un prince mandchou avait fait construire dans son palais, tout lui parut plus splendide, vif, brillant et léger que dans une église européenne. Les princes jeûnaient, fréquentaient les sacrements, lisaient des livres pieux, s'agenouillaient modestement dans un coin, fondus dans le peuple « sans être vus sinon de Dieu seul ». « Habitués comme ils le sont à demeurer dans le plus profond respect devant l'empereur, ils se seraient crus infiniment coupables s'ils eussent moins respecté l'auguste sacrifice que les rois et les empereurs offrent au Seigneur Souverain. » Jamais peut-être le rite chrétien n'avait été accompli avec un rythme et une musique aussi harmonieux, que parmi ces hommes amoureux de l'étiquette.

Le grand rêve ne dura guère. En 1724, l'empereur Yungzhen — celui-là justement que les missionnaires jésuites proposaient à l'admiration des souverains européens — leur déclara : « Il ne manquera rien à la Chine quand vous cesserez d'y être, et votre absence ne causera aucune perte. Nous ne tolérerons personne qui violerait sa loi, ou chercherait à détruire ses coutumes. Que diriez-vous si j'envoyais un groupe de bonzes et de lamas dans votre pays pour y prêcher leur loi ? Comment les recevriez-vous ? » Le christianisme fut proscrit ; les églises confisquées ; les fidèles des familles princières et populaires persécutés ; et, dans la seconde partie du siècle, les missionnaires, relégués à Pékin, retournèrent tristement à leurs occupations d'autrefois — réparer des horloges, fabriquer des automates, peindre des portraits de princes et des paysages de soie. En 1773, le pape Clément XIV supprima la Compagnie de Jésus. C'en était fait de la dernière grande utopie européenne : l'Évangile ne se conjuguerait jamais plus avec Confucius ; le Ciel ne se refléterait jamais plus dans la terre ; et quelques années plus tard, l'Europe, possédée par des rêves et des aspirations moins élégantes, serait bouleversée par la Révolution.

Le songe de la chambre rouge

Dans *Le songe de la chambre rouge*[1], la cour impériale est fort éloignée, l'on en franchit rarement le seuil ; de la campagne chinoise, on se souvient à peine ; et les régions du Nord et du Sud — où se livrent les batailles, où les bandits sévissent, et d'où partent tous les trafics — apparaissent de façon si fugitive qu'on les oublie aussitôt. Toute la Chine est concentrée entre les murailles des Jia. Derrière

1. Cao Xueqin est né probablement entre 1716 et 1718, et mort en 1763. Quand il mourut, *Le songe de la chambre rouge* (ou l'*Histoire d'une pierre*), le plus célèbre roman chinois, était inachevé. Il ne fut publié qu'en 1791-1792. [Une traduction française de ce roman a été publiée à la Bibliothèque de la Pléiade, sous le titre *Le rêve dans le pavillon rouge. (N.d.T.)*]

les murs d'enceinte, l'on entrevoit des palais, de hautes salles de réception et d'apparat, des pavillons à étages et balcons, reliés par des galeries suspendues ; tandis qu'à l'arrière-plan, un parc emprisonne la fraîcheur « onctueusement humide » de la nature dans la majesté de ses frondaisons, de ses collines et de ses architectures de rochers précieux. Notre aventure est d'abord un voyage dans l'espace : comme les invités, nous déambulons à travers les palais et le parc, craignant de nous y perdre ; nous traversons un labyrinthe de galeries, de salles, de cours et de courettes, de corridors ; tout resplendit de feux, de luxe, de grâce ; et de toutes parts vient à notre rencontre une famille innombrable : à sa tête, l'Aïeule pleine de vie, puis des seigneurs, des dames, des concubines, des jeunes filles, des enfants, des parents proches ou lointains, et une foule de laquais, de valets, de caméristes, de cuisinières, de serviteurs, entre lesquels se tisse un réseau infini de relations que cet immense roman prétend reconstituer avec l'art le plus minutieux.

Notre première impression de ce monde particulier, c'est que les hommes en sont absents. Ils vivent au loin : certains à la recherche de l'immortalité, d'autres au service de l'État ; certains commercent ; d'autres s'abandonnent à leurs fureurs sexuelles. Tous les palais et les pavillons des Jia, et leur parc, regorgent de fards et de psychologie féminine : la vitalité, la passion, l'hystérie, la beauté, la ferveur, l'élégance, la précision des femmes imprègnent chaque recoin du plus subtil, du plus tenace des parfums. Les femmes bavardent, comme elles seules savent le faire : de la qualité d'un thé venu du Siam, des mérites et des défauts des romans, des types de draperies dont on pourrait voiler les fenêtres — bleu ciel après la pluie, brun automnal, vert grisé, vermeil — et des innombrables petits faits de leur existence recluse. C'est un bavardage volubile, comme dans *Anna Karénine* ; et au babillage triomphant des dames font écho le babillage et les querelles des alertes soubrettes, oisives et médisantes, assises au seuil des portes, sur les rochers ou au bord des cours d'eau. Quel enchantement, pour nous, que ce monde exclusivement féminin — l'écho des pas dans les salles et les jardins, l'éclat des rires, le bruissement de robes toujours nouvelles, et les pierres précieuses, les perles, les phénix brodés, les cercles d'or qui soulignent la beauté des formes ! La vie que l'on mène auprès de ces femmes n'a pas de secrets pour nous. Nous connaissons l'épaisseur des tapis, le poids des draperies d'or et des brocarts, les ingrédients d'une potion, chaque mouvement d'une partie d'échecs ; nous savons comment on boit le thé ou mange le riz, qui raffole du poisson, qui préfère le flan aux œufs, le caillé de soja ou les beignets de grenouilles marinées, ou encore l'armoise sur la viande de porc.

Au cœur de ce lieu hors du monde, la fantaisie architecturale de Cao Xueqin a inventé un lieu plus secret encore : le jardin de la « Vue totale », où Baoyu vit aux côtés de ses cousines et de leurs suivantes, qui incarnent son désir d'une existence féminine. Le jardin est construit comme une œuvre d'art, à partir du même calcul des masses, des proportions et des distances : l'art imite la totalité du cosmos, créant le paradis sur terre, lequel reflète à son tour le monde céleste que Baoyu a un jour entrevu en songe. Le jardin est planté de saules pleureurs, qui déploient les longues mèches dorées de leur chevelure, voilant le soleil, et de pêchers dans leur nuage de cinabre, d'abricotiers chargés de fruits pas plus gros que des fèves, de pommiers en forme d'ombrelles, d'ormes, de bananiers, d'hibiscus, de grenadiers ; de tonnelles d'églantines, de berceaux de pivoines arborescentes, de glycines ; et des plantes rares s'accrochent en grappes ou en festons au bord des toits, ou ondulent le long des escaliers. L'eau est partout : dans un ruisseau limpide qui serpente parmi les herbes, un étang entouré de balustrades de pierre blanche, une rivière souple et sinueuse comme un dragon, éclairée par des lanternes de nacre et de plumes. Entre la verdure et l'eau s'élèvent de fausses demeures de paysans, un monastère de nonnes bouddhistes, un couvent de religieuses taoïstes, et enfin les pavillons et les kiosques, aux pièces pleines de miroirs, de niches, d'artifices et d'illusions théâtrales, où Baoyu et les jeunes femmes mènent leur existence de rêve.

Ce qui se passe dans le jardin pourrait être le sujet d'un tableau chinois. Une jeune fille ivre est assoupie sur un banc de pierre ; autour d'elle s'effeuillent des pivoines, si bien que ses cheveux, son visage, ses vêtements et son éventail sont recouverts de pétales rouges et parfumés ; une multitude d'abeilles et de papillons bourdonnent autour d'elle, enveloppant son sommeil d'une fine musique printanière. Il fait chaud. Dans la grande demeure des Jia, maîtres et serviteurs laissent leurs esprits vitaux céder à la lassitude accablante de cette journée de juillet. Les servantes somnolent, une aiguille enfilée à la main ; les oiseaux se taisent sur les branches ; Bracelet d'or est assise, les yeux mi-clos, dodelinant de la tête, tandis que Baoyu, les mains dans le dos, s'approche tout doucement, la regarde, effleure l'une de ses boucles d'oreilles, et sent le désir l'envahir. « Tu as donc bien sommeil ? » lui murmure-t-il, et il voudrait la garder pour lui. Puis il poursuit sa promenade. Parvenu au berceau de rosiers grimpants, il écoute un bruit léger de sanglots étouffés : il s'arrête, regarde entre les feuillages et les roses, et voit une toute jeune fille recroquevillée, qui gratte le sol de la pointe d'une épingle, traçant toujours le même caractère, et qui pleure. Il la reconnaît : c'est une petite actrice qui joue au palais ; ses sourcils légèrement arqués ont la convexité des collines printanières, tandis que dans ses yeux semblent ondoyer les flots des vagues automnales. Le temps passe ; le ciel d'été fraîchit et s'assombrit, une ondée vient baigner les berceaux de roses. Baoyu demeure immobile, contemplant la jeune fille qui écrit peut-être le nom de son amoureux inconnu, et voudrait partager ses tourments d'amour.

Vient l'hiver. Quand Baoyu se réveille, les fenêtres voilées sont baignées d'une clarté qui attire le regard : la neige, pendant la nuit, s'est amassée sur le sol. Partout s'étend la même blancheur sur laquelle se détachent, au loin, le vert sombre des pins et le bleu céruléen des bambous. Il lui semble vivre enfermé dans un coffret de verre. À peine Baoyu a-t-il contourné le flanc de la colline qu'une bouffée de parfum l'enveloppe : il aperçoit, dans la cour du couvent, des pruniers des frimas, dont les fleurs ont l'incarnat du rouge à lèvres et brillent d'un vif éclat. Toutes les jeunes filles sortent des pavillons ; elles portent des chaussures de cuir de Russie, des capuchons, des robes de zibeline et de marmotte ; et elles déploient, sur la blancheur de la neige, leurs manteaux de feutre et d'alpaga écarlate. Nous sommes proches du secret de ce monde féminin : froid et blanc comme le *yin*, d'un rouge ardent comme le fard et l'imagination sensuelle qui fleurit dans les gynécées.

Au cœur de l'eau et de la verdure, du blanc de la neige, du rouge des fleurs et des manteaux, se déroule une aventure qui engage tout le destin de la civilisation chinoise. La Chine avait toujours conçu le cosmos comme un jeu de principes opposés : le *yin* et le *yang*, le féminin et le masculin, la lune et le soleil, l'ombre et la lumière, le froid et le chaud, l'hiver et l'été, l'eau et le feu, la terre et le ciel, le blanc et le rouge, le grave et l'aigu, la passivité et l'activité, le vrai et le faux, le rêve et la réalité. Le *yin* et le *yang* s'attiraient mutuellement : chacun précédait l'autre, et du mouvement incessant des contraires naissait l'harmonie de l'univers. Cao Xueqin conserve partiellement cette antithèse traditionnelle : il voit par exemple, dans le *yin* féminin, le triomphe du principe aquatique mobile et passif et l'incarnation du principe lunaire, froid et mélancolique, auquel sont consacrés de merveilleux chapitres de son roman. Mais il modifie en partie cet équilibre. Toute la lumière provient du limpide univers féminin, tandis que du monde masculin, qui se concentre sur les activités et les rites confucéens, n'émanent que ténèbres ou une lumière pâle et sinistre. Les valeurs légères, claires et aiguës de l'existence deviennent *yin*, cependant que le poids de la terre, qui avait toujours appartenu à la femme, est attribué au *yang*.

Naguère pôle nécessaire d'une mouvante contradiction, le monde masculin devient ainsi un monde négatif : fange, ennui, lieux communs, sourcils hérissés, barbes virilement hirsutes, comme dit Baoyu. Développant les prémisses du *Tao-tö-king*, Cao Xueqin construit l'utopie d'une vie exclusivement *yin* : les jeunes filles du gynécée, avant que leur éclat n'ait subi la corruption de la réalité et du mariage, les songes et les illusions des pavillons rouges. « Une jeune fille avant le mariage, dit Baoyu, est une perle merveilleuse, d'une valeur inestimable ; une fois mariée, c'est encore une perle, mais privée de son éclat le plus précieux, une perle morte ; et lorsqu'elle vieillit, elle n'est plus du tout une perle, mais un œil de poisson crevé. » Jamais l'âme féminine de la Chine, enclose dans le Jardin d'utopie, n'avait été exprimée avec tant de délicatesse : au Ciel, les dieux eux-mêmes ont un aspect exclusivement féminin. Avec un moins grand artiste que Cao Xueqin, cette métamorphose aurait pu déboucher sur une idylle ; pour lui, c'est une tragédie effroyable. Il a compris qu'il n'était plus possible de vivre dans le principe masculin, mais seulement dans le féminin : sous la lune et non sous le soleil, dans le rêve et non dans la réalité. Toutefois il sait également que le choix du *yin* contre le *yang* détruit l'harmonie symbolique de la vie, en brisant le mouvement ininterrompu de l'univers. Ainsi la Chine, blessée au cœur, ne peut-elle que décliner — lentement, très lentement — avec toutes les splendeurs, les suavités, d'un crépuscule plein de douceur, mais décliner à jamais.

Les aventures terrestres de Baoyu s'ouvrent sur un double « prologue au ciel » qui confère un arrière-plan surnaturel aux moindres événements quotidiens et les accompagne de résonances symboliques. Mais on aurait tort de croire que le ciel est quelque chose de différent de la terre. Le ciel n'est qu'une terre plus lumineuse et plus luxueuse, où les parfums se mêlent à la résine des arbres perlifères des forêts magiques, où l'on infuse le thé dans la rosée nocturne des fleurs et des feuilles surnaturelles, où les *toilettes** conservent des traînées de fard, où les déesses de l'amour et du désenchantement sont des doubles, plus charmants, des femmes terrestres.

Comme dans un mythe bouddhiste et gnostique, l'histoire de Baoyu est celle d'une faute originelle et d'une chute. La faute demeure obscure pour les lecteurs et, peut-être, pour Cao Xueqin. Aux premiers temps du monde, Baoyu est une pierre multicolore, que la déesse Nügua laisse de côté lorsqu'elle répare la voûte céleste ébréchée par les assauts des puissances démoniaques. Sa chute, c'est d'avoir voulu s'incarner parmi nous, là où la joie et la douleur, le bien et le mal obscurcissent la pure béatitude d'au-delà des contraires. Ainsi parvient-il parmi les Jia, sous la forme d'un jade « changeant comme les vapeurs lumineuses du couchant », entre les lèvres de Baoyu nouveau-né, dont il est à la fois l'archétype et le protecteur. Malgré la faute et la chute, il reste une créature d'élection. De tous les nombreux personnages du roman, il est le seul (avec Daiyu) dont nous connaissions la préhistoire céleste : lui seul est visité, en songe, par les visions et les révélations de l'au-delà ; et tous les personnages sont en extase devant la grâce, la légèreté presque aérienne, le lumineux rayonnement de sa figure.

Tout entier voué au *yin*, Baoyu déteste les valeurs de l'éthique confucéenne : la vénération de la réalité, le contrôle du comportement, l'utilisation pratique de la littérature, le respect de l'autorité et de la bureaucratie, la vie officielle. Le texte qu'il lit le plus volontiers est le *Tchouang-tseu*, avec son refus de la loi, de la morale et de la raison ; et c'est de ce sublime modèle de légèreté que tente de s'inspirer sa propre légèreté juvénile. À l'âge de un an, il révèle ses aspirations intimes. À peine son père lui présente-t-il des objets, qu'il tend la main pour saisir les boîtes de fard et de poudre, les boucles d'oreilles et les épingles à cheveux, avec lesquelles il se met à jouer. Adolescent, son plus grand bonheur est de respirer le parfum qui s'exhale des chambres du gynécée. Il aime lécher le rouge à lèvres ; il coiffe volontiers ses servantes ; il se lave dans les eaux qui ont baigné le corps des jeunes filles ; et il possède la même compétence dans l'art des poudres et des fards qu'en matière de littérature et de peinture. Mais ce n'est pas un libertin. Son désir n'aspire pas à la possession sexuelle : sa luxure tendre et rêveuse investit tout l'univers féminin, lequel est tout entier imprégné de parfum érotique, sans se séparer en corps bien distincts.

Dans le jardin, Baoyu connaît la plénitude de la nature féminine. Il aime deux cousines, qui forment à elles deux la femme totale : Daiyu symbolise la naissance et la mort des plantes, Baochai la froide splendeur de l'or ; Daiyu est la névrose passionnelle et nocturne, Baochai la douceur rationnelle et maternelle ; la première aime la poésie et l'irréel, la seconde accepte la réalité ; et c'est ainsi qu'à l'infini s'opposent en elles vigueur et fragilité, désir de mort et désir de vie, amour douloureux et amour conjugal, orgueil démesuré et conscience de soi. La même antithèse oppose les deux servantes favorites, Bouffée de Parfum et Nuée d'Azur. Baoyu voudrait vivre dans le songe *yin* du jardin, entouré de jeunes filles, en arrêtant le temps pour éloigner l'odieuse maturité, la vieillesse repoussante, jusqu'à l'heure de sa mort ; et alors il voudrait que toutes les jeunes filles fassent cercle autour de lui et que « des larmes que verseraient sur moi tous vos yeux, un grand fleuve se forme, qui emporterait dans ses flots ma dépouille, pour l'aller déposer en un lieu secret et solitaire ». C'est là, pour lui, la seule vie heureuse, qui lui rappelle le monde céleste, bien qu'un bonheur parfait ne soit pas possible, car chaque instant passé dans le Jardin est empreint de la sensation douloureuse du transitoire. Il sait, sans se l'avouer, que cette existence ne peut durer. Il sera chassé du gynécée ; et dehors, dans la vie réelle, il sera abandonné par la totalité féminine.

Avec sa conscience exclusivement *yin*, Baoyu est une figure déchirée ; aussi connaît-il des sensations qui échappent aux esprits entiers et harmonieux. Il aime le jeu. Feu follet excentrique et capricieux, aimable Narcisse, il savoure tous les plaisirs artificiels du jardin : il lit des textes poétiques, s'exerce à la calligraphie, joue de la cithare, peint, compose des vers, brode des phénix, participe à des danses sur l'herbe, se couvre de fleurs, déclame et chante ; et lorsqu'il aperçoit les visages légèrement poudrés de blanc et de rose des jeunes acteurs, leurs lèvres qui semblent teintes du plus pur carmin, leur fraîcheur veloutée de fleurs de lotus, il croit entrevoir l'absolu de la grâce terrestre. Il déteste agir : son plaisir suprême est de vagabonder paresseusement dans le parc, car ainsi il adhère plus mollement, plus passivement aux choses. Nul ne possède une pareille délicatesse de sensations : son âme est une caisse de résonance, où toutes les émotions, toutes les passions rencontrent un écho. Il aimerait vivre heureux, au comble de la joie, en éloignant de son esprit toute pensée du déclin, mais sans cesse l'idée que les choses passent, que les fleurs se fanent, que les cheveux sombres des jeunes filles se teinteront d'argent et que les hommes meurent, vient à nouveau le frapper ; alors il souffre, il pleure et partage toutes les douleurs des autres, avec une pitié, une compassion si poignantes que sa figure rappelle, pour certains, celle du prince Mychkine dans *L'Idiot.* Il vit dans le rêve et de rêves : l'autre monde lui envoie continuellement ses révélations, bien plus lumineuses que celles qu'il reçoit de notre terre.

L'existence harmonieuse de Baoyu dans le jardin dure quelque temps : devant le ciel limpide et serein, qui illumine les arbres et les pavillons « égayés de rouge », l'on imagine parfois que rien ne viendra dissiper cet Éden. Mais on ne peut prolonger l'adolescence. On ne peut vivre toujours de jeux, de vagabondages, de tendresse et de compassion. Saisie d'horreur devant la sexualité, la mère veut bannir son fils du jardin, parce qu'elle y voit un lieu de corruption ; elle chasse les servantes : Nuée d'Azur meurt de phtisie. Les jeunes filles commencent à se marier. Baoyu s'attarde à contempler les fenêtres et les vérandas des pavillons abandonnés, les paravents et les rideaux des pièces de service, où ne sont restées que de vieilles servantes — tandis que dans les cours, toute la végétation des plantes vertes, courbée et fouettée par le vent, semble pleurer l'absence de son maître. Puis tout se précipite. La floraison inexplicable d'un pommier desséché est annonciatrice de malheurs. Baoyu perd le jade miraculeux et devient un automate hébété. Daiyu veut se laisser mourir et va trouver son bien-aimé pour la dernière fois : aucun des deux ne prononce une parole, n'esquisse un geste, ils restent assis l'un en face de l'autre, riant d'un petit rire idiot ; puis la jeune fille retourne dans son pavillon, cruellement abandonnée de tous, brûle ses poèmes et meurt au moment même où Baoyu épouse Baochai affublée de ses propres vêtements. Les deux femmes passionnelles et nocturnes ont donc quitté la terre. Le grand rêve *yin*, blanc comme la neige et rouge comme les lèvres des jeunes filles, a été détruit par le temps et les hommes. Dans le jardin abandonné souffle le vent glacé de l'hiver, voleurs et fantômes se déchaînent, une atmosphère sinistre répand des esprits chargés de menaces ; et « les altiers belvédères, les hauts édifices, les galeries aériennes, les pavillons de porphyre aux terrasses d'agate » sont abandonnés aux oiseaux et aux bêtes sauvages.

Au cours du livre, un moine bouddhiste et un moine taoïste descendent du ciel sur la terre, intermédiaires entre le ciel et nous. L'on dirait des personnages grotesques, des figures de farce ; mais à peine ont-ils posé le pied chez nous, en éclatant d'un rire moqueur, qu'une bouffée de vide, un frisson d'irréalité et de vanité nous glace jusqu'à la moelle des os et nous invite à rompre nos attaches terrestres. Baoyu lui aussi, à la fin de son adolescence, perçoit ce frisson glacé. Son Tchouang-tseu bien-aimé lui rappelle qu'il faut redonner vie en nous, en échappant à la fange, aux passions, aux entraves de ce lieu de poussière, au « cœur du nouveau-né tout nu », « stade du grand principe originel ». C'est ainsi qu'un jour, aussitôt après avoir remporté les odieux concours confucéens, il disparaît. Tous le cherchent vainement : nous ne savons même pas s'il s'est simplement retiré du monde, ou s'il a carrément glissé *de l'autre côté*, dans le royaume du Grand Vide. Il ne cultive plus désormais le désir des chambres rouges et ne souffre plus de la douleur des autres ; mais il n'a pas radicalement changé, car la passivité irréelle de sa vie dans le Jardin préfigurait déjà son actuelle passivité mystique : l'on peut aussi parvenir au Tao à travers l'esprit du jeu. À la fin, le jade est ramené à son lieu d'origine, sur le pic des Crêtes Vertes, où la déesse Nügua avait réparé la voûte céleste ; et, après trois mille pages de réalité et d'illusion, le roman se referme sur lui-même, comme une sphère.

Tandis que d'enchantement en enchantement, nous parcourons l'immense roman, nous nous demandons à partir de quel point de vue Cao Xueqin a écrit son livre, quel œil il pose sur son monde. Le premier regard de Cao est celui des moines qui, du ciel, arrivent sur terre. Toute notre vie — rêve et réalité, amours, passions, désirs — est vaine et illusoire : guère plus consistante que le jeu des nuages que le vent assemble capricieusement dans l'air. Cao raconte l'histoire d'un déclin : les pétales de rose qui s'effeuillent, une grande famille en décadence, le jardin que l'on ferme, la Chine qui s'éteint et s'adresse à elle-même un tendre et tragique adieu. Les personnages meurent avec une extrême facilité : l'existence est chose si fragile qu'y renoncer et s'aventurer dans le royaume du Grand Vide ressemble à une promenade nonchalante entre neuf et dix heures, dans le parc des Jia. Mais Cao Xueqin a aussi le regard de Baoyu adolescent. Notre vie si vaine est également pleine de charmes : si belle et radieuse que les dieux eux-mêmes l'imitent dans leur séjour. Amoureux de la surface des choses, Cao Xueqin l'observe, la représente, comme si rien d'autre n'existait ; il prend note du moindre événement, enregistre chaque heure, chaque minute, fixe le périssable, consigne tous les usages, toutes les modes, toutes les coutumes de la Chine, en une admirable encyclopédie vivante.

Ainsi, dans *Le Songe de la chambre rouge*, passe le souffle des anciens textes taoïstes, si éloignés de la pensée occidentale. Cao Xueqin connaît au même instant la plus profonde adhésion aux choses et le plus profond éloignement des choses : il est fasciné par la réalité et demeure profondément détaché d'elle. Avec quelle minutie sont représentées toutes les apparences ! Chaque phase des actions est présente, tous les objets particuliers sont évoqués ; et pourtant, cette représentation est aussi légère qu'un papier vélin, ou que ces pétales de rose séchés que Daiyu ensevelit dans le jardin. Rien ici de la violence avec laquelle un romancier occidental prend voracement la réalité à bras-le-corps et en donne un équivalent ; pas de raccourci, de synthèse ou de profondeur, mais un éternel « premier plan » où évoluent également personnages principaux et seconds rôles. Nous avons parfois l'impression que, si nous fermions un instant les yeux, cette immense fresque retournerait aussitôt au néant dont elle est issue.

La signification de l'œuvre réside peut-être en une phrase du dernier chapitre, où l'on nous dit que ce livre a été écrit « afin que les hommes apprennent que le merveilleux n'est pas merveilleux, que le banal n'est pas banal, le vrai n'est pas vrai, le faux n'est pas faux ». Comme le Tao, Cao Xueqin est en quête d'une forme suprême, qui introduirait le merveilleux dans le banal, le vrai dans le faux, l'irréel dans le réel, le mystique dans l'illusoire, le vide dans le plein, l'infini dans le fini ; et chaque contraire prend la place de l'autre, en un jeu de miroirs qui n'a pas de fin. L'un des thèmes centraux du livre est celui de la spécularité des choses. Chaque thème a son reflet, comme Baoyu rêvant de son sosie, le Baoyu « réel » : il rêve qu'il a un parc identique au sien, des caméristes comme les siennes, un pavillon comme le sien, une cousine malade comme la sienne ; cependant que son sosie a fait le même rêve et dit avoir pénétré dans le pavillon du Baoyu « illusoire », et l'avoir vu en proie à un songe.

Il n'est peut-être aucun romancier occidental qui possède l'objectivité de Cao Xueqin : son œil clair et compréhensif, qui fond douceur et sévérité dans l'objectivité de la justice ; son intelligence qui masque le caractère implacable du destin sous la suave douceur de ses manières. Il ne prend pas parti, ne condamne pas : il accepte la réalité, parce qu'un grand artiste ne peut faire autrement ; et il ne commente jamais, ne fait pas entendre sa voix, s'efforce de disparaître en tant que narrateur, car sa seule tâche, il le sait, est d'offrir un miroir multicolore et symbolique aux demeures et aux jardins de l'univers. De son allure très lente, égale et minutieuse, il raconte la vie des Jia, l'histoire du *yin* et du *yang* ; rien, jamais, de rapide ou de dramatique ; les nombreux événements tragiques se fondent eux aussi dans la fluidité inaltérable du récit ; le temps atmosphérique est consigné avec une extrême précision, nous souffrons des rigueurs de l'hiver, des chaleurs de l'été ; et pourtant l'on dirait que le temps ne passe jamais, que Baoyu ne grandit pas et que la vie dans le Jardin est inaltérable et éternelle, seule existence possible sur terre. Quoique l'intrigue soit construite avec une rare maîtrise, dans l'immense zone centrale du livre, il ne se passe rien : tous les événements de la réalité sont tenus à distance, l'Histoire ne laisse pas de traces ; seule la pure existence, inaltérée — petits faits fondus en un tissu mélodique compact — inspire sans fin la délicatesse de la pensée de Cao. Ainsi, c'est l'ambition même de la littérature moderne après Tchekhov qui a été réalisée dans ce livre, dans cette cathédrale inachevée, par un grand artiste qui assurait l'avoir écrit par jeu, « pour tromper l'ennui des soirées pluvieuses, assis à sa table devant la fenêtre, sous la lampe, en compagnie de deux ou trois amis, de même humeur que lui, et rassasiés comme lui d'*arak* et de riz ».

QUATRIÈME PARTIE

EN ISLAM

Allah, le miséricordieux

Les hommes sont comme des enfants qui assistent à un spectacle de marionnettes. Le mystérieux rideau s'ouvre, les marionnettes de chiffon s'avancent sur les tréteaux de bois ; elles dansent, parlent, crient, se lèvent et s'asseyent, interprétant, pour la plus grande joie de leurs petits spectateurs, l'histoire d'*Aladin* ou d'*Ali Baba et les quarante voleurs.* Les enfants assis dans la pièce admirent les poupées de chiffon et croient que ce sont elles qui parlent et dansent, connaissent l'amour et la haine, la joie et la douleur. Les regards de ces bambins sont aveugles. Dans l'obscurité du soir, ils ne voient pas les fils, aussi fins que des cheveux, que le montreur de marionnettes tient dans ses mains expertes. Seul un initié est assis parmi eux. Ses yeux contemplent ces fils impalpables comme des toiles d'araignée, qui sont attachés, à une extrémité, aux figures de chiffon

— nous-mêmes, créatures de chair et de sang — tandis qu'à l'autre ils se perdent dans le ciel. Là-haut, les anges tiennent dans leurs mains les fils invisibles ; et ils regardent au-dessus d'eux, dans l'attente des ordres que le capricieux et tout-puissant Montreur de marionnettes voudra bien leur donner.

Autrefois, le monde n'existait pas : Allah était un « trésor caché », dissimulé dans les profondeurs de son propre mystère, inconnu même à lui-même, enveloppé dans les ténèbres de l'indistinction. Quand il voulut se connaître, il créa le monde. Dieu émergea des régions du mystère pour briller sur les horizons — telle l'idée rare qui obsède l'esprit d'un écrivain et s'efforce par tous les moyens de s'exprimer dans le jeu des mots. Aujourd'hui, tout ce que nous voyons est une image de lui. Le domaine infini des corps, les arbres, les hommes, les lumières, les ombres sont autant d'aspects de son unique visage. Dieu est le cloître où se réfugie le moine chrétien, le temple où l'on vénère les idoles, le pré où paissent les gazelles, la Kaaba devant laquelle le pèlerin se prosterne, les Tables où a été inscrite la Loi mosaïque, le Coran inspiré à Mahomet. Nous croyons agir sur la scène de la terre : alors qu'il est l'unique acteur, l'âme secrète des marionnettes qui parlent et gesticulent sur les tréteaux de bois. Nous croyons voir, parler et écouter : alors qu'il est l'œil qui voit et la chose vue, l'oreille qui écoute et la parole prononcée.

Allah ne s'est pas incarné comme le Dieu chrétien. Il est seulement « entré » dans les formes créées, comme une image « entre » et se reflète dans un miroir. Celui qui contemple les choses ne connaît pas la lumière divine : il la voit déformée et transformée, de même que la lumière qui pénètre dans un filtre de verre coloré se teinte de jaune ou de rouge. Notre monde est l'ombre par rapport à la personne, la figure reflétée par rapport à l'image, le fruit par rapport à l'arbre. Le ciel n'est qu'un point tracé par la plume de la perfection de Dieu ; la terre est un bouton dans le jardin de sa beauté, le soleil une modeste lumière émanée de sa sagesse, la voûte céleste une bulle dans la mer de sa toute-puissance. Aussi le croyant, qui s'élance vers les formes créées pour connaître Dieu, rencontre-t-il la plus atroce des désillusions : car le monde est un voile qui nous dérobe le divin visage. Nous ne savons pas s'il en est ainsi parce que le voile est trop épais ; ou parce que la manifestation de Dieu est si intense, la révélation si lumineuse que notre œil en est aveuglé, comme l'œil des chauves-souris qui, le jour, ne voient pas à cause de la faiblesse de leur vue. Bien que Dieu se manifeste en toutes choses, il est dissimulé et absent, et nous rêvons vainement d'une pleine révélation. Bien que tous les êtres portent son empreinte, nous ne pouvons distinguer aucune trace qui nous mène jusqu'à lui. Il habite infiniment loin.

Personne ne le connaît, pas même la voûte céleste. Comment pourrait-elle savoir ce qu'il y a derrière le voile, elle qui, depuis des millions d'années, tourne impuissante devant son seuil ? Si le ciel ne le connaît pas, nous pouvons moins encore le connaître. Nos sens ne le perçoivent pas ; notre intelligence ne peut le définir ou le comparer ; les substantifs et les adjectifs des langues humaines sont impuissants à exprimer même l'ombre la plus lointaine de sa nature. La raison demeure interdite dans son amour passionné pour lui, l'esprit déconcerté, l'âme désolée, le cœur ensanglanté de son propre sang. La seule connaissance que nous puissions avoir de Dieu est la conscience que nous ne pouvons le connaître. « Ne sais-tu pas, dit-il un jour, que c'est déjà comprendre que d'en être incapable ? Savoir que tu es exclu de notre Présence, cela doit te suffire, toi qui es incapable de contempler notre Majesté comme notre Beauté. » Celui qui désire connaître Dieu doit renoncer à lui, et s'exiler sans pensées, sans paroles, dans l'ombre lointaine et endeuillée du crépuscule. Ce renoncement est notre salut. Dès que nous renonçons à nous exprimer, Dieu s'empare de nos paroles, les efface, nous efface nous aussi et fait surgir, sur le vide mélancolique de notre crépuscule, la vive lumière de son Orient.

Quiconque considère le comportement d'Allah selon des critères humains le trouve imprévisible et absurde. Dans la nuit noire comme le corbeau, il dépêche un enfant muni d'une lampe ; puis il suscite un vent rapide et lui dit : « Lève-toi et va éteindre cette lampe » ; enfin il appelle l'enfant en chemin et lui demande pourquoi il l'a éteinte. Ou bien il jette un homme à la mer, les mains attachées dans le dos, et lui crie : « Fais attention ! Prends garde que l'eau ne te mouille. » Il nous impose des règles de comportement, et ignore les règles qu'il nous a imposées. Il n'a aucune obligation envers nous : pas même celle d'être juste. S'il nous accorde sa grâce et ses bienfaits, il ne le fait pas par devoir ; s'il récompense nos actions, il ne le fait pas parce qu'il se sent lié par une obligation, mais seulement parce qu'il aime être généreux. Parfois, il prodigue cent caresses à un homme, et en abat un autre de cent coups de fouet, sans que le premier ait accompli un seul acte pieux, ni que le second ait péché. Parfois il fait souffrir, tourmente, détruit un innocent à la seule fin de démontrer qu'il est l'unique Seigneur de son royaume.

Si nous le connaissions vraiment, nous aurions peur de lui et non de nos péchés. Un jour, il dit à David : « Crains-moi comme tu crains le lion féroce. » Allah est semblable au lion par la violence, l'élan, la force, la terreur qu'il inspire, et parce qu'il agit comme il agit, et ne s'en préoccupe pas. Quand il nous tue, son cœur ne souffre pas de notre mort. S'il nous épargne, il ne le fait pas par pitié pour nous : nous sommes trop méprisables pour mériter même une pensée. Celui qui vit contre lui connaît le feu des charbons ardents sur sa poitrine martyrisée. Celui qui vit avec lui est exposé à des épreuves nombreuses, comme les grains de sable du désert, les gouttes dans le tourbillon de la pluie, les feuilles sur les branches. Il n'en finit pas de nous surprendre. Après nous avoir assaillis avec la force du lion, il nous trompe avec l'astuce du serpent. Quand Satan fut condamné, Gabriel et Michel pleurèrent. Dieu leur dit : « Pourquoi pleurez-vous ? » Les archanges répondirent : « Seigneur, nous craignons tes pièges. » Et Dieu dit : « Vous avez raison. Ne vous croyez jamais à l'abri de mes ruses. »

Comme le Dieu de la Bible, Allah est jaloux. S'il voit le cyprès se dresser vers le ciel, orgueilleux de sa grâce, il le jette à terre. Dès que le soleil atteint le zénith, il le précipite dans l'humidité du couchant ; et si le disque lunaire resplendit dans sa plénitude, il lui impose de décroître. Il ne supporte pas que nous consacrions à d'autres — père et fils, époux et épouse — une partie de notre amour. Quand Jacob et Joseph se retrouvèrent, le père dit au fils : « Lumière de mes yeux, toi qui as fait couler tant de larmes sur mon visage, toi qui m'as précipité dans la demeure de la douleur, toi qui as allumé un incendie dans mon âme, tu as longtemps vécu sans te soucier de moi, comme si tu ne m'avais jamais connu. Pourquoi ne m'as-tu pas écrit une seule lettre ? Comment as-tu pu me laisser dans le chagrin, sans nouvelles ? » Joseph se tourna vers son serviteur : « Va chercher les lettres », lui dit-il. L'homme obéit et apporta des milliers de feuilles, en tête desquelles il était écrit : « Au nom du Seigneur » ; le reste était blanc comme la neige. Joseph dit à son père : « Les lettres que tu vois t'étaient adressées. Mais chaque fois que j'en finissais une, un vent céleste effaçait les mots que j'avais écrits au nom du Seigneur. Le papier reprenait sa couleur de lait, l'écriture disparaissait sans laisser de traces. Un jour, Gabriel m'apparut. "N'écris plus un mot à ce vieillard, me dit-il. Si tu le fais, l'écriture noire comme la poix disparaîtra, et la feuille reprendra sa blancheur." »

Et pourtant ce Dieu lointain, ce Dieu caché, ce Dieu inconnaissable, ce Dieu absurde, ce Dieu de la force et de la terreur, se tient à nos côtés et nous aime. Nous le croyons perdu dans les lointains des cieux, protégé par soixante-dix mille voiles de lumière et de ténèbres ; et il nous est plus proche que la veine de notre cou, que notre souffle, que notre image reflétée dans le miroir ou que la bien-aimée auprès de qui nous dormons. Il connaît un chemin secret pour atteindre le cœur de chacun. Sa miséricorde est pareille à une mer que rien ne borne. Si nous lavions dans cette mer les souillures de tous les pécheurs, son eau resterait limpide comme celle des sources ; et si nous en donnions un verre à chacune des créatures terrestres, son niveau ne baisserait pas d'un millimètre. Il a dit : « Si vous venez vers moi en marchant, c'est en courant que je viendrai vers vous. » Il se fait connaître de ses fidèles, les pousse à lui obéir et dépose dans leur cœur les germes de l'amour de lui, sans qu'ils l'aient en rien mérité. Lorsque nous entendons accomplir une bonne action, l'ange l'inscrit sur son parchemin avant que nous ayons agi ; et si nous l'accomplissons, il en inscrit dix. Puis Dieu la multiplie sept cents fois, en la faisant inscrire sur le grand livre du Destin.

Allah accueille même les pécheurs dans son paradis, comme s'ils l'avaient toujours aimé et vénéré. Un homme marchait sur la route qui mène à l'enfer. Les anges gardiens, qui de son vivant marchaient sans être vus devant et derrière lui, étaient maintenant visibles comme des policiers et criaient : « Va, chien, dans ton chenil. » L'homme regardait derrière lui, vers la présence sacrée de Dieu ; et ses larmes ruisselaient comme une pluie d'automne. Il n'avait au cœur qu'une pure espérance. Dieu lui dit : « Ô homme sans mérites, n'as-tu point vu le sombre parchemin de tes péchés ? Qu'espères-tu ? Pourquoi t'attardes-tu ? » Il répondit : « Seigneur, tu sais que je suis mille fois pire que tu ne l'as dit ; mais par-delà mes efforts et mes actions, par-delà la bonté et le mal, la foi et l'infidélité, par-delà le choix d'une vie juste ou d'actes de désobéissance, j'avais une grande espérance en ton amour. Je m'en remettais à ta grâce pure, et ne regardais pas à mes œuvres. » Alors Dieu dit aux anges : « Ramenez-le, car il n'a jamais perdu espoir en moi. J'effacerai ses fautes. Je l'embraserai comme un bûcher, et je consumerai son péché, la nécessité et le libre arbitre. » C'est cette même douceur et cette même bienveillance qu'Allah exerce à l'égard des infidèles. Quand un adorateur du feu répandit du millet sur la plaine couverte de neige pour que les oiseaux s'en nourrissent, Dieu apprécia son geste et lui fit don de la foi. Ainsi ces grains de millet répandus dans la neige vinrent germer dans son cœur.

Si quelqu'un se demande pourquoi la miséricorde d'Allah nous permet de pécher, il répond par cette parabole : « Un ascète tournait autour de la Kaaba, par une nuit pluvieuse et sans lune, où toute trace de Dieu semblait disparue du monde. Près de la porte du sanctuaire, il s'arrêta et dit : "Mon Seigneur, préserve-moi du péché, afin que je ne me rebelle jamais contre ta volonté." Une voix qui venait du cœur de la Kaaba lui murmura : "Ô Ibrahim, tu me demandes de te préserver du péché, et tous mes serviteurs me demandent la même chose. Mais si je te préservais du péché, vous seriez privés de ma miséricorde. Si tous les hommes étaient innocents, à qui accorderais-je ma grâce ?" »

La Bible vue de l'Islam

Abu Gafar Mohammed Tabari naquit autour de 893 en Perse septentrionale ; et son œuvre interminable d'historien et de théologien serait oubliée, ou à peine connue des spécialistes, si un rêve n'avait foudroyé son esprit. Il ne voulait pas seulement retracer l'histoire de son temps, ou d'une période donnée, mais toute l'histoire du monde, de la création aux guerres qui à l'époque ensanglantaient le monde arabe. Et surtout, il ne voulait pas rapporter une seule version de chaque fait, mais toutes les versions que les hommes racontaient de chaque événement, afin que son livre devînt cet entrelacs de réalités et de virtualités, de possibles et d'impossibles, ou de possibles opposés, qui forme l'univers. Il passa donc sa jeunesse à voyager, en Égypte et en Syrie, en Perse et en Irak, et à recueillir ainsi les traditions arabes, iraniennes, hébraïques, chrétiennes ; aussi bien celles que renfermaient la Bible, le Coran et le Livre des Rois, que celles dont la vie était plus locale et plus éphémère. Puis il se fixa à Bagdad où il ouvrit une école, écrivit un commentaire du Coran, et commença à composer les *Annales des Prophètes et des Rois.*

Son inspiration lui venait de Mahomet ; mais d'une manière si paradoxale qu'une conscience chrétienne s'en serait émerveillée, qui traîne ses traditions comme une chaîne de certitudes. Au temps où le Prophète était à La Mecque, un groupe de juifs vint lui poser vingt-huit questions extraites du Pentateuque. Mahomet n'en connaissait pas les réponses, mais il dit aux juifs : « Je répondrai à vos questions », car il espérait la venue de l'ange Gabriel pour l'en instruire. Mais Gabriel ne vint pas : dix jours passèrent et Mahomet était dans la douleur et l'affliction, tandis que les juifs et les habitants de La Mecque soutenaient qu'il ne savait rien, et que le Coran n'était que le laborieux délire d'un insensé. À la fin du quinzième jour, après l'avoir fait souffrir et douter de lui-même,

Gabriel descendit du ciel apporter les réponses. Mahomet ne possédait donc pas un trésor d'inspiration comme Jésus et Paul ; un savoir massif et sans rupture à révéler aux humains : il était misérable, perplexe et ignorant comme chacun de nous. La sagesse restait dans les hauteurs, dans l'esprit adamantin d'Allah, connaissance lointaine et inaccessible. Mahomet n'était qu'une voix : ponctuelle et discontinue. Chaque fois qu'il demandait secours, chaque fois que les anges lui révélaient les paroles d'Allah, il transmettait aux hommes la création d'Adam ou le dernier jour.

C'est sous l'inspiration de cette voix intermittente que Tabari écrivit les *Annales des Prophètes et des Rois*. « Je rapporterai dans cette œuvre la création de l'univers, quelle fut la première chose que Dieu créa en ce monde et quelle fut la première créature. Je rapporterai tout ce qui est arrivé du premier homme jusqu'au temps présent : je ferai connaître ces événements prophète par prophète, peuple par peuple, roi par roi » ; comme si l'Histoire était un rouleau de parchemin qui se déroule lentement devant nos yeux. Ainsi Tabari raconta l'histoire d'Israël ; celle des souverains iraniens et celle de Jésus ; celle de l'empire sassanide et celle des tribus arabes d'avant l'Islam ; la vie de Mahomet, des quatre premiers califes, des Omeyyades et des Abbassides. En 915, à près de quatre-vingts ans, il avait écrit cent vingt volumes : il pouvait mourir.

On a perdu cette œuvre gigantesque. Quelqu'un en composa un florilège en douze volumes, en négligeant beaucoup de faits et de versions que Tabari avait recueillis dans son délire de totalité. Quarante ans après la mort de Tabari, le souverain du Khurasan et de la Transoxiane ordonna à son vizir, nommé Bal'ami, de traduire en persan les *Annales*. Mais Bal'ami ne se contenta pas de traduire : il eut recours à d'autres sources, en particulier pour les temps les plus anciens ; il adopta une seule version par événement, tailla, abrégea, refondit, jusqu'à discuter quelquefois son grand maître. De cette traduction, la partie initiale consacrée à la Bible est probablement la plus belle.

J'espère que nombreux et passionnés seront les lecteurs de ce livre, vénérable comme un texte saint et enchanteur comme *Les mille et une nuits*. Personne mieux que Tabari, ce dévot musulman sunnite, ne peut nous révéler comment les deux cultures religieuses, qui tristement aujourd'hui se combattent, ont surgi l'une sur l'autre, entrelacées comme deux arbres aux racines communes. L'Islam adopta avec amour les grandes figures de l'Ancien Testament : Adam, Abraham, Joseph, Moïse, Salomon ; il s'en empara, les retoucha, les transforma : et nous avons dès lors le sentiment que les hommes ont écouté deux fois la même musique, mais si diversement orchestrée la seconde fois qu'elle nous enchante par la splendeur et la couleur de ses accords.

La première impression que nous laisse le monde musulman est d'être beaucoup plus vaste que le monde judéo-chrétien. Dans la Genèse, Dieu n'essaie qu'une seule création. Au lieu de se concentrer sur la terre déserte et vide et les ténèbres et la surface des eaux, il aurait pu réitérer son jeu créateur sur d'autres étoiles ; et produire là aussi bourgeons, herbe verte, arbres fruitiers, et ce grouillement de serpents d'eau, de volatiles, d'animaux domestiques et de reptiles qui lui donna tant de joie ; ou faire naître une foule de créatures jamais vues ; et enfin créer sur d'autres terres un Adam différent du nôtre. Mais il n'en fit rien, car Adam *devait* conduire à Abraham et à Israël, but de la Création.

Dans le monde de l'Islam, si nous laissons derrière nous les confins de cette terre, nous devons marcher quatre mois dans l'obscurité ; et après avoir épuisé nos forces et abandonné tout espoir de salut, nous abordons la montagne de Qaf. Celle-ci entoure la terre entière, comme un anneau entoure le doigt d'une main de femme ; elle est la mère, la racine et le fondement de toutes les montagnes ; sans elle la terre tremblerait sans cesse, privée de sa base, et la vie serait impossible. Comme dans la Jérusalem céleste de l'Apocalypse, il n'y a ni soleil, ni lune, ni étoiles sur Qaf — car les astres appartiennent à une création moins pure. Mais l'obscurité ne règne pas pour autant : de l'émeraude et du bleu dont la montagne se compose, émane une lumière vert azur assez intense pour en colorer toutes les pierres, les gorges, les abîmes, et pour couvrir de splendeur jusqu'à notre propre ciel.

Au pied de cette montagne s'étendent deux immenses cités taillées dans l'émeraude, Jabalqa et Jabarsa. Souvenons-nous encore une fois de la Jérusalem céleste, car les dimensions sont les mêmes : un carré de douze mille parasanges de côté, signe de totalité et de perfection. Le nombre d'habitants est incalculable. « Chaque cité a mille forteresses, et chacune d'entre elles contient mille soldats qui montent la garde chaque nuit. L'homme de garde ne reprend son tour que l'année suivante. » Là aussi soleil et lune sont absents ; le tendre bleu émeraude de Qaf illumine chaque tourelle, chaque créneau de la forteresse, chaque soldat de garde ; et du sol provient une autre lumière, car même les murailles, les minéraux, même le sable irradient le brillant éclat de l'émeraude.

Ici Allah a projeté une histoire différente de celle des hommes : les habitants de ces deux villes ne descendent pas d'Adam, et n'ont entendu parler ni de lui ni de Satan. On ignore quand et comment est advenue cette création. On sait seulement que, au contraire de celle des hommes, la race de Jabalqa vit une condition édénique. Nous, fils d'Adam, nous nourrissons de viande, endossons des vêtements pour couvrir notre nudité autrefois innocente, connaissons les sexes, et sommes soumis à la corruption et à la génération. Là-haut, les habitants de ces deux villes carrées et parfaites se nourrissent d'herbes, ne portent pas de vêtements, ignorent la différence des sexes et n'ont pas de descendance. Convertis par Mahomet dans la nuit de son voyage céleste, ils observent envers Allah la parfaite obéissance des anges.

Le monde islamique est également plus étendu dans le temps. La naissance d'Adam, qui dans la Bible clôt les six jours de la création, est précédée dans Tabari-Bal'ami par la création des anges, par leur rébellion, par la souveraineté de Satan et par sa révolte, qui occupent des millénaires au début du temps. Adam ne vient qu'ensuite, mais là encore la tradition islamique transforme le récit hébreu. Dans la Genèse, la création d'Adam est un acte superbe et solitaire : dans le monde à peine né, qui connaît depuis peu la lumière du soleil et de la lune, où ne s'entend aucune voix d'ange, Dieu forme l'homme du limon de la terre, « à son image et à sa ressemblance » ; il n'y a rien d'autre que ce geste d'artisan, ce face-à-face entre Dieu et l'homme, ces yeux créateurs pointés sur l'unique créature. Le monde des origines est au contraire surpeuplé dans l'Islam : une grande scène de théâtre, un chœur sonore et coloré, où Allah, les anges, Satan, la terre, Adam prennent la parole à tour de rôle.

Au début ce chœur n'est pas obéissant. Allah, qui semble un souverain bien plus absolu que le Dieu chrétien, rencontre pourtant des résistances à son œuvre, incompréhensibles à première vue. Lorsqu'il dévoile son projet aux anges, ceux-ci répondent : « Tu veux mettre sur la terre celui qui y apportera la corruption et y répandra le sang, alors que nous, nous chantons tes louanges et exaltons ta sainteté ? » Lorsque Gabriel l'annonce à la terre, celle-ci gémit : « Qu'arrivera-t-il si, de la matière dont je suis faite, Allah donne forme à des créatures, si celles-ci portent le mal sur moi et font injustement s'écouler le sang ? » Alors Gabriel comme Michel abandonnent la tâche ; et l'ange de la mort est le seul, lui qui n'a cure des protestations de la terre, à descendre vers La Mecque, là où plus tard on devait placer la Kaaba, pour y recueillir des argiles, de toutes espèces : noire, blanche, rouge, bleue, jaune, et les offrir à Dieu. Le destin d'Adam est déjà scellé. Il n'est pas encore formé, sa main n'a pas encore imprudemment cueilli le fruit défendu, entrant par ce geste dans le règne de la mort, que déjà l'ange lui assigne son destin de créature finie.

Dans la Bible, la création d'Adam semble instantanée : Dieu prend le limon de la terre, lui insuffle l'esprit de la vie, et l'homme est tout de suite cet être vivant qui parcourt le jardin d'Éden. Dans Tabari, tout se fait très lentement. Avec l'argile multicolore que l'ange lui a procurée, Dieu forme Adam et l'abandonne. Personne, ange ou démon, n'avait jamais vu une figure aussi gigantesque. Pendant quarante ans, son corps immense et vide gît sur le sol : l'argile devient sèche comme une branche de palmier laissée dans le désert, et rend un son sourd ; l'ange du mal entre par la bouche du corps vide et l'explore. À la fin Dieu ordonne à l'âme d'entrer dans le corps étendu. L'âme se glisse dans la gorge, et où qu'elle passe, l'argile devient chair, os, nerfs, muscles ; quand elle arrive à la tête, Adam éternue et s'exclame : « Louange à Dieu ! » Puis Dieu lui enseigne un savoir secret, qu'il n'avait pas même transmis aux anges. Il apprend au géant d'argile le nom des démons et des fées qui se trouvent sur terre, des quadrupèdes qui vivent au sein de la mer et en dehors d'elle, des animaux qui paissent, broutent, marchent ou volent ; le nom des choses humides ou sèches, légères ou pesantes ; de l'hiver et de l'été, du ciel et de la terre, de la montagne, de la plaine et du désert. Peut-être lui enseigne-t-il aussi (mais ni Tabari ni Bal'ami ne nous en laissent trace) le nom des autres créatures, quasi angéliques, qui à ce moment vivaient déjà dans les grandes cités quadrangulaires, illuminées par la lumière céleste de la montagne de Qaf.

Lorsque l'ange du mal tente Adam et Ève, ceux-ci mangent le fruit de l'arbre de vie et d'éternité. À cet instant, « leur peau se détacha du corps et la chair fut à découvert, comme aujourd'hui la nôtre. La peau qui couvrait Adam au Paradis était semblable à nos ongles ; une fois détachée, seul resta au bout des doigts le peu que nous avons nous-mêmes : de la sorte, chaque fois qu'ils regardaient leurs ongles, Adam et Ève se rappelaient le Paradis et toutes ses délices ». Adam est jeté dans l'Hindoustan, Ève non loin de La Mecque, et le serpent à Ispahan. Adam comprend sa faute envers Allah : il se prosterne en signe d'adoration, face contre terre, et pleure. Les larmes tombent de ses yeux comme des ruisseaux, dévalent les pentes et font croître tous les arbres et toutes les plantes médicinales, qu'à l'époque de Tabari les marchands indiens allaient cueillir sur les versants des montagnes. Dans la Genèse, la tragédie reste miraculeusement inexprimée ; à peine un geste révèle-t-il la faute ; aucune larme n'est versée ; le visage d'Adam, le visage d'Ève restent impassibles comme ceux des sculptures romanes.

Cent ans plus tard Allah, le clément, le miséricordieux, pardonne à Adam ; et cette fois les larmes de joie, en touchant le sol, engendrent le narcisse, l'amarante et toutes les fleurs de la plaine. Puis il commence sa vie de labeur et d'effort. Dans la Genèse, jeté et abandonné sur la terre, Adam doit tirer chaque ressource de lui-même, « à la sueur de son front », travailler les champs pleins d'épines et de mauvaises herbes, semer le grain, préparer le pain « jusqu'à son retour à la terre ». Dans la légende islamique, Adam n'est jamais seul ; les mains secourables d'Allah lui envoient les anges pour l'aider et l'éduquer. Gabriel descend du ciel et lui apprend à extraire le fer de la roche, à fabriquer les outils, à semer, à transformer le grain en farine, à construire un four et à faire le pain. Enfin, dernier don, il lui apporte du ciel la bête de somme.

Malgré ce léger battement d'ailes angéliques, la fin est une tragédie, comme dans la tradition juive. Aux portes de l'Éden, Dieu place les chérubins, qui de leur épée enflammée tiendront les hommes à jamais éloignés de l'arbre de vie, jusqu'à ce que d'autres anges annoncent la Jérusalem céleste et de nouveaux arbres. Dieu envoie Gabriel passer lentement son aile sur la tête d'Adam et réduire ainsi sa taille à quatre-vingt-dix mètres. Comme Adam pleure de ne plus pouvoir entendre la voix des anges, Gabriel lui donne son message : « Dieu te salue et te dit : "J'ai fait de ce monde une prison pour toi, et diminué ta taille afin de t'y enfermer." » Pour différentes que soient les cultures, la tradition monothéiste est unanime : ce monde est une prison ; et si l'on désire connaître d'autres voix ou d'autres visions, il faut écouter la musique céleste ou contempler les lumineuses révélations de l'au-delà qui parfois viennent atténuer l'épaisse obscurité de notre cachot.

Le Dieu de la création biblique est un Dieu superbe et autoritaire. Et comme il aime cette œuvre de six jours issue de lui, si bonne, si belle, si parfaite, de la lumière à la nuit, des continents aux océans, des prairies aux forêts, jusqu'à l'immense variété, l'immense fécondité des êtres vivants ! Allah, en créant la terre, fait preuve d'une aussi grande fantaisie, y emploie tout son talent de coloriste ; et pourtant il éprouve envers ce qu'il a fait une sorte d'altière indifférence. « Si je n'avais pas donné naissance à ces créatures, dit-il, je n'en ressentirais aucun dommage ; à présent que les voilà créées, si elles n'exécutaient pas mes ordres, je n'en subirais aucun préjudice, et si elles y obéissaient, je n'en retirerais aucun avantage. » Le monde a été fait pour l'homme : c'est son tapis, son lit, sa couche, et si la pluie tombe, que la face de la lune se rembrunit et que les plantes et les arbres croissent, tout ceci ne vise qu'à l'utilité et à la joie de l'homme. Allah est proche de chacun de nous : affectueux, aimant, d'une patience infinie envers nos folies et nos péchés ; souvent même il est intime, comme jamais Moïse n'aurait osé imaginer son Dieu ; qu'importe s'il nous est invisible quand une foule d'anges aux ailes colorées, immenses et splendides, descend parmi nous pour nous apporter la légèreté, le calme, la beauté nécessaires ?

À lire la Genèse et l'Exode, puis Tabari, on ressent comme un complet changement de ton. Aucun texte ne rend comme la Bible la *terreur* du sacré, son aspect furieux, énigmatique et terrible. Ici tout est plus familier ; certes, les *Annales* contiennent aussi une histoire sacrée qui suit fidèlement les pas du Coran, mais comme fondue dans une imagination fantastique, qui emprunte leurs couleurs à la fable et à la légende. La fable a le premier rang en dignité, car elle appartient au royaume de Salomon, dont l'importance dans le monde islamique n'est pas moindre que celle d'Abraham. On y trouve tous les aspects de ce type de récit : miraculeux (les douze chemins parmi les eaux de la mer Rouge), réaliste (le petit couteau et le citron de Souleika et ses amies), bizarrement comique, grotesque jusqu'à l'absurde (Nemrod assaillant le ciel), léger et gracieux (les ongles d'Adam et Ève). La puissance de la concision, la barbarie des accents bibliques s'atténuent. Tous les détails, qu'ils soient importants ou négligeables, sont mis au premier plan, comme s'ils avaient la même valeur pour l'exégèse. Pas de tension dramatique : il n'y a ni haut, ni bas, ni changement de voix ou d'intonation. Nous écoutons quoi qu'il arrive le fleuve continu de la narration, qui anéantit toute différence de matière, qui détruit tout obstacle et élève, par-delà tous les contenus, la voix pure, la voix ininterrompue, la voix indifférente du récit.

Les pages de Tabari respirent, comme la Bible, l'odeur des déserts et des grands pâturages, l'odeur du cheval, du bétail et du chameau ; on y trouve aussi les caravanes incessantes, les étapes auprès des puits et les lueurs qui tout à coup enflamment la nuit. Dans la Bible, les Patriarches de la Genèse et de l'Exode, liés à Dieu par un pacte, guident les juifs vers la Terre promise. Dans Tabari, le thème de Canaan, espérance et tragédie, a presque disparu. Bien que les prophètes continuent à incarner l'appel d'Allah qui depuis Adam conduit à la révélation de Mahomet, ceux-ci possèdent un don plus mystérieux : un savoir secret ou une magie supérieure concédés par Allah à ses fils préférés. Ni Tabari ni Bal'ami ne laissent entrevoir une inspiration d'ordre ésotérique ou mystique. Mais Adam possède le savoir des noms ; Joseph est l'interprète et le seigneur des rêves ; Moïse a reçu le don divin de la magie et sait ressusciter les morts ; et un personnage mystérieux nommé al-

Hidr possède des connaissances que leur ésotérisme interdit même aux Patriarches.

Ce thème de la sagesse secrète culmine avec la figure de Salomon, le cœur des *Annales des Prophètes et des Rois*. L'empire suprême de l'univers lui revient, garanti par l'anneau qu'il possède et sur lequel est gravé le nom occulte d'Allah. Quel règne au monde pourrait lui résister ? Allah lui a octroyé le royaume de la nature : les vents lui obéissent et portent à ses oreilles toutes les paroles prononcées sur terre, à voix haute ou basse, par les fées ou par les hommes, par les démons, par les poissons ou par les oiseaux. De ces derniers il connaît le langage secret et communique par leur entremise. Mais peut-être faut-il chercher ailleurs la faveur la plus subtile et la plus dangereuse. Salomon sait que les démons possèdent des pouvoirs surnaturels et ignorés des hommes : ils peuvent en effet trouver des trésors et des perles au fond des eaux, fabriquer des automates, construire des temples, édifier des villes. Salomon acquiert grâce à Allah un pouvoir quasi absolu sur eux : il leur fait bâtir le temple de Jérusalem ; et il semble que la souveraineté du monde n'est parfaite que lorsque le céleste et le terrestre, le sacré et le démoniaque, l'aérien et l'abyssal obéissent docilement à la même volonté.

Avec ce souverain des fées et des vents, nous quittons la terre ferme où vivent et souffrent les hommes, pour pénétrer dans le monde de la féerie où plus aucun obstacle ne se dresse. On ne trouve plus, comme dans la Genèse, l'Exode ou le Livre des Rois, les guerres sanglantes, les idolâtries, les longues haltes dans le désert — il n'y a plus désormais que richesse, splendeur et merveilles. Tabari raconte que Salomon avait un tapis long de cinq cents parasanges. Le tapis déroulé, il y faisait disposer trois cents trônes d'or et d'argent, avec sa cour et son armée, ses chameaux et ses trompettes. Puis il ordonnait à tous les oiseaux de rassembler leurs ailes afin de le protéger du soleil, lui, sa cour et son armée ; et il ordonnait au vent de soulever le tapis, chargé de toute cette foule et de tous ses trésors, à la hauteur d'un mille. Le tapis cachait le soleil et, de la terre, les hommes ne pouvaient plus voir que le souverain des vents. Ainsi Salomon parcourait le monde, dominant toute la vastitude de l'univers, les cieux, les terres et les abîmes, pendant que de toutes les paroles et de tous les bruits son oreille savante recevait l'écho.

Ce monde religieux ne révèle pas de fêlure. Tabari parle de Job et de ses douleurs de juste. Mais tout ce qui pour nous rend l'histoire de cet homme inoubliable — les doutes sur Dieu, sur sa justice, sur l'*harmonia mundi* — ne laisse pas, dans les pages des *Annales,* la moindre trace. Au moins dans cette œuvre, le visage d'Allah ne tolère pas d'ombres. Certes, Satan vient tenter les hommes et inciter les puissants de la terre à rivaliser avec Allah. Mais la spéculation mystique devait bientôt sauver de l'opprobre même le prince du Mal, jusqu'à faire du diable le plus parfait et le plus désespéré des « monothéistes ».

De toute cette tapisserie, je crois que beaucoup de lecteurs aimeront surtout une phrase : « La première chose qu'Allah créa fut le calame, et tout ce qu'il voulait créer, il le dicta à l'instrument. Puis, quand le calame eut commencé d'écrire, Allah créa le ciel, la terre, le soleil, la lune, les étoiles, et la sphère terrestre se mit à tourner. » Tout n'existe donc que pour être raconté ; la Création n'est pas nécessaire, mais nécessaire est le mouvement de la plume qui transcrit les événements. Celle-ci ne s'arrête jamais ; et tandis qu'Adam devient Moïse, Moïse Jésus, Jésus Mahomet, Mahomet les derniers Sassanides et les califes omeyyades et abbassides, la plume d'Allah, cette plume que Tabari le dévot se savait être devenu, raconte l'histoire des hommes ; jusqu'à ce que vienne, on ne sait quand, le jour du Jugement et de la fin du monde. S'il faut en croire Bal'ami : « Dieu a créé une ville, dit David, large et longue de douze mille parasanges. En cette cité se trouvent douze mille palais, dans chaque palais douze mille appartements, tous remplis de grains de moutarde. Dans une pièce de l'un de ces palais, un oiseau picore chaque jour un de ces grains ; quand tous les grains auront été mangés, alors viendra le Jugement. » À ce moment, la dernière plume aura fini de couvrir le papier de signes.

Les mille et une nuits

Le livre des *Mille et une nuits* n'existe pas. Ou plutôt, c'est un livre sujet à des incarnations, à des métamorphoses infinies, comme un nuage dans le ciel ; ou comme ses djinns, ses démons, tantôt libres tantôt prisonniers d'un vase de bronze. En chacun des manuscrits qui le contiennent (mais on n'en connaît qu'un petit nombre, comparé à tous ceux que cachent les bibliothèques du monde entier), il revêt une forme diverse. Certains manuscrits rapportent une vingtaine d'histoires, d'autres des centaines ; le même récit s'allonge ou s'abrège, se multiplie ou se simplifie, progresse rapidement vers sa conclusion ou se perd en route en modifiant les nœuds essentiels de l'action. Établir une édition critique est impossible. Il ne reste plus qu'à s'abandonner aux plaisirs du multiple, et à lire tous les manuscrits de toutes les bibliothèques de l'univers.

Les innombrables amateurs des *Mille et une nuits* ont accueilli avec faveur la traduction, par René Khawam, d'un manuscrit du XIIIe siècle, le plus ancien et peut-être le meilleur, en provenance de Syrie ou d'Égypte. On n'est donc pas trop éloigné des origines du livre, qui plongent dans le IXe et le Xe siècle, et nous pouvons lire *Les mille et une nuits* comme les lisaient les califes, les vizirs, les marchands et les trafiquants — et combien de femmes rusées, passionnées et curieuses ! — à l'époque de l'invasion mongole. Mais il manque dans le vieux manuscrit quelques histoires merveilleuses : *Histoire d'Haroun al-Rachid et du bijoutier, Histoire du cheval d'ébène, Histoire d'Hasib Karim al-Din, Les voyages de Sindbad, Histoire de la cité de bronze, Histoire d'Hassan al-Basri, Aladin et la lampe merveilleuse,* qui vinrent enrichir l'édition égyptienne de Bulaq (1835). Ce n'est pas tout. À lire le troisième volume de la délicieuse édition d'Antoine Galland, apparue au début du XVIIIe siècle, on trouve des récits absents de toutes les autres éditions. Et si l'on parcourt l'immense texte de Joseph-Charles Mardrus (1899-1904), ce chef-d'œuvre oublié de la littérature française, en partie un faux, rempli de parfums, d'épices et de luxure fin de siècle, on y découvre encore une vingtaine de récits venus d'on ne sait où, peut-être de la fantaisie du grand faussaire. C'est ce qui ne manquera pas d'arriver, je suppose, si l'on consulte les traductions anglaises de Lane, de Payne et de Burton, ou celles, allemandes, de Zinzerling, de Habicht et de Littmann, ou plus encore si l'on erre parmi les manuscrits de Paris, du Caire et de Téhéran.

Comme aucun autre livre au monde, *Les mille et une nuits* sont inépuisables. Et après un été et un automne passés en compagnie de Schéhérazade et d'Haroun al-Rachid, j'ai l'impression que l'univers n'est rien d'autre que *Mille et une nuits.* Je suis sûr que si je fouille dans les greniers de la maison ou que je monte aux arbres du jardin, je trouverai d'autres *Mille et une nuits* dans les vieilles armoires et entre les branches des pins : histoires d'origine indienne, grecque, iranienne, turque, abbasside, égyptienne ; ou bien narrées par une vieille conteuse toscane qui déroule sans le savoir le fil qu'a laissé tomber, il y a douze siècles, une jeune femme aux cheveux noirs, qui lisait les gestes des anciens rois, les annales des peuples passés, les poèmes, les récits, les proverbes, les sentences, et cherchait à fuir la mort.

L'histoire-cadre des *Mille et une nuits* est le plus bel apologue que je connaisse de l'art de raconter. À l'origine du récit se trouve la trahison. L'éros féminin — le puissant, le rusé, le démoniaque éros féminin, qui préfère les esclaves noirs et les garçons de cuisine aux souverains altiers et lumineux — bafoue le pouvoir. Le pouvoir se venge en tuant les femmes. Mais au moment où l'univers est près de se déchirer et de perdre la moitié de lui-même, intervient l'insinuante ruse féminine. Schéhérazade épouse le souverain : comme les autres, elle est condamnée à mourir à l'aube ; et chaque nuit elle raconte à sa sœur une histoire, que le souverain écoute. Conter des histoires édifiantes ou présenter les femmes sous un meilleur jour, pour faire oublier les événements de l'histoire-cadre, ne lui importe pas. Avec la suprême liberté des grands moralistes, il lui arrive même de représenter l'infamie et la traîtrise de certaines femmes. Seul l'acte de raconter la fera échapper à la trahison et à la mort.

Nous savons donc tout sur les histoires des *Mille et une nuits,* et sur celles que, depuis lors, des milliers d'hommes et de femmes continuent de dire et d'écrire dans les cafés arabes et les maisons d'Europe. À l'origine, narrer est un don féminin, une parole qu'une femme adresse à une autre femme, et qu'un homme écoute. Schéhérazade commence ses histoires quand l'obscurité annonce au loin le jour ; lié à l'éros, aux démons, aux fantasmes et aux langues secrètes, le récit naît de la nuit, se nourrit de nuit, mais triomphe des ténèbres et engendre à chaque fois le jour pour nous tous qui parlons et écoutons. Ulysse aussi, à la cour d'Alkinoos, narre dans les ténèbres, et tous ceux qui l'écoutent voudraient passer chacune de leurs nuits à entendre ses aventures prodigieuses, comme si Hermès, de sa baguette magique, avait ôté le sommeil de leurs paupières. Mais le défi d'Ulysse est beaucoup moins désespéré que celui de Schéhérazade. Ulysse ne veut pas vaincre la mort ; alors que chaque nuit, avant que l'aube ne paraisse, le récit de Schéhérazade doit détourner, éloigner, renvoyer la mort qui à chaque instant nous guette. Grâce à ses ruses, grâce à ses histoires d'érotisme, d'aventures marines, de passions, d'énigmes, de savoirs ésotériques, la grande parole féminine abuse et réduit à rien la force du pouvoir viril.

Souvent Schéhérazade et ses successeurs racontent des histoires de destins, parmi les plus belles qu'on ait jamais écrites, comme celle du *Faquin et les dames* et celle des *Cœurs jumeaux (Le vizir Nur al-Din et son frère Shams al-Din)*. C'est un type de destin que je ne saurais qualifier précisément : parfois astrologique, parfois divin, parfois simple principe narratif. Il se sert du hasard comme de son plus fidèle serviteur : il suscite de miraculeuses correspondances entre événements et personnages ; il fait s'unir ou se séparer les chemins individuels ; il se dissimule dans les plus petits objets et les moindres détails, comme la confection d'une confiture de grenade, engendrant un délicieux mélange de solennel et de futile ; tour à tour facétieux et sinistre, il joue avec le visage multiple des choses, comme si le double était son royaume. Du destin, l'homme se défend comme il peut. Tantôt il pèche par distraction, oubli ou curiosité ; tantôt il cherche avec une attention méticuleuse à éviter ses interdits. Il n'y a rien à faire. Avec l'ironie la plus cruelle, avec une élégance légère et géométrique, le récit nous démontre à chaque fois que l'homme ne peut échapper au destin.

L'art de Schéhérazade aime la précision et la scansion la plus lucide de l'esprit. Surtout dans les plus vieux textes, elle cultive la mise en abîme : une histoire contient une histoire, qui à son tour en contient une autre, qui contient encore une histoire, et toutes se reflètent l'une dans l'autre, tandis que les personnages se déplacent de récit en récit, comme si l'espace narratif n'avait plus de limites. Chaque événement, chaque personnage revient plusieurs fois : Schéhérazade cherche à créer répétitions, effets de miroir, reflets, échos, correspondances, analogies ; tout proche de l'épilogue, après avoir posé toutes les énigmes, le conte tente un renvoi ou une série de renvois successifs, pour *ne pas conclure,* reproduisant le renvoi désespéré de Schéhérazade face à la mort. Le ton change à une vitesse vertigineuse, les énigmes sont résolues, tout se renverse : jusqu'à ce que la complexité de la trame se perde dans l'apparente simplicité d'une fin heureuse.

Dans l'immense édifice des *Mille et une nuits,* quelqu'un écoute Schéhérazade : non seulement la sœur et le mari, mais Haroun al-Rachid, le grand calife abbasside, qui est son exacte contrefigure. De Schéhérazade nous ne savons rien : pour nous c'est une voix sans timbre ; alors que nous savons tout d'Haroun al-Rachid. Comme Dieu, il est omnipotent, indifférent et ironique. Mais le calife ne supporte pas son propre pouvoir : il est continuellement torturé par l'insomnie, opprimé par la mélancolie. Alors il se déguise : se travestir est la véritable vocation du pouvoir absolu. Il se déguise en marchand, en derviche, en pêcheur, et agit comme un bouffon ou un illusionniste. La nuit, pendant que dans un autre palais résonnent les récits de Schéhérazade, il traverse sa ville, Bagdad, qu'il ne connaît pas. Il regarde, scrute, écoute, inspecte, espionne comme un veilleur, car il veut exercer le pouvoir jusqu'au bout, lequel ne trouve sa plénitude que dans la force du regard et de l'ouïe. Comment s'étonner alors que tous les récits, ceux de Schéhérazade comme ceux de ses continuateurs, parviennent à ses oreilles ? Que lui seul, Haroun al-Rachid, l'omnipotent et l'omniscient, puisse déjouer les énigmes ?

On ne peut rien comprendre des *Mille et une nuits* et de la civilisation islamique sans se souvenir qu'on y trouve deux créations. La première est celle d'Adam, dont nous-mêmes sommes issus. Mais l'autre, beaucoup plus riche et mystérieuse, englobe tout le merveilleux, le démoniaque et le féerique : c'est le royaume de Salomon. Ce royaume est voisin de notre monde ; il vit une vie parallèle, possède ses lois propres, s'insinue parfois dans notre existence ; et il est béni et protégé par l'Islam (Mahomet annonce sa révélation même aux djinns), alors que la conscience chrétienne a tendance à le considérer comme diabolique et malfaisant.

Le souverain en est Salomon, le roi magicien, le sage ésotérique, qui règne sur le visible et l'invisible, écoute toutes les paroles prononcées sur la terre et dans les cieux, connaît le langage mystérieux des oiseaux, et porte au doigt un anneau où se trouve gravé le nom secret de Dieu qui lui assure l'empire de l'univers. Il est mort désormais, et se tient sur un trône d'or, avec au doigt l'éclatante lumière de l'anneau, dans la lointaine île d'émeraude. Mais, au moins dans *Les mille et une nuits,* ses créatures obéissent encore à ses lois, car dans l'espace du récit Salomon est immortel, et ses créatures infinies : les djinns bons et méchants, monstrueux ou magnifiques, au corps fait d'air et de feu ; les peuples semi-humains de l'air et de la mer ; les animaux, les serpents surtout ; les objets magiques (le cheval d'ébène qui vole dans les cieux, le paon doré qui marque les heures, la lunette qui fait voir à des centaines de milles) ; les gemmes de la terre et de la mer, lumières pétrifiées ; l'Orient ; les conteurs d'histoires et de fables, et nous, leurs auditeurs, qui recevons la bénédiction ambiguë de Salomon.

Le royaume de Salomon est aérien, léger, il ignore l'espace et le temps et se joue des limites qu'ils imposent, avec ses ailes, ses tapis miraculeux, ses palais qui surgissent en un instant. La métamorphose est sa magie de prédilection. La main, presque toujours celle d'une femme, fait un signe et voici que les formes commencent à changer : à une vitesse vertigineuse, un djinn devient tour à tour lion, vautour, serpent, chat, scorpion, loup, ver, coq, grenade ou torche ardente ; et la métamorphose, divine ou malfaisante, peut être soit une joie (changer de forme, quoi de plus beau ?), soit un risque démoniaque, duquel on ne réchappe que par la mort. Quant aux fils d'Adam, leur rapport au royaume de Salomon est compliqué ; ils doivent l'aimer comme le craindre, le courtiser comme déjouer ses embûches. Dans quelques grands récits, les hommes avouent n'aimer d'un amour absolu que les filles des djinns : les femmes-poissons, les femmes-oiseaux, qui cherchent à fuir la présence humaine et à retourner dans leur monde léger. Mais à la fin les hommes parviennent à vivre avec elles, car le grand rêve poursuivi par les narrateurs des *Mille et une nuits* est de rapprocher les règnes d'Adam et de Salomon, les hommes et les démons et les animaux et les plantes, et de les fondre en un univers unique et radieux.

À côté du royaume de Salomon, il y a notre monde : la vie quotidienne, l'ici-bas, aimés dans toute la multiplicité de leurs formes. Tous les personnages pensent que « la vie est le bien le plus précieux », tous croient qu'il faut « savourer les plaisirs de l'instant » ; et cette foule de petites fourmis, avides, sensuelles, actives, rusées, intrigantes, comme elle gambade sur la drôlissime superficie de la terre ! *Les mille et une nuits* sont parcourues par une fourmillante richesse de sensations terrestres, passées au crible de la raison : le parfum des fleurs et des épices, le goût des fruits frais ou secs, des viandes et des sucreries, énoncés en de méticuleuses énumérations ; le bain, l'odeur des corps de femme, du bois que l'on brûle, du musc et de l'ambre, Éros, la conversation, la musique, le jeu d'échecs, le vin, le sommeil. Voici encore les grandes demeures avec leurs salles pleines de tapis, de tentures, de sofas, d'étoffes chamarrées, de coussins de damas ; les jardins presque trop verdoyants, images de l'Éden, où l'eau s'écoule, où les oiseaux chantent ; et les servantes qui bavardent, chantent, jouent de la musique, complotent, font l'amour. Nous sommes dans l'espace irréel du récit : ne nous étonnons pas de voir les classes l'une à côté de l'autre, et les trafiquants, les tailleurs, les barbiers, les chameliers, les balayeurs, les garçons d'écurie se retrouver transformés d'un jour à l'autre en somptueux vizirs.

Dans le royaume d'Adam, la beauté est une valeur essentielle : la révélation de Dieu sur la terre — plus encore peut-être que la foi en Allah. Quand un homme ou une femme d'une très grande beauté traverse les rues de Bagdad, de Bassorah ou du Caire, son visage lance des éclairs ; et les passants fascinés restent sans mémoire, comme les amies de Souleika devant l'apparition de Youssouf. *Les mille et une nuits* sont tout entières un monument à l'éternel féminin : descendantes d'Adam ou de Salomon, les femmes sont vivaces, impérieuses, violentes et viriles ; tandis que les hommes, presque androgynes, « au pas gracieux et élastique, ondoyant comme la branche de saule ou la canne de bambou », tendrement et doucement passifs, cèdent sans résister à la furieuse fascination érotique des femmes. L'amour éclate à l'improviste, comme la foudre. Il n'est pas nécessaire de voir le visage aimé, parfois le reflet du nôtre ; un nom suffit, ou un portrait peint sur une feuille. Comme dans les romans hellénistiques et les textes de la mystique soufie, seul existe l'amour-passion, le désir bouleversant, la fatalité amoureuse, la maladie des sens, la douleur qui agite toutes les fibres et qui parfois conduit à la folie et à la mort.

Combien de navires et de caravanes, combien de ports et de marchés remplissent *Les mille et une nuits* ! Peu importe qu'au moment où les calligraphes copient notre manuscrit, les Mongols aient probablement déjà détruit le grand réseau du commerce arabe. Car le voyage est la vraie passion : irrépressible et labyrinthique comme le récit. Tous les jours des marchands vendent leurs biens, cèdent leurs négoces, achètent les marchandises réclamées par les pays lointains, parcourent les lieues et les contrées, comme si le sol de la terre était une pièce de toile fine qui s'enroule autour d'un bâton. À mesure que les nuits succèdent aux jours et les jours aux nuits, ils poursuivent leur marche. Combien de royaumes contemplés, combien de routes traversées sous les sept climats, combien de pas mesurés, et combien de marchandises vendues, acquises, échangées... La mer les attend : le calme, lorsque les vagues se déploient doucement comme on feuillette les pages d'un livre ; ou le cri et la fureur de la tempête, lorsque l'océan s'élargit sans mesure à l'horizon, lorsque toute terre disparaît de la vue.

Le voyage est interminable, de mer en mer, de continent à continent, d'île en île, de port en port. Les marchands traversent les pays connus : l'Égypte, l'Arabie, l'Iraq, le Turkestan, l'Inde, la Chine. Puis sans que jamais soit perceptible la griserie du passage, ils plongent dans la géographie fantastique de cet immense pays qui s'étend derrière le nôtre, ou à côté, ou au-dessus, le royaume de Salomon, beaucoup plus vaste, complexe et populeux que les pays imaginés par la littérature de l'Occident médiéval. Voici le mont Noir, le mont des Herbes, la montagne des Émeraudes, la cité de Corail, le royaume des Oiseaux, le château des

Pierres précieuses ; et les îles, les îles qui n'en finissent jamais, édéniques ou pleines de dangers terribles, et qui concentrent tout le merveilleux de l'univers.

Puis le voyage nous conduit dans les villes abandonnées, Iram des Colonnes, Cité de bronze, Cité blanche, autrefois habitées par les zoroastriens, ou bien édifiées par des rois impies qui voulaient imiter le Paradis terrestre. Les portes immenses sont incrustées de pierres précieuses ; les châteaux sont aussi vastes que des villes, les pavillons sont d'or et d'argent, le gravier de chrysolithes, de perles et d'hyacinthes. Derrière le cercle des murailles, tout est vide et désolé ; nulle voix humaine ; le hibou ulule, les corbeaux croassent dans les rues et dans les maisons, pleurant ceux qui les ont abandonnées. Les portiers, les serviteurs, les gardes, les soldats, les princes se sont métamorphosés en pierre, ou dorment sur leur couche de soie, la peau animée comme celle des vivants. Au marché, tous les fruits, les légumes et les objets de cuir semblent intacts, mais se désagrègent et tombent en poussière entre les mains. Une stèle funèbre et somptueuse (« Où sont ceux qui ont régné sur les nations, soumis les hommes et conduit les armées ? Où sont les Chosroès aux châteaux innombrables ? Ils ont quitté la terre comme s'ils n'avaient jamais été ») nous rappelle que nous sommes entrés dans le royaume de la mort. La mort règne sur le monde d'Adam comme sur celui de Salomon ; personne ne peut lui échapper, pas même Schéhérazade, qui l'a vaincue pour quelque temps grâce à la force insinuante du récit.

Mais le voyage ne s'arrête pas là. Quelqu'un, dans les temps anciens, recherche Mahomet : en vain, puisque Mahomet n'est pas encore né et qu'on ne peut vaincre le temps. Un autre recherche une femme inconnue, femme-oiseau ou femme-poisson, habitante d'un pays fantastique inconnu lui aussi. Quelle qu'en soit la raison, le voyage continue. Il traverse toutes les îles, toutes les mers, tous les continents, tous les royaumes : car l'essence de la quête est d'être illimitée, de dépasser le mont Qaf où finit notre monde, et d'aller encore au-delà, parmi les quarante univers dotés chacun d'une couleur différente où personne ne connaît ni Adam ni Ève, ni le jour ni la nuit.

Lorsqu'il écrivait le *Second Faust,* Goethe aimait plus que tout les lieux secrets des *Mille et une nuits* : les tombes, les puits, les escaliers qui s'enfoncent à l'infini, les cavernes habitées, les pièces cachées, les palais souterrains où règnent les princesses des djinns. Là, dans les profondeurs où vivent aussi les Mères, gisent les mystères et les trésors. Les continuateurs ésotériques de Schéhérazade nous répètent que la tâche du narrateur est double. D'un côté, il sait bien que descendre dans les cavernes habitées par les mystères est d'une immense difficulté : pas de route, pas de guide, pas de maître. Rien n'est plus dangereux que de chercher à connaître les secrets : une loi l'interdit, et il ne peut l'enfreindre qu'au prix de sa vie. Mais de l'autre, il ne peut manquer d'affronter ce risque. Avec toute sa ruse et toute sa force, il doit descendre dans les tombes, les puits, les cavernes, les palais souterrains ; interroger les énigmes, les porter à la lumière et les raconter à ses lecteurs, de cette parole joyeuse et voilée qui les cache et les révèle à la fois. Peut-être ne sera-t-il pas puni par la loi ; car pour une part de lui-même, sauvé de la mort, il n'appartient plus au genre humain.

Personne ne nous dit comment rejoindre le cœur secret de la terre. Nombreux sont les sages dans *Les mille et une nuits,* même parmi les portefaix, les barbiers et les servantes : vénérés par la foule et riches de cette science universelle qui s'apprend dans les livres. Ceux-ci prétendent enseigner au narrateur que la sagesse s'y tient cachée. Mais le narrateur n'est pas de leur espèce. Il n'écoute pas les propos trop humains. Bien qu'il possède tous les livres, qu'il les ait lus et compulsés dans l'espoir de les assimiler, il a compris que la sagesse ne se trouve pas entre leurs pages.

Où donc la chercher ? Dans un conte célébrissime, Hasib Karim al-Din n'acquiert la sagesse que lorsque la reine des serpents s'immole pour lui, et lui fait don en mourant de la sève de son corps. À ce moment, le cœur de Hasib devient le « siège de la sagesse ». Hasib n'est autre que la figure du narrateur ésotérique des *Mille et une nuits.* À lui aussi la reine des serpents, amie de Salomon, révèle les secrets de la nature vivante, de la terre mystérieuse, des animaux du ciel et de la terre, cette sagesse que les livres des hommes ne renferment pas. Mais la reine des serpents n'a pas besoin de se sacrifier pour lui ; c'est chaque fois qu'il commence un récit que le narrateur lui-même s'immole ou désire se sacrifier pour nous, au moment où l'aube va succéder à la nuit ; sa fantaisie est bien cette sève qui transforme notre cœur en « siège de la sagesse ». Ainsi, après avoir fui la mort, doté de tous les dons de la nature souterraine, le narrateur ésotérique devient le nouveau Salomon : le Salomon vivant, trônant dans la lointaine île d'émeraude.

Lorsque Galland, en 1704, publia le premier volume de ses *Contes arabes, chez la veuve de Claude Barbin, au Palais, sur le second perron de la Sainte-Chapelle,* l'Europe eut l'impression d'entendre une musique nouvelle : elle y trouvait le ton de la légèreté, l'incessant plaisir de raconter ; la fusion de la féerie, de l'opéra bouffe, du récit d'aventure, du voyage, de la quête ésotérique ; la frivolité alliée à la tragédie ; la géométrie à l'invraisemblable ; le génie souverain avec lequel la réalité se perdait dans le fantastique, et réciproquement ; l'impression que le surnaturel habitait parmi nous, au milieu de nous, et jusqu'alors à notre insu...

L'Europe entière devint folle ; d'abord les plus vifs esprits des Lumières, comme Montesquieu, ensuite les plus enflammés des esprits romantiques, qui trouvèrent dans *Les mille et une nuits,* parmi les ombres du royaume de Salomon, une incitation à tous les délires. On ne comprend pas *La flûte enchantée* ni le *Second Faust* sans *Les mille et une nuits,* ni Coleridge, Hoffmann, De Quincey, Balzac, Nerval, Dickens, Stevenson, Hofmannsthal, Blixen, ni même peut-être Proust. Aujourd'hui on voudrait être Schéhérazade, la voix pure, ou bien Haroun al-Rachid, l'esprit qui écoute, transforme et se transforme. Il suffit que la petite reine commence à raconter pour que l'on cède à cette voix douce et calme, inaltérable, perchée sur l'histoire, et qui résonnera jusqu'à la fin du monde, quand le dernier oiseau aura picoré le dernier grain de moutarde.

Le langage des oiseaux

Un jour, tous les oiseaux de la terre se réunirent en parlement. La huppe, malade d'amour pour son souverain, avait parcouru depuis des années la terre et la mer, franchissant les vallées, les déserts et les montagnes, traversant des espaces infinis et défiant les tempêtes. Le rossignol vivait dans le jardin d'amour, où sa douloureuse passion pour la rose pourpre lui faisait élever une douce plainte ; il avait inspiré les pleurs de la flûte et les lamentations de la cithare. Le perroquet déployait son manteau vert fermé par un collier de feu, et le paon arborait ses plumes aux cent mille couleurs en prétendant qu'il vivait dans le jardin d'Éden.

La perdrix, petites touches de rouge au bec, n'aimait que l'éclat factice des pierres précieuses. La colombe entonnait un chant qui répandait autour d'elle sept écrins de perles. Le héron venait de quitter le rivage de l'océan ; à cause de son désir de la haute mer, qu'il ne pouvait assouvir, son cœur débordait de sang.

« Pas de lieu au monde, dirent les oiseaux, qui n'ait un roi ; pourquoi donc n'y a-t-il pas de souverain pour régner sur notre pays ? Une telle condition est inacceptable. Nous devons nous unir et partir à la recherche d'un roi. » À ce moment la huppe, le cœur battant d'excitation, portant sur la poitrine les symboles de celui qui connaît la voie, sauta au milieu de l'assemblée. Elle dit : « Amis ! Je suis l'envoyée de l'invisible. On m'a fait connaître la création et ses secrets ; nous avons un roi sans rival qui vit au-delà de la montagne de Qaf, la dernière montagne, le dernier ciel étoilé. Son nom est Simurgh. Lui-même est proche de nous, mais nous, nous sommes infiniment éloignés de lui. Sa demeure est protégée par une gloire inviolée, son nom est inaccessible aux langues terrestres. Plus de soixante-dix mille voiles cachent le Simurgh, qui est au-delà de la lumière et des ténèbres. Comment notre intelligence pourrait-elle voler vers le lieu où il réside ? Quand donc la science ou la raison pourront-elles rejoindre sa demeure ? Les voies qui conduisent à lui sont inconnues, et sans lui pourtant, vivre est impossible. » Quand elle eut fini de parler, les cent mille oiseaux se mirent à rêver au Simurgh. Un ardent désir s'empara de leur cœur, et leur impatience ne connut plus de bornes.

Ainsi commence, avec cette scène extraordinaire, le plus célèbre poème mystique de tous les temps, *Le langage des oiseaux* de Farid Addin Attar, qui vécut en Perse entre le XIIe et le XIIIe siècle. En dépit de notre curiosité, Attar ne nous décrit pas le Simurgh : le grand oiseau qui vit au-delà du dernier ciel, au-delà de la lumière et des ténèbres, c'est Dieu ; et l'on ne peut représenter Dieu. Il faut se contenter de retrouver dans les tissus sassanides et les miniatures safavides les traits d'un immense oiseau, aux ailes éblouissantes et à la queue multicolore, qui rassemble en soi les propriétés de tous les animaux connus — griffon et rossignol, aigle et lion, dragon, tigre et antilope — ; et d'admirer sa majesté, où la douceur s'unit à la sévérité, où la cruauté se cache derrière la bienveillance.

Plus douloureuse nous semble la seconde omission. Le long voyage des oiseaux vers le Simurgh n'est pas décrit, au contraire d'autres textes persans : Attar n'en a représenté que la conclusion. Ce vide entre le premier et le dernier mot est comblé par les enseignements de la huppe aux oiseaux réunis à ses pieds ; et par des apologues, des paraboles, de brefs récits — légers en apparence et chargés de contenu symbolique — qui expriment indirectement, comme dans un reflet, comme dans un miroir, le sens de l'itinéraire religieux. *Le langage des oiseaux* n'est pas de ces écrits où s'exprime sans détour une expérience mystique à mesure qu'elle se réalise, où les coups extatiques et douloureux du divin laissent leur marque sur le flambeau, sur la caverne du cœur. Il n'a rien de commun avec les écrits d'al-Hallaj ou ceux de saint Jean de la Croix. Il unit un prodigieux trésor d'expériences mystiques, une vertigineuse audace intellectuelle, un merveilleux génie dans l'orchestration des métaphores et une somptueuse fantaisie. Chaque souffle de l'inspiration est recueilli sous une forme qui possède à la fois la concision du traité et la liberté du récit.

Avant que les cent mille oiseaux ne songent seulement à commencer leur voyage, la huppe leur parle des mystères de la création. « Sachez que lorsque le Simurgh, comme un soleil resplendissant, montra son visage derrière un voile, il projeta sur la terre une infinité d'ombres qu'ensuite il contempla de son pur regard. Au monde il donna son ombre, d'où surgit sans trêve une infinité d'oiseaux. Les vols dispersés des oiseaux dans le monde ne sont rien d'autre que le visage du Simurgh... »

Nous ne pouvons nous méprendre sur les propos de la huppe : les cent mille oiseaux qui attendent, et les milliards qui depuis lors sont nés à la surface de la terre, et nous-mêmes et tout ce qui doit advenir, nous sommes faits de la substance de Dieu. Nous sommes identiques au Simurgh. Pour se connaître et se faire connaître, Dieu se reflète dans l'univers et dans l'homme. L'unique substance, pure comme la lumière du soleil, se répand, se reproduit, se multiplie dans l'infinité des ombres — les apparences de l'univers. Mais cette manifestation de Dieu n'est pas absolue : sa révélation est atténuée, estompée, obscurcie par soixante-dix mille voiles. Qui contemple les choses et les hommes ne connaît pas la lumière divine : il ne l'aperçoit que déformée, de même que les rayons du soleil, en traversant un filtre de verre, en ressortent colorés en jaune ou en rouge. Notre monde est à la splendeur divine ce que l'ombre est au miroir. Ainsi Attar exprime-t-il le paradoxe qui pour un chrétien rend si difficile l'entrée dans l'unité polaire du monde musulman. De même que Dieu est à la fois transcendant et immanent à l'univers, les hommes sont semblables et contraires au Simurgh : une plume tombée de sa queue chatoyante et l'ombre qui la contraste. Il n'est pas facile, pour un chrétien, de vivre cette paradoxale identité. Il n'est pas facile de nous sentir aussi proches du cœur de Dieu, de comprendre que nous sommes formés de sa substance, que son sang circule dans toutes les veines de l'univers, et de savoir en même temps que nous en sommes irrémédiablement séparés.

« Le Simurgh est comme un roi, poursuit la huppe, un roi de la plus grande beauté, au regard pareil à la lumière de l'aurore, et pour qui tous les sujets s'enflammaient d'amour. Qui avait osé lever les yeux vers ce visage était immédiatement décapité, qui n'avait pas craint de prononcer son nom se faisait arracher la langue, qui enfin n'avait fait que désirer s'unir à lui perdait pour toujours la raison et les sens. Les sujets s'obstinaient à périr dans leur quête sans espoir, tout aussi incapables de vivre avec lui que sans lui. À tel point qu'un jour, dans sa cruelle bonté, le roi décida de faire construire un château, au sommet duquel il fit disposer un miroir. Le roi montait tous les jours en haut du donjon, se regardait, et son visage ainsi réfléchi pouvait être admiré de tous. » Attar nous dit que ce miroir est le cœur humain, où nous pouvons contempler les souverains mystères de Dieu et les vignes, les vergers et les jardins qu'il a créés ; nous devons rendre notre cœur plus léger et plus lucide, si nous voulons contempler sans tache les regards, la queue et les plumes marbrées du Simurgh. Mais puisque c'est le cœur qui nous fait vivre, nous continuons à vivre seulement dans le reflet divin. « Comment pourrais-tu, perdu dans l'ombre, saisir l'essence du Simurgh ? Si au contraire tu sais trouver une clef pour ouvrir les portes, tu verras le soleil au cœur de l'ombre, puis l'ombre s'évanouir au soleil ; ainsi soit-il. » Ces paroles représentent le parcours spirituel que propose *Le langage des oiseaux*. Le mystique est celui qui va du reflet au soleil, de la connaissance indirecte à l'immédiate appréhension de Dieu ; il anéantit l'ombre divine et dominatrice pour laisser triompher en lui la foudre du Simurgh.

La quête du Simurgh est longue et désespérée. Sur cette route, l'intelligence humaine est inutile. « L'amour est feu, l'intelligence est fumée », poursuit la huppe. Le mystique est un cœur incandescent, un être nourri de flammes, au visage ardent et rebelle : un fou téméraire, qui désire la brûlure comme la phalène se jette sur la chandelle aveuglante ; un insomniaque éveillé jusqu'à l'aube, gémissant et soupirant, pendant que les autres créatures restent plongées dans un profond sommeil. Plus que le but et la récompense, au-delà de tous les cieux, c'est l'impossible quête elle-même qui lui importe, le désir inépuisable et l'étouffante inquiétude. Tandis qu'il renonce à toute chose terrestre, sa soif du Simurgh augmente, comme si toutes les images de l'infini qui agitent l'âme humaine se précipitaient dans son cœur.

Quelle étrange recherche ! On s'attendrait à ce que, dès le début, l'oiseau mystique prenne congé du monde profane. C'est au contraire avec une sorte de furie qu'il prend possession de toutes les formes profanes de l'amour. La passion démoniaque a sa préférence, qui s'empare des cœurs et des corps, qui apporte douleur, peine, tourment et désolation, sans nulle félicité ; qui fait rechercher l'abjection, l'infamie, la honte, le déchirement, la blessure, la destruction ; et qui fait traverser dans l'ivresse et l'extase les royaumes de la mort. Il y a quelque chose d'inestimable dans cet amour. « Ce que tu trouves merveilleux dans notre monde est fait de sang et de larmes. » La douleur est ce qu'il y a de plus humain : ni les animaux ni les anges ne souffrent ; mais c'est elle qui franchit toute limite humaine, quitte la terre pour nous porter dans le royaume de Dieu. L'angoisse est la seule force qui nous pousse vers le Simurgh, elle est la substance de notre quête ; à la cour du grand oiseau nous ne devons apporter ni science, ni mystère, ni dévotion, qui s'y trouvent déjà en abondance, mais, dit la huppe, « l'ardeur de ton âme et l'affliction de ton cœur, puisque personne en ce palais ne dispose de tels biens ».

C'est ainsi qu'en exploitant les forces humaines les plus profondes, les oiseaux mystiques franchissent les frontières de l'humain. Ils brûlent tout ce qu'ils connaissent, tout ce qu'ils possèdent. « Détache-toi de toute chose et adore le Seigneur ! Tout ce qui n'est pas lui, jette-le ; détruis-le après l'avoir jeté ; consume-le après l'avoir détruit ! Enfin recueille les cendres pour les disperser, afin que le vent de sa gloire en efface toute trace. » Les oiseaux répudient ce qu'ils aimèrent autrefois, comme ils répudient l'orgueil de l'esprit, les extases et les illuminations de la foi, l'autorité du pouvoir terrestre, toute pensée qui évoquerait le bien et le mal, le paradis et l'enfer — tout ce dont le Simurgh se moque avec superbe. C'est en pèlerins qu'ils délaissent le monde profane ; et sur le chemin de leur quête, ils connaissent le désert de la solitude, la terreur du vide, le vertige de l'illimité. Le vent du détachement souffle avec assez de violence pour faire voler en éclats la voûte céleste. L'univers disparaît dans le néant ; le ciel et la terre peuvent partir en morceaux, les oiseaux se figurent qu'il s'agit seulement d'une feuille tombant d'une branche ; et chaque chose peut bien cesser d'exister, cela n'est pour eux qu'une patte de fourmi tombant dans un puits. Avancer dans cet univers anéanti ne procure que stupeur, terreur et angoisse. Chaque oiseau devient comme un morceau de glace, comme un cadavre desséché ou comme le phénix ; et celui-ci, dans son Hindoustan natal, joue de toute la longueur de son bec une musique mélancolique et mystérieuse : la musique de ta mort, de la mienne et de celle de toutes les apparences comme de toutes les couleurs du monde.

Enfin le voyage vers le Simurgh, annoncé depuis si longtemps par la huppe, put commencer. Des années durant, cent mille oiseaux voyagèrent à travers les vallées et les montagnes, parmi les régions sidérales, consumant une grande part de leur existence dans cette quête interminable. Nombreux sont ceux qui finirent noyés dans la mer ou morts de terreur, qui périrent au sommet des montagnes, qui se brûlèrent les ailes et le cœur comme sur un gril. D'autres furent dévorés par les lions et les panthères infestant les routes ; d'autres moururent de soif, la gorge desséchée par le désert ; d'autres s'entretuèrent follement pour la possession d'un grain de blé ; d'autres encore tombèrent malades et furent abandonnés le long du chemin ; d'autres enfin s'arrêtèrent pour contempler les phénomènes de l'univers. Au début du voyage, les oiseaux remplissaient le monde du frémissement coloré de leurs ailes ; mais de cette foule il ne restait à présent que trente oiseaux, vieillis, fatigués, abattus, le cœur déchiré, l'esprit accablé, sans plumes, sans ailes, presque sans corps.

Enfin les trente oiseaux arrivèrent un jour à la cour du Simurgh. Un héraut vint les accueillir et leur ouvrit les portes du palais. Puis il souleva les soixante-dix mille voiles, et à cet instant la lumière du soleil resplendit autour d'eux. Les oiseaux se dépouillèrent de tout aspect terrestre : leur âme s'anéantit complètement, leur corps se consuma jusqu'à n'être plus qu'un petit tas de cendres. Une stupeur inconnue s'empara de leur esprit, tout ce qu'ils avaient vécu et même ce qu'ils n'avaient pas vécu disparut de leur cœur. Finalement les rayons du soleil de Dieu « se trouvèrent reflétés par le miroir de leurs âmes. Dans le visage du Simurgh ils contemplèrent le monde et du monde ils virent émerger le visage du Simurgh. Plus attentifs, ils s'aperçurent que les trente oiseaux n'étaient rien d'autre que le Simurgh et que le Simurgh était les trente oiseaux ; de fait, tournant de nouveau leurs regards vers le Simurgh, ils virent les trente oiseaux, et se regardant encore eux-mêmes ils le virent une nouvelle fois. Ô merveille que cette identité parfaite et réciproque ! » Qu'était-il advenu ? Le grand rêve de tout mystique s'était-il donc réalisé sur le trône de ce palais irréel ? Dans ce miroir, le reflet, l'ombre de Dieu que nous sommes s'étaient-ils enfin transformés en lumière divine ? L'union avait-elle triomphé de la séparation ? L'univers, qui nous avait toujours paru dominé par le jeu des apparences, révélait-il donc en tout lieu l'iridescence du Simurgh ?

De telles pensées ont dû traverser l'esprit des trente oiseaux. Effacés et confus, ils restèrent là à penser, à penser sans idées pour demander en silence au Simurgh l'explication de cet absolu mystère, où le « nous » et le « tu » apparaissaient unis. C'est en silence également que leur répondit non le héraut ou le messager, mais l'essence même de Dieu, dernier visage de lumière et d'ombre caché derrière le dernier voile. Attar a conservé cette réponse : clémente et cruelle, ironique et douce, celle que Dieu fait à tout homme cherchant à s'approcher de son secret. Ce voyage accompli par les cent mille oiseaux, ces vallées franchies, ces montagnes, ces déserts, ces océans, ces astres traversés, les morts douloureuses en chemin, les trente corps privés d'ailes — ce n'était qu'une illusion. Ils n'étaient jamais sortis de leur propre cœur, ce miroir où Dieu se reflète ; et dans ce miroir infiniment agrandi qui maintenant s'était ouvert en cette cour céleste, ils n'avaient vu que leur propre image sous sa forme divine et pure. Ils n'avaient pas vu le Simurgh. Impossible de le connaître : « Qui pourra jamais poser son regard sur nous ? Quand donc une fourmi pourra-t-elle contempler les Pléiades ou soulever une enclume ? » La seule chose que nous pouvons savoir sur Dieu est qu'il est inconnaissable. « Ne sais-tu pas, avait-il dit aussi, que c'est déjà comprendre que d'en être incapable ? Savoir que tu es exclu de notre Présence, cela doit te suffire, toi qui es incapable de contempler notre Majesté comme notre Beauté. » Ainsi le rêve de trouver en l'homme la même substance que Dieu est rendu dérisoire par l'inaccessible hauteur de ce trône ; et la quête mystique d'Attar semble se terminer sur un grandiose échec.

Mais la parole du Simurgh est souverainement ambiguë, comme les mille couleurs de son plumage. Voici qu'à la toute fin du livre, bien près de se refermer sur ce désespoir sans rémission, Dieu annonce à tous les oiseaux que l'espoir leur est encore permis. « Anéantissez-vous en moi, dans la gloire éternelle, et en moi vous trouverez la porte de vous-mêmes. » Les oiseaux ne furent pas sourds à ces paroles. Ils s'anéantirent pour toujours, ils se perdirent dans le Simurgh, oubliant même qu'ils s'y perdaient ; et leur ombre finit par se dissoudre dans le soleil. Ainsi la grande métaphore que proposait le début du poème se déploya complètement dans toute la complexité de ses divers sens. Par la perte de toute qualité humaine, la lumière avait définitivement triomphé de l'ombre. Désormais tout était lumière. Les oiseaux étaient sortis du reflet, du miroir, du cœur, auxquels ils semblaient condamnés. Ils avaient franchi le seuil de l'illusion. Sans devenir Dieu ou connaître son secret, ils avaient accompli l'union tant désirée. La dualité avait disparu de l'univers. Il n'y avait plus ni division ni séparation. Rien d'autre que l'Unique.

Ce qui arriva là-bas, dans la vallée de l'anéantissement, ne peut se raconter. Comme autant de gouttes d'eau, les trente oiseaux s'étaient perdus dans l'océan du mystère ; et nous serions bien incapables de reconnaître ces gouttes d'eau — la huppe, la perdrix, le rossignol, le héron, qui autrefois demeurèrent sur nos rivages. Peut-être l'un d'entre eux aurait-il pu dire : « En vérité je ne sais rien, absolument rien. Je suis tombé amoureux, mais j'ignore de qui. De l'amour qui me domine, je n'ai même pas conscience, et mon cœur, débordant de passion, est pourtant vide. »

Deux livres de Nezami

Comme la miniature persane, la littérature persane est presque inconnue en Europe, où seul le nom d'Omar Khayyam semble avoir filtré, quoique à travers des transcriptions qui l'ont profondément modifié. Le lecteur de poésie a encore devant lui tout un trésor inexploré ; et s'il fait preuve de patience et de constance, s'il a le courage de s'ouvrir à un système métaphorique profondément différent du nôtre, il connaîtra à son tour l'expérience qui, voici cent soixante-dix ans, bouleversa et transforma Goethe : une province qui lui révélera un visage jamais entrevu de la poésie, un groupe de poètes que sa vénération pourra situer au rang des plus grands artistes. Peut-être ne naîtra-t-il pas de cette rencontre, comme alors, un nouveau *Divan occidental et oriental.* Mais les aubes et les nuits de Nezami nous accompagneront désormais pour toujours, comme le « voyageur nouveau » de Dante, les eaux claires de Pétrarque, les albatros, les phares et les encensoirs de Baudelaire, le navire naufragé et les oiseaux de Hopkins.

Dès les premières lignes, Nezami définit *Leïla et Majnoun* (1188) comme le livre d'une absence : il y manque la « grâce », la « joie », « le jardin et le banquet », toute l'expérience de la royauté, de la guerre, de la chasse, de l'aventure, qui seule pouvait donner à la poésie la joyeuse plénitude des sens dont, selon *Les sept princesses,* elle ne peut se passer. Les deux poèmes s'opposent comme l'ombre et le soleil : *Leïla et Majnoun* sont une expérience de concentration absolue, *Les sept princesses,* une expansion infinie ; le premier livre est superbement monochrome, le second infiniment polychrome ; le premier est désolé, le second triomphal. Mais, comme le savait Nezami, l'âme follement éprise d'elle-même, l'âme nue qui aime l'autre en elle-même et Dieu dans l'autre, n'a pas besoin de l'orchestre que les couleurs font résonner dans l'univers. Il lui suffit du gris de la pierre, du jaune du sable des déserts, du bleu ou du noir de la voûte céleste.

Parfois Majnoun, l'« amant fou », envie les autres amoureux. Les autres ont choisi la femme qu'ils préféraient ; lui, en revanche, aime celle qu'à son insu et en son nom le destin a choisie, forgeant unc chaîne (et qui peut dire si elle est amie ou ennemie ?) qu'il ne peut briser ; les autres embrassent, étreignent, possèdent la femme aimée ; alors que son amour à lui (même si aucun père ennemi ne le tient à distance) ne tolère pas la possession, proscrit tout rapprochement, exige la distance et la séparation éternelle. Mais à cause justement de la séparation, il ne vit que d'amour : l'amour l'envahit, le possède, détruit dans son âme toute autre réalité ; tous les autres êtres humains, tous les autres objets sont inconnus ou indifférents, et son moi se défait comme une cire brûlée par une flamme trop ardente. Un embrasement a réduit son cœur en cendres : tout souvenir s'est effacé de son esprit ; il ne connaît plus son propre nom, ne sait même pas qu'il aime et de qui il est aimé. Un jour, il trouve une feuille de papier sur laquelle sont inscrits le nom de Leïla et le sien ; il efface celui de Leïla. « Pourquoi, lui demande-t-on, n'en conserves-tu qu'un ? — Il vaut mieux, répond-il, que de nous deux il ne reste qu'un nom : car qui connaît l'amour sait bien que derrière l'amant transparaît aussitôt l'amante. — Mais pourquoi, insiste-t-on, effacer son nom ? — Il vaut mieux, dit Majnoun, que je sois moi-même en vue, et non ce qui est précieux ; il vaut mieux que l'essence demeure cachée et qu'apparaisse seulement son enveloppe, et que je sois le voile de l'aimée, la coquille de la perle ! » Comme al-Hallaj, il aurait pu dire : « Tu crois me voir exister, mais tu te trompes, je ne suis pas ce qui existe : c'est la bien-aimée. »

Cet amour ne connaît ni pause ni répit : aucun de ces plaisirs et de ces enchantements intellectuels qui ont fleuri, dans la culture occidentale, autour du souvenir et de la séparation amoureuse.

Malgré la séparation, il n'y a aucune distance : jamais Majnoun n'a été aussi proche de Leïla que lorsqu'il lui est interdit de la voir. Car cet amour est feu, feu sans cesse attisé, feu qui brûle l'âme et le corps, feu incapable de s'éteindre : feu qui désire éternellement la douleur, le déchirement, les larmes et l'extase de la mort, et qui, sans la douleur et la mort, en vient à s'égarer. « Ô vous qui ignorez ce qu'est la douleur, éloignez-vous de moi, allez-vous-en ! Je suis perdu, ne venez pas à ma recherche... Laissez-moi enfin seul avec ma douleur ! » Ainsi l'« amant fou » approche bien plus de l'essence ultime de l'amour que les amants heureux qui, dans *Les sept princesses*, s'étreignent voluptueusement dans les jardins, parmi les couleurs et les parfums de l'univers. Nezami sait bien que cette passion révèle au moins une ombre démoniaque : car le feu est matière infernale, et Majnoun, dans l'absolu de sa passion, se rebelle contre la foi coranique. Et pourtant l'amour de Majnoun pour Leïla — avec cette totale identification à l'autre, cette désolation vide, cet élan vers l'inaccessible — est une métaphore, la seule peut-être que nous possédions, de la relation amoureuse impossible et désolée qui pousse l'âme humaine vers Dieu.

Avec au cœur cette unique passion, avec sa chemise et son vêtement déchirés, Majnoun, précipité dans l'abjection, quitte la ville et les tentes : il sort du bien et du mal et, comme le dernier des étrangers et des vagabonds, il rejoint la désolation du désert, dans laquelle son être se reflète. « Il n'avait désormais plus rien de commun avec les autres hommes, c'était comme si, du livre du monde, il avait effacé son nom, comme s'il n'était pas mort et n'appartenait plus aux vivants. » Là, dans le désert, dans les profondeurs de la souffrance, de la solitude et de la séparation, naissent ses vers, qui deviennent bientôt célèbres dans tout le monde arabe et persan. Au cœur du désert, l'amant fou recrée autour de lui un nouvel Éden, comme celui que des cœurs dépourvus de sa flamme avaient détruit des milliers d'années avant lui. Il vit en paix au milieu des animaux, comme Salomon, le souverain des animaux. « Le lion et le cerf comme des sentinelles le protégeaient, et chaque animal du désert se hâtait de venir le servir... Quand il désirait dormir, le renard de sa queue balayait le sol, la gazelle courait lui lécher les pieds, l'onagre lui offrait l'appui de son dos et le flanc du daim était son oreiller. »

L'amour lui fait connaître le caractère vain et éphémère de l'existence : « Vois-tu donc ce qu'est une feuille, ce qu'est une branche dans l'immensité d'un jardin ? » Il ne vit plus que de son propre feu : il cesse de boire et de manger, sort de sa condition humaine, s'élance hors du monde, descend vers la mort alors qu'il s'attarde encore dans la vie. Leïla et Majnoun ne se rencontrent qu'une fois, dans une palmeraie aux frondaisons touffues et enchevêtrées, et lorsqu'ils se parlent, le désert de l'éternelle séparation se change en jardin. « Tantôt je repousse en arrière la tresse sur ton épaule, j'écarte tes boucles de ton visage, je baigne de larmes le lin de ta robe, tantôt j'improvise des vers, j'imprime des marques violettes autour de tes joues de rose, ou je relève ton visage de rose, délivré des violettes de ta chevelure, je te serre entre mes bras, ou je verse pour toi le livre de la douleur. » Peu après, Leïla — l'essence, la perle — meurt, et le faisan de son âme abandonne son nid. Majnoun la pleure ; ses larmes font jaillir une source, tout le désert pleure en même temps que lui ; les épines des ronces lancent des étincelles à chaque gémissement, les pierres se teignent de sang. La coquille de la perle, le voile de l'essence doit mourir également : Majnoun pose sa tête sur le tumulus de Leïla, prie Dieu de lui accorder l'eau de vie, et abandonne la terre, qui n'avait connu que sa souffrance.

Les sept princesses, écrit neuf ans plus tard, est le poème de la création. Dieu est le créateur souverain. « Ô toi qui as créé le monde à partir de rien, ton nom, principe de tous les noms, est le premier principe et la fin ultime : premier des premiers au commencement du compte, dernier des derniers à la fin de tout. » Les dons de Dieu sont descendus sur la terre comme un torrent de grâce surabondante : ils l'ont subjuguée, ils l'ont arrosée, imprégnée, illuminée, pénétrée de toutes parts ; et il n'est pas désormais une seule lettre de la calligraphie des cieux qui soit gauchement tracée, pas un point mal placé. Bien que Nezami connaisse les ombres, les infortunes et les désastres de la terre, il répète que la création est une sphère parfaite et providentielle. Il voudrait saisir Dieu en pleine action : Celui-ci mène dans le Non-Espace une vie insondable et inaccessible, que Mahomet ne parvint qu'une fois à entrevoir, s'élançant, en un voyage vertigineux, après avoir déchiré mille voiles de lumière, devant sa Lumière sans voile. Mais Nezami sait que l'aventure de Mahomet ne se répétera jamais plus. Le devoir d'un poète comme lui, d'un humble et superbe « trésorier de la parole », doit être d'entrevoir le visage de Dieu (fût-il le dernier et le plus superficiel) dans les créations naturelles et humaines. C'est une tâche immense, dont il dut se demander si ses forces y suffiraient. Il avait représenté la quête de Dieu dans l'âme désolée et séparée de l'amour. Comment parviendrait-il maintenant à en figurer toute l'étendue cosmique ? Comment pourrait-il décrire les splendeurs triomphales, la surabondance royale, la somptueuse débauche de parfums, de couleurs et de musiques, la profusion de bijoux, d'aubes et de nuits, de printemps et d'hivers, au milieu desquelles Dieu — le plus sublime des artisans — s'était manifesté à sa cour dont nous aussi, quoique les derniers, nous faisons partie ?

Aussi, en écrivant *Les sept princesses*, se propose-t-il de fondre dans la même œuvre un poème théologique et un poème astrologique, un poème héroïque et un poème chevaleresque, les contes et les histoires d'amour, les histoires de spectres et les joyaux de sa poésie, comme s'il voulait rivaliser avec ce Dieu-corne d'abondance. Le personnage principal est un roi de la tradition sassanide, Bahram Gur, déjà entré dans la légende dans *Le Livre des rois* de Ferdousi. Il incarne plusieurs modèles de royauté : il est le roi sacré de la tradition iranienne, qui renouvelle la fécondité de la nature et apporte sur terre la justice, et le roi-chasseur, le roi-athlète de la tradition pré-iranienne ; mais il est aussi l'adolescent dionysiaque qui passe sa vie, enfermé dans son palais ou dans son jardin, parmi les plaisirs du vin et de l'amour. Sa jeunesse s'écoule dans le château magique de Khavarnag, un « château d'argent, qui dresse ses tours vers la lune », un palais qui réfléchit les images du ciel — bleu à l'aube des reflets du ciel vêtu d'azur, jaune quand le soleil émerge des plis de l'horizon, blanc quand les nuages voilent l'astre du jour. C'est là qu'un après-midi, il connut son futur destin. Il pénétra dans une pièce que personne n'avait jamais ouverte ; et il découvrit qu'un peintre inconnu avait peint sur les murs son effigie, « jeune adolescent à la ceinture semée de perles, avec un tendre duvet parfumé sur son visage de lune, tout d'argent de la couronne à la taille » : autour de lui, dans un cercle, se tenaient sept ravissantes princesses des sept continents, et chacune d'elles le contemplait avec amour. Chaque nuit, enivré, brûlant de désir, Bahram Gur pénétrait dans la pièce et rêvait de rencontrer les jeunes filles qui lui avaient été destinées par ce mystérieux pinceau.

Autour de ce mince argument narratif, Nezami a construit un livre grandiose, qui reproduit les différentes natures des planètes et leur influence sur la terre. Des milliers de correspondances et de relations électriques vivantes, continues, lient la vie des astres et celle du monde : ce qui se passe là-haut trouve un écho entre les arbres de nos prés et les parois de nos demeures ; chaque planète possède un continent de la terre, une couleur, un jour de la semaine. Suivant l'enseignement d'un architecte-astrologue, Bahram Gur se propose de mener une existence purement astrale, en connaissant ici-bas les couleurs, les parfums, les vins, les plaisirs, les récits qui concordent avec la nature des cieux. L'architecte a construit un château coiffé de sept coupoles, chacune d'une couleur différente, selon le tempérament des sept planètes. La coupole de Saturne disparaissait dans le noir du musc ; celle de Jupiter était couleur de santal ; celle qui se dressait sous les auspices de Mars était rouge ; la coupole au goût du Soleil était jaune comme un collier d'or ; la coupole protégée par Vénus avait le visage blanc ; celle que Mercure nourrissait arborait un turquoise victorieux ; la joie teignait de vert la coupole bénie par la Lune. Sous chaque coupole, les murs, les lits, les tentures, les rideaux, les tapis, les coussins, les vases, les fleurs qui baignaient dans l'eau avaient la même couleur. Bahram Gur épousa les sept princesses peintes sur les murs : l'Inde, Byzance, le Kharezm, la Russie, l'Occident, la Chine, l'Iran lui offrirent leurs trésors ; et quand les sept jeunes filles arrivèrent dans le château, elles revêtirent elles aussi les vêtements de leur planète.

C'est ainsi que, pendant quelque temps, la vie de Bahram Gur connut la qualité des astres. Oubliant les pensées et les soucis de l'État, il montait chaque soir chez l'une des princesses. Le samedi, il s'habillait de noir et se rendait dans la noire coupole de Saturne, où l'attendait la sombre princesse indienne ; le dimanche, vêtu de jaune, il montait dans la coupole jaune du Soleil, auprès de la princesse byzantine ; le lundi, brandissant une ombrelle verte, il se rendait dans le vert pavillon de la Lune, où l'attendait la princesse de Kharezm ; le mardi, vêtu de rouge sur rouge, il se dirigeait vers la coupole rougeoyante de Mars, où habitait la princesse slave à la rousse chevelure ; le mercredi, dans son habit turquoise, symbole de victoire, il pénétrait dans le pavillon turquoise de Mercure, auprès de la princesse d'Occident ; le jeudi, teignant de santal ses vêtements et sa coupe, il entrait sous la coupole brune de Jupiter, où la princesse de Chine aux yeux effilés brûlait du santal ; le vendredi, paré d'ornements blancs, il se rendait dans le pavillon blanc, où l'attendait la princesse d'Iran, cependant que Vénus entonnait l'hymne royal pour le saluer.

Vivant dans le reflet des astres, que connaissait Bahram Gur des planètes ? Tandis que le feu brûlait, que les ténèbres scintillaient de chandelles, que la chambre l'enveloppait de ses ombres de cyprès et qu'il buvait d'un vin plus rouge que le sang du faisan, le roi découvrait que l'essence des planètes se trouvait dans les histoires que chaque soir une nouvelle Schéhérazade lui racontait devant le feu, pénétrant de plus en plus profondément, à force de mots probables et improbables, archiréels et absurdes, dans la tapisserie constellée de la nuit. Chaque histoire avait une couleur différente. Soir après soir, Bahram découvrait une ville chinoise dont tous les habitants étaient vêtus de noir, des arbres et des prés verts comme de la soie verte, le sang de cent têtes tranchées, l'arbre de santal, le désert couleur de santal, de blanches jeunes filles aux jambes d'argent... Les planètes n'étaient pas autre chose : des reflets de couleur qui s'échappaient d'une bouche humaine. Les princesses racontaient des contes, des apologues, des récits, que Nezami avait en partie empruntés au folklore indien et persan, et qui réapparaîtraient dans *Les mille et une nuits.* C'était un monde tendre et voluptueux, où dominaient les plaisirs et les joies des sens ; ou bien les apparitions et les obsessions démoniaques, comme si la vie n'était que ce jeu de plaisirs et de spectres, dans une fulgurante métamorphose.

Dans *Leïla et Majnoun*, Nezami avait annoncé : « Seul connaîtra la paix celui qui dans ce monde n'a jamais été en paix, qui jamais n'a pris racine dans la vie de ce monde, qui l'a traversée comme un éclair en naissant et mourant. Dans le monde du transitoire, ne t'arrête pas si tu ne veux pas en goûter la souffrance : à celui qui s'enracine en ce monde, la paix du cœur demeure interdite ! Celui-là seul qui est mort à cette vie sera vivant dans l'autre ! » Tandis que Bahram vivait sous les coupoles, un ministre malfaisant opprimait ses sujets et dilapidait ses richesses, et les armées chinoises franchissaient les frontières de l'Iran. En un instant, comme foudroyé par un éclair, le roi comprit que la vie astrale, au milieu des images féminines, des couleurs et des parfums, fait partie de la création de Dieu : c'est l'une des fleurs de la création divine — et pourtant c'est aussi le siège de la vanité et de l'éphémère, et nous devons d'un geste la rejeter derrière nous. En peu de temps, Bahram rétablit la justice en Perse ; puis il disparut dans une caverne — dans la vie d'ermite, dans la mort, dans ce Non-Espace où Mahomet avait rencontré la lumière sans voile de Dieu.

Dans l'architecture de l'univers, Nezami, je crois, se serait attribué le rôle de Salomon : le grand roi d'Orient, le maître de la nature, le souverain du visible et de l'invisible. En tant que nouveau Salomon, il avait une double tâche. Il devait représenter l'éclat rutilant des couleurs, l'exubérance de la vie érotique, la luxuriante forêt fleurie qu'on rencontre dans la nature ; mais aussi les mystères, les énigmes invisibles de la création — énigmes qu'il découvrait avec sa foi de croyant, sa science astrologique et son intuition de poète. Il savait que la perle était la substance cosmique originelle ; et voilà que toute sa science du visible et de l'invisible, tout ce qui était apparent et ce qui était abstrait devait devenir une collection de perles, d'ors, de saphirs, de diamants, de turquoises, plus resplendissants que les trésors réels, car aucun joyau ne resplendit comme la métaphore d'un grand artiste. Le poète n'était autre que le « joaillier du Trésor du Mystère » : « l'orfèvre qui enfila ce rang de perles, et a empli de pierres précieuses l'oreille du monde ». Ses pierres précieuses étaient des mots : ils devaient avoir l'éclat et la dureté de la pierre, scintiller et conquérir les regards, mais sentir aussi le papier, l'encre, la plume, et réunir en eux tous les mots que les autres scribes-orfèvres avaient semés sur leurs feuilles de papier et que lui-même avait lus avidement. Il tisserait et broderait ces mots anciens, comme le plus délicat des tisserands ; ou comme le vieil alchimiste qui sait transformer le cuivre en argent, et l'argent en l'or le plus prisé.

En tant qu'orfèvre et alchimiste de métaphores, Nezami occupe, dans la poésie, le rang suprême, et devant les miracles de son art, un lecteur européen songe aux prodiges de Shakespeare et de Gongora, de Donne et de Basile. Il nous suffit d'ouvrir *Leïla et Majnoun* et *Les sept princesses* pour être frappés par une imagination métaphorique qui semble sans limites : des cascades d'images aquatiques, une profusion d'images de fleurs, des prodiges d'éclairs dans le ciel, des arcs-en-ciel aux sept couleurs parés de nuances infinies. Une petite partie de ces métaphores obéit à un code d'équivalences et de conventions. Mais ces équivalences sont si nombreuses qu'elles forment, à elles seules, un tapis à la trame compliquée, précieuse et presque indéfinissable. Chaque situation s'accompagne non d'une image unique, mais d'une série d'images, qui se succèdent, se substituent l'une à l'autre et s'accumulent sans jamais cesser de nous surprendre, formant enfin une représentation à plusieurs strates. La même comparaison peut avoir une double motivation ou s'appliquer à des contenus radicalement opposés. Les métaphores parallèles divergent entre elles, devenant parfois fort éloignées et contradictoires, afin d'engendrer d'absurdes clartés ; cependant que l'excès et l'hyperbole produisent volontairement ou involontairement le grotesque ou l'invraisemblable. L'artifice et la nature s'attirent, et la réalité est anthropomorphisée. De façon presque constante, le premier terme de la comparaison est aboli, et il se forme une pure collection de joyaux métaphoriques, dont nous nous plaisons souvent à égarer la signification. Si la réalité tout entière brûlait sur un immense bûcher, l'immense tapis métaphorique de Nezami, ce jardin où les astres nous ont invités parmi les parfums et les couleurs, continuerait de se déployer bien haut, solitaire, triomphal et inaccessible dans le vide.

Le miroir des couleurs et des parfums

Alors que Rumi allait mourir, un cheik vint lui dire : « Que Dieu te guérisse promptement ! » Rumi répliqua : « Que vos souhaits de bonne santé s'appliquent désormais à vous-même ! Seule une chemise de crin sépare à présent l'Amant de l'Aimé ; refuseriez-vous qu'elle soit enlevée et que la lumière s'unisse à la lumière ? » Puis il promit à ses disciples, comme le Christ : « Partout où vous vous trouverez, soyez avec moi et souvenez-vous de moi, afin que je vous apparaisse : quelle que soit mon apparence, je serai toujours à vos côtés, et je répandrai sur vous l'or de mes pensées. » Enfin il déclama un court poème :

> Le roi des pensées sans ombre
> est parti d'un pas dansant
> vers une autre terre, au pays
> où ne règne que la Lumière.

Il quitta cette terre le 17 décembre 1273. Le jour de ses funérailles, les lecteurs du Coran déclamèrent avec douceur les plus beaux versets ; les muezzins appelèrent à la prière de la Résurrection ; vingt groupes des meilleurs chanteurs récitèrent les odes funèbres que Rumi lui-même avait composées, tandis que les cors et les trompettes mêlaient leurs timbres pour annoncer la bonne nouvelle. Tous pleuraient, criaient, se répandaient en lamentations. Les membres des autres communautés ne manquaient pas : chrétiens, juifs, Grecs, Arabes, Turcs, tous brandissaient leurs livres saints et, suivant leur coutume, lisaient des versets des Psaumes, du Pentateuque ou des Évangiles. Ils avaient compris que Rumi était le dernier prophète. Alors que les musulmans reconnaissaient en lui le Mahomet de leur époque, ceux-là pouvaient apercevoir dans sa lumière la lumière qui avait irradié des paroles de Moïse et du Christ.

Si nous cherchons à savoir qui fut le plus célèbre poète du monde persan, c'est bien la figure du saint musulman que les textes hagiographiques nous désignent, retouchée par la légende. Selon Aflaki, c'était un thaumaturge et un illusionniste prodigieux : il ressuscitait les morts, accomplissait des miracles, prévoyait le futur, s'entretenait avec les démons et les anges, interprétait les rêves, possédait un corps double et transparent qui lui permettait d'aller dans les airs et d'occuper en même temps deux lieux différents. Certains traits semblent moins impersonnels. Il était animé d'un feu continu, d'une incessante ardeur, d'une ivresse inépuisable : l'amour terrestre et divin était pour lui consumation et métamorphose ; il portait toutes ses sensations et ses pensées à la plus grande tension, au-delà du point de rupture, quand tout le matériau humain scintillait et brûlait en une flamme céleste. Pourtant il était doux, tendre, délicat ; il n'aimait pas les négateurs ; il riait doucement, comme détaché de lui-même ; et au sommet de son extase il atteignait la précision et la pureté de l'intellect. Il aimait la danse. Dans le tourbillon des gestes se révélait jusqu'au vertige le tourbillon divin : la danse des planètes, des eaux, des arbres, des feuilles ; les séparations désolantes ; les secrets métaphysiques et les mélodies que l'âme apprit au Paradis.

C'est grâce aux soins d'Ève de Vitray-Meyerovitch que nous connaissons les textes en prose de Rumi : *Le livre du dedans* et *Maître et disciple*, recueillis par le fils du saint, Sultan Valad ; entretiens du poète avec ses disciples, monologues que peut-être il déclama devant le mur de la séparation, dans lesquels il passe avec un naturel souverain d'un argument à l'autre. Comme tout mystique, Rumi se défie profondément du langage, qu'il soumet à la force de sa vision. C'est la parole qui crée les contradictions propres à rendre notre vie angoissante et déchirée, entre oui et non, entre bien et mal, entre Islam et non-Islam ; elle ne nous offre jamais ce que nous cherchons — elle n'en est qu'un reflet, une allusion, un chemin nous invitant à suivre un autre chemin, tout aussi mystérieux et qui se perd dans le lointain. De même que nous ne distinguons les rayons brillants et aériens du soleil que lorsqu'ils se reflètent sur un mur, nous ne pouvons admirer la parole de Dieu, ce soleil éclatant et subtil, que reflétée sur un autre mur bien plus massif : celui des commandements et des interdits.

Rumi voulait contempler la parole sans cette fatale opacité, la saisir dans ses nuances les plus changeantes et les plus subtiles. Comment y parvenir ? Comment extraire une parole intérieure de ce langage extérieur ? Comment s'exprimer au-delà du langage ? D'un côté, Rumi traduit l'infinie richesse des sensations et des pensées, intelligibles ou non, qui envahissait son esprit, avec un trésor d'images exprimant chaque nuance de l'énigme en même temps qu'elles la laissent obscure et irrésolue. De l'autre, il a recours aux anecdotes, d'une simplicité presque enfantine, de la tradition soufie. Rien ne semble transmettre plus facilement la vérité mystique : et pourtant, au sein de l'anecdote se cache un abîme entre la profondeur du contenu mystique et la simplicité de la forme profane ; et de ce contraste naissent les éclairs et les enchantements qui viendront illuminer l'esprit de ses lecteurs.

Pour Rumi, Allah est cette unicité vertigineuse qui charme et aveugle la pensée islamique. Allah est unique, comme le dit Ibn Arabi, sans compagnon, sans égal et sans fils : propriétaire sans associés, roi sans ministres ; artisan de la création, sans que personne y ait participé. Si du néant il a créé le monde, ce n'était ni pour éviter un mal, ni pour en tirer un profit quelconque ; ce n'était pas non plus le fait d'une pensée de hasard ou l'impulsion d'un désir soudain, mais le fruit d'une Volonté pure de toute modification contingente. Allah vit au-dessus des contraires : le oui et le non, le blanc et le noir, le bien et le mal, la foi et l'incroyance. Mais dans ce cas, comment le comprendre, nous dont l'intelligence ne se nourrit que de contraires ? Son essence nous échappe. C'est son Unicité qui le voile. Dieu sera toujours différent de l'idée que peut s'en former notre esprit. Ses chemins sont sans limites, et l'illimité ne saurait être borné par ces procédés finis que sont le commentaire et l'explication : le fini ne peut contenir l'infini.

Rumi sait bien qu'il ne peut comparer Dieu à aucune image humaine : Dieu est incomparable ; pourtant, et ce paradoxe définit son attitude religieuse, des comparaisons toujours nouvelles, des images, des analogies viennent en foule dans son esprit circonscrire l'Unique. Parmi celles-ci, c'est l'Océan, symbole de l'infini, qui trouve la faveur du poète : immobile dans ses profondeurs et d'une agilité sans égale à la surface, toujours mobile, toujours changeant, comme Dieu — lui, l'éternellement stable —, il est le roi des métamorphoses. Nous, nous devons être comme les poissons, qui ne vivent que pour l'Océan et dont l'âme est l'Océan : leur nourriture, leur vêtement, leur demeure, leur lit, leur sommeil et leur réveil, tout cela est l'Océan. « Assis, debout, couchés, ils se souviennent de Dieu et méditent sur la création des cieux et de la terre. »

Malgré l'interdit, c'est par des analogies que l'esprit de l'homme peut se tourner vers Dieu, et par un couple de contraires qu'il le définit. Dieu est le plus proche et le plus lointain : si proche qu'il connaît chacune de nos pensées, chacun de nos fantasmes, si proche que nous ne pouvons le voir ; et si lointain, si indéfinissable, si absurde, que nous pouvons à peine saisir la trace de son parfum sur la terre. Personne ne détient un pouvoir aussi terrible et aussi arbitraire. Lorsque sa lumière se manifeste sans voiles, il ne reste ni terre, ni ciel, ni soleil, ni lune. Et pourtant, qui est plus généreux que lui, plus tendre, plus délicat, plus miséricordieux ? N'est-il pas Celui qui pardonne, Celui qui aime ?

Ce Dieu caché, ce Dieu abyssal, ce Dieu retiré dans le vertige de son unicité, est poussé par une force incompréhensible à se révéler. Comme le dit un célèbre hadith : « J'étais un trésor caché et j'ai désiré me faire connaître. » Et pour cela, autant que pour se connaître lui-même, Allah se reflète dans l'univers et dans l'homme, ces miroirs de Dieu. Sa Substance unique, pure comme l'eau, se répand, se reproduit, se multiplie, comme les ombres dans une forteresse : alors la blancheur vierge et immaculée donne naissance au monde « des couleurs et des parfums », ce monde que nous habitons. Mais cette manifestation de Dieu n'est pas absolue : sa révélation est atténuée, adoucie, effacée, détournée par soixante-dix mille voiles. Si la beauté divine était apparue telle quelle, l'œil humain n'aurait pu le supporter. S'agit-il donc d'un irrémédiable échec ? D'une faiblesse de notre pupille, de notre esprit ? Mais la dévotion de Rumi nous invite justement à contempler Dieu dans ses œuvres, non dans son Essence ; et par un autre renversement paradoxal, il en arrive à préférer cette connaissance voilée à la connaissance absolue.

Tout ce que nos regards contemplent dans le miroir parfumé et coloré de l'univers est donc un reflet de Dieu. Comme une belle femme qui jetterait des cailloux du haut d'une terrasse pour qu'on la regarde, les cieux, la terre, le soleil, les astres sont les cailloux que l'Aimé, du haut de son monde supérieur, jette en ce monde contingent afin d'être vu. Et il est partout visible : en haut et en bas, à gauche et à droite, devant et derrière, dans le bien et dans le mal ; dans le jour et dans la nuit, dans les bateaux qui parcourent les mers, dans la pluie qui du ciel descend féconder la terre, dans le changement des vents, dans les nuages contraints à nous servir ; dans la terre ferme comme dans l'eau du lac, dans le poisson comme dans l'oiseau ; dans les sages et les ignorants, dans les tyrans et dans les justes ; dans la fleur de l'aube, dans le souffle du soir, dans le murmure du bosquet, dans le scintillement de la pierre, dans l'œil doré du métal ; dans le cloître du moine chrétien, dans le temple où l'on vénère les idoles, dans la Kaaba recevant la prière du pèlerin, dans les Tables où la Loi de Moïse est écrite, dans le Coran révélé à Mahomet... Le « trésor caché » de Dieu est dispersé : il a rendu la terre plus brillante que les cieux, et c'est avec une sorte d'ivresse amoureuse que les yeux de Rumi découvrent tous les signes de sa présence. Il ne faut pas regarder bien loin : il suffit que l'homme sonde en lui-même pour y découvrir Dieu et l'univers. Un soufi était plongé dans la méditation. Un impertinent vint lui demander : « Qu'est-ce que tu fais, tu dors ? Regarde ces vignes, contemple ces arbres et ces plantes, ce sont les traces de la miséricorde divine. Obéis aux commandements de Dieu, car Il a dit : "Regarde." Tourne donc ton visage vers les signes de sa miséricorde ! » Mais le soufi répondit : « Ta vanité ignore que ses traces ne se trouvent que dans notre cœur : les choses du dehors ne sont que les signes des signes. Oui, c'est dans ton cœur que tu trouveras les véritables vergers : le reflet du dehors est comme le reflet dans une eau courante. »

Si Dieu se reflète ainsi dans l'univers, l'univers à son tour ne peut qu'être bon. Le manichéisme est à des lieues de l'attitude de Rumi : personne n'emploie un langage plus exalté pour annoncer l'harmonie providentielle de l'histoire humaine. Les desseins de Dieu se cachent autant derrière le bien que derrière le mal. « S'Il fait périr un prophète ou s'Il le plonge dans le malheur, et qu'Il accorde à un tyran blasphémateur, en plus de la vie, la santé, la volupté et le pouvoir, puisque Dieu en a décidé ainsi, alors il faut considérer les deux conditions comme également bonnes. » Devant cette omniprésence diffuse de Dieu dans l'univers, toute différence de religion, de foi, d'institution, devient une ombre pâle destinée à se perdre dans l'élan du cœur. Quand Rumi s'adressait aux infidèles, ceux-ci fondaient en larmes. « Il n'est pas nécessaire, commentait-il, qu'ils comprennent ces discours, s'ils comprennent où ces discours prennent leur source. Ils confessent tous l'unité de Dieu, qu'il est le créateur, qu'il donne le pain quotidien, qu'il pénètre toute chose. Lorsqu'ils écoutent ces propos sur Dieu, ils laissent sourdre en eux l'inquiétude, le désir et la nostalgie. Grâce à ces paroles, ils sentent le parfum de l'Aimé, de celui qu'ils désirent. Les chemins sont peut-être différents, mais le but est unique. Ignores-tu qu'il y a plusieurs chemins vers la Kaaba ? » Ainsi Rumi nous apprenait-il à aimer ce monde limité, à aimer dans le fini l'ombre de l'infini ; et c'est avec toute la félicité du corps et de l'esprit, du cœur et de la parole, qu'il en percevait l'apparition parmi nous. « Ne vous approchez pas du désespoir : les chemins de l'espoir existent. Ne vous dirigez pas vers l'obscurité : il existe des soleils. »

L'extraordinaire richesse de la condition de Rumi naît du fait qu'en lui s'unissent dramatiquement deux attitudes spirituelles opposées : le néoplatonisme et le gnosticisme. Pour lui, cette terre est à la fois la maison de l'âme et celle de l'exil, le meilleur des mondes possibles et l'obscur cachot de l'esprit et du corps. Qui contemple les choses ne connaît pas la lumière divine : il ne l'aperçoit que déformée, transformée. Notre monde est ce que l'ombre est à la personne, le reflet à l'image, la feuille à l'arbre. Le ciel est un point issu de la plume de sa perfection, la terre un bourgeon du jardin de sa beauté, le soleil un lumignon émané de sa sagesse, la voûte céleste une bulle dans l'océan de son omnipotence. Le croyant qui pour connaître Dieu s'élance vers les formes créées s'expose à la plus atroce déception, puisque le monde, qui tout à l'heure nous faisait apparaître son visage, est à présent un voile qui le dissimule. Notre vie est un rêve dont l'interprétation se trouve dans le ciel. Dans le grand miroir qui nous avait révélé tous les parfums et toutes les couleurs de la divinité, seules apparaissent maintenant les pâles illusions des sens. Si au moins l'histoire qu'ils racontent était continue ! Mais le temps est fait de points, d'instants, d'irruptions fulgurantes et fugaces, engendrés par la vitesse de l'action divine : un abîme sépare chaque instant l'un de l'autre, abîme que ne peut franchir aucun pont formé par l'esprit ; et la Création est annihilée entre chacune de ces irruptions, d'où naissent à chaque fois un nouveau ciel et une nouvelle terre.

Ainsi doit-on délaisser voiles et reflets, parfums et couleurs, abandonner le cachot et la terreur de la séparation.

> Amis, debout, il est temps de partir ;
> temps de laisser ce monde
> à l'appel du tambour céleste.
> Le chamelier s'est levé,
> la caravane est prête ;
> il est temps de s'en aller.
> Ô voyageurs, réveillez-vous !
> Devant nous, derrière nous
> s'élèvent le son des cloches
> et le tumulte du départ.
> À chaque instant, une âme, un souffle
> prend son envol vers où
> plus rien n'a désormais lieu d'être.

Sans que nous l'ayons cherché, Dieu se rencontre à l'improviste : et c'est alors seulement que nous le cherchons sans répit. Voilà où était notre illusion : autrefois nous travaillaient le désir, l'inquiétude, l'amour pour ce qui reste hors de portée de notre vue, de nos sens et de notre intellect ; à présent nous comprenons que cette inquiétude n'est rien d'autre que la recherche de Dieu, lui qui est précisément le toujours-divers, le toujours-changeant, Celui qui se montre sous cent mille couleurs et autant d'aspects. Regardons en arrière : non pas vers la fin comme ceux qui prêchent l'apocalypse, mais vers le principe de l'homme et de nous-même. « Pourquoi regarder vers la fin ? Si l'on a semé du blé, il n'en sortira pas d'orge, et si l'on sème de l'orge, il n'en sortira pas de blé. » En regardant en arrière, nous montons par degrés l'échelle de la création. Nous avons été minéral, plante, puis animal et enfin homme ; en laissant pour toujours la terre, nous deviendrons ange.

« Dépasse même la condition des anges ! Pénètre en cet océan, et la goutte d'eau que tu es pourra devenir une mer. »

Un jour, les Chinois déclarèrent : « Nous sommes les meilleurs artistes ! », et s'entendirent répondre par les Byzantins : « Non, la perfection et le pouvoir sont notre apanage ! » « Je vous mettrai à l'épreuve, dit le roi, et je saurai qui de vous a raison. — Accordez-nous une salle, et une seconde aux Byzantins », répondirent les Chinois : on leur donna donc une salle à chacun, dont les cloisons correspondaient l'une à l'autre. Les Chinois prièrent le roi de leur donner des couleurs par dizaines : celui-ci ouvrit son trésor pour accéder à leur désir. Mais les Byzantins se passèrent du moindre pigment, prétendant qu'il leur suffisait de nettoyer le mur. Ils fermèrent la porte et se mirent à laver les parois jusqu'à les rendre aussi claires, aussi pures que le ciel. Les Chinois, une fois leur œuvre achevée, firent entrer le roi dans la pièce : la vision de leur fresque enthousiasma son esprit. Puis il tourna ses regards vers les Byzantins, qui ôtèrent la cloison : le reflet des peintures chinoises sur ces parois pures de toute zone d'ombre l'atteignit, et tout ce que le roi avait contemplé dans la pièce chinoise apparut alors infiniment plus beau, au point de ravir les yeux. Tel est bien l'idéal de Rumi et des soufis. Plus de désirs, ni de sensations, ni de pensées ni de sentiments ; plus de moi : « Ton existence est un péché incomparable ! » Aucune incrustation psychologique ; aucun de ces talents, de ces arts que les hommes apprécient tant. Le moi purifié doit devenir un cristal, un miroir limpide, clair et passif, où se reflètent les couleurs et les parfums du monde terrestre, et les menaces d'un ciel maintenant proche.

Car le ciel n'est rien d'autre que la fin de la dualité. « La grâce propre de Dieu est telle que s'il pouvait mourir, il le ferait pour toi, afin d'abolir la dualité. Mais puisque sa mort est impossible, c'est toi qui mourras, afin qu'il se manifeste en toi et que la dualité disparaisse. » Le fidèle soufi s'anéantit : il efface sa figure, comme les Byzantins toute trace sur les parois. Il devient comme la phalène qui se brûle les ailes et le corps à la flamme de la bougie, comme le nageur qui plonge dans la mer en oubliant son effort, son acte et jusqu'à lui-même, pour finir noyé, identifié au rythme de l'eau ; comme un cheval enfin qui, tombé dans une mine de sel, y reste des années et se transforme en statue. Dieu est l'oreille par quoi l'homme entend, l'œil grâce auquel il voit, la langue qui lui permet de parler, la main qui le rend capable de saisir. À ce moment l'homme ne dit pas : « Tu es Dieu et je suis ton serviteur » ; voilà qui serait prétention et orgueil, car ce serait affirmer sa propre existence et restaurer la dualité. Il ne dira pas même : « Il est Dieu », car il donnerait un fondement à la dualité. Il faut dire comme al-Hallaj : « Je suis Dieu », c'est-à-dire je suis anéanti, seul reste Dieu, proclamant l'unique présence de Dieu dans la dissolution totale du monde.

Alors les sens divinisés se métamorphosent. L'œil du fidèle soufi parle, sa langue regarde, son oreille voit et converse, sa main écoute. Tout retourne à l'Un. Les mille couleurs qui nous avaient enchantés et bercés si longtemps retrouvent la splendeur aveuglante du blanc : les multiples formes se dissolvent dans la forme unique ; Dieu se montre sans voile, dans la candeur de son unicité.

CINQUIÈME PARTIE

LA MORT DES DIEUX

La chute de Mexico

I

Par une nuit de 1506, sous le règne de Moctezuma II, les Aztèques attendirent la fin du cycle de cinquante-deux ans qui rythmait leur temps, et le début d'un nouveau cycle. Tout dépendait des événements célestes. Si l'étoile Aldébaran prolongeait sa course au zénith du firmament, le ciel et le monde poursuivraient leur chemin. Mais si Aldébaran n'apparaissait pas, ou si ce petit point s'immobilisait subitement sur le changeant tapis céleste, c'était la fin qui s'abattrait sur le lac et les montagnes de Mexico. Un tremblement de terre détruirait le soleil ; descendues sur terre et changées en bêtes féroces, les étoiles et les planètes dévoreraient les hommes ; temples, palais, montagnes, nuages, tout ce que les autres cycles avaient construit et contemplé serait précipité dans la ruine la plus informe.

Douze jours à l'avance, les Aztèques éteignirent les feux et commencèrent à jeûner. Ils jetèrent dans le lac les blocs de pierre et de bois qui symbolisaient les dieux familiers, les pierres des foyers, les pierres des meules ; ils détruisirent les anciens manteaux d'apparat, les somptueuses et délicates architectures de plumes, les ornements, les céramiques précieuses, toutes les petites choses de la vie quotidienne qui s'étaient doucement accumulées en cinquante-deux années. Les femmes enceintes portaient sur le visage des masques verts. Les enfants masqués étaient maintenus éveillés de force. Les hommes montaient la garde, protégeant chaque maison des incursions des esprits de la nuit. La veille du jour dit, les prêtres revêtirent les habits de leurs dieux : ils se mirent peu à peu en route, marchant lentement et silencieusement, vers une colline proche de Mexico. La nuit, des millions d'yeux anxieux et terrorisés scrutèrent le ciel — ce ciel si incertain, si fragile, si menacé de périr — où apparut finalement le petit point lumineux d'Aldébaran. Un prêtre sacrifia une victime et alluma une flamme sur son cœur. Tandis que la foule chantait, et que trompettes et tambours retentissaient, cette flamme devint un grand foyer qui resplendissait au loin. Dans le flamboiement des torches, des pas rapides et légers gagnèrent les temples des dieux, les palais et les cabanes, pour apporter à tous la bénédiction du feu et la certitude que les étoiles et les rites avaient une fois de plus sauvé la vie du monde.

Puis vinrent les présages. En 1508, l'on vit dans le ciel « comme une flamme, comme une lame de feu, comme une aurore. Elle semblait pleuvoir à petites gouttes, comme si elle perçait le ciel ; elle s'élargissait à la base, se resserrait au sommet. Jusqu'au milieu du ciel, jusqu'au cœur du ciel elle brûlait, touchant au plus profond du cœur du ciel. On la voyait ainsi, à l'orient : elle apparaissait, jaillissait au milieu de la nuit, semblait faire le jour, faisait le jour, et plus tard le soleil en se levant l'effaçait ». D'autres prodiges suivirent cette spectrale clarté nocturne. Le temple de Huitzilopochtli s'embrasa ; on vit apparaître une comète divisée en trois parties ; l'eau se mit à bouillir et à tourbillonner dans le lac de Mexico. La nuit, une femme pleurait et gémissait, criant : « Mes très chers fils, voici que vous partez déjà ! Mes très chers fils, où vous mènerai-je ? » Pour finir, les pêcheurs du lac prirent dans leurs filets un gros oiseau cendré, pareil à une grue — symbole du peuple aztèque. Ils l'apportèrent à Moctezuma. L'oiseau avait sur la tête un miroir sphérique, noir de fumée et percé en son centre : le miroir du grand dieu Tezcatlipoca. L'on y voyait une nuit d'une profonde obscurité, des lambeaux de ciel étoilé et la constellation des Gémeaux ; le ciel était si sombre que Moctezuma, ne pouvant croire qu'il faisait jour, tourna les yeux vers le ciel. Lorsqu'il regarda de nouveau le miroir, le ciel nocturne avait disparu : depuis l'orient, des hommes accouraient de toutes parts, s'apprêtant pour la bataille, et portés par des chevreuils. L'empereur appela aussitôt les prêtres-devins. Il leur dit : « Vous ne savez pas ce que j'ai vu ? Comme si des hommes s'en venaient en courant de toutes parts... » Mais quand les prêtres regardèrent, le spectacle avait disparu, et le miroir bruni dissimula les secrets de leur avenir.

Quelque temps plus tard, les hommes du miroir atteignirent les rivages du Mexique : en 1518, Juan de Grijalva ; Hernán Cortés débarqua le 21 avril 1519 avec onze navires et cinq cents soldats, sur la côte du Veracruz. Les Espagnols ne savaient pas qu'ils étaient épiés à tout moment par les informateurs de l'omniprésent Moctezuma, qui repérèrent les navires aux voiles déployées, les chevaux, les lévriers, les armures qui semblaient de pierre, les barbes blondes ou couleur de flamme, les couleuvrines et les bombardes. Quand ces informateurs retournèrent à Mexico, Moctezuma, inquiet, ordonna aux peintres de la cour de peindre la scène qui avait rompu le silence du golfe. Les peintres écoutèrent le récit et le figurèrent de leurs pinceaux. Personne n'avait jamais rien vu de pareil. Moctezuma leur recommanda à tous le secret. « Personne ne dira jamais quoi que ce soit, personne ne laissera échapper la moindre chose de ses lèvres, personne ne se permettra un mot à ce sujet, personne ne laissera filtrer le moindre mot involontaire. »

Moctezuma crut comprendre, avec l'aide des récits, des peintures et des anciennes légendes mexicaines, qui était l'homme vêtu de noir, ainsi que sa suite. Quetzalcoatl, le « Serpent à Plumes », était l'un des quatre grands dieux de son peuple. Il avait découvert le maïs ; il avait enseigné l'art de polir le jade et les pierres précieuses, de tisser les étoffes multicolores, de confectionner des mosaïques avec les plumes des oiseaux tropicaux ; et aussi la double science de la mesure du temps et des révolutions des astres, le calendrier et les cérémonies. Tout ce qui était pur et pénitentiel, tout ce qui avait trait à la métamorphose de la vie dans la mort, et de la mort en vie éternelle, était placé sous son signe.

Une double légende entourait sa disparition. Une déesse-magicienne l'avait obligé à manger un champignon hallucinogène et à s'unir avec elle. Lorsqu'il s'éveilla, le dieu pleura devant la chute irrémédiable dans le monde de la pesanteur : il quitta le Mexique et se rendit sur les rives de l'eau « céleste » ; il revêtit sa parure de plumes et son masque, prépara un bûcher et s'immola par le feu comme l'avaient fait les dieux à l'origine des temps, pour donner vie à l'univers. Ses cendres s'élevèrent, légères, au-dessus du bûcher, et tous les oiseaux précieux du Sud vinrent regarder, tandis que son cœur devenait l'Étoile du matin et s'élevait, resplendissant, vers le soleil. Selon d'autres, Quetzalcoatl s'était enfui sur les côtes de l'océan Atlantique et avait disparu à l'orient sur un radeau de serpents, en prophétisant la restauration de son royaume et le retour de l'âge d'or. Moctezuma, ce roi-prêtre qui descendait de Quetzalcoatl du côté de sa mère, n'avait plus le moindre doute. La figure qu'il avait entrevue fugitivement dans le miroir bruni, la figure dont ses peintres lui avaient tracé l'effigie était le dieu du vent et du temps, de l'art et de la prière, qui retournait parmi les siens.

De son vivant, Quetzalcoatl avait passionnément aimé le masque splendide et éphémère qui dissimule l'obscurité du corps humain et contient en lui, dans le jeu des couleurs et des plumes, le signe d'une complète métamorphose spirituelle. Aussi Moctezuma demanda-t-il aux prêtres d'ouvrir le trésor du temple, où étaient conservés les ornements des dieux. Il en retira la parure de Quetzalcoatl : un masque de serpent serti de turquoises ; une armure d'apparat en plumes de *quetzal* ; un miroir façonné comme une cuirasse, incrusté de turquoises ; des sandales d'obsidienne ; des boucles d'oreilles de turquoises, d'où pendaient des coquilles d'or ; un manteau bordé de rouge ; la canne du vent, recourbée à son sommet, ornée de pierres de jade d'une blancheur d'étoiles. Les messagers de Moctezuma allèrent trouver Cortés et lui dirent : « Le dieu a traversé bien des épreuves, il est fatigué, le dieu doit se reposer », puis ils le revêtirent de l'habit divin. Nous ignorons ce qu'a ressenti Cortés en se voyant transformé en oiseau tropical héraldique et multicolore, et s'il a compris le sens sacré de cet adoubement. Peut-être y vit-il seulement le ridicule hommage d'un peuple barbare. Les textes espagnols ne nous donnent guère d'informations. Ils parlent de deux grands disques — l'un d'or, qui représentait le soleil, l'autre d'argent et figurant la lune, tous deux délicatement gravés de figures — au moyen desquels Moctezuma posa le ciel aux pieds du dieu revenu.

Quand les messagers retournèrent auprès de Moctezuma, ils étaient bouleversés : Cortés leur avait montré ses navires et son armée d'hommes cuirassés, il avait fait tirer les couleuvrines et les bombardes, commandé une charge de cavalerie sur sa plage. « Nous devons lui dire ce que nous avons vu, et c'est chose effrayante : jamais on n'a rien vu de pareil. » Ils attendaient les dieux, dont ils avaient tant de fois contemplé l'effigie ; et ceux-ci leur étaient apparus comme le mystère absolu, l'incompréhensible. Qu'était devenu Quetzalcoatl ? Ils étaient habitués à deviner les dieux sous les plus étranges apparitions animales, mais chez ces hommes-chevaux, ces hommes-chiens, ces hommes-de-métal accompagnés de monstrueux animaux anthropomorphes, ce sacré qu'ils vénéraient avec dévotion semblait avoir disparu. Un chant épique nahuatl conserve intacte la terreur de cette première rencontre : « Ils sont venus en groupe, ils sont venus en rangs serrés, ils sont venus soulevant la poussière. Leurs lances de métal, leurs lances de chauves-souris, semblaient lancer des éclairs. Et leurs épées de métal ondulaient comme les flots. C'était comme s'ils retentissaient, leurs corsets de métal, leurs casques de métal. Et d'autres viennent, tout couverts de métal, ils viennent tout entiers faits de métal, ils s'en viennent en lançant des éclairs. Les voilà, répandant de grandes terreurs, ils sont venus ici, semant grande épouvante. Avec eux viennent leurs chiens, qui les mènent, ils s'avancent devant eux, ils marchent en avant, ils s'en viennent à l'avant-garde, ils s'en viennent haletants, leur bave retombe en menues gouttes. Soudain, leurs chevaux se rangent l'un devant l'autre, ils s'alignent comme des sillons, se mettent en rangs, se mettent en files. Et quatre chevaux vont en avant, ils s'avancent les premiers, en première ligne par rapport aux autres ; ils s'avancent à la tête des autres et mènent les autres. Sans cesse ils se tournent, sans cesse ils se retournent. Ils vont se placer sous les yeux des personnes. Ils s'en viennent, regardant de tous côtés, épiant de tous côtés ; de toutes parts ils furètent au milieu des maisons, ils viennent tout examiner et scruter les hauteurs des terrasses. Les chevaux hennissent bruyamment. Ils transpirent fortement, c'est comme une eau qui s'écoule d'eux ; et leur écume coule à grosses gouttes sur le sol, comme du savon. Et quand ils avancent, ils crépitent fortement, s'entrechoquent dans un martèlement comme s'ils lançaient des pierres. Aussitôt la terre se fend, se creuse, lorsqu'ils soulèvent leurs sabots... »

Dans leurs guerres, les Aztèques n'oubliaient pas qu'ils étaient des hommes de religion et de théâtre. Leurs batailles étaient subtilement ritualisées, sans imprévus, sans ruses et sans surprises, comme ces cérémonies théâtrales qui constituaient le premier acte de la tragédie de vénération et de sacrifice que l'on récitait chaque jour en l'honneur des dieux. Dès qu'ils rencontrèrent les Espagnols, ils comprirent obscurément ce qu'était la véritable force : la force armée par la raison, la force qui se contrôle, qui se fixe des buts et lentement les atteint, la force qui a perdu toute consécration religieuse, la force qui se propose uniquement la destruction de l'adversaire. « Ils venaient pour la guerre, ils venaient en armes, ils venaient bardés pour la guerre, avec leurs boucliers, leurs épées à tranchant d'obsidienne, leurs masses d'armes à pointes qu'ils portaient sur l'épaule. Ils venaient, soulevant la poussière... »

Là-haut, à Mexico, la ville semblait abandonnée. Personne ne sortait plus et personne n'entrait plus. Les mères ne laissaient pas les enfants seuls. Les rues, naguère grouillantes de monde, étaient vides et désolées. Les seigneurs se réunissaient par groupes, en pleurant. « Il n'y avait que visages défaits et têtes baissées. On se saluait en pleurant, on pleurait les uns avec les autres, pour se saluer. » Les hommes du peuple disaient : « Que pouvons-nous encore faire ? Car voici que nous allons mourir, que nous allons périr, voici que nous sommes déjà là, debout, attendant notre mort. » Moctezuma, qui pensait sauver par son geste l'harmonie du cosmos et de l'empire, était triste. Il ne connaissait plus le sommeil, ni la nourriture ; il soupirait ; et il aurait voulu se dérober à la vue des dieux revenus de l'orient. « Quand il eut compris, il courba simplement la tête ; il est seulement resté assis, la tête courbée, il a baissé la tête, il est resté assis la tête baissée ; il n'a plus parlé, il est resté assis comme un malade, longuement, abattu, comme s'il était anéanti. Sa seule réponse fut de leur dire : "Que faire ? Où fuirons-nous ? La nation des Mexicains sera-t-elle vraiment frappée de tant de plaies ? Où serons-nous conduits ? Que faire ? Où aller, pour rien ? Que pouvons-nous ? Où aller, en vérité ?" »

Il avait vécu jusqu'alors, comme un Grec ou un Romain, sous le règne de nombreux dieux, conciliant sa fidélité envers Quetzalcoatl, le dieu de sa famille maternelle et de ses prêtres, avec sa fidélité envers tous les autres dieux mexicains qu'il fondait peut-être, dans son esprit, en une figure unique. Or, tout à coup il était placé en face d'un choix terrible. Que devait-il faire ? Prendre le parti de son dieu revenu, qui venait bouleverser le ciel fragile, le fragile équilibre du monde aztèque ? ou protéger Mexico du prochain âge d'or ? Il comprit qu'il n'appartenait à personne ; ou qu'il appartenait à tous, aux vieilles divinités comme à l'Étoile du matin ; et il ne pouvait ni combattre Quetzalcoatl ni abandonner Huitzilopochtli ou Tezcatlipoca. Aussi sa conduite fut-elle un écheveau d'ambiguïtés, de contradictions, d'incertitudes, de temporisations, d'ajournements. Il envoya ses mages ensorceler Cortés et son armée : on ne sait s'il voulait renouveler la magie qui avait chassé Quetzalcoatl, ou mettre celui-ci à l'épreuve. La magie échoua ; et il ne lui resta plus qu'à temporiser, à repousser le retour du dieu, en couvrant Cortés de cadeaux tout en le priant de ne pas monter à Mexico — car les routes étaient mauvaises, le pays stérile, il n'y avait rien à manger, la ville était entourée d'eau et on n'y pouvait entrer qu'en canoë. Mais, au fond de son cœur, il savait que tout ce qu'il faisait était inutile. Ce que les astres avaient décidé et que les signes de la flamme céleste ou du miroir obscur avaient annoncé se réaliserait. Il ne pouvait, lui, qu'attendre passivement la volonté du ciel.

II

Devant Moctezuma, par-delà les côtes et les montagnes inconnues du Mexique, se tenait Hernán Cortés, l'élégant et ironique gentilhomme vêtu de noir, fils de la très vieille et toute jeune Europe. Bien qu'il fût pauvre, il s'était sans attendre coulé dans le personnage théâtral du grand guerrier. Il s'était fait prêter quatre mille pesos pour acheter un uniforme de « capitaine » — un panache de plumes, un collier à chaîne d'or avec sa médaille, un habit de velours brodé d'or — et des bannières et des oriflammes ornées des armes royales et d'une croix.

Nul ne possédait autant que lui le talent d'Ulysse. Il avait l'œil rapide, l'esprit sinueux, la capacité de s'adapter à n'importe quelle situation, l'art de se sentir à son aise dans un monde totalement étranger : il parvenait à improviser à chaque fois la décision voulue, alors que les Aztèques étaient, eux, paralysés par la conscience de lutter avec les dieux. Excellent causeur et fin diplomate, il connaissait l'art du mensonge, de la parole masquée, évasive et trompeuse, et vainquit d'abord par ses paroles ce seigneur de la parole qu'aurait dû être l'empereur aztèque. Il tira de l'Évangile les principes d'une politique machiavélique : *omne regnum in seipsum divisum desolabitur,* avait-il lu. Il sut tirer parti de toutes les divisions politiques qu'il rencontra au Mexique, des lézardes et des fissures qu'il découvrit dans cet édifice encore inachevé ; il sut passer pour fort quand il était faible ; il employa le geste, la renommée, l'apparence ; il exploita avec ironie sa légende divine, se faisant passer pour immortel et pour doué de l'art miraculeux de lire l'avenir et les pensées d'autrui. Les Aztèques n'avaient jamais connu pareille conjugaison de talents. Ce qui dut les surprendre par-dessus tout, ce fut son obstination, son inflexible résolution, sa force de volonté cruelle et inexorable : cette capacité à prendre des décisions héroïques et extrêmes dont il fit preuve en brûlant ses vaisseaux derrière lui et en assiégeant Mexico jusqu'à la fin. Dans un monde dominé par les astres, où l'art suprême était celui d'interpréter les signes, qui aurait pu *vouloir* avec une force aussi démoniaque ?

Son voyage vers Mexico fut long et pénible, et il traversa les mille incertitudes que l'incertitude de Moctezuma semait tout au long du chemin. Cortés et Bernal Diaz del Castillo ne dissimulaient pas leur enthousiasme. Les terrasses et les maisons des villages, les temples et les sanctuaires, entièrement crépis de blanc, rappelaient la blancheur aveuglante des villages d'Espagne. Quand ils arrivèrent à Tlaxcala — la cité rivale de Mexico —, le marché grouillant de monde, les étoffes, les bijoux d'or et d'argent, les ouvrages de plumes, les céramiques de toutes formes, l'ordre parfait de la foule obscurcirent tout souvenir de leur patrie. Partout où ils arrivaient, ils s'enquéraient de Mexico et de Moctezuma. Les dignitaires aztèques parlaient de la cité bâtie sur l'eau, des vastes digues, des ponts, des forteresses et des temples, des immenses richesses et des armées de l'empereur. Tandis que Moctezuma s'efforçait de ralentir leur marche, tous sentaient grandir en eux le désir de voir la ville, comme les chevaliers errants de l'*Amadis* poursuivant des châteaux chimériques. Cortés parlait de ses aspirations sur un ton plus austère ; Diaz del Castillo avait un tempérament plus simple et plus imaginatif. Ils regardaient autour d'eux avec des yeux limpides. Ils voulaient connaître, comprendre, s'immerger dans cet immense pays où étaient réunies toutes les choses qui leur avaient toujours échappé. Peut-être, s'ils avaient continué, auraient-ils effectivement basculé dans l'*Amadis.* Ils voulaient comprendre — mais ils ne savaient pas qu'ils ne comprendraient qu'en détruisant, pierre après pierre, les enchantements nés de l'eau verte du lac.

À mesure qu'ils approchaient de leur but, ils passaient de merveille en merveille, découvrant les nombreux villages, certains construits sur l'eau, les autres sur la terre ferme, et la grande digue, si large et droite, qui menait à Mexico. D'imposantes cités, des monuments, des temples démesurés surgissaient de l'eau. Les soldats, interdits, se demandaient si tout cela n'était qu'un rêve. Le soir, ils reposaient dans les palais-jardins, emplis d'arbres et de fleurs, avec des fontaines d'eau douce entourées de marches en pierre. Ils ne se lassaient pas d'admirer la variété des essences, de respirer leurs parfums, de contempler les sentiers perdus parmi les fleurs : ceux qui avaient connu l'Andalousie croyaient retrouver l'enchantement d'eau et de verdure de l'Espagne mauresque. Le 9 novembre 1519, ils arrivèrent à Mexico. Un grand cortège de nobles, dans des manteaux multicolores, dans un éblouissement de plumes et d'ornements d'or, vint à leur rencontre. Ils tenaient à la main des bouquets de fleurs, balayaient le sol que l'empereur devait fouler et déroulaient des tapis, afin que le souverain ne touchât pas la terre. Ils marchaient la tête basse, en signe de déférence. Une musique de tambours et de trompettes, de sonnailles et de conques, de chalumeaux et d'ocarinas les accompagnait. Quand ils furent devant Cortés, chacun d'eux toucha la terre d'une main et la baisa.

Enfin s'avança une litière brodée d'or, protégée par des rideaux et portée sur les épaules de quatre dignitaires, revêtus de manteaux d'azur. Moctezuma en descendit, s'appuyant sur deux seigneurs. Lui aussi resplendissait d'azur et d'or, les deux couleurs opposées du soleil. Il portait sur le front un diadème triangulaire d'or et de turquoises ; le manteau bleu-vert et l'écharpe qui lui ceignait les reins étaient constellés de turquoises ; ses bracelets, ses boucles d'oreilles et ses sandales étaient d'or ; cependant que sa lèvre inférieure était traversée par une épingle de cristal dans laquelle était enfilée une plume de colibri. Cortés ôta son modeste collier de verroterie et le passa autour du cou de Moctezuma. Moctezuma lui offrit deux colliers de coquillages rouges et de grosses perles. Enfin, l'Espagnol découvrait le souverain qui régnait sur l'empire du songe, cependant que le Mexicain voyait le dieu revenu de son long voyage en Orient, dépouillé de son masque, prisonnier d'un corps, dégradé et triomphant.

On aimerait savoir exactement quelles paroles prononcèrent Moctezuma et Cortés, ce matin du 9 novembre : comment le roi honora le dieu, comment le dieu-homme s'adressa à un souverain plus grand que lui. Nous disposons seulement de deux discours littéraires, l'un dans un espagnol élaboré et affecté, l'autre dans un nahuatl stylisé et varié. « N'est-ce pas toi ? dit Cortés à Moctezuma. N'est-ce donc pas toi ? Alors, tu es Moctezuma ? » Moctezuma répondit : « Oui, c'est moi. » Et aussitôt il se redressa pour rencontrer le regard de Cortés, s'inclina devant lui, puis l'attira à lui, se leva avec fermeté et lui dit : « Oh, notre seigneur ! Tu as traversé bien des épreuves, tu es las : voici que tu es arrivé sur ta terre, voici que tu t'es approché de ta ville de Mexico, voici que tu es descendu sur ta natte, sur ton trône, que j'ai gardé pour toi, que je t'ai conservé. Je ne suis pas seulement la proie d'un rêve, je ne suis pas seulement livré aux songes, je ne vois pas tout cela seulement dans mon sommeil, je ne rêve pas seulement que je te vois, parce que je t'ai vu face à face. Depuis déjà cinq ans, depuis déjà dix ans, j'étais envahi par de sombres impressions. J'ai regardé là-bas, vers le lieu inconnu d'où tu es sorti, d'entre les nuages, d'entre les brumes. C'est donc ce qu'avaient dit en mourant les seigneurs souverains, que tu descendrais ici, sur ton trône, sur ta natte. Et voici que c'est arrivé. Tu es venu : tu as traversé bien des épreuves, tu es las ; approche de ta terre, repose-toi : viens faire la connaissance de ton palais, repose tes membres... »

Il s'écoula quelques jours de tranquillité, pendant lesquels les Espagnols et les Mexicains vécurent amicalement dans la ville pleine de vie. Le 12 novembre, Moctezuma prit par la main Hernán Cortés et lui montra son empire du haut d'une pyramide. Tandis que les nuages d'encens honoraient les dieux du soleil et de la guerre, à leurs pieds s'étendait le lac, l'« eau de pierre verte », entièrement couvert de jardins flottants aux cultures verdoyantes et sillonné de toutes parts par les canoës qui transportaient les marchandises. Puis l'immense capitale et ses faubourgs ; les petites rues continuellement balayées, les canaux rectilignes, les digues bien construites, les ponts, les grands aqueducs, les embarcadères ; les maisons sans fenêtres, pareilles à des maisons arabes, avec leurs terrasses et leurs cours couvertes de jardins et de fleurs ; les tours, les sanctuaires et les forteresses éclatantes de blancheur, les temples démesurés qui « surgissaient de l'eau, tout entiers de pierre, comme dans les enchantements de l'histoire d'*Amadis*». Aucun des hommes de Cortés n'avait jamais rien vu de pareil. Ni Grenade, ni Constantinople, ni Rome, aucune des capitales où les avaient poussés la misère, la soif d'aventures et l'ardeur de la guerre, ne leur avait paru aussi grandiose, aussi riche, aussi fourmillante de vie.

L'exploration continua le long des rues et des canaux de Mexico. Les Espagnols visitèrent la place du marché de Tlatelolco, où chaque jour cinquante mille personnes se rassemblaient dans un continuel bourdonnement de ruche. Ils avaient vu dans leurs contrées toutes sortes de marchés et de foires : ceux de Salamanque ou de Medina del Campo, mais ils n'avaient jamais contemplé une aussi extraordinaire image du Tout. L'univers vivant des animaux et des choses était distribué et divisé selon un ordre parfait, et chaque marchandise se vendait dans une rue particulière. D'un côté se trouvaient les marchands d'or et de pierres précieuses ; il y avait de splendides ouvrages d'argent fondus au feu : un plat octogonal, aux quartiers tour à tour d'argent et d'or, unis ensemble par la fusion ; un poisson aux écailles alternées d'or et d'argent ; un perroquet dont la langue, la tête, les ailes étaient mobiles ; un singe qui jouait avec sa tête et ses pieds, et tenait à la main un fuseau, comme s'il filait, ou une pomme, comme s'il mangeait. Il y avait des vases de terre cuite, de toutes formes et de toutes dimensions : urnes, récipients, citernes grandes et petites, jarres, aiguières, cruches peintes et vernies. Dans la rue voisine s'ouvrait le jardin artificiel des tapis et des tissus : fils de coton en écheveaux de toutes les couleurs, qui rappelèrent à Cortés le quartier des soyeux de Grenade ; cuirs de chevreuil, avec ou sans poil, teints de blanc et de rouge, cuirs de loutre, de puma, de blaireau et de chat sauvage, tannés ou naturels ; et la gamme infiniment riche des couleurs pour les artistes.

Au centre du marché, se tenait la fête odorante des nourritures. Dans les rues consacrées à la chasse, se rassemblaient les oiseaux : cailles, perdrix, canards sauvages, crécerelles, gobe-mouches, pigeons, tourterelles, perroquets, pies, sarcelles d'hiver, et les plumages et les becs des oiseaux de proie. Il y avait des cerfs, des daims, des dindons, des chevreuils, des lièvres, des lapins, des loirs, de petits chiens comestibles, muets et sans poils, dont les Aztèques étaient gourmands. Puis commençait l'océan des légumes et des fruits : les oignons et les chapelets d'ail, le cresson et les cardes, les cerises et les prunes, pareilles à celles d'Europe ; miel d'abeilles, galettes de cire, miel de cannes de maïs, miel d'agaves, vin d'agaves. Le lac de Mexico, tout proche, offrait sur la place ses poissons, ses crustacés, ses grenouilles, et un étrange caviar d'œufs de grenouilles récolté à fleur d'eau.

Quand l'œil se lassait, apparaissaient les boutiques des herboristes, proposant toutes les racines, toutes les plantes médicinales d'Amérique ; les boutiques des barbiers, de petites auberges ; des restaurants en plein air, où les femmes offraient des pâtés de viande et des gâteaux au miel, des tasses de chocolat parfumées à la vanille et le suc fermenté de l'aloès. Un peu plus loin, dans le coin des plumassiers, le Mexique se révélait comme l'invention même de la légèreté. Les marchands avaient apporté du Sud les plumes vertes dorées du *quetzal*, celles, bleu turquoise, du *xiuhtotol*, les plumes rouges et jaunes des perroquets. Et voilà qu'au fond des boutiques, ou en pleine lumière, devant les yeux ébahis des Espagnols, les artisans créaient avec des plumes un papillon, un animal, une fleur, des plantes et des rochers, ou une grande armure de parade, comme celle que Moctezuma avait offerte à Cortés. Ils prenaient les plumes avec de très fines pincettes et les attachaient à la toile à l'aide d'une substance gélatineuse ; ils assemblaient toutes les pièces sur une lame de cuivre et les aplanissaient afin de rendre la surface de l'image si lisse qu'elle semblait dessinée au pinceau. Ce travail était délicat et extrêmement méticuleux. Les artisans dont Bernal Diaz admirait l'ouvrage passaient une journée entière à mettre, ôter ou ajouter une plume, à contempler leur œuvre sous tous les angles, au soleil, à l'ombre, à contre-jour, pour harmoniser les couleurs et atteindre à l'inaccessible perfection.

En ces six premiers jours à Mexico, les Espagnols visitèrent une autre image du Tout. Le palais de Moctezuma était une ville blanche et carrée où l'on entrait soit à pied soit en bateau, en glissant le long des canaux. Il contenait tribunaux et trésors, salles de danse et ateliers d'artisans ; vastes salles de pierre et de bois odorants, ornées de sculptures, de fresques, de parures de plumes ; et cours intérieures que des tentures abritaient du soleil. Au centre du palais s'ouvraient les jardins plantés d'arbres et des fleurs de toutes les espèces connues. Des canaux les traversaient, alimentant des vasques ; l'eau en sortant de ces vasques jaillissait et se pulvérisait en une pluie impalpable qui retombait sur les fleurs des terres chaudes. Des étangs d'eau douce et d'eau salée offraient leur asile aux oiseaux des marais et des mers.

Il y avait des jardins zoologiques, avec des bêtes féroces et des reptiles, de grandes volières et un pavillon de phénomènes vivants, avec des hommes lilliputiens et déformés. Mais ces accumulations, qui alimentèrent la passion naissante de Cortés pour les collections, ne suffisaient pas aux désirs de Moctezuma. Comme au souverain des Incas, il lui fallait le Tout, béant et immédiatement perceptible devant ses yeux ; et il avait fait reproduire dans une salle toutes les créatures vivantes, les animaux de la terre et des eaux en or, argent et pierres précieuses, rivalisant ainsi avec les pumas, les perroquets et les *quetzal* vivants qui peuplaient son jardin.

La foule qui voguait sur les canaux, qui achetait et vendait, qui marchait sur les digues du lac, offrit aux Espagnols un spectacle plus harmonieux que celui de leurs villes. Venaient d'abord les guerriers consacrés à la splendeur du soleil, avec leurs manteaux colorés qui imitaient le dessin des coquillages marins, des serpents et des démons, et leurs ornements de plumes. Puis les marchands, consacrés à la nuit : ils partaient en expédition la nuit, en revenaient après le coucher du soleil, cachaient leurs marchandises et dissimulaient leur opulence sous des vêtements grossiers et déchirés, comme s'ils voulaient éloigner la malédiction du gain. Puis les prêtres, « ceux qui voient, qui se consacrent à l'observation du cours et de la marche du ciel, ceux qui tournent bruyamment les feuilles des codes, ceux qui ont la maîtrise de la sagesse et de la peinture, ceux qui fixent le déroulement de l'année et la succession des destins, des jours et des mois ». Puis les artisans, les *toltecas*, descendants d'une race mystérieuse et exquise, qui travaillait depuis des siècles les émeraudes et les plumes, l'or et le jade ; et le peuple des paysans. À regarder cette foule immense, qui semblait devoir se reproduire et se multiplier éternellement, qui aurait pu croire qu'en quelques années tout était condamné à périr ?

Nous ne savons pas ce que les Espagnols ont pu voir d'autre, au cours de cette halte de quelques jours — les seuls qu'ils passèrent sans posséder ni détruire ce que certains voulaient simplement observer avec des yeux méticuleux. Ils entendirent tout le jour les trompettes et les conques résonner du haut des temples, annonçant les divisions du temps. Peut-être certains d'entre eux purent-ils voir, à l'approche de l'aube, un prêtre sacrifier des cailles — sans savoir que ces oiseaux étaient le signe des « quatre cents étoiles du Nord et du Sud », qui disparaissent avec l'apparition du soleil. Ils ignorèrent que, lorsqu'un enfant naissait, la sage-femme lui disait : « Te voici désormais en ce monde où tes parents vivent dans les peines et les fatigues, où règnent la chaleur excessive, le froid et le vent. Nous ne savons pas si tu vivras longtemps parmi nous ; nous ne savons pas quel sort t'est réservé. La maison où tu es né n'est qu'un nid. Ton pays, ton héritage, ton père sont dans la demeure du soleil, dans le ciel. » Ils ignorèrent que la sage-femme touchait la poitrine du bébé en disant : « Voici l'eau céleste, voici l'eau qui lave et nettoie ton cœur, qui efface toutes les taches. Reçois-la. Qu'elle veuille bien purifier ton cœur. » Elle faisait tomber quelques gouttes sur sa tête et ajoutait : « Que cette eau entre dans ton corps et qu'elle y vive — cette eau céleste, cette eau d'azur ! » Ils ignorèrent que, dans les collèges, les jeunes prêtres se levaient toutes les nuits, en silence, pour offrir de l'encens aux dieux. Ils ignorèrent que, quand un homme se confessait, le prêtre jetait de l'encens sur la flamme en invoquant le ciel : « Mère des dieux, père des dieux, voici un pauvre homme qui s'en vient. Il vient en pleurant, triste, angoissé. Peut-être a-t-il commis des péchés. Peut-être s'est-il trompé et a-t-il vécu dans l'impureté. Il vient le cœur lourd, plein de douleur. Seigneur, notre maître, toi qui es proche et qui es lointain (*Tu, altissimus et proximus*), fais cesser sa peine et apaise son cœur. »

III

Brusquement, le 14 novembre, risquant l'un de ses coups audacieux de joueur, Cortés alla chercher Moctezuma dans son palais et l'emmena, prisonnier, dans le palais où lui-même était logé. C'est là l'une des énigmes de la conquête. Pourquoi Moctezuma accepta-t-il la violence de la prison ? Pourquoi n'appela-t-il point l'armée et la population à se soulever contre les Espagnols ? La conquête se serait ainsi achevée sur le massacre des faux dieux venus troubler la vie de Mexico. La civilisation de Moctezuma était une civilisation du sacrifice : au commencement des temps, les dieux s'étaient précipités sur le bûcher, pour faire surgir le soleil et la lune ; et chaque jour, des guerriers étaient immolés dans les temples, pour que le soleil continue sa course dans le ciel et que l'équilibre cosmique soit préservé. Et maintenant Moctezuma devait se sacrifier comme ses guerriers emplumés. Les astres avaient dévoilé les signes du destin. Les dieux étaient revenus, et Moctezuma devait abandonner son palais, renoncer à sa couronne, courber la tête pour accomplir la volonté des dieux et empêcher que son peuple — ignorant — ne se soulève contre eux. Il n'était aucun autre recours, sinon de nouvelles humiliations, une nouvelle défaite au fond de laquelle — on ne savait quand — viendrait briller la lumière de la rédemption. Un grand nombre de dignitaires se rendirent au palais de Moctezuma. Ils quittèrent leurs habits de cérémonie ; et, les pieds nus, pleurant silencieusement, ils conduisirent leur seigneur dans la demeure qui lui avait été destinée. Moctezuma leur dit : « Je vous supplie d'accorder à ce seigneur l'obéissance que vous m'accordiez. Vous lui rendrez tous les tributs et tous les services que vous me rendiez jusqu'à aujourd'hui, comme moi-même je m'engage à lui obéir en tout ce qu'il m'ordonnera. » Tandis qu'il prononçait ce discours, il pleurait à chaudes larmes, manifestant la plus vive douleur.

C'est ainsi que pendant quelques mois, Moctezuma et les envahisseurs cohabitèrent dans le même palais. Le grand roi accepta de devenir un instrument entre les mains des Espagnols : il recevait les ambassadeurs, prenait des décisions, administrait la justice, comme s'il avait été libre — et faisait emprisonner les dignitaires qui ne voulaient pas accepter sa domination. Il connut l'humiliation suprême. Cortés lui fit mettre les fers aux pieds — et il pleura une nouvelle fois. Alors que les plus grands seigneurs aztèques lui parlaient avec la tête baissée vers le sol, pieds nus et vêtus de haillons, voilà qu'il était obligé de supporter la compagnie de soldats orgueilleux, vaniteux et discourtois, qui rassemblaient tous les défauts que sa civilisation condamnait : il fut contraint de jouer avec Cortés, qui trichait pour le voler, et de dormir à côté d'un grossier marin. Mais entre lui et ses dieux étrangers s'établit rapidement un rapport d'affection, ou de complicité, comme il peut s'en établir entre les maîtres du ciel, violents et absurdes, et les hommes qui, souriant et pleurant, courbent la tête devant eux. Cortés prétendait l'aimer comme lui-même ; Moctezuma répliqua en lui offrant une de ses filles en mariage ; il se lia d'amitié avec un page espagnol, qui lui parlait en nahuatl ; et il donnait continuellement des bijoux et des étoffes à ses geôliers. Il connut quelques journées de détente, comme la traversée du lac de Mexico sur un brigantin que Cortés avait fait construire. Les plus intelligents des Espagnols comprirent qu'ils avaient rencontré, pour la première fois, un « prince de la terre ». Moctezuma possédait toutes les qualités que l'étiquette aztèque recommandait aux souverains : la courtoisie, la prudence, le calme ; la gravité et la simple majesté du comportement ; et ce sourire d'auto-ironie par lequel la royauté révèle, sous le décor qui la dissimule, la noblesse de son essence.

Un point demeure pour nous obscur : Moctezuma croyait-il encore que les Espagnols étaient des dieux ? Jusqu'à quand le crut-il ? Et jusqu'à quand les Aztèques partagèrent-ils son illusion ? Bien des signes auraient dû le mettre sur la voie. Cortés fit jeter du haut des escaliers des temples les images des divinités mexicaines et mit à leur place celles de la Madone et des saints ; il exigea des prêtres aztèques qu'ils les adorent et les parent de fleurs ; et il raconta à Moctezuma la création du monde et l'incarnation puis la mort du Christ. Était-il possible que Quetzalcoatl, de retour, annonçât une théologie si différente de celle qui avait été la sienne ? Moctezuma n'offensa pas ses dieux. Il dit doucement à Cortés : « Quant à la création du monde, nous savons nous aussi depuis longtemps ce qu'il en est. Pour le reste, nous ne pouvons que vous répondre que nous adorons nos dieux parce que nous les jugeons bons. Il doit en être de même des vôtres ; mieux vaut donc cesser d'en parler. » Puis les Espagnols entrèrent dans le trésor de Moctezuma, détruisirent les architectures et les tableaux de plumes, brûlèrent les étoffes, arrachèrent les pierres précieuses des bijoux, fondirent les chefs-d'œuvre de l'artisanat aztèque, pour n'en retirer que des barres d'or — montrant ainsi qu'ils ignoraient que toutes ces œuvres des *toltecas* étaient un hymne que les mains scrupuleuses des hommes avaient élevé vers le ciel. Enfin, en l'absence de Cortés, Pedro de Alvarado fit massacrer les guerriers aztèques réunis pour célébrer la fête de Huitzilopochtli, violant l'espace que les dieux se réservaient sur la terre — la fête, la célébration du sacré. Moctezuma en fut blessé dans ce qu'il avait de plus cher. Mais peut-être dut-il se dire que ce qui distingue les dieux, c'est le caractère imprévisible, absurde et arbitraire de leurs actions. On ne peut leur prescrire une voie : il nous faut simplement les accepter. Il n'osait se dire que les astres l'avaient trompé, et que tous ses sacrifices à Quetzalcoatl, tous ses atermoiements et toutes ses humiliations avaient été tragiquement vains.

Tout, alors, se précipita. Les Mexicains élirent un nouveau roi, assiégeant les Espagnols dans leur palais. La longue soumission se transforma en fureur. Cortés revint avec d'autres soldats et demanda à Moctezuma d'ordonner la levée du siège. Moctezuma savait qu'il n'avait plus aucun pouvoir, mais les dieux de l'orient avaient encore une telle force sur son esprit qu'il but le suprême calice de l'humiliation, revêtit son manteau semé de turquoises, posa son diadème sur son front et monta sur un balcon. Certains guerriers s'avancèrent sous le palais et lui dirent les larmes aux yeux : « Ah seigneur, notre grand seigneur, combien nous pèsent votre douleur, et tous les malheurs de vos enfants et de vos proches ! Nous avons promis aux dieux qu'aucun des étrangers ne sortirait vivant de Mexico. » À ce moment, un tumulte s'éleva, et une pierre vint frapper Moctezuma à la tête ; les Espagnols l'entourèrent, s'efforçant de le ranimer ; mais il ne voulut pas être soigné. Sa longue humiliation avait pris fin en même temps que sa vie. Quelques jours plus tard, les Espagnols quittèrent Mexico. Dans la nuit, ils furent attaqués et massacrés. Cortés s'enfuit à grand-peine. Les Aztèques pensèrent qu'il ne reviendrait jamais plus, et nettoyèrent leurs temples, les ornèrent, les revêtirent comme autrefois de turquoises et de plumes.

L'année suivante, Cortés réapparut sur les rives du lac, avec une multitude d'alliés indiens. Ils montèrent à nouveau au sommet des temples, contemplant d'en haut, avec un enthousiasme aiguisé par le désir de vengeance, « la grande cité et le lac fourmillant de canoës qui allaient et venaient ». Commença alors une guerre d'extermination, conduite avec une opiniâtreté, une violence et une volonté de destruction qui rappelèrent aux Espagnols le siège de Jérusalem, au Ier siècle apr. J.-C. Cortés encercla la ville et fit couper le grand aqueduc. Ses troupes avançaient quartier après quartier, maison après maison, barricade après barricade, cependant que treize brigantins assiégeaient la ville du côté du lac. Mais il était difficile de pénétrer dans ce fouillis de canaux, de places, de digues et de petites rues. Chaque nuit, les Mexicains reprenaient le terrain perdu pendant la journée, renforçant leurs défenses, élargissant les brèches dans les digues, plantant au fond du lac des forêts de pieux pour empêcher le mouvement des brigantins. Cortés risqua la mort près de la place de Tlatelolco. Les Aztèques capturèrent soixante-sept Espagnols : chaque nuit, ils en immolaient quelques-uns dans leurs temples, à la lumière des torches et au son des tambours, des cornes et des trompettes.

Cortés décida de raser au sol la ville qu'il avait tant aimée. Il ordonna à ses soldats de détruire toutes les maisons, de niveler jusqu'aux fondations, de combler les canaux et d'en faire une terre ferme désolée. Son avance continua, comme un cauchemar, de nuit et de jour, rythmée par le terrible roulement des tambours et le son sacrificiel des cornes aztèques. Dans la ville « tout avait été mangé : le lézard, l'hirondelle, la paille de maïs et la fleur de salpêtre. Et ils ont mangé le bois coloré du *tzompantli*, et ils ont mâché des lys d'eau, du crépi, des peaux tannées et du cuir de cheval, qu'ils faisaient griller, bouillir, rôtir, qu'ils cuisinaient pour le manger, et l'arbuste *tetzmatl*, et de la poudre de brique qu'ils mastiquaient ». Les rues étaient pleines de femmes et d'enfants qui mouraient de faim : si maigres, si décharnés, si pitoyables, qu'ils arrachaient des larmes même à leurs bourreaux. Les Aztèques ne voulaient pas se rendre. Du haut des barricades, ils demandèrent à Cortés pourquoi il n'achevait pas rapidement de les tuer, comme le soleil qui en un jour et une nuit faisait le tour du monde.

La fin fut marquée, comme le début, par les présages du feu. « Alors, aussitôt qu'il fit nuit, il se mit à pleuvoir, il plut à petites gouttes. Il faisait nuit lorsqu'un feu est apparu. On l'a vu ainsi, il est apparu ainsi, comme s'il venait du ciel, comme un tourbillon de vent. Il venait en tournoyant comme un fuseau, il venait en voltigeant. C'était comme si une braise éclatait en mille morceaux, certains fort grands, d'autres tout petits, certains gros à peine comme des étincelles. Il s'est levé comme un vent de métal, qui faisait grand bruit, qui grinçait et crépitait. Il a tourné autour du mur qui était proche de l'eau. Soudain il est allé au milieu de l'eau, et là, s'est évanoui. » Le lendemain, les derniers défenseurs se rendirent sans combattre, et les brigantins pénétrèrent dans le petit golfe. Le dernier empereur fut fait prisonnier. Conduit devant Cortés, il lui dit qu'il avait fait tout ce qu'il pouvait pour défendre les Mexicains, la ville et lui-même, et, portant la main à son poignard : « Tue-moi », lui dit-il en pleurant. La ville était pleine de morts : cadavres dans la lagune, cadavres exsangues, cadavres des morts de faim, des noyés ou des morts asphyxiés par la décomposition des corps. Tout bruit cessa subitement sur le lac : finis le fracas des tambours, des trompettes et des cornes, les coups de fusil ou de canon, le vacarme et les clameurs des combattants ; toutes les voix s'étaient éteintes ; et un silence effrayant s'abattit sur les dieux morts, les temples, la place naguère si animée, les palais de Mexico.

Quand la nouvelle se répandit que le pouvoir de Mexico avait été détruit, les dignitaires vinrent de tous les villages faire acte de soumission à Cortés et jurer fidélité à Charles Quint. Certains étaient accompagnés de leurs enfants, « et comme nous disons : c'est là qu'était Troie, ils disaient à leurs fils : c'est là qu'était Mexico ». Mexico n'était plus vivante que dans les récits des vainqueurs, qui regrettaient d'avoir détruit de leurs mains les enchantements surgis de l'eau, et plaignaient les vaincus. C'en était fini de la délicate création d'astres, d'eaux et de plumes — comme de Troie, de Jérusalem, de Ctésiphon, de Constantinople ; et, bientôt, du jeune empire de Charles Quint.

La mort des dieux

I

En 1590, Garcilaso de la Vega commença à écrire les *Commentaires royaux des Incas*. Du côté de sa mère, il était le petit-fils du souverain inca Tupac Yupanqui, qui régna sur le Pérou vers la fin du XVe siècle ; cependant que son père, lui, avait été un conquistador espagnol. Garcilaso avait abandonné sa patrie depuis trente ans environ, avec un petit héritage que son père lui avait laissé ; il avait combattu dans les guerres de Grenade, traduit en espagnol les *Dialogues d'amour* de Léon l'Hébreu, composé une *Histoire de la Floride.* Si désormais, quand la nostalgie le prenait, il repensait à son pays, il lui semblait avoir oublié derrière lui une terre de contrastes et d'extrêmes — où le condor ouvrait ses ailes de cinq mètres de long, où les oiseaux-mouches et les colibris, si minuscules qu'on eût dit des papillons, si menus qu'ils se plongeaient, comme des abeilles, dans le calice des fleurs, offraient au ciel leurs plumes précieuses couleur d'azur doré, couleur d'or fin, couleur d'or vert étincelant, ou encore pâles comme les teintes moribondes de l'arc-en-ciel.

Toute sa vie en Europe lui laissait un sentiment pénible d'échec et de frustration. Il lui semblait n'être que le descendant d'une race inférieure, incapable de tenir une plume : « Je possède à peine la force d'un Indien né parmi les Indiens et grandi au milieu des armes et des chevaux » ; « le peu de latin que je sais, je l'ai appris dans le grand feu des guerres de ma terre, au milieu des armes et des chevaux, de la poudre et des arquebuses, dont j'étais expert plus que de littérature ». Mais ce sentiment d'infériorité qui, d'un côté, le poussait à s'envelopper avec satisfaction dans le somptueux manteau de la prose espagnole, lui faisait de l'autre effacer son passé européen, comme s'il n'était qu'inca et exclusivement inca, dernier enfant de la race vaincue et opprimée. Alors naquit dans son esprit le désir de conserver grâce aux mots — ces mots écrits que ses pères n'avaient jamais connus — le passé de sa race, le nom des rois et des dieux, la succession des conquêtes, la description des palais et des temples, la façon dont les terres étaient irriguées, le pays gouverné, et puis les noms de ceux qui parlaient la langue secrète du pouvoir et de la vénération, de ceux qui sacrifiaient aux dieux, et le mystère qui avait pu pousser ses ancêtres vers la gloire et vers le désastre.

Que raconterait-il aux innombrables lecteurs espagnols qu'il espérait conquérir par ses paroles d'amour et de souffrance, et aux rares lecteurs incas qu'il éveillerait peut-être de leur torpeur ? Après la conquête, de très nombreux guerriers et missionnaires espagnols avaient évoqué cette civilisation soudain surgie de l'ombre : il avait entre les mains certains de ces textes, œuvre d'un métis comme lui, et il les utilisa avec le naturel et la facilité qui guidait les écrivains humanistes lorsqu'ils pillaient leurs modèles. Mais il possédait une source plus précieuse. S'il se rappelait son enfance, passée près de sa mère à Cuzco, cependant que son père était on ne sait où, occupé aux jeux sanglants du pouvoir, la même scène lui revenait toujours. Il jouait, seul ou avec l'un de ses petits compagnons, quand l'un de ses oncles ou grands-oncles venait rendre visite à sa mère. « Pendant qu'en enfant que j'étais, je ne cessais d'entrer et de sortir du lieu où ils se trouvaient, et me réjouissais de les entendre, comme font ceux qui prêtent l'oreille à quelque conte », ses oncles et grands-oncles évoquaient la grandeur de l'Empire inca ; puis de là ils passaient aux choses présentes, pleurant la fin des dieux et de l'empire, et disant avec des larmes et des soupirs : « De souverains, nous sommes devenus vassaux. » Son enfance s'était écoulée parmi ces fabuleux récits de grandeur, parmi ces souvenirs, ces soupirs, ces larmes de désespoir.

Jusqu'au moment où, un jour, Garcilaso s'adressa au plus âgé de ses parents. « Mon oncle, lui dit-il, quel souvenir avez-vous de notre antiquité ? Quel fut le premier de nos Incas ? Comment s'appelait-il ? Quelle fut l'origine de notre race ? Quels ont été nos dieux — ces dieux aujourd'hui morts ? Quels ont été nos rites et nos fêtes — ces rites et ces fêtes que je n'ose connaître ? » Le vieillard commença à dévoiler tout ce qu'il savait au jeune homme qui, armé d'une nouvelle langue, conscient des forces terribles et séduisantes de l'écriture, devait devenir un écrivain espagnol, préservant la vérité des vaincus dans la langue des vainqueurs. Ce grand livre de gloire, de douleur et de défaite naquit ainsi, des questions anxieuses qu'un jeune métis posa vers 1555 dans une maison de Cuzco. Je ne connais pas de révélation plus touchante : un vieillard mélancolique et incertain, une civilisation dévastée et submergée, confiant leurs espoirs de survie aux paroles d'un garçon qui s'avancerait — seul — vers un futur incompréhensible.

II

Sollicitée par les propos de son vieil oncle, l'imagination de Garcilaso revenait continuellement vers les lieux de son peuple. La légende racontait qu'après le déluge, les premiers pâles rayons du soleil se posèrent sur le lac et sur l'île de Titicaca ; et près du lac, le dieu suprême Viracocha sculpta des pierres de forme humaine, dont naquirent les premiers hommes. Bien des siècles plus tard, la race humaine vivait encore dans la barbarie, quand l'autre dieu suprême — le soleil — déposa un de ses fils et une de ses filles dans les eaux du lac. Il leur ordonna de se prétendre humains et de dissimuler leur étincelle solaire. Dans tous les lieux où ils dormiraient, ils devaient planter dans le sol une barre d'or longue d'un mètre ; dès que la barre pénétrerait dans le sol, ils devaient s'arrêter et construire leur demeure. En sortant du lac, les deux enfants du soleil prirent la route du septentrion et tentèrent de planter la barre d'or dans les plaines étroites qui s'ouvraient soudainement au milieu des montagnes. Ils n'y parvenaient jamais : la terre se refusait obstinément à accueillir cette étincellc pétrifiée de lumière, cette précieuse quintessence de la substance solaire. Alors qu'ils commençaient à désespérer, ils arrivèrent dans une petite auberge. Ils plantèrent une fois encore la barre d'or, qui pénétra dans le sol avec une grande facilité et disparut comme si elle était attendue, engloutie par les entrailles de la terre.

C'est autour de ce lieu que se dressa Cuzco, la ville semblable à un puma. L'énorme forteresse de Sacsahuaman, sur une très haute colline — édifiée avec des quartiers de roche si gigantesques qu'« on en venait à penser qu'elle était le fruit d'un enchantement, tant il semblait impossible que des bras humains eussent déplacé ces pierres » — était la tête féroce de la bête ; la ville était son corps ; et le fleuve Vilcamay, la queue mobile, insaisissable du puma. Le vieil oncle de Garcilaso l'avait connue avant que les Espagnols ne l'aient blessée et dégradée. Alors, lorsqu'il arrivait de la campagne, Cuzco lui apparaissait dans toute sa splendeur dorée. Il traversait les faubourgs de la ville, inclinant la tête devant ses habitants, qui parlaient une langue merveilleuse ; et il arrivait sur les rives de deux torrents de montagne, qui couraient dans des canaux dallés, comme dans une ville hollandaise — leurs eaux étaient parfaitement claires et pures, comme les eaux de la montagne. Les femmes incas venaient s'y baigner, et il avait souvent trouvé sur les berges (ou aperçu parmi les ombres des eaux) de petites épingles, de menus ornements d'or, que les femmes avaient laissés tomber par mégarde. Il avait recueilli ces ornements comme on recueille tous les débris précieux et délicats que la vie abandonne derrière elle, dépouilles incompréhensibles dans lesquelles nous devrions peut-être chercher son essence.

Il restait longuement ainsi, ces bijoux entre les doigts, à se demander quelle femme les avait perdus, où elle était maintenant, et quelles pensées elle caressait en ce même moment. Mais jamais, même alors, même quand il s'abandonnait le plus à son imagination, il n'oubliait qu'il vivait dans une réalité sacrée, qui l'enveloppait de toutes parts dans son étreinte. Cette Cuzco qui lui semblait si simple, si quotidienne, si familière — des femmes se baignant le long d'un fleuve — était l'ombilic de la terre, le cœur du cosmos, l'image de la perfection. Elle était liée aux choses suprêmes. La forteresse de Sacsahuaman la rapprochait du ciel, où brillait le disque solaire ; et son axe était orienté vers le lac Titicaca, où le soleil était descendu pour la première fois après le déluge. En se promenant dans les quatre rues principales, l'oncle de Garcilaso les voyait former une croix, comme les rues des villes sacrées construites au-delà de l'océan, au bord de fleuves plus lents et plus tranquilles. Au cœur des quatre rues — à l'endroit précis où les fils du dieu avaient planté la barre d'or — s'élevait le temple du soleil ; et depuis le centre de ce soleil sur terre qu'était Cuzco, l'espace sacré rayonnait dans toutes les directions — vers Quito et les rivages déserts du Chili, vers la mer poissonneuse et les forêts de l'Amazonie — et en chaque point, il restait quelque chose de la bienfaisante force céleste.

Une fois, il se trouva à Cuzco pour la fête d'Inti Raymi, qui tombait juste après le solstice de juin. Dès avant l'aube, la grande place au centre de la ville était couverte de monde. Parmi les nobles du royaume, beaucoup arrivèrent enveloppés dans une peau de puma, la tête dissimulée dans le crâne du fauve ; ou bien ils portaient des ailes de condor attachées aux épaules — car le puma et le condor étaient des emblèmes du soleil. Tout à coup, il n'y eut plus un murmure : l'Inca arriva, précédé d'une nuée d'Indiens qui balayaient le chemin, ôtant jusqu'au moindre fétu de paille. Le souverain était porté, à dos d'homme, sur une litière dissimulée par une tenture et tapissée de plumes de perroquets. L'on eût dit qu'il volait sur terre ; et ce vol lent, immobile, au-dessus des épaules des porteurs préfigurait déjà le vol définitif qui le mènerait au ciel, dans le palais des dieux, auprès de son père le soleil.

Arrivé sur la place, l'Inca descendit. Une tresse de différentes couleurs lui ceignait six fois la tête, formant sur son front une frange de laine écarlate. Deux plumes blanches et noires ornaient sa tête. C'étaient les plumes d'un oiseau rarissime, qui se trouvait dans un désert au pied des montagnes. La légende racontait que ces oiseaux sacrés n'étaient que deux — comme les deux enfants du soleil. Lorsqu'on choisissait un nouvel Inca, le chasseur du roi s'aventurait parmi les sables de ce désert, pénétrait parmi ces neiges : il capturait dans ses filets les deux oiseaux, leur arrachait deux plumes, puis les rendait à leur libre vol, solitaire et joyeux. Tandis que l'oncle de Garcilaso regardait l'Inca, il lui semblait que celui-ci le protégeait, lui et tous les Incas, « des ailes de son cœur », le recouvrait « du tissu délicat de sa poitrine », le caressait « de ses mains multiples et puissantes ». Tant que l'Inca vivait, ils n'étaient pas seuls sur la surface du monde. De ses légers gestes consacrés, il rapprochait le ciel de la terre, les fondait en un point de médiation ; et il garantissait la vie des animaux et des plantes, la vie des nobles qui se pressaient autour d'eux, la vie des paysans qui travaillaient les champs, la vie de tous les hommes qui, peut-être, peuplaient les terres inconnues de l'Orient et de l'Occident.

Le ciel était encore gris. Les nobles attendaient en silence que le soleil surgît, les yeux fixés vers l'orient. Dès que le soleil apparut, ils s'agenouillèrent pour l'adorer ; ils ne tournaient pas hardiment leurs yeux vers ses rayons, car un tabou l'interdisait ; la tête inclinée, ils se contentaient d'en suivre la réverbération sur les roches d'une montagne, sur les eaux limpides des deux torrents, sur les pierres polies du temple. Les coudes relevés, les mains ouvertes vers le ciel, ils lui envoyèrent des baisers à travers les airs. Puis l'Inca se plaça à la tête de la procession et commença à chanter. Les nobles le suivirent. Tout en chantant, ils frappaient du pied ; et plus le soleil s'élevait dans le ciel, selon l'orbite que quelqu'un, ou lui-même, lui avait assignée, plus le son — qui s'exprimait dans cette langue mystérieuse parlée seulement à Cuzco — s'élevait, suppliant, dans les régions célestes. Jusqu'à midi, les voix continuèrent à monter d'un ton à l'autre, à se moduler, à s'enrichir, atteignant un diapason presque insupportable, tout à la fois glorieux et désespéré, comme si elles voulaient atteindre le lieu qui se trouve au-delà des sons. Pendant un moment, tout resta stable et immobile, enclos dans la perfection de l'instant qui sort de la courbe du temps. Dès que le soleil commença à descendre, les voix se firent peu à peu plus légères et ténues. Au couchant, les visages devinrent tristes, les voix sombres et mélancoliques ; puis elles s'assourdirent, et brusquement s'éteignirent. Le ciel était presque gris. Quand le soleil tomba, épuisé, dans les bras de la nuit et disparut dans les gouffres de l'océan, les Incas levèrent à nouveau les mains, en un ultime hommage à l'astre qui peut-être les avait abandonnés à jamais.

Pendant que ce chœur emplissait la ville-puma, l'Inca prit deux récipients d'or, pleins d'alcool de maïs. Il invita le soleil à boire dans celui qu'il tenait de la main droite ; il en versa le contenu dans une citerne, d'où le liquide ressortait à travers un conduit de pierre parfaitement polie, pour atteindre le temple. L'Inca but une gorgée du récipient qu'il tenait dans la main gauche ; et il en versa quelques gouttes dans les récipients que lui tendaient les nobles « afin que cette liqueur, sanctifiée par le soleil et par l'Inca, prodiguât ses vertus à celui qui la boirait ». Le souverain entra dans le temple, sur les murs extérieurs duquel l'oncle de Garcilaso aperçut une frise d'or chargée de rappeler l'omniprésence du dieu. Sur les parois intérieures, il rencontra les mêmes plaques et les mêmes dallages. Puis, au centre du temple, au cœur de l'ombilic de la terre, dans cette intimité secrète des espaces sacrés, il connut la révélation. La figure du soleil était ciselée sur une plaque d'or massif ; un visage regardait vers lui, du centre d'innombrables rayons lumineux ; et des médaillons, également d'or, l'entouraient. Il n'eut pas le temps de se demander si ce visage était humain ou animal, ou appartenait à une espèce inconnue ; il n'eut pas le temps de se demander s'il ressemblait à l'Inca, comme la substance ressemble à son ombre. À ce moment, tandis que les voix sur la place s'élevaient d'un ton, les rayons du soleil descendirent sur l'effigie, aussitôt réfractés et multipliés par les médaillons ; une fulgurance lui brûla les yeux, et le visage du soleil lui fut ôté. Comme auparavant sur la place, le « divin » avait attiré les hommes ; puis il s'était refusé, enveloppé d'une splendeur qui plonge les yeux humains dans l'obscurité.

Le voyage dans le temps continua. Tout près de là s'ouvraient cinq grandes salles. La première était la maison de la lune, tapissée de feuilles d'argent « pour qu'à sa blanche couleur on la reconnût » ; la seconde, au plafond semé de petits astres d'un blanc pur, était consacrée à Vénus, aux étoiles et aux Pléiades ; la troisième à l'arc-en-ciel, au tonnerre et à la foudre ; tandis que, dans la cinquième, un artisan avait peint sur une dalle les couleurs de l'arc-en-ciel, qui se fondaient l'une dans l'autre, comme les plumes sur la gorge des colibris et des oiseaux-mouches. Le même artisan avait travaillé dans le jardin, transformant toute la nature en or et en argent, avec cette précieuse capacité d'illusion qui inspirait ses confrères dans les cours d'Europe.

L'oncle de Garcilaso en resta fasciné. Il découvrit des plantes, des herbes et des fleurs de toutes les espèces ; des plates-bandes fleuries ; des plants de maïs à la tige d'argent et aux épis d'or rebondis ; et des arbres de haute taille, avec leurs feuilles, leurs fleurs et leurs fruits, dont certains commençaient à éclore, tandis que d'autres étaient à moitié mûrs et que d'autres enfin, complètement mûrs, commençaient à s'amollir et à céder entre les doigts qui les cueillaient. Dans un angle, un tas de bois semblait prêt à brûler sur les braseros de la cour. Perdu dans ces champs Élysées sans parfum, dans ce printemps doré et pétrifié, le vieillard regarda les bêtes qui rampent — serpents, iguanes, lézards et escargots — aller et venir parmi les herbes immortelles, tandis que, sur un rocher, des chats sauvages, des vigognes, des cerfs et des chevreuils, des daims, des guanacos et un troupeau de lamas avec ses bergers rappelaient, au cœur de la cité, que les hauteurs de la montagne étaient proches. Aucun bruit ne traversait les airs : faucons, perdrix, tourterelles, pélicans prêts à se jeter sur leur proie, rossignols à la voix désaccordée, chardonnerets jaunes et verts, colibris et oiseaux-mouches, aras aux brillantes couleurs se tenaient immobiles sur les branches, ou semblaient sur le point de prendre leur vol. L'oncle de Garcilaso était resté seul, parmi ces formes qui imitaient l'apparence de la vie. Il ne savait pas dans quel monde il pénétrait. Il ne savait pas si les plantes et les animaux qu'il avait vus étaient ceux de la réalité, que la dévotion des Incas avait consacrés aux dieux dans la matière même que les dieux aimaient. Ou si ces épis de maïs, ces lamas, ces lézards, ces faucons, ces rossignols étaient les *vraies* plantes, les *vrais* animaux, façonnés par les mains du soleil et de la lune, cependant que les plantes et les animaux qu'il avait connus dans la réalité n'étaient que de maladroites imitations.

Il retourna sur la place, tandis que les voix déclinantes célébraient le soleil près de se coucher. Quelqu'un avait apporté les momies des souverains, qui d'ordinaire étaient assises sur un tabouret dans le temple du soleil ; il ne leur manquait pas un cheveu, ni rien des cils ou sourcils ; une mince pellicule d'or remplaçait les yeux, aux regards tournés vers le bas parce que eux non plus ne pouvaient contempler l'image de l'astre. L'on dressa un pavillon pour chacun d'eux : ils y furent déposés à tour de rôle, assis sur des trônes, entourés de pages et de femmes qui agitaient leurs éventails de plume et traitaient les rois comme s'ils étaient vivants. Chacun d'eux avait à ses côtés un petit reliquaire où étaient exposés les cheveux, les ongles, les dents et tout ce que les membres des souverains avaient abandonné au cours de leur vie. Un page leur offrait un repas et une tasse d'alcool de maïs, que l'on faisait brûler sur un brasero de fer. Lorsqu'il entendit ce récit, Garcilaso eut un frisson. Les morts avaient quitté l'ombre dans laquelle ils résident d'ordinaire — l'ombre où les prêtres catholiques s'efforçaient de les confiner à jamais — et s'étaient mêlés aux vivants. La vie pouvait-elle supporter pareil assaut ? À ce moment, ses ancêtres ne devenaient-ils pas des spectres eux aussi — plus morts que les morts ? Et, venue du passé, cette ombre ne se répandait-elle pas sur sa tête ? Garcilaso ne pouvait comprendre que sur la place de Cuzco, au cœur de l'ombilic du monde, ses ancêtres savouraient une goutte de temps sacré. Toutes les barrières s'abaissaient : les barrières qui, dans l'existence quotidienne, séparent les dieux et les hommes, les plantes et les animaux, les formes et les choses, l'aube et le crépuscule, les vivants et les morts, le passé et le présent. Sans le savoir, l'espace d'une journée, ses ancêtres vivaient là où les jours, les scansions du temps, les antithèses et les distinctions sont abolis.

Le soir était venu. Les voix des Incas s'étaient tues depuis peu sur la grande place. Les momies avaient regagné leur demeure. Tandis que l'oncle de Garcilaso rentrait chez lui, il repensait à ce qu'il avait vu. Deux fois, sur la place et dans le temple, il avait dû baisser les yeux devant l'inaccessible. Et pourtant ce soleil radieux était trop familier, trop proche et manifeste, pour qu'il pût lui consacrer le trop-plein amoureux de son cœur. Alors il se rappela quelque chose qu'on lui avait raconté. Un jour, pendant les fêtes d'Inti Raymi, l'Inca Huayna Capac, violant le tabou, avait fixé ses regards sur le soleil. Le grand prêtre, qui était auprès de lui, lui dit : « Que fais-tu, Inca ? Ne sais-tu pas que ce n'est pas permis ? » Le roi se tut et baissa les yeux ; mais peu après, il les leva à nouveau et, avec la même audace, les tourna vers le soleil. Le prêtre insista :

« Prends garde, lui dit-il, à ce que tu fais. Outre qu'il est interdit de fixer librement ses yeux sur le soleil, tu donnes le mauvais exemple à tout ton empire, ici réuni pour manifester à ton Père la vénération qui lui est due. » Alors Huayna Capac répondit : « Et moi je te dis que ce Père Soleil doit avoir un autre Seigneur plus grand et plus puissant que lui, lequel lui ordonne de parcourir la route qu'il suit chaque jour sans jamais se reposer... »

L'oncle de Garcilaso connaissait le nom de cet « autre Seigneur » auquel Huayna Capac avait fait allusion. C'était Viracocha, le dieu de la partie inférieure de Cuzco, qui était lié au bas, à la terre, à l'eau et à la côte, cependant que le soleil protégeait les hauteurs, le ciel, le feu et la montagne. Lui-même appartenait à la partie supérieure de Cuzco et aurait dû vénérer surtout le soleil, qui ce matin-là lui était apparu dans sa gloire. Mais Viracocha était aussi caché, invisible, incompréhensible que le soleil était manifeste et visible ; aussi obscur que l'autre était lumineux — comme si chacun des deux dieux de Cuzco incarnait une moitié bien précise du monde. Il ne pouvait choisir entre eux : il aurait dû être, tour à tour, haut et bas, feu et eau, côte et montagne, lumière et ombre ; et pourtant quelque chose le poussait à interroger la figure dissimulée dans l'ombre. Aussi commença-t-il à répéter à part lui les paroles d'un psaume :

Ô Viracocha, pouvoir de tout ce qui existe,
saint, Seigneur, créateur de la lumière naissante.

Qui es-tu ? Où es-tu ? Pourrai-je te voir jamais ?
Dans le monde d'en haut, dans le monde d'en bas,
de quel côté du monde
se trouve donc ton trône ?
De l'océan céleste ou des mers terrestres,
laquelle est ta demeure ?
Viracocha, créateur de l'homme, Seigneur,
de leurs yeux impurs
tes serviteurs désirent te voir.
Puis-je te contempler et te connaître,
puis-je te considérer et te comprendre ?
Oh, abaisse sur moi tes regards,
oh, écoute-moi, choisis-moi,
empêche que je m'éteigne et meure !

Peut-être, s'il avait continué à répéter ces mots pendant des jours entiers, comme pendant un jour entier les prêtres du soleil avaient chanté le triomphe et le crépuscule de leur dieu, ne se serait-il pas éteint, ne serait-il pas mort.

III

L'esprit fixé sur cette voix presque étouffée, qui lui revenait par-delà la distance de trente années, Garcilaso de la Vega écrivit des dizaines de pages. Puis il s'interrompit. Il avait besoin de distance. S'il voulait comprendre la civilisation qu'il représentait, il lui fallait s'enfuir vers un espace neutre, où s'éteindrait l'écho de cette voix mélancolique. D'ailleurs, ses ancêtres avaient été beaucoup moins pathétiques que leur lointain descendant espagnol. Dans leurs actions et leurs monuments, dans leurs légendes et leur organisation sociale, s'exprimait un esprit mathématique qui ordonnait le monde. Là où ils apparaissaient, c'en était fini du chaos, la confusion s'illuminait d'une lumière limpide comme celle qui, chaque matin, resplendissait sur les ors du temple du soleil. Toute la réalité dans laquelle les Européens de l'époque de Garcilaso se perdaient comme en une forêt touffue et contradictoire était résumée en quelques principes abstraits et quelques oppositions logiques. Le Nombre imposait sa perfection à l'Histoire. La société était divisée par deux, par trois, par quatre, par cinq, par dix, par des multiples toujours plus grands que dix, jusqu'à ce que le corps social tout entier, disposé en un cercle comme la ville de Cuzco, fût atteint par la subdivision du nombre. L'espace était dominé par la même vision en perspective ; cependant que l'Histoire — rebelle, justement, à toute tentative de numération — était divisée en époques, en cycles, en règnes marqués chacun par le même nombre parfait.

Si beaucoup de ces nombres s'étaient perdus en l'espace d'une génération, Garcilaso connaissait la représentation que la culture inca donnait d'elle-même, l'image splendide et illusoire qu'elle voulait faire connaître aux autres — l'image que lui justement, fouillant dans son souvenir et dans les paroles écrites, révélerait aux générations émerveillées. Il comprit que, si le pouvoir espagnol n'avait pas de sens, sinon dans sa fureur désespérée, le pouvoir inca voulait être un « art des connexions ». Mettre en contact, lier, rapprocher, nouer des relations et des rapports entre le haut et le bas, les dieux et les hommes, les vivants et les morts, les différentes régions de l'empire, les différentes populations, les différentes parties de la cité et les différents nombres... Tout le sens de la vie résidait dans ce tissage inépuisable. Aussi les Incas avaient-ils voulu que leurs désirs fussent transparents dans les symboles les plus connus de l'empire : les ponts et les routes.

Sur les gorges montagneuses et les fleuves qui descendaient rapidement vers les vallées, ils jetèrent leurs si fragiles et si résistantes passerelles d'osier, qui se ployaient en ondulant sous les pas des voyageurs. Au milieu des hauts plateaux et des déserts de la côte, ils construisirent seize mille kilomètres de routes, plus larges que les voies romaines. Des arbres et des buissons odoriférants rafraîchissaient de leur ombre le passant fatigué ; des auberges accueillaient les porteurs de litières ; et des messagers, choisis pour leur agilité et leur résistance, apportaient les nouvelles pour l'Inca. Ils étaient installés dans des cabanes, situées à brève distance l'une de l'autre : pour ne pas perdre une seule minute, chacun d'eux annonçait son arrivée en sonnant de sa conque, afin que le courrier de la station suivante pût aller à sa rencontre, écouter son message et partir à son tour. Mais ce n'était pas assez que de resserrer les liens. L'art véritable des connexions, c'était de les établir, puis de dissimuler aussitôt le geste de la main qui les avait établies. Les constructions incas étaient faites de cette façon : les grandes pierres, qui semblaient arrivées là « par enchantement », étaient merveilleusement assemblées, au point qu'on n'eût pas fait passer entre elles la lame d'un couteau. L'on versait du plomb fondu et de l'or aux jointures : l'ensemble des pierres semblait une énorme pierre, une montagne unique, sortie tout d'une pièce du sein de la terre ; et au point de rencontre, l'or scintillait, rappelant que la fusion s'était parfaitement accomplie, que les membres épars de l'empire, les multiples pierres séparées du temple ou de la forteresse étaient devenus un unique édifice vivant.

Si Garcilaso devait en croire les souvenirs de son oncle, tout dans cet édifice était réglé de façon minutieuse et presque obsessionnelle. Il n'y avait pas de place pour l'aventure et pour les hasards au milieu desquels lui-même avait vécu, souffrant, combattant et écrivant, pendant ses cinquante années de vie. Les mots de « liberté » et d'« individu », qu'il avait commencé à connaître en Europe, ne signifiaient rien dans un monde où une bureaucratie chinoise, formée de contrôleurs méticuleux et invisibles, s'insinuait jusque dans les moindres événements et les recoins les plus intimes de la vie domestique. À Cuzco comme à Quito, dans les montagnes comme dans les plaines du bord de mer, les Indiens déjeunaient et dînaient la porte ouverte, afin de permettre aux messagers de l'Inca d'entrer librement chez eux. Le messager entrait, apportait dans les petites cabanes rondes couvertes de chaume le souvenir bienveillant, abstrait et impersonnel de l'empereur : il s'assurait du bon ordre, de la propreté et de la décence de la demeure, du soin et de la diligence dont le mari et la femme faisaient preuve, de l'obéissance des enfants et de leur ardeur à l'ouvrage ; puis il sortait, repartait vers le nombril du monde ; et peu de temps après, les paysans étaient récompensés par un éloge public, ou fouettés publiquement aux bras et aux jambes. Personne ne pouvait rester sans travailler — pas même les malades et les invalides, forcés de déloger les poux de toutes les parties de leur corps et de les enfermer dans des tuyaux de paille qu'ils devaient remettre chaque semaine au scrupuleux fonctionnaire impérial. Venaient ensuite d'autres fonctionnaires — les gardiens du quipu — qui tenaient le compte, au moyen de cordelettes colorées, de tous les biens de chaque habitant, de chaque village, de la province tout entière. Ils enregistraient la matière première répartie entre les travailleurs et les réserves apportées dans les magasins royaux ; les naissances, les morts, les mariages survenus dans chaque village et chaque province. Enfin les cordelettes colorées étaient expédiées à Cuzco, où le grand archiviste révélait à l'empereur, chaque fois que celui-ci en avait le désir ou le caprice, le nombre des pâturages et des bois, des fermes et des champs cultivés, des mines et des sources, des lacs, des fleuves et des salines, des arbres fruitiers ou sauvages, des têtes de gros ou de petit bétail que comptaient les terres de son empire. Tout n'existait — c'est du moins ce qu'il semblait à Garcilaso — que pour être répertorié et comptabilisé : car le monde était un système d'archives, que le soleil ordonnait chaque matin de sa lumière méticuleuse.

Comme dans toutes les constructions parfaites de l'esprit humain, la Loi omniprésente qui régissait cet édifice lumineux était à la fois douce et terrible. Elle était terrible car le crime commis n'avait pas d'importance. Le coupable pouvait avoir volé un peu de guano ou détaché un fruit d'un arbre au bord d'un chemin ; il pouvait, peut-être, n'avoir péché que par pensée ou par omission : on le tuait quand même, car l'important n'était pas la nature de la faute, mais le fait qu'une violation s'était produite, que la Loi avait été enfreinte, que l'Inca-dieu avait été trompé. Tous les délits étaient un même crime, car tous désobéissaient à la Loi. Mais cette Loi terrible était également la plus miséricordieuse. Durant son noviciat, le futur souverain revêtait l'habit le plus pauvre et le plus vil, et apparaissait ainsi en public : il gravait de la sorte dans sa mémoire que, lorsqu'il serait empereur, il ne devrait pas mépriser les pauvres, mais se souvenir qu'il avait été l'un d'eux. La Loi de l'Inca assurait l'entretien des paysans pauvres et malades ; dans les années de disette, ses greniers secouraient les pauvres ; il imposait à tous des obligations bien connues ; et s'il venait à apprendre que travailler dans les mines de mercure était dangereux pour la santé, aussitôt, par ordre de l'empereur, les mines étaient fermées et le nom même du mercure effacé de la langue. Aussi la Loi était-elle vénérée, redoutée et aimée, comme l'Inca dont elle émanait. Souvent les criminels, dont personne ne connaissait les crimes, dénonçaient à la justice les péchés dissimulés dans leur cœur. Ils craignaient, s'ils ne le faisaient pas, de voir leurs fautes attirer sur l'empire maladies, épidémies, mauvaises récoltes ; et ils cherchaient à apaiser les dieux par leur propre mort.

La vie des Incas ne ressemblait pas complètement à l'image que Garcilaso avait représentée avec tant d'amour. La perfection du nombre ne dominait pas l'immense étendue de l'espace. Si les ponts d'osier franchissaient hardiment les fleuves en crue, si les routes atteignaient les recoins montagneux les plus reculés, si les pierres continuaient à dissimuler leurs jointures, l'« art des connexions » connaissait quelques incertitudes. La vie quotidienne n'était pas tout entière réglée d'en haut ; la bureaucratie n'était pas aussi omniprésente et scrupuleuse : certaines personnes et certains objets échappaient aux archives ; la Loi n'était pas aussi sacrée et redoutable. Comme dans toutes les sociétés humaines, le hasard et le caprice faisaient leur apparition même à Cuzco et à Quito. Peut-être était-ce mieux ainsi, car si l'idéal des Incas s'était pleinement réalisé, l'utopie absolue aurait montré son horrible visage parmi les sommets des Andes. Mais, pour Garcilaso, les démentis de la réalité importaient peu. Du fond de sa douleur, il représentait un rêve : le rêve qui, avant lui, avait visité les empereurs et les prêtres incas, et qu'il s'efforçait maintenant d'imposer aux imaginations effrénées, inquiètes et avides des Européens de son temps. On sait la force de contagion des rêves : deux siècles durant, à la suite de Garcilaso, les Européens tentèrent d'imaginer comme il devait être beau de vivre dans le royaume du soleil.

IV

Garcilaso ignorait que l'Empire inca était une création relativement tardive, qui avait triomphé sur des empires de très haute civilisation, auxquels il emprunta son art, son cérémonial, son système administratif, ses techniques d'irrigation. Mais les prêtres incas dissimulaient l'origine de leur culture et prétendaient que l'« Histoire », dans ces contrées de l'Amérique méridionale, avait commencé avec eux. Dans les premiers chapitres des *Commentaires*, à la saveur étonnamment proche de Lucrèce, les précurseurs des Incas sont vus comme des « païens ». Ils vénéraient les plantes, les arbres, les hautes collines, les grandes roches et les fissures qui les séparent, les grottes profondes, les galets et les cailloux de toutes les couleurs que l'on trouve dans les torrents. Ils vénéraient les sources abondantes et les fleuves ; la terre, l'air qu'ils respiraient, car c'est grâce à lui que vivent les êtres humains ; le feu parce qu'il les réchauffe ; les innombrables poissons de la mer — les sardines et les mulets, le requin, la dorade et le crabe. Comme s'ils ignoraient encore la différence des sexes, les membres des mâles s'unissaient aux membres des mâles, les femmes recherchaient d'autres femmes ; et dans les temples on pratiquait la sodomie sacrée. À ce monde sauvage, informe et chaotique, les guerriers incas apprirent, selon la légende, les usages de la civilisation : l'agriculture, l'art du tissage, l'art de cuire les aliments, de labourer, de semer, de creuser des canaux, de filer, de coudre des vêtements, et l'habitude d'ensevelir les morts. Tels de féroces missionnaires, et comme s'ils voulaient détruire la religion du mal sauvage, ils persécutaient les homosexuels. Ils les brûlèrent vivants sur les places ; ils brûlèrent leurs maisons, les rasèrent au sol et mirent le feu aux arbres de leurs terres.

Dès qu'ils eurent pénétré dans l'Histoire, les empereurs et les prêtres incas s'efforcèrent d'effacer de l'Histoire tout ce qui la distingue : le mouvement continu, l'arbitraire, l'inquiétude, la diversité, la discontinuité, le désir, la violence. Ils vécurent dans l'Histoire, comme si celle-ci était faite d'une autre substance — une imitation de cette substance éthérée qu'ils goûtaient le jour d'Inti Raymi, lorsqu'ils savouraient sur la place du soleil une goutte de temps sacré. La société inca devait rester immobile, identique, égale à elle-même, repliée sur son rêve de perfection. Personne ne devait franchir les limites de sa classe ; et les fils des petites gens ne pouvaient apprendre les sciences « afin qu'ils ne pussent s'en enorgueillir et causer quelque tort à l'État ». Personne ne devait modifier la coupe de son vêtement. Personne ne pouvait épouser une femme d'une autre province, d'un autre village ou d'un autre groupe social. Personne ne pouvait s'installer dans un autre quartier, car il aurait altéré l'ordre décimal de la société. Celui qui quittait son groupe ou sa maison sans raison était un être vain et curieux, capable des crimes les plus atroces, et qu'il fallait donc punir. Toutes ces lois n'auraient pas suffi si les prêtres incas n'avaient pas maintenu à l'écart de l'empire l'écriture et la monnaie, les plus redoutables alliées de l'Histoire. L'or et l'argent étaient des métaux consacrés au soleil et à la lune, que les mains scrupuleuses des artisans disposaient sur les murs des temples ; personne ne devait les désirer et les dégrader, en « achetant » quelque chose avec de la monnaie, comme le feraient les Espagnols. Quant à la parole écrite, elle est doublement scandaleuse, parce qu'elle n'a pas de corps, ne retentit pas, ne résonne pas à travers les airs, comme le « feu tourbillonnant » de la parole vivante ; et parce qu'elle devient aussitôt le bien de tous et de personne, au lieu de rester longuement cachée dans le secret des esprits.

Dépourvus de monnaie, d'écriture, de temps, les Incas racontèrent de vive voix (ou grâce aux nœuds diversement colorés des quipus) les événements de leur Histoire passée, que Garcilaso de la Vega confia à son tour aux feuillets morts et muets de l'écriture. Garcilaso ne savait pas que ce n'était pas une « Histoire ». Les dix empereurs du passé légendaire des Incas, qui avaient chacun régné cent ans, étaient en réalité les chefs des dix parties sur lesquelles se fondait l'organisation sociale de

Cuzco — projetés magiquement en arrière, comme autant de rois d'une dynastie. Le Nombre s'imposait de nouveau à l'Histoire. Alors que la pensée européenne contemporaine — dont Pizarro et Almagro procédaient sans le savoir — était fascinée par le caractère diabolique et les multiples ambiguïtés du pouvoir, les prêtres incas s'efforçaient d'éloigner du trône de leurs souverains toute ombre de désir et de violence. Les dix souverains se ressemblaient, comme des ombres projetées par la même figure mythique. Ce roi unique — qu'il s'appelât Manco Capac ou Sinchi Roca, Tupac Yupanqui ou Pachacutec — était doux, bienveillant, affable, prudent, généreux ; rayonnant comme le soleil dont il était le fils et dont il tirait la splendeur ordonnée de ses rayons.

Aussi les conquêtes politiques des Incas devenaient-elles, dans la légende rapportée par Garcilaso, une sorte d'action missionnaire, guidée par un monarque évangélique. Lorsqu'ils se présentaient aux frontières des peuples voisins, les messagers du roi affirmaient qu'ils voulaient les convertir « à la connaissance et à l'adoration du soleil ». « L'Inca, fils du soleil, insistaient les messagers, n'entend pas se procurer des terres pour les tyranniser, mais seulement pour faire du bien à leurs habitants, selon l'ordre reçu par son père. » Après avoir constaté combien les lois de l'empire étaient aimantes et utiles, les peuples « sauvages » les acceptaient volontiers ; et « hommes et femmes, vieillards et enfants, avec de grandes fêtes et des réjouissances, des chants bruyants et des ovations, accueillaient l'Inca comme leur seigneur ». S'ils tentaient de résister, l'Inca leur livrait une guerre sans fureur. Il encerclait l'ennemi sans l'affronter dans une bataille : il tentait de le prendre par la faim ; il tentait d'amener les épouses et les enfants restés dans leurs foyers à convaincre leurs maris et leurs pères. Jamais, à aucun prix, il ne permettait à ses troupes de porter atteinte aux biens et à la personne de ses adversaires. « Nous devons épargner nos ennemis, déclara l'un des Incas, sans quoi c'est à nous-mêmes que nous ferons tort, puisque bientôt leur personne et tout ce qui leur appartient sera nôtre. » C'est pourquoi, dans ce cas aussi, les peuples étrangers courbaient la tête et allaient demander pardon au roi, « revêtus des vêtements les plus grossiers, la tête et les pieds nus, dépouillés de leurs manteaux et vêtus seulement d'une chemise ». Le roi, dissimulé dans ses draperies, ne se montrait pas. Un messager expliquait aux affligés, avec de douces paroles, qu'il « n'était pas venu sur terre pour les priver de l'existence, ni de leurs possessions ».

Cet édifice compact de rois généreux et des douces actions politiques se fissura une fois au moins, quand la pensée politique inca se vit contrainte d'affronter la violence qui, même dans le mythe, s'insinue au cœur des actions des hommes, les déstabilise et les bouleverse. Garcilaso raconte que l'Inca Yahuar Huacac se sentait marqué par le destin parce que, dans son enfance, ses yeux avaient pleuré des larmes de sang ; il vivait dans l'angoisse du fait de ce présage incompréhensible ; il n'osait entreprendre des actions guerrières ; et il restait chez lui, envoyant son frère au combat, « tantôt certain de grands succès, tantôt plein de défiance à cause du funeste présage ». Finalement, le présage qui avait tant angoissé son âme s'accomplit. Son fils grandit perfide, féroce, arrogant, irascible, vindicatif : comme si une force hostile avait voulu préparer en lui une figure en tous points opposée à la figure mythique d'un Inca. Alors le père chassa son fils du royaume et le fit conduire dans les hautes prairies proches de la ville, où les bergers paissaient le long des torrents les troupeaux du soleil ; et il lui imposa de se mêler à eux, comme le plus humble des pâtres.

Quelque temps s'écoula. Un jour, alors que le fils rejeté était allongé au pied d'un rocher, regardant les troupeaux du soleil, un étranger lui apparut, le visage couvert d'une longue barbe et vêtu d'une robe qui lui tombait jusqu'aux pieds ; il tenait enchaîné un animal aux griffes de puma. Peut-être le prince était-il éveillé, les sens tendus et surexcités, en un de ces moments où l'âme se projette par-delà le présent ; peut-être était-il visité par ces rêves hyperlucides qui nous révèlent, comme en un lac de transparence, notre avenir et celui du monde. L'homme barbu était le dieu Viracocha — l'obscure divinité de la mer et d'en bas — et il lui révéla que des populations nombreuses des provinces de Chinchaysuyo s'apprêtaient à se révolter contre la domination inca. Nous assistons donc à ce scandale : c'est le cruel, l'exclu, qui est visité par le dieu, comme si le messager de l'au-delà ne pouvait se révéler, et révéler son présage, qu'à celui qui n'appartenait pas à la figure mythique. Mais, au moment même où le dieu Viracocha choisit le fils rejeté comme sa propre émanation, il l'arracha au monde mauvais dans lequel il vivait et le précipita dans le domaine de la lumière. Le fils rassembla des troupes, défit les rebelles dans une bataille, sauva le pays de la ruine, prouvant ainsi qu'il était un grand Inca, comme tous les autres qui avant lui avaient occupé le trône. La fracture avait donc été réparée. Un violent avait rompu la perfection de la pensée politique inca ; mais il avait été « choisi » et consacré par le dieu, qui le replaça dans la sphère sacrée du pouvoir.

Quelle était la place de la violence, non dans la pensée, mais dans la vie quotidienne des Incas ? Il n'est pas facile de le dire. Tout donne à penser qu'à Cuzco aussi, comme dans les antiques théocraties du Moyen-Orient qui ressemblent tant à l'empire inca, les « fils du soleil » ont menti, trompé, offensé, vilipendé, tué, entraînés par le « blême Assassinat ». Mais il est également probable que les gestes accomplis chaque année pour la fête du soleil et la médiation du pouvoir politique ont tempéré et neutralisé leur violence. Quand la fin de l'empire approcha — et Garcilaso n'était pas encore né — cette savante idéologie fut mise en pièces, lacérée, tel un voile trop fin et inutile, par les passions des hommes. En 1528, Huascar et Atahualpa, les deux fils de l'Inca Huayna Capac, se firent la guerre. Le sang coula ;

des groupes, des populations entières furent exterminés ; et l'aristocratie inca ne parvint jamais à se relever de ce coup. S'il faut en croire Garcilaso, jamais on n'avait vu sur le trône des Incas une figure comme celle d'Atahualpa : ce politique machiavélique, aussi habile que cruel, aussi rusé que féroce, aussi « renard » que « lion », semblait appartenir plutôt à l'Histoire européenne, comme un scandale que les yeux ne pouvaient contempler. Avant même d'arriver sur les navires espagnols, l'Europe était déjà à Cuzco : l'Europe, avec son pouvoir sans consécration, sans connexions, sans mythe, sans lumière, sans douceur.

V

Puis vint la fin, précédée, comme celle de Ctésiphon, de Constantinople et de Mexico, par de sinistres présages. Ils remontaient aux temps de Huayna Capac, où quelqu'un avait prophétisé que bientôt des peuples étrangers abattraient le royaume et la religion de Cuzco. Tandis que l'ombre du crépuscule se répandait sur le jardin d'or et d'argent, sur les légers ponts d'osier, sur les rues ombragées d'arbres, sur les morts de la grande place, les présages se multiplièrent. Il y eut des tremblements de terre, des flux et des reflux, des comètes vertes qui répandaient la terreur. Durant la fête du soleil, un condor apparut, messager du soleil, suivi de faucons qui tentaient de le tuer à coup de bec. Comme s'il demandait secours à son dieu, le condor se laissa tomber sur la place. Il était malade, couvert d'écailles lépreuses, presque tout déplumé ; et il mourut quelques jours plus tard. Le dernier présage fut le plus terrible. Aux heures sereines d'une nuit limpide, la lune apparut entourée de trois immenses halos : le premier couleur de sang, le second d'un vert sombre et le troisième, semblait-il, de fumée. Un devin observa ces halos et s'approcha d'Huayna Capac. Le visage enténébré de tristesse, il pleurait et parvenait à peine à parler. « Mon Seigneur, dit-il, sache que ta Mère la Lune, dans sa pitié, t'avertit que Viracocha, créateur du monde, menace ton sang royal et ton empire de grands malheurs. Ce premier cercle sanglant que ta mère a autour d'elle signifie qu'au jour où tu t'en iras reposer près de ton Père le Soleil, une guerre cruelle éclatera entre tes descendants, et beaucoup de ton sang royal sera versé. Le second cercle vert sombre nous annonce que des guerres, et du massacre des tiens, viendra la destruction de notre religion et de notre État, et tout se changera en fumée, comme l'indique le troisième cercle qui semble justement fait de fumée. » Un messager interrompit le devin. Il annonçait à l'empereur que des étrangers naviguaient le long des côtes septentrionales de son royaume.

Quand les Espagnols parvinrent à Cajamarca et à Cuzco, une partie des Incas virent en eux des images de Viracocha. Une ombre sacrée, à la fois vénérable et terrifiante, les enveloppait. Ils chevauchaient d'énormes animaux aux pieds d'argent ; splendides dans leurs vêtements et leur stature, ils avaient la barbe noire ou la barbe rousse ; ils possédaient des tonnerres ; et on les avait vus parler tout seuls, cachés derrière « certains tissus blancs », le visage devant les feuilles comme une personne parlant avec une autre. Mais ces « feuilles blanches », que les Incas avaient soigneusement tenues éloignées de leurs frontières, les emplirent de stupeur et de terreur. Peut-être était-ce là, justement là, dans les pages de ces Bibles, de ces édits, de ces messages que les Espagnols leur adressaient, que se cachait l'obscur ennemi qui détruirait tout ce qu'ils avaient le plus aimé. Ils auraient pu affronter les cuirasses, les fusils, les chevaux aux pieds d'argent ; mais qui pouvait vaincre la magie incompréhensible des paroles écrites ? Quand Pizarro envoya une lettre à Atahualpa — raconte une magnifique tragédie quechua —, celui-ci la prit, la porta à son oreille et l'écouta longuement. Puis il déclara à ses dignitaires et à l'envoyé espagnol qu'il n'entendait rien. La lettre ne parlait pas, et que signifiaient ces signes ? « Si je la regarde de ce côté, dit-il en la lui montrant, c'est un grouillement de fourmis. Si je la regarde de l'autre côté, il me semble voir les traces que les pattes des oiseaux laissent sur les rives boueuses d'un fleuve. Vue ainsi, l'on dirait des cerfs, la tête en bas et les jambes en l'air. Et si je ne la regarde qu'ainsi, elle ressemble à des lamas qui baissent la tête et à des cornes de cerfs. Qui peut la comprendre ? conclut-il en secouant la tête. Non, non, il m'est impossible de la deviner. »

La fascination qui avait enveloppé les *viracochas* venus d'orient se dissipa comme une nuée. Le halo sacré, la révérence, la vénération s'évanouirent dans l'esprit des Incas, qui ne virent plus dans les Espagnols que des hommes comme eux — pires qu'eux. Alors qu'eux-mêmes avaient tant cherché à exorciser la violence, les Espagnols étaient l'incarnation de la violence déchaînée, qui triomphe et s'enivre d'elle-même. Ils étaient la force pure, inexorable : celle que le feu du soleil ne peut brûler, que le froid ne transperce pas, que la montagne n'écrase pas sous ses éboulis, que les abîmes des océans n'engloutissent pas ; la force sauvage et chaotique de l'Histoire, qui était parvenue à bouleverser les géométries délicates des esprits indiens, les connexions entre les choses innombrables et les extases du temps sacré. Si leurs artisans décoraient d'or les façades et les murs des temples, les Espagnols voulaient posséder cet or — que personne, en réalité, ne peut posséder car il n'est qu'une étincelle pétrifiée du soleil. « Ils étaient comme un homme désespéré, fou, hébété, écrivit un Indien du temps de Garcilaso, un homme que la passion de l'or et de l'argent a privé de raison. Parfois ils ne mangeaient pas, tant ils pensaient à l'or et à l'argent, parfois ils donnaient de grandes fêtes, car ils croyaient avoir déjà les mains pleines de cet or et de cet argent. Comme un chat domestique qui ne s'apaise que lorsqu'il tient une souris entre ses griffes et, le reste du temps, demeure aux aguets, haletant, toute son attention, toutes ses pensées tendues vers sa proie, et n'a point de paix tant qu'il ne l'a pas attrapée, mais sans cesse revient vers elle — tels furent ces premiers hommes... »

L'effondrement fut atroce. En quelques années, la grande aristocratie inca — les descendants de Sinchi Roca et de Pachacutec, de Tupac Yupanqui et de Huayna Capac — ne compta plus que des parasites, avides uniquement de blasons, de vêtements espagnols et de revenus immérités. Toute cette immense habileté politique et organisationnelle, cette force et cette souplesse, cette *vis imperii*, cette capacité d'assimiler les différences, de gouverner et d'englober les peuples dominés — tout cela disparut dans la fumée qui avait enveloppé le disque de la lune.

Garcilaso de la Vega dut se demander bien des fois — enfant lorsqu'il écoutait les récits de son oncle ou adulte quand il repensait à sa vie ratée — pourquoi tout avait fini si vite et si misérablement. Il oubliait que les dieux incas n'étaient pas immortels comme le nouveau Dieu dans lequel il croyait avec tant de ferveur. C'étaient des dieux fragiles, sujets à la décadence, et qui pouvaient mourir. Pour les maintenir en vie, il fallait les aimer, les soigner, les protéger avec les plus tendres attentions, vénérer leurs images, leur adresser des sacrifices. Si les Indiens ne leur offraient plus de lamas ou d'alcool de maïs, le soleil ne brûlerait plus dans le ciel, la pluie ne tomberait plus, les champs ne donneraient plus de récoltes, les troupeaux dépériraient, des maladies et des malheurs de toutes sortes frapperaient l'empire. Si l'Inca — qui incarnait les dieux sur terre — mourait de façon scandaleuse, le soleil cesserait de prodiguer au monde l'or de sa chaleur, Viracocha disparaîtrait dans son ombre exténuée et, en même temps qu'eux, les dieux des pierres et des fontaines mourraient également. En tuant l'Inca Atahualpa, les Espagnols suscitèrent chez les Incas la terreur de voir leurs dieux mourir : le ciel était vide, la terre était vide ; et dès ce moment, le fragile édifice construit autour d'un point invisible commença à se déchirer, à se dissoudre, à se précipiter dans l'abîme.

La nature fut la première à en être bouleversée. Dès que les yeux des dieux furent devenus de plomb, les nuages, s'assombrissant, désertèrent le ciel. La lune, transie de froid, le visage malade, s'amenuisa. Les précipices rocheux entonnèrent des chants funèbres, le fleuve mugit douloureusement, des torrents de larmes se répandirent, la terre trembla, l'étendue du temps se réduisit à un battement de cils, les éléments se soulevèrent et pleurèrent, la nuit déploya ses ailes, un vide infini enveloppa toutes choses. Quant aux Indiens, comment pouvaient-ils vivre sous le poids des dieux morts ? Si Viracocha, le soleil, les *huacas* avaient quitté le monde, à quoi bon respirer, planter le maïs, parcourir les routes bordées d'arbres, manger, aimer, compter, mourir, accomplir chaque jour des gestes identiques à ceux du rite ? Tout était devenu pareil : tout était également éteint et cadavérique ; autant se convertir et changer de vêtements. Seuls, sans père ni mère, sans personne pour les protéger « du délicat tissu de son sein », sans personne pour les couvrir « des ailes de son corps », ils chantaient :

Sous un joug étrange, accablés de tourments,
abattus
perdus, désemparés, privés de mémoire,
seuls,
orphelins de l'ombre tutélaire
nous pleurons
sans savoir où nous tourner, vers qui.
Le délire nous prend.

Ton cœur, Inca,
supportera-t-il
notre vie, dispersée,
errante,
cernée de périls innombrables, asservie,
piétinée ?

Tout tomba en ruine. Les précieux canaux d'irrigation furent abandonnés ; les terrasses bien alignées qui s'accrochaient le long des pentes des Andes s'écroulèrent ; les routes furent mises à mal par les chevaux et les véhicules à roues des Espagnols ; le rendement des vieilles terres diminua ; les dépôts de provisions furent saccagés, les troupeaux de lamas massacrés par les conquérants. Les Incas se virent chasser des demeures et des sanctuaires où ils avaient mené une vie communautaire. Ils durent abandonner les cabanes rondes, qui dans leur forme même rendaient déjà un hommage au soleil, et s'enfermer dans de petites maisons rectangulaires, très éloignées de leurs champs. Les tributs s'alourdirent, cependant que les grands propriétaires usurpaient les terres de la communauté. Devenus esclaves, ceux que l'Inca avait « caressés de ses mains multiples et puissantes » travaillaient sur la terre de leur maître même les jours de fête ; ils cultivaient les propriétés du gouverneur de la province, servaient à l'auberge, étaient loués dans les zones voisines ; et à peine étaient-ils rentrés chez eux que quelqu'un venait les chercher à coups de fouet pour une autre corvée. Beaucoup furent emmenés dans les mines de Potosí, où ils creusaient à la lumière d'une chandelle, enfermés cinq jours et cinq nuits de suite dans les entrailles de la terre. À ces êtres désemparés, perdus, privés d'ombre tutélaire, de mémoire, il ne restait qu'un remède. Si les dieux étaient morts, eux aussi pouvaient mourir. Beaucoup se pendirent ; d'autres se laissèrent mourir de faim ou mastiquèrent des herbes empoisonnées — cependant que les mères égorgeaient leurs enfants à peine nés.

En 1537, Manco Capac se réfugia dans les montagnes de Vilcabamba, au nord de Cuzco. « Il serait là à l'abri des chrétiens. Il n'entendrait plus les hennissements et le martèlement de leurs chevaux, et leurs épées ne fouilleraient plus la chair de son peuple. » Manco Capac avait gagné l'une des zones sacrées de l'empire inca : entre les montagnes, les eaux bouillonnantes des fleuves et la végétation tropicale de l'Amazonie voisine. À Vitcos, il y avait une *huaca* : un objet sacré. Une gigantesque masse de granit blanc mirait ses formes dans une source d'eau sombre ; et celui qui regardait cette eau, où il entrevoyait à peine le grand fantôme blanc, se sentait arraché à lui-même, au temps, à ses pensées habituelles. Autour de la masse de granit, tout redevint comme à Cuzco, les jours de grandes fêtes. Coiffé de plumes blanches et noires, le souverain fut à nouveau porté à dos d'homme sur sa litière ; des voix saluèrent joyeusement le lever du soleil et pleurèrent sa disparition. L'Inca sacrifia le lama et l'alcool de maïs, et le liquide divin, le sang immolé s'égouttèrent par les fissures du granit blanc, descendirent dans l'eau sombre, qui se rida un instant sous les yeux des pèlerins ; puis le roi pénétra dans le temple, se tint devant l'image éblouissante du soleil, regarda peut-être les arbres, les plants de maïs, les serpents, les lézards, les tourterelles, les pélicans d'or et d'argent ; entre-temps on avait apporté au-dehors les momies des Incas. Manco Capac proclama que le dieu chrétien n'était qu'un morceau silencieux de tissu peint, l'une de ces feuilles où les pattes des oiseaux, des cerfs ou des lamas avaient laissé leur marque incompréhensible ; en même temps, les *huacas* faisaient entendre leur voix aux fidèles, et tous pouvaient voir dans le ciel le soleil et la lune. Une révolution cosmique se préparait. Bientôt, le vieux soleil mourrait, et il en naîtrait un nouveau. Toutes les *huacas* du royaume étaient ressuscitées, pour livrer bataille au Dieu chrétien. Cette fois, les dieux et les Espagnols seraient vaincus ; les envahisseurs seraient tués ; et la mer s'enflerait pour recouvrir leurs villes, effaçant à jamais jusqu'à leur souvenir.

Cette palingénésie n'eut jamais lieu. Les dieux incas — les « dieux riches et heureux », qui avaient apporté l'eau, la pluie, la lumière, le maïs, la croissance, l'engendrement, la puissance, la gloire — étaient vraiment morts, comme l'avaient prétendu les prêtres catholiques. Le dieu de la parole écrite avait vaincu les dieux de la parole vive et secrète. La lumière du soleil avait été domptée. En 1572, le dernier Inca, Tupac Amaru, fut fait prisonnier et emmené à Cuzco. En vêtements de deuil, les mains liées, une corde autour du cou, Tupac Amaru fut mené à travers les rues de la capitale, chevauchant un mulet drapé de velours noir. Deux prêtres catholiques « lui disaient des choses pour consoler son âme ». L'échafaud était dressé sur la grande place de Cuzco, devant la cathédrale, au lieu même où autrefois l'Inca adorait le soleil. Des milliers d'Indiens étaient venus de toutes les régions du royaume pour assister à la mort de leur souverain. Au sol, il ne restait plus de place ; et ils s'étaient hissés sur les murs, sur les toits des maisons, ou sur les collines autour de la ville, depuis lesquelles ils regardaient la place.

Quand Tupac Amaru monta sur l'échafaud, la foule des Indiens poussa un tel cri de douleur qu'on aurait pu croire « que le jour du Jugement était arrivé ». Ces voix n'en firent plus qu'une : une unique parole d'affliction, comme en jette celui qu'on laisse pour toujours dans l'abandon. La sœur de l'Inca apparut soudain à une fenêtre et, d'une voix brisée par les sanglots, cria : « Où vas-tu, mon frère, prince et roi unique des quatre *suyos* ? » À ce moment, l'Inca leva sa main droite et la laissa retomber ; et brusquement les cris et les lamentations cessèrent, tous retinrent leur souffle et il se fit sur la place un silence profond, comme s'il ne restait plus un seul être vivant. Tournant son visage vers les chefs incas, Tupac Amaru dit à haute voix, dans sa langue : « *Oiari guaichic.* » Sa voix était lasse mais ferme comme celle d'un homme qui a tout expié et tout pardonné. Il dit qu'il avait refermé le cours de sa vie et achevé son destin. « Seigneurs, ajouta-t-il, sachez que je suis un chrétien. Ils m'ont baptisé et je veux mourir dans la loi de Dieu. Et je dois mourir. Sachez que tout ce que moi-même et mes ancêtres incas vous avons dit jusqu'ici — de vénérer Viracocha, le soleil, les pierres blanches, les fleuves, les montagnes — est entièrement faux. Quand nous vous disions que nous parlions au soleil et que le soleil nous aidait de ses conseils — tout cela était faux. » La parole ultime avait été prononcée : le fils du soleil avait renié son père, les mots d'imploration et de louange naguère prononcés sur la place de Cuzco, les sacrifices, les rites, les gestes qui unissent — le dieu de l'apparence comme le dieu introuvable de l'ombre.

Le temps était désormais fini. Comme l'agneau du sacrifice, Tupac Amaru appuya sa tête sur le billot. Le bourreau s'avança, lui empoigna les cheveux de la main droite, lui trancha d'un seul coup la tête, puis éleva celle-ci afin que tous les Indiens pussent la voir. À ce moment, les cloches de la cathédrale, des monastères et des églises, qui en l'espace de quarante ans s'étaient dressés sur les vestiges de l'« ombilic du monde », commencèrent à sonner le glas, rappelant le temps évanoui. Le corps fut enseveli dans la chapelle principale de la cathédrale ; la tête, fichée sur la pointe d'une pique, près de l'échafaud. Les témoins racontent qu'elle devenait chaque jour plus belle ; et la nuit, les Incas descendaient des montagnes pour adorer la dernière relique de leurs dieux.

Portrait de Montaigne

Il y a bien longtemps, un ami m'a dit qu'il ne connaissait qu'une manière de lire Montaigne. Il le lisait l'été. Chaque après-midi, il prenait sa vieille édition en trois volumes, l'un de ces éditions dont le texte ne porte pas la trace des stratifications successives qui l'ont formé ; et il allait sous un pin ou un tilleul, près d'une petite rivière. C'était son *locus amoenus*, où les Anciens eux aussi lisaient leurs poètes. Je crois que mon ami avait tort. Il me semble que le seul lieu où l'on puisse lire Montaigne est une bibliothèque : si possible l'une de ces grandes bibliothèques du XVIe ou du XVIIe siècle, qui ornent les palais aristocratiques et les abbayes de toute l'Europe. Les rayonnages montent jusqu'au plafond vertigineux ; tout autour, des galeries serpentent, s'élèvent, se faufilent, menant aux différents rayons ; et le bois, poli et attendri par le temps, conserve la clarté et l'obscurité, la matière compacte et noueuse des arbres — noyer, olivier, chêne ou orme —, de sorte que le lecteur, assis, son livre à la main, se croit entouré d'une forêt luxuriante, dont les livres aussi feraient partie.

Montaigne avait sa bibliothèque au troisième étage d'une tour. Assis à sa table, il embrassait d'un regard les livres, rangés sur cinq files, prêts à être feuilletés si un caprice ou une inquiétude le prenaient. Il en avait presque mille, dont soixante-dix-sept nous sont parvenus, avec son nom et parfois ses annotations. Il avait César et Plutarque, Térence et Lucrèce, Plotin, Philon et Pétrarque, l'*Historia del descubrimiento de la India* de Lopez de Castañeda, les *Dialogues d'amour* de Léon l'Hébreu, les œuvres d'Érasme, de Politien et de Denys d'Halicarnasse, le *De odoribus* de Théophraste, la *Cosmographie universelle* de Münster, le *Catéchisme* de Bernardino Ochino.

De ces mille livres, il tira cinquante-sept maximes ; il les fit inscrire sur les poutres du plafond, d'où elles protégeraient ou railleraient son travail de commentateur. « Toutes les choses, avec le ciel et la terre et la mer, ne sont rien auprès de la totalité du grand tout » (Lucrèce). « Je ne comprends pas » (Sextus Empiricus). « Dieu ne veut pas qu'un autre sache, à part lui » (Hérodote). « Toutes ces choses sont trop difficiles pour que l'homme puisse les comprendre » (l'Ecclésiaste).

« La vie la plus douce, c'est de ne penser à rien » (Sophocle). Onze de ces maximes appartenaient à l'Ecclésiaste, le livre préféré des sceptiques mystiques, ou des mystiques sceptiques — la race la plus aimable de la terre — ; mais la plupart d'entre elles sont fausses ou arrangées, car l'infatigable manipulateur aimait tellement l'Ecclésiaste qu'il le réinventait à sa façon. La bibliothèque avait trois grandes fenêtres « d'une ample et libre perspective » par lesquelles pénétraient les souffles des vents, les rayons du soleil, les reflets des nuages, les senteurs des arbres et, deux fois par jour, les notes de l'*Ave Maria.* S'il se mettait à la fenêtre, il voyait le château, la cour, le poulailler où les poules, les oies et les canards se préoccupaient de nourrir son existence ; et plus loin, les collines du Périgord, où le regard se perdait presque à l'infini.

Montaigne écrivit beaucoup de mensonges ; peut-être le terme n'est-il pas exact ; il emplit son livre de mystifications, de jeux ironiques et autoironiques, de petites scènes théâtrales jouées à la fois par lui et par son lecteur imaginaire, qui habite les *Essais* comme une présence secrète. Certes, le plus grand de ces mensonges ou de ces mystifications concernait son manque de mémoire : « Je n'en reconnoy quasi trasse en moy, et je ne pense pas qu'il y en aye au monde une autre si monstrueuse en défaillance *. » En disant cela, il voulait défendre le naturel, la simplicité, la franchise, la

* Les citations des *Essais* sont extraites de l'édition de la Bibliothèque de la Pléiade. *(N.d.T.)*

fluidité, le présent absolu de son esprit, que selon lui les héros de la mémoire ne possédaient point. Mais en réalité, la mémoire de Montaigne est l'une des très grandes mémoires de l'Occident — comme celle de Dante, de Pétrarque, de Shakespeare et de Goethe. Elle conservait en elle presque toute la civilisation classique, et une partie de la culture chrétienne. Il suffisait d'un mot, d'un signe, d'une allusion. Et aussitôt tous les mots et toutes les images, toute cette forêt-bibliothèque flamboyante qu'il portait dans son esprit ressuscitaient du silence, s'offrant à sa plume comme un immense concert de voix humaines.

Ce n'était pas une mémoire barbare, comme l'a affirmé Emilio Cecchi. Elle n'avait rien de commun avec celle des grands artisans othoniens qui, à Aix-la-Chapelle, ornèrent une chaire d'or avec les ivoires, les cristaux et les damiers d'Égypte et de Byzance — trésors pillés dont on faisait somptueusement étalage devant le public impérial et féodal. Montaigne sentait un vide, un manque en lui, qu'il lui fallait combler avec la richesse des autres ; il lui semblait que son terreau n'était pas capable de produire des fleurs trop éclatantes. Lorsqu'il lisait, il picorait tantôt un grain, tantôt un autre : tantôt trois vers, tantôt une phrase ; et surtout, lorsqu'il fréquentait le merveilleux Plutarque, comment pouvait-il s'empêcher de lui dérober une cuisse, ou une aile ? La citation resplendissait comme un joyau ; et en même temps, il créait un fond riche et délicat, éloigné et hardi, derrière son discours du premier plan. À la fin, l'apport étranger — mais rien n'est jamais *étranger* dans la littérature — était assimilé : la phrase d'un autre entrait dans la sienne, et inversement ; sa marqueterie s'insinuait dans la marqueterie voisine ; Lucrèce et Sénèque devenaient sa chair et son sang. « Les abeilles pillotent de ça de là les fleurs, mais elles en font après le miel, qui est tout leur. Ce n'est plus thin, ny marjolaine. » Jamais peut-être, depuis l'époque des *Confessions* de saint Augustin, un écrivain n'avait possédé un don aussi superbe pour transformer la richesse des livres par le rythme nerveux et la substance de sa prose.

J'aimerais plus que tout savoir ce qui se cache derrière les *Essais*, telle une présence muette et inconnue. Dans un passage du second livre, Montaigne affirme que les *Essais* sont nés d'une « humeur mélancolique, produite par la tristesse de la solitude ». Il y a quelques années, Giovanni Macchia a parlé de « désespoir serein », « celui qui peut saisir un homme condamné à voyager, qui sait que jamais il n'abordera aucune terre ». Mais ce désespoir fut-il — *toujours* — aussi serein ? Et la mélancolie naquit-elle seulement de la solitude et de la réclusion dans la tour ? N'y eut-il pas autre chose — de plus inquiet, aigu et furieux ?

Dans certains passages des *Essais*, on croit percevoir l'écho d'un échec ou d'une défaite métaphysique. « Ce seroit faire tort à la bonté divine, avait-il écrit dans l'*Apologie de Raymond Sebond*, si l'univers ne consentoit à nostre creance. Le ciel, la terre, les elemans, nostre corps et nostre ame, toutes choses y conspirent... Ce monde est un temple tressainct, dedans lequel l'homme est introduict pour y contempler des statues, non ouvrées de mortelle main, mais celles que la pensée divine a faict sensibles : le Soleil, les estoilles, les eaux et la terre, pour nous représenter les intelligibles. » « Tout ce qui est sous le ciel... court une loi et une fortune pareille. » Ces phrases sonnent comme celles des grandes architectures philosophiques de la Renaissance. L'univers est une chaîne merveilleuse de relations et de rapports, qui descend des étoiles aux plantes, aux pierres et à l'homme. Peut-être Montaigne imagina-t-il de décrire ce « temple tressainct », de parler des statues, des lois, des phénomènes, des événements naturels et humains ; et de la relation miraculeuse qui unit l'Être et l'apparence. Si cela est vrai, lui aussi crut un instant à l'*harmonia mundi*, et à une Théodicée.

Cette tentative d'expliquer et de glorifier l'harmonie du monde, si par hasard elle a existé, s'est envolée comme un misérable château de cartes au premier souffle du plus faible vent. Dès les premières lignes, les *Essais* proclament qu'il n'est rien de plus « vain, divers et ondoyant » que l'homme et le monde. Il n'existe aucune loi de conscience, de nature ou de raison. Tout change, fluctue, se perd, disparaît, comme l'eau et le vent. Le monde est dominé par le hasard. Peut-être n'est-ce qu'un rêve : « Nous veillons dormans, et veillans dormons. » Quant à l'homme, cet être creux, vide, dépourvu de beauté, de santé, de sagesse et de toutes les qualités essentielles, ses sens le trompent misérablement. La raison — une sorte de « teinture » — est incapable de saisir quelque vérité que ce soit, non seulement à propos de Dieu, mais même du plus infime objet. De plus, l'homme n'a ni volonté ni force. Il n'est personne — car il n'est qu'un misérable amas de fragments. Il n'est qu'opinion — laquelle varie selon les peuples et les climats, et d'un homme à l'autre, et au sein du même homme, de minute en minute. Et si enfin, pour tenter d'agripper quelque chose de stable et de solide, Montaigne se tourne vers lui-même, que trouve-t-il ? Rien d'autre, une fois de plus, que vanité, variété, mouvement et mystère. « Moi qui m'espie de plus prèz, qui ay les yeux incessamment tendus sur moy... à peine oseray-je dire la vanité et la foiblesse que je trouve chez moy. J'ay le pied si instable et si mal assis, je le trouve si aysé à croler et si prest au branle, et ma vue si desreglée, que à jun je me sens autre qu'après le repas ; si la santé me rid et la clarté d'un beau jour, me voylà honneste homme ; si j'ay un cor qui me presse l'orteil, me voylà renfroigné, mal plaisant et inacessible... Maintenant je suis à tout faire, maintenant à rien faire ; ce qui m'est plaisir à cette heure me sera quelque fois peine. »

Pascal lui-même, qui en lisant Montaigne voyait avec « joie la superbe raison si invinciblement froissée par ses propres armes », montra moins de mordant. De tous les ennemis du genre humain — Cioran assure que ce sont ses seuls amis — personne n'a jamais roulé dans la boue notre présomption, personne n'a jamais insulté notre image avec tant de fureur, de plaisir, d'inventivité, d'amusement, de férocité, de malignité, de ténacité, de bizarrerie ; et, au fond, d'inconcevable douceur.

Bien au-dessus de la vanité se tient le Dieu lointain auquel croit Montaigne : un Dieu « inconnu », comme celui que saint Paul découvrit à Athènes, sans nom, sans raison ni intelligence, un Dieu que nos conjectures et nos analogies ne peuvent comprendre — fort semblable au « Dieu obscur » des mystiques. Il y a des passages, dans les *Essais*, où l'homme, l'aveugle-né qui vit dans la nuit, attend la grâce : « l'homme nud et vuide, recognoissant sa faiblesse naturelle, propre à recevoir d'en haut quelque force estrangère, desgarni d'humaine science, et d'autant plus apte à loger en soy la divine, aneantissant son jugement pour faire plus de place à la foy... C'est une carte blanche préparée à prendre du doigt de Dieu telles formes qu'il luy plaira y graver ». Parfois, l'on dirait que la grâce divine, froide et douce, s'apprête à descendre sur la feuille blanche de l'homme, l'emplissant de sa lumière, traçant sur lui ses formes et l'emportant « exceptionnellement » au royaume des cieux. C'était le moment qu'attendaient les esprits religieux qui lisaient Montaigne vers la fin du XVIe siècle — comme saint François de Sales. Mais, dans les *Essais*, la grâce divine n'est jamais descendue sur la feuille blanche de l'homme. Elle n'y a rien tracé. Dieu est resté au plus haut des cieux, sans nom, sans mains, insondable dans son essence. Montaigne n'est pas devenu mystique.

Je ne saurais pas dire ce qu'il est devenu ; assurément pas un philosophe sceptique ; ou aucune des nombreuses étiquettes que les historiens de la philosophie aiment à coller sur le front du plus fuyant des écrivains. Par une sorte de complet renversement, tous les mots de Montaigne changent de signe : ils sont une chose, et en même temps son contraire. Ainsi, lorsqu'il raille la vanité, l'inconstance et l'instabilité, il les aime en même temps comme si elles étaient l'essence précieuse de l'univers. Il aime la nature qui joue. Il aime la fantaisie, le caprice, la surprise, l'inventivité du hasard, qui se moque de nos programmes et de nos intentions. Il aime le vent, qui, plus sage que nous, se plaît à murmurer, à s'agiter, et se contente de ses propres fonctions, sans désirer la stabilité, la solidité, qualités qui lui sont étrangères. Il aime l'oscillation. Il aime tout ce qui est ombre. Il aime tout ce qui est mêlé, confus, composite, bariolé — la volupté, qui gémit et meurt d'angoisse. Il aime l'incertain ; et il use volontiers d'expressions comme « peut-être », « en quelque sorte », « dit-on », « je pense ». Il aime les apparences dorées, fugitives, enchanteresses — qui nous emportent loin de toute certitude.

Quant à l'homme, il attire Montaigne pour ces raisons mêmes qui suscitaient ses railleries. L'homme est discontinu, fragmentaire, fait de pièces et de morceaux, dont chacun agit pour son propre compte ; il change à tout instant ; il ne connaît pas la vérité, mais la traque et la poursuit inlassablement. « Nul esprit généreux ne s'arreste en soy : il pretend tousjours et va outre ses forces ; il a des eslans au delà de ses affects ; s'il ne s'avance et ne se presse et ne s'accule et ne se choque, il n'est vif qu'à demy ; ses poursuites sont sans terme, et sans forme ; son aliment c'est admiration, chasse, ambiguïté. » Parfois, il n'est rien de plus beau que l'opinion futile, qui change « comme des pierres, qui prennent couleur ou plus haute ou plus morne selon la feuille où on les couche ». Devant cet irrésistible éloge du vent, de l'eau et du chatoiement, comment ne pas imaginer que le livre fantastique écrit dans la tour représente le moment taoïste de l'Occident ?

Montaigne ne serait pas fidèle à lui-même s'il ne nous proposait pas un autre renversement. Jusque-là il nous avait dit qu'il n'y avait pas de nature, mais uniquement l'opinion et l'habitude. Maintenant, et d'autant plus intensément qu'il approche de la vieillesse, il exalte la Nature : elle, la Mère éternellement stable et diverse, la Mère énigmatique et mystérieuse, la Mère bienveillante, la Mère sage et douce qui nous guide avec bonheur et sûreté, qui nous console, nous secourt et nous tend la main. « Il n'y a rien d'inutile en nature ; non pas l'inutilité mesmes ; rien ne s'est ingéré en cet univers qui n'y tienne place opportune. » Nous la portons en nous ; et si nous la suivons, selon le « précepte antique », si nous ne nous laissons pas entraîner par la science, l'opinion ou l'artifice, nous ne pourrons nous tromper, et nous serons heureux. « Heureusement, puisque c'est naturellement. »

Dans les *Essais*, la Nature Mère s'incarne dans la figure de Socrate. Montaigne adore Socrate avec une passion toujours grandissante. Peu lui importent ses idées métaphysiques, qu'il jette dans l'immense corbeille à papiers où sont rassemblées les folies de l'esprit humain. Il adore Socrate parce qu'il ne tient jamais en place : il se promène, flâne, vagabonde, interroge, bavarde, insatiablement curieux des événements les plus futiles et des pensées les plus sublimes. Il l'adore parce que c'était un dilettante, un personnage de comédie ; il apprécie son délicieux naturel, sa bonhomie, sa simplicité, sa fureur dionysiaque, son inépuisable conversation — aussi désinvolte et vaine que la sienne.

Montaigne est lui aussi un dilettante : le plus grand des dilettantes modernes ; et il s'amuse de lui-même, affirmant que ses rêveries sont celles d'un homme « qui n'a gousté des sciences que la crouste première, en son enfance, et n'en a retenu qu'un général et informe visage. Et n'est enfant des classes moyennes qui ne se puisse dire plus sçavant que moy ». Dans sa vaste bibliothèque, entre un souffle de vent et le cancanement des oies, sous l'ironique protection de ses maximes, il ne fait ni plans ni projets. « Là je feuillette à cette heure un livre, à cette heure un autre, sans ordre et sans dessein, à pièces descousues ; tantost je rêve, tantôt j'enregistre et dicte, en me promenant. » Il sait tout, mais lorsqu'il écrit, sa plume parvient à oublier (l'oubli est la mère de la mémoire) ce qu'il sait.

« De cent membres et visages qu'a chaque chose, j'en prends un tantost à lecher seulement, tantost a effleurer, et parfois à pincer jusqu'à l'os. J'y donne une poincte, non pas le plus largement, mais le plus profondement que je scay... Semant icy un mot, icy un autre, eschantillons depris de leur piece, escartez, sans dessein et sans promesse, je ne suis pas tenu d'en faire bon. » Mais, si le dilettante ne possède pas la connaissance limitée et totale du spécialiste, il jouit d'un immense avantage sur n'importe quel spécialiste. Il a une expérience *directe* de chacune des choses dont il parle. Il entre en elle, pénètre dans le fleuve de la fluidité universelle ; il prend cette chose en particulier, la goûte, la savoure, la palpe avec toute la sensualité de l'esprit et du corps. Son imagination est telle qu'il peut savourer jusqu'à sa propre mort, outrepassant ainsi les limites de l'expérience. Aussi son livre d'*essais** est-il (comme le suggère l'usage linguistique de l'époque) un « exercice », un « prélude », une « épreuve », une « tentative », une « tentation », un « échantillon de nourriture » : il s'agit de « goûter », de « vérifier », de « peser », de « supputer », et, tout naturellement, d'un « danger » et d'un « risque ».

Avec la *nonchalance** ironique du dilettante, Montaigne feint de sous-évaluer son livre. Ce qui compte — répète-t-il —, c'est ma vie. « Mon mestier et mon art, c'est vivre. » « J'ay mis tous mes efforts à former ma vie. Voylà mon mestier et mon ouvrage. Je suis moins faiseur de livres que de nulle autre besoigne. » Montaigne n'a jamais rien écrit de plus trompeur. Si quelqu'un au monde fut *faiseur de livres*, c'est bien lui ; et de façon absolue et presque bouleversante. Il y a de grands poètes qui écrivent un livre et laissent leur existence aller son chemin, vers le salut ou la perdition, comme si elle ne les concernait pas. Pendant que Montaigne écrivait les *Essais*, le livre faisait, façonnait, construisait la vie de Montaigne ; il se détachait de lui ; il réfléchissait sur lui, exerçait sur lui son imagination, pensant des choses que Montaigne lui-même n'avait jamais imaginées ; il modifiait un trait, en changeait un autre ; et il finissait de la sorte par transformer sa vie. De l'instant où il eut pénétré dans la tour, prisonnier de la tour et des *Essais*, Montaigne ne connut pas d'autre vie que celle qu'ils vivaient, eux, qui grandissaient sous ses yeux, changeants, mobiles, comme une créature vivante et distincte de lui. Mais pour cela justement, il se connaissait parfaitement ; rarement un écrivain a défini avec autant de précision qui il était et ce qu'était son livre. Les *Essais* se tenaient devant ses yeux comme un miroir implacable : il ne devait rien faire d'autre qu'y lire et y raconter ce qu'il avait vu.

L'homme qui a écrit les *Essais* (ou qui a été écrit par les *Essais*) vit sous un double signe astrologique : « J'ay la complexion, dit-il, entre le jovial et le melancholique. » Cette combinaison de deux signes astrologiques éveille en lui une fantaisie et une imagination immenses : un désir de toutes les expériences possibles (même s'il ne les goûte que par le livre) ; l'amour de toutes choses visibles. Nul n'est plus immodéré que cet homme de la mesure. Attiré par toutes les choses qui ne lui ressemblent pas, il veut fluctuer, changer, se transformer ; il aime le voyage comme la condition naturelle de l'homme : « Ouy, je le confesse, je ne vois rien, seulement en songe et par souhait, où je me puisse tenir ; la seule variété me paye, et la possession de la diversité, au moins si quelque chose me paye » ; et il accepte voluptueusement toutes choses, devient un autre, se plie à ce que la vie lui offre. Parfois il semble froid, dur, insensible — comme tous les curieux contraints de s'envelopper de glace pour ne pas se perdre dans les expériences. D'ordinaire, il parvient à établir un équilibre admirable entre extraversion et introversion, et à les fondre l'une dans l'autre. S'il voyage, il le fait pour se concentrer. En se dissipant, il se retrouve. Et lorsqu'il se retrouve et se conquiert, il se perd. Il écrit pour vivre, et vit pour écrire. S'il pense à la mort, et sort mentalement de lui-même, volant dans les cieux de l'autre monde, il le fait pour vivre mieux *ici*, parmi nous.

Tel est le secret de Montaigne : le secret, dit-on, de son *équilibre.* Toutes ses fantaisies, tous ses excès, ses fureurs, ses inquiétudes, ses terreurs, ses monstres, ses chimères, ses folies ont besoin d'une limite et sont encloses dans un monde modéré et tempéré. « On a raison de donner à l'esprit humain les barrières les plus contraintes qu'on peut. En l'estude, comme au reste, il luy faut compter et reigler ses marches, il lui faut tailler par art les limites de sa chasse. » Comment cet esprit démesuré est parvenu à trouver sa mesure ; comment cet homme si libre a pu se lier de cent chaînes — c'est un miracle que personne peut-être n'a jamais expliqué. Il n'y a qu'une explication : consignant toutes ses fuites et toutes ses obsessions, déplaçant et faisant varier continuellement le but de sa chasse, le livre a construit le monde mobile et fermé dans lequel Montaigne a vécu. Ce n'est pas la cime d'une montagne. C'est « une belle plaine fertile et fleurissante », où l'on arrive « par des routes ombrageuses, gazonnées et doux fleurantes, plaisamment et d'une pante facile et polie » et d'où l'on peut voir toutes choses au-dessous de nous. Quel air on y respire ! Quelle douceur, quelle joie, quelle harmonie, quel souverain naturel, quelle amabilité, quelle souriante fluidité, quelle continuelle détente de tout ce qui est tendu et compliqué !

Il est un territoire, dans cette plaine, qui échappe totalement à l'équilibre dans lequel Montaigne s'est enfermé. C'est le feu, la fureur, le délire, l'invasion, l'inspiration divine, qui découle de la lecture des textes platoniciens. Il n'avait pas de sympathie pour la métaphysique platonicienne, mais aucun livre ne le marqua plus profondément que *Le Banquet* ou le *Phèdre*. Son admirable essai sur l'amitié vibre de leurs échos. Le poète que Montaigne décrit dans un autre essai est le poète inspiré de Platon : « Assis sur le trépied des Muses, [il] verse de furie tout ce qui luy vient en la bouche, comme la gargouille d'une fontaine, sans le ruminer et poiser, des choses de diverse couleur, de contraire substance et d'un cours rompu... C'est l'originel langage des Dieux. » Montaigne parle avec la même fougue des effets de la poésie, qui ravit et dévaste notre jugement, et de l'irruption soudaine de la poésie en lui, lorsqu'il écrit « ses chimères les plus folles et les plus profondes ».

Malgré son équilibre, Montaigne sait que la flamme de la poésie et de la folie, qu'il porte en lui comme le plus rare et le plus précieux des dons, peut l'entraîner vers Dieu sait quels abîmes. C'est avec terreur et passion qu'il contemple cet abîme. Quand, à Ferrare, il voit le Tasse enfermé à l'hôpital Sainte-Anne, et qui se survit à lui-même ; lorsqu'il observe en lui l'un de ces esprits mélancoliques, ardents et malléables, irrésistiblement portés à la folie, il lui semble rencontrer un esprit frère, son ombre en quelque sorte. « Quel saut vient de prendre, de sa propre agitation et allégresse, l'un des plus judicieux, ingenieux ? N'a-t-il pas dequoy sçavoir gré à cette sienne vivacité meurtrière ? à cette clarté qui l'a aveuglé ? à cette exacte et tendue appréhension de la raison qui l'a mis sans raison ?... à cette rare aptitude aux exercices de l'âme, qui l'a rendu sans exercice et sans âme ? »

Les *Essais* sont un mystère plus grand encore que leur auteur. Montaigne sait combien son livre est « nouveau », « extravagant », « fantasque » — et assurément pas parce qu'il parle de lui : tant d'autres l'avaient fait auparavant. C'est tout à la fois une encyclopédie, comme celles qui plaisaient aux esprits de l'Antiquité tardive et du Moyen Age ; un recueil de hasards possibles et impossibles ; le « suc » de tous les livres que Montaigne avait lus ; une discussion sur les plus grands problèmes du cosmos, de l'homme et de l'Histoire — et aussi, inextricablement uni à tout cela, le portrait d'un homme et d'une expérience. Cet homme, c'est lui ; et il n'y a rien qui amuse, réjouisse et surprenne autant Montaigne, qui éprouve pour lui-même une sympathie et une admiration inépuisables. Son moi change à tout instant ; sa pensée se cherche et s'exprime en même temps qu'elle se cherche, à mesure qu'une expression lui apparaît comme « momentanément définitive » ; et pendant ce temps il joue avec ce moi-livre, le montre et se montre, l'exhibe et s'exhibe, le dénigre et se dénigre, passant avec un plaisir infini des *Essais* à lui-même.

La matière des *Essais* n'est pas faite d'idées — Montaigne n'a jamais envisagé d'accomplir un acte aussi inutile que de penser — mais de « rêveries », de « chimères », de « monstres fantasques », d'obsessions, de caprices, qui, dans ses mains prennent le caractère d'images figuratives (de « grotesques », comme il disait), ou de lignes bizarres et tortueuses, ou encore de simples décharges d'énergie. Il n'y a pas une seule ligne droite, comme si une malédiction avait banni celles-ci du monde. Tout n'est que pli, coude, arabesque, courbe, boucle, enchevêtrement ; tout n'est que fragment ; tout n'est que coq-à-l'âne, alternance, vagabondage, contradiction, raccourci analogique brusque et fulgurant.

Longtemps, Montaigne chercha un modèle qui justifierait son entreprise ; jusqu'au moment où, dans les dernières années de sa vie, il comprit que l'exemple de ses caprices et de ses chatoiements se trouvait dans les *Dialogues* de Platon et certains textes mineurs de Plutarque. « Ils ne creignent point ces nuances, et ont une merveilleuse grâce à se laisser ainsi rouler au vent, ou à le sembler... J'ayme l'alleure poétique, à sauts et à gambades. C'est une art, comme dit Platon, légère, volage, demoniacle... Ô Dieu, que ces gaillardes escapades, que cette variation a de beauté, et plus lors que plus elle retire au nonchalant et fortuite !... Il faut avoir un peu de folie. » Il trouva vite plusieurs noms pour son livre. Les *Essais* devinrent une *rhapsodie* ou une *promenade*, une *fricassée*, un *pot-pourri* ou une *marqueterie*. C'était, surtout, une *variation* ; et dans l'art musical de la variation, Montaigne fut le maître de plusieurs siècles de littérature.

Avec sa clairvoyance habituelle, Montaigne définit son style : « Le parler que j'ayme, c'est un parler simple et naïf, tel sur le papier qu'à la bouche ; un parler succulent et nerveux, court et serré, non tant delicat et peigné comme vehement et brusque... plustost difficile qu'ennuieux, esloingné d'affectation, desréglé, décousu et hardy. » L'on est frappé de la rapidité souveraine du mouvement ; de la vélocité des relations analogiques et intellectuelles ; de la transcription systématique en termes physiques des données spirituelles, qui transforme l'activité intérieure en une activité visible, inscrite dans un espace ; de l'alternance de concentration et de lenteur complaisante, de formules épigrammatiques et de périodes immenses et boiteuses. À mesure que les *Essais* prennent de l'ampleur, ils ressemblent de plus en plus à une conversation. Montaigne s'amuse à imiter le timbre d'une voix qui parle, bavarde, commente, vagabonde, colore, joue, s'exhibe, perd du temps, pâlit, triomphe. L'auditeur est tout à la fois proche et lointain : c'est Montaigne, qui écoute parler son livre ; et c'est nous qui, quatre siècles plus tard, poursuivons avec lui une conversation interminable.

Les *Essais* sont un des grands livres de la vieillesse, même si la vieillesse n'a peut-être pas apporté à Montaigne la sagesse dont il rêvait et qu'il méprisait. L'on perçoit ici ou là des accents presque désespérés : « Je sens que nonobstant tous mes retranchements, [la vieillesse] gagne pied à pied sur moy. Je soustien tant que je puis. Mais je ne sçay en fin où elle me menera moy-mesme. À toutes avantures, je suis content qu'on sçache d'où je seray tombé. » « Mon monde est failly, ma forme est vuidée ; je suis tout du passé... Le temps me laisse ; sans luy rien ne se possede. » Mais il ne vieillissait pas de si mauvais gré. Il lui semblait être plus libre des masques sous lesquels il avait caché son visage ; et il pouvait devenir indiscret, presque impudique. Si toute sa vie avait été fluctuation, désormais il s'enfuyait, s'échappait à lui-même avec une hardiesse que rien ne freinait.

Il avait eu plusieurs modèles : il avait aimé Caton, César et Épaminondas ; mais son unique modèle, maintenant qu'il approchait de la mort, était Socrate, avec ses yeux saillants de taureau, qui voyaient tout, et sa fureur dionysiaque. Une sorte d'ivresse continue, d'exhibitionnisme sans retenue parcourt les derniers essais : « Principalement à cette heure que j'aperçoy [ma vie] si briefve en temps, je la veux estendre en pois ; je veux arrester la promptitude de sa fuite par la promptitude de ma sesie, et par la vigueur de l'usage compenser la hastiveté de son escoulement ; à mesure que la possession du vivre est plus courte, il me la faut rendre plus profonde et plus pleine. » Autour de lui, le ciel était calme. Aucun désir, aucune crainte, aucun doute ou difficulté ne troublaient l'air. Aucun espoir ne voltigeait devant ses yeux. Il n'avait que le présent : le présent nu ; et il ralentissait le temps, donnait à chaque minute sa pleine signification, soucieux d'« estudier, savour et ruminer » chaque expérience.

Bien que les spécialistes doutent que Montaigne ait jamais lu les *Confessions* de saint Augustin, il me semble impossible qu'il ignore un texte alors tant aimé et apprécié de ceux qu'il aimait. La construction des *Essais* semble la réplique et le retournement, probablement involontaire, du livre « ruisselant de larmes » si cher à Pétrarque. Les *Confessions* commencent par raconter la vaine existence d'un homme, pour se conclure sur les mystères de Dieu, du temps et de la création. À petits pas, bouchée après bouchée, les *Essais* commencent à parler des problèmes suprêmes de l'univers — qui est l'homme et qu'est-ce que la nature ? y a-t-il une loi ? qu'est-ce que la présence de Dieu ? — ; ils y mêlent l'histoire du monde, de Rome aux *cannibals**, et la vie et l'expérience d'un homme qui a ruminé ces chimères. Vers la fin, tout s'inverse, se resserre, se concentre, comme dans un entonnoir. Il ne reste plus qu'un seul sujet : Michel de Montaigne ; ou plutôt son corps : nous savons s'il dort, déjeune, transpire ou boit du vin pur, combien il souffre de la maladie de la pierre, quelle couleur ont ses urines, qu'il monte à cheval, aime les melons, les sauces et se gratter, et goûte peu les viandes trop dures. Ce renversement en forme d'entonnoir procède d'un sens grandiose de la dérision. Il n'y a rien d'autre, semble dire Montaigne. Tout est là. L'univers, avec ses dieux, ses étoiles, ses planètes à la course réglée s'est réduit au corps d'un homme de cinquante-cinq ans, qui souffre de la maladie de la pierre.

Dans une page célèbre de son *Port-Royal*, Sainte-Beuve a raconté les funérailles imaginaires de Montaigne. « Montaigne est mort ; on met son livre sur son cercueil. » Derrière le cercueil, il y a Mlle de Gournay, sa « fille d'alliance » ; puis Bayle et Naudé, les « sceptiques officiels ». Puis, par groupes ou un par un, défilent tous les autres : tous ceux qui s'inspirèrent de Montaigne pour un livre de maximes, d'essais, de caractères, de confessions, pour des comédies, des lettres, des romans, des récits, ou seulement pour donner du nerf à leur style. Voilà La Rochefoucauld, La Fontaine, Mme de Sévigné, Molière, Saint-Évremond, La Bruyère, Fontenelle, Marivaux, Montesquieu, Voltaire et Rousseau... Dans un coin se tient Pascal, son double et ennemi, qui prie.

Sainte-Beuve ne s'est pas aperçu que dans cette aimable foule de spectres, venus de toutes les parties du monde, se trouvaient d'autres écrivains, peut-être les véritables héritiers de Montaigne, et dont certains lui étaient inconnus. Il y avait d'abord Sterne, ironique et splénétique : son *Tristram Shandy*, ce sont les *Essais* transformés en roman-labyrinthe, avec davantage de vide, d'air et de fumée. Un élève de Sterne, Diderot, a fait dériver de la voix de Montaigne la voix impudente et railleuse de son *Neveu de Rameau*. Dans *Ou bien, ou bien*, le plus grand des essayistes romantiques, Kierkegaard, a appris des *Essais* l'arabesque, la digression, la dissonance, le changement de ton ; la ligne interrompue, brisée, hachée, le désir de sortir du livre. Flaubert ne ressemblait nullement à Montaigne ; et pourtant son *Bouvard et Pécuchet* est un monument à l'idiotie humaine, construit à coups de citations (comme le sont en partie les *Essais*).

Mais peut-être son fils le plus authentique était-il le dernier, sinon l'ultime, venu de loin, de Vienne et de Genève, où il attendait de son livre, comme Montaigne, la solution de sa vie. C'était Robert Musil, dans son triple uniforme de mathématicien, d'officier et de *Monsieur le Vivisecteur.* Cette architecture aérienne et improbable, ce scepticisme souverain, cet amour pour l'encyclopédie, ce sentiment du vide, ce vagabondage et cette conversation incessante, cet amour pour les métaphores physiques qui expriment la pensée, tout ce sur quoi repose *L'homme sans qualités*, n'est-il pas un ultime écho du livre « varié et ondoyant » écrit dans la tour, entre les criailleries des oies et l'horizon infini ?

La muse du passé

Je crois que les Grecs de l'âge classique — ceux qui lisaient Sophocle et Platon, admiraient Phidias et les stèles du Céramique — auraient profondément aimé cette grandiose méditation sur la mort que constitue *Et in Arcadia ego* de Nicolas Poussin, au Louvre. Ils auraient aimé cette gravité, ce vaste sens de la tragédie et ce calme, cette sérénité, cette harmonie jaillis d'on ne sait quelle source cachée, qui permettent de franchir, d'un bond léger, le seuil du royaume de la mort. J'ignore ce que Poussin connaissait de l'art grec : ce qu'il en entrevit grâce à sa très dense culture romaine. Mais quand, en 1639 ou en 1640, il commença à coucher sur la toile les couleurs sombres et funèbres du tableau, il voulait incontestablement éloigner de son esprit tout souvenir des vanités baroques qui, quelques années auparavant, avaient pénétré jusqu'à sa peinture. Il ne représenta aucun des signes de la mort : ni crânes, ni ossements, ni corps défaits ni ruines ; et pas non plus de vers, de papillons, de rats, d'insectes, de fruits pourrissants, comme dans la peinture de l'époque. Il ne voulut même pas faire allusion au temps qui passe et nous conduit vers notre fin. Il ne disposa aucune clepsydre, aucune fontaine répandant ses eaux pour rappeler à notre mémoire que les hommes sont éphémères et que tout dans l'univers est caduc et passager.

Apparemment, Poussin voulut éloigner aussi la pensée de la mort. Au cœur de l'Arcadie pastorale, déserte, sans habitations, sans troupeaux, sans musettes et sans fêtes, il dressa une tombe massive et presque cubique, qui semble un monument : un monument aux proportions parfaites, comme si l'art musical des proportions — cet art presque divin — pouvait supprimer l'angoisse de la mort. Mais ensuite, sur ce monument, il grava une inscription terrible : *Et in Arcadia ego,* « Moi, la mort, je suis aussi en Arcadie. » Il n'est donc pas de limite à son pouvoir : non seulement sur la terre que nous habitons et la mer où nous cherchons à nous fuir, non seulement au milieu des clepsydres et des fruits pourrissants, mais dans ce pays heureux et utopique, l'Arcadie, qui semble échapper au temps. Qui peut lui résister ? Pas l'homme — même s'il n'est pas nécessaire, contrairement à ce que supposait Félibien, qu'un berger soit étendu sous les pierres. Pas même la nature — car, sur la droite du tableau, des arbres presque secs nous rappellent que la vitalité de la nature peut s'interrompre irrémédiablement. Il n'y a qu'elle, la mort, l'innommée. D'autant plus présente qu'innommée ; et sa présence pèse sur ce tableau qui renonce aux symboles funéraires bien plus que sur toutes les précieuses et somptueuses vanités du XVIIe siècle : nue, impersonnelle, invincible.

Comme il est grave, ce *Et in Arcadia ego,* comme il ruisselle de pensées ! De tous les tableaux de Poussin, ce peintre merveilleux de tout ce qui habite les cavités de notre crâne, c'est peut-être le plus imprégné de pensées, dont il se pénètre graduellement, à mesure qu'il franchit les phases successives de sa méditation sur la mort. Il y a d'abord le berger agenouillé, qui lentement déchiffre de la main l'inscription, la suit de bas en haut, la recueille et médite sur elle dans son esprit, en s'arrêtant sur la parole centrale : celle qui dit que l'innommée règne *même en Arcadie.* Le berger projette sur les pierres une ombre qui dessine le symbole de la mort : une faux. Ce n'est pas un hasard : car l'homme est le point le plus faible de l'univers, la plus fragile des créatures, et l'ombre est sa projection. Aussi voyons-nous pour la seconde fois la mort sur la pierre : d'abord inscription, puis faux.

Et l'ombre efface presque complètement un mot : *ego*. L'*ego* de l'homme, la part la plus caduque de lui-même. Il semble qu'il n'y ait point de salut. Nous sommes enfermés dans la sphère de la mortalité, dont nous ne parvenons pas à sortir — puisque tous les hommes, même ceux qui pensent et interrogent, projettent une ombre.

Le berger de gauche, qui s'abandonne le bras posé sur la tombe, paraît inquiet, prostré, distant, enveloppé d'une profonde mélancolie. Il ne regarde pas les lettres sur la tombe ; il ne les inspecte pas du doigt, comme le fait son compagnon. Il semble tout connaître depuis toujours, comme si rien n'avait de secret pour lui, dans l'univers.

C'est là que notre lente inspection du tableau — lente et méticuleuse comme celle du berger qui tâte et interroge les pierres — doit s'interrompre. La partie droite de *Et in Arcadia ego* est complètement différente de la gauche, qu'elle contredit et inverse. De sa main robuste et délicate, Poussin nous introduit dans un autre monde, qui n'a rien à voir avec celui de l'Arcadie. Prenons la femme vêtue à l'antique, contrastant avec les bergers arcadiens à moitié nus : splendidement vêtue, comme une déesse, une prêtresse ou une figure allégorique, avec d'éclatantes couleurs jaunes et bleues, elle semble venue d'ailleurs, de quelque lieu surnaturel qui aurait soudainement envahi l'Arcadie. En elle, qui est le second centre de la représentation, se dissimule le mystère du tableau. Qui est-elle ? La mort ? Le destin ? L'écriture ? Une simple prêtresse ? Une déesse ? Athéna ? Mnémosyne ? Ou la raison, comme Cesare Ripa semble le suggérer ?

Il n'existe pas de documents ou de parallèles, ni dans la peinture du temps ni dans celle de Poussin ; et toute interprétation de la femme est sujette à des doutes et à des contestations. J'aimerais l'appeler la Muse du passé. Elle incline légèrement la tête et sourit avec gravité, parce qu'elle possède un « savoir » qui lui est donné par l'étendue du temps. Elle est triste, car toute tentative de pénétrer dans le passé doit affronter l'ombre, le vertige de la mort, la poussière des sépulcres ; mais elle est aussi calme et sereine, car le récit du passé apaise les âmes inquiètes et mélancoliques. Près de la tête de la femme se dressent des arbres, en partie desséchés comme ce qui est mort, en partie verdoyants comme le temps qui se réincarne, renaît et se fait à nouveau présent. Tout, à la fin, est renversé : ce n'est plus la mort, avec sa terrible phrase réitérée et les couleurs spectrales de l'ombre, mais la lumière, la vie et la joie, avec les éclatantes couleurs jaunes et bleues du vêtement de la femme, qui rappellent les couleurs de la jeunesse vénitienne de Poussin et transforment en musique les angoisses et les pensées funèbres qui, à ce moment, torturent encore les deux bergers.

La femme ou la déesse pose sa main sur l'épaule d'un troisième berger. Elle le réconforte, le console, lui communique sa sagesse, légère comme un grave sourire. Tandis que le berger qui interroge la mort nous tourne le dos, ce troisième pâtre nous regarde droit dans les yeux. Il ne projette pas d'ombre ; il n'efface pas l'*ego* ; son visage est clair et hardi ; sa figure semble exprimer une certitude ; et ses doigts indiquent une fois de plus l'inscription *Et in Arcadia ego.* Que nous communique-t-il donc ? Il nous rappelle la révélation que, d'un léger effleurement de la main, la muse du passé lui a confiée. La mort est partout, même en Arcadie ; le temps nous harcèle de tous côtés ; mais son ombre est domptée par notre pensée qui la raconte et la change en vie, verte comme le feuillage du laurier, éclatante comme le vêtement de la femme.

Le simple geste de la déesse semble immobiliser le tableau. Tout est figé, comme jamais peut-être dans un tableau de Poussin. Ce paysage ne changera jamais : ces rochers, ces buissons, ces arbres, cette tombe, ces bergers et même ces nuages sont ici et ainsi *pour toujours.* Cet instant est éternel, comme les belles proportions, les gestes et les attitudes mesurées des figures, l'harmonie des couleurs et des sons. Il n'y a plus d'eau, plus de clepsydre, plus de temps. L'Arcadie, qui semblait vaincue par la mort, a vaincu la mort : l'Arcadie, le lieu où l'on cueille le « rameau d'or » qui nous guide vers les secrets de la terre.

La femme à la balance

J'ai souvent tenté d'imaginer quelle avait été la vie de Johannes Vermeer, né en 1632 et mort en 1675, cet homme tranquille dont toute l'existence se déroula à Delft, sous la protection de l'Église catholique. De Léonard et de Michel-Ange, de Titien et de Rubens, nous savons presque tout ; alors que de Vermeer, nous n'avons pas une seule lettre, ni une page de notes, ni un dessin, ni un portrait. Il nous reste quelques documents, découverts ces dernières années. Nous savons que Vermeer descendait de gens modestes : boulangers, bouchers, tisserands, tailleurs de pierre, aubergistes, faux-monnayeurs ; un capitaine et un ébéniste-encadreur furent témoins à son baptême. À vingt ans, il épousa une riche jeune fille catholique ; il se convertit au catholicisme ; et, après cela, il habita avec sa femme, ses onze enfants et sa terrible et toute-puissante belle-mère sur la place du *Groote Markt*, dans ce qu'on appelait le « coin des papistes ». Près de chez lui s'élevaient une église et un collège de la Compagnie de Jésus, qui inspirèrent certaines de ses œuvres. Il vécut là toute sa vie, faisant du commerce de tableaux et peignant deux ou trois petites toiles chaque année. Il avait au premier étage un atelier avec deux chevalets, trois palettes, six tableaux, dix toiles, trois rouleaux d'estampes, une canne à pommeau d'ivoire, deux chaises tendues de cuir, un secrétaire et une table de chêne, et une robe de chambre turque. Ce fut une existence relativement aisée, que rien ou presque ne dut assombrir, avec de modestes satisfactions professionnelles. Mais après 1672, à la suite de la guerre contre la France, le malheur frappa la famille. Vermeer ne vendit plus ses propres œuvres, ne fit plus de commerce ; il n'encaissa plus les revenus des terres de sa femme : pendant trois ans, il ne paya plus son pain au boulanger ; et peut-être cet homme doux, habitué à une vie sereine, n'eut-il pas la force de faire face au malheur. Il se sentit mourir. Comme le rapporte sa femme, il sombra « dans une telle angoisse et une telle prostration qu'il passa en un jour, ou en un jour et demi, de la pleine santé à la mort ».

Nous ne savons rien d'autre. Nous ne savons pas quelle conscience Vermeer avait de lui-même : s'il se considérait, avec un orgueil tranquille, comme l'un des grands artistes de son époque, ou s'il pensait au contraire n'être que l'un des nombreux artisans inscrits à la guilde de Saint-Luc — des marchands de verre, des tapissiers, des céramistes, des brodeurs, des graveurs, des fabricants de fourreaux d'épées, des imprimeurs d'art ou des libraires. Il peignait très peu : dix fois moins que n'importe quel artiste de son temps. Peut-être était-il paresseux, peut-être consacrait-il tout son temps à ses enfants et à son commerce, peut-être ne trouvait-il pas d'acquéreurs ; à moins qu'au contraire, il n'ait eu besoin de beaucoup de temps pour que se forment ses motifs et que, peu à peu, lentement, ils se cristallisent comme des perles sécrétées par quelque mystérieuse coquille. Or, si nous nous tournons vers ses tableaux, notre déception est plus complète encore : car Vermeer semble deux fois sur le point de se révéler, et chaque fois se retire avec la discrétion la plus ironique. Dans *La leçon de musique*, il représente dans un miroir une jeune fille à l'épinette, une table couverte d'un tapis et le chevalet du peintre qui peint la scène ; mais lui, Vermeer, qui devrait apparaître juste derrière le chevalet, a été recouvert par le bord du tableau. Dans l'*Allégorie de la peinture*, un peintre peint ; mais ce peintre, qui nous tourne le dos, n'a rien à voir avec lui ni avec son idée de la peinture. Replié sur sa discrétion, Vermeer a voulu toute sa vie se nier, disparaître dans ses tableaux, devenir un vase, un vêtement ou un rayon de soleil. Il ne nous reste plus qu'à l'épier à travers les couleurs et les lumières.

Alors qu'il était encore jeune, Vermeer abandonna les compositions religieuses et mythologiques par lesquelles il avait commencé sa carrière. Il n'en fit plus — à part deux tableaux, où il est possible de repérer, mais de façon chiffrée, une trace de cette inspiration. Inutile de rechercher des causes extérieures : par une décision extrême qui, comme le calme, était dans son caractère, il abandonna la Muse Clio, la Muse de l'Histoire et de la peinture historique, dont il s'amusa dans l'*Allégorie*. Pour lui, les grands sujets religieux, mythologiques, historiques, allégoriques qui faisaient le bonheur de Raphaël et de Dürer, de Michel-Ange, de Rubens, de Rembrandt et de Poussin n'avaient à peu près aucune importance. Sa muse était une gauche jeune fille au museau de chèvre, qui tenait à la main une petite trompette et un livre, et portait l'un de ces vêtements bleus qui enchantaient Van Gogh. Tout ce qui, dans la peinture, était invention philosophique, littéraire ou iconographique, disposition des figures, des machines ou agencements, Vermeer le laissait aux autres, comme autant d'obstacles à sa fantaisie. Ce qui l'intéressait, ce n'était pas d'inventer, mais de *voir* ; et c'est de fort bonne grâce, avec cette passivité profonde à laquelle il fut grandement redevable, qu'il imitait les inventions de ses voisins — Metsu ou Ter Borch ou De Hooch. Le domaine sur lequel il régna en maître fut celui de la forme : la façon dont couleur, lumière, objets et personnages se disposèrent, de façon toujours nouvelle, dans la calme splendeur de son esprit.

Tout se passait dans son esprit, qui était à la fois son œil, sa main, sa lumière, sa *camera oscura.* Nous ne pensons pas que ses tableaux appartiennent à la réalité dans laquelle nous vivons : ils lui appartiennent moins que les rêves de Bosch ou de Füssli ; et nous ne pensons pas non plus que Vermeer se soit soucié de représenter la lumière telle qu'elle est : sa lumière est souvent arbitraire, illogique, irrationnelle, et obéit à la volonté formelle du tableau. De quelque côté que nous nous tournions, nous nous trouvons, de la façon la plus intime, dans l'esprit de Vermeer — ce lieu unique. Cet esprit ne pensait pas, ne calculait pas, ne traçait pas de lignes, ne se soumettait pas à une géométrie : il était à l'opposé de celui des grands Italiens et de Poussin. Il regardait le monde, le réfléchissait et le reflétait en lui tout entier, même la cruche, le collier de perles, la balance, le papier de la lettre, la bouche entrouverte, le turban oriental, la cire à cacheter. Il le laissait s'imprégner, s'imbiber de lui si profondément qu'aucune couleur, aucune lumière extérieure ne subsistait. Quand la métamorphose était complète, Vermeer extrayait le monde de son esprit et le déposait — avec calme, sans qu'on pût le moins du monde deviner l'opération — sur quelques centimètres carrés de toile.

Des qualités de cet esprit, beaucoup ont parlé, espérant approcher ainsi son secret. Il était pur, ordonné, serein, impassible. Vermeer avait un don qui n'est accordé qu'à fort peu d'entre nous, et que peu de peintres, en Occident, ont possédé : le don si doux de la sérénité. Certains ont ajouté que sa peinture était froide et stérile. Mais la peinture de Vermeer connaissait les passions ; ses sentiments étaient portés « dans la fine pointe dc l'âme » ; ct ils étaient concentrés là, réfrénés, enveloppés de discrétion et de secret. Son art ne devint froid que dans la dernière période de sa vie, dans les tableaux comme *La dame debout à l'épinette* de la National Gallery, à Londres. Comme il dut s'amuser en entonnant cette musique glacée, claire, allègre, cristalline, presque abstraite, par laquelle l'épinette, en nous libérant des sentiments, nous rappelle que la raréfaction peut être le feu le plus exquis de l'intelligence.

Chez aucun peintre, et chez aucun écrivain peut-être, à part Emily Dickinson, on ne vit une sensibilité aussi délicate, diffuse et somptueuse, se combiner en un si merveilleux équilibre avec une force de concentration aussi intense et aussi dramatique. Il avait une immense imagination, presque sans limites, comme celle de Titien ou de Rembrandt — une imagination à laquelle n'échappaient ni la fulgurance de la lumière, ni le poids d'une ombre, ni le reflet d'une perle ou d'un miroir. Mais son vaste esprit se refermait sur lui-même ; il exprimait le suc de chaque sensation ; il ramassait toute la richesse de son imagination en un petit espace, quelques touches de couleur, quelques jaillissements de lumière. Il choisit l'art de la limite : il refusa, omit ; il répéta quelques scènes, déclina quelques figures féminines ; et, dans chacun de ses tableaux, il effaça sans cesse des détails qui lui semblaient inutiles — un petit chien, un portrait, une grappe de raisin, ou un verre, ou une carte de géographie. Le miracle est que jamais, jamais ce processus de concentration n'éveille en nous l'impression d'un univers rétréci, du renoncement ou de l'obsession ; tout est vivant, ouvert, lumineux. Nous regardons les touches minutieuses du pinceau, et notre poitrine se gonfle de joie et de bonheur. Le monde est présent ; les sentiments sont présents ;

et nous les sentons multipliés, avec une intensité qui nous ravit et nous bouleverse.

Peut-être contemplons-nous encore Vermeer avec les yeux des impressionnistes et de Van Gogh, qui découvrirent un père ou un frère aîné dans ce peintre hollandais presque inconnu, et tombèrent amoureux de ce « jaune citron, bleu clair et gris perle ». Lorsque nous regardons ses tableaux, il nous semble qu'il a choisi un moment de la vie, rien d'autre qu'un moment — une femme en jaune se regarde dans son miroir, une autre en bleu lit une lettre, une autre encore tient une balance à la main, tandis que la lumière éclaire son visage. Pour cela, Vermeer aimait beaucoup les apparences : les choses éphémères, qui existent puis s'enfuient et ne seront plus là demain, comme la mode féminine, un *chignon** en forme de tresse, et les flots de rubans noués en forme d'étoile. Il savait qu'il lui fallait les fixer, sans quoi ses tableaux auraient perdu toute force. Mais tandis qu'invisible, il s'installait à son chevalet, il interrompait ce moment. Bientôt celui-ci aurait disparu, dévoré par le temps, englouti par l'oubli ; et la femme en jaune ne contemplerait plus son collier, la femme en bleu ne lirait plus sa lettre et la jeune fille au turban cesserait de nous regarder aussi éperdument.

Il aurait pu rendre les apparences dans leur scintillement passager ; et peut-être le voulut-il une fois, dans la merveilleuse *Jeune fille au chapeau rouge* qui étonne et divise les experts. Ou il aurait pu tuer l'instant avec l'art cruel de l'entomologiste épinglant les animaux de sa collection. Mais Vermeer, avec son âme intense et son extraordinaire sensualité de peintre, conserva au contraire le moment plein, riche, vivant : celui-ci se suffit à lui-même, n'est allusion ni au passé ni au futur, n'a goût ni de mort ni d'éphémère. Et, d'une touche suprêmement subtile, il le rend absolu. L'instant est à son comble ; sa vie resplendit ; et personne ne pourra jamais l'effacer, nous le posséderons éternellement. Qui pourra oublier que la lumière effleure la femme qui attache son collier de perles ou enveloppe comme un reflet celle qui lit la lettre ? Et qui pourra oublier la femme à la balance, qui soupèse notre destin ? Tandis que nous les regardons, le temps apaisé, assoupi, nous regarde ; et il nous révèle son essence.

En ces instants immobiles, seules des femmes, le plus souvent, apparaissent, comme si l'instant appartenait surtout aux femmes et qu'à travers elles seules Vermeer acceptait de révéler quelque chose de lui. Il y a un astronome, un géographe et un peintre : probablement parce que leurs mondes sont à part, tranquilles et clos comme celui des femmes. Il y a un soupirant, qui a accompagné au violoncelle le son de la féminine épinette. Il n'y a pas d'enfants ; mais de nombreuses domestiques, qui servent d'écho ou de contrepoint à leurs maîtresses. Presque personne n'agit ; le géographe, qui regardait la carte et faisait des calculs avec son compas, se contente maintenant de réfléchir. Ou bien l'action est suspendue, à mi-chemin entre le mouvement et le repos. Une jeune fille verse du lait, une autre fait de la dentelle, plusieurs écrivent des lettres ; des actions infimes, qui nous permettent de cueillir la plénitude absolue de l'instant.

Nous nous demandons souvent ce que pensent, ce que ressentent, à quoi rêvent ces femmes paisibles. La jeune fille qui verse le lait est attentive et concentrée sur elle-même, comme la jeune femme en bleu qui lit la lettre. Quant à la jeune fille au turban, nous ne savons pas si elle attend, contemple, demande quelque chose. Même chose pour la jeune fille au chapeau rouge. D'autres semblent absentes. Tels sont donc les sentiments du monde de Vermeer : attention, concentration, attente, contemplation, absence. On a l'impression que ces femmes ne peuvent rien éprouver d'autre, parce qu'elles sont complètement absorbées par le moment qui passe, et le partagent jusqu'à la dernière goutte. À la fin, d'un geste extrêmement délicat de la main, Vermeer nous repousse. La vie, qu'il a représentée, est dans son essence inaccessible. Le moi, enserré dans le temps, ne peut être atteint. Les femmes existent dans l'instant, et nous ne pouvons que les regarder.

Nous admirons les villes de Vermeer. Et nous nous perdons dans la contemplation des formes pleines des nuages dans l'immensité du ciel, des reflets et des ombres de la rivière, de la couleur précieuse du sable, du balcon scintillant, des murs et des tours ; ou bien de ces briques minutieuses, des persiennes ouvertes ou fermées, de la vigne qui s'y accroche — et de ces corridors qui nous introduisent dans la vie secrète de la demeure. Mais, dans ces extérieurs, il est une absence singulière. Alors qu'un autre peintre aurait fait resplendir dans le ciel la lumière du soleil, Vermeer l'abolit presque entièrement. Tantôt il la laisse apparaître, au fond, sur les tendres demeures et le clocher de l'église, mais la remplace, au premier plan, par des ombres compactes et lourdes, qui pèsent sur l'eau du fleuve ; tantôt il la fait intercepter par un brouillard nébuleux, qui ne laisse ressortir que le blanc insolite de la maison peinte. Comme beaucoup d'autres choses, la lumière se cache dans la peinture de Vermeer. Elle fuit le ciel et recherche les espaces clos : les pièces intérieures des appartements, où les femmes séjournent et écrivent ; elle préfère les lieux protégés, où elle peut resplendir comme dans un reliquaire.

Dans *La femme au collier de perles*, une jeune femme est debout devant son miroir ; elle observe et ajuste les rubans de son collier de perles ; et l'on *dirait* qu'elle met la touche finale à sa *toilette**, car sur la table devant elle, en partie recouverte d'un drap, l'on voit une houpette et une cuvette. Comme elle brille, comme elle explose, la lumière qui pénètre par la fenêtre : elle transforme les rideaux jaunes, la chaise, la première partie du mur, une partie de la table, le visage de la femme, la veste de velours bordée d'hermine que Vermeer aimait tant et qu'il conservait dans sa maison du *Groote Markt.* Pouvons-nous dire que la lumière se reflète dans les choses ? Dans le cas de ce tableau, et de plusieurs autres, il s'agit de bien plus que cela : il n'y a pas seulement la lumière qui vient du soleil ; il en est une autre, plus puissante même, qui se cache derrière les choses et qu'un rayon suffit à réveiller. Certains objets ont la propriété de l'engendrer : les triomphantes pelisses de velours jaune, les clous, les bossettes, les casseroles de cuivre, les ors, les cruches, les assiettes et, par-dessus tout peut-être, les perles — ces gouttes de lumière solidifiées qui, du temps de Vermeer, éveillaient de longs échos symboliques. Mais la lumière ne parvient pas à combler d'elle-même toute la pièce : dans la partie gauche du tableau, la draperie semble contenir une intense énergie ténébreuse.

Ces ténèbres se secouent, s'éveillent et se multiplient dans *La femme à la balance* — peut-être le chef-d'œuvre de Vermeer — qui, à première vue, semble n'être qu'un pur et délicieux nocturne. L'ombre enveloppe complètement la partie gauche du tableau, emplit la chambre, s'étend sur la table, s'apprête à couvrir les ors et les perles, triomphe dans les vêtements de la femme et surtout dans le tableau accroché au mur, un *Jugement dernier,* avec ses damnés : l'événement le plus terrifiant de l'histoire chrétienne. Nous avions cru que le doux monde de Vermeer excluait toute tragédie ; et ici, au contraire, les ténèbres menacent la femme, la pièce, les objets, le destin du monde, les perles et nous-mêmes qui regardons, d'une façon on ne peut plus terrible et tragique.

Tout à coup, le tableau pivote sur lui-même, et s'inverse. La lumière pénètre dans la pièce par la gauche, filtrant à travers une fenêtre mi-close et un rideau. Elle resplendit avec l'intensité d'une flamme et semble un feu allumé en bordure du mur. Et avec quelle force radieuse elle illumine la femme à la tête voilée de blanc ! Aucune autre femme, dans les tableaux de Vermeer, n'est éclairée d'un tel triomphe de lumière, auquel répond la blancheur de son hermine. Il s'agit d'une véritable glorification, d'une exaltation : car elle est la figure centrale du monde de Vermeer — symbole de la sérénité féminine chargée de mettre en déroute la « nuit immense ».

Au cœur du tableau, à mi-chemin entre l'ombre et la lumière, il y a une balance. Sans un mouvement, sans craindre l'ombre, la femme maintient les deux plateaux en équilibre. La balance ne pèse rien de visible : ni or ni perles ; avec des scrupules infinis, la femme à l'hermine pèse les sentiments, les passions, les actions, la vie compliquée de la conscience, et les maintient en harmonie. Son visage est serein ; son expression, presque souriante ; car, si la pesée de son âme est exacte, si l'équilibre en elle et autour d'elle est parfait, une pesée identique la sauvera, au jour du Jugement. Ce Jugement perd tout caractère terrifiant : ni cris ni damnés ; seulement le saut léger, définitif, audelà du temps.

J'aimerais abandonner Vermeer devant ce tableau. Il n'a jamais rien voulu dire d'autre, même quand il peignait des cruches et des perles, des lettres, des cachets de cire et des verres pleins de vin. Il a vécu avec d'infinis scrupules ; avec une attention, une délicatesse infinies, il a posé des couleurs sur ses toiles ; avec la même exactitude, il a pesé ses pensées sur la balance ; avec le même équilibre, il a laissé ces ténèbres envahir le monde, et leur a opposé la victoire de la lumière ; avec une infinie sérénité, il a fait ce que quelqu'un lui avait imposé de faire.

Les contes de Basile

Nous ne savons presque rien de Giambattista Basile. Nous savons qu'il naquit à Naples en 1572 et mourut à Giugliano en 1632 ; qu'il vécut à Candie, Venise, Mantoue ; qu'il fut soldat, marin, gouverneur de villages et de villes de Campanie et de Basilicate ; qu'il appartint à l'Académie des Extravagants de Crète et à l'Académie napolitaine des Oziosi ; et son chef-d'œuvre fut publié après sa mort, inachevé, entre 1634 et 1636. Mais ce qu'était ce Napolitain « fougueux et fluet, tout en muscles et en nerfs, brun et sombre de couleur, avec des sourcils touffus et de grands yeux très noirs » décrit et imaginé par Mario Praz nous demeure tout à fait inconnu. Lorsque nous parcourons *Le conte des contes*, il n'est pas un interstice, pas une ouverture par lesquels nous pourrions retrouver au moins une trace ou une ombre de lui. Aucun écrivain du XVIIe siècle n'est plus mystérieux, impassible, dissimulé comme dans une tombe sous les volutes baroques et les fantaisies féeriques de son livre.

Basile avait une immense mémoire, dans laquelle il amassa, comme un folkloriste érudit du XIXe siècle, un riche trésor de contes, de traditions, d'usages, de coutumes, de proverbes, de dictons, de jeux d'enfants de Naples et de sa région. Il ne faisait « que retourner les vieilles malles de son cerveau et fouiller dans toutes les cachettes de sa mémoire ». Puis il jetait tous ces souvenirs dans son chaudron shakespearien, comme les sorcières de *Macbeth* mêlant dans leur « brouet infernal » couleuvres des marais, yeux de sauriens et doigts de crapauds, pattes de lézards, foies de juifs, ailes de hiboux, écailles de dragons, boyaux de tigres, nez de Turcs, doigts d'enfants étranglés au berceau :

> *Double, double toil and trouble*
> *Fire, bourn ; and, cauldron, bubble.*

Comme il flamba, le feu de Basile ! Comme il bouillonna, son immense chaudron ! et comme il fut épais, dense et fantastique, le brouet de sorcière concocté dans *Le conte des contes* !

Sur le fond de ce feu et de cette marmite bouillonnante, il nous faut tenter de lire les discussions et les traités du XVIIe siècle sur la Mélancolie. *Le conte des contes* est une grande machine pour anéantir et effacer la Mélancolie du monde. Au début du récit apparaît la fille du roi de Vallepelosa, qui ne rit jamais, comme Héraclite ; et sa figure se répète dans d'autres personnages, dont jamais les lèvres ne s'ouvrent au signe de la joie. Pour égayer sa fille, le roi de Vallepelosa appelle des acrobates, des jongleurs, des gymnastes, des chanteurs, des danseurs, des animaux savants. Tout est vain : jusqu'au moment où une vieille sorcière soulève sa robe, comme Baubo devant Déméter, dévoilant son sexe buissonneux ; et devant ce spectacle, Zosa, pour la première fois, « manque s'évanouir de rire ». Le livre doit répéter et multiplier le rire premier de Zosa : le récit est une véritable cure contre la Mélancolie ; il « dissipe les vapeurs, disperse les pensées pénibles, et allonge la vie ». Et les cinquante récits, racontés en cinq journées par dix narrateurs différents, résonnent de ce rire immense qui rayonne, qui explose, féconde la terre, engendre les fleurs, fait éclater les hommes et les fées — bien qu'au loin continue de s'étendre, inexploré, inépuisable mais omniprésent, le lac noir de la Mélancolie.

Pour vaincre la Mélancolie, Basile suivit la voie qu'avaient indiquée Baubo, la vieille sorcière, et de nombreux écrivains du XVIe siècle — dégradant de mille façons et avec sans cesse de nouvelles fantaisies, inventions et trouvailles, l'existence du monde. Pour commencer, la magnifique villa toscane de Boccace, avec ses cours intérieures, ses loggias, ses tableaux, ses prés, ses fontaines et ses merveilleux jardins devint un palais d'opérette ; et les élégants narrateurs et narratrices du *Décaméron*, Pampinea, Fiammetta, Neifile, Panfilo et Filostrato se muent en Zesa Boiteuse, Cecca Ban-ban, Meneca Goitreuse, Tolla Gros-Nez, Poppa Bossue, Antonella Baveuse, Ciulla Boudeuse, Paola Criarde, Ciommetella Teigneuse et Iacova Pipelette. En outre le Conte, le Conte hors du temps, qui vit dans le pays de Nulle-Part, s'incarna à Naples et dans l'arrière-pays napolitain ; et presque tous les personnages reçurent des noms précis, et prirent place dans un temps et un lieu précis, comme Cola Iacovo Aggrancato de Pomigliano et sa femme Masella Cernecchia de Resina.

Parfois, les splendeurs du Conte brillent encore : l'or étincelle, l'argent ruisselle, les joyaux resplendissent, les serviteurs fourmillent ; de somptueux jardins regorgent d'espaliers d'oranges amères et de tonnelles de cédrats ; et les demoiselles se promènent avec leur miroir, leur flacon d'eau parfumée, leurs diadèmes et leurs colliers. De nombreux personnages déclament leurs cantates métaphoriques, tels les ténors, les barytons, les sopranos et les contraltos d'un futur opéra. « Adieu, car je m'en vais, Naples chérie ! Vous reverrai-je un jour, pavés de sucre et murs de pâte d'amande !... Je ne puis te quitter, ô Marché, que marqué par le chagrin ! Et m'éloigner de toi, belle Chiaia, sans porter à ce cœur mille blessures ! Adieu, panais et tendres feuilles, adieu beignets et crêpes sucrées. Adieu, fleur de toutes les cités, enfant chérie de l'Europe, miroir du monde, adieu, Naples *non plus** où la vertu a placé ses bornes et la grâce ses frontières ! »

D'ordinaire, la Naples de Basile est plébéienne, misérable, bruyante, abjecte : « disputes de voituriers, filouteries de taverniers, assassinats de gabelous, embûches des mauvais lieux, trouille bleue des malandrins » ; tavernes, bordels, tripots, femmes de mauvaise vie. Jamais, dans la littérature italienne, Naples n'a été aussi vivante et réelle ; jamais nous n'avons goûté cette saveur, cette odeur, cette puanteur qui s'exhale de ces pages et les imprègne comme elle imprégnait, voici quatre siècles, ces rues et ces ruelles. Par tout un pan de sa personnalité, Basile était un moraliste, qui voyait partout les signes d'un *monde à l'envers* : « bouffons traités comme des rois, larrons estimés, poltrons couverts d'honneurs, assassins portés en triomphe, laquais traités en maîtres et hommes de peu prisés ou estimés ». Mais en réalité, la dégradation des mœurs et les malheurs des vertueux l'intéressaient fort peu. Il observait et écoutait. Comme Oreilles de lièvre, il plaçait son oreille contre terre et entendait tout ce qui se dit de par le monde : louches ententes d'artisans, conciliabules de ruffians, rendez-vous galants, plaintes de serviteurs, dénonciations d'espions, chuchotis de vieilles femmes, jurons de marins. Tel le plus pénétrant, le plus précis des visionnaires, il percevait la réalité moléculaire : la couturière qui enseigne aux jeunes filles le point de chaînette et les passementeries ; la petite chienne égarée qui retrouve son maître et jappe, le lèche, remue la queue ; ou la fille de la vieille pauvresse, qui fait rôtir sept couennes dans un poêlon et les dévore avidement.

L'univers, dont Naples est la métaphore la plus apparente, est un agrégat de monstres, d'idiots et de déchets. Ce sont d'abord les Orchinanerottoli, avec leur tête plus grosse qu'une courge d'Inde, leur front bosselé, leurs sourcils touffus qui se rejoignent, leurs yeux torves et plissés, leur bouche baveuse ; les vieilles à la tignasse hirsute, aux tempes déplumées, aux yeux éraillés, à la bouche de mérou, à la barbe de chèvre, au gosier de pie, aux mamelles comme des outres vides ; puis les nigauds, les crétins, les idiots qui frôlent la démence, et fascinent et enchantent tous ceux qui les voient ; et tous les tessons de cruche, les débris de vases et de couvercles, les fonds de poêles et de marmites, les rebords de cuvettes, les poignées d'amphores... Parmi tous ces déchets, la vie s'est réduite à l'extrême. On mange et on défèque. Tous avalent, dévorent, ingurgitent, engloutissent, se gavent, s'empiffrent, mastiquent, ruminent, rongent, nettoient tout ce qui est sur la table : tourtes et pâtés, paupiettes, macaronis et raviolis, panais et tendres feuilles, ragoûts et gratins, *franfelicchi* et blanc-manger ; Naples est une immense ville-gâteau que Basile dévore des yeux et des dents. Aussitôt après, tous vont déféquer. L'excrément revêt toutes les formes, engendrant des courbes compliquées, des virtuosités et des machineries baroques ; il envahit le dictionnaire, traverse le langage amoureux — jusqu'au point où, en un instant de semi-délire, le monde ne nous semble plus qu'une diarrhée proliférant de toutes parts.

Monstres, nains, vieilles, idiots, crétins, gloutons et défécateurs sont réunis au cours de ces cinquante récits dans un seul but. Ils veulent nous faire rire. Ils veulent faire résonner chez la mélancolique Zosa, chez les narratrices et chez nous qui lisons, le rire immense, à gorge déployée, le rire *hénaurme**, à s'éclater la panse comme chez Rabelais ou Flaubert, dionysiaque, absurde, grandiosement fantastique, qui tue à jamais la plante noire de la Mélancolie. Dans le livre, Zosa rit et épouse son prince. Et nous, rions-nous ? Certains contes sont d'une virtuosité si époustouflante que, de joie, nous en avons aussi les larmes aux yeux. Il n'est pas certain que nous riions à la fin. L'univers de Basile est si pesant, touffu et inextricable qu'il nous rappelle parfois le sombre rêve des sorcières de *Macbeth*, qui continuent de mitonner leur brouet infernal.

Mieux que tout autre conteur, Giambattista Basile a compris le secret du conte : celui-ci réside moins dans l'évocation du merveilleux et de l'impossible que dans la construction d'un univers parfaitement géométrique, où les actions et les réactions se répètent avec une précision abstraite. Les géométries de Basile sont impeccables, exquises et follement comiques. Mais les motifs traditionnels ne lui suffisent pas. Il a voulu agencer le retour de nouveaux éléments, qui seraient la marque invariante et inoubliable de ses contes. Il a multiplié les aubes et les crépuscules : une imagination métaphorique, dont les seules limites sont celles de l'homme, s'est ainsi contrainte et pliée à une formule qu'il fait varier à l'infini.

C'est ainsi que nous avons des aubes et des couchers de soleil réalistes, picaresques, maniéristes, poétiques, burlesques, précieux, parodiques, théâtraux, délicats, belliqueux, triviaux. « Au matin, quand l'Aurore parvient à jeter le pot de chambre de son vieux, tout plein de sable rougeâtre, par la fenêtre de l'Orient. » « Le soir venu, quand le Soleil est emmené comme un larron, le manteau sur la tête, dans la prison d'Occident. » « Dès que le Soleil, de son pinceau de lumière, eut blanchi le ciel noirci par les ombres de la Nuit. » « Or les balles dorées du Soleil, dont il jongle dans les prairies du ciel, s'emparaient des pentes du couchant. » « La Nuit n'était pas encore sortie sur la place d'armes du ciel pour la revue des chauves-souris. » « Quand enfin se leva le rideau des ombres sur la scène du ciel, pour que l'Aurore vînt réciter le prologue de la tragédie de la Nuit. » « Quand les oiseaux, trompettes de l'Aube, sonnèrent le *tous en selle*, pour que les Heures du Jour enfourchent leurs montures. » « Quand la terre se couvrit de deuil pour les obsèques du Soleil, et qu'on alluma les flambeaux. »

Dans certains livres de contes, les éléments du récit appartiennent à un univers rigoureusement autonome par rapport au monde réel : ils obéissent à des lois différentes, et une impalpable ligne de partage interdit aux êtres humains, à moins qu'ils ne disposent de puissants secours surnaturels, de passer dans cet *autre monde*. Ici, dans *Le conte des contes*, toutes les barrières, toutes les limites, toutes les frontières ont disparu. Les fées, les magiciens, les ogres vivent partout, sur toutes les collines, dans le moindre village, le moindre château où se rassemble le genre humain ; souvent, ce sont les fils des hommes, des marchands, des palefreniers ou de pauvres vieilles. Il n'est pas de don plus quotidien que l'objet magique et la féerie — et il suffit qu'une colombe prenne son envol pour qu'une atmosphère enchantée enveloppe les épaisses couleurs, les bruits et les odeurs du marché. C'est ainsi qu'entre les mains de Basile, le monde réel et le merveilleux se fondent délicieusement ; ils exhalent le même parfum ; et le conte intemporel devient la Naples de 1628 ou de 1630, quand Basile la parcourait, avec des yeux pleins de curiosité et de désir.

Tous les lecteurs perçoivent le passage des fées. Peu importe qu'elles soient filles de marchands, d'aubergistes, de paysans ou de rois. Il suffit que nous les regardions fixement ; et voici que la fée devient, sous nos yeux, une myrte et la myrte une fée ; et la même chose survient avec un palmier-dattier, un lézard, un serpent, un cédrat, une colombe, un oiseau — qui connaît (nous-mêmes ne la comprendrons jamais) la langue secrète qu'enseignait Salomon. Ainsi les royaumes des arbres, des animaux et des fées forment un royaume unique, comme dans les mythes de l'humanité primitive : ce qui est inférieur à l'homme possède des qualités, des pouvoirs, une intuition de l'avenir, inconnus à l'homme. Tout ce qui appartient au conte se tient à la frontière de ces trois royaumes. Maîtresses des métamorphoses, les fées se transforment constamment, non parce qu'elles y sont contraintes, mais parce que telle est leur vocation véritable.

C'est ainsi que mêlées aux hommes, distinctes d'eux mais indiscernables, les fées exercent leur influence sur la terre, où elles posent leur pied d'oiseau ou d'arbuste. Bien qu'elles soient volubiles et capricieuses, et ressemblent à la Fortune inconstante, leur influence est d'ordinaire bienveillante, affectueuse et amoureuse. Les ogres eux-mêmes ne font pas exception. Les fées aiment les mariages, les ingénus et l'heureux dénouement, tout comme les grands romanciers. Mais leur influence est plus vaste. Elle ne concerne pas seulement la trame des contes, mais surtout la substance même, la structure profonde de la réalité. Nous avons appris qu'elles sont les maîtresses de la Métamorphose. Et si la réalité des choses est, chez Basile, constamment animée, anthropomorphisée ; si tout engendre et s'engendre perpétuellement ; si les meubles ont des enfants et que du lit naît une couchette, du coffre-fort un écrin, de la chaise un tabouret, du pot de chambre un petit pot verni ; si les chats parlent et que les rats fréquentent les auberges ; si les morts grandissent dans leurs châsses de cristal et que les bonshommes de farine deviennent des vivants, nous savons que c'est toujours, de façon secrète ou avouée, l'œuvre des fées que Basile promène dans l'immensité crépitante et bouillonnante de l'univers.

Puis il y a les hommes. Lorsqu'ils tombent amoureux, ils aiment avec un désir, une ardeur, une douceur, une magie, des tourments qui (sauf chez Mme d'Aulnoy) sont rares dans les livres de contes. Comme chez Chrétien de Troyes, c'est parfois une obsession amoureuse, ou un délire narcissique. Le roi de Frattombrosa, chassant, pénètre dans un bois où il trouve une « pierre de marbre » ; et il découvre un corbeau tout juste abattu, qui tache le marbre neigeux du rouge de son sang et du noir de ses plumes. « Ô ciel, dit le roi avec un grand soupir, ne pourrais-je avoir une épouse aussi blanche et rouge que cette pierre, avec des cheveux et des cils noirs comme ce corbeau ? » Et il s'abîme si profondément dans cette pensée qu'il devient lui aussi une statue de marbre, sa pensée « enchâssée dans son cœur comme une pierre dans la pierre ». Le prince de Torrelunga se blesse au doigt en coupant un fromage ; et deux gouttes de sang, tombant sur la blancheur du caillé, forment « une alliance de couleurs si belle et si gracieuse que le caprice le prend de trouver une femme blanche et rouge comme l'était ce caillé teint de son sang ».

Par une sorte de discrétion, la scène d'amour n'est que rarement représentée : le conte évite l'accomplissement érotique. Mais, dans *La branche de myrte,* il en est un exemple suprême, d'une douceur et d'une tendresse que les jeux verbaux accentuent plutôt qu'ils ne les dissimulent. « Or il arriva qu'un soir, comme ce prince s'était mis au lit et avait soufflé ses chandelles, quand le monde se fut apaisé et que tous dormaient de leur premier sommeil, il entendit des pas glisser dans la maison, et une personne s'avancer à tâtons vers le lit... Quand il sentit la chose s'approcher, et qu'il s'aperçut en la tâtant qu'elle était fort douce, et que là où il croyait trouver des piquants de hérisson, il rencontrait quelque chose de plus tendre et moelleux que la laine de Barbarie, plus velouté ou soyeux qu'une queue de martre, plus délicat et plus léger que les plumes du chardonneret, il se jeta sur elle et, pensant qu'elle était fée (ce qu'elle était en effet), il l'étreignit comme une pieuvre et, folâtrant tous deux, il vint au nid loger son oiseau. »

Le cadre des personnages est extrêmement vaste : jeunes filles intrépides qui parcourent le monde déguisées en hommes, cherchant leur bien-aimé ; femmes passives et vertueuses, qui se laissent torturer et aiment leur tourmenteur ; jeunes gens candides en quête d'aventures et de fortunes ; cœurs purs, âmes fidèles, et bien d'autres encore qui tourbillonnent en rangs serrés dans le chaudron coloré... Mais il y a aussi les cruels, qui exercent leur férocité envers les hommes, les plantes, les animaux. Ce sont parfois ceux-là mêmes qui nous avaient paru candides et bons : ainsi la poétique *Chatte Cendrillonne* tue sa marâtre ; Basile ne se penche pas sur le mystère de la cruauté ; il se contente de sceller son livre en brûlant férocement l'esclave noire sur le bûcher, tandis que Zosa est délivrée à jamais de la Mélancolie.

Comme Shakespeare, Basile fut un grand poète du Temps : dans une sorte d'*a parte* (le seul qu'il ait composé) aux *Sept colombes*, il représenta sa figure, sa demeure, sa mère, son horloge, ses rythmes, ses habitudes. La maison du Temps s'élève au-dessus d'une montagne. Et c'est un amas de débris, de ruines et de décombres. Les murs sont crevassés, les fondations pourries, les portes vermoulues, les meubles moisis ; tout y est détruit, consumé : ce sont ici des colonnes brisées, là des statues mutilées. Par terre, des limes, des scies, des faux et des faucilles, et des pots pleins de cendres où sont écrits Corinthe, Sagonte, Carthage, Troie, et les noms de mille autres cités disparues, que le Temps conserve en souvenir de ses entreprises. Mais il n'est pas seulement un collectionneur de décombres. Vieillard aux vastes ailes rapides, il court si vite que nous le perdons aussitôt de vue ; c'est un *Ouroboros,* qui mange, ronge, dévore et lui-même et toutes choses, puis germe et se régénère à nouveau.

Cette très belle histoire forme le cœur du *Conte des contes,* prodigieuse machine à imiter le Temps, qu'elle fait circuler à travers les pages comme le sang même du livre. Ainsi, dans les rapides *allegro* de certains contes, Basile suivit la course de ses grandes ailes dentelées ; et dans l'alternance de métamorphoses de mort et de résurrection que les fées imposent à la vie, il imita le Temps qui sans cesse dévore et renaît. Mais peut-être le but de Basile était-il surtout d'arrêter le Temps. La jeune héroïne des *Sept colombes* retire les contrepoids de l'horloge, qui s'arrête, immobilisant le vieux dieu endiablé. Basile emprunta un autre chemin, bien plus difficile et plus rare. Il figea le Temps dans l'accumulation, la stratification des métaphores, qui nous contraignent à lire son livre avec une lenteur, une attention démesurées, presque immobiles tandis qu'autour de nous toutes choses sont emportées par l'impatience et la précipitation.

La prose de Basile est une sorte de mille-feuilles, fourré d'histoires, de références, de citations, de proverbes, de métaphores, de coutumes napolitaines, de significations, d'allusions transparentes ou voilées ; et ses strates sont si serrées que nous ne descendons qu'avec difficulté dans leurs profondeurs. Sa première loi est celle de l'accumulation verbale. Les mots s'ajoutent aux mots ; et chacun s'efforce de cerner l'objet au plus près, et avec plus de précision, en même temps qu'il effectue une variation phonique ; ces variations se succèdent pour atteindre à un diapason ; en même temps elles forment, toutes ensemble, un système métaphorique compact et cohérent. À l'arrière-plan se trouve Basile qui, comme le Temps, engloutit tout le dictionnaire et, avec lui, le monde, comme si c'était là le seul moyen de libérer le Rire, qui sauve de la ruine et nous-mêmes et la vie. Mais Basile n'entend pas, contrairement à ce que pensait Croce, parodier le baroque, ironiser sur lui. Comme Shakespeare, il accumule les images classiques, pétrarquisantes, réalistes, bizarres, obscènes, invraisemblables : tout cela lui permet de faire flamber plus diaboliquement le bois de son feu de sorcière,

Double, double toil and trouble
Fire, bourn ; and, cauldron, bubble ;

afin que les images s'enflamment, crépitent et explosent, zébrant le ciel de changeantes fusées lumineuses, tandis que, demeurés à terre, nous admirons cette souveraine puissance d'imagination.

La mélancolie des fées

Certains de nous sont possédés par la sensation qu'une cloison ténue, un léger rideau, un voile d'air et de gaze sépare notre monde d'un « royaume secret », densément peuplé. Inutile d'aller bien loin, ou, comme les antiques voyants, de nous transporter dans les cieux par le corps et l'esprit. Quand nous nous promenons dans les collines, que nous nous arrêtons près d'une source, que nous regardons les lumières et les ombres du crépuscule, que nous flottons tout au bord du sommeil, il suffit que notre œil se fixe ; et voici que le rideau d'air et de gaze se dissout, et nous pénétrons dans ce monde qui côtoie le nôtre ; ou bien la foule des créatures invisibles descend parmi nous, pour nous dévoiler des mystères, nous annoncer l'avenir, nous conter des histoires et révéler des trésors cachés. Les médiateurs honnêtes avec ce monde invisible sont rares. Personne peut-être n'a comme Robert Kirk, un ministre presbytérien écossais qui vécut dans la seconde moitié du XVIIe siècle, consacré autant d'attention, de scrupule, de candeur, de dévotion chrétienne au *Royaume secret* et aux tribus aériennes et mystérieuses d'elfes, de faunes, de kobolds, de fées, — les *fairies* — qui peuplent ses coulisses.

Robert Kirk n'était pas un voyant ni un poète : c'était un homme instruit et médiocre et ses informations sur le « royaume secret » étaient forcément incertaines, lacunaires, incomplètes, comme celles dont pourrait disposer n'importe qui d'entre nous. Mais il était certain d'une chose. Les fées et les *fairies* ont un corps de « nuées condensées », d'« air solidifié », comme les démons néoplatoniciens ; ils se nourrissent des parties du corps les plus éthérées et distillées du corps des animaux. Et pourtant ce corps si léger semble parfois leur peser puisqu'ils le revêtent puis s'en défont, apparaissent et disparaissent, comme si leur vocation était dans la métamorphose ininterrompue. Ils n'ont pas de demeure fixe : ils changent de place et de résidence comme ils changent de corps, emportés par une inquiétude, une agitation constantes. Ils vivent plus longtemps que nous et lorsqu'ils meurent, ils pénètrent dans un nouvel état, « car toutes choses tournent dans un cercle plus ou moins grand, et se renouvellent, et rajeunissent à travers leurs révolutions ».

Si nous voulons les apercevoir, il nous faut fixer nos regards sur deux lieux : les basses contrées de l'air, entre nous et les nuages, qu'ils condensent dans leurs corps ; et les pentes, les crevasses, les cavités, les cavernes souterraines, d'où l'on entend parfois monter un halètement de soufflets, un battement de marteaux, qui est la musique des *fairies*-forgerons. Comme Hermès, ils ont donc pour mission cosmique la médiation entre le haut et le bas : entre la terre et les hauteurs du ciel où vivent les anges ; entre les fissures superficielles et les abîmes plus profonds où résident les créatures du mal. Les sachant doubles, tout à la fois aériens et chtoniens, nous ne nous étonnerons pas qu'ils soient tissés de lumière et de ténèbres, et qu'on les distingue mieux au crépuscule, quand le jour et la nuit se fondent dans l'ambiguïté.

Que font les *fairies* ? Quelle est la vie qui se déroule, chaque jour, dans leur « royaume secret » ? Robert Kirk fait souvent allusion aux lois, aux institutions, aux coutumes, aux gouvernements, complètement différents des nôtres, qui régissent les fées et les kobolds. Mais il ne sait pas, ou ne veut pas, nous communiquer ce savoir ; et il nous fait croire que les *fairies* ne mènent qu'une existence parasitaire de la nôtre, comme des doubles qui vivent parce que nous vivons. L'instinct qui semble les dominer est le mimétisme. Nous naissons, nous sommes allaités, nous parlons, nous jouons, nous nous marions, nous voyageons, on nous ensevelit ; et, tels des singes joueurs, ces êtres imitent nos naissances, nos jeux, nos mariages, nos enterrements. Sur leurs corps d'air coagulé, ils posent nos propres vêtements — *plaids* en haute Écosse, *sunachs* en Irlande — et ils parlent nos langues, l'anglais ou le gaélique, quoique avec d'étranges sonorités sifflantes. Peut-être notre instinct théâtral — celui de Shakespeare ou de Goldoni — nous est-il venu d'eux ; peut-être tout grand acteur terrien est-il une fée ou un kobold masqué ; et l'art du mime qui réjouit nos soirées n'est peut-être pur et parfait que chez les créatures invisibles. Derrière la cloison qui nous sépare, les fées sont perpétuellement aux aguets. Parfois, elles dardent sur nous leurs flèches ; parfois elles descendent parmi nous, ravissent un être humain — de préférence un petit enfant — et le remplacent par un double ; si bien qu'un réseau serré de relations, de passages, de fréquentations secrètes unit notre monde à celui des fées.

Les hommes qui ont glissé de l'autre côté rapportent que les *fairies* habitent dans de grandes maisons éclairées par des lampes et des feux perpétuels, qu'aucun combustible n'alimente, comme dans la Jérusalem céleste. Là, dans l'immobilité de la lumière éternelle, dans la lumière qui ne se nourrit que d'elle-même, ils devraient vivre heureux, comme les créatures angéliques. Mais

Kirk nous détrompe. Ces fées, ces elfes, ces kobolds, auxquels nous avons prêté notre joie, sont possédés par la mélancolie la plus profonde. S'ils sautillent, dansent, cabriolent, s'ils rient et jouent, c'est seulement pour cacher leur douleur ; or c'est une allégresse factice, qui ne naît pas du cœur, et semble le « ricanement figé d'une tête de mort ». Leur mélancolie, simplement, marque une pause. Comme nous, ils ont des livres : non des romans ou des tragédies, des poèmes épiques, des traités de philosophie, mais uniquement des recueils de contes ; et quand ils se les lisent à tour de rôle, dans leurs radieuses demeures, ils sont saisis « d'accès d'une joie bizarre de corybantes, comme s'ils étaient ravis et dominés par un esprit nouveau qui pénétrerait en eux à ce moment, plus gai et plus léger que le leur ». Quand on lui demande pourquoi ils sont si affligés, Kirk répond qu'ils ignorent leur destin après la mort ; ou qu'ils sont dans un entre-deux — créatures divisées, ni anges ni hommes ni diables. Il est probable qu'il nous trompe. Cette mélancolie orgiastique, dionysiaque, qui possède les fées comme les démons antiques, est l'essence même de leur génie ; elles sont tristes parce qu'elles comprennent plus de choses que les hommes, parce qu'elles ont plus de nostalgie et d'aspirations que nous, parce qu'elles désirent l'inaccessible. Si la mélancolie ne les habitait pas, elles ne connaîtraient pas leurs qualités suprêmes : la science, innée, des analogies naturelles et le don de divination.

Au cours de son obscure existence dans sa paroisse de Balquhidder, Robert Kirk se convainquit que les hommes dotés d'une « seconde vue » peuvent aborder dans le « royaume secret ». Certains d'entre eux, qui possèdent peut-être quelques terres dans le monde invisible, forment une caste héréditaire ; et ils se transmettent leurs pouvoirs de père en fils. Quoiqu'il se sût dépourvu de ce don, Kirk scruta avec une curiosité inépuisable les caractères de cette « seconde vue » : il interrogea la Bible, les témoignages classiques et néoplatoniciens, les légendes écossaises. Il parvint à la conviction que les voyants ont un regard différent du nôtre : une qualité particulière de rayonnement et de clarté dans l'œil, comme un rai de soleil qui leur fait voir distinctement les atomes de la poussière atmosphérique. Quand ce regard est excité par une sorte d'accès et de ravissement, un transport et une « folie » semblable à celle des voyants platoniciens et des *fairies*, alors il peut voir autour de nous ces délicats petits corps d'air solidifié, qui dansent, jouent, rient, pleurent, prophétisent.

Kirk ne se faisait pas d'illusions quant à cette faculté. La « seconde vue » est un don bref et terrible. Dans ses moments d'inspiration intenses et fulgurants, tandis qu'il garde les yeux fixes sans battre des paupières, le voyant découvre « plus de choses fatales et effrayantes que de plaisantes », car sans terreur nous ne pouvons entrer en relation avec l'invisible, pas plus que Faust, sans terreur, ne descend chez les Mères. Tout cela ne nous surprend guère. Bien que Kirk s'efforce de christianiser les *fairies*, d'en faire des anges inférieurs sous les ordres du Christ, leur royaume reste pour lui un lieu ambigu. Parfois, ils nous secourent et nous protègent ; mais plus souvent ils nous tourmentent, nous persécutent, nous torturent avec des rêves épouvantables et d'atroces cauchemars érotiques.

Cette terreur ne l'empêcha pas de concevoir une utopie dont je ne saurais dire si elle est d'abord candide ou sublime : l'une des grandes utopies d'une époque qui a épuisé tous les rêves possibles de l'esprit humain. Durant les deux siècles précédents, le progrès avait développé l'imprimerie, l'art de la navigation, les armes à feu ; les hommes avaient appris à voir l'infiniment lointain avec des télescopes, l'infiniment petit avec des microscopes. Un progrès analogue ne pourrait-il pas rendre de plus en plus subtile la « seconde vue » ? Pourquoi ne pourrions-nous pas mieux connaître les tribus rapides et aériennes des fées ? Ce serait beaucoup plus utile et plus agréable que de connaître les Japonais et les Chinois. Kirk rêvait de transformer la « seconde vue » difficile et solitaire des voyants de naissance en un art accessible à tous, répandu parmi tous, comme une langue étrangère ; et il espérait ainsi établir peu à peu une relation systématique avec le peuple des esprits. Une nouvelle science en serait née, et une nouvelle diplomatie, un nouveau savoir-vivre, qui auraient peut-être transformé la culture humaine. Dans cette relation continue avec les fées, nous aurions appris à devenir plus attentifs, plus fins, plus imaginatifs, plus intuitifs. Nous aurions connu des rêves, des poèmes, des amours mémorables. Peut-être aurions-nous découvert une nouvelle façon de jouer la comédie, ou une nouvelle façon de rire. Au lieu de mourir pour Cromwell ou pour Napoléon, pour Rousseau ou pour Marx, nous aurions choisi, comme maîtres uniques de notre existence, les véritables souverains du « royaume secret » : Shakespeare, Carroll, Yeats, Dylan Thomas.

Comme toutes les utopies du XVIIe siècle, celle de Kirk n'est jamais parvenue à s'incarner. Des télescopes de plus en plus perfectionnés nous ont permis de découvrir d'autres galaxies ; mais aucun télescope ou microscope mental ne nous a permis de surprendre les danses des *fairies* sur les collines d'Écosse, ou d'écouter leurs musiques souterraines, mélancoliques et orgiastiques. Notre œil a cessé de rayonner ; aucune folie extatique ne nous a inspirés. Les fées, les elfes, les faunes font partie des vestiges d'une culture ensevelie ; et seuls quelques poètes ou quelques psychologues perçoivent en eux des projections spirituelles éternelles, des archétypes de l'esprit humain. Mais après tout, peu importe que nous ne parvenions plus à voir les fées dans le monde extérieur. Ce qui compte, c'est que chacun de nous vive aux côtés d'Hermès ou de Dionysos, des fées et des kobolds, la plus intense des expériences psychiques. Notre moi est une caverne d'ombres, d'où jaillit à la lumière une foule nombreuse de figures qui nous emplissent de terreur et de vénération. Et ce n'est qu'après les avoir toutes fait défiler devant nos yeux à nouveau rayonnants que nous pourrons, comme Robert Kirk, abandonner sans regret notre « royaume secret ».

Le cabinet des fées

Entre 1785 et 1786, à la veille de la Révolution française, le libraire Cuchet publia l'un des recueils les plus importants du XVIIIe siècle : quarante et un volumes de contes et de récits fantastiques écrits entre 1695 et 1760, vingt-deux mille pages sous le titre de *Cabinet des fées.* La singularité de ces très beaux contes, dans lesquels fleurissent tous les prodiges de la littérature universelle, c'est qu'ils sont nés, comme le disait Mlle de La Force, en une époque « où les miracles avaient disparu ». En même temps qu'eux avaient également disparu la force symbolique des fables antiques, leur profonde réalité et la puissance naturelle de l'imagination. Il ne restait, dans ce vide, que la raison. Et la raison, grandissant et s'élevant au-dessus d'elle-même, se jouant légèrement d'elle-même, inventa un monde fantasque luxuriant, qui se multipliait à l'infini sans rencontrer de résistances, comme sur un coup de baguette magique d'un anonyme dieu collectif.

Avant d'être écrits, beaucoup de ces contes furent racontés de vive voix : à la cour de Louis XIV, et dans les *salons** de Paris où une multitude d'aristocrates et de grands bourgeois s'entretenait de morale, de psychologie et de littérature, de toutes les questions possibles et impossibles, et s'exerçait à l'art paradoxal de la *pointe**. Les plus beaux et les plus anciens de ces contes, comme ceux de Mme d'Aulnoy, ont souvent la saveur de la langue parlée : de cette langue française si mobile, si fraîche et si légère, que certains écrivains de génie venaient tout juste d'inventer. N'imaginons pas avoir pénétré dans le monde intemporel du conte. Nous sommes encore ici à la cour : nous découvrons les palais, les salles, les cours d'honneur, les jardins, les fêtes, les lumières, les mœurs, les révérences, les courbettes, les intrigues, les galanteries, les pirouettes de la cour de Louis XIV ; et nous écoutons cet élégant babillage mondain, qui semble vouloir nous dire : « Nous ne sommes nés *que pour converser.* » Toute une société se mire dans le conte de fées comme si elle ne tolérait qu'une interprétation prodigieuse d'elle-même. Nous entendons de tous côtés le nom de Paris, « la plus belle ville de l'univers » ; et jusque dans les fourrés d'une île déserte, nous rencontrons des pâtisseries de la fameuse boutique Le Coq. Parfois, l'impression est on ne peut plus nette. Ces récits sont peints et brodés sur les murs, les tapisseries, les sofas, les bergères de Versailles où, au même moment, entrent et viennent s'asseoir, tandis que les trompettes retentissent théâtralement, les nobles dames et les gentilshommes de France.

Si Paris est le luxe, nous rencontrons ici l'excès, la surabondance, l'explosion du luxe le plus spectaculaire que la littérature ait jamais connu. Partout, des pierres précieuses : ici un cœur de rubis gros comme un œuf d'autruche, avec des flèches de diamant aussi longues que des doigts — et quantité d'émeraudes, de topazes et de perles, et des guirlandes de fleurs, joyaux que frappe la lumière du soleil et qui resplendissent de toutes les façons. Le château de *La chatte blanche* a des portes d'or couvertes d'escarboucles, des murs de porcelaine transparente, où sont représentées toutes les fées, de la création du monde à aujourd'hui — avec, en guise de heurtoir, un pied de chevreuil retenu par une chaîne de diamants. Ce ne sont que salons décorés, machineries théâtrales, feux d'artifice, cabriolets d'or, chevaux blancs, carrosses à huit chevaux, gardes du corps en livrée brodée, et trente fées, chacune sur une conque de perles, plus grande que celle de Vénus, traînée par des chevaux marins qui fendent les eaux et des dragons qui volent dans les airs...

La plus grande de ces narratrices, Marie-Catherine Le Jumel de Barneville, comtesse d'Aulnoy, était une aspirante meurtrière, qui ne parvint pas à assassiner son mari, et devint l'amie d'une autre meurtrière, décapitée dans les règles pour uxoricide — signe que le ciel luxueux et lumineux des conteuses dissimulait les passions les plus épouvantables. Mme d'Aulnoy est un grand écrivain, auquel je ne pourrais comparer que Giambattista Basile. Elle avait écouté des contes populaires ; lu les classiques, surtout Ovide et Lucien, le Tasse, l'Arioste, Straparola, *Le conte des contes*, les romans précieux du XVIIe siècle ; et admiré la peinture hellénistique, telle qu'elle la connaissait par des descriptions littéraires et la peinture « païenne » de la Renaissance. Mais l'écrivain qu'elle adorait pardessus tout était Apulée, et le conte d'*Amour et Psyché*, qui du XVe au XVIIIe siècle connut une popularité sans égale. J'ignore si Mme d'Aulnoy en avait vraiment pénétré les significations mystiques : la tragique rencontre amoureuse de l'âme et de son Dieu. Ce qu'elle aimait, c'était la rencontre de deux êtres appartenant à des royaumes opposés ; et les voix invisibles, les mains invisibles qui portent des torches, allument le feu, dévêtent le visiteur, le coiffent, le servent à table.

Il n'y a pas, dans ces contes, la moindre trace de Dieu : aucune invocation, aucun cri, aucune prière ne s'élèvent vers le ciel. Les fées ont totalement occupé le sommet du monde, bien qu'il leur faille parfois céder le pas à quelque obscur destin ; et elles sont les véritables héritières des démons du paganisme tardif. Comme les démons, elles sont parfois bienveillantes, et parfois naines, scrofuleuses et envieuses — révélant alors une puissance perverse terrifiante qui nous fait craindre pour nous-mêmes. Les héros sont toujours très beaux : la beauté est une condition qui prépare aussi bien à la fortune qu'au malheur ; et les hommes aussi bien que les femmes sont des dames et des gentilshommes de la cour, exquis, spirituels, élégants. Dès qu'ils apparaissent sur scène — elle prisonnière dans son château, lui transformé en oiseau bleu, lui prince, elle chatte blanche —, nous comprenons qu'ils sont faits pour s'aimer. L'amour est une étincelle imprévue : il leur suffit de se voir, de se regarder dans les yeux, et la passion est fulgurante et absolue, frivole et romanesque, fantasque et déchirante. Aucun art de la psychologie ne scrute cet insondable feu : les deux amants sont dans le palais et dans le bois, et conversent sans fin — car Éros est d'abord passion de la parole, non des corps.

Comme dans les grands récits d'initiation, le thème central est la métamorphose. Le prince devient un oiseau bleu ; la princesse, une chatte blanche ou une guenon ; et la fée transforme le mari humain en chat hurlant sur une gouttière, en crapaud, en citrouille, en chouette. Mais le thème de la métamorphose a perdu beaucoup de sa force symbolique. Apulée n'offre plus qu'un prétexte à de charmants jeux d'illusions, qui appartiennent davantage au royaume du théâtre qu'à celui du sacré. Tous se masquent, se travestissent. Et ils se regardent, se contemplent fixement dans les miroirs, comme si le miroir était l'essence même de cette réalité fluctuante et réfléchie. Ou bien les miroirs s'incarnent dans la réalité, et l'univers nous semble peuplé d'ombres frivoles.

À la fin nous découvrons que toutes ces fées, ces princes et ces princesses, ces monstres, ces dragons, ces créatures célestes et marines sont rassemblés dans un théâtre de cour, auprès de Mme d'Aulnoy, metteur en scène, illusionniste, maîtresse des artifices et première actrice. Certains acteurs parlent à voix basse, mais la plupart préfèrent déclamer, ou entonner trilles et cavatines. Les mascarades succèdent aux mascarades. Les *deus ex machina* descendent du ciel ou montent de l'abîme. Sur ces scènes, on aime à la folie tout ce qui est poétique ; mais aussi la parodie et l'exagération, le baroque et le caprice — comme la danse des douze chats vêtus en Maures, ou des douze singes costumés en Chinois. Nous sommes toujours aux limites de l'opéra bouffe ; et chose surprenante, quelques années avant l'apparition des *Mille et une nuits* en Europe, on sent déjà que se prépare le goût, à mi-chemin de l'aventureux, du parodique et du féerique, des « récits orientaux ». On aime le petit, l'infinitésimal ; comme la noix que l'on ouvre, et qui contient une noisette, qui contient un noyau de cerise, lequel contient une amande, qui contient un grain de blé, qui contient un grain de mil — lequel à son tour contient une immense pièce de tissu qui représente, en couleurs, l'univers vivant.

Quelle fête, quelle allégresse, quelles trouvailles éclatantes, quelle grâce de jeux et de bouffonneries, comme si l'art de conter avait pour seule tâche d'éveiller la joie ! Et, malgré la surabondance du luxe et de la pompe des décorations, quelle légèreté ! Tout est ailes de papillons, plumes d'oiseaux rares, lits de voile, finesses de feux follets, chinoiseries, et envols dans la transparence des cieux.

L'exil de la Chekhina

Avec quelle ardeur inépuisable, quelle fraîcheur juvénile Dieu crée les choses dans les premiers versets de la Genèse et dans les Psaumes, organisant souverainement les étendues désertes et vides qui s'étendaient devant lui ! D'une traite, tel un jeune seigneur des métamorphoses prodigue et imaginatif, il crée la lumière et s'en enveloppe comme d'un manteau ; il sépare les eaux d'en haut de celles d'en bas, la terre de la mer ; il déploie le ciel comme une draperie, s'avance rapide sur les ailes du vent ; il dresse les montagnes et creuse les vallées, fait jaillir les eaux des ruisseaux, arrose les montagnes de pluie. Il engendre les semences, les herbes vertes porteuses de graines, les arbres fruitiers, la vigne qui réjouit le cœur de l'homme, le soleil, la lune, les astres du matin, les êtres vivants qui peuplent les ondes, les serpents d'eau, les cigognes et les passereaux dans le ciel du Liban, les chamois sur les pentes des montagnes, les lièvres dans leur gîte, les lionceaux qui rugissent en cherchant leur proie.

Le dieu d'Isaac Louria, le grand kabbaliste juif du XVIe siècle, qui forgea la mythologie gnostique la plus dramatique de tous les temps, a perdu cette fraîcheur impétueuse. Au commencement rien n'émane de lui, avec ce mouvement inépuisable du créateur biblique ou néoplatonicien. S'il est l'Infini, comment pourrait-il exister un seul espace, une étendue déserte et vide, un abîme en dehors de lui ? Où pourrait-il projeter quoi que ce soit ? Partout où nous portons nos regards, nous rencontrons l'Infini divin. Aussi le premier geste que nous lui connaissions est-il un geste de contraction, de retrait, de concentration, de limitation, de repli sur sa propre profondeur obscure, d'exil en soi-même, de renoncement à une partie de son étendue. Dans cet espace abandonné, il laisse un résidu de sa lumière divine, le *Reshimu*, pareil à la goutte d'huile ou de vin qui reste dans une bouteille que nous avons vidée ; et, mêlée à ces gouttes, une part de l'ombre — certains oseront dire : du mal — qu'il cache en lui.

Si nous nous demandons pourquoi il s'est ainsi limité — geste qui heurte toutes nos conceptions de Dieu —, nous ne pouvons avancer que des suppositions. Par cette violente concentration sur lui-même, il a voulu se connaître plus profondément : celui qui se limite et se définit se connaît (pour autant que ces termes puissent s'appliquer aux mystères de Dieu). Là, dans ses profondeurs inaccessibles, soumis à son propre jugement, il parvient à une réflexion sur lui-même qu'il n'avait même pas esquissée lorsqu'il était déployé dans l'Infini. Mais, en même temps, il s'est purifié : voici maintenant qu'une part de l'ombre, des

« scories » qu'il portait en lui, est en dehors de lui, dans l'espace abandonné.

Ce souverain geste de contraction a donné naissance à l'univers. Si Dieu ne s'était pas concentré, libérant un espace en dehors de lui, l'univers ne serait jamais né ; et ces gouttes de lumière divine, pareilles aux gouttes d'huile et de vin restées dans la bouteille, sont les germes de toutes les formes glorifiées par le Psalmiste — le manteau de la lumière, les draperies du ciel, les astres du matin, les ailes du vent, les hommes créés à son image et semblance, les passereaux dans le ciel du Liban, les lièvres dans leur gîte. Aussi pouvons-nous comprendre, dès lors, le paradoxe de toute la création future. Ce qui ne nous avait paru qu'une fuite, un mouvement de repli, un sévère acte de justice de la part de Dieu est aussi un geste d'amour, délicat et surabondant, envers l'univers : car il a voulu former celui-ci des gouttes de sa lumière, de sa propre substance divine ; alors que s'il l'avait jeté et projeté en dehors de lui, ce monde aurait participé beaucoup moins intimement de sa substance. Mais, d'autre part, nous ne pouvons oublier que la création ne naît pas de la plénitude de Dieu, mais de sa fuite, de son exil, de son absence. Ainsi le monde dans lequel vivent Louria et le juif moderne est-il un monde double : totalement empli de Dieu, et vide de lui ; descendu directement de lui, et abandonné de lui ; amoureusement créé et délaissé ; lieu de joie et d'exil.

Le cosmos divin est pareil à un homme qui tantôt inspire et tantôt expire, contractant et dilatant sa poitrine ; ou à la marée qui fait alterner flux et reflux. Après s'être contracté sur lui-même, Dieu s'enfle, s'étend, s'ouvre, se manifeste, inspiré par la force d'amour, et projette dans l'espace la lumière de ses dix émanations, les dix *Sefiroth*. Cette lumière est trop fulgurante, trop aveuglante pour que l'espace puisse la supporter ; et elle est contenue et enclose dans dix « vases ». Ces vases ne sont pas tous identiques : les trois premiers sont purs, immaculés et parfaits ; les sept autres sont formés de mélanges lumineux d'espèces inférieures, où Dieu expulse les ultimes impuretés qui l'assombrissent.

Peut-être le destin de l'univers reste-t-il un instant en équilibre, quand la force de la lumière et celle des vases se contrebalancent parfaitement. Si cet instant s'était prolongé dans le temps, nous n'aurions jamais connu le péché, la chute, la division, la séparation. Mais cet équilibre, s'il a jamais existé, est de brève durée. La force de la pure clarté divine est trop souveraine, trop excessive, trop triomphale, trop « terrible et merveilleuse », aurait dit Nachman de Breslav, pour supporter quelque ombre que ce soit. Les « vases » plus lourds et impurs des sept *Sefiroth* inférieurs volent en éclats sous la violente poussée de la lumière ; et les étincelles divines s'éparpillent dans les coins de la future création — chez les hommes, juifs ou gentils, chez les animaux, dans les lacs, les cours d'eau, les fleuves, les mers, les plantes vénéneuses, les pierres, les aliments. Ces étincelles sont partout : exilées, dégradées, avilies, prisonnières des puissances démoniaques ; suspendues dans les choses comme dans des puits scellés, nichées dans les êtres comme dans des cavernes murées, ou voletant dans l'espace comme des papillons enivrés de lumière. Tout est maculé, brisé, en miettes. Tout est désolation et désespoir. L'arbre de vie se sépare de l'arbre de la connaissance, le dessus du dessous, l'élément masculin du féminin, la vie de la mort. La Torah est déchirée en six cent mille lettres ; cependant qu'un furieux vent de tempête balaye la terre, asséchant la mer et changeant en mers les régions désertiques. Dans ce monde dévasté, les oiseaux, les ruisseaux, les collines, les abîmes, les étendues de sable font entendre leur plainte ; et les hommes errent à l'aveuglette, leurs attaches désormais brisées.

Ainsi l'imagination théologique de Louria et du judaïsme tardif révèle-t-elle encore une fois le dramatique paradoxe qui la sous-tend. D'un côté, la « rupture des vases » fait partie du processus providentiel d'émanation et de révélation de Dieu : comme la graine doit faire éclater son enveloppe pour germer et fleurir, la lumière brise ses vases pour se répandre dans l'univers. Mais qui pourrait nier que tout cela est également un épouvantable désastre ? Si Dieu avait tenté de purifier sa propre lumière de son ombre propre, ses étincelles sont désormais infectées, mêlées au démoniaque, prisonnières de lui. La conséquence à laquelle sont parvenus certains disciples de Louria est évidente.

Toutes les lacunes, toutes les imperfections, les incertitudes, les discontinuités que nous déplorons dans l'existence de ce monde ne sont pas un hasard. Si nous regardons là-haut, dans ces abîmes de pure splendeur, dans le mouvement d'émanation des *Sefiroth*, nous y découvrons le même désastre. La perfection de Dieu est un point, dissimulé au cœur de l'Infini, en ce centre où il se connaît et se reflète — mais les yeux de notre imagination théologique ne parviennent pas à l'apercevoir.

Après la « rupture des vases » et le péché d'Adam, le dernier des *Sefiroth*, la *Chekhina* ou visage féminin de Dieu, parcourt exilée les contrées de l'univers. Elle qui avait resplendi avec la même intensité que le soleil ne luit plus maintenant que d'un faible, pâle et blême reflet de lumière, comme la « lune sacrée », amoindrie, recroquevillée, couverte d'ombres et de taches. Les récits du plus grand conteur hassidique du XVIIe siècle, Nachman de Breslav, la représentent dans cet exil avec un déchirement toujours renouvelé. Tantôt elle est une princesse que son père ou son époux ont chassée, quoique innocente, de leur royaume ; ou la fille d'un pauvre ; ou une très belle femme qu'un pirate veut réduire en esclavage ; tantôt encore elle est une servante chargée de travaux les plus humbles dans les auberges de la terre ; ou une veuve vêtue de noir, qui pleure au pied du mur de Jérusalem : humiliée, enlevée, calomniée, victime de toutes les faiblesses humaines, comme les grandes figures féminines du mythe gnostique. Enveloppée dans des manteaux qui dissimulent son visage, elle fuit, disparaît, se cache — et il ne reste que ses traces : empreintes de pas, vêtements abandonnés, brindilles de paille qui révèlent son passage à ceux de nous dont les regards sont plus pénétrants.

Durant l'un de ses voyages, un *rabbi* hassidique arrive, à la tombée de la nuit, dans une petite ville où il ne connaît personne. Il ne trouve pas de logis jusqu'au moment où un tanneur l'emmène chez lui, dans la triste ruelle des tanneurs. Il aimerait dire les prières du soir, mais l'odeur de la tannerie est si forte qu'il ne parvient pas à prononcer une seule parole. Il sort et se rend à l'école rabbinique, que tous ont déjà désertée. Tandis qu'il prie, la tête inclinée, il comprend tout à coup que la *Chekhina* a été exilée, et qu'elle est là, abandonnée, dans la ruelle des tanneurs. De chagrin pour la *Chekhina*, il éclate en sanglots, verse toutes les larmes que la souffrance et l'angoisse avaient accumulées dans son cœur, et finit par tomber sur le sol, inanimé. Tandis qu'il gît, évanoui, le cœur épuisé par les pleurs, la *Chekhina* lui apparaît dans toute sa gloire : une lumière aveuglante, en vingt-quatre nuances de couleurs. « Sois fort, mon fils, lui dit-elle. De grandes souffrances t'attendent, mais ne crains point : car je serai auprès de toi. » Bien que la gloire de Dieu ait été humiliée et blessée, elle resplendit triomphalement, comme toujours. Les petites étincelles divines se sont partout répandues, comme le levain qui pénètre le pain, comme la présence domestique la plus familière et la plus douloureuse. Elles sont maintenant cachées, et brillent secrètement, en des lieux où, au commencement des temps, elles n'auraient peut-être pas osé résider : dans de pauvres auberges de Lublin et de Vitebsk, dans les échoppes des bouchers, des tailleurs de pierre et des savetiers, dans les ruelles qu'emplit l'odeur forte des tanneries, dans le cœur des méchants, dans les animaux, les pierres, les plantes.

Poursuivant son voyage, la *Chekhina* arrive à l'endroit où l'homme dort sur le sol, dans le sommeil de l'ivresse et de la faute. Elle descend de son char de voyageuse ; elle le secoue, tente de le réveiller ; mais aucune voix, aucune prière, aucun délicat effleurement de ses mains n'y font rien. Alors elle verse toutes les larmes de son corps ; elle prend le mouchoir qui voile l'éclat de son visage, y écrit quelque chose avec ses larmes, le pose auprès de lui, se lève et reprend son chemin. Quand l'homme s'éveille de son sommeil, il déploie le mouchoir contre le soleil : il voit les signes presque indéchiffrables que les larmes ont laissés sur l'étoffe, et lit des milliers de lettres serrées, pressées comme en un rouleau.

Le mouchoir baigné de larmes est la Torah, la Loi du peuple juif. Ce n'est certes pas là la Torah que Dieu avait révélée avant la création, gravée « au feu blanc sur un feu noir », et où se rassemblaient toutes les combinaisons de la langue. Sur le mouchoir, la *Chekhina* a écrit avec ses larmes l'origine du monde, le péché, le déluge, la recherche de la Terre promise, l'histoire de David et de Salomon, les invocations des prophètes, l'amère sagesse de l'Ecclésiaste, l'extase amoureuse du Cantique : la Torah que connaissent les hommes de notre génération, après le péché d'Adam. Mais Nachman de Breslav nous avertit que toutes ces histoires, tous ces préceptes, ces exemples de force et de gloire ne sont que des apparences : il nous faut entrevoir en eux les angoisses et les douleurs du visage féminin de Dieu. Si, comme l'homme de l'histoire, nous déployons le mouchoir dans la lumière du soleil, peut-être verrons-nous se révéler sous ces angoisses d'autres mystères, plus profonds, plus insoutenables.

Le monde dans lequel vit le kabbaliste et le fidèle *hassid* est un lieu d'exil et de plénitude, d'horreur et de merveilles. Quand il le parcourt, il lui arrive ce que raconte Nachman de Breslav. Égaré pendant la nuit dans la forêt, il entend d'abord une musique terrifiante : des cris de bêtes féroces, des rugissements de lions et de léopards ; et même les gazouillis d'oiseaux — qui sont, selon certains, la voix sacrée des cieux — semblent des bruits monstrueux. Mais il écoute plus attentivement, avec toute l'application de son oreille et de son âme, cherchant à distinguer, sous ces sons tumultueux, la voix d'abord ténue, étouffée puis de plus en plus cristalline, claire et triomphante de la *Chekhina* prisonnière. Alors il découvre que la musique nocturne de l'exil est en vérité « un son terrible et merveilleux ». Elle n'est autre qu'un chant en l'honneur de la *Chekhina* glorifiée par Dieu : « si beau que c'est, à l'entendre, un plaisir terriblement fort ; et tous les plaisirs disparaissent devant la joie que procure cette mélodie ». Ainsi, même dans la forêt obscure du monde, le *hassid* retrouve les beautés de la création qui, plusieurs siècles auparavant, avaient enchanté l'innocence enthousiaste du Psalmiste : le manteau de la lumière, les draperies du ciel, les astres jubilants du matin, les herbes vertes qui croissent, les passereaux et les cigognes dans les cieux du Liban, les lièvres dans leur gîte.

Dans cet exil, à la fois proche et éloigné de son roi, il est comme le prince d'un très bel apologue. Ce prince se trouvait loin de son père et se languissait de lui, mais ne pouvait le rencontrer. Un jour une lettre de son père lui arriva, et son cœur s'emplit de joie et de désir : « Ah, si je pouvais revoir mon père ! s'exclama-t-il. Si je pouvais le toucher, et si seulement il me tendait la main ! Avec quelle joie je baiserais chacun de ses doigts ! ô mon père, ô mon maître, ô lumière de mes yeux, ah, si je pouvais toucher ta main ! » Il palpitait encore de nostalgie pour son père, se consumait du désir de l'avoir près de lui, quand une pensée lui traversa l'esprit : « N'ai-je pas à la main la lettre de mon père ? Et cette lettre n'est-elle pas écrite de sa main ? » Il caressa la lettre, la serra sur son cœur et dit : « L'écrit du roi est la main du roi. » C'est ainsi que vit le *hassid* : loin du père et pourtant plus proche de lui qu'aucun des fils de Dieu.

Vivant dans cette situation double — car tout revêt une double valeur dans l'univers juif de la Diaspora, l'espace originaire de Dieu, la « rupture des vases », l'exil de la *Chekhina*, la musique de la forêt — le juif est en proie à des sentiments opposés. Si Dieu a été humilié, comment ne pas être empli de désolation et d'angoisse, ne pas verser les pleurs irrépressibles de la *Chekhina* ? Comme le dit Nachman, nous devons crier vers Dieu, élever vers lui notre cœur comme s'il était attaché à un cheveu, et que la tempête soufflait jusqu'au cœur du ciel, ne nous laissant aucune chance de salut, et pas même le temps de crier. Mais, d'autre part, si les étincelles divines sont omniprésentes, comment ne pas être saisi d'exaltation, d'ardeur, d'ivresse et de profondes larmes de joie ? Si nous ne pouvons pas parler, nous devons nous abandonner à des danses extatiques et folles comme celles des derviches. « Même si ton cœur est malheureux, du moins tu peux arborer un visage joyeux. Au fond du cœur tu peux être triste, mais à te comporter en homme heureux, à la longue tu mériteras la vraie joie. » Fondre tous ensemble ces sentiments contradictoires, être en même temps affligés et heureux, faire pleurer notre rire, faire rire nos pleurs, est peut-être le signe de la perfection absolue, celle que nous avons coutume d'appeler « sainteté ».

Traversant la forêt dissonante et harmonieuse du monde, suivant les traces de la *Chekhina* vagabonde, le fidèle *hassid* tente de libérer les étincelles divines restées prisonnières des forces du mal, de les réunir et de restaurer l'unité perdue de la lumière. Sa tâche est immense. Il ne l'oublie jamais, même quand il semble vivre sans pensées sur la surface de la terre. Il l'accomplit en scrutant avec une attention vertigineuse les lettres de la Torah, en priant, en racontant des apologues, des contes dans lesquels il présente voilée, comme Nachman de Breslav, une partie de la vérité inaccessible, s'efforçant de libérer de la gangue du mal les âmes liées à lui par une sorte d'affinité élective. Tous ses plus simples gestes quotidiens sont des gestes de rédemption. S'il travaille la pierre avec un amour scrupuleux, il libère les étincelles prisonnières de la pierre ; si assis devant son établi de cordonnier, il façonne le cuir avec précision, il libère les étincelles prisonnières des peaux ; s'il se nourrit selon le rite, il libère les étincelles prisonnières des viandes et des légumes ; s'il accomplit dans la sainteté les ablutions rituelles, il libère les étincelles prisonnières des eaux ; s'il balaie soigneusement sa maison ou son auberge, il libère les étincelles prisonnières des murs et du crin ; et si, sur son lit de malade, il absorbe des potions, il guérit les étincelles cachées dans les plantes vénéneuses. Aucune théologie ne nous a jamais appris que nous pouvions sauver les formes déchues de Dieu ; et aucune ne nous a enseigné une aussi fervente participation religieuse aux petits actes de la vie quotidienne.

Le décret de Dieu avait voulu qu'Israël se répandît sur toutes les terres : en Égypte, à Rome, en Espagne, dans les innombrables et misérables ghettos de Russie et de Pologne ; et le *hassid* comprend douloureusement qu'il a été chassé de sa patrie, dispersé, asservi aux gentils pour retrouver les étincelles éparses dans le cœur de tous les gentils. Il ne doit rien craindre : pas même le mal, l'obscurité, les ténèbres ; hardi et inflexible, il doit plonger dans ces abîmes, dans les « royaumes de l'ailleurs » pour libérer les âmes et les lumières que Dieu y a cachées. Il sait qu'il court un risque terrible, car les forces démoniaques peuvent le faire lui aussi prisonnier. De ce voyage dans les abîmes, beaucoup ne sont jamais revenus ; mais s'il unit la patience et l'amour, la prudence et l'ardeur, la ruse et le secret, s'il guide l'âme d'« une bride souple », il peut découvrir le point où le mal est pareil au bien et « l'envelopper, le plier, le changer en son contraire ».

Quand toutes les lumières seront finalement réunies, la Torah lui révélera les mystères et les combinaisons verbales qu'elle lui avait dissimulés. Elle ne sera plus un mouchoir baigné de larmes, imbibé des douleurs de Dieu : tous les espaces vides, tous les blancs entre une lettre et l'autre, que ses yeux pour l'instant ne parviennent pas à lire, révéleront des milliers de signes, et les lettres visibles, les lettres invisibles s'entrelaceront de toutes les manières possibles, formant des mots nouveaux. Dans ses contes, Nachman de Breslav fait constamment allusion à cette future Réunification, quand Dieu et les *Sefiroth*, la *Chekhina* et l'homme, et les lettres du nom de Dieu ne feront à nouveau plus qu'un. Mais ces symboles n'éveillent pas en nous qui le lisons l'émotion qu'ils devaient éveiller dans son cœur déchiré. Le thème profond de ces récits est le déchirement : les êtres qui brûlent et se consument du désir de se réunifier. Le cœur de l'univers aspire à atteindre une source, sur une haute montagne : loin l'un de l'autre, tous deux comblent le gouffre de leur existence en récitant énigmes et poèmes ; deux oiseaux séparés, qui formaient un couple unique au monde, font leur nid dans des villages à mille milles de distance et se lamentent à grands cris quand descend le soir, chacun invoquant le nom de son compagnon.

Je ne saurais dire pourquoi la Réunification apparaît, par comparaison, comme un thème plus pâle. Peut-être ne pouvait-on la représenter que par de prudentes allusions, de légers sous-entendus, comme tout ce qui appartient au royaume de l'Espérance ? Ou peut-être Nachman savait-il inconsciemment, dans les profondeurs tragiques de son exil, que la Réunification n'aurait jamais lieu, que le désastre cosmique ne connaîtrait jamais de rachat, que Dieu ne sortirait jamais de l'exil dans lequel il s'est replié, que les étincelles de lumière dispersées ne pourraient jamais être rassemblées et recomposées par les mains tendres et scrupuleuses de l'homme ?

Le Messie qui a trahi

I

Au cœur du XVIIe siècle, Israël attendait la rédemption. Dans les ghettos polonais et les riches communautés d'Amsterdam et de Livourne, en Palestine, au Maroc, en Turquie, dans les groupes désolés dispersés à travers le Yémen, beaucoup savaient qu'au commencement des temps, dans le ciel, un désastre s'était produit. La lumière divine avait brisé les dix « vases » qui la contenaient et les étincelles s'étaient éparpillées aux quatre coins de la future création — exilées et prisonnières des puissances démoniaques. Tout était souillé, brisé, en miettes. Désormais, la tâche quotidienne de chaque juif était la rédemption de ces lumières divines. Par un travail humble et scrupuleux, acte après acte, jour après jour, rite après rite, chaque juif reconstituait l'unité éclatée de Dieu. Quand toutes les étincelles auraient été libérées des ténèbres, viendrait tant attendu, tant espéré, lc Mcssie ; et l'Histoire humaine s'achèverait.

Certains cultivaient des espérances plus violentes, plus hardies. Le Messie arriverait-il si lentement, comme une graine qui se libère de son enveloppe ? Son visage était-il encore dissimulé dans les brumes de la patience ? Ou, au contraire, une dramatique imminence soufflait-elle sur les étendues de l'Histoire, comme dans les versets de l'Apocalypse ? Et le Messie était-il proche comme l'épée de l'ange de Dieu ? Partout, la nouvelle commença à se répandre que la fin approchait : violences et bouleversements, guerres, fléaux, disettes, abandon de Dieu et de sa loi, dépravations, hérésies devaient précéder l'ère messianique. Les kabbalistes de Safed, ceux d'Italie et d'Allemagne proclamèrent que 1648 était la date de la rédemption. Cette année-là, la Torah révélerait ses secrets. Puis vint à nouveau la déception. Aucun Messie ne proclama sa parole. Personne ne connut les mystères de la Torah. Des dizaines de milliers de juifs furent tués en Pologne « et les chiens dévorèrent leurs chairs ». Ainsi, tout fut encore une fois repoussé dans le temps — en ce perpétuel ajournement, cette éternelle procrastination, cette anxieuse tension sans détente qui a constitué, des siècles durant, le secret de l'existence juive.

Le dernier Messie, Sabbatai Zevi, naquit à Smyrne en août 1626, dans une famille venue du Péloponnèse. Son père avait été marchand de volailles et d'œufs, puis agent commercial. Il était né le 9 Av — un jour fatidique, le jour de la destruction du premier et du second temple, le jour où selon la légende rabbinique le Messie devait venir au monde. Il avait lu le Talmud et le Zohar ; il avait fait des études de rabbin, connaissant la pureté, la dévotion et la solitude d'une jeunesse ascétique, comme des milliers d'autres jeunes gens qui se consacraient au Dieu d'Israël. Il prenait ses bains rituels sur la côte devant Smyrne, aux côtés de ses condisciples qui l'accompagnaient joyeusement dans les champs pour se consacrer à l'étude des lettres de la Torah. Mais il n'avait rien du fondateur de religions : il ne laissa pas derrière lui de *logia* mémorables comme ceux du Christ et ses écrits sont modestes. Il possédait déjà un don qui devait plus tard enchanter les prophètes, les sultans, les foules enthousiastes : une amabilité majestueuse et suave, qui touchait les cœurs. Il était grand, bien fait, le visage lumineux. Il aimait le chant, la musique, les Psaumes. Quand il chantait des chansons d'amour espagnoles, comme *Meliselda*, il faisait de ces notes ardentes d'amour profane les mots mêmes que l'âme adresse à son Dieu.

La maladie lui apporta un don qu'il n'aurait jamais possédé sans elle. Il souffrait, comme on dit aujourd'hui, d'une « psychose maniaco-dépressive » ; ou, comme on aurait dit jadis, il connaissait les morsures cuisantes de la Mélancolie. Parfois l'angoisse ne lui laissait pas de repos, ne lui permettait pas même de lire. Aboulique, sans initiative, dominé par l'esprit de persécution, il errait au milieu de choses qui lui semblaient privées de toute signification, muettes de toute valeur, mortes et silencieuses. Parfois, en revanche, il était en proie à l'enthousiasme, à l'euphorie, à un bonheur qui s'enflait jusqu'à l'extase : des accès d'exaltation et de surexcitation provoquaient en lui un enivrement dionysiaque ; des chimères séduisantes et colorées jaillissaient de son imagination ; et son esprit était assailli de visions et de prémonitions. Alors, on le voyait transfiguré : son visage resplendissait et il semblait, à le regarder, qu'on regardait le feu. Nul ne se prêtait mieux qu'un mélancolique à devenir le Messie d'un peuple qui percevait sa propre histoire comme un cycle de contrastes extrêmes — à l'image d'un Dieu qui s'épand et se contracte, donne et abandonne.

II

Nous ne savons pas quand le jeune ascète sentit naître en lui la vocation messianique. Peut-être distingua-t-il quelques lueurs, des signes avant-coureurs, des pressentiments. À la fin — c'était dans une de ses périodes d'exaltation — il entendit une voix qui lui disait : « Tu es le sauveur d'Israël, le Messie fils de David, le Messie du Dieu de Jacob ; c'est toi qui es appelé pour délivrer Israël, le rassembler des quatre coins de la terre au cœur de Jérusalem, et je te jure sur ma main droite et sur mon bras que tu es le véritable libérateur, et qu'il n'est pas de sauveur, sinon toi. » Il fut enveloppé de la lumière de l'Esprit. Il prononça le nom ineffable de Dieu ; il vit la splendeur de la *Chekhina*, le rayonnement féminin du Seigneur ; et un parfum — ses disciples prétendirent que c'était celui du Jardin d'Éden — baigna tout son corps. À partir de ce moment, il commença à accomplir des « actes étranges » : des infractions à la Loi. Il ne savait probablement même pas quel instinct le poussait à enfreindre et violer les règles. Peut-être le Messie devait-il détruire tout ce qui avait été établi ? Et la nouvelle Torah naîtrait-elle sur un amas de ruines ? Sa norme était-elle le paradoxe ?

C'est ainsi qu'il nous faut interpréter aussi son singulier mariage. Il avait appris qu'à Livourne vivait une jeune fille juive, Sarah, qui affirmait qu'elle n'épouserait que le Messie. L'on disait d'elle qu'elle se prostituait et qu'un ange lui avait donné un « vêtement de peau » qu'Ève avait confectionné six mille ans plus tôt. Quand Sabbatai eut connaissance de cette légende, il la fit venir par bateau de Livourne. Il épousa la « fiancée du Messie » : il enfreignait la Loi ; et il s'unit à une prostituée, comme l'avait dit le prophète Osée : « Va, unis-toi à une femme prostituée. » Sans le savoir, il répétait le comportement des premiers gnostiques.

Il vagabonda à travers l'Orient, tantôt accueilli, tantôt chassé et fustigé par les communautés hébraïques. Il arriva à Jérusalem où il acheta une maison et s'y enferma, jeûnant d'un sabbat à l'autre — et souvent il passait des journées solitaires dans les montagnes et les grottes du désert de Judée. Il alla à Hébron, où il veillait des nuits entières, dans une maison illuminée par des quantités de bougies, récitant les Psaumes de la voix très douce « de la joie et de l'allégresse ». Lorsqu'il arriva en Égypte, il fut saisi d'un de ses accès de dépression ; il ne voyait plus devant lui que le visage gris de l'angoisse. Toutes ses espérances et ses rêves messianiques l'abandonnèrent.

À cette époque vivait à Gaza un jeune rabbin, Nathan, qui avait mené une existence d'une grande rigueur. « J'ai observé, disait-il, la Loi dans la pauvreté et je l'ai méditée jour et nuit. Je n'ai jamais suivi les désirs de la chair, mais toujours je me suis imposé, de toutes mes forces, de nouvelles pénitences et mortifications. » Il avait toutes les qualités qui manquaient à Sabbatai Zevi : profonde culture, grande originalité intellectuelle, persévérance, talent littéraire, énergie infatigable. Il confessait les pénitents, leur révélant quelles étaient les racines de leurs âmes et quels rites ils devaient accomplir pour retrouver l'harmonie. Alors qu'il était enfermé dans une pièce et récitait les prières pénitentielles du matin, enveloppé dans son châle rituel et ceint de phylactères, il eut une vision : des colonnes de feu, les jours de la création, l'apparence de Dieu, le char céleste. Sur les rebords du char était gravée l'image de Sabbatai Zevi, comme l'image de Job était gravée, selon une légende rabbinique, sur le trône de Gloire. De sa bouche sortait la prophétie : « Ainsi parle le Seigneur : voici que vient ton sauveur ; Sabbatai Zevi est son nom. Fais éclater sa voix, lance le cri de guerre, déploie sa puissance contre les ennemis. »

Quand Sabbatai sut qu'à Gaza vivait un confesseur des âmes, il quitta l'Égypte et se rendit auprès de lui pour trouver la paix du cœur. Ce n'était plus un Messie, mais seulement un homme malade. Tous deux se rencontrèrent, et le jeune rabbin révéla sa vision à Sabbatai. Celui-ci rit doucement. Il lui dit : « Je ne suis pas le Messie. Je le croyais, il fut un temps. J'ai eu ma folie messianique, mais je l'ai repoussée. » Tous deux restèrent ensemble ; ils allèrent à Jérusalem et à Hébron, sur les tombes des patriarches et des saints. Nathan écoutait Sabbatai raconter sa vie : sa jeunesse pieuse, sa maladie, ses crises d'illuminations et d'angoisse, ses rêves messianiques ; et peu à peu l'âme de Sabbatai s'ouvrait à la persuasion de son ami. Quand ils revinrent à Gaza, Nathan fit sa première proclamation publique : Sabbatai Zevi était le Messie, digne de régner sur les juifs. Il entra en transes, comme un ancien prophète d'Israël ; et il s'abandonna à une furieuse danse extatique, jusqu'à tomber presque en syncope tandis qu'autour de lui retentissait le chant enthousiaste de la communauté juive. Sabbatai avait désormais trouvé son prophète. Le 31 mai 1665, il traversa à cheval les rues de Gaza, comme Jésus avait, bien des années auparavant, parcouru les rues de Jérusalem, tandis que les foules criaient : « Béni soit celui qui vient au nom du Seigneur ! »

En ces jours intenses et passionnés de Gaza et de Jérusalem, Nathan lui révéla son destin de Messie mélancolique et déchiré. Quand, après la « rupture des vases », certaines particules de la lumière divine étaient tombées dans les profondeurs de l'abîme, l'âme du Messie y était également tombée. Elle n'était jamais plus remontée. Dans ces profondeurs, les racines de son âme étaient enveloppées d'une « écorce », d'une enveloppe démoniaque, celle de Jésus : les âmes de Sabbatai et de Jésus étaient devenues des doubles, liées par un étrange rapport d'identité et de communion. Le Messie n'était donc pas un pur esprit : c'était une âme assombrie, obscurcie, souillée par le mal ; un Rédempteur qui devait se racheter. Ainsi la vie de

Sabbatai s'expliquait-elle : les crises d'angoisse, qui le torturaient comme Job, son attirance et son inclination pour les choses défendues, son impulsion à commettre des « actes étranges » qui violaient les normes. Et voilà qu'en ces mois fébriles de 1665, sa tâche était claire. Il ne devait pas combattre le Mal, comme le font les hommes de la Loi. Hardi et inflexible, prudent et ardent, fin et secret, il devait pénétrer dans les immenses empires du mal : parfois, il lui fallait commettre le mal, d'un cœur pur, pour l'abolir et l'élever jusqu'aux sphères de la sainteté ; demeurer dans le cœur des ténèbres jusqu'à ce qu'il ait libéré toutes les étincelles de lumière divine tombées dans l'abîme ; et sauver, sanctifier son « écorce », Jésus, en qui les rabbins n'avaient vu que l'ennemi suprême d'Israël. Il ne pouvait négliger une seule étincelle céleste, pas même une paillette du mal. Tout devait être sauvé et sanctifié. Tout devait être racheté. Quand il aurait accompli son voyage dans les abîmes — aucun voyage parmi les périls de la terre et de la mer n'avait jamais été aussi risqué — le monde serait réunifié.

Peut-être Sabbatai Zevi fut-il pris d'épouvante à l'idée d'une tâche devant laquelle tous les hommes avaient échoué. Mais Nathan — son Paul — le rassura. Les temps étaient proches. Tandis qu'il séjournait dans les abîmes du mal, le travail silencieux de milliers de juifs avait libéré la plupart des étincelles divines ; peu d'entre elles demeuraient prisonnières : la lumière des rayons célestes allait se réunifier ; et la *Chekhina* — malheureuse, déchirée, errante sur la terre — s'élèverait bientôt jusqu'à la « couronne de son époux ». Et bientôt lui, Sabbatai Zevi, par la seule puissance des chants et des hymnes de louange, sans prendre les armes ni répandre le sang, ôterait son pouvoir au sultan des Turcs. Comme dans l'Apocalypse, l'avenir connaîtrait encore de terribles vicissitudes : la révolte du sultan, séduit par ses conseillers ; les souffrances, les tourments, les massacres messianiques... À la fin, Sabbatai reviendrait sur les rives du fleuve Sambatyon, monté sur un lion céleste ; il tiendrait en bride un serpent à sept têtes, tuant ses ennemis du feu de sa bouche. Tous les rois, toutes les nations s'inclineraient jusqu'au sol. Les exilés se rassembleraient. Le Temple de Jérusalem descendrait du ciel, rebâti. Devant une telle vision, si précise et fulgurante, Sabbatai ne pouvait plus avoir de doutes. Il était le Messie ; et, à la différence des autres Messies juifs, il était de souche divine. Il découvrit que la valeur numérique kabbalistique du nom divin Shaddai était celle de son nom ; que dans le premier verset de la Genèse étaient contenues les lettres de son nom ; que le second verset pouvait être interprété : « Et l'esprit de Sabbatai Zevi était sur la face des eaux. » Ainsi, en un transport que n'importe quel juif aurait trouvé blasphématoire, il signa : « Je suis le Seigneur, votre Dieu, Sabbatai Zevi. »

Il ne restait qu'un dernier pas : abolir toutes les lois morales, tous les rites proclamés de la Torah, dans lesquels les juifs avaient enfermé des siècles durant l'essence de leur religion. L'on ne vivait plus dans l'ombre de l'Arbre de la Connaissance — qui avait divisé le monde en deux sphères opposées, bien et mal, sacré et profane, pur et impur, permis et défendu — mais dans la lumière de l'Arbre de Vie, qui ne connaît pas la distinction entre bien et mal. La Torah spirituelle des origines, qui à la suite du péché d'Adam avait été obscurcie par la Torah matérielle, se révélait à nouveau dans sa pureté. Aussi Sabbatai abolit-il les prescriptions qui interdisaient de manger gras ; il changea le calendrier ; il abrogea le rituel funèbre de minuit qui pleurait l'exil de la *Chekhina.* Même les prières furent modifiées. Les kabbalistes avaient autrefois affirmé qu'il ne fallait pas vénérer et prier le Dieu infini, *En-Sof,* mais les diverses émanations divines ; en ce glorieux retour des temps, Sabbatai proclama que les juifs devaient à nouveau prier le Dieu primordial ; et il prononça devant tous les lettres, enfin réunifiées, du Nom ineffable de Dieu.

C'est ainsi que Sabbatai commença sa mission. Il se rendit à Jérusalem avec quelques disciples ; il traversa de nouveau les rues à cheval, enveloppé dans un manteau vert qui rappelait la couleur du Paradis. En juillet 1665, il était à Damas et à Alep : des foules d'hommes, de femmes et d'enfants se jetaient à ses pieds, balbutiant des prophéties ; la légende prétendait que, la nuit, tandis que Sabbatai cheminait sur les routes d'Orient, une légion de créatures — ombres ou anges — l'accompagnait, pour disparaître au matin. À la fin de l'été 1665, il était à Smyrne. Il y mena d'abord sa vie bien réglée d'homme de piété : dévotions à la synagogue, aumônes aux pauvres, bains rituels dans la mer. Puis, il fut assailli par une illumination. Il apparut dans la synagogue, « royalement vêtu », et entonna si mélodieusement les Psaumes du matin que tous se retournèrent, fascinés.

Un jour, il se fit précéder par ses disciples qui portaient une coupe d'argent pleine de douceurs, tandis que d'autres le suivaient avec des vases de fleurs. Il tenait à la main un éventail plaqué d'argent, son « sceptre royal », avec lequel il touchait la tête de ses disciples. Modifiant le rituel, il gravit les marches qui menaient à l'Arche sainte, sur laquelle il frappa plusieurs coups de son sceptre. Il ordonna de prononcer le Nom ineffable de Dieu. Puis il prit une Torah dans ses bras et entonna la chanson *Meliselda* : l'amant de la fille de l'empereur, c'était lui, le fiancé mystique de la Torah. Un témoin écrivit : « Ce jour-là l'éclat de son visage était celui d'une torche enflammée, la couleur de sa barbe, celle de l'or ; et de sa bouche qui auparavant prononçait les paroles les plus ordinaires s'échappaient des mots qui faisaient trembler ceux qui l'écoutaient. À chaque instant, il disait des choses qu'on n'avait point entendues depuis le don de la Loi sur le mont Sinaï. » Cet enthousiasme qui rayonnait dans l'âme de Sabbatai devint, chez les juifs de Smyrne, une frénésie collective. Ils voyaient des colonnes de feu ; ils voyaient les cieux s'ouvrir devant le char de Dieu, et Élie s'avancer dans les rues de Smyrne, enveloppé dans des haillons de mendiant. Toute la Smyrne juive s'abandonna à l'exaltation :

les commerces étaient délaissés ; les banquets, les danses, les processions, les marches nocturnes aux flambeaux alternaient avec les pénitences, les flagellations et les bains rituels. Sabbatai se proclama Messie devant la foule et distribua les royaumes de la terre entre ses fidèles.

Le bruit de son nom se répandit à travers le monde. Apportées par les marchands juifs ou les innombrables éditeurs juifs, ou par les rabbins qui tissaient une toile d'araignée d'une communauté à l'autre ; apportées par des milliers de juifs qui, telle une foule de fourmis patiente et méticuleuse, avaient creusé leurs demeures au cœur d'un monde chrétien cruel et indifférent, les lettres de Gaza et de Smyrne arrivèrent à Hambourg en novembre 1665. Elles atteignirent les ports de Venise et de Livourne, enflammèrent l'Italie et de là remontèrent vers la Pologne, la Hollande, l'Angleterre ; cependant qu'une autre vague de lettres de Turquie atteignait l'Orient. Les informations étaient développées dans des opuscules et des livres ; les prières et les instructions liturgiques de Nathan étaient traduites dans toutes les langues. Le monde juif tout entier fut profondément bouleversé : aussi bien les juifs misérables du Yémen que les plèbes menacées de Pologne et les grands aristocrates sépharades d'Amsterdam et de Livourne, qui offrirent leur fortune au Messie. Les souffrances de mille six cents années n'avaient pas été vaines. Les portes de la joie étaient ouvertes. Il était venu le temps où le ciel accomplissait les promesses des prophètes.

La légende s'empara des événements de Gaza et de Smyrne et commença à broder sur eux. De grandes pierres étaient tombées du ciel sur les églises chrétiennes ; le sol avait englouti la mosquée turque d'Alep ; le brouillard et l'obscurité avaient enveloppé le mont Sion où Sabbatai Zevi était apparu aux côtés d'Élie et de Michel. Les dix tribus d'Israël, perdues dans le désert en des temps très anciens, étaient apparues aux frontières de l'Arabie, conquérant La Mecque et menaçant Gaza. Personne ne comprenait leur langue : armées d'épées, d'arcs, de flèches, de lances, elles avaient à leur tête un ascète qui comprenait toutes les langues. Elles étaient dix mille, cent mille, trois cent mille, trois millions ; les Turcs étaient incapables de les affronter ; les épées et les mousquets qu'ils empoignaient contre les dix tribus perdues se retournaient contre eux et les abattaient. Le Grand Turc avait placé une couronne royale sur la tête de Sabbatai Zevi, l'avait fait chevaucher à sa droite et se préparait à attaquer les Russes et les Polonais. À Jérusalem, le Temple avait été reconstruit par des mains invisibles.

Partout se répandit la folie du repentir. Certains jeûnaient trois jours ou une semaine de suite ; d'autres s'immergeaient dès l'aube dans un bain rituel, confessant à haute voix leurs péchés ; d'autres se levaient la nuit pour se rouler dans la neige ; et il y en avait qui se flagellaient, qui abandonnaient leurs commerces, fermaient leurs boutiques, restituaient leurs gains illicites, vendaient pour rien leurs biens et possessions, ou qui allaient vivre dans les champs, vêtus d'un sac, couverts de cendres, jeûnant et priant pour l'avènement du Messie ; d'autres qui cessaient de jouer sur les scènes des théâtres, car le temps n'était plus aux vanités, ou qui dansaient follement dans les rues ; les jeunes gens riches épousaient de pauvres orphelines par amour du ciel ; les illettrés cherchaient la compagnie d'un érudit pour étudier la Torah et le Talmud, et passaient leur temps dans les synagogues...

Beaucoup décidèrent d'aller à Jérusalem, pour attendre la manifestation triomphale du Messie. Les plus riches armèrent des navires pour y emporter les ossements de leurs morts. Les pauvres juifs de Pologne et de Grèce pensaient qu'ils seraient transportés en Palestine sur un fantastique manteau de nuées.

III

Le 8 février 1666, comme il approchait de Constantinople, le caïque de Sabbatai Zevi fut abordé par deux navires turcs et escorté jusqu'au port. Le Messie fut enchaîné. Les gardes chargèrent à coups de bâtons les groupes de juifs venus à sa rencontre pour l'adorer. Cette arrestation n'avait aucune motivation religieuse : le grand vizir du sultan craignait la cessation des activités commerciales des communautés juives, qui jouaient un rôle de premier plan dans l'économie turque. Sabbatai fut conduit au Divan, où il séduisit le vizir, comme plus tard le sultan. Nous savons seulement que, quelques jours plus tard, le vizir lui proposa un marché : si les juifs versaient cent mille réaux, Sabbatai Zevi serait libéré. Le Messie refusa : la prison, d'abord dans une cellule sale et noire, puis dans une cellule plus vaste, et enfin dans la forteresse de Gallipoli, était son destin. La prison matérielle que lui infligeaient les gentils était le symbole de sa captivité dans les abîmes du mal, comme le lui avait révélé Nathan de Gaza. Aussitôt la légende s'empara également de cet événement. Le Messie n'avait pas été fait prisonnier. Quand les soldats étaient venus l'arrêter, il était monté au ciel, et l'archange Gabriel avait pris son apparence ; là-haut, des légions d'anges l'entouraient et lui révélaient les mystères de Dieu.

Il vivait enfermé dans la forteresse, enveloppé de vêtements rouges ; le rouleau de la Torah, entre ses mains, était également habillé de rouge : le rouge était la couleur du Jugement et de la Vengeance de Dieu, dont la force grandirait au début de l'ère messianique. Tout, autour de lui, était royal, comme dans le palais de Salomon. Les murs de sa chambre étaient recouverts de rideaux dorés, le sol de tapis tissés d'or et d'argent. Sa table était faite d'argent et d'or. Il mangeait et buvait dans des assiettes et des verres incrustés de pierres précieuses. Dans sa main droite, il tenait un sceptre d'or, dans la gauche, un éventail à poignée d'argent ; et il passait ses journées à chanter des Psaumes ou des hymnes à la louange de Dieu. Les Turcs n'empêchaient pas les pèlerins d'affluer. De Moldavie, de Pologne, de Jérusalem, d'Anatolie, d'Espagne, les « croyants » arrivaient. Ils buvaient et mangeaient avec Sabbatai Zevi et, rentrés chez eux, ils décrivaient « la gloire qu'ils avaient contemplée, l'abondance d'or et d'argent, d'étoffes précieuses et d'ornements, les vêtements royaux dont était paré Sabbatai Zevi, la multitude qui se pressait à son service, les honneurs que lui prodiguaient les gentils ». Il y avait dans la forteresse un scribe messianique : Samuel Primo. Sabbatai écrivait à ses disciples : « L'unique né de Dieu, Sabbatai Zevi, l'Oint du Dieu de Jacob et Sauveur d'Israël, paix... Ne craignez rien, car vous excercerez votre empire sur les nations, non point seulement celles qui se trouvent sur la surface de la terre, mais aussi les créatures qui sont dans les profondeurs des mers. » Il promettait des indulgences à ceux qui prieraient sur la tombe de sa mère, et il leur enjoignit d'abolir le jeûne du 9 Av, jour de la destruction du Temple, afin de fêter l'anniversaire de sa naissance.

Le désastre fut soudain et imprévu. En septembre 1666, Sabbatai Zevi fut conduit à la cour du sultan. Lors d'une réunion du conseil privé, à laquelle participa également un juif converti, on lui proposa d'abjurer ou d'être torturé à mort. Sabbatai n'eut pas d'hésitation. Le Messie trahit. Sous le nom de Mehemed Effendi, il fut élevé à la fonction honoraire de « gardien de la porte du palais ». Avait-il oublié ses prétentions messianiques et son Dieu ? Eut-il peur pour sa vie ? Ne craignit-il point de blesser la foule de ses disciples ? Il était angoissé et déchiré, à deux doigts de ne plus faire la différence entre la réalité et la simulation, entre ses vêtements de Turc et son âme de juif. Une pensée vint le soutenir. Comme Moïse, qui avait vécu à la cour du pharaon, il avait dû lui aussi abjurer sa foi et vivre sous les apparences d'un Turc pour racheter son peuple. Il était nécessaire que le soleil disparût dans les ténèbres, avant d'apparaître à l'orient, avec un éclat de nouveau éblouissant.

La surprise, le chagrin, la consternation, la désolation furent immenses dans le peuple juif. Des lettres informèrent les communautés de toute l'Europe ; des messagers commentèrent la nouvelle, des rabbins la discutèrent et disputèrent entre eux, des ambassadeurs furent envoyés à Gallipoli. Tous se demandèrent pourquoi le Messie avait trahi. Beaucoup retournèrent à leurs anciennes habitudes religieuses ; mais, chez beaucoup d'autres, la nouvelle foi résista au scandale et tenta d'expliquer l'absurde. Certains croyaient que seule l'ombre de Sabbatai Zevi était restée sur terre, tandis que son corps et son âme avaient été élevés au ciel ; certains pensaient qu'il avait feint, pour apprendre du sultan l'art de gouverner ; d'autres imaginèrent qu'il avait trahi pour sauver les juifs, menacés par une terrible persécution ; on crut aussi qu'il s'était immolé pour sauver de la perdition les âmes de tous les gentils. À Gaza, Nathan fut le plus bouleversé de tous ; mais il ne perdit pas sa foi et scruta anxieusement l'Écriture à la recherche d'une justification, proclamant que « le Messie devait effectuer son œuvre étrange et s'employer à son étrange travail ». Il ne lui suffisait pas de récupérer les étincelles célestes perdues dans les abîmes. Revêtant le turban des musulmans, le bien s'était changé en mal, pour saper celui-ci, l'épuiser et l'anéantir de l'intérieur. Comme les vers qui s'introduisent dans les arbres, les rongent et les détruisent en les grignotant de l'intérieur.

Mille six cents ans plus tôt, les chrétiens avaient vécu leur foi comme un scandale : le Messie, le Rédempteur, le Fils de Dieu, tué sur la croix comme un malfaiteur. Or la foi juive devait maintenant connaître un scandale bien plus terrible : le Messie apostat, et vivre toute la tension religieuse de ce paradoxe. Certains étaient prêts à le comprendre : les descendants des marranes de la péninsule Ibérique qui, par centaines de milliers, avaient reçu le baptême lors des persécutions des XIVe et XV siècles, tout en continuant à croire dans le Dieu d'Israël, et, après leur fuite d'Espagne, s'étaient remis à vénérer l'Arche sacrée. Le Messie avait fait comme eux : il avait abjuré ; il vivait comme la reine Esther, qui avait mené une existence de marrane à la cour du roi Assuérus. Mais que fallait-il faire ? Trahir eux aussi ? La plupart pensait que le Messie avait péché au nom de tous : lui seul pouvait supporter sans danger un tel destin. D'autres croyaient que l'apostasie devait être universelle. On ne pouvait pas abandonner le Messie dans la phase la plus terrible de la bataille contre le pouvoir des démons. Tous devaient descendre avec lui dans l'abîme, avant que ses portes ne fussent à nouveau refermées.

Nathan de Gaza quitta la Palestine en 1667 et vécut jusqu'à sa mort comme un vagabond, un fugitif. Il prétendait que son « itinéraire lui était dicté par une voix céleste qui l'accompagnait continuellement » : « À son commandement il se mettait en chemin, à son commandement il s'arrêtait. » En quelques mois il fut à Smyrne, Adrianopolis (où il revit Sabbatai Zevi), Salonique, Corfou ; et de là il partit pour un voyage en Italie, dont il dissimula jalousement le but. « La raison de tout cela ne peut être révélée et moins encore confiée à la plume, sinon à ceux qui sont experts en la kabbale, mais bientôt toutes choses seront manifestes. Bienheureux celui qui attend... » À Venise, il disputa avec les rabbins ; il se rendit à Bologne, Florence, Livourne, où il resta deux mois ; puis il descendit à Rome où il ne passa qu'une nuit, dans un hôtel pour voyageurs pauvres, incognito, la barbe rasée. Une antique légende rabbinique raconte que le Messie — né, comme Sabbatai Zevi, le jour de la destruction du Temple — vivait caché depuis des siècles parmi les mendiants et les lépreux qui se pressaient devant le château Saint-Ange. Peut-être Nathan voulait-il reconnaître dans cette foule en guenilles le *vrai* Messie — l'autre Messie, celui qu'il n'avait jamais rencontré ? Voulait-il savoir si une lueur d'espérance pouvait renaître pour le peuple juif ? À l'aube, Nathan se dirigea vers le château Saint-Ange, où habitait le pape ; et pendant toute une journée, plongé dans de profondes méditations, il tourna, tourna, encore et encore autour du palais du pape, traçant dans l'air des formules magiques de destruction. Puis il jeta un rouleau de prophéties et de malédictions dans le Tibre. Les deux gestes magiques avaient la même signification. Tandis que Sabbatai Zevi avait pénétré dans le royaume du mal et lui avait cédé, revêtant les formes du mal, lui, Nathan, son prophète, avait lutté contre l'abîme, seul, sans autre secours que la kabbale magique, sans se camoufler, sans se rendre, sans abandonner un seul des rites et des convictions qu'il avait hérités de ses pères.

Les dernières années de la vie de Sabbatai Zevi connurent une alternance encore plus rapide d'illuminations et d'angoisses. Lorsqu'il était heureux, il écrivait : « Je puis rassembler tout le froment et le ramener dans un seul grenier, et pas un grain ne sera perdu. Et si par hasard un oiseau avale un grain, je le reprendrai dans sa gorge — car la fin de la Réintégration est qu'aucune âme d'Israël ne soit perdue. » Il signait bizarrement *Turc* — car les lettres hébraïques de ce mot signifient kabbalistiquement la « montagne de Dieu », et Dieu pouvait reposer sur lui comme sur le mont Sinaï. Quand l'angoisse l'assaillait, il écrivait : « Jusques à quand, Seigneur, repousseras-tu, et abhorreras-tu, et seras-tu dans le courroux contre ton oint, jusques à quand tiendras-tu pour inexistante l'alliance de ton serviteur, profanant sa couronne et la jetant à terre, si bien qu'il est la risée de son prochain ? Je suis aujourd'hui un homme de douleur, familier de la souffrance, frappé par Dieu et abattu par l'affliction, mené comme un agneau à celui qui l'égorge... »

En septembre 1672, Sabbatai fut arrêté, sous l'accusation d'avoir blasphémé et renié l'islam ; il fut déporté à Dulcingo, dans le sud de la Yougoslavie. Il vivait enfermé dans son monde imaginaire, espérant Dieu sait quelle rédemption, coupant du bois dans les forêts et écrivant *Le mystère de la Foi*, où il ôtait toute puissance à *En-Sof*, le Dieu primordial. Il jouait le rôle d'un Moïse ressuscité : il fabriqua un serpent d'argent et le posa sur un arbre, la nuit où s'achevait la fête de la Pâque. Le 17 septembre 1676, à cinquante ans, il mourut. Beaucoup crurent que Dieu l'avait caché dans les cieux. Trois ans plus tard, après une existence de vagabondages de plus en plus tourmentés, Nathan de Gaza mourut lui aussi, à Skoplje, en Macédoine. Sur sa tombe on inscrivit : « Ta faute est expiée, ô fille de Sion. » Y avait-il eu faute ? Et tout avait-il vraiment été expié ? La grande entreprise de libération des étincelles divines prisonnières avait échoué une fois de plus. Les étincelles sont toujours là, devant nous, enfermées dans les pierres, les herbes et les cœurs ; et elles attendent le geste exact de nos mains.

La lumière de la nuit (II)

I

En juin et en juillet 1791, Mozart resta seul à Vienne. Le 4 juin, sa femme était allée aux eaux de

Baden, avec son fils Karl ; elle attendait un nouvel enfant, le sixième, le second vivant, le seul qui, comme son père, tenta de lutter « avec la force du son ». De Vienne, Mozart écrivait chaque jour à sa femme avec cette tendre innocence amoureuse qui n'en finit jamais de nous émerveiller : « Penses-tu aussi souvent à moi que je pense à toi ? — À chaque instant je regarde ton portrait — et je pleure — moitié de joie, moitié de douleur ! » « Il ne me manque rien — sinon ta présence. » Il lui recommandait de bien se couvrir, de prendre garde au froid du matin et du soir, de soigner son pied malade ; il attendait avidement ses lettres ; et, si elles n'arrivaient pas, il était de mauvaise humeur tout le jour. Il ne rêvait que de grimper en voiture, pour parcourir à vive allure les lieues qui le séparaient d'elle, et « reposer entre [ses] bras ».

Ses élans d'amour nous rappellent souvent les tendresses de Papageno, plutôt que les sublimes ardeurs de Tamino : *bestes Herzensweibchen* (« chère maîtresse de mon cœur ») — c'est ainsi qu'il appelait sa femme, avec les mots mêmes qu'il prête à son oiseleur. « Attrape ! attrape ! bis — bs — bs — bs — les baisers s'envolent vers toi dans les airs — bs — en voici un autre encore qui trottine. » « Ô Stru ! Sti ! je t'embrasse et te serre 1 095 060 437 082 fois (tu pourras t'exercer à prononcer) et je suis pour l'éternité ton fidèle époux et ami... » Puis, avec son goût pour les jeux de mots dépourvus de sens, il ajoutait : « Sois éternellement ma Stanzi Marini, comme je serai éternellement ton Stru ! Knaller paller-schnip-schnapschnur-*Schnepeperl.* » Il faisait l'Arlequin, le Polichinelle, le bouffon de Salzbourg. Il mêlait la vulgarité, qu'il avait apprise en mangeant pendant tant d'années parmi les valets et les cochers, aux cabrioles du masque vénitien et aux jeux immatériels de l'elfe romantique.

Ces pirouettes joyeuses et enfantines ne parviennent pas à nous tromper. Derrière elles frémissent une angoisse névrotique, un amour qui le consumait et se consumait, une tension spirituelle qui pouvait le détruire. À mesure que les mois passent, les lettres sont écrites de plus en plus rapidement, comme si elles voulaient devancer le battement des minutes, ou capturer les choses les plus capricieuses et les plus fébriles qui se produisaient autour de lui. Les nerfs palpitent sans cesse sur le papier : l'on change de sujet à chaque ligne, l'humeur s'élève ou retombe, s'égaye et s'assombrit ; et l'écriture trace une ligne serpentine, qui se brise en mille petits traits. Parfois, il avouait à sa femme : « Si les gens pouvaient voir dans mon cœur, je devrais presque avoir honte. Tout est froid pour moi — froid comme la glace. » « Je ne puis te dire ce que j'éprouve, c'est un certain vide — qui me fait mal — une certaine nostalgie, jamais apaisée, qui ne cesse jamais — toujours elle continue, et même elle croît de jour en jour. Quand je pense... à ces heures tristes, ennuyeuses, que je passe ici — même mon travail ne me donne plus de joie... Je me mets au piano et je chante quelque chose de mon opéra, mais il me faut aussitôt m'arrêter — l'impression est trop forte.

Suffit ! » Cette glace, ce vide, cette nostalgie, cette angoisse — aucun mot, jamais, quel qu'en fût le prix, ne pourrait les combler.

Souvent le matin à cinq heures, après avoir très peu dormi, il quittait le numéro 970 de la Rauhensteingasse, comme si quelque démon l'entraînait hors de chez lui. Quelqu'un, qui l'avait rencontré à cette heure solitaire, le prit pour un « garçon tailleur » partant au travail. Il se promenait longuement à travers les rues, où le soleil — le soleil auquel il consacrait son dernier opéra — commençait à dorer les arbres et les vieilles maisons de Vienne. Durant le jour, son inquiétude le faisait courir à travers la ville, poursuivi par les pensées les plus contradictoires, torturé par des angoisses réelles et imaginaires. Il rendait des visites, donnait des leçons, allait trouver ses amis, cherchant de l'argent à emprunter pour payer ses dettes, qu'il avait contractées en payant d'autres dettes. Il dormait tantôt dans sa propre maison, tantôt dans celle de Leitgeb, de Franz Gerl ou de Schikaneder. Il mangeait au restaurant, parce qu'il avait peur de rester seul ; ou chez un ami, qui préparait en son honneur un petit festin, au cours duquel Mozart buvait du champagne et de grands verres de punch. Le soir, quand le théâtre ne le tentait guère, il jouait au billard ; parfois chez lui, seul, « avec le sieur von Mozart, collaborateur de Schikaneder », plus souvent dans un café près de chez lui, où il retrouvait cette chaleur humaine dont il avait si éperdument besoin.

Parfois ses amis regardaient avec inquiétude cet homme petit et maigre, au visage un peu enflé, aux yeux bleus délavés, dont les beaux cheveux blonds, fins et ondulés, descendaient jusqu'à ses épaules. Il était toujours de bonne humeur. Mais même quand il s'abandonnait à la joie la plus extrême, ou regardait autour de lui, de son regard aigu et pénétrant, il semblait penser à autre chose, qui l'absorbait complètement. Ce dont il s'agissait — un motif musical, une pensée lointaine, une sensation qui courait secrètement sous les autres sensations — nul n'aurait pu le dire. Puis, brusquement, il devenait très grave, très sérieux. Il allait à la fenêtre, tapotant des doigts sur le rebord, et ses réponses se faisaient de plus en plus vagues et indifférentes, jusqu'au moment où il n'entendait plus rien, comme s'il avait perdu conscience. Il ne restait jamais en place. Le matin, tandis qu'il se lavait le visage, il allait et venait à travers la pièce, frappant ses talons l'un contre l'autre. À table, il prenait un coin de serviette et le tordait ; il se le passait et repassait sous le nez, et faisait en même temps une étrange grimace de la bouche. Il agitait continuellement ses petites mains extrêmement mobiles : il les frottait sur ses poignets, contre sa jambe ou son bras ; il jouait avec ses cheveux, avec sa chaîne de montre, avec le dossier d'une chaise, ou le clavier d'un piano ; et il entrait et ressortait ses mains de ses poches, comme si c'était pour lui le seul moyen d'atténuer son inquiétude.

II

Quelques mois auparavant, en mars, s'était présenté chez lui un vieil ami bavarois, Emanuel Schikaneder, qui dirigeait le théâtre *auf der Wieden*, dans les faubourgs de Vienne. Schikaneder avait commencé encore enfant à jouer dans les fêtes paysannes. Il avait été un musicien vagabond, puis il se joignit à l'une de ces compagnies théâtrales que Goethe avait représentées dans son *Wilhelm Meister* : parcourant à pied ou en voiture les routes boueuses et peu sûres d'Allemagne et d'Autriche, jouant dans les théâtres des villes, des provinces, des villages, ou sur les petites et précieuses scènes de cour ; il avait connu la faveur ou la défaveur du public, la misère et la richesse subite, la légèreté et les grandioses ambitions de la vie théâtrale. Tantôt il écrivait des drames, des opérettes et des comédies musicales ; tantôt il préparait des scènes fabuleuses et baroques ; ou bien il jouait dans *Hamlet*, *Macbeth*, *Roméo et Juliette*, les *Masnadieri*, *Don Carlos*, *Clavigo* ; parfois il préparait les rôles comiques dans lesquels sa voix, à mi-chemin entre le grincement d'une girouette et celui d'un tourne-broche, suscitait les effets plus désopilants.

Aussi Mozart se rendait-il de plus en plus souvent dans les faubourgs de Vienne. Le théâtre *auf der Wieden* faisait partie d'un grand édifice princier, pareil à ceux que nous rencontrons aujourd'hui encore dans les pieuses vallées du Tyrol : il comprenait six cours, deux cent vingt-cinq appartements, trente-deux escaliers parcourus par un flot ininterrompu d'aristocrates et de bourgeois, d'hommes du peuple et d'acteurs ; une église, une pharmacie, une auberge, un moulin, diverses boutiques d'artisans, comme si la maison devait pourvoir, maternellement, à toutes les nécessités de ses habitants. Dans la cour la plus vaste, il y avait un jardin, une fontaine et une petite maison de bois, où Mozart et Schikaneder travaillèrent ensemble à *La flûte enchantée*. Nous aimerions savoir ce que se dirent le génial homme-orchestre et le petit musicien au visage enflé qui n'avait plus que quelques mois à vivre. Comment ils préparèrent la trame de l'opéra, quelles modifications Mozart réclama, quelles solutions il proposa, quels vers il écrivit de sa main, comment il interpréta les mots que l'autre lui offrait...

Entre ces murs de bois, Mozart et Schikaneder firent leur voyage en Égypte comme Flaubert, un demi-siècle plus tard, devait descendre le cours du Nil. Ils avaient appris presque tout ce que leur époque connaissait de l'Égypte hellénistique, cependant que l'autre Égypte, celle de Chéops, de Mykérinos et de Ramsès II gisait encore sous les sables protecteurs du désert. Des livres anciens et modernes étaient ouverts devant leurs yeux. Ils feuilletèrent probablement la *Bibliothèque* de Diodore de Sicile et l'essai de Plutarque sur Isis et Osiris ; il n'est pas exclu qu'ils aient parcouru les grands recueils de textes d'Athanasius Kircher, de Jablonski, de Montfaucon et de Caylus ; ils consultèrent le roman *Sethos* de l'abbé Terrasson, l'essai d'Ignaz von Born *Des mystères des Égyptiens* ; et ils s'enthousiasmèrent certainement en lisant le dernier livre des *Métamorphoses* d'Apulée[1].

Leur enthousiasme d'« égyptomanes » n'était pas isolé. En ces mêmes mois de 1791, Nicolas de Bonneville écrivait qu'Isis est le terme fondamental de l'univers : *Isis*, murmure et souffle la voix du feu : *is-is*, crie l'eau quand on y plonge un feu ardent ; *is-is*, siffle le serpent, symbole du froid venin dévoré par le feu de la nature. La Vierge, qui allaite Jésus nouveau-né, est une réincarnation d'Isis qui allaite Horus : la mort, la descente aux Enfers et la résurrection du Christ répètent le destin d'Osiris. Cette vénérable religion, source de toutes les autres fois, de toutes les autres sagesses, avait laissé partout son empreinte. Notre-Dame, à Paris, avait été construite sur les ruines d'un sanctuaire d'Isis ; et les églises du Moyen Âge français, avec leurs zodiaques, leurs bestiaires monstrueux, les travaux des mois, les vignes chargées de grappes, les nefs et les arcs d'ogives

1. Le livre le plus utile sur les sources égypto-hellénistiques de *La flûte enchantée* — les seules examinées dans cet essai — est celui de Siegfried Morenz, *Die Zauberflöte*, Böhlau Verlag, Münster-Cologne, 1952, dont j'ai tiré la plupart des correspondances que je citerai plus avant. J'en rappellerai déjà trois : Tamino et Pamina sont des noms d'origine égyptienne, que Mozart et Schikaneder ont tirés d'on ne sait quelle source : ils auraient dû s'appeler Pa-Min et Ta-Min, c'est-à-dire « serviteur » et « servante » du dieu Min. Les mêmes palmes à feuilles d'or apparaissent entre les mains des prêtres d'Apulée (XI, 10) et celles des prêtres de Mozart (acte II, scène I) ; et même les étranges et grotesques pyramides miniatures, que, dans *La flûte enchantée*, les prêtres utilisent comme lanternes et portent sur leurs épaules (acte II, scène XIX) apparaissaient déjà sur les tombes égyptiennes.

étaient l'ultime écho, filtré par l'épaisseur des siècles, des antiques temples de Thèbes et de Denderah. Tout semblait prêt pour une renaissance des « mystères » égyptiens[1]. Comme l'Église catholique deux siècles auparavant avait été sur le point de se convertir à l'hermétisme alchimique, l'Europe des Lumières, des francs-maçons et des révolutionnaires imaginait maintenant une religion universelle à l'ombre des rites égyptiens.

Cette religion — la religion d'Apulée et de Gérard de Nerval — vivait sous le règne d'une grande divinité maternelle. Isis était « la génitrice de toutes choses, la maîtresse des éléments » : celle qui régit la voûte lumineuse du ciel et les brises de mer vivifiantes, qui donne son éclat au soleil, fait tourner la terre, revenir les saisons, germer les semences et pousser les plantes ; Isis était « la sainte et éternelle protectrice du genre humain », qui pourvoit de sa douce affection aux besoins des malheureux et protège les hommes des assauts de la fortune (*Les Métamorphoses*, XI, 5, 25). Dans *La flûte enchantée*, Isis donne à la Reine de la Nuit « un manteau resplendissant d'un éclat ténébreux » et le scintillement de ses astres. Il ne reste d'elle aucun autre souvenir : aucun flot d'amour maternel ne descend de son sein vers la terre. Seul son nom résonne dans sa nudité, accompagné de trompettes et de cors, sur les livres de ses prêtres.

1. J'emprunte ces informations au livre très riche de Jurgen Baltrusaitis, *La quête d'Isis*, Olivier Perrin, Paris, 1967, spécialement p. 27-69.

Ainsi, même le cadre égyptien, si précis pourtant et si scrupuleux dans ses détails, demeure un décor de carton, un fond de scène illusoire et fictif, qui peut comprendre en lui tous les paysages de la terre. Les pyramides, les temples et les palmiers surgissent à côté d'un château médiéval ; l'Arcadie rocheuse et boisée de Poussin voisine avec un bois de cyprès, un jardin à l'italienne et un précipice escarpé où grondent des eaux tumultueuses ; et des vêtements japonais, des tables turques se cachent parmi les costumes des prêtres d'Isis. Tout doit sentir le théâtre, les machineries prodigieuses, les astuces scéniques ; tout doit ressembler à un pêle-mêle multicolore assemblé pour faire recette. Beaucoup des spectateurs qui emplirent des mois durant le théâtre *auf der Wieden* crurent contempler seulement une fable à charmer les enfants, une farce conçue pour divertir la plèbe de Vienne. Fort peu comprirent quels profonds mystères Mozart avait su dissimuler sous une plaisanterie, une fantaisie ou une légère allusion.

III

Vers la fin de juillet, *La flûte enchantée* était presque achevée. Malgré sa solitude et sa neurasthénie, Mozart n'avait jamais cessé, pendant qu'il composait son opéra, de cultiver cet esprit bouffon qui l'aidait à relâcher la trop forte tension de ses esprits vitaux. Lorsqu'il était au piano, il s'abandonnait volontiers à son extraordinaire talent parodique. Il traitait un thème tantôt de façon grave, tantôt de façon burlesque ; tantôt il courait à perdre haleine sur le clavier, tantôt il traînait, suppliant et misérable, parmi la foule mendiante des sons. Si le champagne excitait encore davantage son ardeur, Mozart commençait à exécuter une scène d'opéra à l'italienne. Et parmi les perles de verre des sons, voici que s'élevait la voix d'une prima donna : « Où donc, mais où donc suis-je ? criait-elle désespérée. Ô Dieu ! Quelle peine ! Ô prince ! Ô destin... je tremble... je défaille... je meurs ! » Puis, brusquement, les accords les plus contrastés éclataient sur le piano, comme la bombe d'un lointain obus au-dessus d'une maison ; et les vieux amis et les visiteurs d'un jour riaient jusqu'aux larmes.

Quoi qu'il fît, Mozart ne cessait jamais de penser à *La flûte enchantée.* Dans ses échanges mondains, ses parties de billard avec ses amis, ou pendant ses voyages en voiture jusqu'à Baden, il élaborait en lui sa musique ; et il commençait à siffler, à marmonner, à chantonner et à chanter à gorge déployée, sans supporter d'être dérangé. Il tirait un calepin de la poche de son habit et y notait ses idées de mélodie, comme un poète griffonnant ses vers sur un ticket de tramway. Des scènes entières se formaient peu à peu dans son esprit, jusqu'au moment où elles trouvaient une forme presque définitive. Aussi, à peine assis à sa table de travail, écrivait-il avec une rapidité et une légèreté que d'aucuns auraient pu juger hâtive. Les autres entraient dans la pièce en parlant de choses diverses — des commérages de théâtre, des histoires de cour, d'argent et de femmes — et lui leur répondait, plaisantant et raillant, sans cesser d'écrire. Enfin il se mettait au piano, à la lumière des chandeliers, dans le silence maternel de la nuit, ou sous les rayons du jour. Son regard, si souvent distrait et perdu, devenait calme et recueilli ; ses belles petites mains se mouvaient avec douceur et naturel sur le clavier ; chaque mouvement de ses muscles semblait exprimer un sentiment ; et l'œil de ses hôtes avait plaisir à le regarder, comme leur oreille goûtait la perfection de ses sons.

De cet opéra si différent de l'homme qui l'a composé, je tenterai de raconter la trame. J'en parlerai comme si c'était un livre, écrit à quatre mains par un impresario franc-maçon, qui n'oubliait pas qu'il avait été un acteur vagabond, et un musicien atteint de néphrite. Aussi mes mots seront-ils sourds, obscurs, vides, car ils ne chercheront pas à rendre le plus lointain écho de la musique de Mozart. Ils ne tenteront pas de suivre ce mystérieux murmure entre la vie et la mort, cette douce respiration, cette force transparente, cet élan liquide et mobile qui entraîne tous les accords vers l'eau et le feu, vers l'air et la terre — et peut-être au-delà de la terre et de l'eau, au-delà de la sphère de l'air et de celle du feu.

IV

L'histoire de *La flûte enchantée* a une préhistoire, qui dessine une sorte de cosmogonie. Avant la naissance de Tamino et de Pamina, un couple souverain dominait le monde : un roi solaire dont nous ignorons le nom et la puissante Reine de la Nuit. De leur rencontre naquit Pamina. Entre le principe viril et le principe féminin, entre la lumière et les ténèbres existait alors un accord réciproque : car le roi sculpta la flûte enchantée dans le tronc d'un chêne millénaire, en une heure ensorcelée, dans le déchaînement du tonnerre et des éclairs, du fracas de la tempête nocturne ; il la sculpta avec l'aide de la reine à laquelle ce moment appartenait, en tant que souveraine des sortilèges de la nuit. L'on pourrait croire qu'en ce temps l'harmonie régnait entre les principes opposés et que seul le bien nourrissait la terre. En réalité l'union entre les deux souverains était un compromis plutôt qu'une étreinte amoureuse : avec quel mépris le roi tenait sa femme éloignée « des choses qui sont incompréhensibles à l'esprit féminin » ! Et la force du roi n'était pas entièrement bienfaisante. Il portait sur sa poitrine un « septuple cercle solaire », le signe de son pouvoir, qui « consumait toutes choses ». Le soleil, tel qu'il s'était incarné en lui, était une force qui brûle et dessèche, qui donne la vie et la reprend, anéantit la végétation, absorbe la puissance maternelle de l'humidité, rend le sol aride et inhabitable[1].

1. J'ignore où Mozart et Schikaneder ont trouvé le symbole du « septuple cercle solaire » : l'hypothèse de Morenz, qui renvoie à un passage de Diodore de Sicile (I, 49), n'est guère convaincante. Cf. aussi Alfons Rosenberg, *Die Zauberflöte*, Prestel Verlag, Munich, 1972, p. 76. Il me semble probable que le cercle exprime en quelque sorte l'aspect négatif et ambigu de la force solaire, que les Égyptiens symbolisaient sous la forme de Typhon (Plutarque, *Isis et Osiris*, 33).

Avec la mort du souverain solaire, les deux royaumes de la lumière et de la nuit se séparent, deviennent ennemis et l'équilibre du monde change profondément. La reine a été vaincue. Elle vit maintenant enfermée dans son palais plein d'oiseaux, environnée de la végétation touffue d'un bois. Un temple rappelle encore son culte ; trois dames lui prêtent leurs services ; mais elle a perdu le « cercle solaire » de son mari et sa fille, seul souvenir de la lumière, lui a été arrachée et se trouve prisonnière dans le château de Sarastro. Le « cercle solaire », symbole de la force, repose sur la poitrine de son rival, vénéré par un peuple de prêtres et d'esclaves. Lorsqu'il apparaît sur la scène de *La flûte enchantée,* Sarastro revient de la chasse et descend d'un char triomphal, tiré par six lions, tandis qu'un chœur de trompettes, de tympans et de voix enthousiastes répète son nom : « *Es lebe Sarastro ! Sarastro soll leben !* » C'est un roi-prêtre solaire, comme ceux qui régnaient dans les anciennes théocraties d'Orient. Il possède des qualités surhumaines : une sorte de sixième sens lui fait connaître les sentiments et les pensées les plus enfouis dans le cœur des hommes, les amours et les crimes que notre âme caresse secrètement ; et les divinités lui révèlent leurs intentions. Les chants les plus graves, les musiques les plus solennelles, les rites les plus majestueux, l'atmosphère la plus obscurément mystérieuse et recueillie forment autour de sa figure un arrière-plan et un écho.

Mais un pharaon d'Égypte et un roi de Babylone n'auraient jamais partagé les sentences que Sarastro chante de sa profonde voix de basse, nous recommandant les vertus de la raison et de la tolérance, de l'amitié, du pardon et de la patience. Sans perdre le halo de vénération qui l'enveloppe, le roi-prêtre oriental est devenu un maître de la franc-maçonnerie, qui vit à Vienne, dans les mêmes années que Mozart. Comme c'était l'usage dans les cérémonies maçonniques, il éloigne les femmes des murs de son château et de ses temples, car elles sont des nids de superstition et d'hypocrisie, les ouvrières d'horribles machinations, de vaines et intarissables bavardes, qui ne savent agir sans qu'un homme les guide. L'élan nostalgique de l'amour ne peut vivre sur ce territoire exclusivement viril, parmi les processions des prêtres, les cortèges d'esclaves et les parties de chasse.

Réprimé, écrasé, éloigné comme un péril et un cauchemar, l'amour finit pourtant par surgir entre les murs du château et des temples, même si c'est sous la forme de la passion érotique la plus grotesque. Par une sorte d'ironique revanche du sort, le chef des esclaves de Sarastro, Monostatos, un Maure rapide et violent, voudrait posséder toutes les femmes. Cette fureur jette une première ombre sur les limites du monde de Sarastro. Bientôt, nous découvrirons que ce n'est pas la seule. Comme tous les fidèles de sa religion, Sarastro croit qu'on peut mener de force les hommes vers le bonheur ; et il enlève et fait enchaîner Pamina afin de la soustraire à l'influence de sa mère. Il est un détail plus inquiétant. Quand Mozart et Schikaneder racontent comment Sarastro a enlevé Pamina, ils ont à l'esprit un modèle classique : l'enlèvement de Perséphone, fille de Déméter, par Hadès, dieu des Enfers et de la mort. Comment comprendre cette discrète allusion, cachée dans les replis de *La flûte enchantée* ? L'âme de Sarastro dissimulait-elle des aspects assez ambigus pour la transformer en figure ténébreuse ? Il n'est pas facile d'interpréter cette allusion[1]. Mais

1. L'enlèvement de Pamina par Sarastro était autrefois expliqué par un remaniement complet du livret, que les francs-maçons auraient imposé à Mozart : c'est ainsi que Sarastro, méchant à l'origine, serait devenu un souverain bienfaisant, tandis que la Reine de la Nuit, de mère infortunée, devenait l'incarnation des forces du mal. Ce retournement n'est attesté par aucun témoignage et tient certainement de la légende. Mais même s'il en existait quelque témoignage, tout lecteur devrait interpréter *La flûte enchantée* comme un texte unitaire ; car on ne peut imaginer que des hommes de théâtre comme Mozart et Schikaneder n'aient pas su transformer ou adapter leur ancienne conception de l'intrigue à la nouvelle.

L'enlèvement de Perséphone et celui de Pamina ne coïncident cependant pas dans les détails. Dans la version de l'*Hymne à Déméter* (429 et suiv.) et dans celle d'Ovide (*Les Métamorphoses*, V, 338 et suiv.), que Mozart et Schikaneder eurent plus probablement sous les yeux (mais le mythe était si connu qu'ils pouvaient le retrouver dans n'importe quel manuel), la terre s'ouvre et Hadès enlève Perséphone sur son char. Pour enlever Pamina, Sarastro se transforme, « car il a le pouvoir de prendre n'importe quelle forme » (acte I, scène V), comme Protée qui devient eau, feu, arbre et animal. Ce Sarastro-Protée est véritablement singulier et difficilement conciliable avec ce que nous savons de lui. La seule hypothèse que je me risquerai à avancer est la suivante : dans la *Bibliothèque* de Diodore de Sicile (I, 62), Mozart et Schikaneder pouvaient lire que le Protée de la légende grecque avait été, en réalité, un pharaon égyptien qui devait sa capacité de métamorphose à l'étroite « symbiose » qu'il avait conservée avec les prêtres-astrologues. Peut-être attribuè-

la lumière de Sarastro descend certainement d'un soleil pâli : c'est une lumière noble et limitée, solennelle et rigide, majestueuse et monotone. Lui aussi avait besoin du doux voile que la nuit étend sur toutes choses.

Si Sarastro est un roi-prêtre, la Reine de la Nuit a une dignité plus haute : c'est une déesse. Dès qu'elle apparaît entre deux montagnes qui s'ouvrent sur la scène ou émerge soudainement de l'abîme, le fracas furieux du tonnerre nous annonce qu'une force terrible, mais beaucoup plus ancienne et plus sacrée que celle de Sarastro, est apparue devant nos yeux. Elle nous rappelle deux déesses dont l'Antiquité tardive avait fait une seule divinité. Son « noir manteau rayonnant d'une splendeur ténébreuse », qu'aucun regard humain ne peut traverser, est celui d'Isis ; et les étoiles qui scintillaient jadis sur le vêtement de la divinité égyptienne décorent maintenant son trône, comme de transparentes étoiles de théâtre. Mais elle est surtout pareille à Déméter, la *mater dolorosa* qui parcourt la terre, couverte d'un voile sombre, cherchant dans les régions où le soleil se couche et celles où il se lève les traces de sa fille disparue[1]. Quand la reine évoque ses tourments angoissés, les prières et

---

rent-ils à Sarastro la capacité de se transformer pour compléter l'image de sa royauté sacerdotale. Le fait que dans le même passage il soit question du « lion » comme d'un symbole royal pourrait renforcer cette hypothèse.

1. Sur sa relation avec Isis, cf. *Les Métamorphoses*, XI, 3-4, et Plutarque, *Isis et Osiris*, 9. Mozart et Schikaneder pouvaient également apprendre d'Apulée (XI, 2) qu'Isis et Déméter étaient identifiées.

les vaines tentatives de fuite de Pamina, son cœur est déchiré ; et une ombre ne quitte plus son visage et sa voix sublime.

Dans le deuxième acte, sa figure s'assombrit. La douloureuse Déméter devient une Érinye, qui implore la vengeance des dieux, invoque la flamme de la mort et du désespoir, et qui renie sa fille, déchirant tous les liens de la nature si Pamina ne tue pas Sarastro pour lui arracher le « cercle solaire » de la force. Toutefois, il ne faut pas la confondre avec les autres divinités nocturnes de son époque : la souveraine des catastrophes cosmiques, que Goethe fit d'elle à la suite de *La flûte enchantée*, ou la « nuit mère » du *Faust* qui, dans des temps très anciens, engendra la lumière et continue d'extraire de son sein prodigieux les terrifiantes figures qui parcourent la terre. La Reine de la Nuit est fragile, délicate, vulnérable. Peut-être n'est-elle qu'un papillon de nuit, l'un de ces papillons grands et beaux à l'expression presque humaine, infiniment tristes et douloureux, avec sur les ailes des taches sombres pareilles à des yeux, que Giandomenico Tiepolo dessinait avec une grâce presque mozartienne.

L'espace sur lequel elle déploie ses ailes est vaste, riche et divers. Il ne contient pas ces songes noirs qui baignent nos fronts de sueur, ni le peuple bizarre et ondoyant des fantômes et des ombres, ou la voix glaçante de l'« homme de pierre » qui entraîne don Juan avec lui, ni non plus « les ténèbres immenses, interminables, insondables » où notre vie se perd. Dans *La flûte enchantée*, l'espace aimable de la nuit comprend les choses ignorées par le royaume de Sarastro : le feu très doux de l'amour, les richesses que les douleurs laissent dans notre âme, les oiseaux aux plumes multicolores, les hommes-oiseaux qui vivent dans la simplicité des bois, la force pacificatrice de la musique. Si nous voulons connaître la voix de ce monde nocturne, il nous suffit de tendre l'oreille. Au milieu des trompettes, des violons, des tympans, des cors et des contrebasses que Mozart fait retentir sur le théâtre, nous entendons trois fois le son de la flûte enchantée que le roi mourant laissa en héritage à sa femme. Ce n'est pas un instrument illustre, comme la lyre d'Orphée[1]. Mais dès que Tamino en joue, les bêtes sauvages accourent pour l'écouter ou interrompent leur élan ; les sentiments tristes deviennent joyeux, les cœurs arides tombent amoureux ; et la fureur des éléments s'apaise. Seule la musique née du cœur de la nuit prépare l'harmonie du monde, que tant d'hommes avaient vainement rêvé de contempler.

1. Dans l'acte I, scène VIII, la flûte sculptée dans le chêne est en revanche « une flûte d'or ». Je ne sais s'il s'agit d'une erreur fortuite, comme il en est dans tous les romans, ou si, dans la scène des éléments, Mozart et Schikaneder ont voulu opposer aux trompettes — d'or assurément — du royaume solaire de Sarastro la matière différente de la flûte nocturne. Les flûtes résonnaient aussi dans la procession isiaque décrite par Apulée et étaient consacrées à Osiris (*Les Métamorphoses*, XI, 9).

L'aile de la nuit protège aussi Papageno, qui nous apparaît pour la première fois, avec sa flûte rustique et, sur son dos, sa cage pleine d'oiseaux, comme un simple oiseleur. Il vit dans un coin reculé de la terre, dort dans sa cabane de chaume ; et il ne sait rien. Il ignore comment il est venu à la lumière, qui sont son père et sa mère ; il n'imagine pas qu'il existe d'autres montagnes, d'autres bois, d'autres hommes au-delà des quelques-uns qu'il connaît ; et son esprit est éloigné de tout désir de sagesse. Il veut seulement « manger, boire et dormir ». Il traverse les bois, monte jusqu'au château de Sarastro, voit des Maures et des prêtres, rencontre des prodiges et des périls sans jamais changer de nature. Il est menteur, peureux, bavard, joyeux et enfantin ; plein de candide convoitise et d'une astuce ingénue : tout à la fois rustre et gracieux, comme les bouffons de la tradition populaire autrichienne, nés bien avant lui et qui vivraient encore un siècle après son apparition [1].

Puis Mozart et Schikaneder nous font comprendre que Papageno est un homme-oiseau, fils d'une domestique de la reine et d'on ne sait quelle créature céleste ; et que peut-être ses plumes sont voyantes et multicolores comme celles des oiseaux prisonniers dans ses cages. Toute la vision qu'il a des choses est celle d'un oiseau ; et ses sentiments sont à la fois ceux d'un

1. Un oiseleur avec sa glu, perdu parmi une foule de masques, apparaît dans *Les Métamorphoses* d'Apulée (XI, 8) avant que ne commence la procession des initiés.

oiseleur et ceux d'un oiseau égaré, on ne sait comment, sur notre terre. S'il songe à courtiser les femmes, il imagine de les capturer dans son filet et de les garder enfermées par douzaines dans sa chaumière, comme les faons, les perdrix et les paons qu'il remet aux domestiques de la reine. L'amour dont il rêve est le lieu puéril du « doux » : donner de tendres baisers à la créature aimée, la serrer sur sa poitrine, la bercer entre ses bras comme on berce un enfant, exprimer tous ces suaves sentiments enfantins nés — disait Mozart — dans la « chambrette du cœur » et nourrir sa Papagena de sucreries, de massepains et de figues douces, comme si la forêt où il vit était une immense pâtisserie viennoise.

V

Au moment où le rideau de *La flûte enchantée* s'apprête à se lever, le souffle de la musique insinue, chez les spectateurs, l'attente de quelque chose d'unique. Sur la scène rocheuse et boisée arrive simplement un prince en fuite, poursuivi par un dragon. Il arrive ici, dans ce pays sans nom qui mêle l'Égypte, l'Autriche et l'Italie, venu du lointain Orient. Nous ne savons pas comment il est arrivé : si son père l'a envoyé sur les terres de la reine pour explorer aussi le domaine de la nuit, ou si les dieux, qui président à ses destinées, lui ont fait perdre son chemin afin qu'il pût rencontrer son destin. Quoique Tamino vienne de si loin, nous le connaissons fort bien. Il est le héros de l'époque de Schiller : le héros jeune et ingénu, noble et pur, qui ne connaît encore ni lui-même ni le monde, plein d'élan, de ferveur, d'aspirations élevées et indéterminées.

À peine les trois dames lui ont-elles montré le portrait de Pamina qu'il ne voit plus rien, n'entend aucun des mots prononcés autour de lui : l'amour le tient. De même, Pamina s'éprend de lui sans le voir, lorsqu'on lui dit qu'un prince est amoureux d'elle. C'est l'amour des contes et des drames de Shakespeare. Ce mot parcourt tout le livre, il est répété par chaque personnage, même ceux qui l'ignorent comme Sarastro et Monostatos. *Die Liebe* est le rêve de toute créature, la force qui rend la vie bienheureuse et adoucit tous les tourments : supérieure à la sagesse des prêtres, elle peut reformer le monde déchiré et divisé. Tout en obéissant aux lois de la nature, elle nous permet de parvenir jusqu'au seuil où se tient la divinité. Mais l'amour résonne dans chaque cœur avec des accords différents. Dans celui de Tamino, c'est un feu extatique qui fait fondre sa poitrine et l'élève vers le ciel. Dans le cœur de Pamina, il rappelle la passion désespérée et ténébreuse de sa mère. Personne ne parle avec les accents de la jeune fille des « heures de béatitude » qu'elle a à peine entrevues. Et elle connaît, elle aussi, les douleurs d'un amour trop grand qui se croit repoussé et méprisé.

Les aventures de *La flûte enchantée* sont celles des heures qui passent et se succèdent : de la lumière qui se fait ténèbres et des ténèbres qui reviennent à la lumière. Au début, tandis que Papageno sort du bois en chantant et jouant de son flageolet, c'est le matin ; et Sarastro descend de son char dans la chaleur de midi. Puis le jour décline lentement vers le crépuscule ; éclairs et tonnerre se déchaînent et l'univers est noyé dans une obscurité effrayante, au sein de laquelle commence le voyage de Tamino. Quelques heures s'écoulent. Dans l'enceinte des pyramides, le chœur des prêtres commence à invoquer la splendeur de la lumière ; et trois enfants descendent du ciel, annonçant que bientôt le soleil viendra parcourir à nouveau « sa carrière dorée ». Les embûches de la nuit ne sont pas encore surmontées. C'est seulement quand Tamino et Pamina auront traversé l'eau et le feu que le plein soleil, le soleil sans ombres ni taches, illuminera la terre dont il fera un spectacle radieux.

Le même voyage se produit dans l'esprit de chaque homme, qui pourrait répéter le cri de Tamino : « Ô nuit éternelle, quand disparaîtras-tu ? Quand mon œil reverra-t-il enfin la lumière ? » Mais la victoire que le soleil célèbre chaque matin sans effort devient pour nous un effort douloureux : une pénible et secrète initiation. Les premières épreuves que subit Tamino — l'obligation du silence, la tête masquée par un sac — sont celles que l'on traversait dans les cérémonies des « mystères » grecs : le grave *silentium mysticum* que Lucius et Psyché doivent observer dans *Les Métamorphoses* ; Lucius enveloppé dans une rude étoffe de lin, Psyché couverte d'un vêtement de deuil et la « jeune épouse » voilée qui, dans la villa des Mystères de Pompéi, attend d'être initiée aux cérémonies secrètes[1]. Et pourtant ces dures épreuves nous semblent, dans *La flûte enchantée*, légères et presque futiles. Dans la première partie du voyage, Tamino a pour compagnon Papageno, qui ne sait pas garder la bouche fermée, qui a peur du noir, fait semblant d'avoir la fièvre, rêve de massepains et de sa Papagena, et goûte avidement les mets et les vins venus de la riche cuisine de Sarastro. Ainsi, grâce à Papageno, même ce qui est grave, profond et douloureux nous apparaît simplement comme une délicieuse farce plébéienne.

La grande épreuve est encore à venir : cette fois aucun Papageno ne peut l'égayer de ses jeux. Vers la fin de la nuit, à l'heure la plus terrible où, disait Baudelaire, « l'âme imite les batailles de la lampe et du jour, l'air est plein du frisson des choses qui s'enfuient... et les agonisants dans les hospices [poussent] leur dernier râle en hoquets inégaux », Tamino arrive devant deux montagnes. De l'une d'elles descend une cascade tumultueuse, qui répand une bruine noirâtre à l'horizon, tandis que de l'autre jaillit une source de feu, qui rougit d'un soupçon d'aube la partie opposée du ciel. Il devra traverser « le feu, l'eau, l'air et la terre » comme, dans *Les Métamorphoses* d'Apulée, Lucius est

1. Les passages parallèles dans *Les Métamorphoses* sont les suivants : le silence, IV, 33, V, 11, XI, 11, 15, 22, 24 ; la tête voilée, IV, 33 et XI, 23. Cf. Reinhold Merkelbach, *Roman und Mysterium in der Antike*, C.H. Beck, Munich-Berlin, 1962.

conduit « à travers tous les éléments ». Nous nous demandons si Tamino, si jeune et inexpérimenté, pourra surmonter seul, sans assistance humaine ou surnaturelle, la terrible épreuve. C'est alors que, mûrie par la douleur, Pamina vient le rejoindre. Elle le prend par la main et lui dit : « En tous lieux, je serai près de toi. Je te conduis. L'amour me guide. » La femme, fille de la nuit et de ses passions, que Sarastro et ses prêtres considéraient comme un être inférieur, délivre le novice prince d'Orient des dangers de la nuit et de la mort. Peu importe que, dans *La flûte enchantée*, Isis reste enfermée dans ses temples ou perdue dans ses cieux constellés. Toute la force amoureuse et maternelle de la femme s'est concentrée dans cette jeune fille blonde aux yeux noirs qui devient sans le savoir l'« éternelle rédemptrice du genre humain ».

Tandis que les éléments sauvages se déchaînent, Pamina invite Tamino à jouer de la flûte. Les accents de la musique nocturne résonnent sur le théâtre, et ce son ténu dompte l'ardeur du feu, le grondement des cascades, le hurlement des vents. Après un instant d'attente, Tamino et Pamina sortent indemnes des flammes comme Cariclée qui, dans un autre roman à mystères situé dans un cadre égyptien, monte sur un bûcher et voit les flammes s'écarter devant ses pas. Par ce geste, Tamino et Pamina ont défié la terreur et le péril de la mort, s'approchant jusqu'aux « frontières de la mort » (*Les Métamorphoses*, XI, 23). Comme le dit saint Paul, en entrant dans l'eau, ils ont été ensevelis avec le Christ, dans sa mort, et avec lui ils ont ressuscité, et marchent désormais avec lui dans une vie nouvelle (Épitre aux Romains, 6, 2-5). La dernière épreuve est accomplie. Les éléments ont purifié Pamina et Tamino, qui sont à la fois des initiés d'Isis et de vrais chrétiens conformément à cette conjonction des religions qui enflammait les imaginations dans les dernières années du XVIIIe siècle[1].

Pendant ce temps, sur la scène de *La flûte enchantée*, se produit l'événement que la terre attendait depuis des milliers d'années. L'antique scission touche à son terme. Le prince venu des pays du soleil embrasse la fille de la reine des ténèbres ; la lumière et la nuit, le principe masculin et le principe féminin se rencontrent dans l'amour. L'*harmonia mundi* vit finalement parmi nous. Tout le théâtre est un soleil, Sarastro se tient dans les hauteurs et la joie des trompettes célèbre le triomphe de la lumière céleste. Mais que signifie ce triomphe ? La nuit a-t-elle vraiment été « anéantie » ? Malgré les apparences, le règne viril et maçonnique de Sarastro touche à sa fin, avec ses chaînes, ses esclaves et la force destructrice du

1. Mozart a repris dans cette scène les thèmes de trois morceaux de musique : le choral *Ach Gott, vom Himmel sieh darein*, qui remonte à l'époque de Luther ; un autre choral, *Christ unser Herr zum Jordan kam*, le Kyrie de la *Missa sancti Henrici* de Heinrich Biber. Comme l'a rappelé Paolo Isotta, il a donc fait allusion, dans sa musique, aux trois personnes de la Trinité. L'initiation isiaque est, en même temps, une initiation chrétienne.

« cercle solaire ». Tandis que Tamino et Pamina accomplissaient leur voyage, la lumière du soleil se nourrissait aux sources abondantes de la nuit : elle absorbait ses trésors — la musique, la passion amoureuse, la douleur, la nature, les jeux des hommes-oiseaux — ; elle les purifiait et les illuminait en même temps qu'elle se purifiait elle-même. Ainsi la Reine de la Nuit a perdu son antique richesse. Il ne lui reste que fureur et vengeance ; et, au milieu des éclairs et du tonnerre, le triste papillon de nuit sombre dans l'abîme dont il ne pourra plus ressortir.

Sur scène, un nouvel âge commence ; une nouvelle création s'éveille : quelque chose que personne n'avait jamais connu, pas même quand le père et la mère régnaient sur la terre. Si l'homme et la femme s'aiment, si la justice et la vertu bordent le sentier de notre existence, si une douce quiétude descend dans notre cœur, « alors la terre est un royaume céleste et les mortels sont semblables aux dieux ». Comme dans les « mystères » hellénistiques, Pamina, Tamino, Sarastro, ses prêtres, et nous tous qui en lisant et en écoutant avons partagé leur destinée, sommes devenus semblables à Isis et Osiris.

Inquiet, errant, effleuré par l'aile de la mort tandis qu'il promenait ses doigts sur le clavier, tenait sa baguette de chef d'orchestre ou, dans les derniers jours de sa vie, suivait par la pensée la lointaine représentation qui se donnait sans lui, Mozart crut-il vraiment à ce rêve impossible ? L'*harmonia mundi* ? Les hommes égaux aux dieux ?

La flûte enchantée est un conte pour les enfants et une parabole destinée aux créatures angéliques, qui traversent l'obscurité et la lumière en tenant une palme à la main. On ne pose pas de questions aux contes et aux paraboles, et on n'en reçoit pas de réponses : ou bien on en reçoit toutes les réponses.

L'infini selon Leopardi

L'Infinito

Sempre caro mi fu quest'ermo colle,
E questa siepe, che da tanta parte
Dell'ultimo orizzonte il guardo esclude.
Ma sedendo e mirando, interminati
Spazi di là da quella, e sovrumani
Silenzi, e profondissima quiete
Io nel pensier mi fingo ; ove per poco
Il cor non si spaura. E come il vento
Odo stormir tra queste piante, io quello
Infinito silenzio a questa voce
Vo comparando : e mi sovvien l'eterno,
E le morte stagioni, e la presente
E viva, e il suon di lei. Così tra questa
Immensità s'annega il pensier mio :
E il naufragar m'è dolce in questo mare.

L'infini

J'ai toujours aimé ce mont solitaire
Et cette haie, qui de presque partout
Dérobe au regard l'horizon lointain.
Assis et pensif, c'est en moi que j'imagine
Des espaces sans borne, un calme sans fond
Et des silences surhumains ; il s'en faut de peu
Que le cœur ne s'effraie. Et comme entre les feuilles
J'entends le bruit du vent, je compare
L'infini silence à cette voix :
Alors je me souviens de l'éternel
Et des saisons défuntes, et de l'actuelle
Si vivante et si sonore. Et c'est ainsi
Que ma pensée s'abîme en cette immensité,
Mais le naufrage est doux dans un tel océan.

(Trad. Gérard Macé)

Quand Leopardi imagina *L'infini*, il était assis par terre, recroquevillé sur lui-même, contre la haie : cet obstacle peu élevé dérobait à son regard « l'horizon lointain » et le doux pays qui l'entourait de tous côtés comme une mer. Pour penser l'infini, il avait besoin autour de lui d'une limite, une haie, un mur ; il lui fallait le rempart d'une prison : de là seulement, tel le plus avide des prisonniers, il pouvait se perdre dans les espaces sans bornes. L'on pourrait alors se demander pourquoi il quitta sa maison, traversa la campagne, monta jusqu'au sommet de la colline. Sa chambre ne lui suffisait donc pas ? C'est que, comme le savaient

Pascal et Rousseau, comme il le savait fort bien lui aussi, et comme Dostoïevski le redécouvrirait dans ses années d'emprisonnement, la pièce la plus sombre et la mieux verrouillée, la plus éloignée du réel, la Bastille la plus secrète, le confinement le plus obsédant sont peut-être le lieu rêvé pour faire surgir des univers par la pensée. Mais en ce printemps ou cet automne, Leopardi vivait une situation plus compliquée : il lui fallait avoir l'infini, là, à portée de main, pour l'effacer et s'en construire un autre mentalement.

Blotti contre la haie, séparé de la mer au loin et des montagnes bleues, il n'avait plus qu'un espace où perdre ses regards : le sommet du ciel. Où « regardait »-il donc ? Dans les hauteurs ? Il adorait, nous le savons, les spectacles que l'indéfini offre à notre imagination : une rangée ou une allée d'arbres dont on ne parvient pas à distinguer la fin ; une tour qui semble se dresser au-dessus de l'horizon invisible ; une enfilade de pièces ; une route très longue et toute droite ; la clarté du soleil ou de la lune, quand on la voit sans que ces astres soient visibles et qu'on ne peut découvrir la source de son rayonnement ; la lumière filtrant en des lieux où elle devient incertaine, comme à travers des roseaux, une forêt, des balcons mi-clos ; tous les points où la lumière se confond avec les ombres... Rien n'aurait donc pu l'enchanter davantage que ces jeux changeants de la lumière du soleil dans les formes toujours mouvantes et renouvelées des nuages qui descendaient de l'Apennin vers la mer, ou remontaient de la mer vers l'Apennin : une lumière qui devenait ombre, une ombre qui se faisait lumière. Mais, à ce moment, il n'avait cure du spectacle de l'indéfini : avec une volonté ascétique, il s'interdit toute rêverie. Ses yeux ne regardaient ni vers les hauteurs, ni vers les feuillages de la haie, si proches de sa tête. Comme Ungaretti l'a compris, il regardait avec des yeux vides et aveugles, des yeux distraits et qui ne voyaient pas, des yeux tout prêts à se tourner vers l'intérieur, à accueillir la pure vision du dedans.

Ainsi concentré sur lui-même, délivré de toute réalité extérieure, il commença à créer, « *mi fingo* » (« j'imagine »). Il s'immergea, comme un scaphandrier, dans ses propres profondeurs : dans ce que, s'il eût été mystique, il aurait appelé « *la fine pointe de l'âme** ». Il savait déjà à cette époque, encore inconsciemment peut-être, mais très vite avec la plus extrême clarté, que son entreprise était pratiquement impossible. L'esprit humain ne peut saisir l'infini. Comme il l'écrivait dans le *Zibaldone*, nos facultés cognitives, amoureuses, imaginatives, ne sont pas capables « de l'infini, ou de concevoir infiniment, mais seulement de l'indéfini, ou de concevoir sur le mode indéfini » : aussi ne parvenons-nous à posséder que les apparences de ce songe, jamais sa substance. Ou du moins, nous l'embrassons quand nous sommes encore « jeunes, primitifs, ignorants, barbares » ; et non plus quand, tel Leopardi à vingt ans, nous avons lu tous les livres, et avons depuis longtemps commencé à sonder toutes les pensées que le réel et le possible éveillent en nous. L'on ne comprendra jamais *L'infini* si l'on oublie ce fait. La tentative que fit Leopardi en regardant de ses yeux vides et aveugles était un va-tout désespéré, l'essai suprême pour penser quelque chose qui, précisément, est impensable.

Sa tentative était d'autant plus ardue qu'il s'efforça de recueillir une goutte de pur infini, que rien d'étranger n'aurait contaminée. Traversant par la pensée les « espaces sans borne », il aurait pu se figurer les mondes innombrables qui les emplissent, imaginer leur nombre et leur masse merveilleuse, dénombrer les étoiles une à une, contempler les galaxies — « *Quegli... senz'alcun fin remoti / Nodi quasi di stelle / Ch'a noi paion qual nebbia* », « Éloignés à l'infini / ces nœuds d'étoiles / qui nous semblent une brume » —, écouter, tel un Ancien, la musique cristalline, tantôt lente et tantôt pressée, des sphères. Il aurait pu partout deviner le vertige du mouvement. Il aurait pu, comme le fait tout homme, lier la pensée de l'infini à celle de l'éternel, qui nous en paraît l'analogie la plus naturelle. Il ne fit rien de tout cela. Au prix d'une tension surhumaine, il effaça de son esprit la pensée des étoiles, le flux du mouvement, et toute idée de l'éternel et du temps. Pour recueillir une pure goutte d'infini — la chose la plus éloignée, la plus extrême, la plus rare et la plus essentielle que l'homme puisse former —, il devait imaginer celui-ci comme vide, immobile, souverainement silencieux. Il y avait là quelque chose d'effrayant. Comme si l'un de nous tentait d'imaginer

Dieu en dehors de toute parole, de tout temps, de toute éternité, de tout nombre : tel un point immobile et invisible dans le ciel.

Tout donne à penser que, contre la haie ou de retour chez lui, devant son encrier, alors qu'il s'apprêtait à couvrir le papier de sa calligraphie précise, Leopardi avait à l'esprit la célèbre pensée de Pascal : « Le silence éternel de ces espaces infinis m'effraye. » Parvenu à un tel sommet, Leopardi aussi sentit son cœur « s'effrayer ». Pascal fut pris de terreur parce que dans les cieux justement, où les Anciens lui avaient enseigné à voir la main et le signe de Dieu, il ne vit que sa terrifiante absence ; et il lui sembla se sentir seul dans la création « comme un homme qu'on aurait porté endormi dans une île déserte et effroyable ». Les craintes de Leopardi étaient plus complexes : il était habitué à l'absence de Dieu ; mais il ne parvenait pas à supporter l'impossible pensée de l'infini ; et réfléchir sans être enveloppé par le passé, le présent, le futur, l'éternel — par ce temps qui bientôt l'accueillerait et le bercerait si amoureusement — devait l'effrayer. S'il est permis de former des conjectures autour d'un poème, où tout est ouvert aux conjectures, il renferma un instant dans son esprit cette goutte d'infini ; puis il aurait abandonné cette hauteur, laissé derrière lui les espaces sans borne et les silences surhumains, même si le bruissement du vent ne l'avait pas réveillé. Ainsi, nous assistons à un paradoxe. Leopardi pensait que seul l'infini peut combler le désir de plaisir de l'homme : « le plaisir infini qui ne peut se trouver dans la réalité » ; et, quand il parvint à le concevoir, il recula en frissonnant.

Cette contemplation d'un instant éveilla d'autres échos dans sa mémoire, d'abord inconscients puis conscients. Il y avait un rapport secret entre les « *sovrumani silenzi, e profondissima quiete* » le « calme sans fond et les silences surhumains » de l'infini et le calme silencieusement immobile du néant. Quelques années plus tard, quand dans *Le chant du coq sylvestre* il imagina la fin du monde, il employa les termes mêmes de *L'infini* et de la *Vie solitaire* : « Le temps viendra où cet univers, et la nature même, seront éteints... Du monde entier, et des heurs et malheurs infinis des choses créées, il ne restera pas même un vestige ; mais un silence nu, un calme suprême empliront l'espace immense. » Il accomplit un dernier pas. Il pensa que la matière — « la masse entière de l'univers, l'*assemblage** de tous les globes » — était éternelle mais finie. L'infini était « une idée, un rêve, pas une réalité : en tout cas, nous n'avons aucune preuve de son existence, pas même par analogie ». Devant cette prison éternelle de la matière, il pensa que seul ce qui n'existe pas, la négation de l'être, le néant, pouvait être sans limite, et que l'infini en venait « en substance à être la même chose que le néant ». Nous pouvons imaginer avec quels yeux épouvantés il relut alors la douce idylle qu'il avait composée à la fin de son adolescence.

À ce moment, au milieu du huitième vers, le poème fut interrompu par une violente césure, que la main si délicate de Leopardi dissimula, en la recouvrant d'un de ces « et » qui nous font errer comme des ombres hypnotisées sur la mer douce et effrayante de l'indéfini. Le vent, qui jusque-là s'était tu, se mit à bruire : parmi les arbres pour nous inconnus qui se dressaient près de la haie, ou dans les frondaisons des arbustes qui formaient cette haie, contre laquelle Leopardi était assis ? nous ne le savons pas. Avec le vent resurgit la limite, l'« ici », le « cela », que Leopardi avait aboli par la pensée. La voix du vent dissipa la concentration absolue de l'esprit dans ses abîmes : elle éloigna l'infini qu'elle avait créé (l'infini maintenant est devenu « cet infini ») ; et elle fit renaître la réalité extérieure que nous avions oubliée. Si la réalité renaissait, le temps aussi naquit à nouveau — le terrible destructeur, le grand consolateur, le précieux réconfort auquel Leopardi avait tourné le dos.

Si nous voulons comprendre ce qui s'est produit à ce moment-là, il faut nous rappeler la période que Rousseau passa, entre septembre et octobre 1765, dans l'île du lac de Bienne. Il aurait voulu faire de cette petite île « une prison perpétuelle » : qu'on l'y reclût pour le reste de sa vie, lui interdisant toute communication avec la terre ferme et le monde — comme si, peut-être, Leopardi n'avait plus voulu quitter sa prison imaginaire près de la haie. Quand le soir descendait, Rousseau allait s'asseoir sur la rive du lac, en un lieu caché. Le mouvement des vagues, le flux et le reflux de l'eau, son bruit continu mais renflé par intervalles, fixaient ses sens, effaçaient tout mouvement, toute agitation, toute pensée de son âme ; et ils faisaient naître en lui une *rêverie** confuse et délicieuse, dans laquelle la nuit le surprenait. C'était un état extatique, une sorte d'hypnose : dans le vide absolu de sa conscience, passait le mouvement passif et ininterrompu des images, des couleurs et des sons, la métamorphose indistincte de la vie intérieure ; et si, de temps à autre, quelque faible et vague pensée le traversait, bientôt ces impressions légères s'effaçaient « dans l'uniformité du mouvement continu » qui le berçait.

Un demi-siècle plus tard, quelque chose de semblable se produisit près de la haie. Leopardi aimait les sons vagues : les chants entendus de loin, ou qui peu à peu s'éloignaient ; les chants qui résonnaient sous les voûtes d'une pièce qu'il avait quittée depuis peu ; le grondement du tonnerre, ou le bruissement du vent parmi les arbres d'une forêt. C'était là, pour lui, la voix de l'indéfini — qu'il avait éloignée au début de son poème et dont la douceur revenait maintenant l'assaillir. Comme la rumeur uniforme et monotone des vagues du lac avait bercé et noyé l'âme de Rousseau dans l'océan des rêveries, le bruit également uniforme et monotone du vent entre les frondaisons permit à la pensée de Leopardi de s'abandonner aux fluctuations de ses *rêveries** temporelles.

La conscience de Leopardi était bien plus active que celle de Rousseau. Quand le vent vint bruire entre les plantes, il ne s'abandonna pas avec la fragilité d'une feuille à leur froissement, comme l'aurait fait Rousseau sur les rives du lac. Une fois encore, il tenta une expérience intellectuelle, en comparant des termes opposés : l'infini, qu'il venait de créer par l'esprit, et la limite de l'« ici » ; les silences surhumains et le bruit soudain du vent. Mais il était bien plus prudent qu'au début : il ne créait plus par la pensée une réalité purement mentale, il se contenta de comparer deux choses entre elles. Et, aussitôt après, suscité par le bruissement incessant, insinuant, du vent, survint le renversement : « je me souviens de l'éternel... » En cet instant, son esprit devint passif ; et devant lui surgirent des réalités qui existaient déjà, qu'il n'avait pas créées — l'éternel, le passé, le présent — : des réalités ensevelies dans les profondeurs de sa mémoire comme un bien très ancien et qui maintenant, ici, en un lieu clos, dans ce petit espace délimité par la haie, formaient devant les yeux de la pensée une vaste étendue étrangère. Des ondes de *rêveries** erraient et flottaient devant sa conscience, l'emplissaient, la comblaient au point de l'enchanter et de l'hypnotiser.

Qu'il fût sur le rivage du lac de Bienne, ou étendu sur une barque, les yeux tournés vers le ciel, Rousseau ne nous a pas communiqué le contenu de ses *rêveries**, « confuses mais délicieuses ». Il préférait les laisser dans le vague : leur charme ne tenait pas à leur substance, mais à la musique continue et indéterminée qui les enveloppait ; il craignait, s'il nous les avait racontées, de retomber dans le temps, qu'il voulait quitter à tout prix. Leopardi, ce sublime mathématicien de la pensée, s'efforça en revanche de définir avec une précision et une concentration extrêmes le contenu du flot de sensations auquel il était soumis. Il fit la lumière. Avec une tension géométrique fort rare dans la littérature, il se contenta de dire : « *e mi sovvien l'eterno / E le morte stagioni, e la presente / E viva, e il suon di lei* », « je me souviens de l'éternel / Et des saisons défuntes, et de l'actuelle / Si vivante et si sonore ». Le contenu de sa *rêverie** était donc, justement, l'océan du temps, ce temps que Rousseau voulait abolir, et qui le sauvait de la terreur du pur infini. Toutes ses dimensions — sauf celle du futur — étaient là, dans sa pensée, protégées par la prison de la haie.

Si nous voulons comprendre ce qui se cache derrière ces mots si nus, il nous faut risquer, une fois encore, quelques hypothèses, tenter de remonter de la feuille blanche et de la main qui a tracé ces mots à l'esprit qui les dissimula dans ses replis. Un premier fait nous frappe. Leopardi n'est pas arrivé à l'éternel par la voie la plus naturelle pour un esprit européen, qui voit dans l'infini une image ou une préfiguration spatiale de l'éternel : pour qu'il y parvienne, il a fallu que la voix du vent, la limite, l'« ici », le « cela » entrent en conflit avec l'infini. À propos du passé, des « saisons défuntes », était-il saisi de cette angoisse qui l'étreignait dans *Le soir du jour de fête*, quand son cœur se serrait « cruellement », « De penser que tout s'enfuit au monde / Sans presque laisser de trace » ? Il me semble que ses sensations étaient plus complexes. Son âme, en concevant un espace de plusieurs siècles, éprouvait « une sensation indéfinie, l'idée d'un espace indéterminé » où il se perdait : bien qu'il sût qu'il existait des frontières (le passé n'était pas l'éternel), il ne « les distinguait pas et ignorait ce qu'elles étaient ». Penser qu'une chose était finie *à jamais*, qu'elle ne reviendrait *jamais plus* l'emplissait d'un sentiment de souffrance et de mélancolie : et pourtant, dans cette mélancolie et cette souffrance, il y avait un étrange « sentiment agréable », à cause justement de ces échos vagues et indéterminés que toute chose finie à jamais éveillait en lui. Enfin surgit la conscience du présent, déjà implicite dans le bruissement du vent. Était-il lui aussi mort, vide et dépourvu de consistance, comme le pensent les commentateurs ? Je ne le crois pas. Le présent, que la *rêverie** lui ramenait, était vivace et éclatant, comme le dit le texte avec tant de clarté.

Désormais, les sensations les plus diverses s'entrecroisaient dans son esprit : l'infini et le réel, le silence et la voix du vent, l'éternel et le temps, le passé et le présent. Tandis qu'il était là, blotti contre la haie, l'éternel manifestait sa puissance illimitée, le passé suscitait toutes les pensées indéfinies et la douce mélancolie qui l'enveloppe, le présent offrait la splendeur éclatante et éphémère de sa vie ; et tandis que sa pensée mobile continuait à comparer silence et voix, l'éternel se mettait à flotter, à glisser sur le temps, le passé sur le présent, si bien que toutes les dimensions de la *rêverie** confluaient en une dimension unique, un seul « océan ». Dès lors, tout contrôle de l'esprit était perdu : le flux des sensations l'envahissait et le possédait sans plus rencontrer d'obstacles. Mais qu'était-ce donc que cet « océan » ? Était-ce l'« infini », dont Leopardi a donné le nom à son poème ? Un discret indice achève de nous convaincre du contraire : Leopardi veille à effacer ce mot, dans l'avant-dernier vers de son manuscrit. Le bruissement du vent avait interrompu la concentration de Leopardi sur lui-même, et désormais le pur infini, auquel nous devons tous renoncer, n'était plus qu'un souvenir, noyé dans le vagabondage multiple des *rêveries**. L'« océan », l'« immensité » dans laquelle il se perdait, c'était l'« indéfini », seul accessible à l'homme : c'est-à-dire un infini impur, mêlé au temps, à l'« ici », au présent.

Ainsi le cercle se referme. Le poème, qui s'ouvrait si orgueilleusement sur la création d'un infini mental, se conclut sur le naufrage du moi pensant dans la mer vague et hypnotique des associations. Si nous nous situons du point de vue du moi pensant, tout finit par un désastre : le moi se noie dans le flot des associations. Mais ce désastre est le triomphe suprême, la suprême victoire. Il est la douceur, l'extase, une joie qui emplit l'esprit jusqu'au bord devant la richesse multiple des sensations et la mort bienheureuse du moi. La pensée, qui avait voulu atteindre l'infini, a connu un très bref triomphe ; et aussitôt après, l'amertume de la peur. Pour Rousseau comme pour le jeune homme encore blotti un instant avec nous contre la haie, le vrai bonheur réside dans l'abandon passif aux images, que quelque chose d'impalpable comme une toile d'araignée — à peine un bruissement du vent entre les feuilles — éveille du néant et envoie doucement envahir notre âme apaisée.

ÉPILOGUE

La fin du monde

Quand la maladie s'apprête à frapper, le schizophrène éprouve une sensation inquiétante de dépaysement. « Il y a quelque chose, dis-moi ce que c'est », dit une schizophrène à son mari. Quand le mari lui demande ce qui lui arrive, elle insiste : « Mais je ne sais pas. Pourtant il y a quelque chose. » Quel est donc ce « quelque chose » que le malade ne parvient pas à exprimer ? Cette tension sinistre qui imprègne toute l'atmosphère ? Le reflet du soleil sur la route, quelques lignes imprimées dans le journal, des chaises alignées dans un salon — ce ne sont plus la même lumière céleste, les mêmes nouvelles qui chaque matin nous intéressent ou nous bouleversent, les mêmes objets qui emplissent le théâtre trop vide de la réalité, ils évoquent obscurément une signification qui les dépasse. Personne ne peut dire quelle est cette signification : personne ne peut comprendre quelles paroles se sont dissimulées sous l'apparence du monde. Elles sont là, et parlent sans se faire entendre, avec des voix d'ombre inconnues. Tout à coup, les choses commencent à courir très vite, d'une façon précipitée et agitée — jusqu'à ce que le mouvement bascule dans une immobilité tendue et un silence effrayant. Le malade a l'impression qu'une catastrophe épouvantable va bientôt se produire — catastrophe vers laquelle tendaient peut-être ces significations secrètes. Il attend, retenant son souffle, suffoqué par l'angoisse, et rien ne se passe. L'immobilité se fait encore plus immobile, le silence plus silencieux ; et sa peur augmente, jusqu'à devenir atroce.

Finalement la catastrophe, cette catastrophe si désirée et redoutée, cette catastrophe vers laquelle l'organisme du malade tend comme vers son seul salut vient à se produire. Le malade inquiet bat la campagne : aucune étoile ne brille, aucune cloche ne tinte. Il erre longuement à travers les rues. Les maisons sont plongées dans les ténèbres. Après avoir sonné à une porte, il voit apparaître une lumière aux fenêtres, et les étoiles se remettent à briller l'une après l'autre, ainsi que la lune. Mais ce n'est qu'un bref instant de soulagement, car aussitôt après le vent se met à hurler d'angoisse à travers les plaines désolées, annonçant la fin toute proche du monde. La lune disparaît à nouveau, l'éclat des étoiles vacille, puis elles tombent sur la terre, et la voûte céleste se fend en deux ; de mystérieux messages annoncent que Vénus est inondée, que les constellations sont abandonnées, que Cassiopée s'est contractée en un soleil unique, et une voix crie : « Désormais, seules les Pléiades peuvent être sauvées ! » Le désastre s'étend comme une épidémie. Le soleil pâlit, s'obscurcit lentement, ne donne plus de chaleur. Les hommes commencent à creuser des fosses souterraines et parviennent dans le royaume des morts ; et ils s'habituent à vivre dans les cavernes du sous-sol. Les volcans vomissent de la lave. L'eau se retire soudain des océans ; ou bien elle s'enfle et recouvre la terre et les abîmes de son manteau liquide et glacé.

Comment nous faut-il interpréter ces images ? Jung pense que les forces archétypales ensevelies dans l'inconscient envahissent le moi du schizophrène. Pour certains psychanalystes, cette sensation est le résultat d'une intense répression des instincts. Peut-être une seule chose est-elle sûre : tandis que ces images d'apocalypse assaillent le schizophrène, celui-ci traverse la mince barrière qui sépare la terre sur laquelle nous vivons de la terre où triomphent — pures, sauvages et déchaînées — les forces de la maladie. C'est un terrible franchissement, dans lequel bien des choses sont détruites à jamais, et beaucoup d'autres flottent sur le fond bouleversé de l'âme, comme si la folie voulait célébrer en cet instant même, où elle débute seulement, son pouvoir visionnaire et créateur. Le psychanalyste déchiffre ces images et les traduit en termes psychologiques, pour comprendre et guérir son malade. Nous qui assistons terrifiés et fascinés au spectacle de la folie, nous ne pouvons qu'admirer l'énorme puissance métaphorique avec laquelle le schizophrène exprime sa blessure.

Que se passe-t-il « là-bas », dans le pays qui s'ouvre derrière la porte ? Que se passe-t-il dans le royaume immense et incompréhensible de la schizophrénie ? En apparence, il ne se passe rien. Après avoir connu la fin du monde, tel malade se comporte comme un brillant causeur mondain, conversant avec esprit, racontant des anecdotes amusantes, citant des passages de bons auteurs ; et en même temps il s'empare de toutes les images, de tous les sons, et les conserve jalousement dans sa mémoire. N'a-t-il donc pénétré dans l'apocalypse que pour nous dire des *bons mots** ? Mais l'apparence ne doit pas nous tromper. Tandis qu'il bavarde spirituellement avec nous, le malade est tapi derrière une paroi de verre épaisse, invisible et impénétrable. Il est dominé par une terreur : que les regards des autres puissent traverser la surface transparente de son âme ; que les autres humains puissent l'aspirer, l'engloutir, l'étouffer dans leur intolérable étreinte amoureuse. Pour quelque obscure raison, il ne se sent en sécurité que quand il n'est ni compris ni aimé. Aussi, pour repousser les autres, bannit-il de son cœur toute émotivité, toute sensibilité, il devient froid comme la roche ou le fer, cependant que son regard s'efforce de transformer les autres en un sinistre cortège de pierres.

Il erre ainsi, le cœur vide, le cœur éteint, le cœur pétrifié : parfois il attend désespérément qu'une vague d'amour vienne réchauffer ce monde qu'il a lui-même glacé ; plus souvent, ses gestes de plus en plus artificiels, ses propos tantôt baroques tantôt elliptiques et ses *bons mots** inquiétants n'ont rien d'humain.

Avec son cœur de pierre, le schizophrène regarde les spectacles de la réalité. Il les voit à travers un voile : les sons lui parviennent comme à travers un mur ; il lui semble qu'une épaisse membrane a recouvert sa peau. Les choses lui apparaissent lointaines, amenuisées, décolorées, pâlies, sans le robuste relief des contours — quelques arbres chétifs, des édifices abandonnés, quelques réverbères à gaz. Le schizophrène regarde, et la terre lui paraît neuve et inconnue. Toutes les choses qu'il voit, les personnes qu'il rencontre, les pensées qui traversent son esprit lui semblent irréelles. Comme un enfant, il touche plusieurs fois chaque objet, avec hâte, fureur, insistance, et il en répète le nom pour lui-même. Puis, incapable de franchir la barrière invisible, il écrase sur sa main une cigarette allumée, presse ses doigts contre ses yeux, s'arrache des mèches de cheveux, comme si seule la douleur pouvait lui rendre le sentiment de la réalité. Tout est vain. Le monde entier n'est qu'un vide et absurde spectacle de théâtre. Les plantes et les fleurs, qui autrefois le consolaient de leur douceur, ressemblent à des accessoires décoratifs en carton ; les hommes, à des mannequins grotesques. Puis l'espace et le temps disparaissent devant ses yeux. L'univers est brisé, divisé, déchiré en milliers de morceaux ; toutes les parties d'un objet sont entourées d'un épais cerne noir ; et les images se succèdent de façon chaotique, sans aucun rapport avec leurs voisines, comme une immense mosaïque qu'une main mystérieuse aurait sinistrement projetée dans les airs.

Terrorisé par la mise en pièces de l'univers, le schizophrène se regarde à nouveau. Au début, il lui semble être une autre personne. Lorsqu'il s'entend parler, c'est un autre qui fait ces gestes : un autre rencontré on ne sait où, sur les douloureux chemins de l'existence. Il lui semble qu'il n'est qu'un spectateur lointain et indifférent de sa propre vie. Puis, tout à coup, il parvient à se retrouver. Il existe. Ou, plus exactement, au lieu de l'homme animé qui portait autrefois son nom, une marionnette agit avec la plus grande exactitude, la plus grande précision, comme si elle avait appris son rôle par cœur. Lorsqu'il se regarde plus attentivement, il découvre que la marionnette prodigieuse n'est peut-être qu'un mort, un mort vivant, abandonné par Dieu sur la terre. Aussi ses vieilles pensées le reprennent-elles, plus atroces que jamais. Il n'est pas un « autre » ni une marionnette, il n'est ni un vivant ni un mort. Il n'existe pas et n'a jamais existé : il n'est qu'un vide abyssal, d'où montent des gestes indifférents ; ou bien un objet abandonné sur le théâtre de l'univers. « Qui m'assure, s'exclame-t-il, que cette couverture sur mes jambes est une couverture, et que je suis moi ? Rien ne me prouve que je ne suis pas la couverture ! » Le vide lui-même ne reste pas stable. Cet espace aussi a tôt fait d'éclater en une multitude de moi et de non-moi partiels, comme l'univers auparavant s'était brisé en millions d'éclats ; et chacun de ces moi lutte violemment contre les autres moi, et frappe, outrage, assassine ses rivaux.

Enfin la multitude de « moi » et d'« autres », de « marionnettes », de « morts », de « vides » et d'« éclats » se cache dans une caverne profonde, pour se défendre des attaques de la réalité ou de l'individu lui-même. Mais même là il n'est point de salut : car la foule qui l'agressait dans la réalité s'insinue dans la caverne, qu'elle transforme en une foule de fantômes, et le presse, l'écrase, l'étouffe. Le schizophrène ne connaît qu'un espoir de salut, qui lui procure pour un instant un soulagement apparent. Enfermé dans sa caverne, il reste parfaitement immobile, le regard fixe et les bras tendus. Ainsi les désirs destructeurs s'apaisent, la réalité tourbillonnante s'immobilise, la guerre entre les fragments du moi connaît une trêve ; ainsi, peut-être, même le monde extérieur pourrait être sauvé. Il monte sur une chaise et arrête les aiguilles de l'horloge. Quand on lui demande pourquoi, il répond : « Je veux arrêter la marche du monde vers la catastrophe. Je veux immobiliser le cours du temps, fixer l'éternité ! » L'immobilité absolue est un but qu'on ne peut atteindre qu'à force d'exercice. Le schizophrène apprend à fixer une tache de peinture sur le mur, ou un fil sur la couverture, plus sombre que les autres ; ou une tache de rouille sur sa serviette. Si les médecins et les infirmiers le poursuivent de leur gentillesse, si des messagers lui apportent des messages de chez lui, il s'accroche du regard à la tache, la pénètre, la traverse, s'abîme dans le dernier de ses atomes, s'anéantit en elle — jusqu'à ce que ce point minuscule devienne le seul monde qu'il connaisse.

Les mois passent, les saisons, les années. Quand le schizophrène était entré à l'hôpital, il vivait les derniers jours de la fin du monde. S'il pouvait se rappeler ces instants, il lui semblerait qu'il vivait une époque heureuse. L'univers, qui alors était encore vivant et ardent, s'est complètement pétrifié. Maintenant il habite dans le pays du froid et de la glace, qu'il a lui-même contribué à créer. « Je suis emprisonné dans une écorce de glace, je suis perdu dans les plaines glacées de la Borussie. Comment retrouver mon chemin ? Les personnes sont méconnaissables avec leur cuirasse de glace. Je suis tout raidi dans la glace. Du feu, de grâce, du feu ! » Il descend du ciel une lumière implacable, qui aveugle et ne laisse aucune place pour l'ombre : mais cette lumière ne réchauffe pas, car elle provient d'un énorme appareil électrique que quelqu'un a substitué au soleil. Parvenu dans ce pays, une malade imagine qu'elle est devenue la « reine du Tibet ». Elle n'a aucune cour, aucun palais, aucun trésor, aucun vêtement royal. Celle qui est reine du Tibet vit seule, dans un pays lointain, isolé de tous les autres, dont l'accès est interdit.

NOTE

Ce livre doit des idées, des impressions à bien des livres et des essais qui ne sont pas mentionnés. Je voudrais du moins rappeler : (pour « Saturne et la mélancolie »), Raymond Klibansky, Erwin Panofsky et Fritz Saxl, *Saturne et la mélancolie* ; (pour « Le Messie qui a trahi »), Gershom Scholem, *Sabbatai Zevi, le Messie mystique.*

Elle ne règne pas sur les hommes ; mais seulement sur la « solitude déserte et glacée de l'implacable lumière électrique ». Ce Tibet glacé est une image du sein maternel. Après avoir connu toutes les catastrophes de l'univers et du moi, la malade est retournée à l'état de fœtus ; et elle vit au creux du ventre, un vague sourire de béatitude figé sur les lèvres.

Parmi les glaces et sous la lune impitoyable, dans les montagnes fermées et désolées du Tibet, le monde est fini : « Je n'ai plus de nom, mes parents ne sont plus mes parents, tous sont morts, la terre ne produit plus rien, il n'y a plus personne sur la terre, ni Blancs ni Noirs, il n'est plus d'Afrique ni d'Amérique, plus d'étoiles, plus d'arbres, de printemps, d'hivers, de saisons. Les arbres sont morts. Il n'y a plus de jours. Ni non plus d'années ou de siècles. Il n'y a plus rien. » Tandis que, fasciné, il fixe la tache, le schizophrène se tait ; quand de rares mots sortent de ses lèvres, ce sont des formules hermétiques et abstraites, des signes chiffrés, que personne ne comprend. Nous sommes vraiment parvenus « là-bas », au-delà de la vie, au-delà du royaume même de la schizophrénie, dans le vide, le néant, où aucun cri ne rompt le silence de mort de l'invincible nuit.

PREMIÈRE PARTIE

LES ROIS DE MYCÈNES

DEUXIÈME PARTIE

DE SAINT PAUL AU *PARADIS*

TROISIÈME PARTIE
LES JEUX DU TAO

QUATRIÈME PARTIE
EN ISLAM

CINQUIÈME PARTIE

LA MORT DES DIEUX

ÉPILOGUE

DU MÊME AUTEUR

Aux Éditions Gallimard

LA LUMIÈRE DE LA NUIT. LES GRANDS MYTHES DANS L'HISTOIRE DU MONDE (collection L'Arpenteur), prix Méditerranée étranger 1999.

LA COLOMBE POIGNARDÉE. PROUST ET LA *RECHERCHE*, Folio n° 3131.

GOETHE (collection L'Arpenteur).

HISTOIRE QUI FUT HEUREUSE, PUIS DOULOUREUSE ET FUNESTE, Folio n° 2519.

ALEXANDRE LE GRAND, en collaboration avec Francesco Sisti (collection L'Arpenteur).

KAFKA (collection L'Arpenteur), Folio n° 2303.

Chez d'autres Éditeurs

LA VOIX DE SHÉHÉRAZADE (Fata Morgana).

TOLSTOÏ (Denoël).

BRÈVE VIE DE KATHERINE MANSFIELD (Quai Voltaire).

LE PRINTEMPS DE CHOSROÈS (Le Seuil).

Impression Bussière Camedan Imprimeries
à Saint-Amand (Cher), le 22 mai 2002.
Dépôt légal : mai 2002.
1er dépôt légal dans la collection : novembre 2000.
Numéro d'imprimeur : 022383/1.
ISBN 2-07-041550-3./Imprimé en France.

12676